历史风貌和文化遗存，是一座城市文化的独特内涵。

而城市文化在空间发展上的层次性、多样性和差异性，

维系着城市文脉的厚重感和生命力。

一座文化古城，不仅仅是看到成片的老建筑。

老建筑是形，曾经居住在这里的人、发生在这里的事，

传承在这里的非物质文化遗产，才是城市的魂之所系。

这座城市：

- 1982 年，国务院公布为首批 24 座历史文化名城之一
- 2002 年，联合国教科文组织确认为“世界多元文化展示中心”
- 2013 年，当选中国首个“东亚文化之都”
- 2015 年，被确定为“21 世纪海上丝绸之路先行区”，成为“海丝”战略支点城市
- 2021 年，“泉州：宋元中国的世界海洋商贸中心”列入《世界遗产名录》

历史风貌和文化遗存，是一座城市文化的独特内涵。

而城市文化在空间发展上的层次性，多样性和差异性，

维系着城市文脉的厚重感和生命力。

一座文化古城，不仅仅是看到成片的老建筑。

老建筑是形，曾经居住在这里的人，发生在这里的事，

传承在这里的非物质文化遗产，才是城市的魂之所系。

这座城市：

- 1982年，国务院公布为首批24座历史文化名城之一
- 2002年，联合国教科文组织确认为“世界多元文化展示中心”
- 2013年，当选中国首个“东亚文化之都”
- 2015年，被确定为“21世纪海上丝绸之路先行区”，成为“海丝”战略支点城市
- 2021年，“泉州：宋元中国的世界海洋商贸中心”列入《世界遗产名录》

我想和這座城市明說

郭培明 著

上册

九州出版社 JIUZHOUPRESS | 全国百佳图书出版单位

图书在版编目（CIP）数据

我想和这座城市明说 / 郭培明著. -- 北京 : 九州出版社, 2024. 6. -- ISBN 978-7-5225-3070-3

Ⅰ. I267

中国国家版本馆CIP数据核字第2024Z7D377号

我想和这座城市明说

作　　者	郭培明
责任编辑	王守兵
出版发行	九州出版社
地　　址	北京市西城区阜外大街甲35号（100037）
发行电话	(010)68992190/2/3/5/6
网　　址	www.jiuzhoupress.com
电子信箱	jiuzhou@jiuzhoupress.com
印　　刷	福建名彩印刷有限公司
开　　本	787毫米×1049毫米　16开
印　　张	43.75
字　　数	500千字
版　　次	2024年7月第1版
印　　次	2024年7月第1次印刷
书　　号	ISBN 978-7-5225-3070-3
定　　价	208.00元（全二册）

名家推荐

很多年前我好像和培明兄讲过：“我不太相信不能把故乡写好，却写好世界的作家”。后来我发现，故乡于我是某种乌托邦、是离乡人双重标准的存在。任何地方都有不可明说和明说，我是渐忘了故乡的“不可明说”，而长居家乡的培明兄却是坚定选择了“明说”。

——蔡国强，泉州籍国际著名当代艺术家

我从培明的新著读到泉州历史沿革、风俗画，也读到许多杰出的泉州人和他们的故事，相信所有这些能慰解许许多多离乡人魂牵梦绕的乡情乡愁，也是一种功德。

——潘耀明，香港作家联会会长、世界华文旅游文学学会会长、香港文学馆馆长

认识一座城市从认识一个人开始——对我而言，认识泉州是从认识郭培明开始。他以记者的敏感，文化人的担当，评论家的犀利，散文家的妙笔，带着我走街串巷，指点着一条条寻常巷陌，揭示出一段段历史的秘闻和传奇。故乡人读此书，时或会有会心一笑，或许还有一串串重新发现的惊喜；外地人读此书，则会如我当年一样，从此喜欢上这座从舟楫连云的古代“刺桐港”，一直绵延至今的现代都市。这是每一位喜欢泉州的读者的幸遇。

——侯军，《中国副刊》新媒体中心总编辑，著名作家、评论家、文化学者

如果您以新闻的眼光看这本书，会看到历史现场的还原，看到当时明月在；如果您以散文的眼光看这本书，会看到人文关怀的温润，看到海上生明月。这本书的文字，经过了时光的洗礼，是岁月打磨的结晶。它是对一座城市公开的表白，是用一生的专注写就的情书。别后相思人似月，云间水上到泉城。如果您要对一座城抒发自己的情，看看这本书，定会有所启发。

——丁时照，深圳报业集团社长、国务院特殊津贴获得者、高级记者

泉州是一座有历史有故事的城市。从长安一路向南，过了江南，再往南，如果有一个地方要歇一歇，想一想，这个地方就是泉州。从海上出发，寻找一个中国的入口，泉州是世界对中国最初的问候。这本书对于作者来说是记录日常，而对于泉州来说则是不断被发现。历史厚重，明说前途。二十年前，与作者一起站在洛阳桥上的时刻，我就期待这本书的面世，今天终于能够先睹为快，特别喜欢。

——朱春阳，复旦大学新闻学院教授、博士生导师，国家级文化名家暨“四个一批”人才，教育部青年长江学者

一部书可以让人叩开一座城市的门扉，让人爱上一座城市。这本书可谓一份温情、温暖、温馨的古城文化“导览图”，一部主客交融、文辞优美、人物生动、色彩鲜活的泉州人文大片。希望读者能透过这部有意味的书，认识泉州、感受泉州、阅读泉州、体验泉州，并读懂泉州，从而爱上泉州。

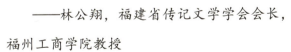

——林公翔，福建省传记文学学会会长，福州工商学院教授

这是一部让人爱不释手的书。一方面，文字好。郭培明先生既是报人，又是散文家，他的通讯有浓郁的文学气息；他的散文有明显的新闻节奏，博采众长，成其风格。另一方面，内容好。顺着这部书，你可以走入泉州这座城市的纵深处，那些人，那些事，尽在眼前，美不胜收。

——石华鹏，《福建文学》常务副主编、《海峡文艺评论》主编、福建省文艺评论家协会副主席

这次先生捧出的这部著作，虽是利用管理工作间隙进行的“业务创作”，却也是一本时光之书与心血之作。这些文章和思考，同文中的人和事，无惧时光的冲刷，时至今日，越发地显现出异质的文史的光芒。他希望让更多人看见泉州，也让泉州领会世界。

——周智琛，财新传媒集团副总裁兼财新创意总经理，获评“中国媒体融合十大领军人物”

目录 CONTENTS

上册

序

听潮看云

察言观色

下册

文心履痕

附录

我认识的泉州人

□潘耀明

在山区出生的孩子，触目可见大山、赭红的沙泥、斑驳灰白的花岗岩，和与山峦竞比高的苍穹。我们的山村名字叫炉内——像一座香炉内壳的底部，除了那一角天空，周边都为高山所环绕，大山仿佛要把这 100 多户人家与外间世界隔绝。

偶尔有邮差骑着脚踏车来村里派信，我们一干孩子拼命衔尾跟着不速稀客——脚踏车追逐奔跑。

这一刻难忘的场景，每月都有三四趟。

第一次走出大山，是菲律宾的养父申请我与养母到香港会面。

第一站路经泉州，是一个闹腾腾的小城市，第一次看到小汽车、大货车；第一次目睹街道上拥挤的人流；第一次住在一个有电灯照明的小旅馆……

泉州在我的童年脑中凝住的是 50 年代的镜头。

后来母亲在香港待了 30 多年，思乡殷切，决定返闽度晚年。此后泉州在我的记忆中已经是一个明亮和亲切不过的名字。

再踏上泉州已是 20 世纪 80 年代内地开放的年代——泉州呈现出一派欣欣向荣的景象。

我最先认识的是泉州的文化人陈瑞统兄和陈怀晔兄。他们陪我找房子，带我游览泉州的古迹胜景……迄今仍历历在目。

我在泉州买了一套商品房，为母亲在泉州安了家。母亲在、亲情在，我每年起码要跑两三趟泉州探亲，还有就是亲炙泉州的闽南风物。

在泉州的文化人，除了上述文联副主席陈瑞统兄和书法家陈怀晔兄，我与《泉州晚报》的施能泉总编辑论交。

他是我认识的一个充弥热诚而有活力和强烈的文化理念的人。

我觉得他是一个可以倾心结交的朋友。在泉州的一应大小事，有解决不了的，包括疑难杂症，都向他求援，他都尽心尽力协助解决，包括家母因车祸的赔偿及后事都由他协助操办。

2004 年，他向我提及很希望金庸到泉州访问。我对他说我来试试。其时金庸刚在香港养和医院施过心脏大手术不久，身体仍在康复中。有许多地方的邀请都被他一一拒绝。

在我竭力游说下，金庸终于答应到泉州一行。当时我还代邀他的好友作家邓友梅伉俪南下陪同。

金庸的泉州行可谓万人空巷，其轰动效应及圆满成功，当时海内外传媒人竞相报道，成一时的美谈，在此不赘了。

《泉州晚报》创办 20 周年，施总探询我可否代为邀请钢琴大师刘诗昆到泉州表演助庆，在我的说项下，刘大师与他的挚友孙颖小姐应约而来，我还邀约了 1998 年度国际亲善小姐、亚洲电视节目主持人殷莉小姐担任演奏会的司仪，可称泉州文化历史上的一次艺术盛会。

俱往矣！但是我与泉州割不断的故乡情，丝丝缕缕如春蚕的纠结，恁地割不断、绕不开。后来我认识泉州一大批文友，其中郭培明便是施能泉后继者中一位不离不弃的忘年交。他是一个精力充沛、热情洋溢、有所作为的年轻一代传媒人。金庸泉州之行，他在活动策划和报道组织方面做了大量的工作，扩大了地方媒体的社会影响力。他参加我在香港举办的国际文学活动，也是我们文学团队中的一位健将。我每次赴泉州和在泉州的事务，包括订酒店、邀约文友聚会等，也无不请他协助，每次都承他热情接待。

培明新著《我想和这座城市明说》要我写序，拜读后，引起我不少感触和遐思。我也是传媒人，当过报纸记者、编辑、副刊主编，深谙传媒人的长处和短处，长处是传媒人耳听八方，眼观六路，所以能在第一时间抓住新闻要点，下笔成章。因为时限性强，写出来的报道文章往往新闻性强但缺乏思辨和文采，过了一段时间回头再读，已不堪咀嚼。

把新闻性报道加以文字的锤炼和思想的深化，蔚成富文学性的新闻特写，又称报告文学，是散文的一种。这方面的杰出代表作家有萧乾、金庸、曹聚仁、刘以鬯等，他们皆是记者出身而最终成为文坛的大家。

作者可以根据报告文学的延展，与不同文体结合，产生不同的文学样式，如报告小说、报告诗、报告剧、传记报告、电视报告文学、电影报告文学、广播报告文学、口头报告文学等。

培明的新著不少篇章符合这一文体的特性。报告文学的现场感依赖于作者的现场采访和细致观察，要抓住人物现场活动的带有特征的细节、现场环境的特色、人物的音容笑貌以及事件特别感人的部分，并使描写具有动作感与立体感。有的事件发生时作者不在场，可通过追忆和想象加以补充，还可以事后亲临现场，以获得某种形象的直观的感受。手法上一般以白描为主，兼以叙述、渲染、比喻、引用等。

文学可以予人智慧与力量，读培明本书的篇章，许多是报道性的题材，但经他用文学之笔精心提炼修饰，若合杜牧所说“凡为文以意为主，以气为辅，以辞采章句为之兵卫”的要求，令人读来，颇堪回味。

培明新著《我想和这座城市明说》文章如书名那样亲切可读，与泉州有过交谊的人和事，在他的笔下闲谈自如，秉笔杂陈，如话家常，富有文艺情趣，也能勾起移居海角或毗邻港澳的泉州人的种种美好回忆，使泉州这座历史悠久又焕发新姿的世界魅力城市——那些人文风物又活现在你我的眼前。

我从培明的新著读到泉州历史沿革、风俗画，也读到许多杰出的泉州人和他们的故事，所有这些相信能慰解许许多多离乡人魂牵梦绕的乡情乡愁，也是一种功德。

2023 年 2 月 24 日

潘耀明：笔名彦火。福建泉州人。中国作家协会香港会员分会会长、国务院侨办专家咨询委员会委员、香港作家联会会长、世界华文旅游文学联会会长、香港世界华文文艺研究学会会长、世界华文文学联会会长、香港期刊传媒公会创会副主席、香港新闻工作者协会常务理事、《明报月刊》名誉总编辑、香港作家网社长、香港文学馆馆长。2019 年获颁“亚洲华人领袖奖”。

人生海海　心朝光明

□周智琛

我的故乡泉州，千年归去来，出入风兼雨。云水发轫，人杰地灵。宋元伊始，繁丽鼎盛，位及世界领先之列。此等势能与风华，时至今日，依然炙手可热。

这灿烂辉煌的华彩和文脉，之所以能够赓延不息，若是千年寻踪，应归结于泉州与生俱来的集体人格——这座城市，无论男女老少，恋家如命，爱拼成瘾，孜孜矻矻，不管去向何方还是抱守原乡，对故土、故人与各色风物都会给予深情的凝视，眼中含着热情的光，以健旺、自豪、充满希望的心态，对城市、历史、土地和人性予以十分的肯定。

这种凝视，继而成为一种“人城”合一、内外兼顾，既纯粹有序又豪气干云、既传统守望且飞扬辽远的城市目光，给了泉州和泉州人从容自爱、远观世界的秉性。若是仔细看，你会发现，泉州人眉宇间透着一种完全不同于其他城市的温暖和恬静。

而要说对泉州的前世今生与明日希图凝望、持守、鼓呼最深切的人，郭培明先生定是其中一位。

先生老家在著名的刺桐古港附近，原属有“泉州三邑”之誉的惠安。此郡文风蔚然、英才集群，自古以来，诞生了林林总总能上史书的人物。凡有梦想的人，生于斯，大抵都能感受到一种深沉、奋发的氛围感和使命感。先生概莫能外，加之其祖上行路南洋，励精笃行，豁目恢廓，因此造就了他为人生、为文字、为事功的不同。

青少年意气风发之时，他即以笔为谏，以文聚光，挝鼓发展，领针砭之妙，显笔底波澜。及至壮年，主持当地多家报章、周刊、期刊笔政，更是焚膏继晷、扬清激浊、广见恰闻、并育人才，带领一帮怀抱理想的年轻媒体人，对泉州政经人文发展进行全方位、立体式、全过程的观照和传播。再后来，他任职于立法机关，参与制定泉州历史文化名城相关保护条例，凝聚各界智慧，推动从政策法规维度对古城保护与发展的长期思考给出历史性解答，也是一种功德。

是否可以说，先生是泉州城市形象推广的一个急先锋，是泉南人文事业建设的一个摆渡人，也是城市现代化创新发展的一个眺望者。

先生天性热情，知交好友遍天下，不少同业志士、文人雅士、跨界能士到泉州都爱找他。他从不说过头话，礼待朋友，总是透着一股不可言传的谦柔。故而，世称泉州为“光明之城”，我则叫他为光明城里的一位“光明先生”。因为，借他的目光看泉州，一座城市的高度、温度、底色和志趣如何，清清楚楚。

这次先生付梓的这部颇有分量的文集，虽是利用管理工作间隙进行的“业务创作”，却是一本时光之书与心血之作。从 21 世纪之初始，先生瞻察城事、寻才觅能、谈古论今、说文修道，洞若观火、深中肯綮。这些文章和思考，同文中的人和事，无惧时光的冲刷，时至今日，越发地显现出异质的文史的光芒。究其根本，是因为先生一以贯之，掌新闻之平衡、知历史之得失、懂文学之深浅，其最终的脉门都回到了“文章千古事，得失寸心知”的价值观和方法论。

这二三十年，先生通过珠玉文章，与海内外泉州乡贤倾心交谈、互动。如若一人赞美和守望一座城市久了，不明就里的读者观众，难免会误会作者是个地方主义者，疑其擅造奇情，故意引动视听、博人眼球。但先生绝不是什么泉州主义者，他的作品深沉晓畅，骨子里带着理想主义者的激情、浪漫主义者的温厚和世界主义者的从容。他的观察，有整体性的通透，涉及社会结构、人文历史、经济百态；他的写作，根植于历史与现实，灿烂于自由与开放，或多或少与文学、历史学、社会学等有学理上的天伦关系。

先生善于在广阔范围内追寻和复原泉州人、泉州制造和泉州风采的创造性和影响力。他嗅觉灵敏，探索不倦，其温文尔雅的性情与清逸广博的功架，总能让人与其坦诚相待，什么都说。他希望让更多人看见泉州，也让泉州领会世界。譬如，先生是国内较早深度报道蔡国强艺术价值和国际影响的媒体人之一，其文字影像的价值超过了文字影像本身。就这样，长期以来，先生孜孜地记录，连连的丰收，走向深层思考，形成系统书写。

我第一次阅读《我想和这座城市明说》书稿的时候是在深更半夜，便被先生的文字吸引住了。我致电先生，固执地认为他有一个任务不可抗拒：今后撰写一部泉州评传。在泉州，爱泉州，懂泉州，跳出泉州看泉州，即使之前有过此类书籍，也还需要心怀史鉴，慨然再铸。

若从这个角度想，我以为先生这部书的出版非常适时。一方面，对先生过往职业生涯所积淀的成果有个阶段性的总结；另一方面，则给先生自己再划一条创造、创作、创新和生活的分水岭。

我要明说的是，时间像把刀，先生势必也要进入人生的第三个阶段。这个阶段，对于包括先生在内的“退休之人”而言，很可能自在自乐、无所事事，也可以变得更为通透、澄净、自由、丰富。

人生海海，心朝光明。无论是听潮看云，还是察言观色，抑或文心履痕，人生无处不更新，面对新的开始，先生可以选择默默向上，但我辈更期待先生以一种光明而磅礴的方式肆意绽放。

是为序。

周智琛：80后，福建泉州人。财新传媒集团副总裁兼财新创意总经理。曾任东莞报业传媒集团执行总编辑、云南都市时报社社长兼总编辑、深圳晚报社总经理兼首席创意官。获评“中国媒体融合十大领军人物”“中国最活跃新媒体人”等称号，被誉为“传媒魔法师”。

泉州新姿　摄影 / 陈起拓

听潮看云

潮起潮落　　摄影 / 郭培明

涨海声中光明城

1997 年，英国学者戴维·塞尔本的译著《光明之城》出版，原书是意大利商人雅各·德安科纳在中国泉州（刺桐城）一段难忘生活经历的记载。这段大约半年的异国生活，时间是从 1271 年 8 月 25 日持续到 1272 年 2 月 24 日（中国的南宋咸淳年间）。该书甫一问世，就在西方学界引起轰动，一场手稿真伪之争颇为热闹。1998 年 3 月，由泉州海外交通史博物馆馆长王连茂等人整理的中文版在《泉州晚报·海外版》连载，笔者当时是编辑部负责人，可以确认这是国内最早翻译并发表的《光明之城》原书内容。随后，《马可·波罗游记》研究专家杨志玖等人也在《泉州晚报·海外版》撰文，认为《光明之城》不是伪书。1999 年 2 月，戴维·塞尔本应邀来到泉州，做了题为《我与光明之城》的学术报告。有趣的是，他在参观泉州湾宋代古船陈列馆时惊喜地发现，另一部同样引发过争议的《马可·波罗游记》中关于中国海船“内舱有十三所，互以厚板隔之”以防止船身渗水导致沉没的记叙，竟然在这艘 1974 年出土的宋代古船中得到了印证。

源于学界对雅各手稿的广泛关注，世人对泉州城市形象的认知从此多了一个美丽的称呼——光明之城。

2021 年 7 月 25 日，在福州举行的世界遗产大会一致通过“泉州:

宋元中国的世界海洋商贸中心”列入世界遗产名录。泉州成为继平遥古城、丽江古城之后第三个以城市名义进入世遗名录的中国城市。

刺桐古港 光明之城

“泉州：宋元中国的世界海洋商贸中心”项目的 22 个遗产点包括五大类，分别是：行政管理机构与设施遗址，多元社群宗教建筑与造像，文化纪念地史迹，陶瓷与冶铁生产基地，桥梁、码头、船标塔组成的水陆交通网络。这些遗产点分布在自海港经江口平原并一直延伸到腹地山区的广阔空间内，完整地体现了宋元泉州独具特色的海外贸易体系与多元社会结构，多维度地支撑了“宋元中国的世界海洋商贸中心”这一价值主题。世界遗产大会指出，泉州项目见证了中国长期矗立世界舞台中央的辉煌，见证了古代海上丝绸之路涨海声中万国商的繁盛，见证了东西方文明交流互鉴和各国人民友好交往的佳话。

10—14 世纪，世界海洋贸易迎来一波大繁荣时期，在西方概念的“大航海时代”出现之前，中国是最出色的海洋国家之一，泉州的地位无异于今天的纽约或上海。因为当时的刺桐港是名副其实的东方第一大港。

人们也许要问：宋元时期的大港时代，为什么花落泉州？

唐朝中后期，由于连接东西方的商道陆上丝绸之路受阻，客观上推动了东南部港口城市的发展。新的对外贸易形态成形，海路的优势日渐显现，处于中国东南沿海核心位置的泉州，终于站在了大时代的风口。“云山百越路，市井十洲人。执玉来朝远，还珠入贡频。”（〔唐〕包何）“秋来海有幽都雁，船到城添外国人。”（〔唐〕薛能）当时，阿拉伯地理学家伊本·胡尔达兹比霍在《道里邦国志》中记载，泉州为中国四大对外贸易港之一。

一个城市的发展，除了天地禀赋，更在于抓住机遇，而机遇很大程度上得益于主政团队。五代十国时期，王延彬、留从效、陈洪进等名宦先后治泉，这些社会精英虽政见、作风各异，大力发展海外贸易，却是他们的共识。王延彬因“凡三十年，仍岁丰稔，每发蛮舶，无失坠者”被百姓称为招宝侍郎。陈洪进向朝廷表乞朝觐的物品不但品种繁多，有乳香、白龙脑、珍珠、玳瑁、水晶等，而且数量巨大，一次就有贡银万两、绢千匹、象牙 2000 斤等。当时海外贸易的繁荣程度可见一斑。

宋代是中国历史上极具独特性的一个朝代。一方面，在赵匡胤、赵光义之后，帝王治国能力一代不如一代，两宋最终均亡于外患；另一方面，倡行文人政治，以祖宗家法固化制度建设，程朱理学影响持久深远，政治文明日趋成熟，文化艺术高度繁荣。

罗马不是一天建造起来的，宋元时期的泉州也不是一天内就崛起的，而是与三次北方大移民有着密切的关系。“八王之乱”发生后，匈奴、鲜卑乘虚而入，晋人纷纷衣冠南渡，给闽越地区带来先进的文化与技术，泉州境内的两条江河分别被命名为“晋江”和“洛阳江”，可以视为不忘初心的范例。唐代实行靖边政策，陈政、陈元光父子率众自河南固始南下泉州、漳州。

唐末，王潮、王审邽、王审知兄弟带领万人入闽，北方士族南迁带来了中原文化。王氏入闽“招怀离散，均赋缮兵”，30 年间，一境晏然，良好的社会环境与经济发展潜力吸引了大批北人南来。今日游人徜徉在泉州古城的小巷中，随处可见“南阳衍派”“燕山衍派”“九牧传芳”“汾阳传芳”之类的门楣题字；流行于中国福建南部、中国台湾和东南亚华人社会的闽南语与南音、南戏，至今保留着中原古音的读法。南宋偏安江南，海上贸易成为国库的主要

GREAT LANDSCAPE OF SONG-YUAN QUANZHOU

宋元泉州胜景图

来源，泉州的地位愈加重要，不少名门望族举家落户于此。随着社会经济的繁荣，北宋中期，泉州人口已有 20 万户，到南宋时高达 25 万户，城乡总人口以百万计，堪称世界级的大城市。守望与开放，是观察泉州文化的两个视角。作为崇尚“爱拼才会赢”的移民城市，开阔的全球视野与海洋意识反过来助推泉州人走向海洋，在世界各地开枝散叶。在今日的东南亚，仅泉州籍华侨华人就有 750 万之众，另外，在台湾的汉族同胞中，泉州籍占了 44.8%。

重商意识是一种至关重要的观念变革，宋元时期的泉州人不再把自给自足的消费作为生活目标。在与外来族群的贸易交往中，海纳百川成了泉州城市性格的重要特征。百越文化、中原文化与海洋文化的撞击与融汇，给边缘之地的泉州带来先进的社会文明，让泉州港迅速成长为朝廷眼中的经济特区，在宋元时期盛极一时，繁华长达 380 多年，写下福建历史最辉煌的一页。

在这里，不能不提及两处外贸商品生产遗址。安溪青阳下草埔冶铁遗址体现出长江以南冶炼业的技术特点和组织结构，泉州铁制品通过海洋商贸走向世界。北大文博考古学院的专家在发掘研究中确认，遗址同时存在块炼铁、生铁冶炼两种技术体系，冶炼垃圾以板结层方式处理的办法为国际上首次发现，是中国科技史的重要一笔，也从一个角度揭示了中华文明对人类的重要贡献。显示出海洋贸易推动泉州制造业蓬勃发展最具说服力的还是德化陶瓷产业，在泉州发现的 74 处宋元窑址中，德化一地就占了 42 处。德化瓷器以“中国白”闻名于世，通过海上丝绸之路出口的泉州商品中，德化陶瓷的数量无疑是最大的。德化陶瓷国内名气不如几大官窑，一大原因在于自古以来就以外销为主。《光明之城》一书中称其为“世界上最精美的瓷器”。因为物美价廉，200个格罗特（货币名）就可购买600只瓷碗，雅各当年从泉州回国后，实实在在赚到了一大笔钱。

不能不提及的还有两座跨海大桥。列入世界文化遗产的泉州古石桥有三座，名播古今的是始建于1053年的洛阳桥和始建于1138年的安平桥。由于跨越波涛汹涌的海面，工程耗费巨大，建设相当艰难，前者用了7年时间，后者更是用时13年之久，动用了政府、商界、宗教界和民间慈善人士的力量才得以完成。泉州城西南、东北原来受晋江、洛阳江阻隔，商贸不便，两桥飞架后，城市交通构成统一的干线体系，并引发了一场泉州造桥热。两宋期间，泉州建桥139座，既体现了市舶司制度下地方政府较强的财力支撑，也为进一步扩大城市发展空间提供了基础条件。两桥堪称中国古石桥双璧，蔡襄主导建设的洛阳桥是中国现存最早的跨海桥梁，首创筏型基础、养蛎固基，是世界上把生物学原理应用于桥梁工程的先例。安平桥长达2255米，俗称五里桥，是世界中古时代最长的梁式石桥，被著名桥梁专家茅以升誉为“代表人类历史发展的一个重要阶段”。

除了两处商品生产遗址和两座跨海大桥外，两艘宋代古船也必须提及。这两艘古船不但是中外贸易的历史见证者，也是了解中国古代造船技术和航海史的实物证据。泉州湾后渚港沉船长24米、宽9米，吃水深度近2米，推断载重量200吨，运用“营造法式”中的榫合技术造成；船内有12道隔舱板，将船分为13舱，舱壁钩联严密，密封程度很高，这种水密舱不仅可以增加海船的抗沉性和船体的坚固性，而且便于货物装卸，当船体受损时，不致影响其他部分，由此可见泉州当时的造船技术之高超。泉州湾出土的古船是一艘从南洋三佛齐归来的商船，“南海一号”则是在南下出国途中倾覆的。作为世界上目前发现年份最为久远、船体最大的沉船，“南海一号”满载德化瓷、磁灶瓷等众多货物。权威专家认定，此船的出发港为泉州。我们的祖先依靠指南针、牵星术、针路簿、量天尺等发明创造，在欧洲殖民者还未觉醒之前，以海为田，以船为马，自如驰骋在南海和印度洋的波涛之上，泉州也因之成为当时中国计算出海时间的中心坐标。

不能不提及的还有市舶司和南外宗正司两个官方机构。市舶司的任务为关税执行与监督以及番舶物品的检查，同时承担进出港人员的审批等职权。公元 971 年，北宋在广州首设市舶司。那时，泉州海舶必须到广州市舶司呈报方可出洋，回程亦然。鉴于泉州船只常被刁难、拘货，海外贸易一度陷入低潮。北宋元祐二年（1087 年），在泉州知州陈偁等人的努力下，朝廷诏泉州增设市舶司。随即，巨商大贾，摩肩接踵，巨港气象，列居郡南。设司的显著成效完全可从政府财政状况看出：北宋初，市舶司收入为 30 万缗，占国家财政收入 18.7%；至南宋初，市舶司收入为 200 万缗，占国家财政收入的 20%。另据绍兴末年的统计，泉州市舶司收入近 100 万缗，占全国市舶司总收入近半。

经济实力的增强推动了城市的发展，宋代泉州城历经 8 次修筑，元代则把罗城南扩至江边，与翼城相连，使城周增至 30 里。北宋时期，泉州的港区已从城南江滨逐步向晋江入海口的后渚方向延伸，建成了可以停靠更大型商舶的江口码头。1127 年，泉州港与广州港并驾齐驱。1220 年，泉州港超越广州港，成为中国最大的海港。

在泉州港鼎盛之时的 1129 年，南外宗正司移至泉州，皇亲国戚长期居住泉州者日多，高峰时期竟有两三千人，由此强化了泉州外贸在朝廷眼中的特殊角色，也直接推高了本地的消费水平。皇族的庞大开支，一大部分由地方财政负担。继经济一路领先之后，泉州的政治地位亦随即水涨船高。政府与社会出现良性互动，商人的行会、番客的组织，商业社会的萌芽，都是不可轻视的现实存在。他们从各自利益出发，政府主导的行政体系与民间参与的社会结构形成稳妥的共赢方式，九日山祭祀海神的祈风方式实际上就是这种合作的产物。九日山高不外 110 米，以南宋时期的十方祈风石刻最为珍贵。山下的昭惠庙祀奉海神通远王，被南宋朝廷定为祈风圣地。宋元时，泉州郡守每年都要在昭惠庙举行祈风典礼，供奉通远王，目送风帆沿江顺流驶出泉州港，并在九日山刻石以纪之。举行祈风典礼是民间文化影响政府施政的独特文化现象，统治者明白，顺应

南外宗正司遗址　摄影 / 焦海涛

民心方可德政昭著。除了太守外，提举舶事等官员亦会参加祈风典礼。

九日山最后一次祈风的记载是在南宋末年的1266年。1991年2月，杜杜·迪安博士率领的联合国教科文组织考察团也留下了一方当代石刻："在九日山最后一次祈风典礼之后的七百余年，我们，来自非洲、美洲、亚洲和欧洲的联合国教科文组织海上丝绸之路国际考察队员，乘坐阿曼苏丹提供的和平号考察船来到这里。作为朝圣者，我们既重温这古老的祈祷，也带来了各国人民和平的信息，这也正是联合国教科文组织丝绸之路——对话之路综合研究项目的最终目标。为此，特留下这块象征友谊和对话的石刻。"

市井十洲人　梯航万国商

1292年，马可·波罗写道："离开福州，渡一河，在一甚美之地骑行五日，则抵刺桐城（Zaitun）……刺桐城的沿海有一个港口，船舶来往如织，装载着各种货物，驶往各地出售。""刺桐是世界最大的港口之一，大批商人云集于此，货物堆积如山，买卖的盛况令人难以想象。"随后而来的摩洛哥大旅行家伊本·白图泰则惊叹："这是一座巨大的城市，该城的港口是世界大港之一，甚至就是最大的港口。我看到港内停有大船约百艘，小船无数。"1342年，意大利传教士马黎诺里奉教宗之命到中国传教，也在游记中记录了当时的泉州城，城中有不少基督教堂、浴室、货仓和客栈。元代学者吴澄则在文中赞叹泉州"番货远物、异宝珍玩之所渊薮，殊方别域富商巨贾之所窟宅，号为天下最"。

今天，走在泉州古城的城南片区，仿若时光倒流。连绵的红砖大厝，紧闭的传统木门，残旧的西式窗台，拐过一个街角，境主小庙前燃着一束香，骑楼下的老人做着老街坊的小生意……这缓慢的节奏与萧条的街市，换在宋元时期，却是光明之城最高光的中央商务区。北宋时，市舶司尚设城外，南宋时扩建南城门，便于商船货物进出城中。元代时，城南形成规模可观的番坊，为波斯、印度、阿拉伯、东南亚等地的外来人口聚居之地。为了解决外国人子女就学问题，官府还专门设立“番学”，类似今天的国际学校。这个街区至今还叫聚宝街，其中的青龙巷曾经银号林立，堪称当年的金融街。

列入世界遗产的德济门遗址就在城南片区。这座 1948 年毁于火灾、2001 年经过考古发掘重见天日的德济门，展现了宋元明清 4 个朝代的建筑，壕沟、拱桥、城墙清晰可辨，修城官砖、碑刻上留下了时代的印记。最珍贵的是城南区域出土的 13、14 世纪印度教、基督教、犹太教、印度教寺庙等宗教石刻。其中，印度教寺残件的发现更是全国仅有，石碑上的泰米尔文表明，当年的聚宝街一带，活跃着大批来自印度南部的商人。

可以想象，城南片区中的车桥头一带，古时外国人接踵摩肩、车水马龙的情景，而交易的商品异常丰富，包括丝绸、香料、茶叶、瓷器、宝石、珍珠、药材等。“一城之地，莫盛于南关。四海舶商，诸蕃琛贡，皆于是乎集。”

时间的年轮转到了元代。谁也不曾想到，在马背上打下江山的蒙古人，比宋人更加彻底地支持海上贸易。《元典章·市舶则法》明确规定，任何官员、商人都可以从事海上贸易。1278 年，元朝统治者顺应民心，下诏敕封林默娘为“天妃”，泉州始祖庙易名天妃宫，从此成为庇护航海安全的主神。

涂门街又叫半蒲街，“蒲”指的是阿拉伯裔大商人蒲寿庚家

德济门遗址　摄影 / 陈英杰

族，今天的棋盘园、三十二间巷等地名所在地，仅为蒲氏昔日私家领地的一小部分。以蒲寿庚为代表的蒲氏家族对泉州影响之深，以至于谈及宋元泉州的经济发展，就不能绕过蒲寿庚。泉州港近 400 年的繁荣，离不开一代代外商的特殊贡献。蒲寿庚官至福建安抚海都制置使、福建广东招抚使，兼主市舶，掌管军事、民政和市舶的大权。当张世杰护送南宋皇室南逃到达泉州港口时，蒲氏紧闭城门不纳。1277 年，元军长驱直达，蒲氏献城，使泉州免于兵燹之灾。易帜当年，随即开港，蒲寿庚为新王朝极尽犬马之力。宋元之际的历史鼎革，为蒲氏家族提供了用武之地，以一个外来族裔显达 130 年，在世界城市发展史上实属罕见。据赵汝适《诸蕃志》记叙，当时与中国互市的国家有 58 个；汪大渊《岛夷志略》记叙的则有百个之多，产于泉州的刺桐缎就是其中的一种畅销品。这足以说明，元代海外贸易再度进入大发展阶段。偏安海隅的泉州，梯航万国，四海舶商，跃居世界大港之首。

正是在这样的时代背景下，泉州的人文性格得到了最好的历史锤炼，形成了敢于冒险、兼容并蓄、重利求义、恋乡崇祖、爱拼敢赢、输赢笑笑的敢为天下先精神，成为推动社会经济发展的动力之源。改革开放之后，低调的泉州迸发出巨大的创造力，民营经济快速发展，诞生了百家上市公司、150多个中国驰名商标，经济总量超万亿元，连续22年位居福建各市之首。如果非要追溯原因，除了国家改革开放的政策引导，那一定是长期受到海洋文明熏陶与渗透的结果。

半城烟火半城仙

2015年11月，诺贝尔文学奖得主、著名作家莫言出席在泉州举行的亚洲艺术节暨亚洲文化论坛期间，笔者曾陪同他走访了清净寺、关岳庙、草庵、天后宫和府文庙。他感慨而言："泉州真是个奇妙的地方，既是多元文化的融合之地，又对传统文化实现较好的保护传承与创新，展现出一种大的文化气象。"

繁华都市，万商会聚，经济发展是文化发展的基础，文化又反过来与经济互动，反映在宋元泉州，那就是众神共欢、香火缭绕、丝竹相和、书声琅琅。世界上的重要宗教几乎都能在这片神奇的土地上生根发芽，获得尊崇。当然，所有神的眷顾，都伴随着泉州人的奋斗。

如果恰逢每月农历廿六"勤佛日"到访开元寺，你一定会为人山人海的祈福场面所震撼，朱熹所言"此地古称佛国"一点不假。开元寺是福建最大的佛教丛林，寺中有一棵中国最老的千年古桑，大雄宝殿悬挂“桑莲法界”4 个大字，显得与众不同。开元寺建于唐垂拱二年（686 年）。

据称，匡护禅师向丝绸富商黄守恭求地建寺时，黄说，若桑树廾出白莲便可答应。果然灵验，黄于是捐出大片桑园，寺方为感恩布施人，特在寺内建立纪念黄守恭的檀樾祠。每年，来自世界各地的黄氏族人都会派出代表来到檀樾祠祭祀先辈。

开元寺内的东西塔既是中国石塔的代表，也是泉州古城的标志。东塔名镇国塔，高约 48 米，西塔名仁寿塔，高约 45 米，系南宋建筑，形制仿木结构，石材精雕细琢，榫眼对接精准。如此雄伟壮观的宝塔当年是如何建造的，其历史价值如何评价，古建筑权威专家梁思成生前曾撰写过相关介绍文章。1983 年，研究《西游记》的日本学者中野美代子还在西塔浮雕上发现了孙行者的形象。在明代发生的震级达到八级的泉州湾大地震中，市区民房倒塌无数，唯东

东西塔　摄影 / 郭培明

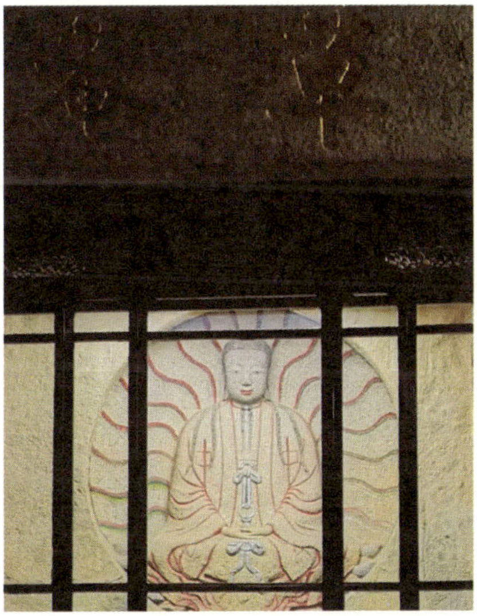

草庵摩尼光佛像　摄影 / 郭培明

西塔巍然屹立，毫发未损，不能不说是世界建筑史上的一大奇迹。

2004年11月，著名武侠小说家金庸应邀到泉州参访，作为活动的策划者之一，笔者发觉金大侠在此趟文化之旅中，最兴奋的莫过于参观草庵摩尼教寺。摩尼教是唐时随波斯商人传入中国的，后在灭佛行动中被废除；而在天高皇帝远的泉州，则以明教名义转入民间活动。元代实施宗教开放政策，摩尼教再次获得传播与发展之机。晋江草庵建于南宋绍兴年间，元时当地人士以佛礼之，捐刻摩尼光佛造像于石壁。摩尼教不拜偶像，因为在泉州融入佛教，得以避过明王朝严厉的查禁存留下来，草庵也因此成为世界上唯一保存完好的摩尼教寺遗迹。金庸在《倚天屠龙记》中描述到明教，曾被人讥为胡编乱造随意杜撰，这一次，他终于找到了回驳的证据。

泉州东门外灵山圣墓，相传为唐武德年间安葬穆罕默德两个到泉州传教的弟子之墓。1926年10月，厦门大学国学研究所所长、《马可·波罗游记》译者张星烺和陈万里、艾克教授结伴到泉州开展田野调查，圣墓是此行的一个主要考察对象。关于圣墓建造时间，自1920年始，桑原骘藏、庄为玑、陈从周、苏基朗、陈达生、杨鸿勋、庄景辉等著名学者纷纷提出各自的看法。鉴于当时的国际交通条件和伊斯兰教尚处于初创阶段，穆罕默德派出身边弟子远赴东方传教的可能性不大，但对于造墓时间至少是在唐朝后期至宋代初期，专家们则没有大的分歧。伊斯兰教圣墓的形制与汉人传统墓葬迥异，随着阿拉伯商人大量来到泉州经商和居住，清真寺与墓地便成了他们长期生活必需的配套。1998年，通淮门外的津头铺建设工地出土了许多石棺，经考证，是一处伊斯兰墓盖的加工作坊。两位圣徒的生平事迹也许永远成谜，但历代的顶礼膜拜者纷至沓来。1417年，郑和第五次下西洋时，专程前往行香，行香碑记载：“钦差总兵太监郑和前往西洋忽鲁谟厮等国公干，永乐十五年五月十六日于此行香，望灵圣庇佑。镇抚蒲和日记立。”

伊斯兰教的史迹何止圣墓，泉州可以说是保留中国古代伊斯兰史迹最多的城市。据统计，全国出土的伊斯兰教石刻中，仅泉州一市就占了 70% 左右，其中最有名的史迹当属涂门街头的清净寺。这座中国现存最古老的清真寺，又名艾苏哈卜清真寺，名列“中国十大名寺”之列，自 1009 年建立至今，栉风沐雨超过千年。该寺总体建筑风格依仿叙利亚马来西亚士革大清真寺，礼拜用的奉天坛早已倒塌，但墙面上刻写的《古兰经》清晰可辨，有的句子内容还与保佑航行安全有关。元代泉州有清真寺六七座，可见当时居住于城中的阿拉伯人数量之多。

20 世纪 30 年代，泉州学者吴文良在被拆除的城墙石料中搜集

清净寺 摄影 / 陈英杰

到 22 方有着“十字架”图案的宗教石刻。宋元时期传入泉州的基督教派有聂斯托利派和方济各会派，这些远道而来的天使艺术形象，入乡随俗，头戴皇冠、身着僧服、坐着祥云、配有莲花宝座，被打上了鲜明的东方文化色彩。“刺桐十字架”经英国学者福斯特命名，成为全球古基督教研究的一个专用术语。

除了宗教，众多的民间信仰也是泉州文化的一大特色。列入遗产点的真武庙是座近海的海神庙，海拔仅二三十米，竟名武当山。更具气势的是，庙里有方石碑，上书两个大字——“吞海”。茫茫大海，惊涛骇浪，一条船行于海上，无异于沧海一粟，所谓“走船跑马三分命”。如果不是精神力量的支撑，不可能有一代代的泉州人前赴后继，穿越黑水沟登陆台湾岛垦荒造田，渡过南海抵达南洋诸岛开荆辟榛，也不可能让源于泉州的天后宫、关岳庙、昭惠庙、龙山寺、凤山寺、清水岩，成为异国他乡的一道人文风景。

泉州籍人类学家、北京大学教授王铭铭认为：“在传统国家的这一别致的边陲，文化多元曾达到的程度，大大出乎习惯于将传统国家与封闭社会对等看待的学者的意料之外。”开放包容，相互尊重，各美其美，美美与共，是泉州古老的和平精神给予现代社会的深刻启示。是的，涂门短短的一段街区，不同宗教的寺庙可以相邻而居几百年。1997 年，再次来到泉州的杜杜·迪安博士在接受笔者采访时，对这座光明之城仍然赞叹不已。联合国的目标不也是不同宗教、不同民族的和平共处、和睦共荣？而这，在宋元时期的中国泉州已经做到了。

（原载《百科知识》杂志 2021 年第 9 期）

在这里读懂泉州

旅居英国多年的安先生第一次来到泉州，就“迷失”在中山路上。老友见面时，寒暄的话还没说完，他就迫不及待地向我“推销”新鲜入镜的一组照片：连排式的骑楼、西式的窗户、传统的燕尾脊、历久弥新的红砖墙。安先生为《新京报》《大家》和澎湃新闻等多家媒体撰写人文类专栏，他说，走了泉州中山路，不虚此行。

泉州骑楼　摄影 / 郭培明

人与城，互为塑造，从而形成城市文化性格。古城的大街与小巷，延续的是不断的文脉，积淀的是城市的原色。一座城市，注定要有一条街道成为形象名片。泉州的名片首推西街，它是泉州最古老的街道，“市标”东西塔就在西街的开元寺里，但是西街的古早味集中于钟楼到新华路一段，空间过于狭小局促。泉州古城核心保护区面积达 6.41 平方公里，串起西街、涂门——文庙、聚宝街三大风貌片区的是中山路，可以说，中山路撑起了泉州古城的脊梁。

我的这一认识，始于 2013 年北京《百科知识》杂志《中国名街》栏目的一次约稿。

“东西两座塔，南北一条街。”老街坊口中的这条街，指的正是长约 3 公里的中山路。中山路开建于 1923 年，工程由南洋归侨主导，建筑风格上融入了东南亚骑楼特征。中山路及其向两侧延伸出的小巷，共同构成泉州古城主干路网的经络架构。《百科知识》编辑部青睐泉州中山路，并不在乎是否有“最早”“最长”之类的纪录，而是强调以街见城，透过一条街道，可以集中看到一座城市的建筑风貌、历史记忆、文脉延续与地方特色。

为了撰写稿件，我特地选择一个傍晚，用脚步丈量了中山路。我自中山北路出发，从巴金当年与友人畅谈文学与人生的榕树下走过。循锣鼓声寻去，威远楼的广场上，一场梨园戏正在演出。钟楼下永远是车水马龙，最热闹的莫过于中山中路，充满时尚感的各种店铺透露出返老还童的老街新气象。不说玉犀巷里清代定海总兵李长庚父子的忠烈故事，不说镇抚巷里二次鸦片战争主战派代表、两广总督黄光汉的故园大宅，不说金鱼巷里华侨领袖蒋以麟组织同盟会成员策划光复泉州的私家小院，也不说 1915 年创办于打锡巷

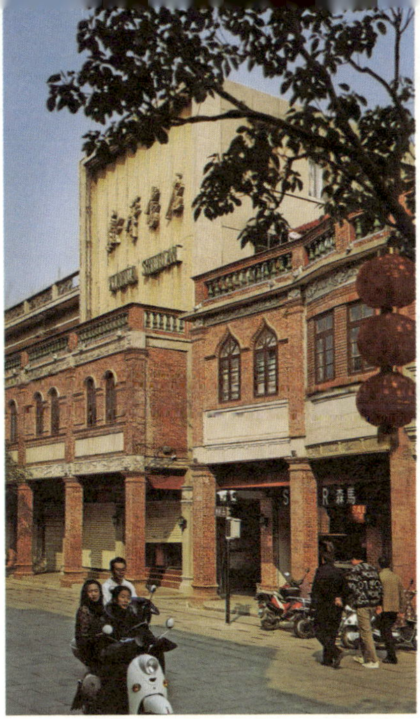

中山路街景（一） 摄影 / 焦海涛

中山路街景（二） 摄影 / 郭培明

的泉州第一份报纸《新民周报》，就说说照相馆吧，中山路的真宛然、良友、中华、罗克，存储了多少个家庭欢聚一堂的全家福？还有，中国东南规模最大的文庙、闽台共仰的花桥慈济宫、礼制规格最高的天后宫、一代先知李贽的故居，以及古时外商云集的“金融区”聚宝街，几乎每一幢房子都是一部传奇，正是这些传奇垒建了泉州文化的奇迹，也为日后泉州经济的腾飞奠定了坚实的基石。走累的时候，我的脚步就停在肉粽、面线糊、元宵丸、四果汤的摊点前，品味小吃，也品味古城。在泉州，没有一条街道能像中山路这样，蕴藏着如此丰富的历史文化信息。因此，我为文章拟了一个大胆的题目《一条中山路，半部泉州史》。

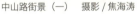

我们这一代人，注定是中山路新的历史的书写者。随着改革开放的不断深入，泉州城发生了翻天覆地的变化。我照过毕业相的罗克照相馆、排队抢购过世界名著的新华书店，都消失于时代的烟云

之中了。老牌的“大上海”理发店虽然幸存下来，也被新潮的发廊们挤到了市场的边缘。当汽车时代风驰电掣到来，中山路的确面临着一场不小的考验。年轻人纷纷把家安放在新城，更严重的是，新城区的几大城市综合体，吸走了中山路上的大半顾客。抵御风吹雨打的骑楼，还能抗拒住浮躁世风的侵蚀，再度成为城市的一道亮丽风景吗？

我曾采访来泉考察的著名古建筑学家杜仙洲先生，他认为泉州有形与无形的文化遗产众多，人文资源丰富，应该保住几片风貌区。我陪同过著名城市文化学者、时任《瞭望》杂志副总编辑的王军夜逛中山路，他左顾右盼，一路惊叹。回京后，给我发来短信：“泉州是个伟大的城市，值得细细品味。”出任过泉州旧城保护与整治顾问的阮仪三教授这样点评：“泉州古城特点鲜明，遗存好，价值高，但在历史街区的保护方面还不完善，中山路整治以后，我对此的看法有了改变。”1999 年，泉州市政府出台《关于保护中山路街区的通知》。由于措施得力，中山路保护项目荣获了联合国亚太地区遗产保护奖。

中山路元宵灯会　摄影 / 郭培明

感受城市巨变，过境公路的变迁最有说服力。从中华人民共和国成立前的中山路，到温陵路、田安路、刺桐路、坪山路、丰海路，每一次的迁移都是泉州城市品质的一次扩容与提升。泉州变大、变美了，但是有一点，它的最大魅力仍然在古城核心区，在红砖间，在骑楼下。当高楼不再是城市炫耀的资本，当乡愁成为挥之不去的心绪，历史文化的当代价值得到前所未有的重视。重返古城，重返铸造泉州人海纳百川胸怀、爱拼敢赢斗志的现场，寻找一个城市文明基因的密码，呼唤一种敢为天下先的平民意识。年轻人跟随新时代回来了，他们主动与历史老人对话，积极参与社区营造，让文化创意的活力润物无声。古城保护接力棒的无缝对接，“城市双修”试点的成效，显示出泉州主政者的眼光与魄力：在千城一面中，“海丝”文化的城市底色值得彰显。继为古城内沟河水系立法之后，泉州市人大常委会出台的《泉州市中山路骑楼建筑保护条例》于 2019 年 1 月 1 日起正式实施。这个被各界高度认可的法规，探索并实现了保障居民合法权益和保护建筑承载的社会共享文化价值的有机统一，为其他城市古城保护提供了有益借鉴。

如果说，历史文化是城市的灵魂，见人、见物、见生活的中山路风貌区，为我们赢得了文化自信。因为，在这里，可以读懂泉州。

（原载《泉州文学》2019 年第 5 期）

一条中山路 半部泉州史

“小城故事多，充满喜和乐。若是你到小城来，收获特别多。”用邓丽君演唱的这首《小城故事》来形容泉州古城，简直就像是为古城量身定做一般。相比今日176平方公里的中心城市建成区，改革开放前的泉州在我国大陆版图上的定位始终是“对敌前线”，面积不过10平方公里左右，除了海岸线上密集的高射炮群和静寂的防风林带，几十年间没有一个大型的投资项目在此落户。20世纪60年代，国家副主席董必武来到泉州视察，即兴赋诗，留下“东西双古塔，南北一条街”的名句，形象地勾勒出泉州城当时的特点。“东西塔”指的是荣登《中国古塔》邮票的“国宝”仁寿塔、镇国塔，“一条街”便是中山路。中山路自从建成之后，一直担当泉州第一街的重任，见证了一座古城的风风雨雨和沧桑巨变。

曾经出任泉州旧城保护与整治工作顾问的同济大学阮仪三教授坦言：“泉州古城特点鲜明，遗存好、价值高，但在历史地段、历史街区的城市保护方面还不完善，不少地方只保护几个点，忽视遗存的周围环境。城市中有历史地段、街区，它们在整个历史文化遗产发展过程中是建设发展的重要内容。中山路整治以后，我对此的看法有了改变。”泉州是座有着千年历史的文化名城，中山路却建设于20世纪20年代，与其他城市的街道比较，既没有上海南京路、

华侨民居　摄影 / 郭培明

长沙黄兴路的时尚繁华，也没有哈尔滨中央大街、乌鲁木齐大巴扎的民族风情，更比不上广州北京路、上下九步行街的人流如潮，论街道的宽度、两侧楼房的高度也不如厦门中山路壮观。作为国内屈指可数的著名古建专家，阮仪三教授看中泉州中山路的原因是什么？中山路声名远扬海内外的秘密何在？中山路上的人文风景又有哪些至今美丽不退、传奇尤在、魅力长存的呢？

悠扬钟声敲响城楼塔影

站在中山公园高地上的泉山门城楼眺望，历史烟云早已退去，清源名山绿荫苍翠，老城红瓦连绵成片，鸽群照样从旧大厝的屋顶起飞，远处的天际线亮点还是东西塔。宋元时期，作为海上丝绸之路的起点，泉州与埃及的亚历山大港齐名，异邦外商云集，南腔北调充耳，特别是靠近晋江出海口的南门聚宝街，也即中山南路周边简直就是一个国际社区，那里至今保留着的青龙巷就是当年的“金融街”，而设于附近的官方机构市舶司相当于今日的海关。到了明清时期，因为禁海令政策，泉州从高度开放走向被迫封闭，岁月似乎停滞，城建戛然而止，层层叠叠的市井生活影像悄然封存。偶尔打开相簿，小城故事便在中山路两侧次第展现，拍案惊奇也好，莞尔一笑也罢，一座城市的名字因之丰富多彩。

大概受到外地城市发展的启发，1921 年，泉州成立工务局，开始了拆除旧城墙、开辟马来西亚路的规划，但是民间阻力明显，加上时局动荡，工作进展缓慢。两年后，在知名归侨陈新政、叶青眼的主持下，开始拆除南门城下至指挥巷口的城墙，12 米宽、800 米长的新街呈现，并被命名为“南新马路”。当时的总工程师是曾留学于英国爱丁堡大学土木工程系的南安人雷文铨。到了 1926 年，这条街道延伸到亭前街、承天巷、威远楼，其间拆毁了南鼓楼、两仪楼，德济门拆下的石条被用来铺公路，泉州城中从此通了汽车。再后来，石条逐渐被水泥代替，两侧的店铺也日益兴旺，过境公路成了繁华的市中心。中山南路的侨光电影院前，巍峨的罗马柱依旧挺拔，吸引了摄影爱好者的目光，可有几人知道，这里当年是建设福建省第一条民办公路的投资方、赫赫有名的泉安公司的总部所在地。

从北到南，沿着中山路，朝天门—泉山门—谯楼—元妙观—崇阳门—德济门，线路并不完全笔直，却构成了完整的泉州城市南北中轴线。如果把中山路当作一枝长长的树干，分布左右两侧短短的小巷就是展开的叶片，那些建筑时间比中山路要早几个朝代的知名寺庙、宫殿、祠堂、府第就这样星罗棋布于中山路两侧，形成宗教圣地、官家大宅、富商铺号和公众场所。走南闯北的旅人见多了规划宏伟、一朝建成的大街，除了被建筑物的庞大、新奇、豪华震惊之外，往往还会产生一种慌张、茫然甚至无所适从的心理压力，然而泉州中山路不是这样，它融合闽南特色与南洋风格，沿街的建筑不过三四层，横穿街道不外十余步，尽管人车混杂，却不心慌意乱。不管什么日子，小尺度、小空间、小商店，一切似乎与大无缘。骑楼下散步、购物，也无风雨也无晴，平和而悠闲，恬淡而自由，几分逍遥，几分自在，一脸惬意。从这个意义上说，泉州中山路是地道的市井街道。

咚——咚——咚——，倾听钟楼整点的悠扬钟声是泉州人的一种精神享受。1934 年建造的钟楼而今成了中山路的一处标志性景观。钟楼形体清瘦，上部有西式味道，4 个圆圆的大钟占据了 4 面墙体的大半，下部是 4 根水泥柱子，看起来略显单薄，你若是台风天经过这里，油然而生担忧之心，真替它捏出一把汗，但是它一站就是数十年，并且站成了一条街道的标杆。于钟楼街头西望，在一大片老建筑群落中，两座石塔傲然矗立，褐色的身躯尽显岁月的久远。那是全国重点文物保护单位、福建省规模最大的佛教寺庙开元寺，两座名震中外的宋代石塔就是仁寿塔、镇国塔。钟楼与双塔，新与旧，洋与中，隔空凝望，遥相呼应，互为映衬，构成了泉州的城市象征。

道路为何而拆容易理解，钟楼为何而建多少有点费思量。原来，当时主政泉州的晋江县长吴仙石威逼泉州一家医院的护士黄彬彬嫁给地方民团团长李天佑，黄不允，最终以自杀表明决心。事件引发

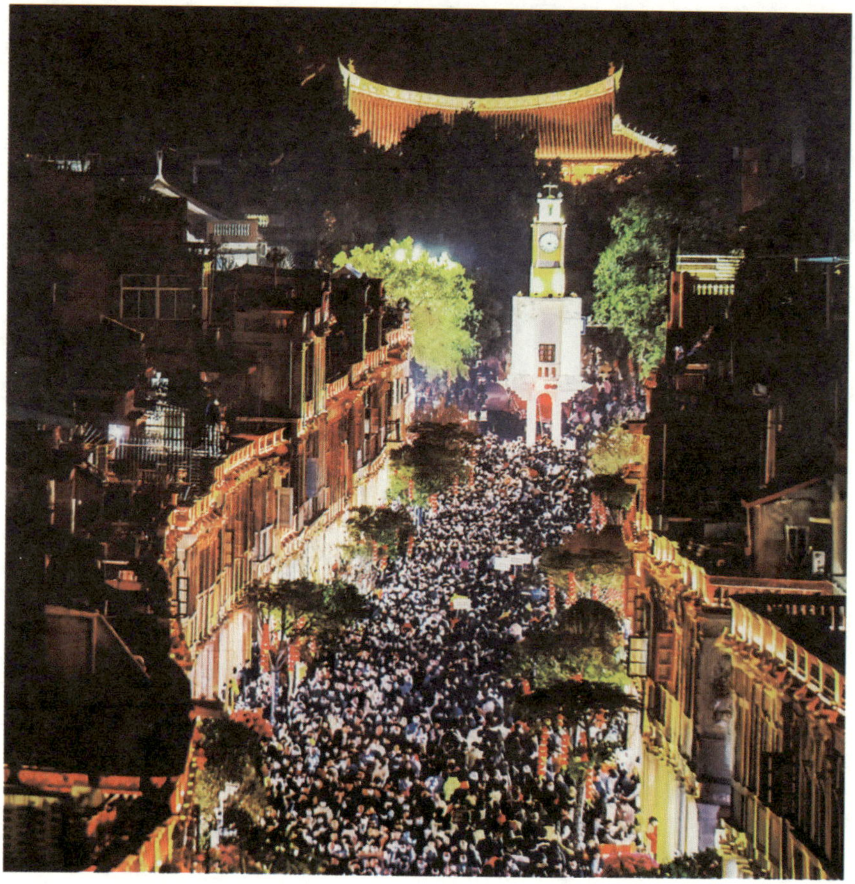

钟楼夜色　摄影 / 陈英杰

了社会公愤，泉州的培元中学、培英女中、黎明高中等名校联合各界发起示威游行强烈声讨当局。为了平息事态，李天佑答应建造一座钟楼谢罪及警醒社会。为什么是钟楼而非其他建筑？是谁给出的建议？其中的细节今人已不得而知，而官府的被迫之举成就了一个小小的城建奇迹。现在的街道市声嘈杂，加上报时的现实意义没有了，钟声敲响与否人们似乎也不那么关心了。不过有一天，老迈的指针慢了3个小时，市民便纷纷给《泉州晚报》记者热线打电话“告状”，市政部门急忙抢修并发出了安民告示。可见，中山路钟楼是否安然无恙多少还是会影响到市民的日常生活情绪。

一砖一石感受文脉搏动

让你一步一回头的中山路魔法，是脚下走过的每一步都可能踏响一段历史传奇，而两侧楼房的背后，貌似幽静平淡，却蕴藏着一座城市独特而精致的文化印迹。

中山北路上的中山公园是旧城区最大的一处健身休闲场所。歌舞升平的现状却有着不寻常的过去。泉州民间著名的“七部棺”即与中山公园有关。五代泉州刺史留从效的后裔留起春等7人在明末清初时壮烈殉难，因遗嘱坚持不入清土，7部棺材一直放置于留府埕中，任凭风吹雨打，直到1947年才举行落土安放仪式，立碑合葬于中山公园。这是一段可歌可泣的忠义传奇。抗日战争结束后，公园中央矗立起“黄花岗七十二烈士纪念碑”，纪念碑形态与广州的原碑相似。碑后的大榕树下，参照杭州西湖岳飞墓前秦桧跪像做法，设置有汪精卫夫妇跪地石像。这些史迹连同原提督府假山、唐贞观古墓群土墙遗址等在中华人民共和国成立后不久被拆除，改建为人民体育场，从此，泉州几乎所有重大的群众性政治活动都与这里有关。

中山北路的代表性建筑叫威远楼。与泉山门相比，威远楼更具有城楼的气势，一层以石构件为主，中设拱门，二层朱红大柱，雕梁画栋，木构精致。凭栏南望，钟楼全景及周边街景一览无余。威远楼又名谯楼，相传为开闽王王审知创建，因火灾焚毁等原因，明正统年间及清康熙、雍正、乾隆时期均有大修。民国初期，北洋军阀孔昭同罚处一位富商重修，并以此作为北伐军入城后的县党部。抗日战争时期，抗敌后援会也在此办公。“文革”初期，两派红卫兵争夺此据点，有个叫宋广强的掉下云梯不治而死，遂引发全城性的大规模游行与武装冲突。一年后，刚刚成立的泉州革命委员会下令把威远楼拆毁，现在我们见到的是1986年重建的建筑。每年的“威远楼之夏”，各民间剧团在此轮番展演高甲戏、梨园戏、木偶戏等剧目，类似比武，热闹非凡。

威远楼小广场旁新近出现“金门特产展销馆”的牌子，有时间的话不妨进去参观一下，说不定会有收获。除了自然与人文风光推介，金门的三大特产——菜刀、贡糖和高粱酒，都是送礼赠友的佳品。其中，菜刀硬度极高，可斩钉截铁，全是利用两岸炮战结束后收集的大量弹壳煅制而成。变废为宝，形成产业，也颇有几分“铸剑为犁”的意味。

威远楼边的连理巷是北宋宰相韩琦诞生地。相传，时任泉州知府的韩国华结婚多年没有子嗣，某天，府中攀枝花盛开，婢女连理遵夫人嘱折花送韩，韩大喜，认为是好兆头，便纳连理为妾，不料引来夫人嫉妒，想方设法把怀孕的连理赶出家门。连理刚走到门外就肚子疼痛，生下韩琦。痛不欲生的她沉思再三，留下孩子，削发为尼，这条巷子被后人称为连理巷。清末，英国长老会教徒在此巷开办惠世医院，演变至今便是在业界很有名气的福建医科大学附属第二医院。惠世医院中西合壁的红砖大楼还在，可惜已成危房。

泉州虽偏安一隅，天高皇帝远，却与港台、东南亚接近，时尚动向反而领先内地一步。走在中山路上，不时可以看到楼堂的门楣、梁柱上依稀可辨的繁体字商号匾额，时光流逝，店铺易主，物是人非，令人唏嘘。不说玉犀巷清代定海总兵李长庚、闽浙总督李庭钰父子的忠烈故事，不说镇抚巷内二次鸦片战争时期主战派代表、两广总督黄光汉保留完整的故居大宅，不说金鱼巷44号华侨领袖蒋以麟策划同盟会成员参与泉州光复的行动细节，不说水门巷宋代设立市舶司时门庭若市的浮华岁月，也不说通政巷内北京奥运会开幕式上出尽风头的“中国一绝”泉州提线木偶剧团的大本营，就说说照相馆吧。

20世纪20年代，中山中路的“真宛然”“良友”“中华”，中山南路的“美美”“时代”，都是知识青年和小康家庭向往的场所。最出名的当是中山中路的罗克照相馆，他们洗相技术好，服务态度更是没说的，许多家庭几代人的生日照、毕业照、结婚照、全家福都打着“罗克摄影”的烙印。

再说报业，泉州的第一家报纸——《新民周报》创办于1915年，社址在中山路打锡巷内。较有影响力的《泉州日报》《福建日报》《大众报》及《青年导报》《时代晚报》《晨曦报》分别在中山路奎霞巷、小泉涧巷、通政巷、南岳宫、庄府巷，说中山路为报纸一条街也不为过。值得一提的是中山中路泉山书社的主人黄紫霞。作为知名诗人、画家，黄先生于1932年创办《爱国画报》，1940年创办《一月漫画》。后者以抗战为主题，每期印数超过万册，远销到四川、贵州等抗日前线城市，起到“鼓声与号角”的宣传作用，在中国漫画史上写下了光辉一页。

与中山公园大门隔街相望的黎明职业大学，古榕参天如盖，气根紧握大地，很少有人知道巴金与泉州“黎明”有过一段难以割舍的不了情缘。晚年行动不便的巴金仍牵挂着泉州，欣然应邀出任黎明大学名誉董事长一职，为“黎大”捐书共计7000多册，其中有自己的著作签名本百余册。民国时期，侨胞捐建的黎明高中和平民中学，聚集着鲁彦、丽尼、张庚、吕骥、陆蠡、叶非英、吴朗西等青年精英，巴金第一次来到泉州访友是1930年夏天，南方茂密的榕树、成片的龙眼树、灿烂的阳光、蔚蓝的海水、质朴的民风，深深地吸引了他。1932年和1933年，巴金又两次来此访友。他在“黎明”发现了平等与爱，感受到信仰可以克服困难，劳动可以创造美好，“仿佛游子回到了慈母的怀中”。就是在泉州，少女的爱情悲剧触动了他，巴金重又挥洒刚刚宣布封存的大笔，写下中篇小说《春天里的秋天》和散文《南国的梦》等作品，由此还触发了他创作“爱情三部曲”的灵感。

从府文庙到李贽故居

看到中山中路上古色古香的泮宫门楼，就知道府文庙到了。踱步入内，豁然开朗，广场周边古厝红砖白石，埕中老榕参天蔽日。入夜，民间乐团风雨无阻地演奏南音古曲，节奏缓慢，韵味悠远，丝丝入耳，常常引得回到“唐山”探亲的老华侨循声到访。2009年9月，泉州南音被列入联合国非物质文化遗产名录。皓月当空，微风吹拂，品一杯“铁观音”工夫茶，听一曲“八骏马”南音，心平气和，怡然自得，仿佛时光倒转。

过大牌楼、跨泮泗桥，入大成门，但见方池内水光潋滟，拜庭中古榕垂荫，殿堂上孔夫子塑像慈祥可亲。以前孔庙前分别建有10余座乡贤祠，如今仅存蔡清祠、庄际昌状元祠等两三座，不知是否为了弥补此项缺憾，孔庙的两庑已辟为泉州历代名人蜡像及事迹的展览馆。

泉州孔庙，又称“府文庙”，现址是北宋太平兴国初年迁建的，历代重修，单明朝重修就达30次之多。那个时期，泉州府产生了516位进士，占明清泉州进士总数的60%，有人因此说是修庙的功劳，客观原因应当是明代嘉靖、万历年间尚是泉州经济快速发展、社会重文兴教的黄金时代。如果说，孔子是儒家文化的开创者，重视教育、延续礼教的孔庙就是其文化内涵的传播场所。府文庙左学（明伦堂）右庙，规模庞大，规制严整，作为我国东南地区最大的孔庙建筑群，这里也是明清儒家文化在东南沿海和向东南亚地区传播的最重要的基地。

泉州孔庙另一个突出贡献也许是对台湾文化的深刻影响。台湾多座孔庙都以泉州府文庙为样板设计，而且建筑取材多来自泉州的沿海地区。台北孔庙的主事者是泉州民间名匠王益顺，他带去家乡顶尖的惠安石匠，“克隆”了泉州风格，所用材料包括泉州花岗岩和青草石，石雕、砖雕、木雕、堆剪、彩绘工艺样样精湛，一座寺庙如同一座艺术大观园，令人叹为观止。如果你是秋季开学之时来到府文庙，说不定会碰到成群结队的孩子们前来叩拜孔子。礼毕，每人还可在现场领取免费红蛋一份，家长们希望通过这种仪式鼓励孩子好好读书。

中山南路尾德济门遗址旁的李贽故居，距离金碧辉煌的天后宫只有数十步之遥。故居有前后两落，中为天井，门庭狭小，装饰简朴，很不起眼，与李贽的知名度反差极大。纵观李贽的坎坷人生，倒也觉得合于情理。

李贽故居地处万寿路，拐个弯儿就是聚宝街，这里靠近码头，历史上曾是进出口海运货物的集散地，李家可谓身处闹市。李贽26岁之前一直生活于此，没有经商发大财，却总是异想天开。他思想的核心就是倡导独立思考，主张解放思想，这一现代人还在不断努力的目标，在宗法制度严格钳制的明代简直振聋发聩。

作为一位先知先觉者，李贽超越于时代的观点学说必然被统治者认定为异端邪说，他的《焚书》《续焚书》《藏书》《续藏书》《童心说》全部被禁、被毁。李贽喊出男女平等和婚姻自由的口号，甚至招收女弟子，坚决反对宋儒道学，认为人人皆可成佛，无须专供孔子。这种与周敦颐、朱熹对着干的惊世骇俗之论，“开古今未开之眼”“寒伪学之心胆”，连他的族人都无法接受。李贽虽思乡心切，却一直云游八方，四海为家，直到76岁时自刎而死，尸骨亡魂也没有再回到老家。倘若李贽地下有灵，知道他的许多观点成为推进今日文化发展的动力，当会含笑于九泉。

慈济精神跨越海峡两岸

有人说，泉州是神垂爱的地方，半城烟火半城仙。

中山中路与中山南路的界线是涂门街和涂山街，在涂门短短的数百米街道中，崇尚儒学的府文庙（全国重点文物保护单位）、伊斯兰教徒的圣殿清净寺（全国重点文物保护单位）、道释合一的关岳庙（省级文物保护单位）比肩而立，相安无事。与关岳庙一墙之隔的，竟是出使、生活、逝世于泉州的锡兰（今斯里兰卡）王子故居。

1997年12月，联合国教科文组织“丝绸之路”综合研究项目协调员杜杜·迪安博士一行到达泉州时，对当地的“宗教博物馆”现象大为惊叹。迪安表示，联合国的宗旨不外是不同民族、不同宗教可以和平共处和谐发展，而这一点，早在古代的泉州就已经出现了。

历史上的泉州最多时有 10 余种宗教共存，其中包括古基督教、摩尼教、婆罗门教、犹太教等，这在中国的诸多城市中绝无仅有。

中山南路打头的建筑是座叫花桥慈济宫的古庙，门楣上的石刻是明代泉州籍书法大家张瑞图手写的“真人所居”4 个大字。寺庙不大，名气不小，这就是今天在台湾同胞和东南亚华人中有着崇高地位的“保生大帝”“大道公”吴夲慈济宫的三大祖庭之一。多次来过泉州的台湾海峡两岸和平促进会会长郭俊次说，他的先祖当年就是手捧保生大帝神位，追随郑成功横渡台湾海峡，到达台南安平港，最终定居于大甲镇，至今已经 13 代了。

史料记载，吴真人羽化后，其弟子即献药花桥慈济宫，由庙祝转赠患者。至清光绪四年（1878 年），泉州缙绅商家倡议创立泉郡施药局，花桥慈济宫先后易名花桥公善堂、花桥善举公所、花桥赠药义诊所等。花桥慈济宫赠药之外的“义诊”开始于抗日战争时期；1985 年起，采用中西医结合形式，由医师轮流坐堂，许多退休医生主动报名来此服务。慈济善举历经 900 多个春秋，自泉郡施药局成立的 1878 年算起，至今也有百余年了，比 1896 年成立的号称“世界第一”的英国伦敦组织慈善救济抵制行乞协会还早了 18 年。济世惠民、薪火不断的慈济精神，也是海峡两岸人民密切往来的一条重要纽带。

中山南路街区最具代表性的景点或许是供奉妈祖的天后宫。妈祖姓林名默，原籍莆田，聪慧异常，后来为救危境中的父兄不幸落水身亡。广大民众认定林默没有殉难，而是羽化成为海峡女神，日日庇护出海渔民的安全。

泉州天妃宫建于宋庆元二年（1196年），元代诏封妈祖以祈庇佑，元世祖称赞妈祖为“泉州神女”。明朝郑和第二次下西洋时，特遣使者在泉州祭拜妈祖。清代泉州人施琅平定台湾后，认为妈祖护航始有海战硕果，遂上书康熙请封妈祖为“天后”，从此，天妃宫改称天后宫。泉州天后宫作为祖庭分香无数，自然是海内外天后宫中规格最高、规模最大的一座，也是大陆众多妈祖庙宇中最早入列全国重点文物保护单位。

跨越海峡的天后宫故事一直延续至今。以保平安为目的“乞龟”民俗源于泉州，传到台湾澎湖等地，本地在历经“破四旧”“文革”等政治运动后早已失传。近年来，再由澎湖回传泉州。自2007年起，泉澎两地每年联手在泉州天后宫举办“乞龟祈福”仪式，用于堆砌龟造型的“平安米”多达数万斤。活动结束时，“平安米”会立即分发给社会弱势群体，从而使民俗活动染上了救助贫困的慈善色彩。

骑楼下逛街　嘴饱眼不饱

中山路长达2500米，逛起来却不觉得太累。原因嘛，一是有连片骑楼，二是小吃多多。

如果要说中山路最突出的建筑风格，骑楼当仁不让。骑楼本是东南亚国家极普遍的一种建筑式样，泉州与东南亚隔着南海相望，气候炎热，台风天多，雨水充沛，两地自然条件有几分相似之处。泉州的海外侨亲多达900万人，多数集中在东南亚的菲律宾、新加坡、马来西亚、印尼、文莱、缅甸、泰国，几乎每个家庭都有点海外关系。

菲律宾国父黎刹、新加坡前总理吴作栋、印尼前总统瓦希德的老家也在这里。然而泉州古城的老建筑并没有骑楼风格的传统，中山路建设的主事者是归侨，作为南洋骑楼的受益者，他们大胆借鉴与创新，让红砖白石的泉州底色与骑楼装饰的域外情调来了一次你中有我、我中有你的亲密接触，最终获得了存留在历史深处的热烈掌声。

遮风、挡雨、防晒，真怀疑现在流行的城市综合体的设计创意有否受到骑楼的启发。当下的商业广场不就是加空调的室内步行街嘛，而数十年前，在中山路逛街可以风雨无阻，可以不打阳伞，若非特别留意，一个商店一个商店串着走，常常不清楚走了多少路。中山路并非步行路，但游逛中山路最好的办法还是用脚步去感受。

泉州的元宵灯会始于唐朝，迄今已有千年历史。“泉州闹元宵”“花灯制作工艺”“李尧宝刻纸”均为国家级非物质遗产项目。2013 年元宵节期间，随同北京奥运会开幕式视觉效果总设计、泉州籍国际现代艺术家蔡国强前来“见识”的国际现代建筑大师盖里看花了眼，连声说“难以想象”。还有什么比骑楼更理想的挂灯场所？每年元宵节，商家便迫不及待地在自己的店门口挂出花灯，其位置，正是骑楼中央。走马灯、彩扎灯、刻纸灯、绣球灯、无骨灯、纱灯、宫灯、龙灯、绣球灯、子母灯等多得叫不出来的品种，不同主题，各种形态，琳琅满目，应接不暇，一路行走，如入灯海。当人群围绕一盏花灯赞不绝口、不停拍照时，店主人便心花怒放，感觉不亚于做了一单大生意。

当彩车游行的队伍过来时，骑楼又成为天然的看台，行走的灯与头上的灯、手中的灯汇成一股灯的洪流，沿着中山路，浩浩荡荡，奔腾而去。花灯与这座城市脉脉含情地对视了许多年，其中的默契，

中山路街景　摄影 / 焦海涛

泉州人知道，中山路知道。

走累了？别怕！歇下脚再走，这里有最地道的风味小吃。中山路小吃也有点门道，奎霞巷的大骨肉燕汤，靠巷内的那家才是最正宗的；中山中路的好再来面线糊，店小到只有一面墙壁，纯属占道经营，想吃的话，那就忍到晚上 10 点以后；金鱼巷口的金凤状元丸，若是正月里购买，时常要失望而归，因为等候的人实在太多；中山南路尾的秉正石花膏，再普通不过的门面，再普通不过的红豆、绿豆、芒果、西瓜、芋头、苹果，与石花膏一组合，怎么就有了一种魔力，让穿戴时髦的青年男女纷至沓来？若是盛夏，三更半夜出来喝一碗香甜清爽的石花膏，还要拿着签牌排队。

中山路的牛肉羹要算庄府巷口的东兴牛肉店生意最好。相传 1278 年，泉州市舶司提举蒲寿庚降元，在元军的追击下，避难中的南宋名臣陆秀夫拥立 8 岁的赵昺为帝。某日，陆秀夫带幼帝潜入泉州城外的法石一带，因饥饿难忍，向一农户讨饭。农户的耕牛已被元军宰杀，无奈之下，便把残存在牛皮上的肉屑整理出来，加入姜末、海盐，水开下锅，竟然喷香扑鼻，令人垂涎欲滴。第二年，宋军在决战中失利，陆秀夫背着赵昺于南方某地投海而死，南宋小朝廷烟消云散，牛肉羹则在农户的手中传承了下来。明时，番薯从菲律宾成功引种闽南，用番薯粉沾拌牛肉制作的汤头更加润滑可口。现在“东兴”的做法，便是明代做法沿用至今。

钟楼是泉州旧城两大中轴线的交汇处。其周边以钟百新华都商场、泉州影剧院为核心，形成老市区中部商圈，肉粽、面线糊、水丸小肠汤、扁食、肉燕、螺子肉等特色小吃，以此地最为正宗。连顾城、铁凝、叶辛、方方、舒婷、刘醒龙等一干知名文化人士做客泉州时都赞不绝口。

历史建筑和文化遗存是一个城市文化的独特内涵，而城市文化在空间发展上的层次性、多样性和差异性，维系着城市文脉的厚重感和生命力。由于保护措施得力，泉州中山路荣获了联合国亚太地区文化遗产保护奖。但是，随着商业中心外移，中山路的式微之势与日俱增。如何在风貌保护的基础上复活历史街区往昔的繁华，考验着当代泉州人的智慧。

（原载《百科知识》杂志 2013 年第 18 期、第 19 期）

丨爱上一座城

“当我们努力用文字、用图像、用文化记忆来表现或阐释这座城市的前世与今生时，这座城市的精灵，便得以生生不息地延续下去。”这是著名学者陈平原教授在《北京记忆与记忆北京》中写下的一句话。摆在你面前的这本书，采编者做的不正是这种有意义的工作吗？

城市的韵味来自历史，来自风土人情，而其呈现的场域，多是以建筑的形体和空间的格局表现出来的。我们谈起一座城市，无论是上海、广州这样的大城，还是丽江、乌镇那般的小城，心目中浮现出来的形象便是这座城市的街巷模样。可惜，由于许多城市的建设过于求快，狂飙突进，造成千城一面，个性日益模糊，辨识度越来越差。破坏性发展，是国家现代化进程中难言的痛。不可否认，每一座城市的历史都是不断拆迁的历史。即使是古城，能够抗击时间侵蚀、真正坚挺千年的建筑也是极少的，但是城市的发展不能失去清晰的肌理、失去文脉的延续。陌生了走过的路，让自己变得面目全非，这座城市必然会缺乏独特的韵味，即使生活其间，也会少了精气神，少了几分文化自信。自然，也难以吸引外人关注与欣赏的目光。

泉州是一座有味道的城市。中国首批历史文化名城，首个东亚文化之都，全国最大侨乡，世界遗产之城，泉州的名字，一提起来便是沉甸甸的。先人的手泽，一砖一石总关情。应当庆幸，在一哄而上的城市改造浪潮中，泉州人学会深思沉着，一反爱拼敢闯的惯性，在不该出手的时候不出手，用心呵护着文化传统的一缕香火。以至今天每一位来到泉州的客人，最先感受到的，就是满城浓浓的烟火气。

泉州的烟火味是从巷子里飘出来的。历史悠久的城市不少，北京故宫的宏大气势，西安兵马俑的叹为观止，杭州西湖的浩荡烟波，洛阳龙门石窟的巧夺天工，相比之下，泉州的世界遗产和“国保”文物中，除了开元寺东西塔和洛阳桥、安平桥，规模、体量都不算大，更宜于走近平视，空间尺度也特别舒适。如果说，西街、中山路是古城的骨架，那么众多的小巷就是古城的毛细血管。因为文物古迹众多，整个古城区成了世界遗产保护的缓冲区。走进古老的巷道深处，仿佛穿越时空回到以往，抚摸早已包浆的宋元故事，踏响历久弥新的市井传奇，你会发现，原来这里藏着半城烟火半城仙的自在生活，藏着解读古代海上丝绸之路的文化密码。

巷遇，可以看见最真实的泉州。认识一座城市，繁华大街、中央广场是它的封面，背街小巷才是

花开的街巷　摄影 / 郭培明

它的里子。古韵悠长，必有回响，梯航万国、帆樯林立的昔日景象随风逝去，而余音萦绕于小巷深处、大厝院落，只需一声锣鼓、一句南曲就能完全唤醒。15 年前，《东南早报》开辟《古城 24 巷》通版专栏，图文并茂，颇受读者好评。而今，泉州网推出《巷遇》，同样采用平民视角，同样聚焦“留形、留人、留生活”，而走访的古巷更多，采访更具深度广度，而且增加了音视频，推出了微信版，展现形式与时俱进，传播方法更加活泼。城因人而生动，书中的每一次巷遇，我们都能遇到小巷的居民，尽管有的人走出小巷后，成为闽学鼻祖、一代大儒、军中将帅，成为政坛高官、中科院院士、著名侨领，但小巷都是他们铭记的生命脐带、人生起跑线。我们应该感念的是还坚守小巷生活的居民们，他们怀着一颗平常心，长年与这座城市朝夕相处，同甘共苦，他们的平凡同样值得尊敬。正因为有了他们，小巷的灯一直没有熄灭，这座城市依然是新时代的光明之城。

在泉州的巷子里，随时可与美好相遇。在著名的《美国大城市的死与生》一书中，雅各布斯说：街道有生气，城市也就有生气 。对照泉州，这话一点不假。一日千里，瞬息万变，是互联网时代的显著特征。物质的极度丰富，并没有让人们获得更多内心的平和，在已经到来的第四消费时代，追求简约，享受文化，将是人们更为向往的生活方式。简单，才是生活的本质。不用犹豫，来泉州吧。小城故事多，充满喜和乐。徜徉在古城的巷子里，你一定可以获得心灵的安宁，风轻云淡般的安宁。

看见了你“悦读”的笑容，我终于知道，你，已经爱上泉州了。

（泉州网、泉州文旅集团主编《巷遇》序言，海峡文艺出版社 2023 年版）

总有豪气枕波涛

继充满海峡风情、“海丝”特色的首届海峡西岸闽南文化节成功举办之后，2010 年中国航海日活动举办地也花落泉州。

自古“涨海声中万国商”的泉州，与相依相伴的大海，又有一次生动的现代对话。

翻开福建地图，满目青山绿水，许多人在赞羡这个东南沿海的省份绿化率居于全国首位时，一定也注意到这是一个缺乏平川的地方。泉州 1 万平方公里的土地上，像个模样的庄稼地只有惠安走马埭、晋江陈埭埔等几处平畴良田。作为福建省人口最多的一个地级市，800 多万人高密度地聚居于狭窄的山海交际处，泉州，注定要把目光瞄准海洋。

泉州处于福建南部沿海，拥有湄洲湾南岸、泉州湾、深沪湾和围头湾，海岸线长，良港密布。元代以来，在深舱高帆的福船先进技术推动下，中国东南的海洋贸易达到了空前的繁荣。马可·波罗在他著名的游记中，对泉州刺桐港的繁荣有着详尽的描述。700 年后的 1991 年，来到泉州的联合国教科文组织“丝绸之路综合考察”项目负责人迪安博士则惊叹，短短一条涂门街，儒家祭孔的文庙、伊斯兰教徒聚礼之地的清净寺、道释合一的关岳庙比邻而立，相安无事，这种联合国追求的不同文化不同宗教“和平共处”景象，在数百年前的泉州早已实现了。

今天，走在聚宝街弯曲破损的路面上，目光触及两侧老店铺的陶瓷、金纸、中药、水果以及寺庙教堂、德济门遗址，努力地想象当年的繁华市景，恍惚时空倒转。我的先祖，也许曾经在此处摆过地摊，吆喝叫卖过豆浆油条，帮洋人提过箱拉过车。历史在这里转了个圈，当浮华逝去，周遭的生意人才知道当时的刺桐港，原来是世界级的东方第一大港。据南宋《诸蕃志》记载，1225 年，与泉州有贸易联系的国家与地区达到 50 多个。而汪大渊其后在《岛夷志略》中提到的已多达 99 个，航线除了东亚、东南亚，还延伸到印度、波斯、阿拉伯一带。后来，泉州的茶叶、陶瓷也随着商船的身影，漂洋过海，扬名世界。

泉州港石湖港区　摄影 / 陈起拓

到了明末清初，远离政治中心的泉州又失去了一次率先探索发展之机。在明朝皇帝的眼中，郑和下西洋只是为了宣示国威，抚慰四方，并非发展海上贸易，而且还在梦想万国来朝的盛世景象。我们可以设问，有先进的航海技术导引，庞大的远洋舰队出海，换成洋人，会是如何的一番情景？站在后渚港对面洛阳江入海口的百崎接官亭，猜想郑和在此慰抚当地回族人民的情景，那一定是一套很官方的仪式，经济发展毕竟不是这位权重一时的朝廷宦官下西洋的使命。眼前的美丽已经让位于东海新城市组团的崛起，高楼大厦的倩影映在水面，现代都市的雄姿凭风临海。在 20 世纪 70 年代宋代古船的挖掘地点附近，我做了个现场小调查，民工们没有人清楚，这后渚的滩涂，曾经把宋代的一船传奇完整珍藏了几个世纪。

对待异域外邦，也许郑芝龙家族是个例外。郑成功，赫赫有名的泉州人，他和他的父亲郑芝龙当时可称一方神圣。他们打败了荷兰殖民者，在台海一带活动的贸易商船，都要经郑氏集团同意或者领取牌照方可交易。历史把民族英雄的荣誉授予了功勋卓著的郑成功，许多人却不大清楚他的家族，实际上也是一个拥有武装的海商集团。郑氏融政治、经济考量于一体，显然不同于身处内陆的王朝的视野与手段。如果说明、清政府仍然是用农耕文明的方式对待海洋，郑成功则能够凭借海洋的广阔性与开放性，和其他文明进行物质交换与文化交流，其海洋意识远远超越征服大海以获取“渔盆之利，舟楫之便”的靠海吃海思想。清统治者尽管把郑成功迎葬故里，而令人玩味的是，埋下忠骨的青山名叫“覆船山”，不知是否暗含着当局者的不良用意。

一代代、一批批的泉州人并没有被大风大浪吓倒，不说踏波蹈海、威震敌胆的抗倭名将俞大猷，跨海东征、接管台湾的施琅等盖世英雄，就说在海禁的高压政策下，19 世纪中叶，东南亚的中国人总数还是超过 150 万人，其中，以泉州籍和漳州籍为代表的闽南人队伍最为壮观，闽南话因之成为他们在外聚居地通用的交际语言。在台湾岛上，汉族人口中的 44.8% 来自原泉州府地区。难怪“为什么是泉州人”成了一个有趣的华侨史话题。当时的人们谁能想到，这些餐风宿露、筚路蓝缕，身在异乡为异客的泉州籍乡亲后人中，竟出现振臂一呼、应者如云的菲律宾国父黎刹、新加坡前总理吴作栋、印尼前总统瓦希德这样的大人物，也涌现出富甲一方、热心公益的李清泉、李光前、辜振甫、王永庆、林梧桐、李尚大、李陆大、陈永栽、施至诚、吕振万、陈守仁、唐裕等众多华人巨商名流。

闯荡海洋并非天性不怕危险，没有人愿意把鲜活的生命主动托付给汹涌的波涛。泉州人远渡重洋去了东南亚，并非那里遍地是黄金，如果一定要给出一个理由，那么必然是：穷则思变。很明显，一亩两分地难以养家糊口，出海捕鱼，泉州话叫讨海，向海要饭，声音中是充满无奈的。俗话说，走船跑马三分命。风浪过后，滩头守望的渔民家属的心情，如同波浪起起落落，哭与笑，两种脸孔表情真实地上演人间的悲喜剧。我老家的祖厝，就建筑在与后渚港隔岸相望的海边。阳光灿烂的日子里，鸥鸟飞翔，帆影高悬，黄沙闪亮，波澜不惊，只是当时，这般现代人求之不得的美景一点都没有吸引力。每年的“大流水”来时，惊涛拍墙，水漫前门，半夜里搞撤退转移是常有的事。一个不大的渔村，几乎家家都有南洋关系，只要邮递员一入村，小卖部就热闹起来，等待侨批的目光仿佛可以穿越海面上的云雾，这也许就是泉州人最原始意义的“放眼世界”。一幢幢挺立于村中的洋楼大厝，则是远在南洋的侨亲们不忘故里、胸怀祖国的真实印记。多少次，为来访的外地朋友介绍泉州是中国著名侨乡时，我总是带着几分自豪的口吻，只有在内心，自己最清楚这自豪背后的辛酸血泪。

近代以来，天灾与战乱不断，政治运动接连，加上列为对敌前线，这方海岬长期难得宁静。不知从哪一年开始，家庭中的年轻少壮，就以“站起来像东西塔，躺下去像洛阳桥”的豪情，纷纷登上出洋的船舶，在台湾海峡和南中国海，那些搏击风浪的泉州汉子，用身躯当作赌注，驶出一条开辟荆榛的另类生存之路。在《闯关东》《走西口》电视剧热播的今天，如果有一部荡气回肠的《下南洋》，那必定会引发无数家庭的情感共鸣。《爱拼才会赢》这首脍炙人口的闽南语流行歌曲，几乎被当作了泉州的市歌。“三分天注定，七分靠打拼”，朴素，本色，还带上浓厚的江湖味。聚族而居，同乡情谊，相互照应，有难同担，有福共享，江湖是草根成长的摇篮。不管风平浪静，还是狂风暴雨，泉州人喝酒猜拳的风气依然没变，在他们的血液中，拼搏精神远远高于团队意识。在海外，泉州籍社团山头林立，英雄豪杰各领风骚，回到故乡，拳拳之心却一样赤诚。改革开放之前，乡下普遍贫困，一个景观却是惊人一致的，那就是最好的建筑物全是村里的学校。从小学到中学甚至大学、学村，从合资捐助到独资建设，有的侨亲倾尽毕生积蓄，为的是让老家的孩子们不再像他们一样受够没有文化的苦头。而以招收侨生为特色的华侨大学（以下简称“华大”）当年选址于这座东南一隅的“边城”，不知与侨亲兴学风气是否有关，但肯定与泉州强大的海外影响力不无关系。

沧海桑田。那天在华大参加一场座谈会，站在高高的陈嘉庚纪念堂前的台阶上，一位校领导告诉我，50 年前建设学校时，大门外就是海滩了。历史翻开了新的一页，视线中，远处海峡体育中心的轮廓清晰可见。有意思的是，这一设计新颖、造型优美的现代新地标的主要投资建设者多为改革开放后成长起来的民营企业家，而二三十年前建设侨乡体育中心时伸出援手的多为老一辈海外侨领。起步于海外侨资支持的泉州民营经济，30 年间一直处于高速发展状态，并由此产生 100 多个中国驰名商标、中国名牌产品，赢得了“中国品牌之都”的美誉。安踏、特步、361° 、匹克、安乐、柒牌、劲霸、九牧王、七匹狼、虎都、利郎、浔兴、鸿星尔克、乔丹、达利、福马、亲亲、盼盼、雅客、舒华、九牧等知名品牌，丰富着一座城市的名字。

有专家以例分析，晋江的人口仅 100 多万，而东南亚和台湾地区的晋江籍人士分别都有 100 多万人，深受海洋文化浸染的晋江在亚洲金融风暴和世界金融危机中非但没有出现东莞、温州那样明显的经济下滑，反而呈现出强劲的发展态势，这不能不说是品牌的力量，而这种力量的源头依然是海洋精神。以全球视野看待市场，以锻造产业链巩固市场，以创建品牌扩张市场，这帮从小在海边长大，习惯斗风搏浪，曾经是挑蛏苗、种庄稼、卖甘蔗、推板车、修拖拉机、做裁缝、当乡村医生和小学教师的泉州农民企业家，历经从“船小好掉头”到“舰大好冲浪”的磨砺，华丽转身成了境内外十余家上市公司的掌门人，他们的言谈举止仍然保持着浓重的咸水腔、地瓜味、乡土气息，却都是新闻媒体热衷追逐的采访对象。

如果说泉州企业的成功概率中含有敢拼、冒险甚至豪赌的成分，那么泉州企业家们面对公益事业的热情、大方和豪爽出手更值得敬佩。汶川大地震发生后，捐款捐物达到五百万、一千万元的大有人在，从石狮走出来的地产大亨许荣茂的捐款更是高达1个多亿。在巨富中死去是一种耻辱，发家致富后的泉州商人或许没有听说过这样的名言，海外侨亲榜样的力量却是实实在在的影响。泉州市总商会会长许连捷的父亲不愿子女为他操办生日宴会，执意为晋江慈善总会捐了9999万元。频频出现在国际艺术公益活动现场的泉州人，还有中国海外现代艺术“四大天王”中的两位：旅居美国的蔡国强和旅居法国的黄永砯。2008年7月的最后一天，担任北京奥运会开幕式视觉效果总设计的蔡国强在他购买的老四合院里回答我的提问时坦言，泉州的海洋意识与民俗文化，儿时燃放鞭炮和“八二三”两岸炮战硝烟的记忆，都是他取之不尽的创作源泉。

在“狠批封资修、大割资本主义尾巴”的年代，石狮侨眷利用海外关系的便利做点小洋货买卖曾经出过大名，不过那是段痛苦的经历。我清楚地记得专题纪录片的名称叫《铁证如山》，全国放映的目的是作为反面教材。相比之下，雕刻于惠安崇武滩头礁石上的“鱼龙窟”给历史留下了另一种颇具象征意义的泉州见证。中国美术学院教授、泉州籍著名画家洪世清在岩雕创作期间曾接受过我的专访，他承认只对岩石进行三分之一的艺术加工，另外三分之一是岩石的自然形态，三分之一留给时间去冲刷完成。留有余地，把握机遇，天人同构，和谐发展，这是艺术的出路，不也是企业的出路、泉州的出路？

2009年的最后一天，估计总投资达55亿元，连接石狮与惠安，全长达27公里的泉州湾跨海大桥正式破土动工兴建。2010年的第一天，《泉州晚报》头版头条写下充满豪情的句子：“桥是江海通道，希望通途。这座跨海大桥，即将跨越的是我们祖辈望洋兴叹、不可逾越的天堑，是几十年来泉州人民翘首以盼、不能或忘的遗憾和憧憬。而今，我们终于有机会来圆这个梦想，一个从来没有像现在这样触手可及的梦想。”这一宏伟工程一旦竣工，中心市区与晋江、石狮、惠安三县（市）完成圈状连接，石湖、秀涂和后渚三港区集疏运系统得以整合，环海湾型大城市形态即告确立。承袭洛阳桥、五里桥昔日吞海卧波的辉煌，振兴古代海上丝绸之路雄风，建设现代化亿吨大港，泉州将迎来一个全新的海洋时代。

面向大海，抗风搏浪；义利并重，化危为机；点石成金，爱拼会赢。这，就是泉州“讨海人”的眼界与雄心，胸怀与睿智。

迎着风浪出海，枕着波涛入眠的泉州人，与大海的对话注定精彩，让天风去拥抱浪花，让时间去告诉未来。

（原载《泉州文学》2010 年第 4 期）

| 向海而生

2017年年中，赴马来西亚出席“一带一路”旅居文化国际学术研讨会，我和新加坡著名作家尤今的论文都围绕海上丝绸之路起点城市泉州展开。尤今的聚焦点竟然是泉州湾边的一个小渔村蟳埔，她把蟳埔的独特之美当作人生旅途上的一次重大发现。尤今是东南亚知名度很高的华人作家之一，已出版小说、散文作品180部。要知道，她还是一位环球旅行家，到过110多个国家和地区，什么美

开渔时节　摄影/陈起拓

景没有见识过？而且她更注重的是深度游，走马观花只到过一次的蟳埔，有什么魅力叫她着迷，我一时难以理解。

与尤今老师不是第一次见面，此前读过她惠赠的《我与父亲》，对她的身世多少有些了解。泉州虽说是中国最大的侨乡，但她的家庭与泉州没有任何关系。她的老家在海南岛，父亲是一位抗日英雄，是马来西亚怡保地区家喻户晓的人物。如果不懂什么叫优雅，与尤今聊聊天就会明白，她绝不是一个武断的人，从不信口开河，读她的文章，总能让人感受到一股温情，或浓或淡，流露的都是真情实感，因而我相信，她对蟳埔的喜欢是发自内心的。

跟尤今一起，走一趟蟳埔吧。我手头拿的是她的一篇散文《蟳埔风情》。她在文章的开篇这样起笔："这条弯弯曲曲的巷子，瘦削、苍老，但却保持着岁月攫不去的一股傲气。就在这条幽深而安静的巷子里，远道而来的我，终于如愿以偿地看到了曾经臆想过千百回的蚵壳厝。"这一刻，我好像看到她"无意间闯入童话世界一样，心跳如鼓"。

泉州是古代海上丝绸之路的起点城市，宋元时期更是世界级的东方第一大港。在大港尚未形成之前，泉州靠着一条晋江聚集人气。西晋末年，中原士族为规避战乱纷纷南迁，许多人在气候温和、四季分明的闽南沿海一带停下了脚步，一代代生活繁衍，至今我们仍然可以从泉州城乡大量的民居门楣上的"××衍派""××传芳"看到各种姓氏的"不忘初心"，而晋江的命名，亦寄托着南下移民对中原故土的思念之情。知名海洋文化专家梁二平在《海上丝绸之路 2000 年》一书中这样说起泉州："知道泉州是个港口城市，可是在现代化水泥构筑的泉州城里，根本看不到大海。如果嗅觉灵敏，可以从东南吹来的热风中，闻到一点点海腥味。不错，海就在泉州城的东南边，那里有一个湾连着湾的泉州湾。”有一次，成都的朋友出差来到泉州，他最大的要求是让我带他去看看海，毕竟泉州是一个滨海城市，而他，从没有见过大海。记得是晚上，我用自行车载着他上了泉州大桥，指着桥墩下面的水面说，海在这儿。朋友用怀疑的目光看着我。我说，这水是咸的，顺着这晋江流去不远，就是海口了。他一脸的失望，我现在想起来还觉得内疚。而二三十年前的当时，蟳埔还是彻头彻尾的郊外渔村，不像今天，它的周边高楼林立，连附近江中的那块沙洲也华丽转身为“岛居生活一线海景”的高端住宅区了。

从地理位置不难发现，蟳埔正处于泉州湾晋江出海口的咽喉部位。

在泉州古城西北边的九日山，完整存留着 10 方与海上交通史有关的祈风石刻，从中可见南宋淳熙元年（1174 年）到咸淳二年（1266 年），夏季回舶和冬季遣舶时的祈风情况。这种仪式的规格很高，一般由泉州太守主持，大小官员悉数出席，向海神通远王祈祝一帆风顺，平安归来。今天的晋江由于河道淤积，已失去当年的大江气势，我们可以想象：当年晋江下游自金鸡桥经白水营、南门外，再到法石、蟳埔、后渚，江海相通，码头相接，帆樯如林，货物如山，那该是何等壮观的大港场景。1974 年，著名考古学家、厦门大学教授庄为玑带领的科研团队挖出沉睡 800 多年的宋代古船，成为轰动一时的大新闻。“沉睡”一词，同样可以用来形容衰落以后的泉州（古刺桐）港，20 世纪 80 年代初，当中国海外交通史学会负责人陈高华教授出席相关国际会议时，提及刺桐港，现场的各国专家知情者十不及一。

不知多少次，我带着客人参观开元寺内的“泉州湾宋代古船陈列馆”，徘徊在展厅的各个角落，直面那些长年沉睡于海底的香料、食品、器物和商号标识，总觉得空气中流淌着一种时空穿越感，仿佛那些商号就是西街、聚宝街、南门外的某某人家，熟悉而亲切。当眼光触及那根锈迹斑斑、比人还高的巨锚，你可以估计那条船该有多大的载重量。奇怪的是，站在巨锚前面，如同站在墙上著名画家李硕卿创作的《涨海声中万国商》的情景之中，一股豪迈之气油然而生。

“云山百越路，市井十洲人”。唐代中叶阿拉伯地理学家伊本·胡尔达兹比赫在《道里邦国志》中就将泉州列为唐代四大贸易港口之一。北宋元祐二年（1087年），泉州市舶司设立，泉州港口在海外贸易中的龙头地位得以确立。据元代旅行家汪大渊在《岛夷志略》中记载，与泉州有着交通贸易关系的国家多达99个。环视全球，只有埃及的亚历山大港可以媲美。由于泉州湾古船的出土，后渚被广泛认定为刺桐古港的所在地。我的老家百崎就在后渚的对岸，中间仅仅隔着洛阳江的出海口。我的先祖原本居住于与蟳埔村厝角相邻的石头街，作为外来移民，他们习惯于经商与航运，但有一点经年不变，喜欢居住海边。在后渚大桥建成之前，两岸的交通多由渡船承担，而今一桥飞架东西，天堑变通途，被誉为“泉州浦东”的台商投资区，开始了一次历史性的嬗变。百崎的“讨海人”认为，东北风长驱直入的后渚，并不具备天然良港的优越条件。早些年我回老家，在后渚港登上渡船时，多次见识过冬天风浪的威力。那时我大胆设想，后渚不是古刺桐港的主港，蟳埔、法石一带的江口码头才是。

后渚处于洛阳江出海口南岸，蟳埔则在晋江的出海口北岸。晋江江面宽阔，至法石、蟳埔段，土地平坦，犹如一把打开的扇子。后渚背靠桃花山，地形崎岖，缺乏腹地，虽有古道，货物运进城里并不轻松。听说当年庄为玑教授一行还是翻越了一段荒凉的山间小路后，才抵达发现古船的滩头的。与后渚相比，法石、蟳埔沿着江滨直通城市中心区域，从九日山下途经老市区，再延伸到海边，连绵20余公里，皆宜船舶停靠。古刺桐港实际上是一个港口群，自古有“三湾十二港”之称。至今，我们仍可以从老市区第九码头、文兴渡、美山渡、蟳埔、后渚和邻近的溜石、石湖、秀涂、百崎诸港等旧址、遗迹猜测当年百舸争流的大港气象。南宋淳熙年间，泉州知州真德秀在蟳埔一带设置法石寨，造大战船，扼守海道，以壮形势。那时，法石周边共有圣殿山、文兴、坂头、长春等多个码头。明代时还在法石设立河泊所，为专司船舶管理的机构，管辖区域就包括后渚。清代《泽被海滨碑记》记载：“澳有二十四，而法石为要，盖通南关，外接大坠，实商渔出入必由之所，亦远近辐辏咸至之区。”可见法石港区在泉州对外商贸、军事方面的重要地位。1349年从泉州登上海船回国的摩洛哥旅行家伊本·白图泰，在他著名的游记中这样记述刺桐港：“该城的港口是世界大港之一，甚至是最大的港口。我看到港口内停有大艟约百艘，小船多得无数。这个港口是一个伸入陆地的巨大港湾，与大江会合。”比较一下晋江和洛阳江，前者更有可能称得上大江，而蟳埔、法石正处于泉州城与晋江出海口之间。

泉州民间有句俗语：“走船跑马三分命。”闽南还有种说法，讨海人最迷信。民间信仰在泉州讨海人的心目中占有很重要的位置，即使在“破四旧”的日子里，老百姓冒着风险，想方设法，都要拜拜神灵保佑出入平安。那个时代，有句喊得很响的口号：“战天斗地，其乐无穷。”然蟳埔人长年作业于浩渺的大海，命运悬于风浪之尖，每一次出海，都是一次生命的赌注，唯一能够带来心理安慰的便是传说可以平息风浪、驾驭大海的海神。在法石、蟳埔、金崎的近海处，长春妈祖宫、美山天妃宫、蟳埔顺济宫一字排开，相隔大约只有两三百米。寺庙的选址多选择倚山幽境，经过觅龙、察砂、观水、点穴确定，这几处宫庙最看重的似乎只有两个字：靠海。神祇这么密集扎堆还不够，建于石头街武当山上的真武庙，雅称枕山漱海，山高不外三五十米，竟然刻着两个大字“吞海”，其气魄非同凡响。古时泉州郡守每年两次在真武庙祭海，仪式极其隆重。而在后渚港附近，虽然也有铺境民俗活动，但是没有如此震撼人心的海神崇拜风景。

真武庙主祀北极玄天上帝，文兴宫是泉郡王爷崇拜的重要道场，美山天妃宫和长春妈祖宫祭拜的都是妈祖林默娘。每次经过法石、蟳埔一带，我都不忘从车窗内看看这片红砖白石、雕梁画栋的闽南建筑群。这里的百姓有敬畏，有信仰，他们想法朴素，约定俗成，把敬祖祭神当作日常生活中不可分割的内容。他们希望亲人平安归来，寄望一家安居乐业。

2018 年正月二十九，蟳埔妈祖巡香活动规模特别盛大，据说组队的阵头达 55 个，彩旗飞扬，锣鼓喧天，游行的队伍连绵数公里。来自海内外的摄影家们“长枪短炮”全副武装，无一不把镜头对准盛装打扮的蟳埔女。蟳埔女不论老小，头顶上都盘插美丽的花环，一路走去，无异于一片移动的花海，百花争艳，满园春色，煞是好看。其间，叶匡政、叶开、施晓宇、雪小禅、绿茶、韩浩月、小武等多位文学圈的大咖高手应邀前来采风，在他们文采飞扬的笔下，我都读到了一个关键词：“感动到流泪！”万人巡香，场面浩大，蔚为奇观，作为外人的他们，面对蟳埔女一朵朵绽放的笑脸，蟳埔村洋溢的祥和气氛，感到惊喜甚至震撼，都属于常态。然而他们感动到流下眼泪，却促使我反思了，我们中的多数人，到底有多久没有在公众场合流过泪了？不是男儿有泪不轻弹，现代社会物质生活高度丰富，情感于市场之中过度消费，真诚常被虚情假意替代，人与人的关系冷漠了。巡香信众的虔诚、淡定、喜乐、满足，让看客在这里寻找到现实生活中稀缺的东西，当然感动。

妈祖崇拜始兴于泉州，自宋以来，渐渐演化成海内外华人的共同信仰。据不完全统计，全世界华人聚居的地方，共有2500多座妈祖庙，单台湾岛就超过500座。铺境宫庙的神诞庆典，娱神祈求合境平安，在泉州城乡是世代传承的民俗文化。在我的童年时代，就从大人的交谈中隐约知道诸如镇符、接香、驱邪、显威等各种铺境活动，更听过神乎其神的各种民间传说。例如宋代动工建造洛阳桥时，江上波涛汹涌，传蔡襄得海神相助，以“醋”字示意二十一日酉时下基，果然海不扬波，潮水尽退，工程顺利。郑和下西洋时，也多次得到妈祖的庇护。郑和在《刘家港天妃宫石刻通番事迹记》中写道：“直有险阻，一称神号，感应如响，即有神灯烛于帆樯。灵光一临，则变险为夷，舟师恬然，咸保无虞。此神功之大概也。”

真武庙举办祭海仪式那天，我的目光无意间落在与庙宇几步之遥的一大片空地上。十余年前的一次旧改拆迁，让石头街（法石俗称）历史风貌区不再名副其实，一条叫马可巷的巷道消失了，一口叫马可井的水井也消失了。有人提醒，不要为了赶路，错过了路边的风景，可现实却叫我们心疼，和马可·波罗有关的独特风景从此与我们交臂而过，成了又一个传说。好在拆迁区里还藏有一个酿造于南宋的旧梦：一条发现多年、尚未挖掘的古船。不是所有的美梦都非要摇醒，这个时候，我思忖着这条古船与后渚古船是否同属一个船东？船上装的又是什么物品？不如，把这个秘密作为馈赠给未来的一份厚礼。这片热土春色不减当年，眼前的百余亩格桑花开得正盛，五颜六色，诗意盎然。我联想到法石一带曾是蒲寿庚家族的大本营，这个元代集权力与财富于一身、实际掌控着海上贸易和海关管理大权的人，其庞大的私人船队一定是停泊在附近的海面上。1291 年，马可·波罗护送蒙古族卜鲁罕部阔阔真公主远嫁波斯伊尔汗国，隆重的送别仪式一定是在眼前江海交汇处的古渡码头。我还联想到明清时紧时松的“海禁”政策，当官府严禁“片板不得入海”之时，蟳埔渔民的日子是不是度日如年般艰难？当年蒲寿庚的哥哥蒲寿晟曾在云麓村广种从阿拉伯引种的素馨花和茉莉花，历史烟云散尽，也不知道从何时开始，这些鲜花移植到了蟳埔女的圆髻上，配搭大裾衫、阔脚裤，成为蟳埔村的村标。我踱步到蟳埔村里，在一条小巷口的榕树下，遇到两位正在开蚵的蟳埔阿姨。由于长年的海上作业，她们脸庞上映照出海风侵蚀过的沧桑，与实际年龄不相称，想不到一开口，却笑声如铃。

因为奇异的传统服饰，蟳埔女与惠安女、湄洲女并称为福建三大渔女。随着现代化浪潮的涌动，时尚文化轻而易举卷起风浪，“三女”的服饰去留成了一个现实问题。冯骥才说：“历史不仅是站在现在看过去，还要站在明天看现在。”蟳埔年轻人的心态，不可能不受外界的冲击，但是一个渔村，居然敢于抵抗同质化的脚步，其内在

蟳埔巡香　摄影 / 陈英杰

的自信必然强大。不久前看到一个纪录片，主持人津津乐道蟳埔的美景，解说词中竟把蟳埔人说成是阿拉伯人后裔，主观臆想，着实让我吓出一身冷汗。难道蚵壳厝加上蒲氏家族、素馨花，就等于阿拉伯人？蚵壳厝是蟳埔村的建筑奇观，镶嵌在老房子上的蚵壳硕大，不像是本土产物，据说是古代从事“外贸”的大船，回程途中为了减少风浪的颠簸，把西亚、南亚当地的蚵壳当作了压舱石，回泉州后，废物利用，上了墙面，由此诞生了闽南建筑史上的一朵奇葩，成就了海上丝绸之路上的一段传奇。与蟳埔隔着晋江、洛阳江相望的陈埭和百崎，分别是丁氏、郭氏的聚居地。郑和第五次下西洋时，听说百崎有回族人居住，同为回族人的他特地上岸巡视，百崎族长迎接他的渡头，至今留有一座纪念性的古建筑——接官亭。两个阿拉伯商人后裔聚居的少数民族地区早已不见了民族服饰，而蟳埔女子却仿佛穿出一身异国情调，我至今仍不大清楚蟳埔阿姨服饰演变的真正缘由。她们以前被城里人称为“粗脚人”，竖蚝石，修渔网，卖海鲜，做生意，自古以来蟳埔阿姨吃苦耐劳是出了名的，论斤计两的心算能力也是出了名的，她们过日子善于精打细算，想必心中也有着一杆秤。她们社会地位不高，文化程度普遍也不高，有的当了多年母亲，还让孩子偏称“婶婶”“阿姨”，甚至直呼其名。她们并非没有苦难，但她们往海边迎风一站，就站成风景，生动了一个海，温暖了一个家，丰富了一座城。奇而不俗，艳而有韵。如果世间少了这道安详、和谐的风景，那将是泉州塑造城市形象的一种遗憾。

蟳埔确实不是善于张扬的村庄，当地人协作、团结、宽容、大度的精神取向，是大海的神启和馈赠。“枪城”，古代留下的一个铳台，蟳埔人叫起来很具威力的地名，址在村东海岬鹧鸪口，登楼远望，视野开阔，凭眼力可眺泉州湾内百崎、秀涂、祥芝、石湖、溜石诸港。明代嘉靖年间，俞大猷请修沿海兵台加强海防，法石就已名列其中。铳台建于明代天启七年（1627 年），时东南沿海倭寇时常出没，泉州知府王猷毅决定在此咽喉要塞筑立铳台，设置九门铳炮把守。时至今天，我们仍可从任过文渊阁大学士的泉州人史继偕的文章中感受其磅礴气势：“登台左右顾，岱附如鼓，紫帽如旗，石湖、溜石二浮图如千天马奔踏而来，如金鞍宝盖。山川之气脉，关锁益增而固。”清代康熙十九年（1680 年），又在鹧鸪口设立巡检司，这座守护泉州城的第一道海防屏障，与对岸的溜石铳台互为犄角。历史上的卓著功名，已随海风而逝，而今可有几个人听说过？大凡一个地方有点来历，总要罗列出一批历史文化名人的单子，比如大官、将军、财主、文豪，以提高“地价”。我孤陋寡闻，说不出蟳埔史上有名的一二人物。不习惯夸夸其谈的蟳埔人挂在嘴里的“讨海”，其实就是讨一份生活，放海入襟怀，出海如下田，难怪他们的性格中总有大海的影子。蟳埔人的风俗坚守，对权贵不羡慕嫉妒恨，不去追忆逝去的繁华，是一种存留于血液中的文化自信：给我一个大海，就能向海而生，生生不息，朝看海蚵、红蟳作物般茁壮生长，夜枕一弯波涛安然入眠。

香港著名主持人窦文涛与任贤齐结伴来到蟳埔录制节目的那天，我正陪新疆的朋友坐在一幢蚵壳厝的埕院里喝茶聊天。举头可见泰禾广场城市综合体的巨大身影和晋江大桥的悬索雄姿，南音从邻居的窗口飘了过来，断断续续，似无还有。红砖墙角的三角梅大胆招展着季节的艳丽，鸡蛋花斯文地在入门处迎宾，让不大的一处院落，显得疏密有致，浓淡相宜。我点了客人喜欢的蚵仔煎、墨鱼羹、九节虾和鱼子炒饭，我们一边吃着，一边听着店主老黄讲他的海上历险记，讲他的民宿开办计划，以及他对快速城市化的几分担忧。

我忽然记起，尤今对我说过的一个心愿：她想在蟳埔买下一幢蚵壳厝。她设想，“白天，专心致志地在蚵壳厝里研发各种以海蚵为原料的食谱；晚上，亮一盏灯，看书、写作，把日子过得连神仙也羡慕。”这，大概就是许多人向往的“面朝大海，春暖花开”的理想生活吧。

（原载 2018 年 7 月 19 日《台湾导报》）

江口码头的涛声

很喜欢著名作家叶梅的散文《公主海渡》。千年古渡，那一年，那一天，刺桐港口，元世祖忽必烈亲自选定的蒙古卜鲁罕部公主阔阔真，在此登上开往波斯的海船。而护送她远嫁伊尔汗国国王的是马可·波罗，一位 15 岁时随父亲、叔叔来到中国生活的意大利人。泉州官府为了此行特地赶造了 14 艘福船，候命的船只停泊在码头，“首尾相连，就像一条巨龙。”在叶梅的妙笔之下，泉州古港上演过一幕中外交往史上的华丽篇章，大国气象，大港雄风，隆重盛况，叫人难忘。生动的历史场面描写当然是作者丰富的文学想象，但是多次来过泉州的叶梅坦言，站在泉州古渡口，“那一片沉默的海滩突然令我心旌摇动，久久难以离去”。她认为昭君出塞、文成公主入藏的故事广为流传，而 3 年时间的海上航行，经历无数次的风险才抵达西亚的阔阔真远嫁却很少有人知道，不应该。

叶梅笔下的刺桐港指的是“后渚浦”，如果作者是我，我一定会把地点改在法石的江口码头。1974 年，后渚港区出土了著名的泉州湾宋代古船。在“南海一号”发掘之前，这是中国最具知名度的一艘古代商船。我的老家与后渚隔着洛阳江对望，从小看惯了港口的帆影，长大后便萌生了一个疑问：号称世界级的大港，仅仅拥有后渚这么局促的小地盘够吗？小时候乘坐渡船进城，逢秋冬季北风天时船体颠簸特别厉害，风浪大的时候，常见有人晕船呕吐，靠岸过程更是险象环生。后渚直面东北，不是避风之港，且背后山丘陡曲，缺乏平坦腹地，虽有古道，大宗货物陆上运输并不便利。后渚被视为泉州古代海运中心的重要依据是《元史》关于南征爪哇的记载：“大军会泉州，自后渚启行。”古船发掘那时，港口搬运站的人员曾向主持考古的厦门大学教授庄为玑反映，对岸百崎村民曾来滩涂上挖走了许多木柴，因为烧不着，就不再来挖了。庆幸我的那些老乡手下留情，不然就没有“泉州湾古船”这位无可替代的超级导游向全世界讲述宋元中国的一段传奇了。

江口码头遗址　摄影/陈起拓

大量的史书典籍提及古代泉州的海外贸易，都会讲到江面上停泊着许多外国船只，杂货山积。1271 年，意大利人雅各·德安科纳抵达刺桐港，他在《光明之城》一书中写道，江面上至少停着 15000 艘船只。大船上装载的货物，要通过小船从晋江入海口顺着水道到城里的市舶报关。如果数量庞大的船只都停靠在后渚，验关路程较远，明显不符合大型良港应有的吞吐效率。我不是考古学者，但一直有个偏见存在脑中：历史上有 3 湾 12 港的说法，后渚是刺桐港的组成部分，而主港区应该在晋江入海口北侧的江口码头一带，外港则远达石湖。宋元海上贸易鼎盛时期，从城南的晋江岸边经法石直到洛阳江出海口的后渚，一定是这样的图景：码头连片，桅杆如织，人声鼎沸，堆场密集，运输车辆来来往往，一派繁忙景象。

在一个阴雨连绵的季节，我又来到了法石。把车子停在一幢蚵壳厝旁，我打起雨伞，从蟳埔渔民码头起步，沿着晋江北岸，经美山古渡，来到文兴古渡。这段江海交际处已经变成美丽的滨海带状公园，绿肥红瘦，雨水的洗刷让花草更加郁郁葱葱、生机勃勃。刺桐、大叶榕、蓝花楹、风铃木、宫粉紫荆、樱花木棉争奇斗妍，最显眼的是丰海路绿化带中央的大王椰子和棕榈，远远看去，似出列的舞者，整齐划一中见灵动英姿，给这座滨海城市带来浓浓的亚热带气息。空气中带着几分海鲜的腥味，我并不感到难闻，反而寻回小时候的古早味。一路上没有碰到任何人，雨一直下，雨水落在脸上，没有一丝冷意。木棉的花期已近尾声，大朵大朵的花蕊掉到地上，硬是把翠绿的草地染出一片嫣红，不知是谁，把花瓣摆成一个大大的心形图案，给静谧的气氛增添了些许浪漫。往事越千年，千年的风雨洗涮去许多历史的真相，千年的海浪也卷走了港口的传奇，绚烂之后，一切归于平静。眼前的海，真的不像是海了。江海交接处，只有鸥影，没有帆影，海浪温和到几近失去叫海浪的资格。历史地图中难觅踪迹的江心冲积岛，在地产商的持续折腾下，已是高楼林立、别墅成群，从无人的荒岛华丽转身为高档住宅区了。文兴古渡和美山古渡遗址，大概是“泉州：宋元中国的世界海洋商贸中心”世界遗产项目 22 处遗产点中最不起眼的一处景区。我不禁替古城的导游们着急，如果带着客人到这里参观，怎么才能讲好泉州故事呢？改革开放之初，著名海洋文化学者陈高华教授出国参加一次有关海上丝绸之路考察的国际会议，他在发言中建议考察地点增加“刺桐”（泉州）时，全场的专家脸上都露出茫然的神态。毕竟，一个时代曾经的辉煌，早已消逝在历史的烟云深处。我认真地阅读遗产点景区的介绍文字，虽然简短，却见分量：“江口码头是宋元泉州运输网络的遗产要素。江口码头位于泉州江海交汇处的法石港区，含文兴码头、美山码头等系列码头，内航沿江进城，外可扬帆出海……江口码头是泉州内港法石港的珍贵遗存，是城郊连接古城的水陆转运节点，反映了内港码头的功能构成和使用方式。”文兴码头现存规模仅有 30 多米长，美山码头现存规模更小，完全看不出往昔大港的蛛丝马迹。文兴码头岸边有座石砌宝箧印经塔，雕有佛像，书有“佛”“法”等文字，高不过两三米，已是此处遗产点最重要的建筑景观了。

我看到的真的是宋元时期代表中国海洋经济发展水平的码头吗？古法石港的此处码头遗存，最多，只能算是刺桐港港区庞大码头群的极小一部分实物。2019 年，考古人员对法石石头街片区进行过考古勘察，依据海泥及陆地自然地层的分布深度和范围，结合历史影像地图及历次考古发掘报告，探明宋元时期的历史岸线位于现存码头以北数十米处。2003 年，还在美山码头下方发现古代用于加固地基的木桩。相对于古渡实物，我更感兴趣的是一艘古船，遗产简介中提及的“佐证了宋元泉州的造船技术”的那条船。这条船是 1982 年在文兴码头以东 230 米处发现的，系南宋时期废弃于岸边的，考古人员发掘古船后部的 4 个舱位，发现有竹帆和绳索。专家判断船型为福船，与后渚发现的沉船为同一船型，经过综合考虑，采用原址回填保护。我按示意图来到文兴宫西侧“索虉”，杂草丛生，树荫如盖，土坡上没有路，拨开藤蔓树枝走了一程，我终于放弃努力退了出来，而此时浑身已被雨水淋个通透。这不是汪洋中的一条船，看起来不那么坚强，但是当许许多多的船只葬身大海，它却能在母港的怀抱安然入睡了千年，已是善终大幸。被废弃的这条船，无意中为刺桐港存盘了一份无可替代的物证，它的价值将随着时间的推移而倍增。我的目光扫过一片开阔的绿地，这片由园林工人打理得中规中矩的绿地，并没能让我的心情也开阔起来。听一个法石的友人谈过他们村庄的过去，说到他小时候有条巷子叫马可巷，有口井叫马可井，而今都化为这片绿地的某一处地块了。拆旧建新，在某些人眼中，不懂得珍惜，也就不懂得什么叫作永铸遗憾。如果这条巷、这口井与纪念那位护送阔阔真公主从法石下船远航的马可·波罗有关，泉州文化岂不多了浓墨重彩的一笔？

我沿着古渡的石阶走到水边，试图倾听江海交汇的涛声，结果自然是令人失望的。潮起潮落，沧桑已改，一个巨无霸的大港，因时代而兴盛，又因时代而消失，以至于说起古时这里到处都是洋人，写着外文的洋货更是随处可见，外地游人会觉得不可思议，甚至觉得有点魔幻。好在历史用文字还原了一个真实的泉州。“云山百越路，市井十洲人。执玉来朝远，还珠入贡频”（〔唐〕包何）。“秋来海有幽都雁，船到城添外国人”（〔唐〕薛能）。“缠头赤脚半番商，大舶高樯多海宝”（〔宋〕宗泐）。“涨海声中万国商”（〔宋〕李文敏）。《马可·波罗游记》中夸赞德化瓷器物美价廉，说“一个威尼斯银币能买到8个瓷杯”。这匹识货的老马带走的宝贝，现存放于意大利的博物馆里。另一个意大利人雅各·德安科纳反映刺桐港的《光明之城》也有类似记录：“像玻璃酒壶一样精致，这是世界上最精美的瓷器。”那时的200个格罗特就能购买600件瓷碗，雅各从这里上船时带的行李，便是大件大件的泉州陶瓷工艺品，那一趟航行，他赚了个盆满钵满。从泉州港口源源不断运往国外的丝绸、陶瓷、茶叶、铜铁制品，让中国商品融入国际贸易的大市场，德化瓷器更是成为西方贵族争相收藏显阔的资本。完全可以说，宋元时期，中国泉州的江口就是世界的码头。从江口运往世界各地的货物无数，福建海商队伍随之异军突起，泉州商人则是其中当之无愧的主力，这个现象一直影响到现在。在海外华人富豪榜中，闽籍大约占有60%左右，而泉州籍又占据其中的最大分量。黄奕聪、林梧桐、郑满仓、施至诚、骆文秀、郑少坚、陈永栽、陈守仁等东南亚著名华商，都是两手空空从泉州登上“过番”的船只，后来在南洋渐渐打拼出一片新天地来的。在新的发展时期，这种“爱拼才会赢”的基因也在安踏、特步、361°、七匹狼、恒安、达利、九牧等民营企业品牌的成长中得到了诠释与传承。

不是说历史是人民创造的吗？泉州近400年辉煌的航海史、贸易史是泉州人民，包括外国侨民、中外海商共同创造的。漂在大海上的大小商船，编织着中外海商的命运共同体。应该庆幸，唐宋治理泉州的政治人士王延彬、留从效、陈洪进、真德秀等人的眼界、抱负、担当确有过人之处。王延彬执政期间，“凡三十年，仍岁丰稔，每发蛮舶，无失附者，人因谓之招宝侍郎”。史书中记载陈洪进多次向朝廷进贡的物品，就有乳香、白檀香、龙脑香、木香、白龙脑、象牙等等舶来品，而且数量巨大，泉州港当年的繁华可见一斑。10世纪与11世纪之交，泉州海外贸易就超越了福州，“舶货充羡，称为富州”。宋哲宗元祐二年，也即1087年，正式设置市舶司这一海外贸易管理机构，世界开始站在了江口码头的面前。

一个大港的长期繁荣绝不是水深港良就可以维持的，其背后必然有行政无形的推动力量。我走进江口码头附近的市中级人民法院办公大楼，入内参观了“海丝”法治展览馆，对展板中的一个标题最有印象：“重商祐民，体时适变。”宋代除了经济贸易发达，都市化、文官化及航海、造船技术的新突破外，还有一个大宋的“尚法令”，堪称中国封建社会法制成就最高的朝代。元代的《市舶则法》，则被称为中国对外贸易法的典范。在海洋商贸中，对外码头的管理至关重要，非法交易不可能完全消除，经济纠纷时常发生，正是越来越正规的法律构架，有效地降低了贸易成本，为海洋经济的发展营造了良好的法治环境。朝廷深知市舶之利最厚，每当市舶司开港之际，官方都会组织人马载歌载舞，在码头盛情欢迎外商，俗称“迎番货”，回程则设宴送行，名曰“送顺风”。九日山祈风，便是从海商的民间自发行为转变为政府主导的官方仪式，顺应民心，方可以港兴城，历史为这座城市后来的治理者留下了可资借鉴的宝贵经验。南外宗正司设立后，大批赵宋皇亲国戚迁居泉州，他们认为泉州这个地方“好赚吃”，当然不是看中八山一水一分田，而是法石、后渚港外的这片辽阔的海域，带给他们无限的想象空间。利益是把双刃剑，江口是个名利场，同样是海上贸易的把门者，赵令衿、傅自修、赵崇度、真德秀、方澄孙为政清廉，整顿吏治，罢废和买，禁止重征；张佑、陆沉、潘冠英、赵公达、赵士鹏则苛敛诛求，诱致无术，私买舶货，赃污狼藉。每逢码头“番船”骤增或者骤减，不妨从执政团队特别是地方主官身上先找原因。看似水波平静的江口，当年牵动的可是一个朝代，甚至整个世界的神经。

泉州人成了中国最早睁眼看世界的一群人。不信你读一读宋代赵汝适的《诸番志》。这位有着赵宋皇室血统的泉州市舶司提举在任期间，一遍遍走访城南的外国人居住区，一次次登上停靠于江口码头的商船，通过高密度的访谈，搜集船只所到之地的风土物产民风民情，他整理记载了58个国家、地区的基本情况。在内陆不少地方的人们还在夜郎自大、鄙夷异族时，泉州人对那些肤色或黑或白、头发卷曲、高鼻梁的外来者，不但见怪不怪、平等相待，而且相互成了供货商、代理商、合作伙伴。那个时候，泉州人才是真正的“海上马车夫”。泉州港成为测算中国到海外诸港口日程的基准。

我的脚步不停地踏寻，试图在江口找到一点征象，以体现“基准”的伟岸气魄，然而放眼海面，雨帘遮挡，一片苍茫。我始终没有模糊的是一个比较数字：一艘泉州海舶的运输量，大致相当于一支700只骆驼组成的运输队。江口码头，到底向世界输送了多少物资，又有多少洋货从这里上岸，流向大江南北？“南海一号”，1987年在广东阳江海域发现的宋代沉船，我到海陵岛参观过这艘沉船，透过玻璃，可以看到考古人员工作的场面。目前还有大量的物品尚在挖掘整理中，船舱里超过6万件的瓷器，相当一大部分产于泉州德化窑和磁灶窑，不少商品是依外商来样加工的，如绿釉瓷盘，虽然出自晋江磁灶，纹路花饰却有明显的西亚风格。考古学家根据水密隔舱的造船技术和装载的物品判定，这是一艘从泉州港出发的远洋商船。1341 年，摩洛哥旅行家伊本·白图泰从印度出发前往中国泉州，假如时光倒流，说不定此时的我就是站在码头迎接他的“地陪”。6 年后，意大利传教士马里诺里完成出使中国的任务后，也是在这里登上回国的航船的。还有一位与伊本·白图泰同时代的大旅行家的足迹也留在码头的石阶上，他就是两次从泉州出洋的汪大渊。在他撰写的《岛夷志》（清代后称《岛夷志略》）中，详细记录了印度洋、波斯湾沿岸的山川形势、风土民情以及贸易情况。他在后记中特别说明：自己的文字“皆身所游览，耳目所亲见。传说之事，则不载焉”。历史的进程环环相扣，郑和下西洋时，怀中揣着的正是《岛夷志》，如果没有了这本可信度最高的“导游手册”，明朝船队的远洋航程很可能被改写。

历史当然没有如果，正如泉州港的兴盛，不能假设没有蒲寿庚。蒲寿庚之父蒲开宗是从广州移居江口码头附近的法石云麓村的，生下蒲寿庚时，他在安溪县主簿任上。一边做官，一边做生意，这个外来户反客为主，迅速融入当地社会，成为新泉州人的佼佼者。云麓距江口码头不外三四里地，可以想象，江口周边的仓库里堆满蒲家的大批香料，延续着这个家族的生意。云麓一直有种植素馨花的传统，许多村民就是蒲家的长工，蒲寿庚大哥蒲寿晟在这里有个面积很大的花圃。美山码头东侧的蟳埔村，至今村妇头上还流行盘戴花饰的风俗，这是本地汉人所没有的，很明显，为阿拉伯裔富豪邻居服务，久而久之，难免受到熏陶，由羡慕到模仿，继而在异族衰落、逃亡后继承了爱花的风俗，完全是可能的。蟳埔独特的蚵壳厝，不也是运货出洋的商船返程用来压舱的废物利用的成果吗？蒲寿庚属于泉二代，但他与阿拉伯世界又有着千丝万缕的关系，商而优则仕，特别是蒲寿庚掌管了海关大权后，地位如日中天，几乎垄断了泉州市场香料的交易，也因之“置产巨万，家童数千”。波斯客商视他为自己人，在海上贸易中也听从其调度，配合当地官方开展商业活动。与官府利益的同向捆绑，使得蒲寿庚可以通过海外招谕大力拓展海运业务。也因为利益的驱使，大批中东地区的商人来到泉州落户。

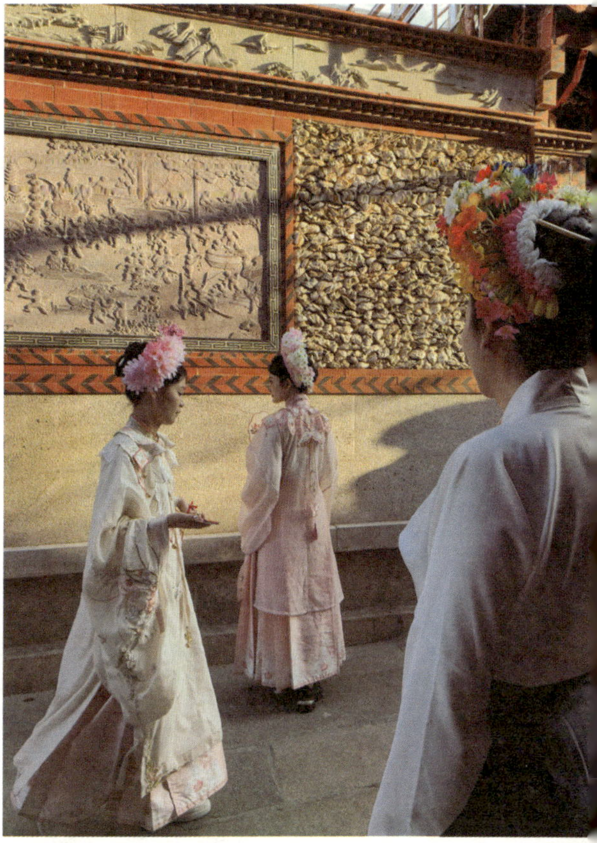

簪花围与蚵壳厝　摄影 / 郭培明

江口码头的上空并非都是和风丽日，比如关系到王朝存亡的月黑风高之时。就在雅各离开泉州 4 年后，元军占领临安，小皇帝赵昺在福州另立朝廷，鉴于泉州港物产丰饶及贸易优势，有了以泉州为都城的念头。据说当年张世杰率领宋军护送赵昺到晋江南岸下辇村，蒲寿庚前来谒见，而张世杰对蒲并不信任，不同意小皇帝入城，宋军船队因此没有驶入法石、后渚港区停靠，改泊惠安獭窟岛。征用蒲的船只不成，张世杰遂强行抢走停靠在江口等码头的蒲家海舶400多艘，其后果完全可以意料到，蒲寿庚与知州田真子献城降元。蒲寿庚虽是官方正式委任的官员，本质上更是一个红顶海商，夺其船无异夺其命，可以想象当时法石滩头保船与抢船冲突的剧烈程度。蒲寿庚的反叛表面上是经济利益导致的，但从时局观察，南宋小朝廷已无回天之力，历史证明了蒲氏的战略眼光。元世祖对其加以褒奖，委以重任，看中他是一个真正读得懂大海的奇才，尤其是在捍海寇、诱诸蛮方面所起的作用。世界大港的管控权在很大程度上由他这个外族人说了算，这是何等威风的事。江口吞吐着潮水，每一次潮起潮落都与蒲家的钱袋子有关系。他的豪宅在涂门街，而他的脚印常常留在江口的石阶上，每每看到风帆高高升起，船只有序进出，他的心就踏实多了。今天的文兴古渡和美山古渡异常平静，没有了昔日的喧嚣与繁忙，只有海鸥的叫声，大致与当年的节奏吻合。码头附近有所中心小学，时近中午，我一连问了3个放学的学生，没有一个知道蒲寿庚是谁。他们年纪太小，怎么能理解这片花木掩映的土地上曾经有过的风云变幻。元军不伤一兵一卒就拥有了刺桐港，对比广州港的兵刃相见，似乎为后来的全面超越埋下了伏笔。很快，蒲寿庚被任命为闽广都督兵马招讨使，迁任江西行中书省参知政事。不久，又升为行中书省尚书左丞。泉州城的风头，都快给蒲寿庚一人占尽了。继蒲寿庚、蒲师文父子之后，还有一二十位外籍色目人也担任过市舶司提举，这一用人策略的国际化步伐，就是今天的一线城市也未必能够做到。东方第一大港的崛起，也使泉州成了朝廷的货仓与财库。联想到明清时期为了对付倭寇、走私和地方割据势力，实行严酷的禁海，“片板不得下海”，致使海门萧条、民不聊

真武庙的“吞海”石碑　摄影 / 潘登

生、生计无路，大批泉州人被迫冒险移民，闯荡南洋的另一段海洋史，简直有天壤之别。江口码头涛声依旧，而千帆辐辏、风樯林立、犀珠宝货、堆积如山的大港气象，一去不复还了。

江口码头一带有多处供奉海神的庙宇，修葺一新的文兴宫金碧辉煌，而天妃宫正在落架重建。我把对一个古港的凭吊与重生的祝福埋在心底，脚步不再停留在狭窄的江口码头，翻过法石沉船所在地的后山，真武庙前的一方明代石碑吸引了我的目光：“吞海”。这撼动心灵的两个大字，昭示着何等豁达乐观、不畏艰难、输赢笑笑的人生观。当年的泉州先人，不正是以吞海的勇气和胆魄，从江口出发，向海而生，创造出当惊世界殊的人间奇迹？

（原载于《泉州文学》2022 年第 5 期）

金门本色是宁静

如果不是那些检查人员制服上的标识，我还没有感到已经身临这个曾经长期与外界隔绝的蕞尔小岛——金门。班轮靠的是水头码头，转头回望出发的方向，石井码头的近旁也有一个水头，有石板材之乡美誉的泉州水头。比较两地相近的风貌，金门的水头更像是传统的泉州乡村，大厝座座相邻，屋脊双翘，古意盎然，而泉州水头高楼林立、机声轰轰，早已是闻名遐迩的现代工业名镇了。一路入城，没有见到头脑中那种叫城市的地方，即使是当地人所谓最繁荣的金城，充其量只像是大陆这边一个不大的镇区而已。金门给我的第一印象是一个自然景观与泉州沿海相差无几、人口不多、工商业也不很发达的岛屿。

渐渐地喜欢上金门是因为满目的绿。大巴在岛上左拐右插，路不宽，车速却不慢，两旁树影婆娑，透过树缝，可见田野上高粱挺拔，薯叶铺展。偶尔经过一两处村落，几棵相思树或者木麻黄站在阳光下，地上腾出一大片阴影。一大串红色或黄色的花朵开放在墙角屋边，整齐的模样，一眼就知道是经主人精心修裁过的。海拔并不高的太武山，除去裸露的岩体，竟也被大片的森林所覆盖，走在山径中，绿荫蔽日，藤蔓没足，鸟声啁啾，松风拂面，让人不敢想象山坳外就是一望无际的大海。

金门曾是战地秘境，直到 1992 年，台湾当局才终止“战地政务”，结束长达 41 年的封岛军管。中华人民共和国成立后，国民党当局

金门的海　摄影 / 郭培明

继续盘踞在台、澎、金、马等几个海岛，形成长期的两岸对峙。特别是1958年8月23日，炮口相向，硝烟时起，人民解放军从泉州围头半岛及厦门、漳州的澳头、莲河等阵地，三面炮击金门，对方也随即反击，153平方公里的金门诸岛几乎全在我军炮火的控制范围之内。也因战事，金门的植被支离破碎，到处是弹坑、残墙、断树，一派凋败景象。至1979年元旦，全国人大常委会发表《告台湾同胞书》后，两岸关系开始走向缓和，金门捡得一个休养生息的难逢良机。眼前四处生机勃勃的绿意，仿佛就是金门人对未来信心的象征。如今，金门把岛上的生态做了全面的规划，建立森林公园，实行一园多区，管理范围还涉及列屿等岛屿，想以动物园、果林场、休闲农场、观光苗圃、鸟类观察区等弥补山川地貌缺乏奇特的弱点，吸引游客前来观光度假。应该说，这些年来金门所付出的努力，已经有了可喜的成效。

穿行在一个个村庄，我不怕迷失，好像走在老家青石、水泥与沙土混杂的那些村道，乡音悦耳，自然亲切。拐过一个弯，见到的又是熟悉的红瓦白墙，春联上的字是手写的，繁体，却很工整，大门外池塘中的几朵荷花含苞待放，粉粉的水红强烈地透过绿屏，与春联上已褪还存的大红相映衬。随意间踱入一户人家，碰见的却是一对正在吃早餐的蓝眼睛夫妇，原来，这里也成了老外向往的旅游目的地。联想到泉州乡间大量的老屋的命运，不禁唏嘘起来，我们有建筑特色更鲜明、艺术价值更高的古大厝，但是由于缺乏保护、多数破败不堪，个别进入文物保护之列的，又因独木难成林，加上周围新厦杂乱，环境卫生欠佳，缺少氛围意境，无法吸引游客逗留。

对金门的变化感受最深的自然是金门人。夜宿浯江饭店，展开《金门日报·浯江副刊》，很巧，读到林怡种先生的长文《有山后富、无山后厝——十八幢闽南古厝的故事》，文中写道，金门地瘠民贫，许多青壮年都到南洋闯天下，山后村的王国珍却只身东渡日本谋生。当苦尽甘来，王先生衣锦还乡，又独具一格，有别于其他侨亲的番仔楼，建起了18幢的“燕尾脊”闽南大厝。事业有成的王国珍，出任阪神福建广东会馆主席、旅日华侨总会会长，关心同胞，热心公益，颇有建树，其子王敬祥还资助过孙中山的革命活动。我到过山后村参观，这规模有点像南安蔡浅民居群的王宅，已被辟为“金门民俗文化村”。说起往事，石埕角守摊的老阿婆并不清楚自己住的房子曾经拥有的传奇，只是用闽南语不断地推荐她的海蛎煎味道最好，不妨品尝。

林怡种先生是我的老朋友，原《金门日报》总编辑，他一听我到金门采风，连夜驱车赶来看望我，最难得的是送来他的7本著作。多年来，林先生在繁重的编务之余，坚持评论、散文写作，其文风表述浅显易懂，说理寓意则深刻入里，尤其是对金门真挚的热爱之情，深深感动了我。林先生成长于战火纷飞的年代，由于家中贫困，没有机会去考大学，但他从小好学，笔耕不辍，终于由报纸的作者变成了编者乃至家喻户晓的社论撰稿人、总编辑。回忆起那段惊慌失措的日子，他反复强调要珍惜今天的平静生活。当年为了交一学期十多元的学杂费，他要跟着大人去讨小海卖海蛎，偶尔捡了一个炮弹头，卖了就欢天喜地开心好几天，因为等于一个学期的学杂费解决了。

金门目前的人口大概只有6万人，而在台湾生活工作的金门同胞就有20多万人，旅居东南亚的就更多了，据说单文莱一个国家的5万华人中，金门籍的就达3万多人。今天的金门是个宜居的岛屿，65岁以上的当地老人每月有6000元新台币的生活补贴，纯农户还要更多些，小孩上学不要学费，本地人乘公交车、过轮渡均不须付钱。这其中的原因，以盛产58度高粱酒闻名于世的金门酒厂贡献最大。金门高粱是当地人的自豪与骄傲，如今，高大的酒瓶状厂标成了岛上最耀眼的地标。

在与厦门隔岸相望的湖井头面海的一处小贩集中区，我与一位卖风狮爷纪念品的洪姓老伯攀谈。他戏称自己属于跑防空洞长大的一代，青年时很苦，特别是每天晚上10时起开始宵禁与灯火管制，一有外出，如果对不上口令，随时可能被巡逻的哨兵打死，而老百姓被编入自卫队，临时征调必须无条件服从，放弃劳作的村夫渔民是得不到任何粮饷补贴的。由于是军管区，人员出岛及报纸、信件出入有严格的规定，船班很少，到一次台湾岛要在台湾海峡的大风大浪中颠簸一二十个钟头，常常连胆汁都吐了出来。当年“八二三炮战”发生一个多月后，解放军通过前沿广播宣布“单日打双日停”。“改实弹为宣传弹后，日子是渐渐安定下来了，外迁谋生的子女们却因习惯台湾岛的生活不回来了，村子里多数是老人在看家的”，洪老伯不无遗憾地说。

也许是对金门的补偿，这方昔日撼动世界的战地换来了难得的宁静。当神秘的面纱掀开以后，金门留给人们太多的感慨。炮击金门打而不登，打而不收，目的在于遏制美国分裂中国的企图。也许正是不断的战事，维持着两岸的特殊联系，也因此有史学专家认为，这状态表明了双方的一个共同观点：两岸都属中国，中国只有一个。孩提时代，我见过天空中飘荡的宣传气球，这些靠风力移动的空飘品，双方都有，它成了相互窥察政体民情的一扇小小的窗口，但是这个窗口的玻璃毕竟是滤色的，两岸人民真正了解与交往是在大陆改革开放之后。“度尽劫波兄弟在，相逢一笑泯恩仇。”“两门”（金门—厦门）航线对开，“两金”（金门—金井围头）海上贸易，闽台“五缘”深厚。金门人最惊奇的不是自己生活的好转，而是对岸发生了天翻地覆的巨变。对金门同胞来说，金门的变化很大程度上得益于大陆的变化，过来大陆买房置业办工厂是很自豪的事情。金门县建设局的工程师陈先生对我说，他的父母目前就经商并生活在厦门，他反而要利用周末带孩子过来厦门团聚。林怡种的太太则经常与女伴一起到对岸逛街、买菜，甚至聚餐。

在金城海滨公园附近的堤岸上，几位老人面向大海闲聊着，为首的一位气度不凡，一打听，他叫杨耀芸，是退休的里长。他知道我来自泉州，古铜色的脸庞立即绽出友善的笑意，话也多了起来。他用指头点算，来过十余次的泉州，结识了不少泉州朋友，“每次带领乡亲到湄洲岛进香之前，一定会先到泉州天后宫朝拜，这是梦中妈祖娘告诉我的，一定要做到”。说到泉州，出生于金门的林怡种在他的著作中写道：“金门不是我的原乡，自己的根在大陆的泉州。”他把两个儿子的名字各取“根”“本”，以示饮水思源之意。家中的族谱已毁于炮火之中，祖父口述的老家地名是“泉州府东门外东坑村土墙厝”，早在 2001 年福建沿海与金门、马祖地区直接往来时，他就托人来泉寻根，未果。2003 年，他借参加厦门“98”之机踏访泉州，还是没有找到“东坑村”这个地名。2006 年 10 月底，在泉州市台办、金联、方志委和《东南早报》协助下，林怡种来到了东门外前头村，看见土木结构、建筑风格与金门林氏祖厝几乎一个模样的前头林氏祖厝以及民宅大门上石刻的“瀛洲传芳”，再与族谱上的昭穆辈分一对照，一时语塞，心中默默念着：“曾祖父，我终于回来了。”

半年后，林怡种再次来到了老家，这一次，随行的寻根者是台湾著名的闽南语歌曲作曲家、制作人林垂立先生。乡亲们也没想到《车站》《想厝的心情》《春夏秋冬》《感谢你的爱》《一步一脚印》这些流行歌曲的作者竟是阮厝人，是亲堂兄弟。谒祖仪式结束后，林垂立激动地弹着吉他唱起《车站》，周围的男女老少全都自觉地加入进来，独唱变成了大合唱。随后，两人先后参加由泉州晚报社举办的闽南语歌曲创作专家座谈会和林垂立歌迷会活动，行前，林垂立先生连声对我说："没有想到我的歌比我更早回故乡。"他甚至还表示，为了方便来泉州、厦门，他要把户籍迁移到金门。

现在，两岸经贸文化联系更加密切，出入限制更加宽松了。金门的驻军高峰时达到 15 万人，目前则只有 5000 人，听说还要进一步减少，台湾有关方面希望把金门建设成休闲岛、观光岛、生态岛。金门是个缺水严重的岛屿，在一水之隔的泉州晋江，一项同时可以满足两地用水的供水工程正在分步实施中。水源引自金鸡拦河闸上游，拟利用龙湖蓄水，再通过跨海输水管道向金门供水。届时，两岸同胞共饮晋江水的愿望将变成现实。

在海边长大，到金门旅游却无法击浪大海，是我最大的遗憾。我到过惠安青山湾、石狮黄金海岸、鼓浪屿港仔后、东山马銮湾和"外婆的澎湖湾"游泳，偏偏金门岛这片金色沙滩，至今仍人迹罕见，死寂般静默。远远地与潮起潮落对视，当我的眼光触到那写着"小心地雷"的标牌和战争年代设置的一排排钢炮一样歪插于滩头的轨条砦，平和的心里就泛起几分焦虑与无奈，今日的金门还不是一片乐土。据央视等媒体近日报道，台湾军方已投入扫雷力量，加快数万枚地雷的清理步伐，而为保证今年 8 月中旬金厦海峡泳渡活动的顺利进行，作为运动员登岸地点的小金门海滩上的反登陆轨条砦正在拆除之中。

金门街景　摄影 / 郭培明

记得多年前，在与大金门岛鸡犬相闻的泉州围头湾，“八二三炮战”时担任民兵营长的洪建才的女儿就嫁给了金门郎，爱情终于跨越了 5.6 海里，铸就一段两岸佳话。泉州籍国际著名艺术家蔡国强也曾利用金门碉堡举办过当代艺术展，轰动一时。当硝烟散尽，金门保留了葛山坑道、马山观测所等大量战争遗存的碉堡、坑道、哨所，作为一种历史记忆与旅游资源，借以吸引好奇的外来观光客，是很有特色的养岛之举。但是留在街头的不切现实的所谓炮战胜利纪念碑，随着时间的流逝而失去庄重的色彩。不如，代之以一座铸剑为犁的纪念雕塑，让子子孙孙读懂历史，携手两岸，珍惜来之不易的和平，固守波澜不惊的宁静。

（原载《泉州文学》2009 年第 12 期）

亦刚亦柔亦风流

一

到超市里买了一袋红心地瓜，发现童年用来充饥的东西如今几近大米的价位了。

地瓜在闽南话中叫番薯，自明朝从菲律宾引进中国种植后，日渐成为泉州人的主食。在人多地瘠的惠安，番薯几乎是老百姓生活中一日都无法分离的伙食。尽管，有不少人吃到心生厌恨，恶心反胃，还有些人，则希望通过婚姻嫁到外地，通过升学转入城市，改变啃地瓜的命运。那时的城里人，教训孩子的言语中，就有一个典型句子："不好好读书，就把你卖到惠安。"言外之意，生活在惠安，等于过苦日子。

我老家所在的百崎在惠安南部海边，门口就是金色的沙滩，与著名的后渚古港仅一水之隔，与泉州市行政中心只有 10 分钟车程。明代郑和第五次下西洋时，船队停泊在后渚，他曾与郭氏先祖郭仲远相会于百崎渡口的接官亭。前山后海，景色宜人，不过改革开放前没有"滨海旅游"这一雅兴，百姓的日子过得紧巴巴的。我是在离开老家很久之后，才从教育志中知道泉州华侨捐资助学第一人郭用锡，竟然是同村乡贤。向洋看世界，低调不张扬，窥斑见豹，可以感受到惠安人的性格特征。老家现在划归泉州台商投资区，门口

大海是惠安的标配　摄影 / 郭培明

就是海上丝绸之路艺术公园，已经快变成城中村了。不久前返了趟乡，发现雕梁画栋的红砖祖厝已经塌落，庭院长满荒草。残垣断墙里，不知哪里来的一株榕树枝繁叶盛，树根攀缘在石壁上，静静地守望这一方故土，续写着光阴的故事。

小时候，看海军的快艇从码头进进出出，看白帆一片片划过平静的海面，看海鸥成群结队追逐着浪花嬉戏，看金黄的沙滩一寸一寸地没入夜色，“艰苦”这个词，不是我童年的标配。忧虑永远属于大人，在缺衣少食的年代，我依旧做着水手的梦。

真正的水手是我的祖父，他是南洋一条远洋油轮的大副，闯荡整个世界，他心中一直飘扬的旗帜，系着惠安人赤诚、勤朴、勇敢的色彩。村里南洋风格的侨新小学，凝聚着他和其他校董、侨亲的一份心血与牵挂。侨汇自然是我家改善生活的唯一源泉，每次送信员进门“送批”，父母总是留他吃饭，不失惠安人的面子，以诚待客，即使积蓄捉襟见肘，也要倾其所有。

我们家族的成员大多数在海外谋生，我父亲其实是不用留在老家喝地瓜汤的。因为是长子，我祖父把他留了下来，看护祖宗的香火，也因为我曾祖母不愿离开故土南下新加坡，她怕这把老骨头百年之后回不了故土。为了照顾跌伤了腿脚的曾祖母，父亲忍痛放弃了“侨中”未竟的学业。爱吹笛子的他，面对越来越严峻的形势、越来越艰难的日子，却始终吹不出忧伤的歌来。父母亲后来定居香港，逐渐习惯了异乡的节奏和口味，加上年龄原因，常常几年都没有回趟老家。突然有一天，父亲打来长途，要我帮他修改一篇散文稿子《我在西九龙听乡音》。他在文中写道，一个路过机会，遇到了泉州的剧团应邀到香港演出，两首南曲《山险峻》《梅花操》，一出梨园戏《陈三五娘》片段，他的脚就像钉了钉子一样不动了，眼泪竟不知不觉地哗哗流了下来。在我的印象中，从来没见过父亲掉过眼泪。他爱看书，退休以后天天都往九龙图书馆里跑，但是从来没见他主动写过文章，是怎么样的一种冲动，让他抑制不住内心的激情而提起笔来？表面沉默，不苟言笑，说一不二，举止朴实的一个老头，在异乡生活了四五十年，没有被异化的，依然是那份淳朴的故乡情。

二

我母亲的老家在泉州湾口一个叫浮山的小岛上。当年的獭窟渔港，如今已是泉州台商投资区海岸线上的一颗明珠。外祖父在上海滩的生意失败后卖了大厝，也把当时年幼的我母亲和她的妹妹或卖或送，然后举家乘船离开獭窟，迁往厦门去了。据说外祖父思念女儿心切，曾带着礼物回到惠安要求见面，母亲避而不见，那个时候，单纯的她把生父当作世间最可恨的人。多年以后，当我第一次在厦门见到外婆一家人时，才发觉姨母的模样简直是我母亲的翻版，不同的是她讲一口纯正的厦门腔闽南话。有一年，母亲跌倒造成骨折住进医院，做完检查后医生分析说，早年过度劳累导致她的体质早衰于同龄人。母亲身体虚弱，源头全是年轻时超强的劳动量所致，我说的是 1958 年修建惠女水库的那段峥嵘岁月。她仅仅是个 16 岁的少女，每天与大人一个标准，挑土推车，像一阵风上坡，又像一阵风下坡。雨来时，常常分不清汗水雨水，衣服湿了又干，干了又湿。“吃饭时，雨水变成了汤水。”回忆那段经历，她的口气异常平静。那个时候，她根本不懂得什么叫作苦与累，浑身仿佛有使不完的劲。她在火线入了团，她心中的楷模是单人飞车的女铁人辛娌、是背着孩子上工地的刘银、是脚伤手术后跪着装土的许配、是受到毛泽东主席接见的杨亚赏。3 年前，母亲从香港返乡探亲期间，我特意安排她去了一趟惠女水库。历史早已翻过了许多页面，遍地旗帜、漫山标语变成山清水秀、景色宜人。站在高高的大坝上，望着泛起万道霞光的湖水，母亲一幕幕追忆着少年时代，没有一句怨言，目光终于落在坝堤上的白色大字“英勇的惠安妇女万岁”，陷入久久的沉思。大坝的纪念墙上，雕刻着惠安作家庄东贤 1963 年写下的《惠女水库放歌》。“有谁能够告诉我：险峻的高山是怎样辟？狂暴的乌江是怎样锁？巍峨耸立的拦河大坝，横卧关空的万米石堤，一万多方石拱渡槽，飞旋在千沟万壑的支渠，这一切呵，是怎样建起？”

对于像母亲这样的普通妇女而言，她们不大理解什么是“一部澎湃激昂的不朽史诗，一曲激情燃烧的生命赞歌”。她们的心中只有一个简单的想法：穷则思变。

嘉靖年间的《惠安县志》记载：“可耕之地不能纾，三分之一斥盐卤。”坊间长期流传一种说法：“三天没雨闹旱灾，一场大雨成水灾。”因此，1958 年 7 月 8 日，当乌潭水库（后易名惠女水库）动工之时，现场一下子会聚了 1.3 万名惠安妇女。7 年间，共有 3 万名惠女参加了工程建设。如果不是展览馆中的图文资料做证，难以想象出当年的劳动情景。建水库之初，惠女以天做被以地为床，与荒坟为邻与蚊虫为伴。天色未明，她们已抬起石头土方飞奔。风雨交加，全身早已淋透，斗笠蓑衣有何作用？夏日灼热，脚手晒到裂开，一桶桶的盐水是最好的饮品。冬天下霜，照样下水挖土作业。为了提高工作效率，这些文化程度并不高的惠女，竟发明出一拖四撑櫓法、三角挖土法、空中运土法、木轨倒土法等，创新为先，土法上马。“当渴望变成现实，蛟龙静静躺在我们的脚下，青山绿水，春风徐来，我们席地而坐，阳光照着，就这样照着我们的笑容，没有人比我们更幸福。”

对于这样的幸福观，中国文联原副主席、著名文艺评论家李准在参观惠女水库时感慨而言：上善若水，水利万物而不争。惠女不屈不挠，开拓奋斗，工程完工后，丝毫不计较名利，留下的宏伟水库惠及后人，这样的女子、这样的精神怎不令人感动？《爱的奉献》词作者黄奇石认为，惠女创造了人间奇迹，惠女是真善美的象征。我更愿意借舒婷的诗歌名篇《惠安女子》中的句子点赞：“天生不爱倾诉苦难 / 并非苦难永远绝迹 / 当洞箫和琵琶在晚照中 / 唤醒普

遍的忧伤 / 你把头巾一角轻轻咬在嘴里 / 这样优美地站在海天之间 / 令人忽略了：你的裸足 / 所踩过的碱滩和礁石 / 于是，在封面和插图中 / 你成为风景，成为传奇”

三

地处惠东的净峰，一头平川，三面临海，山水秀美，僻静幽清，冬季不寒，夏天凉爽，且民风淳朴，有如世外桃源。1935 年，56 岁的弘一法师来到净峰寺挂锡，很快就喜欢上这里的环境。大师告诉友人：我见过许多名山，都不如此山的风景优美，终年不见云雾遮盖，山石玲珑，林木苍郁，境界明晰旷达，使我产生了终老于此之愿。半年间，弘一法师讲经校典，广结善缘，甚至准备了在此编纂《南山律在家备览》的计划。无奈在俗寺主邱某热衷于演戏酬神，一时喧嚷嘈杂，大师难以安心著述，因沟通不畅，遂决定移居晋江草庵。

历史总是充满变数与遗憾。邱某的粗俗举止改变了地方文化的走向，山海绝佳地与一代高僧，竟让惠安错过了一段人世间美好交集的人文时光。临别净峰寺时，大师题下一首五言绝句：“我到为植种，我行花未开。岂无佳色在，留待后人来。”条幅现收藏于泉州开元寺，而他坚信的佳色留在了惠安，昔日的地瓜县华丽转身为今天的全国百强县。

邱某算是惠安人的一个异类。惠安人的深明大义、深情厚谊则是与生俱来的。以海为田，以舟为车，但是每一次出海，都是一次冒险的行动。上了同一条船，生命便不分彼此地绑在一起了。命运共同体的概念，惠安人自然有最深刻的理解。

崇武西沙湾解放军庙，天下独一无二的民俗景观。共产党不信鬼神，何来祭拜军人的寺庙？这要从曾恨老人说起。曾恨原名曾阿兴，1949 年的 9 月 17 日，国民党派飞机轰炸崇武古城，在海边玩要的她一下子被吓呆了。就在敌机转身向阿兴发射炮弹的刹那间，5 名解放军战士风一般地向无所适从的小女孩飞奔过去，用身体抵挡了炮弹的侵袭。当她醒来之时，5 名战士永远闭上了双眼。小女孩那年 14 岁，她的母亲决定把她的名字改为曾恨，让她永远憎恨敌人，记住救命恩人。这一天，从此成了曾恨新的生日。就在明代纪念抗倭名将戚继光及其将士的和寮宫旁，为解放军建一座小庙，成了母女俩的夙愿。始建于 1949 年，建成于 1996 年的解放军庙里，供奉着 5 位救命恩人和同样牺牲在崇武海边的 20 多名战士。这些穿着军装、握着枪支的神的形象，几乎是神坛最特殊的一个群体，小庙因之堪称天下第一奇庙。从少女到老妇，曾恨只做了一件事，守望英魂。如今她已儿孙满堂，却每天来到庙里为烈士上香，风雨无阻。解放军庙规模不大，名气却不小。叶飞上将题写了“为了人民，死得光荣”刻在庙前的烈士纪念牌上。党与百姓，军与民，这份鱼水情，大海边上的惠安最易解读。早在泉州中共党组织建立之前的 31 名党员中，惠安籍就占了 11 名，其中多人的入党介绍人还是萧楚女、恽代英、罗明等中共早期重要领导人。血染过的土地，血染过的风采，在惠安老百姓的情感世界中，英雄就是最高层级的神。

四

若问惠安人的大爱有多深？惠安人一定会提醒你：去问海，去问石吧。

惠东女　摄影 / 郭培明

我问的是洪世清，中国美术学院教授，一位著名的艺术家。作为潘天寿的高徒，他在国画、版画、水粉、雕塑等方面都有很深的造诣，本可以居庙堂之高，过文人雅士至尊生活，却放下身段，跑到崇武海边当起“石匠”。一块块被海水长年冲击、浸淫的岩石，改写了千百年来僵死的历史，像是经历又一次造山运动，形态各异、大小不一的龟、鱼、蟹等石雕海生动物，灵性十足、憨态可掬。传奇的崇武增添了新的童话，童话的创造者就是“鱼龙窟”的主创人洪世清。洪教授的功夫，是把最柔软的海水与最坚硬的石头整合成同一部宏伟交响的诗篇。在岩雕群附近的峭壁上，刘海粟的“天风海涛”、朱屺瞻的“天趣”、钱君匋的“逐浪”、沙孟海的“海天伟观”，无疑成了丰富惠安名字的点睛之笔。

洪世清的大地岩雕创作是从浙江大鹿岛开始的。为什么后来选择了惠安？1996年和1997年，我曾两次在海边采访洪教授。他兴奋地说，一进惠安，就被惠东女子的独特服饰和传统的石雕工艺所吸引，加上古城风貌、蓝天碧海、鸥声帆影，他的心灵一下子被撼动了。“无论自然环境还是人文环境，这里都是最理想的创造之地。”

惠安的红壤长不好庄稼，却富藏有坚硬的花岗岩，惠安人还把天下奇石搜揽入怀、用心雕琢。在工匠叮咚叮咚的敲击声中，惠安的石头是会唱歌的。人居环境有“园无石不秀，斋无石不雅”之说，圆雕、镂雕、浮雕、线雕、影雕、微雕，任何一件作品，从割石、镂空到研磨、修饰，从原石到成品的过程中，绝对不允许出现一丝一毫的失手。永不放弃，持之以恒，如果不是心中有石，石中有情，即使你有一手好工艺，也是难以长年累月坚持下去的。惠安与石的对话，一定是柔情似水、充满情趣的，因为在生硬的切割凿磨背后，贮存着激情燃烧的创造伟力。打造艺术之城，提升文旅品质，惠安，有实力高起点规划建设一座国际级石雕博览园。

一方水土养一方人，惠安这方水土特别养人。大海的深情、石头的刚强、惠女的美丽，这无与伦比的融汇组合，构成惠安城市形象的三原色。有谁，来到这里，不被惠安之美折服，不为惠安品牌点赞？

（原载《惠安文化》2021年第1期）

戴云看云

西藏归来不看云。去过一趟西藏后，我对本土山区游没了兴趣，觉得藏地随便摘下的一朵云就足以高高在上，傲视东南群山。

承认自己误判的时候，我正坐在戴云山深处一座民宅的石埕上发呆。高耸的大山如同一幅巨大的绿色银幕，把几朵白云生动地推入我的眼帘。云朵那种漫不经心的行走方式，悄无声息，带给你一种难以言说的感动。湛蓝的天，黛绿的山，加上雪白、柔美的云，一切都像过滤般的纯粹，说是人间绝配的美景，毫无夸张。

突然有几朵白云的碎片掉落，细看，是一群白鹭的身姿。它们上下翻飞，时而降落在一畦水田里觅食，时而互相追逐嬉闹着，根本不把我这位观察者放在眼中。难道它们知道我不是这里的主人？我从“葛优躺”中坐起，看见房东许先生倚着大门，正眯着眼睛对着白鹭微笑，那个神态，好像是迎接放学回家的孩子，怜爱有加。

白鹭来到深山做客，出乎我的意料。其中的科学道理我没有兴趣了解，但有一点我是坚信的，这里的生态环境吸引了它们。生存的尊严与底线，动物与人一样在意。许先生原来在广东做生意，见识多了，眼界宽阔了，反而不想在大城市久待下去。他说大城市的上空，连一朵干净的白云都留不住，很悲哀，于是决定回到自己的摇篮血迹之地。人在天地间栖居，却与大自然日益分隔，整天在电梯间里上上下下，在空调房中来回穿梭，他说他不习惯。经他

多彩德化　摄影 / 郭培明

这么一说，我才发觉自己所处的地方海拔已近千米，远离都市的喧嚣。一大群白云结伴经过，对面的山体一下子消失得无踪无影，静谧、空灵、带点神秘的大山，不乏时空魔幻的因子。无景可赏，我干脆闭眼养神，似乎有潺潺的流水声音传来，起身寻找，终于在屋后有了发现：一条细流沿着竹筒拐入一个水池，池水清澈见底，倒映的还是云朵的影子。我忍不住双手合十，捧起水喝了一口，一股冰凉之感通透全身，仲夏正午的暑气，烟消云散。

福建多山，戴云山是福建境内的第二高峰，最高处海拔 1856 米，素有“闽中屋脊”之称。我查了下百度，戴云山主峰所在的赤水镇，同属于戴云山脉的还有两座身高相差不多的高山，一座是尖山，一座是九仙山。尖山低调，以至来前竟然不知其大名。上山的路是石子路，开车的是村支书，窗外是笔立一般的峭壁，峰回路转，高低颠簸，不时听到车子底盘与路面的刮擦声，一路擦汗，有惊无险。当车子停在一座建筑物前，我才缓过神来，荒野之地，早在唐宋时就有人类的文明抵达过。建筑物是座古寺，名“龙峰岩”，全然没有沿海寺庙的金碧辉煌，像是农家小院，简朴到了极限，两根支撑屋顶的木桩甚至给人一种随时倾倒的感觉。山高皇帝远，上趟山并不容易，打理寺内事务的老伯被毒蛇咬伤，回到山下的村里治疗，这里便成了空寺，光临的常客不是云朵就是小鸟，偶尔也有一两头觅食路过的野猪。杂草在院子里疯狂地生长着，最自在的还是那些“佛系”的白云，不时地掠过门檐，慢悠悠地向尖山顶峰划去，远远看去，像是收获季节晾在山坡上的棉花。

晚上入住赤水街上的民宿。这条弓形的小街建在九仙山的一处坡地上，至今保留着许多古老的店铺，那些褪去颜色的柜台、变形的门板，见证过起起落落的历史风云。赤水位于德化与大田、尤溪、仙游交汇处，自古就是交通要道，称得上泉州的“边城”。赤水街历史可追溯到明隆庆年间，那时赤水格开始集市贸易。清康熙十五年（1676年），商业昌隆，开始设置赤水格市。民国时期，设置德化第三区公所。由于地理位置重要，民军与各地方势力为争夺赤水，兵灾战火曾绵延20多年。

凌晨5点许，天边露出一丝曙色，我迫不及待地推门而出，几缕薄雾沿着空旷的街道穿过，刚好与我撞了个满怀。小镇的生活节奏慢，只有零星几家店铺开市，最受欢迎的是那家老牌的炸粿小铺，一里开外，我就闻到花生油的香气了，买早点的三两游客，围着灶台等着食品起锅。我与九仙山饭店的老板石建兴闲聊，他说从南安来赤水开店已经36年了，现在镇子外围通了高速，经过街上的货车和人流比以前少了，不过，这两年从泉州、厦门来的旅游客多起来了。壮硕的“庖丁”黄师傅正忙着分解猪肉与骨头，他教我如何辨认本地土猪肉。当我问及销路，他说城里人喜欢吃赤水的猪肉，专程过来买的人不少，“你10点时再来看看，我保证收摊了”。穿过水巷陡峭的台阶，我大吃一惊，原来赤水街的背面是一排长长的吊脚楼，街边的一楼，从另一面数起来是四楼或五楼。住户们在吊脚楼下种植佛手瓜，在瓜棚下养鸡鸭，因地制宜发展立体农业。自己动手，丰衣足食，难怪碰到的村民，访谈中都有一脸知足常乐的样子。

“喔——喔——喔——”不知谁家的公鸡先叫了一声，便有其他的公鸡从不同的方位响应，此起彼伏，立体交响，寂寥的街巷，一下子迎来了勃勃生气。霞光映在远方的山坡上，茂密的绿树披上一层橙色，远远望去，像一幅名家的风景油画。再看山坳下的村落，刚才还清晰可见，转眼间变成黑白底片，就在你的眼皮底下，一点点地把自己涂灰、抹黑了。这个世界从不缺少做作的妖艳，退去伪装反而愈显本色。烟尘朦胧，淡妆素雅，那简直就是丹青高手创作的水墨画。我真想知道，云窝包裹着的村庄，是不是还睡在甜蜜的梦中。云雾渐渐大了，街景若隐若现，清爽的空气中饱含草木淡淡的香味，凌晨的赤水街宛然成了天上的街市。我突然醒悟，有些时间是可以用来浪费的。这个时候，能够像我这样，暂时忘却日常的各种烦恼，悠闲踱步于赤水街头，绝对是种高级的享受。换句话说，清新纯正的空气，云中漫步的惬意，是戴云山馈赠给客人的奢华礼物。

想看戴云山自然保护区最壮观的云海，非得上九仙山不可。九仙山略低于戴云山，全年雾期 140 多天，相对湿度年平均 80% 以上，降雨量 1850 毫米以上，年平均气温 17 摄氏度，是名副其实的避暑胜地。

10 年前，我登过九仙山。记得那天乌云密布，临近山顶时，飘起丝丝小雨，雨虽小，却有种刺骨的寒。四周乱云飞渡，很快，百米之外全为迷雾包围了，站在高山之巅，除了孤独无助，什么美好的记忆也没有留下。

于是我担心起九仙山的云雾，以为它们是调皮捣乱、破坏游兴的源头，希望这次登临时万里无云。从泉州市区来德化的途中，在南安就遭遇了一场暴雨，而九仙山，却以最虔诚的热情迎接了我们。这是个难得的大晴天，太阳大得可用“狠毒”两个字来形容。蓝天如洗，晾晒的云朵多得数不过来，只是，一朵朵像是一位位优雅的仕女，轻移莲步，闲庭游戏，轻拢罗裳，美目顾盼，群山们则举起森林般的手臂，仿佛是在向它们致意。这种情景，我只有在西藏见识过，没想到在自己的家乡，竟有如此相似的一幕。大千世界，万千气象，一个人的一生，要经过多少艰难困苦，要经历多少雷电

九仙山夕照　摄影 / 郭培明

风云。而能够凝结成你的记忆信息，甚至影响你的人生观、价值观的场景毕竟不多，我于是认定，来九仙山，不管你遇到冰冷的雾凇，还是骄阳下的云彩，都是人生的一种幸运，不用去问九仙，你必然会有心灵感应的。

“会当凌绝顶，一览众山小。”回望走过的蜿蜒曲折的道路，你会觉得一切付出都是值得的。九仙山气象台团队，与风云为伴，枕雷声入眠，长年累月的坚守，无人分担的寂寞，靠的是什么样的精神支撑？你在致敬英雄的时候，也在给自己的筋骨注入榜样的力量。站在高山之巅，我被奇异的天象震惊了：北边云蒸霞蔚，白云晒着暖洋洋的阳光，也晒着咋口的故事，轻描淡述，宠辱不惊；南边翻云覆雨，瞬息万变，乌云越压越低，形成一道屏障，下面的山峦迅速暗淡下去，一场大雨倾盆而至。同一个天空下，一峰之隔，两个世界，热情与冷遇，良机与灾难，善与恶，随时都有可能出现在你的面前，但愿，不论是雷电交加、狂风暴雨，还是云淡风轻、和风细雨，你都能够像此时一样，超然物外，笑傲江湖。

气象台下的灵鹫寺，历史悠久，不断的香火，表明山里人对天地敬畏之心的代代传承。而今的风云气象卫星，观星察象的预测能力，弥补了人们的科学知识短板，让百姓的起居、出行更加舒适、畅通。不可混搭的两者，在九仙山对立中见统一，都有着共同的梦想："风调雨顺""国泰民安"。此行的遗憾，我留给了灵鹫寺山门。以前参访，我对两根石柱撑起的半个山门印象最深。那天，迷雾中包围着的山门，尽管只有正常山门的三分之一，但两柱一梁构成的"同"字壳，古铜色石头透露出的沧桑感，经受灾害挺立不倒的残缺美，令人肃然起敬。这次再访，天高云淡，景物清朗，竟找不到山门在哪里。问了当地人，才知道这古老的山门被"修复"完整了。水泥材料仿古处理，把真迹的残件包在其中，门楣上用电脑字体刻上"一方净土"。我明白主持和修复者用心良苦，但他们一定弄不懂付出的努力带来了负面影响。历史遗产保护，除了修旧如旧，还有其他的办法，比如断代史迹保护。我在意大利罗马街头看到许多石构残件，它们并没有得到扶正、加料或者接片，呈现在我眼前的废墟，大概与数百年前的一场战争或者一次火灾后遗留的形状一个模样。既然一切历史都是断代史，我们又何必扯雾障眼，追求故事的完美，讲述一段失去本真的过去呢？

我把目光放远，那是戴云山的主峰。同行的小万似乎看出我的心思，说戴云山虽是赤水的第一高峰，景色却逊于九仙山和尖山。他曾经与驴友攀登过主峰，因为天气多变，体力不支，最终没有成功登顶。他的看法没有削弱我对戴云山的好感。我出生在海边，对高山有着与生俱来的崇拜。为什么登山？王石说，因为山在那里。戴云村是千年古村，拥有千年古道、戴云寺、锦屏堂、太平寨、旧碉堡等史迹，非物质文化遗产包括有椿萱陵祭扫、抢金花等特色民俗活动。戴云村陈书记告诉我，以前他念初中时，要走 3 个小时的山间小路才能到达学校，遇上雨天，常是一路摸爬滚打，筋疲力尽之态，不亚于参加一场战斗。现在好了，水泥公路修到海拔 900 多米的村口，美丽乡村旅游规划正式铺开，目标是打造成闽南地区的后花园，包括吸引喜欢登山体验的旅客。中国的乡村旅游目前正处于战略机遇期，如何挖掘独特的自然资源和多元的人文底蕴，提高创意水平，发挥叠加效应，是摆在他和村民面前的一道考题。特殊的地理环境与气候条件，让这里的高山蔬菜、油茶、茶叶、生姜、大米等农作物达到了富硒标准。广受消费者好评的戴云山矿泉水，诞生地也在这个小小的山村。走到村口，陈书记提醒我别出声，原来依山而建的别茶院里，来自韩国的一群禅修者正在认真地上课。放青山、白云与世界入我襟怀，谁还敢说戴云遗世般孤独呢？

“兴来每独往，胜事空自知。行到水穷处，坐看云起时。偶然值林叟，谈笑无还期。”此时此刻，王维诗的意境，竟成了我的白日梦。

（原载《泉州文学》2019 年第 12 期）

那抹红　那抹绿

赤橙黄绿青蓝紫，大自然是最好的画家，山川河岳，花草树木，四季轮替，色彩斑斓。在闽南，在泉州，有两种颜色却是凝固的，绿树和红砖厝，似乎是一对绝配，形影相随，无论是老城小巷，还是乡下村里。红砖厝到底是多少代人出生的摇篮，我不知道，反正记得那抹红像胎记一样，即使穿越千山万水，都会留在脑海中。不久前去了一趟老家，一个被城市包抄的村庄，发现村里的住户很少，

绿树与红砖厝形影相随　摄影 / 陈英杰

侨乡土洋结合的气息丧失殆尽，红砖厝一座座残破不堪，有的只剩下一堵矮墙。倒是墙角野蛮生长的榕树，在厝埕上空撑起醉人的绿。

小时候对两个地名产生好奇，一个是百崎附近的浔头，一个是城东临水的浔尾，两村隔海相望，不，实际上只是隔着一条洛阳江。过了洛阳古桥，洛阳江的江面宽阔起来，出现了两处小海湾，如同油灯罩的鼓起处，茫茫的水面，模糊了江海的界线。后渚与秀涂两港，像狩猎者一般遥相呼应在江海汇合处，过了这里，大海就在眼前了。浔头与浔尾到底有没有关系？没等我长大后学会思考，两条海堤先后建成，五一海堤拦出一个城市之肺百崎湖，乌屿海堤造就了后来的城东新城区。两次围垦，加上建设洛阳桥闸，江河气势尽失，大量泥沙淤积，后渚港的命运从此日落西山。

因为“早恋”——早早恋上课外书，我念小学时就近视了，终于获得了少年“上大学”的机会：父亲带着我到医大眼科查近视配眼镜。当时泉州人口头上所谓的“医大”便是设于今天华侨大学校区的福建医科大学附属医院，直到华大复办，福建医科大学附属医院才从泉州迁往福州。听老人讲过，1960 年华侨大学刚刚创办时，出校门不远就是浔尾村的沙滩了。那天走出医大的大门，我的“眼镜”贪婪地向南眺望，没见到诗意的“浔江渔火”，海湾早已被农田替换了。印象深刻的倒是浔尾村头高地上的一大排老榕树和一座不大的寺庙，那遮天蔽日的浓荫，那红砖白石的墙壁，格外出彩。

那座寺庙叫青莲寺，简朴得很，后来知道它始建于 1011 年，算起来竟有千年的历史，很是吃惊。一个人的生命不过几十年，一座寺庙要经历多少风风雨雨，多少朝代更迭，建了毁，毁了建，那份坚强、那份执着，如果不是承载信仰的物化形式，不是一代代村民的接力传承，又该如何解释？青莲寺创建的宋代，映照了泉州历史上的一段光辉岁月。1053 年，泉州太守蔡襄主持修建了洛阳桥。其中的困难、惊险和不轻易放弃的斗争精神，如果一定要找到一个历史的见证，青莲寺便是最好的证人。

即使以今天的建造技术反观当年的洛阳桥，其建设难度不亚于港珠澳大桥。风浪不停，潮起潮落，在波涛汹涌的水面上施工谈何容易？所以民间编撰了不少神奇传说，说是菩萨托梦相助，蔡襄才有可能创造了人间奇迹。我是无神论者，但我愿意接受这样的说法，的确是有神明助力，这神奇的力量不是化身为抓铁有痕的大力士，也不是喊退了海水的海龙王，而是一种精神力量的支撑，让蔡襄和施工的工匠们敢于挑战、勇于拼搏，创造性地提出种蚵固基、筏型桥墩、浮运架梁等古无前人的思路方案的。浔尾面海的青莲寺里，那年头，肯定来过不少祈求大桥建设顺利平安的香客，他们中，自然有不少是工匠们的家属与亲友。

很少有人知道，古代泉州曾有过“洛江双虹”的桥梁建筑奇观，但民间一直有“七十三、八十四”的传说。盘光桥建于南宋宝祐年间，1258 年竣工。此桥在建筑风格上与洛阳桥相似，不过桥墩有 84 坎之长，比洛阳桥还多了 11 坎，长虹卧波，壮观之极。盘光桥的东端连着洛阳江中的孤岛乌屿，现在乌屿村里仍然矗立着古桥头的一亭一塔。我去参观时，发现亭子的大半已没入土中，旁边的石碑上标明是市级文物保护单位。

宋元时期，泉州港超越广州港成为东方第一大港。应该如何想象当年港口万国商贾云集、货物堆积如山的场面，才能与“市井十洲人”的名城地位相匹配？在后渚古港附近的乌屿、浔尾码头，自然起到辅港功能，可以证明有大量的商品出入的，是浔尾码头岸边林立的货号商行，泉州本土出产的瓷器、茶叶，相当一部分是从这里上船运往海外的。据介绍，村后龙头山曾有大型的染布作坊，出产的布匹也是洋人喜欢的畅销商品。保存于青莲寺里的“普济桥渡”石碑，以及当地人代代相传的“无尾桥”传说，也是此地曾经建有海上外贸码头的重要印证。

说到浔尾与海，不能不提到一个著名的人物，明代率领万人船队七下西洋的郑和。1417 年，相传郑和第五次下西洋时，舰队停泊在后渚附近。听说对岸的百崎是回民聚居区，身为回民的他不惜纡尊降贵，当即决定登岸宣慰。郭氏族长郭仲远率众在渡头石亭摆设香案热情迎接，两人言谈甚欢。此凉亭便是现在的接官亭，清代重修后保留至今。郑和的另一件挂心事是到灵山圣墓朝拜，取道城东浔尾是一条快捷通道。让我大胆设想一下当时的情景：蓝天白云下，浔尾村民像往常一样集聚于观音寺广场，或烧金拜佛，或拉拉家常，不知谁喊了一声：“来了，来了。”人群中一阵喧哗。寺左侧的海面上，先是出现一个红点，近了，是一条船，红点是船上的旗帜，郑和一行乘船从百崎或者后渚出发，虽是小众微服，对浔尾村民来说，规格却是难得一见，毕竟，郑和是皇帝派来的钦差大臣。

郑和上岸后，径直进入青莲寺，尊重当地风俗，点了一束香，祈祝观音保佑此行出洋顺利平安。郑和一定注意到，浓绿的龙眼树一字排开，根深叶茂，守护着青莲寺，万绿丛中一点红，这绿分明是希望，这红分明是信念。寺庙外涛声拍岸，鸥鸟翻飞；寺内闲庭信步，心安理得。不知郑和从中悟出几分禅机？这样的情节无可对证，有一点绝对真实可信：郑和要去的目的地是浔尾附近的灵山，那里安葬着阿拉伯穆斯林圣徒三贤、四贤。拜谒之后，陪同的泉州官员蒲日和特地为郑和立下行香碑。

千年一梦，沧海桑田，而青莲寺依然是浔尾村的小寺庙。尽管，在海上丝绸之路繁华时期，这里曾经香客如云，香火鼎盛。浔尾最出名的人物当属万正色，也即大名鼎鼎的万提督，清初平定“三藩之乱”的一名骁将。1699 年，万正色的儿子万际昌修葺寺庙、渡桥，将观音禅寺易名为青莲寺。除此，史书上很少有关于这座寺庙的重要记载，但这并不影响青莲寺的文化价值，充满乡野风格，少了过度雕琢，也少了一点规制，却多了几分人间烟火味。我在台湾佛光山参加海峡两岸征文颁奖仪式时，有幸见到星云法师，他坦言，自己倡导的是人间佛教。另外一次，我在澳大利亚卧龙岗市星云法师创建的南天寺的会客堂中，看到墙上挂的竟是他和罗马教皇的合影。正念善心，慈悲包容，广种福田，弘扬的也是一种向上向善的力量。寺庙多，是闽南文化的一大景观，闽南人崇尚“爱拼才会赢”，爱拼总是有输有赢的，俗语说：“走船跑马三分命。”可以说，从泉州出发的每一条船，旗杆上都系有海神的祈佑。当一个寺庙与大众的初心联系在一起时，当晨钟暮鼓敲醒一颗颗昏睡的心境，当平和喜乐氤氲在报恩堂里面，当苦难忧愁转化为超然物外的心态，规模与规制，变得不那么重要了，青莲寺就是这样一座寺庙。

明清禁海以后，一条影响世界航海史与经济史走向的海上丝绸之路沉寂下去了。泉州港逐渐退出了国际贸易与运输的大舞台，本来就是小港口的浔尾，从此少了许多南腔北调，民宿客栈纷纷倒闭，废旧的船只横七竖八躺在寺旁的海滩上，除了“讨小海”，抓点小鱼虾变现家用，靠海不能吃海了，那才是浔尾人不堪回首的艰难岁月。

慈悲为怀的菩萨，也只能通过古榕默默地传递爱心，庇护着风雨中的归人。

斗移星转，当幸福再一次来敲门时，浔尾似乎还在梦境之中。这时候，我是要改变以前的叫法了：浔美！新时代来了，浔尾变美了，这一华丽转身来得太快，以至于让村里的老人们触摸到现实的魔幻。以前浔美的田地缺乏养分，连种出的庄稼形象都要矮别地的一大截。而今，抽一袋水烟的工夫刚刚过去，高楼就像魔方一样神奇地生长开来，世界城、万达广场、家居广场、海峡体育中心，仿佛世界全搬到浔美人的家门口了，那种惊艳之情，难以用言语准确形容。从乡下人蜕变为城里人，有人骄傲，有人迷茫，虔诚的浔美老人，习惯放慢脚步，走进青莲寺，沐手、添油、焚香，然后取一副信杯，求一支好签。如今的青莲寺面积扩大了好几倍，俨然是一处都市丛林，一处休闲胜地。我非信徒，俗众一个，走进山门如同到了公园散步。暂时放下手中的工作，仅仅几步之遥，就隔离了繁复的尘世纷扰，在鹿苑假山上看流水淙淙，在讲经堂外听梵音绕梁，在老榕树下闭目静思，再登上新建的观景台，一览新城旖旎风光。按照政府的规划，这里的未来将是青莲文化公园，配套的休闲设施会更加完善。我想，公园里应该设立一条历史文化走廊，让人在游玩、运动的同时，走进浔尾的前世今生，抚摸大海深沉的脉动，慰藉漂浮不定的心灵。

不是说，心安归处是故乡？沧海桑田，故土仍在，面对那抹红、那抹绿，心，没有不安的道理。

（原载 2019 年 10 月 8 日《丰泽文学》）

城外的月光

大雨滂沱，窗外一片朦胧，分不清楚哪是奇花哪是异草。突然，一道电光划过，院子里的一切突然“真相大白”，一支阳伞孤零零地站在雨中，桌椅上全是水痕，反射着室内灯火的余晖。虽然这明亮的情景只是瞬间，说不上惊愕，却多少有点刺眼。今晚，本应是个月圆之夜。

圆月　摄影/郭培明

慕名来到这处园林式酒楼用餐，是冲着这里的月色而来的。远离楼群，绿树掩映、庭院错落，曲水流香，蝉音和鸣，若有明月当空，天高星稀，三五好友，喝茶或者饮酒都不重要，那种心身的放松与无拘无束的恬淡才是聚会的目的，大把的时间，大方地浪费，大捞忙里偷闲的快乐。无奈天公不作美，环境一流，美食迷眼，同学热情，话题也很贴切，就是，心中平添了几分遗憾。突然，又响了，这回不是闪电。电话那头，熟悉的声音："你看到了吗？多好的月光！"我一呆，本能地往窗外望了望，雨似乎是小了一点了，可哪有月亮的影子。"我在内蒙古阿拉善，现在就在城外，一个人静静地走着，累了就坐在沙地上，仰望天空，今晚的月亮真漂亮。"我这才回过神来，朋友远在北方。血色黄昏，狼烟四起，飞沙走石，马革裹尸，引吭高歌，战无不胜，就是那里的历史写照，当然还有一首"风吹草低见牛羊"的民歌，自从大前年去了趟希拉穆仁草原，大失所望之后，我对那首歌和那片土地的热情也大打折扣了。

直到欣赏了泉州籍新加坡友人、国际著名摄影家张美寅拍摄的《胡杨林》组照后，我对内蒙古的印象才得到很大程度的矫正。生500年不死，死500年不朽，无论生或者死都是一道风景，永恒的风景，这就是胡杨林。不禁讥笑历代的帝王将相，耗尽民脂民膏，把藏尸的陵墓建造得像迷宫一般，把金银财宝三妻四妾卷进棺材，最终不是被盗贼洗劫，就是被世人遗忘，幸运一点的，顶多让那把锈迹斑斑的形骸于展览馆中陈列，让后代参观者随意评点。张先生的月下胡杨作品尤其令人动容，满月月光如水一泻千里，荒原空疏一望无际，什么"蝉鸣山更幽"的意境，在这里不再是禅意的展示。树也许已经没有了生命，站立的姿势依然如故，粗的是主干，细的是枝丫，锐气张扬势不可挡，刚强屹立挺身欲出。鸟语花香，狼奔豕突，马蹄嘚嘚，早已无踪无影，唯有月色如初，承诺了朝代更迭的一份义务，照顾着人间烟火之外的胡杨们，却在无意中，共同雕刻了自然的伟大杰作。

不免想起中秋。“每逢佳节倍思亲”，此节指的是中秋，中秋之所以称为中华文化中最具温情的节日，应与月亮有很大关系。想象月光之下，团圆之家，庭院之中，大人们吃喝，孩子们玩乐，谈天说地，游戏追逐，那氛围，只要缺少一轮皓月，便会暗淡无趣许多。曾经有人统计，没有月亮的晚上犯案率高，月色很好的晚上醉酒者多，可见月色与心境存在关联，要不，古人也不可能留下丰富的咏叹中秋的诗词文章，并悠远优雅着漫漫的尘世岁月。月有阴晴圆缺，人有悲欢离合，睹物思人，寄情山水，牧心自然，任情合道，先辈圣哲由此达到天人合一的理想境界。

想起中秋又多少有些失落。城里人口越来越多，楼房越建越高，抬头张望月亮的眼睛却越来越少。满城的灯火，在现代科技的映衬和时尚元素的包裹下，玲珑入目，意乱情迷，充满诱惑，有几个人还有心思爬上屋顶，踱到城外，躺在草地，面对夜空，数数星星，晒晒月光？“圆满光华不磨莹，挂在青天是我心。”放旷野情，自在无心，在亘古璀璨的明月下面，悲欣交集的人生只是过眼云烟。心如澄澈秋水的月亮，身似饱经风霜的胡杨，这样的境界，可以称之为淡泊而丰厚、纯真而美妙，也是在这样的时候，心境与自然合二为一，达到无羁无系的自由。放眼周遭，物欲横流，争名夺利，心劳力瘁，真正感应顺道，适意会心的有几人矣。

特别怀念城外老家的月光。那是泉州湾畔的一个渔村，孩提印象中，沙岸蜿蜒，海鸥翱翔，帆影穿梭，然而，对敌前线的定位让其如同惊弓之鸟。这里几乎家家户户都有港台或海外关系，在两岸隔绝的年代，两岸关系基本上由轰隆的炮声与空飘传单的气球维系着，于是，月亮成了亲人间寄情相思的物化对象。中秋之夜，月光铺展于海面，那么广阔无垠，那么延绵不断，怎不叫人也浮想万千。大人愁肠百结，有所牵挂。天真无邪的小孩，照样在屋檐下、草垛中捉迷藏，灰头土面，汗流浃背，累了，就往银盘般的沙滩上一躺，眼光便被月亮粘住了。空旷高远的天空，偶尔有几蕊不安分的云朵走过，转眼间天地消失，身旁就有难听的打骂声响起。到底是谁挠了我的脚丫？这个问题最终是没有答案的，待到笑声漂满海面，一头雾水的，反而是又出来探头探脑的月亮了。或许狂欢之后总要归于宁静，时近子夜，暮色深处，“月亮月光光”的童谣渐渐入眠了，哪是涛声，哪是鼾声，一时难分难解。

泉州是国家颁布的首批文化文化名城，历史遗存星罗棋布。传统文化的基本元素与现代生活虽无冲突，却有差别。在今天，农历节庆的过法应有值得改进的地方，毕竟每一代人都有自己的思想时空。我们看到的古代服装扮，配上动作夸张的说唱，不外只是广场文化的“套路表演”而已。去年中秋，省、市文化界在府文庙举办了一场别开生面的诗歌吟诵会，头顶一轮明月，背后古意盎然，门庭银光轻洒，南音萦耳不绝。台上，新诗古曲轮番登场，南腔北调欢歌笑语；台下，品一杯铁观音茶，尝一口中秋月饼，胜过古人的对酒当歌。此情此景，不也是紧张工作的一种调节，现代生活的一大享受？我的一位骨灰级乐迷的师友，年近六旬，童心未泯，过的则是另一种中秋。月升海上，烟笼水面，他独自驾车来到意大利旅行家马可·波罗当年登船回国的刺桐古港边，敞开车门，把音响拨到最狂热的状态，什么都不想，什么也别去想，任湿衣的海风穿袖而过，任柔美的月色淹没全身。海浪打着节拍冲过来，又顺着节拍退回去，不一会儿，音乐与涛声，渐渐地融为一体，越听越像是一首雄浑的天地协奏曲。以天为幕，以月造景，以大海当舞台，并将其融入自己的精神世界之中，如此气势磅礴，惊心动魄，恐怕只有虔诚的爱乐之人，才有可能独享到这般曼妙壮阔的幸福时光。

古城街景　摄影/郭培明

留恋城市，又想逃离城市，日益成为现代人的一大心结。报道说外地某城又一座老屋消失于风雨交加的漆黑晚上，又一条古街屈服于臂力过人的铲土机下，相信众人已见怪不怪，甚至麻木不仁。报道还说泉州出现一家民间养育萤火虫的公司，不禁心头一震，这小家伙可是我童年时代月夜嬉戏的玩伴，而今，也成了难得一见的稀有动物了。我们关心的往往只是自己的工种、自己的荷包，自己的身份地位房子车子，然而条件越好，并没有体会到更多快乐的滋味。借用悲观一点的论调，或许会有一天，人类穷得除了金钱已没有可圈可点的财富，地球上最后的两滴水，就是人类自己的两颗眼泪。我们曾经推崇战天斗地其乐无穷，后来才发现人其实就是大自然的一部分。朋友去内蒙古阿拉善沙漠，他不是旅行家，不是摄影家，拍不出张美寅那般撼动人心的好照片。作为环保 NGO 的积极分子，他跟随王石、冯仑、马蔚华、杨利川、韩家寰等阿拉善生态协会成员，搁下商务，走出城市，深入荒原，穿越考察，见证现场，治沙种树，参与论坛，奔走呼吁，提醒人们关注身边的生态环境的恶化，以极单薄而最直接的行动抵抗着野蛮的开发与不可持续的掠夺。他是一个有气场的人，他的行动至少可以感召一大帮亲朋好友去思考，承先启后，我们如何面对人类共同的发展难题，如何留住一个同样可以日月交相辉映的精神家园，这就是活在当下需要追问的终极意义。拥有一颗明月般纯净的心灵，他高洁，我景仰。

（原载《泉州文学》2010 年第 9 期）

| 找寻一座城市的气质

接到刘经理的电话，他很平静地说了一句话：“华荣书屋要歇业了。”我那时正忙着事，没有多想。过了两天，参加一个活动经过华荣，才记起刘先生的提醒，其实每次经过，我总会不自觉地望一眼书店。以前，华荣有两层店面，标识显著醒目，字是书法名家题的，大老远就被吸引了。店内功能区划分科学，大人带着孩子来的，大人走时，孩子一定是从一层的少年读物区找到的。而楼上的书画著作区，常常碰到的是本地有名的艺术家，他们边翻书边交谈，那种即兴随意的言语，比正式的研讨会多了好几分轻松活泼。我来时，有时还能捡到好处，某一话题触发了我的神经，最后变成了我们报纸版面的主打内容。而更多的年轻人，三五成群，或者情侣同行，累了，找一个靠窗的座位，点份冰糕、咖啡或者套餐，海阔天空，从书籍谈到衣服、美食，再谈到电影、唱片什么的，若是下午时分，阳光斜睨，暖融融地迎合着放松的心境，那份惬意，非亲临者不能感受。

后来我很少再到华荣，除了工作忙的理由，更主要的是书店变小了。原来的一层被房东收回改作他用，无奈之下，“空中书店”只好在很不显眼处安装了一架铁梯当通道，如果是上了年纪的读者，上下难免有些慌张。书架间的空间被压迫得让人难受，两个人擦肩时须格外小心，过去那种人与书凝视、对话的舒适度没了踪影。刘说，其实我们这两年都在做亏本生意，书店难经营啊。书店当然也有做得红火的，我到过的许多城市，有的书店，如上海书城、青岛书城、天河图书城、王府井书店，人头攒动，结账时排着长队，如同百货商场似的。民间办书店最值一提的，自然是台湾的诚品书店，到台北的旅行者，即使没有买书的习惯，也要进去逛荡一圈，谁叫它是台北的文化地标呢。

华荣留在我记忆深处的还有一件事。多年前，本地文化界在此举办了一场蔡其矫作品座谈会，我临时被决定为主持人。按传统做法，我邀请知名诗人曾阅坐在主宾蔡先生身旁，不料蔡先生婉言谢绝，竟直接把老朋友曾先生请回去，然后亲手拉过两个福州来的美女粉丝分坐他两边，小小的会场顿时响起一片友善而开心的笑声，座谈会的温馨气氛可想而知。一个敢于喊出“少女万岁”口号的诗人，他的灵魂必定是自由、奔放、率真的，他才不会去计较别人的评议。如今，蔡先生已驾鹤西去，每当重读他的永葆青春充满活力的诗歌，我就联想到华荣的这一幕。

书店是一座城市的文化名片。念中学时，我就经常通过新华书店的关系购到自己喜爱的书，比如秦牧的《艺海拾贝》、巴尔扎克的《高老头》、托尔斯泰的《复活》，便是同学的姐姐抢在上架前留下来的，泉州中山路一路都是宝，还荣获全国十大名街的美誉，可我对沿街星星点点的文史故事，当时并不大清楚，一条大街给我最大的施舍，除了新华书店，还是新华书店。那时一有心仪的新书发行，就起早去抢购，几次等书店开门等到内急，书店南侧小巷里的公厕便因此存入记忆之中，尽管那气味的确现在想起来还很恶心。

渐渐地对新华书店失去了爱恋是在晓风书屋出现以后。移情别恋绝非书屋的主人是位身材高挑的美女，我对它的尊敬在于其挑选书籍的能力远远高过新华书店，我因此得出结论：经营书店的成功者必是爱读书的人。后来与连女士相识，果然也印证了这一点。她与国内文化出版界有着密切的交往，谈吐知书达理，视野开阔。我心里想，如果泉州今后拥有“诚品”这样的自主品牌，必定会是“晓风”。2006年，一个全国性的摄影年会在泉州举办，我的两位朋友，《竞报》视觉总监崔波和《京华时报》摄影部主任骆永红出现在与会者名单中。其间，作为东道主的我，想不出更好的法子招待这些远道而来的兄弟，便选定了晓风书店作为饭后海聊的场所。当晚光临的，还有《深圳特区报》摄影部主任李楠、多次冒死报道突发事件的《大河报》名记陈更生、曾经独闯毒品金三角的《中国法制报》女记者居红等七八位新闻界名流。他们一边品尝着安溪铁观音，一边随手翻书，即兴交流着，偶尔由书引出有趣的话题，便你一言我一语乐成一片。骆永红在他的博客上还用照片定格了晓风这一场景，泉州印象也从此留在这些精英们的心中。

晓风的地点在工人文化宫附近，人流量一向不错，后来连女士神态凝重地告诉我，房东抬高房租，书店看来是待不下去了。我的心头掠过一丝悲凉，难道一个文化古城，竟无法安放一家市民喜欢的书店？好在连女士舍不下浓浓书缘，又一天，她说，新的风雅颂书局想移到文庙或者青少年宫，想听听我的意见。我立即建议后者最好，就人群的聚集特点来说，前者多是喜欢南曲的老人，后者以学生及家长居多，文化的传承需要怀古，更要着眼未来。更名换址，凤凰涅槃，现在，书店的生意也一天天好起来了，尽管难现往日光景，毕竟让她看见了希望。

城市如人，在一个随波逐流、急功近利的时代，城市正陷入一场无休止的竞赛，楼越来越高，房越来越多，城越来越大，但是面目越来越模糊，千城一面已是不争的事实。雅各布斯在《美国大城市的死与生》一书中提醒过我们，所有城市规划的艺术与科学都无助于阻挡大片大片城市地区的衰落。是的，我们的街道早已失去以前那种活泼、轻松、友好而健康的气氛，我们一再要求孩子们不要与陌生人说话，在地球村的生活中，在喧哗与躁动中，我们感受到的却是内心的孤独与荒凉。这自然不是人类奋斗的终极目标。看来，我们至今还没有完全弄懂从哪里来、到哪里去这一基本命题。

每天读报、看书、上网、出席会议、参加活动，不同场合的发言，不同人群的交流，不同氛围的对话，说到现实，说到生活，说到工作或者学术，城市始终是个绕不过去的话题。常常是，一个城市，给别人也给自己的前后印象竟是一个巨大的反差，好城市，坏城市，宜居城市，非宜居城市，如此简单的划分已经无法说清人与城的复杂关系。尽管这个城市是你的出生地，是你就学、上班、升职、娶妻、生子的地方，她见证了你的所有荣耀，领略了你的独特风采，包含了你的全部悲痛，孕育了你一次又一次破灭或者成功的梦想。

我害怕听到旧城改造这个词语，在中国600多个城市中，有一半的城市提出打造国际城市的口号，都想脱胎换骨，狂热的城建竞赛成了一道经济年代的怪异风景，世界的一半钢筋与水泥用于中国的土地上。旧的不去新的不来，深居老宅的居民相当部分还是渴望城市改造的，杂乱无章的大院、简陋无比的起居设施，已使他们成为都市里的村民。我的同学D，纯正的城市户口，家住水门巷附近，祖辈的产业，分到他这一代，只剩下一条“手巾寮”。阴暗，逼仄，散发着淡淡的霉味。春节去拜年，D 迎进门内，口中提醒小心，自己小心翼翼地在前面摸着电灯开关。我不希望生活在这样的阴影下，保护古城不应是保持丝毫不动的原汁原味，除非是重点文物、历史建筑和核心保护区域。其实，每一个城市的历史都是一部拆迁的历史，泉州哪幢房子是唐朝的房子？所谓完整性保护，并不能抗衡岁月的风雨，拆迁什么，留住什么，历史赋予我们的重任，也许是风貌的留存，是文脉的传承。

一座城市的气质，都是在先人的基础上添砖加瓦才垒筑成今天的高度的。城市的更新不是面目全非，不是另起炉灶，房子因人而产生文化，人因创造而产生力量，泉州的魅力藏在大街小巷中，我们走过的每一步，都可能“踩响”一段历史传奇，这大概是这座城市之所以让外人羡慕的原因吧。没有曾经的开辟荆榛的海上丝路和东方第一大港的美誉，没有东西塔、开元寺、老君岩、洛阳桥、五里桥、清净寺、梨园戏、南少林、南音等珍贵的历史遗存，没有李贽、郑成功、施琅、俞大猷等呼风唤雨的时代巨匠，没有驻锡泉州十余年最终圆寂于此的一代高僧弘一法师，没有视泉州为故园的菲律宾国父黎刹、印尼前总统瓦希德、新加坡前总理吴作栋这样的海外政治家，没有李光前、王永庆、辜振甫、李尚大、陈永栽、唐裕、施至诚、陈守仁这样热心公益的泉州籍实业家，没有籍贯钉在泉州门牌上的陈映真、李昂、施叔青、刘再复、万维生、蔡国强、舒婷这样名播遐迩的文化名流，没有诞生于这片热土的安踏、361° 、特步、七匹狼、九牧王、匹克、柒牌、恒安、达利这样的中国知名品牌，泉州的美丽从何说起？泉州在中国的地位从何体现？

一首来自台湾的歌曲《爱拼才会赢》几乎被泉州人认可为市歌，

是的，没有拼，没有冒险，没有闯荡江海，泉州可能至今仍然是一片沉寂的土地。但是今天，当父老乡亲已经脱贫致富，扬眉吐气时，是否觉得，我们对于文化的爱护经常停留在话语中，我们会把许多的不是推到政府部门的身上，作为泉州一分子，我们有没有扪心自问，民间力量、民间资本做了什么值得一提的助推动作？麻木来自集体无意识，不愿输在起跑线上，拼经济见效最快，然而，传统不等于保守，历史不全是包袱，一座名城，应当呵护的绝对不只是几处古迹孤岛。当平遥成为热点旅游目的地时，附近的大同坐不住了，历史上大名鼎鼎的大同，兴起的拆迁造城是复原历史还是恢复风貌，成功与否，目前仍是一片争议声音。与其说大同的“拼”是一种冒险，不如说是一次反思。文化发展需要的是慢火细炖，城市的规划与更新需要的是深思熟虑。有了宏伟的规划也还不够，贝聿铭叹说：北京太迟了，别再提在旧城之外建设新城了。站在故宫的高处眺望，天际线不再完整，楼群高昂的长颈，刺破了天空的单纯。梁思成的伟大思路挂在时间的粉墙头，迁移行政中心到新城区的方案又浮出水面，但是，唯利是图的房地产开发商热捧的是财富与商机，部门则有部门的既得利益，所以旧城的高楼仍在想方设法地扩大地盘、占据天空。更多的四合院瘫倒在推土机的脚下，转眼间粉身碎骨。局部利益与全局利益，眼前利益与长远利益的博弈，从来就不是一道简单的计算题。在城市规划之外，必须重视城市设计。环顾四周，赏心悦目的美妙建筑如此之少，能为后代子孙留下哪些经典之作，充盈于眼的不是玻璃幕墙就是伪古董，也是我们无法回避的现实问题。

在厦门大学拜访潘维廉教授，这位能说一口流利普通话的美国人实话实说，他把厦门当作第二故乡，把泉州当作第三故乡，家中的保姆是安溪人，他甚至学会了闽南话。因为喜欢泉州，他用英文写了宣传册子《魅力泉州》，为泉州获得世界花园城市称号出了大力。他不时把外国朋友介绍到泉州来，甚至还把美国国家地理频道的大牌记者请到泉州。记得那一天，雷电交加，大雨倾盆，老潘带着两位加拿大老太太来到我的办公室。两位老人的祖父文高能是20世纪初来泉州的外国传教士，也是培元中学的倡建者。踏访归来，我看见一身汗水的两位老外收获颇丰，心情放晴。换一个视角看泉州，会发现别样的泉州之美，潘教授说他很享受，而我们中的许多人，却一脸无知。

曾经听大连的朋友说起，当地在全国率先发起的城市更新与城市营销，起初老百姓并不理解，认为文化不能当饭吃，下岗工人还多着哪。过了几年，美丽的大连、特色的大连声名大振，继国际服装节之后，引来IBM等世界级大企业纷纷落户，成就了一个中国的IT名城，后发优势让当年与之分峙南北的另一大服装城石狮多少有点失落。什么是大手笔？我不太清楚，于是想到蔡国强。今年春节，蔡国强是在泉州老家过的，这是他1986年出国以后首次与父母、弟妹一起过年。同行的团队中，有国际著名的艺术策展人、纽约古根海姆博物馆前馆长、美国全球文化资产管理公司现总裁托马斯·克伦斯。古根海姆博物馆曾应邀在西班牙的毕尔巴鄂市建立分馆，由此振兴了一座日渐没落的城市，“毕尔巴鄂现象”成就了现代城市“不求最大、但求最美”的一个奇迹。

台湾的“饭店教父”、台北观光协会前会长严长寿在《我所看到的未来》一书中提到的“遗憾”与古根海姆有关。夹在台北与高雄之间的台中市，打造特点方面乏善可陈，一直没有叫人注目的理由，某次，得了个机会与纽约古根海姆博物馆有了亲密接触，双方曾就项目落地进行了多轮探讨，最终无疾而终。严长寿分析，假设项目成功，台中必然一鸣惊人，台湾也将培养出一批文化艺术方面的活动策划、经营管理的世界级人才。我注意到外电最近的一则报道，中东阿联酋的阿布扎比，因油而富，富得流油，为了与资源贫乏却名声在外的迪拜争个高低，想在创意产业上下点功夫，其中的大动作即是争取古根海姆博物馆永久落户。

一个现代艺术博物馆，竟然奇货可居，大概是泉州人不能理解的。多年前，泉州籍著名邮票设计家万维生希望在家乡建一座以个人命名的邮票艺术馆，好事多磨，一波三折，后来虽在有关部门的支持下得以落成，从今天的眼光观察，邮票馆还是显得寒碜，难以在文化旅游上形成气候。国际新闻摄影界最具知名度的华人，也是普利策新闻奖至今唯一的华人得主刘香成，此次也随蔡国强来到泉州。和我闲聊时，他说目的是观察泉州这座城市，为什么会孕育出蔡国强这样的人物。观察注重细节，今日繁华而忙乱的街市留给他怎样的人文记忆？我多少有点担心。另一位摄影大师，新加坡国家文化奖得主张美寅，每年几乎都用半年时间奔走于中国各地，从自然风光的唯美追求到百姓生活的人文关怀，14 本沉甸甸的摄影图册叠筑了他的国际地位。著名摄影家李杰这样评说张美寅的《大凉山彝人》：“记录了特定地域中平和而朴实的彝人和他们普普通通的生活场景，没有那些为‘艺术’而丧失灵魂的杜撰，也没有那些‘刻意’的用光和‘典型’的造型，只是用摄影最本质的方式和最平实的手法记录下这些贫困的人群，用人性中最伟大的真诚和善良去

古城之窗　摄影 / 郭培明

面对这个特殊人群的生活真实，看似平淡的生活图像，却融进了作者对摄影艺术的深度思考。”同时还是著名艺术品收藏家的张先生，心中也有一个夙愿，在泉州老家建设一座公益型的博物馆，如果真有一天得以实现，泉州就多了一扇看世界、品生活的美丽窗口。

蔡国强终究是闯荡世界江湖的，十多年前就曾设想在泉州建设一座现代艺术馆，他看中的地点是清源山风景区大门附近的地块。自从2001年成功主持上海APEC会议焰火表演晚会以后，蔡国强的创作广为中国民众认识，也得到了主流意识形态的认可。2008年北京奥运会闭幕式一结束，蔡国强马不停蹄，请了位设计师到现场考察，不说也罢，一说惊人一跳，那个人叫福斯特，设计过大英博物馆改造、香港汇丰银行大厦、浦东国际机场、北京国际机场三号航站楼工程的建筑大师。听蔡国强介绍，福斯特是驾驶私人飞机到达北京后，再搭了来泉州的航班，如此花销，非同寻常，看来这位老兄完全是冲着友情而来的。托马斯则是蔡国强到美国生活后结交的最好的朋友，正是这位顶着一颗亮晶晶光头的大块头最先收藏了蔡的作品，并向全球收藏界大力推介。当然，投桃报李，蔡国强的回顾展创造了该馆观展人数的一个纪录。据说，开幕当日，寒风中在纽约街口排着长队的人群中，就有陈丹青，一向以愤青形象出现的著名画家陈丹青，后来成了蔡国强无话不说的挚友。以蔡国强和托马斯长期的私人关系，加上固有的历史文化特色，泉州被古根海姆看中不是没有可能。如果能上山看艺术馆，下山看博物馆，中间穿越由老君岩、西湖、开元寺、源和创意园等泉州元素组成的一条精品旅游路线，那无疑是古港文旅雄风的一次重振，是中国创意一次淋漓尽致的个性演绎。可惜，计划因涉及国家5A级景区用地保护而搁浅。

元宵前夜，我问蔡国强，如何看待泉州萌动着的一片创意潮？

2004年11月，金庸先生参观弘一法师纪念馆，右起：林英明、潘耀明、金庸、施能泉、邓友梅、郭培明
摄影 / 潘登

他坦言，北京798的成功带动了各地旧厂房改造成为创意园区的热潮，其实泉州应当有更大的魄力、更大的手笔，不要停留在模仿的角色位置，而要有全新的举措，让世界走近泉州、走进泉州。他没有展开话题，这次他青睐的老厂区改成艺术馆用地项目尚在与有关部门商谈阶段，刚刚涉足泉州的托马斯也还没有明朗的态度。然而这并没有影响到我的联想，假若当代艺术馆落户的梦想成真，国际当代艺术的大腕们必然会走马灯似的纷至沓来，每两年一届的国际当代艺术展如期开幕，来自全球的媒体记者蜂拥而至，紧随其后的是南来北往的文化人、艺术家和游客，那时的泉州，想低调一点都难啊。

（原载《刺桐》2011年第6期）

光明之城
怎能少了那盏书店的
灯火

昨天是母亲节，满屏温馨。突然读到风雅颂书局青少年宫店即将关门的消息，如同刚刚热起来的初夏遇到一股冷空气，起码于我，有了一种不适不舒的心理反应。

书店经营难不是什么新鲜话题。几年来，本地主流媒体先后报道过的越洋图书城、泉州书城陷入困境曾经引起社会广泛关注，政府有关部门也出面积极协助，最终结局还是叫人唏嘘：前者退出泉州市场，后者勉强撑着。也许有人要说，优胜劣汰，公平竞争，市场从来不相信眼泪。从企业层面看，书店与百货店、五金店、水果店、电器店、服装店没什么两样，必须遵循商业规律运行。若从增加税收角度看，书店与其他行业比较，更是微乎其微，贡献实在太不起眼了。如果再转换个角度，风雅颂书局就不那么简单了，它曾经获得全国民营书店四十强，以其在全国业界的知名度，说它是泉州图书行业的安踏或者达利，也不为过。当然，我更愿意把它比喻为泉州的诚品，实际上，在本土读者的心目中，早已把它当作一道城市的人文风景了。

从威远楼边的树人书店，到九一路的晓风书店，再到田安路的风雅颂书局，我一直是这家书店的常客。二三十年间，见证了它的发展轨迹，每一个阶段，它在艰难中前行的脚步，步伐不大，声音却不小，为当代泉州文化留下了不可磨灭的印痕。比如黄永玉、李泽厚、周国平、白岩松、李辉、叶匡政、潘采夫、韩浩月、绿茶、武云溥、叶开、崔永元、陈晓卿、老树、梁鸿、潘年英等一大批著名学者、作家、艺术家、媒体人的泉州之旅，牵线、策划或者主办者便是风雅颂书局。西街小西埕老墙上那句“泉州是你一生至少要来一次的城市”，这两年成了网红旅游点，就是在书店老板连真女士协助邀请下，老白前来参加“海丝”活动，于主题演讲时现场迸出的激情金句。诺贝尔奖得主莫言在我带领下参观晋江五店市风雅颂书局后，一反常态，即兴摘弘一法师联语句为书店题写了“文佛显影，名贤读书”。要知道，他向来对经营性企业的题字要求是怀有高度警惕的。

连女士出身于教师家庭，父母传承给了她爱读书、读好书的基因。企业言利，没有利润，书店难以维持，终究还是要歇业收摊的。连真的可敬，在于那件商人的外衣内，她始终不忘初心，抱有文化情怀。网络时代，万物皆媒，阅读随手可得，娱乐可以至死，书店被冷落是意料之中的事。古人所谓“万般皆下品，唯有读书高”。那是多数人目不识丁的年代，在现代，读书人的骄人资本几乎已经丧失殆尽。在许多场合，人家表面上夸你“书生气”，其背后往往带有“书呆子”的释义。但如果据此认为我们就不需要书店，则是这个时代最大的玩笑与悲哀。书是现代生活的一款光鲜标配，读书则是现代人的一种生活方式，它不是必需，而无了它，就像快乐的日子中少了一缕阳光。台湾作家舒国治谈到他旅行中感受的城市气氛：“人生有时千里迢迢走经一莫名城镇，跨进一家暗沉古旧的书店，那个下午的一两个钟头印象，往往会在几十年后犹自脑海突的闪进，这闪进景象之佳与不佳，或许就点出气氛的珍贵了。”评论家、荐书人绿茶记忆中的北大岁月，不是未名湖，也不是博雅塔，而是校门附近的风入松、万圣书园、国林风等书店。书店建筑虽不伟岸奇特，却可能是一个城市的文化地标。

我心无大志，喜欢阅读，偏信书不求用，纯粹是个杂览主义者。读侯军的《淘书·品书》，读姚峥华的《书人·书事》，总觉得亲切，或者是泡书店、淘好书的情节有些相似，或者是对满腹经纶、博学强记者的仰慕之情接近，大凡爱书之人的心态皆有可通之处，那就是对知识与真理的尊重与热爱。金庸、梁羽生的作品归入通俗文学，档次似乎不高，后来我有机会参观了金庸类似于书店的大书房并访谈过学渊识博的梁羽生，从此理解了其他武侠小说家为何不能超越金梁这两座高峰。书到底读多少本才合格？注定是没有答案的。普通读者与韦力、陈子善、止庵这样的阅书无数的高手之间根本没有可比性，多数人只是把逛书店看作一种生活方式，为什么要一次次走进书店，因为，书在那里，书店的魅力在那里。通过个人阅读，感受时代影响，正如泉州籍知名媒体人魏英杰说的，寂寞的阅读使他在逼仄的乡村里找到了慰藉，并与这个时代接轨。博尔赫斯说过，如果这个世上真有天堂，那一定是图书馆的样子。就个人的感觉而言，我觉得图书馆太博大了，容易让人眼花缭乱，不如书店的空间尺度更具人性化。我经常流连于风雅颂书局，它的精致设计、它的温馨氛围、它的平民视角，使其充当了市井众生的精神时间摆渡者。

我曾经有过“一间书房，半亩庭院”的梦想，当梦想变成空想之后，我便认定，书店是滋养心智的世界，是安顿心身的场域。这一心念投放到现实生活的视野中，我锁定的对象便是风雅颂书局这类的书店。我天生鲁笨，通过阅读，自以为能够与史上最优秀的人物交流，与世间最美丽的风景相逢。感谢书店，让我发现了人与人之间不会是一座座孤岛，发现了时代社会存储的巨大丰富性和可能性，领悟了“走万里路”与“读万卷书”的深刻含义。我知道许多人比我更加迷恋这里，如果走进风雅颂，可以带给你心灵的安静与筋骨的舒畅，教会你更好地去面对生命、面对风雨，这片小小的天地，便是一方城市会客厅、一个文化大舞台。

文化说到底就是人的生活经验的积淀，在日常生活中则更多地被曲解，当作一种工具使用，所谓“文化搭台，经济唱戏”。实际上，城市文化包含“城市性的文化”与“城市中的文化”，前者体现在现代科技条件下的大众时尚消费潮流，后者注重特色文化的延续传承，倚重一方偏离一方，最终损害的都是一个城市的文化建设与文化繁荣。城市文化通过贮存、交流、创造、发展，从而实现全体市民的文化共享、文化认同，形成城市自身的文化符号、文化特质，彰显城市个性与城市地位，从而实现城市在区域竞争中的胜出。泉州是中国首批历史名城，我们的先辈创造的奇迹至今仍是我们这一代人的骄傲，而我们将留下什么足以让子孙引以为豪的精神家园和文化遗产呢？说许多大而空的表态性话语，不如每年实实在在做好几件事。投建一座当代美术馆需要筹集巨资，而从政策上扶持几家民办书店不难，城市发展日新月异，办事总要分清轻重缓急，涉及公共文化事业发展的大小项目不少，但愿每年都有突破、都有亮点。

也只有这样，才能丰富这座“海丝”起点城市的文化内涵，才不辜负历史文化名城的时代期望。

受疫情影响，年初以来商业凋零，书店经营自然是雪上加霜。据我的观察，风雅颂书局青少年宫店的关门与疫情冲击没有多少直接关系，也因此，才更令人感到惋惜。青少年宫本来就是为未来设立的文化加油站，这里暂不去评价书店去留的市场得失，在深表同情之余，我更愿意给连女士鼓一下劲，既然创办风雅颂书局是个人的情怀所致，那就随时做好迎接困难挑战的准备。这么多年来，书店经历的难关何止一次，而每次都能转危为安、化危为机，相信自己，相信伙伴，相信读者，相信这个时代。我想，只要专注文化、深耕文化，这座有温度、有情怀的城市，一定会以最大的诚意接纳风雅颂书局的。“聚光灯看似闪耀在少数人身上，然而，是无数努力辛勤耕耘的执灯人，在暗处默默支持，有如繁星点点，照亮我们的道路。”台湾诚品书店老板吴清友生前说过的一段话，至今听起来还是那么激动人心。有许许多多泉州读者的默默支持，不久的将来，风雅颂书局必将会在经营模式上完成一次华丽转身，出现于文化古城的某一个街区，无论繁华还是静寂，都是一段新的文化之旅的开始。

（原载 2020 年 5 月 13 日《海丝文评》）

海豚伙伴

时间会洗去血迹和泪痕，生活还要继续。

十年前这样说，不只是安慰，更像自励。

十年后这样说，已是现实，也是欣慰。

2008 年 5 月 12 日这一天，有多少人经历人生最大的一次大喜大悲。上午，北京奥运火炬传递到达泉州，全城沸腾，万人空巷。我带着儿子，举着用当日特别创意的《东南早报》卷成的“火炬”，挤进江滨北路内三层外三层的人流中。当火炬手从身边跑过的瞬间，欢呼声盖过警察的哨音，国旗舞成一片红色的海洋。澎湃的心潮尚在高涨时，下午，火炬转场到厦门的环岛路上继续接力，远方传来的却是四川发生特大地震的消息。我第一时间给《华西都市报》《成都商报》的友人打了电话，都没有通。据他们事后讲述，一个从楼上冲到楼下广场时惊魂未定，手机讯号全无；一个正在出城采访路上，发现车子突然一阵颠簸，竟没有感觉到地动山摇，直到下车后才知道问题的严重性。

时代不同，唐山地震留下的现场照片很少，外界对灾情的了解信息来源缺乏，而汶川地震，几乎是现场直播，电视画面 24 小时不停滚动，报纸用几乎全部的版面来做专题报道，都是超越常规的处理。重大伤亡的数据在上升，先头救援队伍冒险挺进，道路运输受阻，余震还在持续。那年，那些天，我们食无味睡难眠，所有人的心，都与灾区缝在一起了，一些陌生的地名、人名，一夜间不再陌生，成了我们挂牵的对象，那些困埋在废墟中的生命迹象，更是时刻揪住我们脆弱的心。一方有难，八方支援，一场抗击灾难的人民战争打响了。捐钱捐物，报社的热线被打爆，捐款的员工们在一楼大堂排起了长队。爱如潮水，在各界捐赠的热潮中，值得一提的是泉商。在我们的电话采访中，在成都、绵阳等地的南安商会等泉商机构早在地震发生的第一时间，立即组织人员进入灾区参与救援，本土名企安踏、恒安、七匹狼、361°、特步、匹克、劲霸等理所当然充当了捐助活动的带头大哥。在知名品牌之外，许多中小型企业争先恐后，一点也不甘示弱，大笔的款项、大批的物品源源不断地运往灾区，泉州籍地产巨头、世茂集团主席许荣茂更是一次性就捐出一个亿。

能力有大小，个人的力量有限，但对灾区百姓的关爱与救援，不是只用钱物的数量的多少来衡量的。每个人，尽其所能，无愧同胞，就值得点赞。远在数千里外的东南沿海，除了做好本职工作，我们还能做点什么？

往事随风而逝，行走的脚步才不致沉重。十年过去，记忆力衰退，我没有记日记的习惯，但是有些记忆是不易消失的，比如这个特定的时间：5 月 18 日。这一个晚上，与周樱、林旭、江绍雄、连真等人彻夜长谈，讨论的主题很明确：我们必须为灾区儿童做点什么？这几位朋友，两个是厦门的艺术策展人，一个是华侨大学美术学院的老师，还有一个是实体书店的老板。从新闻报道中可知，学校是这次地震的重灾区，北川中学等一些学校伤亡惨重。在突如其来的大灾面前，抢救生命是最大的政治，分秒必争，而广大的没有受到生命安全威胁的孩子们，还没有从噩梦中醒来，活着就是最大的幸运，他们的心理问题容易被慌乱奔忙的大人忽视。心理干预治疗必须得到社会各界人士更多的关注，毕竟，孩子们要走的路还很漫长，不能让他们背负一生的心理阴影。周樱建议，海豚疗法是国际上成熟的救治自闭症等心理患者的有效途径，不如叫海豚行动。我说，我们服务的对象是儿童，海豚形象可爱，易被孩子接受，名称上可以加上个“小”字，情感上更贴近，就叫小海豚行动。说做就做，标识马上进入设计印刷阶段，参与此次活动的人员，都有一个共同的名字：“海豚伙伴”。

第二天，我把“小海豚行动”的方案向报社做了汇报，随即获得了编委会的支持。一场由泉州晚报社牵头，共青团泉州市委、泉州市红十字会参与主办的灾区儿童爱心救助行动开始了。带入灾区的物品最好符合儿童年龄特点，与孩子们的校园生活有关。通过报道向社会宣传，我们选定了几种本土产品，分工找上门去争取捐赠，泉州晚报印刷厂提供了一批作业本、图画册等文具，雅客食品提供了 10000 颗棒糖，泉州书刊发行协会落实 5000 册图书的征集工作，奥运吉祥物指定生产厂家恒盛玩具提供了 5000 个福娃，我去的是泉州包袋企业协会会长单位东方包袋有限公司，当亲眼看到箱包协会捐赠的 5000 个书包打包入箱，由货车运出厂区后，我又赶到泉州晋江机场，争取了免费提供运输服务和地勤优先支持。

厦门滕王阁地产通过成都分公司承担了小海豚活动物资与人员在成都的后勤保障。5 月 27 日，在机场方面的支持下，第一批物资发往成都。28 日，周樱、林旭、陈东、连真、梁丁龙、许永华

废址上的微笑　摄影 / 潘登

海豚伙伴在灾区　摄影 / 潘登

等小海豚伙伴飞往成都，并与《东南早报》两位记者潘登、刘波会合。两位记者都是四川人，熟悉当地情况，他们是以返乡志愿者的身份进入灾区的，每天发回大量的灾情及救援图文报道。第二批救助物资同日抵达。双流机场里，各地发往灾区的物资堆积如山，运输一时难以消化。好在有四川团省委和滕王阁公司的协助，物资顺利运出，并在当地大学生志愿者帮助下，分发到绵阳、德阳、雅安等地 16 个安置区孩子手里。

六一儿童节为孩子预备了欢颜，而命运却为他们安排了一场劫难，这是何等的残酷。幼小的心灵遭遇创伤，幸福突然虚无，恐慌已经来临，孩子们一时无措，他们本应该是坐在高高的土堆上面，听妈妈讲那过去的事情，或者做完一天的功课，荡起快乐的双桨。小海豚的活动最佳时间是儿童节。5 月 30 日，小海豚成员到达崇州市首所复课的学校何家小学，通过游戏、音乐等互动形式，给 500 多位孩子带去了阵阵笑声。6 月 1 日，在彭州市通济镇思文小学和桂花镇桂花小学，小海豚成员和孩子们共度了一个特殊的儿童节，帮助他们找回了自信和欢笑。尽管这种快乐是短暂的，但是相互间传递的温暖、友爱，撞开了封闭或者半封闭的心扉，紧张感、木讷状、提防心消失，交流变得主动，上课变得专注，精神面貌焕然一新，其正面影响不可低估。

在泉州征集的第三批救助物资抵达成都后，在成都当地的一支志愿者组织牦牛救援队的对接下，及时分发到理县相关学校的孩子们手中。

作为“小海豚行动”的总召集人，我每天与前方的海豚伙伴保持着密切的联系，而最担心的是他们的安全。余震不时发生，道路拥堵不堪，随时都可能有意外发生。再者，灾区的生活秩序完全被打破，到处停水停电，日常不便处处可见。当第一阶段既定任务已经顺利完成时，我说，回来我请你们好好喝顿酒。我没酒量，最怕喝酒，知道他们已经在成都双流机场候机时，心头如释重负，一个人在办公室里呆坐了许久。当晚，我们在报社食堂做了一大盆泉州卤面，炒了几个小菜，就着一箱啤酒开怀畅饮。海豚伙伴疲倦不堪却又精力充沛，一闻到地道的古早味，便狼吞虎咽起来。我清楚记得，那晚自己喝得太主动了，满脸红得像个关公，半醉半醒，还在喊着倒酒、倒酒。

2008 年 7 月下旬，第二阶段的“小海豚行动”，我们发动了泉州、厦门的学生给灾区的学生写爱心明信片，建立爱心互助关系。因逢暑假，海豚伙伴还把灾区的 10 名小朋友接到建川博物馆，和泉州来的小朋友一起参加夏令营，在馆长樊建川的支持下，邀请了著名作家阿来、著名画家何多苓等人来到现场，给孩子们讲故事，教孩子们画画，与孩子们一起做游戏、听音乐、分享影像。我们坚信，音乐、美术等艺术形式，不仅是一种谋生技艺，也不仅是一种生活享受，更是上天给予受伤灵魂的一种慰藉，给予孩子心灵的一种守护。

为了废墟上的微笑，就是为了孩子们的明天。“小海豚行动”经过四川省、成都市多家主流媒体的报道，影响进一步扩大。地震一周年前夕，我来到了成都建川博物馆，把潘登拍摄的小海豚第一阶段行动的活动照片集送给樊建川馆长存念。在建川博物馆地震馆，我看到了“小海豚活动”的多件物品，包括志愿者 T 恤、部分爱心明信片和一些活动场面的照片被永久收藏并展出，有些意外和惊喜。毕竟，汶川大地震救援活动千千万万，能够入列地震馆的都必须具有一定的代表性。

“不让孩子们成为一座孤岛，告别无助、悲伤、内疚、失望和愤怒，让笑声抚平灾难带来的创伤，让受过惊恐的心灵得到平静的安顿，这是我们的惟一的目的。”

为了废墟上的欢笑

郭培明
《泉州晚报》社副总编辑
《小海豚活动》总召集人

文丨郭培明

“我们为孩子准备欢颜，命运却为我们安排劫难。”当我读到《南方人物周刊》上的这行文字，视线又一次被内心的伤痛所左右。国哀日与儿童节，靠得如此之近，令人不敢直目正视。

时间终会洗去伤痕与血迹。汉旺镇那座地标式钟楼的指针凝固着那个历史时刻，无容置疑地，将一直站成永恒的地震纪念碑，因为它见证了天崩地裂的人间悲剧。

是的，生活还要继续，在大自然的巨灾面前，我们终于明白“人定胜天”只是一种浪漫主义者的空想。中国是一个盛产励志口号的大国，现实却一再让我们看到人类的无助，生命的脆弱。曾经为过早离开人世的女儿写下催人泪下的《妞妞 —— 一个父亲的札记》的周国平，面对编辑赈灾专题的约稿，感叹坦言：一切文字的表达都是虚伪的，甚至觉得，自己的生存就是莫大的奢侈。周国平最心痛的是孩子们，在灾区，与他有同样想法的张米亚、谭千秋、杜正香、严蓉、瞿万容、何丽莲他们，分别于北川、青川、聚源、汉旺、映秀等最严重的灾情现场，用血肉之躯筑起孩子们生的希望，他们死而不朽。

孩子们，这些无辜的花季少年，他们在这突如其来的打击之下，也表现出何等的坚强与刚毅，从脱险后重新冲进教室抢救同学的晏鹏、康洁、李飞洋，到为救助同学而高举吊瓶的李阳，再到抬出废墟时举手向救助人员敬礼的郎真，他们用敏捷的动作回答了社会对90后新生代的担忧。没有必要给孩子们套上小英雄的外衣，相比之下，我更愿意倾听都江都堰紫坪埔小学的女童李苗雨的真实声音：“叔叔，你们有什么药，让我们吃了以后不再害怕。”

为受伤的心灵搭建一座座重寻欢乐和勇气的桥

不是死难者才是受害者，见证到这场巨灾的所有人都是受害者，只是被伤害的程度不同而已。灾难创伤有两种类型，一是突然撕袭人类防卫的精神上的打击，一是破坏人与人间彼此维系的社会生活构成的打击。巨灾带给人的最严重伤害是二次伤害，即受灾人如何去恢复正常的心态，如何适应新的生存环境。台湾921大地震的经历告诉我们，心理救援越早越好，尤其是对于心智尚未成熟的孩子们。

身居泉州，台湾海峡西岸的一个不大的城市，市民对汶川大地震灾情反映之迅速令我感动与自豪。泉州是中国民营经济最发达的地区之一，拥有数十个中国驰名商标与中国名牌产品，恒安、安踏、特步、七牌、达利、鸿星尔克、361度、匹克等企业的捐助出手都在几百万甚至上千万元，泉籍实业家许荣茂在捐出1000万元后，又决定捐出1个亿建设百所灾区医院。虽然远隔千山万水，相互间却能

南方周末报系《名牌》杂志2008年第7期版面局部

2008 年 6 月，中央决定由福建省对口援建彭州灾区，其中泉州市对口支援的是通济镇、新兴镇、丹景山镇和葛仙山镇，非常巧合，彭州正是“小海豚行动”的主要活动地。在泉州市的援建队伍中，就有《泉州晚报》记者许永华的身影。泉州市援建的 3 年间，共投入了 6.6 亿元，建设 22 个公共民生项目。地震一周年前夕，2009 年 5 月我随市委宣传部慰问团来到彭州，听援建指挥部的领导不停地夸赞小许，内心为这位海豚伙伴，也是我的同事的突出表现感到自豪。许永华作为泉州晚报社彭州记者站特派记者，驻点采访超过两年，最大的遗憾便是离开时只影单飞，没有找个漂亮的川妹子回家报喜。

2009 年 7 月，“小海豚行动”第三阶段，邀请彭州市、崇州市的 20 位师生来到泉州、厦门参访交流，孩子们还特地来到《泉州晚报》大厦参观采编平台，与报社的海豚伙伴见面叙旧。看着一张张天真可爱、充满稚气的小脸蛋，我想，没有什么比健康强健的体格与积极开朗的精神更可宝贵的了，既然阳光写在他们脸上，幸福也一定会种入他们的心中。

生命的毁灭是人间最大的悲剧，阴阳相隔，逝去的不能回头，而草木不减茂盛，季节一到，花朵开放，生命的顽强往往超越想象。我们承认柔弱，但我们不缺坚韧。那些逆向而行义无反顾，不是一时的冲动，那些相互救援舍己为人，本应是人性的光辉。十年一瞬，看到旧照片，依然会触景生情，但不再泪流满面。浴火重生，时间已经洗去血迹和泪痕，抚平心头起伏的创伤。汉旺的钟楼上的时间成为一座永恒的纪念碑，时时在提醒我们，人在自然面前的弱小，唯有铭记，方能走得更远。

太阳每天都是新的，回归平常，才是最真实的生活。曾经答应过海豚伙伴聚会的时间，可一转身十年已过，有的人甚至几年没有见过一面。因为“小海豚行动”的经历，周樱穿梭于香港、台湾和大陆之间，全身心投入另一项公益型活动——海峡两岸少年儿童美术大展，一年一届，忙得不亦乐乎。陈东是美籍华人，长期在北京创办双语培训，去年我到北京出差，匆匆见了一面。连真的晓风书屋已易名风雅颂书局，尽管实体书店日子难熬，她却能折腾，已有泉州“诚品”的江湖地位。江绍雄当年只是一家广告公司的创意总监，现在游走于国内外讲坛，出任纽约、伦敦、东京国际性广告节的评委，是名副其实的广告界大咖。从灾区回来后，潘登的目光更加贴近市井贴近底层，拍摄的作品更接地气，连续多年荣获全国性重要奖项。许永华回到晚报干老本行，他先后被评为福建省支援灾区援建先进个人和彭州市荣誉市民。刘波负责《东南早报》的“东南公益”项目，在省内屡获好评，我想便是“小海豚行动”的另一种延续。文静的梁丁龙，还在厦门当他的中医师。听说大胖子林旭血管出了问题，死里逃生，大病了一场。

生活还在继续。没有人知道明天和意外哪个会先来临，我们都是凡人，养家糊口，职场谋生，累、痛苦或者快乐着，就是我们的常态。10年过去了，海豚伙伴至今没有实现团聚的诺言，无论你在家乡还是远方，身居庙堂之上还是穿梭阡陌之间，愿彼此间互存一份虔诚的祝福：不忘初心，岁月静好。

（原载2018年5月12日泉州网）

| 香江文坛咱厝人

香港回归祖国已经15个年头了，但是许多泉州市民并不清楚，生活在香港的咱厝人竟然超过了80万人。不久前，香港无线电视播放了一个专题片，说北角春秧街是“小福建”。“福建”两字，其实是可以换成“泉州”的。在春秧街一带逛街购物，听到的多是闽南话，何止北角，在红磡、土瓜湾、深水埠、长沙湾等地，同样可以听到亲切悦耳的闽南乡音，看到那些同乡组织的牌匾，甚至在小超市里可以买到正宗的泉州特色美食。我每次到香港探亲或出差，都能从泉州籍文化界朋友那里了解到香港传媒出版业发展的最新情况，同时也从他们的成功中分享咱厝人的荣光。

中国作家协会会员、香港作家联会会长、世界华文旅游文学学会会长潘耀明（彦火）是较有代表性的一位。潘先生籍贯南安，11岁那年随母亲去了港岛。中学时创办文学社出版油印刊物，奠定了他一生从事的文学事业的基础。当过记者、编辑的他，远赴美国艾奥瓦大学（The University of Iowa，也译作爱荷华大学）进修，取得硕士学位后回港工作，获聘三联书店（香港）副总编辑、明河出版社总编辑等职，后应金庸之邀主编《明报月刊》。在海内外华文创作交流的圈子中，人缘极好、善于组织、热心服务的潘耀明是一个绕不过去的“宋江式”人物。著作等身的他，与巴金、冰心、俞

泉州籍作家对家乡的巨变感到欣慰 摄影 / 吴泽华

平伯、钱锺书、萧乾、端木蕻良、柯灵、柏杨、吴祖光等前辈大家都有过交往，当年那些文稿、书信成了今日珍贵的文史资料。我与他香江相聚，有一次碰上中国作家协会主席铁凝，还有一次遇到台湾著名作家李昂（籍贯石狮）与《绿化树》《男人的一半是女人》作者张贤亮，可见他的交际面之广。2004 年 11 月，泉州晚报社策划了引起海内外关注的金庸泉州文化之旅，幕后的穿针引线者就是潘耀明。去年 12 月，由他发起并主持的世界华文旅游文学年会在香港举办，参会者来自五大洲，可见其文坛影响力。

说香港泉州籍作家群体实力强盛不是没有道理，不说原籍晋江而成长于印尼、中国台湾的散文家董桥，不说自中国香港移居加拿大、现为该国华文作协主席的南安人陈浩泉，也不说时常客座中国香港高校讲学的旅美南安籍著名作家、文化学者刘再复，犁青（籍贯安溪）、王心果（籍贯惠安，已逝）、杨贾郎（籍贯南安）、东瑞（籍贯金门，华侨大学毕业）、王尚政（籍贯晋江）、晓帆（籍贯永春）、李远荣（籍贯南安）、施友朋（籍贯晋江）、黄灿然（籍贯洛江）、梦如（籍贯泉州市区）、蔡丽双（籍贯石狮）、戴方（籍贯南安）、吴应夏（籍贯南安）、舒非（籍贯泉州市区）等等，这一串长长的不完全名单就足以让人感叹吧。其中，长篇小说《女人啊女人》作者吴应夏颇有传奇色彩。他 1973 年移居香港，做过地盘工人、街头小贩等职业，也许正是这种人生际遇，让他的作品成了香港乡村（大屿山）一幅逼真的风俗画。吴先生送过我此书，他说，当时的香港文学圈子竟容不下他的“乡土”，自己写出这本书就是为了争一口气。

一直对香港天地图书怀有敬意，不但是因为该公司出版了不少文化含金量高的好书，更因其总编辑颜纯钩（籍贯晋江）和副总编辑孙立川（籍贯泉州市区）都是咱厝人。颜先生的小说受到陈映真、施叔青（这两位台湾著名作家的祖籍分别是安溪、石狮）的赏识。身为中国作协会员、国内多所大学客座教授的孙博士则是一个学者型作家。他留学、暂住日本达10年，饱览中西名著，曾在《大公报》《文汇报》上开设专栏，我读其大著《东篱集》《西还集》《驿站短简》，收获甚丰。我最早知道“文化创意产业”的概念，也是孙博士的推介，那时国内听到这个新词的人很少。由于谙熟日文与学历背景的优势，国际创价学会会长池田大作与金庸大侠的世纪对话就由孙博士担任翻译，他还是国学大师饶宗颐的忘年交，并与池田大作、饶宗颐合作有鼎谈集《文化艺术之旅》。有一年我到香港，他告知梁羽生从澳大利亚回港参加活动的消息，机不可失，在他的协助下，我赶到尖沙咀守候，顺利完成了独家专访，报道刊发后被海内外多家媒体转载。由于梁老从不使用手机，联络不畅，那天孙博士与我一起在酒店大堂足足等待了 3 个钟头，在时间就是金钱的香港，他的同乡情谊可见一斑。

最让我感动的是秦岭雪先生。他原名李大洲，早年从泉州考入暨南大学中文系，学生年代就有才子之称，蔡其矫是他推崇的大诗人，

秦岭雪（右）与作者在香港油画学会会长林鸣岗（右二，闽籍）工作室　　摄影 / 祝理

其诗风颇具蔡其矫的味道。作为名诗人兼书法家，他还是香港福建书画研究会的副会长。风度儒雅，经商却极少言商，穿梭闽港文化圈，热心文学艺术活动，资助香港文学刊物出版发行，是他的显著特点。我藏有冯其庸重校评批的五册盒装《红楼梦》，便是他惠赠的厚礼。有一次，我在离港前给了他一个问候电话，不想他竟打的从癸涌赶到土瓜湾，不容分说，坚持一起饮茶叙旧。谈话中，才知道他正患重感冒，而那天，是那年香港气温最低的一天。

说到香港福建书画研究会，不能不提到其创会会长、来自晋江的施子清。早年创办香港集美侨校，曾经出任港事顾问、香港特别行政区筹委会与推委会委员，高票当选全国工商联副主席的施先生，在商界、政界、文化界声望颇高。多年前泉州媒体代表团访问港澳，受到施子清先生等旅港乡亲的热情款待，其间我有幸获赠施老的诗集《雪香诗钞》与书法集《子清翰墨》，回泉后说起，朋友们都投来羡慕的目光呢。

在许多文友的眼中，讲闽南话的秦岛也是咱厝人。他籍贯漳州，厦门大学毕业后分配到中新社泉州站，当了多年记者，跑遍泉州的山山水水，更重要的一点是深度融入生活，成了泉州女婿。到香港定居后他从头再来，现已是当地发行量最大的市民报纸《东方日报》的副总编辑，也是香港当代作家协会的创会会长之一。秦岛至今著书 10 余本，涉及诗歌、散文、歌词、新闻时评等文体，但他坦言，最难忘的是完成于泉州金山新村的第一部专著《跨越海峡》。

（原载 2012 年 6 月 29 日《泉州晚报》）

到阳江看望一条古船

两年前，广东阳江作家冯峥来到泉州采风，他的目的是创作一部名为《南宋，那一个夜晚》的长篇小说。他说，写以“南海一号”传奇为主题的作品，没有了解泉州是不可想象的。的确，宋元时期，泉州刺桐港是世界上最重要的贸易港口，那个时期也是海上丝绸之路最鼎盛的时期。1974 年在后渚港发掘出土的泉州湾宋代古船，作为海上丝绸之路的历史见证，向世人展示着古代中国先进的航海技术和海外贸易的繁荣景象。我推荐老冯走访泉州海外交通史博物馆，多看一些“海丝”遗存。由《羊城晚报》主办的 2016 中国旅游媒体年会暨中国晚报摄影年会在珠海斗门、阳江海陵举办，其中的活动包括参观广东海上丝绸之路博物馆。一睹“南海一号”芳容，便是我此行最大的期待。

我是在傍晚抵达阳江的。连日的高温，一路的奔波，来自全国各地晚报的总编、记者们脸上多少显出几分疲态。当大巴停在大澳渔村村口，夕阳还没西下，流光溢彩的海面、尽情飞翔的海鸥、静泊港湾的船只，映衬着古老的旧街渔市，构成一幅色彩斑斓的天然油画。同行的镜头不停地聚焦在村头大树下卖鱼干的老人身上，聚焦在清末民初创建的旧商会大楼，聚焦在全国首个渔家文化专题馆，而我，则发现一座花岗岩石像矗立在海边，工程尚未完工，不用问，看看人物造型，一眼就可认出是郑和。据说当年郑和下西洋时，曾在此补给淡水和食物，与广州十三行相列，此地有“十三行尾”之说。村主任告诉我，虽然没有存留当时的遗物，但一直都有这样的传说，而且，“南海一号”出水的海域距离这里仅仅 20 公里。

我抵达海陵岛时已是晚上，但不是冯峥笔下那种月暗风高的夜晚。一轮明月高悬天空，从入住的房间阳台望去，海面上泛着流动的银光，没有星星点点的渔火，只有一阵阵的涛声不停地喧哗着，偶尔有一艘船舶从远处经过，海天一色中便如天外来客般梦幻。泉州临海，我的少年时代就是枕着涛声入眠的，我知道，今晚的我，一定难眠。

如果不是南宋那个月暗风高的夜晚，不是发生那一场沉船的悲剧，我们也许失去了一次触摸古代文明的良机。漫长的时间洗去了泪水与血痕，却封存了一个时代最真实的信息，让我们可以轻易穿越时空，用深沉的目光去表达对先人的敬意，用惊叹的心情去感受一个民族的自豪。“德化瓷！”“磁灶瓷！”尖叫声中，我的眼睛像被什么粘住似的，“福建磁灶窑系绿釉印花卉纹葵口盘”“福建德化窑系青白釉划花卉纹带盖碗”“德化窑系白釉印花卉纹四系罐”“福建建窑系黑茶盏”，还有“江西景德镇窑系的青白釉刻画婴戏纹碗”等。50 多家全国晚报的同行们纷纷围了过来，相机、手机“嚓嚓”声响成一片。

在宋代，海外贸易收入是国家最重要的财源之一，中央政府大力鼓励发展海外贸易。北宋元祐二年（1087 年），泉州设立市舶司，掌管进出港商船，负责货物的征税与抽解，处理对外贸易事务。南宋时期国库空虚，更加依赖海外贸易。而泉州瓷器制造产业历史悠久，

海陵岛采风　摄影 / 郭培明

成为当时最重要的出口商品之一。泉州陶瓷属于民窑，地位上不如官窑。著名收藏家马未都就认为，德化瓷从古代就做外贸，名声在外，国内知名度低于在西洋的知名度，可以理解。早些年在马来西亚沙巴州出土的一条宋代沉船上的货物，多数来自闽南，也证明了泉州日用瓷对改变东南亚居民的生活习惯，推动当地物质文明发展起到重要作用。

助推海上贸易繁荣的前提是造船技术与航海技术的巨大进步。作为中国三大海船船种之一，福船底尖上宽，首昂口张，仓楼高大，是中国古代最适合远洋航行的船只，既是泉州人郑成功收复台湾的主力战船，也是航行在海上丝绸之路的主力船种。1987 年英国海洋探测公司在阳江海域寻找一艘 18 世纪时东印度公司的沉船，却意外发现了这艘静静藏在水底800年的南宋福船。2007年12月22日，残存长度30.4米、宽9.8米的“南海一号”被整体打捞出水，一时轰动世界考古界和航海界。而在此前，国内最著名的古代沉船当属泉州湾宋代古船。

广东海上丝绸之路博物馆是国内首个将宋代沉船水下考古现场发掘向观众开放的动态博物馆，也是世界首个水下考古专题博物馆。“南海一号”上的宝贝当然不只是陶瓷，比如展厅中的金链、金帔坠，做工极其精细，镂空工艺炉火纯青，虽历经沧桑，仍然金光闪闪，如同新鲜出炉。海上丝绸之路博物馆造型奇特，集合了波浪、海鸟、帆影的元素，艺术性和现代感强，建筑本身颇吸引眼球，值得泉州未来建设新的“海丝”展馆借鉴。博物馆其实也是一个巨大的考古发掘现场，透过水晶宫玻璃栏，可以看到考古专家不时用喷雾水枪喷洒船舱中一堆一堆出水状态的瓷器，以保持一定的湿度，避免文物因受环境变化影响而损坏。据估计，“南海一号”上的文物总数达到6万至8万件，目前展示的仅为微不足道的一小部分，可以说，这条船是人类的无价之宝。就在6月9日于泉州举行的海上丝绸之路国际研讨会上，国家文物局水下文化遗产保护中心的孙健教授指出，“南海一号”目前发掘的瓷器中，过半来自泉州的德化窑和磁灶窑，预计所有文物中德化陶瓷数量可能占到两成，多位专家推断，“南海一号”的始发港可能是泉州（刺桐港）。

在广东，粤西南的经济发展水平远不如珠三角，然而山清水秀、河道纵横、花果飘香，景色宜人、空气清新、民风淳朴，无论是斗门的南澳民宿、竹洲水乡、逸丰生态园和御温泉，还是阳春的春湾溶洞、东湖绿道和阳东的大澳渔村，都改变了我以前对“乡下”一词的解读含义。当然，最大的惊喜留在了海陵岛。

余秋雨说：“泉州是一座为海而准备着的城市。”2015 年 11 月，余秋雨（左）与作者摄于香港中文大学
摄影 / 彭洁明

6 月 27 日，平潭国际海岛论坛公布了 2015“中国十大美丽海岛”名单，海陵岛榜上有名。海陵岛位于阳江市的西南部，有海堤与大陆连接，岛屿面积 105 平方公里，海岸线长达 470 公里，有居民 10 万人。岛上年平均气温 22.3 摄氏度，年均晴天 310 天，空气质量优等，全年气候温暖，没有明显冬天。采风活动期间，我曾打了部摩的到闸坡镇上转转。载我的师傅来自重庆山区，他告诉我，2000 年来打工时，这里还很落后，最高的楼也就五六层，现在保利、恒大、敏捷、万豪这些地产、酒店业大佬争相入驻，五星级酒店、高尔夫球场、度假公寓、别墅区、游艇俱乐部，沿着十里银滩一字排开，跟以前比是天翻地覆的变化。在闸坡国家渔港附近的大

角湾，游客云集，灯火辉煌，夜市的热闹程度完全出乎我的意料。海鲜大排档一家连着一家，延伸了好几条街道，有家叫“钱大妈”的，餐桌的数量足足有四五百桌，可见生意的火爆。原来，一条古船带动了旅游产业的发展，到阳江海陵岛，不但可以看望“南海一号”，抒一番人文情怀，还可以享受大海、阳光、蓝天、沙滩和“南海鱼仓”带来的无限乐趣。

（原载 2016 年 7 月 5 日《泉州晚报》）

音乐 让城市更美好

也许是注定的缘分，台湾海峡西岸的中国历史文化名城泉州与地中海北岸的土耳其港口名城梅尔辛伊尼赛市走到了一起。自2002年4月正式缔结友好城市关系后，双方政府、工商、文化团体互访频繁，特别是连续举办多期的中学生“1+1”住家式交流活动，在两地产生了良好的社会影响。2011年梅尔辛国际音乐节期间，泉州媒体代表团一行六人应邀踏访了这片神奇的土地。

梅尔辛是土耳其的第三大港口，也是其主要的石化工业基地，

梅尔辛海岸　摄影/郭培明

这两点，恰与泉州在福建省的重要位置非常相似。优良的港口条件是梅尔辛的立市之本，其属下的伊尼赛位居梅尔辛市核心地带，人口52万，几乎占了梅尔辛全部人口的一半。从地中海上眺望，中心市区傍海而建，环着海湾蜿蜒，除了一座52层高的地标梅尔辛大厦，绝大多数楼房的层高都在10层以下。建筑物间距适宜，街道整洁，车流有序。海岸边是长达10余公里的带状公园，椰风飘忽，繁花似锦，绿茵似毯，移步景迁，与蓝天、白云、大海相映成趣。梅尔辛建城的历史只有百年，但是在郊区，分布着不少希腊、罗马、拜占庭、阿拉伯占据时期遗留下来的古堡、村落、皇陵、监狱、码头的遗址，其中，至今仍由军人设岗守护，倚山面海、梯级环状的古剧场，是梅尔辛人的心灵圣地。

5月8日，我们抵达梅尔辛市的当天晚上，就应邀观看了梅尔辛国际音乐节的一场演出。那是西班牙著名的弗莱明戈舞团演出的《卡门》，豪迈热情的踢踏舞步与节奏明快的音乐感染着全体观众，以至于演员的谢幕一连进行了3次。令我们感叹的是：演出开始前，没有主持人，没有致辞，时间一到，灯光一暗，场内鸦雀无声，更不见接听电话、人员走动、餐饮零食、小孩喊叫的现象。为了拍照，摄影记者小潘不但关掉闪光灯，还不得不利用乐声高起的掩护才敢按下快门。第二天晚上，突然下起了倾盆大雨，加上演出的是本国的交响乐团，我们以为观众人数会大打折扣，结果，开演之前，场内早已座无虚席。

已有百年历史的梅尔辛文化中心剧场规模略小于泉州影剧院，场内设施显露出岁月痕迹。文化中心主任哈桑告诉记者：自己在这里已经工作了20多年，因为热爱，可以说把青春和心血都贡献在这里了。这里经常有艺术团体前来演出，自己既是经营管理者，又是个忠实观众，这样的工作在当地是许多人羡慕不已的。据他介绍，5月中旬的中土文化年活动周，中国的著名艺术团体将在土耳其首都安卡拉和梅尔辛两市展演，届时，剧场又将成为欢乐的海洋。

从售票窗口可知，西班牙舞团演出的票价是60里拉（土耳其货币，1美元约等于1.5里拉），明显高于本土剧团的票价，组委会人员则说一票难求。在候场间歇时，我随机采访了几位观众，没想到不会讲英语的他们全都说出一句“你好”的中文。其中一位老太太，听说我们是中国来的，竟然亮出了歌喉，用中文唱了一大段美声版《康定情歌》，引来旁人的一片喝彩。

在土耳其，生菜、西红柿、面包、奶酪、色拉，外加片牛肉或者一条烤鱼，就算是丰盛的宴请招待了，相对于简单的餐饮，当地人谈起艺术，却有无穷无尽的兴致。也许是他们把音乐当作更为贵重的精神食粮看待，一连两个晚上，我们都是在观看演出后的大半夜才被带到餐厅用餐的。席间，东道主、各国宾朋和演出人员互致问候，尽管言语不通，大家笑脸相迎，氛围十分融洽。音乐节顾问、梅尔辛大学音乐系主任苏哈女士告诉我，音乐节组委会成员由政府部门、高校专家、艺术团体和赞助企业的代表组成，围绕办好活动，发挥优势，各尽其力。因为这不是一个部门的政绩工程而是一个城市的形象工程，不应当仅仅为少数人服务，一定要让穷人也听得起音乐会、看得起演出。据她介绍，像西班牙舞团的票价，在欧洲许多城市都要卖到600里拉，而在梅尔辛只是其中的十分之一。埃斯基谢希尔交响乐团的著名指挥家恩德尔在演出结束后接受我的采访时，情绪仍然处于亢奋状态。作为知名音乐人，他见证了梅尔辛音乐节从无到有、从小到大的成长过程，他说：“只有短短十年，就产生这么好的国际影响，了不起。音乐节是个需要花钱又很难得到经济上回报的活动，要办好并不容易。梅尔辛人对艺术家非常尊重，当艺术家们感受到这份尊重时，自然会更加努力把演出做得更好。我相信，再过 5 年，梅尔辛音乐节会得到国际更广泛的认可。”出任本届音乐节顾问的他表示，今后还会不断地为音乐节创作作品，提供节目，代邀艺人，再苦再累，自己的投入能够获得观众的掌声，就足够了。

一个在世界上并不知名的城市举办国际音乐节，这种胆识从何而来？我请教了梅尔辛伊尼赛市副市长伊斯文米特·古鲁。6 次来过泉州、曾出席过“海峡两岸闽南文化节”开幕式的古鲁感慨而言：“为了提高城市的知名度和影响力，我们也是经过长时期的不断摸索，尝试了多种形式的活动后，通过科学分析比较，最后确定放弃其他，做大做响音乐节的。梅尔辛人喜欢音乐，而音乐无国界，不同国家不同民族都可以通过音乐达到相识相知，共鸣共融。世界各地艺术家来到这里参加盛会，也进一步提高了市民的文艺鉴赏水平，活动本身丰富了市民生活，也带来了潜在的商机，可谓一举多得。”至于演出的运作，政府主张由市场来说话。当我们在一幢临街的写字楼中找到组委会办公室时，七八个办事人员正在忙碌着。组委会主任法依克介绍，一帮人全是义工，他本人的身份是一个商会的会长，音乐节是属于梅尔辛的，市民自然有关心、参与的责任，直接为音乐节工作的义工共有 200 多人。组委会除了日常事务外，最重要的问题是参与筹资，包括伊尼赛市的大梅尔辛 4 个辖市的政府部门出资共 50 万里拉，另外一半由售票收入和社会捐助获得，其中售票收入只占 10%，40% 由企业赞助。至于回报企业的，仅仅是每场音乐会的两张入场券。

在一场音乐会开演之前，我认识了一位名叫雪莱的女孩子。这位去年曾经作为“1+1”中学生交流团成员来过泉州的高一年学生，激动地用英语写下一段话，表达她对当时入住家庭的泉州一中结对女孩蓝希（译音）的想念，并期待能在梅尔辛相会。她说，到泉州前对中国一点都不了解，出发前学校提供了参与活动的不同国家目的地，自己随意选择了最遥远的泉州，没想到两个星期的收获颇丰，回到土耳其后，竟然不再习惯家乡菜肴的口味了，而对与中国、泉州有关的新闻特别关心。雪莱开心地说，自己很想念中国朋友，如果明年有机会，她还要来泉州。

在梅尔辛，我们随时可以感受到音乐带给这座年轻城市的快乐与力量。5 月 9 日，梅尔辛市足球队在伊斯兰大教堂附近的滨海公园举行出征誓师大会，政要们轮番上台鼓劲，球迷们则一次次用嘹亮的歌声唱出心中的祝福。犹如神助，次日的比赛，梅尔辛队获得全国超级联赛冠军，这是历史上的第一次，消息传来，全城狂欢，劲歌热舞，闹到深夜。梅尔辛市政府的苏莱曼领着我们去山村访问一位正在出席传统民俗活动的官员时，只见村头的树荫下，已是人山人海，外贸部长等高官也在人群之中。没有舞台，没有背景，弹得投入，唱得卖力，还不时穿插趣味性的互动节目，赢得一阵阵的笑声，那场面，俨然是一场山村版的音乐盛典。走入市区街头采风，一个偶然的机会，我沿着歌声寻去，竟“闯入”了一对年轻人的婚礼现场，摆满酒桌的小广场上，前来祝贺的亲朋好友手拉着手，载歌载舞，热闹非凡。5 月 10 日，我来到伊尼赛市 ICEL 艺术俱乐部参观，一进大院，迎接我们的是业余声乐培训班学员们的美妙歌声，二楼的展厅的画作，竟是一批家庭妇女闲暇学艺的成果。可以说，梅尔辛是一座音乐之城、艺术之城。

梅尔辛的初夏，气候宜人，风光旖旎，欧美、中东等地的游客纷至沓来。4月26日开幕、为期三周的国际音乐节的举行，无疑为梅尔辛的旅游旺季锦上添花。去年音乐节上，美国、加拿大、日本等国家的艺术家们参与了演出，本届音乐节则有来自波兰、西班牙、越南、瑞士、保加利亚等15个国家的艺术团体光临。当我们介绍起泉州的南音、木偶戏等传统演艺特色时，梅尔辛市外事办主任如兰女士等朋友异口同声地发出热情邀请，希望泉州艺术团体参加音乐节活动，为盛会增辉添彩。梅尔辛伊尼赛市市长易卜拉欣·冈茨对我说："泉州和梅尔辛都是美丽的港口城市，两地人民都一样热情豪爽，在文化交流、经济贸易等方面合作的空间很大，比如梅尔辛的农产品可以出口到泉州，而泉州的石材可以出口到梅尔辛。当然，自己希望能再次去泉州看望老朋友。"说完，他严肃的脸庞一下子转化为舒心的笑容。

（原载《泉州空港》2011年第3期）

光州有颗“文都”芯

城市之间的比较，最常见的是人口规模与经济总量的对比，比如我们可以根据统计数据划分出一二三线城市、大城市与中小城市、发达城市与欠发达城市，但是对文化的考量，仅仅从数字上判断是远远不够的。因为无形价值，因为独特的文化韵味和项目策划，像达沃斯、乌镇这样的小城，名气不知要超过一些中小城市多少倍。韩国的光州，人口不到200万人，经济总量更是与首尔、釜山等大城市不可同日而语，近年来的知名度却不断上升。自获评首届东亚

中日韩媒体代表共同探讨传媒业与城市发展　摄影 / 李海泯

文化之都以来，国际影响力日益扩大，光州更是把发展目标定位为韩国“文化首都”。文化是一座城市的底色，对文化的重视使光州的发展散发出勃勃生机。

文化是城市战略的核心

9 月 12 日，我作为泉州媒体的代表，赴韩国参加东亚文化之都联合媒体论坛。走出仁川国际机场，主办方韩国亚洲文化中心城市建设推进论坛的接待人员告知，去光州还要坐 4 个多小时的大巴。在韩国，这是从北方到南方的概念，抵达入住的假日酒店时已是半夜。次日凌晨，拉开窗帘，映入眼帘的是一片绿油油的稻田，远处的城市轮廓线清晰可辨，高楼不是很多，老建筑很少，四处花木掩映。楼下畅通的马路上，行驶的车辆几乎全是起亚、现代等本土品牌，车流量也没有用“高密度”来形容的必要。酒店的对面是金大中会展中心，一场插花展的开幕式正在进行中。三三两两穿着时尚、举止文雅的市民走进大厅，认真地欣赏着千姿百态的参展作品，伴着小声的意见交流，没有嘈杂喧哗、人潮如涌，与常见的展会现场相比，多少让我有点不习惯。

进入 21 世纪以后，文化艺术成为城市竞争主要元素的特征越来越明显。先于亚洲文化之都评选的欧洲文化之都，复活了诸如西班牙毕尔巴鄂这样的过气老城，让文化成为城市传承与发展的基石。韩国首个东亚文化之都花落光州，在于其具备代表国家人文精神的主流影响力。通过资料我了解到，光州是韩国音乐主要流派板索里的发源地，也是南宗画派的诞生地。参观位于潭阳的韩国歌辞文学馆，对我来讲是一次知识的启蒙：歌辞文学是高丽末期出现的一个诗歌流派，它在汉语流行的时代尝试使用韩文，采用当地人的情感表述方式，创造了一种主体文学活动。文学馆中保存有17篇古代歌辞作品，其中以李绪的《乐志歌》、宋纯的《挽仰亭歌》、郑澈的《星山别曲》《思美人曲》最为著名。我看不懂韩文，自然对韩国诗人用中文创作的作品印象最深，如林忆龄《息影亭二十咏》中的《阳坡种瓜》：“有阴皆可息，何地不宜瓜？细雨荷锄立，潇潇沾绿蓑。”《碧梧凉月》：“秋山吐凉月，中夜挂庭梧。凤鸟何时至？我今命矣夫。”《鹤洞冒烟》：“孤烟升野店，漠漠带山腰。遥想松间鹤，惊飞不下巢。”仿佛身处古时的中国，脱口吟诵，备感亲切。

文化是城市个性的精神内涵。在日益白热化的城市竞争之中，规模大不是竞争力的唯一标准，特色城市散发出的独特气质才是城市永久的魅力所在。可以说光州是有自己的“野心”的，它确立了文化作为城市再生发展的战略核心，把“不能当钱花，不能当饭吃”的文化当作宝贝，在尊重居住环境和文化生态的前提下，保护与开发并重，企图打造一个具有世界影响力的艺术之城。单就这一远大理想来说，就应值得外人尊敬。

在东亚文化之都媒体论坛上，来自中国、日本、韩国各个文都的主流媒体代表就文化城市发展与媒体发挥作用进行了热烈的探讨。光州《无登日报》副主编曹德镇以光州双年展为例，说明艺术将使光州成为朝鲜半岛和平进程的尖兵。韩国全国媒体工会组织局长李海承建议，三国文都以悠久的“筷子文化”共同申报世界文化遗产。《每日新闻》文化部部长禹文基认为，一座城市发展成为文化之都，媒体的作用至关重要，媒体通过采访报道，可为地方经济文化发展发挥公共职能，创造出城市品牌价值。日本神奈川新闻社报道部长涉谷文彦介绍了他们传播政府政策和民间活动，以及通过商业活动推动城市建设的经验。新潟《TV21 报道》制造部长石川洋一说，当地的文化活动，除了政府主办的以外，许多是由媒体与企业、民间机构合作举办的，从独立的视角制作节目，展示城市文化特质，政府甚至还利用本土漫画家创作动漫作品来推动地方发展。

借双年展搭建国际舞台

光州双年展开办于 1995 年，起因是以艺术的形式慰藉发生于 1980 年的光州暴力事件，随着时间的推移，双年展成了一种光州精神的积极探索。时间洗去了血痕，24 个年头过去，以和平、宽容、开放、创新为追求的光州双年展终于享誉全球。

应该把国立亚洲文化殿堂看作光州文化艺术的象征。庞大的体量，通透的空间，活泼的设计，让我在参观过程中一直处于猎奇与兴奋的状态中。图书馆公园把图书馆、博物馆、规划馆、档案馆、国际交流馆、剧场、社区活动室等巧妙地融为一体，市民在这里可以搜索浏览到亚洲各地的图书、音像、专题资料。每天都有不同主题的讨论、研讨和节目放映，文化殿堂的目标是“成为服务所有人的知识文化空间”。我查阅了索引，单主题馆就有亚洲的城市、移民、商业街、近现代建筑、设计、图书、音乐、行为艺术、实验电影、视频艺术等许多专门的馆别。国际交流馆正在举办的是新加坡艺术档案展，商业街展示的资料旨在重新审视 20 世纪八九十年代艺术的文化史价值。

2018 年光州双年展由全球 11 位知名策展人共同策划，以 7 个独立的展览呈现，分布于城市的不同场馆。本届双年展的主题“想象的国界”，据说主办方是受到著名人类学家、历史学家本尼迪克特·安德森名著《想象的共同体》的启发而定的。出席媒体论坛的中、日、韩代表集体参观了双年展，来自不同国度的艺术作品，运用装置、影像、行为、新媒体等多种形式，涉及难民、国界、民族、环境、合作等人类面临的现实问题，异想天开，极尽创意，不少作品表达的观念、思想初看起来不易理解，但这并不影响我们的兴致。现场观众之多出乎我的意料，而小学生们在老师的带领下出现在展馆则令我惊讶。这么小的年龄面对抽象的当代艺术，他们能够懂得多少？也许，不需要懂得太多，接触，看见，从陌生到熟悉，感受艺术的温度，就是成长必备的一个环节。

新传播时代的城市营销

网络时代的到来加速了公共传播的速度，在传统媒体、政府宣传部门之外，企业、团体、学校、个人也可以发出自己的声音，所谓人人手中都有麦克风，这是当下的传媒生态。在新格局下，一座城市的形象建构与对外传播不再只是政府分内的事情，而是由所有市民共同来生产内容的传播活动。在媒体论坛主旨演讲中，中山大学传播与设计学院院长张志安教授指出，新的舆论环境要求我们在讲好城市故事、做好城市传播过程中，一定要分析、研究用户的接触、反馈和行为，要知道他们在什么情景中喜欢看到我们传播的内容，是否分享、收藏或者转发这些内容，由此我们要如何改进城市传播的题材、表述的角度、运用的形态。比如许多城市制作的形象广告片，都是城市重要景观的堆砌式剪接，配上面面俱到的解说词，投入不低，用力不轻，却不如抖音上推介西安的一个几秒钟长、仅仅几句秦腔唱词的低成本短视频的传播力度。张志安教授认为，城市传播要创新，传播内容除了城市生活以外，要有城市精神的传递，这种精神是具有普遍性、吸引力和感染力的；要发挥政府、企业、意见领袖、普通大众等各种主体的作用，利用不同媒体进行协同传播；要讲好城市故事，就要让优质内容适应不同平台的技术特性和传播特点。

韩国《国际新闻报》主编裴在汉分享了一个案例：1996 年釜山国际电影节举办之初，多数人并不看好，甚至持悲观态度。当时的《国际新闻报》大胆尝试，派出所有的文化记者到现场采访，建立前方编辑部，报纸每天出版 3 个电影节专版，这一动作在当时非常破格。随着时间的推移，外界评价颇高，在媒体的推波助澜下，社会氛围成了提高市民对电影节好感的契机，今天的釜山电影节早已成为城市形象的品牌。

如今，釜山电影节的成功之路正在光州双年展中重现。此外，光州还在文化名人上做文章。《延安颂》《八路军军歌》《中国人民解放军进行曲》《和平鸽》等著名歌曲的作曲者郑律成，1914 年出生于光州，19 岁来到了中国并投身抗日救亡运动。自 2005 年起，光州市政府设立郑律成国际音乐会，以此加强与中国的文化交流，音乐会已在北京、上海、郑州等城市举办过。9 月 9 日，光州市长李庸燮率领艺术家代表团赴泉州访问，成功举办了一场郑律成作品音乐会。刚刚回到光州的李市长在媒体论坛开幕式的致词中，特别强调文化艺术对提升城市知名度、美誉度的作用，以及对于促进三国各个文化之都相互了解、彼此欣赏、增进共识、合作共赢的意义。

中日韩三国合作秘书处秘书长李钟宪回顾了 2013 年在光州举行的第五届中、日、韩三国文化部长会议上发布东亚文化之都评选畅想的情景，以及半个月前在哈尔滨市举办的三国文化部长会议上关于进一步加强各东亚文化之都间合作的倡议，认为在相互尊重的旗帜下，以文化为载体，推动城际的交流大有可为。泉州是中国首批历史文化名城，是闽南文化的发源地，是中华文化走向世界的重要出发站，是21世纪海上丝绸之路先行区。改革开放40年来，泉州的文化保护与建设成绩斐然，积累了丰富的实践经验，通过与光州等其他东亚文化之都的交流与借鉴，将有利于更好地塑造自身的“文都”形象，更好地向世界展示自己的文化魅力。

（原载2018年9月21日《泉州晚报》）

香港书展：阅读与观察

香港书展已成为每年暑假一道亮丽的文化风景线。2016 年 7 月 20 日至 26 日，香港会议展览中心内外人山人海，湾仔地铁站附近的人行天桥、过街道路人满为患，到处可见排队等待入场的长龙。香港市民多是一家大小，或者三五好友一起前来淘书逛展。在全球经济持续低迷的年份，书展的高热，只有大暑节令的天气可以比拟，也从一个侧面窥管香港提倡大众阅读营造书香城市的持续努力。

作家学者同台“论剑”

2016 年的书展是第 27 届，早在 6 月底，门票就通过遍布全城的 7-11 便利店和 Circle K 便利店发售，大人 25 港元、小孩 10 港元。据了解，参与今年活动的参展商超过 600 家，一部分来自中国，还有一部分来自日本、韩国以及东南亚、欧美等地，共 30 多个国家和地区，是真正意义上的以中文书籍为主的国际性书展。在庞大的会展中心，书展展位占据了最重要的一、二、三层。

每年的书展均安排多场华文知名作家、学者的公开讲座，读者自由报名，近距离入场听讲，不收有价门票。今年的名家讲座系列有荣获国际安徒生奖的北大教授、儿童文学作家曹文轩，著名科幻作家、传记作家叶永烈，鲁迅文学院常务副院长、新都市小说代

书展现场　摄影 / 郭培珠

表人物邱华栋，社会学家李银河教授，知名学者止庵，台湾著名作家龙应台、金仁顺、成英姝，电视台名主持人陈文茜，香港作家蔡澜、马家辉、宋以朗、葛亮，《芈月传》作者蒋胜男、香港城市大学校长郭位等。议题海阔天空、五花八门，从《混乱时代的文学选择》《张爱玲文学的与众不同之处》《饮食人生的传承》《大自然里的深港对话》《在这个苍凉的世界热烈地活着》《与邓永锵爵士有个约会》到《香港电影新势力》《从失落的一代到人工智能的新一代》《虐恋亚文化》《当子女对你说很烦》《一本书看懂美股》《没必要去旅行》《字体设计要义》等等，任听者根据兴趣，各取所需参与。10 多年间，我 3 次光顾香港书展，感觉上像是一场节日庙会，或者是香港人的文化嘉年华。

在华文圈，香港是沟通台湾海峡两岸及世界的桥梁，是思想包容、学术兼容的文化码头。由于香港的特殊地位，书展有着颇强的市场吸引力，据当地媒体报道，今年入场人数超过100万人，人均消费超过900港元，创下历届纪录。有人这样评论：因为饶宗颐和金庸这两座高峰，加上香港书展这一个活动，香港就不能被称为文化沙漠。我在现场看到，全家出动逛书展的比例很大，学生正在成为入场的主力军。在“儿童天地”展区，人潮如涌，几乎每一个展位前都挤满了小读者和他们的家长。除了一周时间的书展，香港贸易发展局还走出会展，联合多家书店、出版机构、商场、学校，在全港举行了250场文化活动，包括分享会、工作坊、文化导赏团、专题展览，以此组合成为“文化七月、悦读夏季”。

亦狂亦侠亦温文

本届书展选取“武侠文学”作为年度主题，在文艺廊设立“笔生武艺——香港的武侠文学”专题展览，介绍不同年代武侠名家，展出部分珍贵版本及相关物件、字画真迹，重点介绍金庸先生的创作历程及对香港流行文化与世界文坛的影响。在天地图书有限公司、明报出版集团等展位上，都可以看到成套成套的武侠小说系列书籍，有些还是外文版本。与年度主题相对应的讲座有《东方武侠与西方奇幻》（武侠小说家郑丰主讲）、《一代风气开金梁》（香港小说学会荣誉会长杨兴安博士主讲）、《此情可待成追忆》（著名小说家温瑞安主讲）、《武侠传说的重构与再述》（武侠小说家乔靖主讲）、《享受武侠仙境——日本读者眼中的金庸小说》（日本早稻田大学冈崎由美教授主讲）。我参与了“我与金庸”全球征文颁奖仪式和《从世界阅读金庸》《金庸与散文创作》对话两项活动，这是书展的重头戏，由香港康乐及文化事务署、香港文化发展局和香港世界华文文艺研究协会主办，中联办有关领导、香港政府官员、世界华文报业协会主席张晓卿、香江国际集团主席杨孙西等出席。活动由香港世界华文文艺研究协会会长、泉州籍香港著名作家潘耀明和有“香江才子”之称的专栏作家陶杰共同主持，参与对话交流的有著名学者陈平原教授、黄子平教授、喻大翔教授、黄维梁教授、宋伟杰教授及中国台湾著名作家陈若曦、香港非物质文化遗产委员会主席郑培凯、法国金庸作品翻译者王健育、加拿大华文作协副会长陈浩泉、马来西亚华文文化协会主席戴小华、马来西亚《星洲日报》副总编辑曾毓人、新加坡《新明日报》总编辑潘正镭、中国台湾《联合报》副刊主任宇文正、《散文》原主编甘以雯、《上海文学》社长赵丽宏、《散文选刊》主编葛一敏、《羊城晚报》副刊主编陈桥生和我。香港书展是一个各地出版商的营销平台，也是全球华文文化的一个交流平台。

从香港阅读世界，从世界阅读金庸。金庸是世界上作品发行量最大、再版次数最多的华文作家，所谓“有井水的地方就有华人，有华人的地方就有金庸的小说”。金庸小说读者群体巨大，老中青通吃，金粉中不乏政坛红人、学界大家。香港文化发展基金会主席王英伟博士笑称自己就是金粉，是金庸的作品陪着自己长大。因为金庸，在交流环节，来自世界各地的代表都能找到共同的文化话题各抒己见，会场气氛热烈。

但史家对金庸作品评价并不高。因为有严肃文学与通俗文学的划分，武侠小说既然归入通俗之列，就不好再登上大雅之堂。陶杰在发言中说：“文学作品讲的是质量，只有好看与不好看，不好看就算是严肃文学又有何用？”在20世纪80年代以“中国现代文学三人谈”引起文学界广泛关注的钱理群、黄子平、陈平原后来都成为著名学者，作为“我与金庸”全球征文终审评委的黄子平教授谈到当年在北大的一段趣事：钱理群借到一套《天龙八部》，他和陈平原争着看，每人抢到两部，他得到的是后两部，看完了再交换，结果人物“死而复生”，故事颠来倒去地读，一片迷离却依然迷恋。写武侠小说的作家何止千百，为何没有人超越金庸？每年以严肃文学名义出版的长篇小说多达2000部以上，留下的典型人物形象又有多少？金庸的武侠小说，不仅仅是打斗争山头，出招复旧仇，而是寄托着他的政治抱负和人文情怀，表达了华人共同认同的家国情怀、真理追求和文化观念。《亚洲周刊》总编辑邱立本认为，武侠小说也是“文化中华”的载体，不但宣扬侠义之道，不仅普及唐诗宋词，还让人对神州大地有种亲历其境的感受，好像在阅读中华文化的情感地图。来自马来西亚的曾毓人说，有些当地的华人家长为下一代不念中文而苦恼，让他为孩子推荐课外中文书，他首推金庸作品，不久后家长们反映效果显著，孩子变得爱读中文了。

此次“我与金庸”全球征文活动反响巨大，投稿多达万件，按黄子平教授的话说：稿件从世界各地如雪片般地飞来。所有稿件均封名参评，19名审评委员均为海内外著名文化界人士。荣获一等奖的台湾盲人作家李尧是高雄一所特校的青年教师，他用耳朵“读”完金庸的全部作品，并从中获取了创作灵感，写下《振动心灵的完美艺术——金庸笔下的生离死别》，他说尽管自己的眼睛看不见，但此行还是特地带来一套金庸著作，希望能有机会请查大侠签个名。

据香港贸易发展局副总裁周启良介绍，每年在筹办书展时，他们都要想尽办法，鼓励更多市民特别是年轻人多花些时间用于阅读。武侠文学在香港文坛享有独特江湖地位，因为武侠小说及其延伸的电影、电视剧、电子游戏，弹丸之地的香港成为世界了解中华文化的一扇大门。武侠文学中的许多主角人物性格往往蕴含着中华传统美德。“亦狂亦侠亦温文”，出自清代龚自珍的这一诗句，配合武侠文学，成为本届书展的点题。主办方希望大家在阅读中，产生对文字的热爱，从书本中培养出侠义心肠，通过阅读提高个人涵养，成为一个温文儒雅的君子。金庸好友、“我与金庸”全球华文征文活动总召集人潘耀明在总结发言中说：2015 年是金庸武侠小说创作 60 周年，武侠文学成为本届书展主题顺理成章。在眼下倥偬的年代，金庸给了全球华人一个美丽的梦想，一个成人的童话。

营造一个书香之城

自 1990 年以来，香港书展持续举办。香港贸易发展局一直以推广大众阅读为己任，广邀境内外人士光临现场。另据康乐及文化事务署属下香港文化博物馆负责人介绍，该馆的金庸专题馆已在建设之中，有可能成为未来香港文化旅游的一个目的地。

书籍是人类进步的阶梯，香港是一个高度发达的商业社会，人口密集、住房拥挤、工作紧张，时间就是金钱，但香港人并没有把精力全花在手机阅读之上，书展盛况让我们看到书之香、展之港，看到一个城市的温馨与美丽。通过书展，香港促进文化交流，扩展文化传播，营造书香城市，打造城市品牌。

本届书展的许多系列活动，专家邀请、资金筹措、组织实施、

每届香港书展期间，均配套有众多文化类公益活动　摄影 / 郭培辉

迎来送往，均由民间团体、文化机构各自承担。单出席“我与金庸”全球征文颁奖的嘉宾与获奖者的往返机票、食宿费用及获奖奖金，这一笔不小的开支，就是由世界华文文艺研究协会筹集的。政府搭台、市场运作、民间互动、内应外合，香港书展的经验值得内地城市举办文化活动时借鉴。

（原载 2016 年 7 月 29 日《泉州晚报》）

四海泉州人　共庆中国年

昨夜，泉州府文庙——央视春晚东分会场，载歌载舞，热闹非凡，星光璀璨，盛况空前。

参与这场全球华人共同瞩目的文艺年夜大餐，泉州市民引以为豪，海外泉州人同样关注。

泉州是海上丝绸之路的起点城市，是中国首批历史文化名城。泉州是台湾同胞在大陆最大的祖籍地，台湾汉族同胞 44.8% 约 900 万人原籍泉州。泉州又是著名侨乡，华人华侨总数达到 950 万人，为全国设区市之最。侨台优势，是央视春晚选择泉州的重要理由之一。

东南亚是海外泉州人最集中的聚居地，闽南语也因此成为当地华人的通用交际语言，华族社会至今仍保留许多泉州过年的传统风俗。

新加坡的郭苏霞女士在电话中告诉笔者，新加坡的年味一点不比老家差。出生于泉州，毕业于香港大学，婚后移居新加坡的她，特意对三地过春节的异同做了比较。她说邻居门上都贴上春联，各大商场张灯结彩，年货丰盛。牛车水（即新加坡唐人街）更是人潮如鲫，一片火红。最热闹的要数“春到河畔”，这个坚持了 30 年的大型活动，今年以《西游记》为主题，不但李显龙总理到场主持开幕，还邀请了中国的演出团体前来助兴。春节是新加坡的公共假日，华人除夕夜都要吃团圆饭，大年初一出门去给长辈拜年问安。郭女士接电话时，正在赶往婆婆家吃年夜饭的路上。

菲律宾的华人华侨大多籍贯泉州，该国商界每年的十大富豪中均有多人出生地为泉州。身为华文记者兼作家的黄一泓女士从微信发来王彬街华社举办舞龙舞狮的视频，并为本报做了现场报道。王彬老街类似于她老家泉州的中山路，是华人早年的主要聚居地。今年除夕，马尼拉市政府联合华人区发展委员会，共同主办庆祝中国猴年活动。黄女士随机采访了曾先生。与往年一样，居住在马尼拉奥地加斯中心区的曾先生，在除夕这天专门赶到公司所在地参加敬神仪式。他是一家水泥制品公司的股东，从父辈手中承继传统，祈求来年兴旺发达，财源滚滚。

马来西亚和印尼是泉州籍华人最多的东南亚国家。世界泉州青年联谊会监事刘其荣是第五代马来西亚泉州籍华人，他的家庭恪守家规，每逢除夕中午都要隆重敬拜祖先，晚上兄弟姐妹几个家庭则要合在一起吃顿团圆饭，到了深夜十二时还要准备供品接财神。与泉州的风俗一样，大年初二一早，他会陪同太太回娘家，太太的兄弟姐妹都来欢聚一堂。大年初九拜天公，从大年初八晚上就得做好准备，这又是一个重要的日子。当然，由于长期的多民族共处与融合，马来西亚过农历新年的时候，也有“捞生”“抛柑”等独特的民俗活动。

改革开放以后，许多泉州商人闯荡中东，渐渐在当地立足并取得不俗成就。阿联酋福建总商会会长陈志祥就是其中的一位。与陈志祥联系时，他说因为事务多走不开，未能回家过年，留下遗憾。出国已经 13 年的他，每逢佳节倍思亲，他为泉州成为央视春晚分会场感到无比骄傲。“家乡最近举办的亚洲艺术节、“海丝”艺术节都很成功，泉州重现其国际影响力，找回昔日的辉煌。我与商会的成员们一道，将为推动家乡经济的发展多做贡献。”他特别交代记者，借晚报版面，阿联酋福建总商会向各位父老乡亲拜年了。

叶笛 1986 年毕业于泉州师院，曾在驻外使馆担任外交官，他现在是美国闽南同乡会的会长。热心公益事业的他，经常接待泉州和国内的各种访美团体，杂务繁多，却乐在其中，家乡的事，对他而言都是大事。闽南同乡会每年都举办一场大型的春节宴，新泽西、波士顿、康州等分会也会举办不同形式的聚会。品尝家乡美食，共话乡情，其乐融融。纽约、旧金山、洛杉矶、芝加哥等大城市更是年味浓厚，大年初一至正月十五最为热闹，燃放烟花爆竹，舞龙舞狮、数百侨团花车大游行，团拜、亲友拜年，各种中国文艺演出、书画艺术展览等等。今年中国代表团在纽约时代广场等地举办中国新年拜年活动，精彩纷呈。叶笛工书法，说到兴致之处，他立即铺纸研墨，用红纸书写了一副对联：“一带一路海丝扬帆，爱拼敢赢华夏中兴。”

远在英国曼彻斯特大学的中国留学生金泉，接到我的信息时刚刚起床，说到春节，她一下子精神起来了。不久前，她作为留学生参加了学校欢迎习主席访英的活动。本月 5 日，中国驻曼彻斯特领事馆与曼彻斯特大学中国学生学者联合会举办了一场在当地很轰动的春晚。据她介绍，曼城的唐人街和市中心都挂起了大红灯笼，华人社团的民俗文艺节目不少，中国餐馆的生意好像也比平日更为火爆。“天气寒冷，我和中国同学买了多种蔬菜，关在宿舍里包饺子，同样很有年味。最自豪的，是我可以向同学介绍央视春晚东分会场所在地泉州悠久的历史文化。”

澳大利亚是近年来泉州新移民的重要落脚点。李岚原是《东南早报》的编辑，出国时间不长，她的心理时差还没有完全调整过来。她觉得南半球这片新大陆好山好水好寂寞，但是这几天不一样了，墨尔本的唐人街成了八方游客必到之地，华人举办的大量活动安排在腊月廿八、廿九两天，而在半个月前，各种活动指南的信息已在微信上流转。第一次在外国过年，李岚最大的不习惯是春节的室外温度达到33℃，另外，女儿大年初一还要上课。尽管是大热天，大型购物中心内外人山人海，警察临时封闭中心路口，主干道摆起了中国各地的美食摊位。许多老外顶着热日，一身是汗，却耐心排队，开心得很。当舞狮队伍出现时，广场上的所有目光聚集，掌声一浪高过一浪。这个时候，她觉得时空错位，好像回到了泉州。

张翠萍是日本华侨华人妇女联合会的理事，也是日本最大律师事务所唯一的华人合伙人。她是个大忙人，晚上联系时，她还在外头忙着，直到9点多钟才回到家。张翠萍介绍说，虽然现代日本没有过农历新年（春节）的习惯，但是在日华侨华人也会以传统方式庆祝农历新年。比如从前天开始，横滨、池袋的中国物产店就挤满了置办年货的中国人。大年三十，在日华侨华人会在家或去当地的中餐厅与朋友聚餐，然后通过网络收看春晚，跟家人朋友打电话、视频，互道新年祝福；当然也会低头抢红包。拥有100多年历史的横滨中华街，每年的大年初一都会举办中国传统的采青活动，中华街内处处张灯结彩，伴着欢快的锣鼓声和鞭炮声，多支舞狮队走街串巷恭贺新年，活动吸引大量游客前往观看。她先生也是泉州人，往年两人一忙就放弃收看春晚，唯独今年不愿错过——因为春晚第一次在老家泉州设了分会场。她身为惠安女，凭着闽南人“爱拼才会赢”的一股韧劲在东瀛法律界闯出一片天地，更期望自己的这一身武艺能为故乡重放““海丝”之路起点”异彩尽绵薄之力。晚饭后，她和先生、孩子一起，连夜贴上国侨办赠送的“福”字，祝福祖国和家乡，迎接更加美好的明天。

除夕夜，有一个行者还奔波在异国他乡的路上，他不是孙大圣，是刘海翔。有“铁人”之称的泉州青年刘海翔，重走马可·波罗路，从意大利出发，已骑行了 155 天，总里程达到 5500 公里。他克服常人难以承受的重重困难，途经希腊、土耳其、埃及、沙特阿拉伯、阿联酋、印度、斯里兰卡等国家，近日抵达印尼。到了雅加达，人生地不熟，他入住的青年旅舍就在唐人街，附近的金德院是当地华人修建的第一座寺庙，数百年来香火鼎盛，因为春节，这里的香客不断，人气很旺。昨天深夜，刘海翔在微信上告诉我，听到有人用闽南话交谈，闻到那浓烈的香火味道，感觉很亲切，这里真的有点像泉州的通淮关岳庙。

除夕夜，海外泉州人都有一份念乡怀祖之情，他们虽然落地生根，根深叶茂，然而那些与生俱来的中华文化传统与故土风俗习惯，一代代地流淌在血液之中，早已成为生命的印记。

（原载 2016 年 2 月 8 日［农历正月初一］《泉州晚报》）

| 槟城街头听乡音

有些地名，即使离你很近，也感到陌生；而有些地名，隔着万水千山，仿佛就是邻村。南海茫茫，偏偏远在“海外”的一些地名，被几代泉州人记住，而且谈起来格外亲切，比如吕宋，比如星洲、比如槟榔屿。一个地方，因为有你的亲人、你的友人，不管那里是远是近，发达还是贫困，开放还是闭塞，你都会不讲理由地去关注它亲近它。泉州是中国设区市中最大的侨乡，海外祖籍泉州的华人华侨多达 900 万人，其中超过 750 万人旅居东南亚。借用专家的说法，叫“海外也有一个泉州”。

一

马来西亚 700 万华人中，泉州籍超过 300 万人。去马来西亚前有种错觉，总以为那里到处都讲闽南语，交流无障碍。5 月 13 日，深夜抵达吉隆坡机场，环顾各式招牌，全是英文和马来文标识，擦肩而过的肤色足以说明，这是异国他乡。住宿的酒店对面就是双子塔，这是吉隆坡的地标建筑，灯光把两幢摩天大楼照耀得晶莹剔透，抬头仰望，圆圆的月亮如同它的配件，高悬太空，却夺不走它的光辉。对于电视上常见的令马来西亚人骄傲的双子塔，我甚至舍不得给它一点惊叹，惊叹留给了第二天上午在马华中央党部大厦召开的“一带一路”旅居文化国际论坛上。

本届国际论坛由世界华文旅游文学联会和马来西亚华人文化协会文化基金会主办，从性质而言是一场文化机构主办的华文国际交流活动，然马来西亚政府两位部长和中国驻马大使黄惠康列为主礼嘉宾，足以说明中马两国相关部门的重视程度。马来西亚交通部长廖中莱、贸工部第二部长黄家泉不久前陪同总理纳吉布出席在北京召开的“一带一路”国际合作高峰论坛，黄家泉还是与中方签署贸

作者与潘耀明（香港，右一）、尤今（新加坡，右二）、戴小华（马来西亚，左一）在槟城老城参访

摄影 / 杨剑龙

易合作协定的马方代表。廖中莱在主旨演讲中激情洋溢，他说：“我来到这个会场之前，曾经浏览了与会专家学者名单，我肯定这将是一场智慧的文化盛宴。你们的宝贵见解，必然会对沿线国家的民心相通，提供最有价值的参考。条条大路通罗马，‘一带一路’连天下。‘一带一路’世纪工程，给国际社会提供了和平之匙、繁荣之匙、开放之匙、创新之匙和文明之匙，可以说是解决诸多问题的总锁匙，它即使不是万能锁匙，也是百合锁匙，而习主席正是铸造这把锁匙的总工程师。”

值得一提的是，廖中莱在演讲中提及了泉州。他把中国的泉州和马来西亚的马六甲做了比较，认为两个城市有着共同点，多元文化并存，外来族群融入，给今天的国际社会带来有益的启示。

此次论坛的专家学者分别来自中国、日本、韩国、美国、新加坡、马来西亚等国家和地区，与会的还有马来亚大学中文系的师生们。6位博士、教授分别担任各场次的主持人与点评人，论坛话题涉及古今中外，论文中既有旅居与多元、中马文化比较、“海丝”空间文学比较等宏观观察，也有关于汉俳、敦煌曲子词等点的挖掘，还有对郑和、义净高僧、宫泽贤治、新罗和尚等丝路历史人物的研究。本人参会交流的《追寻风景之外的深刻——以“海丝”起点城市泉州为例看旅游写作与摄影的人文价值》与新加坡著名作家尤今的《丝绸之路的蟳埔风情》，不约而同地聚焦泉州，使这个古代东方第一大港的名字成为研讨活动的热词之一。笔者发现与会人员中籍贯泉州的不少，其中有马来西亚贸工部的黄家泉部长和著名华人实业家林玉唐（祖籍惠安）、世界华文旅游文学联会会长潘耀明（祖籍南安）、香港中文大学教授张双庆（祖籍泉州市区）、台湾著名作家李昂（祖籍石狮），马来西亚华人文化协会基金会主席、著名作家戴小华的先生祖籍也是泉州的永春，难怪张双庆教授在总结发言时开了个玩笑：“今天在场的泉州人都可以组织个同乡会了。”

二

真正感受到“海外泉州”是在槟城。老一辈泉州人把槟城称为槟榔屿，据说，这是马来西亚重要城市中华人人数最多的一个。世界泉州青年联谊会副会长李万行（祖籍安溪）和马来西亚著名作家、画家朵拉（祖籍惠安）告诉我，马来西亚华文教育一直薪火不断，现有华文小学 1298 所，华文独立中学 61 所，另有国民型华文中学 78 所，可以说马来西亚拥有完整的华教系统。中华文化传承，与华教的普及有相当大的关系。除了华语（普通话），闽南语也是槟城华人间的日常交流语言，我在槟州华人大会堂见到的来自广东和福州移民的后代，也都能讲一口流利的闽南话。

作为槟城华社的最高机构，槟州华人大会堂的地位与影响非同小可，在促进国家安定、社会改革、经济发展、文化交流、族群和谐、华文教育、马中友好等方面，发挥了不可替代的特殊作用。参加“一带一路”旅居文化研讨活动的专家学者参访槟华堂时，大会堂主席许廷炎、会务顾问林玉唐、署理主席陈坤海（祖籍永春）介绍了有关会务。槟华堂在维护华社利益、推广华教、倡导文化传承上投入大量精力财力，如举办华人文化节、中学生文学创作比赛、春节团拜会、中秋晚会等活动，许多活动的主题很接地气，像“把根留住”庆端午裹粽子比赛及品尝会、“巧手烹出家乡味、菜根传情万户欢”好厨艺展示，报名者踊跃，现场场面火爆。1983 年，马来西亚华人文化节在槟城隆重开幕，随后每年在全马十三州华堂轮流举办，而每年的升旗礼，依然回到槟城举行，以示对发源地的纪念。槟华堂秉持中庸原则，唾弃种族极端思想，主张多元共处，建设繁荣社会。林玉唐先生认为习主席“一带一路”倡议的提出，规划了中国与亚洲的命运共同体，是中国与周边国家关系的定位与认知，对马来西亚的发展也是一次难得的机遇。

作为海上丝绸之路的重要港口，槟城到处留下了历史文化的痕迹，其中最集中的当属槟城首府乔治市旧城区。蓝天白云下，阳光充足的街头，太阳大到难以睁开眼睛，走在一排排的骑楼下，总有几分惬意的凉快。走着走着，仿佛时空变换，我觉得是走在泉州老城的中山路上，那些中规中矩、略带古拙的汉字招牌，那些买卖日用品、中草药的小店铺，那些百年前印制至今仍然光亮可鉴的地板花砖，那些供奉着保生大帝、清水祖师的寺庙，与泉州竟是如此相似，让你直把他乡当故乡。当然，最让你动心的，是那熟悉的乡音，只要一开口，所有的陌生感立即消失，萍水相逢，像是老朋友般亲切。问起唐山事，如同你久别重逢的亲人。

槟城拐角，遇见泉州，这何尝不是一种幸福？先辈们当年漂洋过海下南洋，只是为了讨生活。动荡的年代，为了一家人的温饱，不得不告别乡里，冒险远涉重洋，命运悬于孤帆上，每分钟都有可能随风而逝，葬身大海。这是一片创造奇迹的热带土地，惊涛拍岸，蕉风椰雨，让“南漂”的种子落地生根，茁壮成长，长成参天大树，长成岛国栋材。刚刚抵达槟城时，迎接我们的是马来西亚华人文化协会槟城分会主席郭家骅，他讲着一口流利的闽南话。我试探着问了他的祖籍地，他说：“泉州。”我再问：“泉州的哪里？”“百崎。”

原来他和我还是堂亲。这位退休前的槟城议员，生活方式早已融入当地社会，但是在家庭生活中，对于源自老家的风俗，还是相当传统的。虽年已古稀，老人每天奔忙于华社公益，乐此不疲。

艰难时世逐渐远去，艰苦创业迎来收获，而唐山始终是海外华人心中的高地。林梧桐（祖籍安溪）、骆文秀（祖籍惠安）、李深静（祖籍永春）、林玉唐（祖籍惠安）等成为马来西亚泉商的杰出代表，也是闻名遐迩的慈善家。去年登上马来西亚十大企业家榜单的华人几乎都是福建籍人士，如马来西亚首富、“亚洲糖王”郭鹤年（祖籍福州）和林国泰（祖籍安溪）、郭令灿（祖籍金门）、杨忠礼（祖籍厦门）。“报业大王”张晓卿（祖籍闽清）也是富豪榜上的常客，担任福州十邑同乡总会会长、世界中文报业协会会长的他，旗下拥有香港《明报》、马来西亚《星洲日报》《南洋商报》《光明日报》及《亚洲周刊》《明报月刊》等众多媒体。担任槟华堂福利组主任的是槟城福州会馆主席林祥泰，经过30年的努力，他从一名酒店接待员华丽转身为引领食品行业的林华泰土产食品有限公司老板。我问：“你的鸡骨茶和肉骨茶有何不同？”他介绍说，重要的是研究市场，发现蓝海。肉骨茶在新加坡销量好，但在马来西亚就差远了，因为马来西亚伊斯兰教信众多。他灵机一动，把名字改为鸡骨茶，换了原材料，让从来不吃肉骨茶的马来人成了消费的主力军，市场的份额一下子扩大了几倍。许多华人的发家都像林先生一样，从底层打拼，善于抓住机遇，日渐积沙成塔，成就一番事业。

三

在槟城老街漫步，你会与多元文化撞个满怀。刚从慈济宫出来，走没多远，就有座印度庙。那边善男信女烧香点烛，口中轻声念念有词，这边印裔青年举办婚礼，美女成群，色彩缤纷。再往前走，清真寺标志性的穹顶出现在眼前。拐过一条街，又走入展示中马文化交融的侨生博物馆，峇峇和娘惹便是民族融合的结晶。这里简直就是个多元文化的万花筒，由于保护有方，乔治市旧城区已于2008 年被联合国教科文组织授予“世界文化遗产”称号。槟城人非常珍惜这一得来不易的荣誉，每年都举办主题纪念活动，今年庆典的主题是“口头传统与表述”。古泉州（刺桐）史迹正在申报世界文化遗产，“槟城经验”值得借鉴。

必须提到一个伟人。槟城是孙中山当年在海外从事革命活动的重要基地，涉及这位革命先行者的保护性建筑多达 10 余处。基地负责人吴美润热情地带着我们参观一件件珍贵的历史文物，讲述伟人与他的同志们在槟城的峥嵘岁月。听着听着，街市上门面不大、貌似平常的这座两层小楼，渐渐地在心目中高大起来。1910 年，孙中山为了募捐回国起义经费，曾在这里数次召开秘密会议，也曾慷慨激昂发表演说，号召海内外同胞同心协力，有钱出钱，有力出力，并声明自己此次回国，已抱定为革命牺牲之决心。这段历史风云，被电影《夜·明》所再现。这部中马官方支持合作的，由中国内地（大陆）作家梅梓编剧、香港导演赵崇基执导、台湾演员赵文瑄主演的影片，一举夺得了 2007 年上海国际电影节和第十二届中国电影华表奖的多个奖项。我了解到，马来西亚首部闽南语（当地称福建话）电影《海墘新路》已经完成拍摄并于近日正式上映，担任影片摄影师的是 7 次获得香港金像奖最佳摄影奖的杜可风。投资方认为，除了槟城，马来西亚的玻璃市、吉打、太平、巴生、马六甲、麻坡、吉兰丹等都通行闽南语，影片应该会受到广大华人欢迎。而槟城文化部门则希望，借助闽南语电影，“将槟城带给世界，让世界看到槟城”。

还要记住一份报纸和一个泉州人。报纸是《光华日报》，泉州人是槟城华商骆文秀。最令《光华日报》引以骄傲的是她诞生于一个大时代，并且与一位伟人有关。为推动反清革命行动，孙中山在1905年到1911年连续5次来到槟城，著名的黄花岗起义和武昌起义都是在槟城策划的，黄花岗烈士中有4名为槟城华侨。“非设立报馆，无以唤醒民众，共同致力于革命事业。”按照孙中山的计划，成立了中国同盟会槟城分会，1910年12月2日，创办了《光华日报》。报馆宣称：以光复中华为职志，革命力量集中于推翻清帝制，宣传则努力创造环境，收文字革命之功。“百年辛勤耕耘，育成璀璨光华。”（戴小华语）“跨越百年，传扬文化。”（张晓卿语）作为世界上发行时间最悠久的中文报纸之一，《光华日报》一步一个脚印，但一路走来并非都是坦途。如在日据时期，《光华日报》因反日言论而受到日军打压，印刷机器被没收，历史资料遭焚毁。20世纪70年代，面对严重经济危机，报纸深陷经营困境之中，骆文秀先生伸出扶助援手，让报纸从岌岌可危之地获得重生。此后，《光华日报》加强了对中国大陆改革开放与发展成就的报道，近期更是积极呼应“一带一路”倡议，成为马来西亚北部最受读者欢迎的华文报纸。

挥一挥手，告别马来西亚，不带走这里的一丝云彩，我的行囊里，满满都是热情而难忘的乡音。

（原载《国际人才交流》杂志2017年第9期）

| 追寻风景之外的深刻

“一带一路”国际合作高峰论坛2017年5月14日至15日在北京举行，29位国家元首、政府首脑和联合国秘书长等3个重要国际组织负责人，共130个国家和地区约1500名代表应邀出席盛会，成为一件轰动世界的重大新闻。中国国家主席习近平在开幕式主旨演讲中强调，人类社会正处于一个大发展大变革大调整时代，世界多极化、经济全球化、社会信息化、文化多样化深入发展，要以和平合作、开放包容、互学互鉴、互利共赢为核心的丝路精神，将“一带一路”建设成和平之路、繁荣之路、开放之路、创新之路和文明之路。他在演讲中特别提及，泉州等城市的古港是记载古丝绸之路历史的“活化石”。而在论坛开幕倒计时一个月当天，《人民日报》就在头版重磅推出专栏《一带一路，合作共赢》，开篇之作是《一头连着历史，一头牵着未来——泉州再续丝路情缘》，人民日报新媒体中央厨房的报道这样分析：首个国内报道的城市之所以选择泉州，是因为泉州非常具有代表性，是联合国目前唯一认定的海上丝绸之路起点，曾经的宋元东方第一大港。同样着眼于泉州在“海丝”建设中的举足轻重的地位作用，新华社用英文全球直播《“一带一路”前世今生》，也把首站选择在泉州，展示泉州在航海历史、文化交融、手工艺术等方面的深厚底蕴和独特魅力。5月12日，新华社刊发《刺桐花开百家香：走进“海丝”起点看多元文化》《“海丝”起点嬗变体育重镇扬帆起航拥抱新世界》等多篇重头通讯，聚焦泉州历史文化、产业发展、人文风情。5 月 14 日，就在高峰论坛在北京隆重开幕的同一天，中国邮政集团公司《“一带一路”国际合作高峰论坛》纪念邮票在泉州首发，泉州东西塔作为“海丝”元素的代表，以剪影的美术形式出现在“国家名片”的图案中。

一

作为一个地级城市，泉州近年来受到了国内外特别的关注，其源头都指向了“海上丝绸之路起点”。

中华民族的航海历史悠久，“海上丝绸之路”则是世界航海史上的璀璨篇章，为东西方经贸往来和文化交流做出了不可磨灭的贡献。“丝绸之路”最初是由德国地理学家李希霍芬提出的概念，用以指古代中国通往中亚、欧洲的陆上交通线。历史上，在“丝绸之路”之外，还有一条联结东西方的海上交通线“海上丝绸之路”，两者相辅相成，互为响应，在不同的历史阶段发挥不同的作用。20 世纪 80 年代，联合国教科文组织为了促进各国的文化交流，组织实施了全球性的“丝绸之路综合考察”活动。1991 年，由迪安博士率领的联合国考察船“和平方舟”号抵达泉州后渚古港，也是在那次泉州之行中，晋江草庵被确定为全球考察活动的最大收获：发现世界上现存唯一的摩尼教寺庙。1997 年 11 月，在泉州举办了“丝绸之路综合研究十年”庆典，笔者专访了迪安博士，他认为之所以把会议选定在泉州，是因为它是中国对外开放的一个典型，既体现中国传统文化的特点，又反映中国经济发展的未来。“泉州有着丰富的历史文化，这些文化遗产是泉州的也是世界的。联合国的目标是实现不同宗教不同民族的和平共处、共同发展，而在古代的泉州，这一点就已经做到了。”

相对于陆上丝绸之路，学界对“海上丝绸之路”起初的叫法不一，比如，“陶瓷之路”“香料之路”“茶瓷之路”。泉州国际学术研讨会后，“海上丝绸之路”概念为国际学界所普遍接受，并迅速流行开来。

“泉州系海上丝绸之路最为主要的港口，中世纪时为东方第一大港和世界上最为瑰丽的东方明珠。东西交汇，群贤毕至，商贾咸集，繁华富庶，曾极一时之盛。”在 2002 年召开的泉州港与海上丝绸之路国际研讨会上，中国航海协会会长林祖乙如是评价。谁能想到此前的 1989 年，中国海外交通史研究会会长陈高华教授到阿曼参加国际海上丝绸之路考察的筹备会议时，许多与会各国专家对泉州港一无所知，当时的海图上，也没有找到泉州的名字。

泉州地处中国东南沿海，当地人“以船为车，以楫为马”，自古以善于造船、习于航海著称。西晋时，在经学界与鸠摩罗什、玄奘齐名的天竺高僧拘那罗陀，就是通过海路来到泉州九日山下的延福寺译经的。唐代，泉州已成名港，穆罕默德门徒三贤、四贤于唐初来泉传教并终老于此，其圣墓至今仍保留完好。宋代在泉州设立市舶司，管理海外贸易、关税征收和蕃使接待。由于对国库的贡献巨大，泉州港地位扶摇直上，造船业发展水平达到世界之最，1974 年出土于泉州湾的宋代古船就是明证。赵宋王朝还在泉州设置南外宗正司，专门管理、服务皇族人员在泉事务，可见当时泉州有别于其他城市的“陪都”地位。宋末元初，泉州港成为中国第一大港。

泉州古城街景　摄影 / 郭培明

至于“门泊万国船”“市井十洲人”的壮观景象，我们可从《马可·波罗游记》（“刺桐是世界最大的两个港口之一，这里货物堆积如山，几乎难以想象。”）、《伊本·白图泰游记》（“刺桐甚至是世界最大的港口，我目睹港内有大舶百艘，小船多得不可胜数。”）等书中的描述得到证实。郑和下西洋后是泉州港由盛转衰的节点，尽管他的舰队在泉州停泊期间祈风的踪迹至今依然清晰可寻。港口的衰落之因固然是多方面的，但明王朝发布禁海令，百姓“不得私通海外诸国”，禁止“番香番货”，片板不准下海，是一个重要原因。闭关锁国，港衰城衰，一个辉煌的时代从此翻过去了，泉州（刺桐）港的名字随着沉船一起埋入历史的泥沙之中，从此少人提起，直到联合国丝绸之路联合考察团到来，才再次声名大振。

笔者以泉州为例，通过对文化名家“请进来”与泉州人“走出去”

的观察，揭示了“一带一路”倡议给沿线城市推介和发展带来的难逢之机。

二

习近平“一带一路”倡议的提出，着眼点在于人类命运共同体，是在全球化进程走到十字路口时，提供一份创新全球治理的中国方案。“和平是前提，繁荣是目标，开放是导向，创新是动力，文明是内涵。”“一带一路”要以文明交流超越文明隔阂，文明互鉴超越文明冲突，文明共存超越文明优越。作为“海上丝绸之路”重要的起点城市，近年来，泉州日益成为关注热点。各路游客蜂拥而至，联合国教科文组织官员、国内外专家学者、主流媒体记者、著名作家艺术家纷至沓来，各种研讨会、文化节、艺术展接二连三，为城市营销创造了良好的舆论氛围。

与学术研究的小众化不同，文学作品以其生动可读的表达方式与可感的情感交流获得广泛的受众，著名作家的作品质量高、影响力大，对提升所书写城市的影响力尤为重要，也成为城市形象的最佳广告语。笔者参与过金庸、莫言、余秋雨、刘梦溪等文化名流访泉的接待工作与采访策划，他们接受记者的专访大篇幅见诸报刊，不少真知灼见早已化为对泉州文化建设产生积极影响的正能量。

在梳理近段来泉采风的著名作家的“泉州印象”中，笔者发现作为外来旅游者，他们往往以新鲜别样的目光打量一座本地人习以为常的城市，采用与当地作家很不一样的视角，表达对一方水土的个性理解与独到识见。居于他们丰富的知识积累、敏感的认知能力、超乎常人的写作经验，他们的文章不可与一般旅游者的流水账般的见闻同日而语，他们下笔更注重的不是“看见”而是“悟到”。

面的思考：作为中国首批公布的24个历史文化名城之一的泉州，历经风云变幻，在拆与不拆的争议、求证和各方利益的博弈中，最终保住了一个面积达6.4平方公里的古城，非常难得。纵观今天的历史名城，知名如西安，虽存有城墙，却没有一个完整的古城区，好在西安毕竟曾是帝都，兵马俑、大雁塔、华清池、法门寺、乾陵等名气超强，都是旅游热门景区。城市的文化遗产是最宝贵的旅游资源，但遗产保护涉及文化经济学、公共经济学、城市规划学、可持续发展理论等课题，很明显，从经济角度看，文化产品和服务的效用以及消费者的支付意愿必须评估。文化遗产是一种具有文化与经济双重价值的“文化资本”，“这种资本既是一种价值储备，又是一种长期资本，能够产生一系列长周期的成本与效益”。面的思考重在大处着眼，总体把握城市跳动的脉搏，感知城市个性品位。

在长篇散文《海与风的幅面》中，长期生活于西部高原与四川盆地的阿来把福建之行看作对海洋的一次亲密接触。从福州到泉州，他自觉地把东南沿海与自己生活的地方做了比较。“在大河的上游，高原上游牧的民族，也以马背为舟，席地幕天，即使身处蒙昧，也追求着一种宽广的生活；而在河的下游，向着海洋敞开的三角洲，也哺育出另一种更具冒险精神的文化，激情被未知的宽广所激荡。如果中国一直以这样多元的文化相互激发，而不是日渐以河流中游农耕文明哺育的文化一统天下，那应该是一种怎么样的景象？”阿来从番薯在福建的引种解决了荒年缺粮问题来说明开放与贸易给人民带来的福祉。十多年前他第一次到泉州，还是冲着一个异国风情味道十足的“刺桐”两字来的。再次在泉州市区参观，一路总“觉得会与郑和劈面相逢”。他连夜查阅《泉州古代交通史》，得出结论，除了航海技术的发展，有发达的农业与手工业作为支撑；再者，经济重心与人口南移，也是港口崛起的深刻原因。1120 年的泉州，人口就已达到了 50 万人。至于港口的衰败，除了政策因素，阿来还举了史料说明与农业过度开发、水土破坏造成港口淤积有关。以城市为坐标，以史为轴，于深邃处看到文化强劲的光亮，与其说阿来的文字属于游记文学，不如说是具有游记特征的文化散文。

《开放与守望》，是老作家王巨才的散文力作。文章的开头从高僧匡护相中黄守恭的桑园想建寺庙弘法讲起，但他不局限于故事本身，而是从桑莲联系到本土传统与异域文化的嫁接产生出的博大丰赡、枝繁叶茂。通过“海上丝绸之路”，中国人展示了勤劳智慧和睦邻友好，唤起沿线国家对中华文明的向往，泉州人对不同文明的尊重与包容，也赢得世人的尊敬与赞誉。“时至今天，我们在泉州各地，仍能感受到世界几乎所有宗教和谐共处的融洽氛围。那些糅合中西文化符号的寺庙、教堂、塔桥、墓园和其他各式风格的建筑，无不记载着这个城市华洋共处、主客同和的昔日辉煌，彰显着福建人海纳百川、有容乃大的恢宏气度与化育能力。”走访中，他还发现，对于曾经作为“封建迷信”看待的神祇信仰，这里比内在有更广泛的社会基础，只要引导得法，反而有利于增进社会和谐安定，进一步沟通海内外华人的情感认同。“哪怕走到再偏远的乡村，那些保留完好的宗祠建筑，那些供奉在各家厅堂的祖先牌位，那些‘颍川传芳’‘陇西衍派’的门楣以及镌刻于石廊柱上的楹联，都在显示着福建人慎终追远的伦理意识和道德情怀，令人感触良多，油然起敬。”

肖克凡来自北方港口城市天津，2015 年随海上丝绸之路著名作家采访团南下泉州，没想到意犹未尽，第二年他又来到这个南方古港，先后写下了《蔚蓝记》《续蔚蓝记》。他有意把津闽两地牵在一起观察，天津的李叔同（弘一法师）长年在泉州弘法并圆寂于此，福建的严复出任北洋水师学堂总教习，后来的南开大学也是由严复的弟子张伯苓创办的。然而，在作家眼中，渤海不过是上帝撒了把盐的大湖，与南方大海的蔚蓝根本不可比，由此他思考：为什么海上丝绸之路选择从福建出发呢？无论是在福州马尾船政旧址，还是在泉州清源山老君岩，从现实平台走向历史深处，他感慨：蔚蓝文化透露出作为当时大都市的泉州，有着“宽广的文化胸怀和包容的文化心理”。

在泉州度过少年时光的上海作家潘向黎在《泉州，泉州》一文中写道：小时候，我们在开元寺跑出跑进，没有在意大雄宝殿两侧的那副对联：“此地古称佛国，满街都是圣人。”现在想来，“圣人”不仅仅指那些大儒名士、得道高僧，也应该包括各行各业的手工匠人，和这样航海的商人和船员。他们也许迫于生计，也许心怀理想，但无论如何，他们的奋斗精神、惊人毅力和过人技艺，已经使他们超凡入圣。正是他们，使泉州港成为“海上丝绸之路”最重要的起点，和这条美丽航线上最光彩夺目的一颗明珠。他们，还没有资格被称作“圣人”吗？的确，潘向黎说的这些搏浪耕海的泉州人，没有留下自己的名字，却留下了一笔巨额的精神财富。

点的透视：在官方的文本中，泉州被表述为闽南文化的发祥地。闽南文化是中华文化的重要分支，闽南文言保留着唐宋之前古代汉语的基本面貌，闽南的风俗源于中原，且在福建因与海洋文化结合

得到了拓展，并通过“海上丝绸之路”延伸到海外诸国，目前全球列入闽南语系的人口超过5000万人。这一其他族群难以企及的“延伸”方式，依靠的工具就是“船”。因此，解读泉州，“船”是一把最合适的钥匙。

杨少衡的《去看一条古船》、董小酷的《泉州这条船》、关仁山的《那海那湾那船》、王祥夫的《开元寺·古船》不约而同地把目光瞄准到宋代古船上。在“南海一号”出水之前，这应该是中国最著名的一条古船了，也是当时中国拥有世界上最先进航海技术的明证，尽管它在当时只是中型船只。作家毕竟不像一般的游客，匆匆而来，拍几张照片，又匆匆离去，他们站在现场，跨越时空，对话古船，心潮澎湃。“在这条勇者之路上，时时跳动在这些航海人心头的会是什么？可以想见，追求更好的生活，回归家园和亲人的热望，必定始终伴随与支撑他们破浪远航，再返航归来。他们被生活和命运抛向海洋，可谁曾想过也在承担着一份使命，航行在创造历史中？”（杨少衡）“在这座有着一千三百多年历史的城市里，四百年尊荣，与船密不可分。这艘船的起锚与航行，扬帆与靠岸以至搁浅与沉没，与海有关，与风有关，与这片面向海洋的陆地有关，更与大潮中的人有关。”（董小酷）王祥夫直言：对于古船馆里展板“文字表格上的东西我向来漠然，也记不清，我只愿静静地待在那里，看着古船上木纹如刻的木板、船舷，还有那舵、那锚，还有那一颗颗的钉，这一切都是活生生的”。“想象当年船员们的生活，一定要比陆地上的丝绸之路更加惊心动魄和更加艰苦。”深入到泉州历史的深处，总是飘荡着岁月的风情。关仁山感慨道：“每个人的心中都有一条船、一片海，每艘船里都有一个无法言说的故事，哪一艘将是载你远航的船呢？在泉州印证了一条规律，其实船也是文化，文化是民族的根本，失去文化就意味着民族的消失。”

人的故事：文化记忆不仅依赖于知识的积累，更需要一代代的传承，其立足点是当下的生存经验。余秋雨说，人文旅游，“要在历史灰烬中摸到远处的余温”。可触摸的空，可谛听的静，可感知的人，时间煮雨，只有文学可以想象比拟，只有文字可以接通古今，还原场景，感动自己，也打动别人。

打开典籍，不难发现，历史几乎被写成了一部帝王将相史，烽烟再起，朝代更替；重大事件，扭转时局；英雄豪杰，耕云播雨。在天高皇帝远的东南沿海，历代走出一大批精英人物，或北上京城，或东渡台岛，或直下南洋，落地生根，根深叶茂，功业显赫，扬名四方。独具慧眼的叶梅，剑走偏锋说泉州，聚焦的却是常人不大注意的外来者阔阔真。1291 年的一天，在一片礼炮声中，作为元朝皇帝忽必烈亲自选中的蒙古部落公主，17 岁的阔阔真登上从泉州刺桐港出发的大船，远嫁波斯，成为伊尔汗国国后，并在那里生儿育女，辅佐夫君，助其国力鼎盛。叶梅的《公主海渡》还原了一个历史场景，它自然有文学的加工成分，但它确实是古代泉州一段值得一书的传奇。“寻访她的时刻需要虔诚和耐心，你若细细聆听那一条海上丝绸之路的涛声，还有这片古渡海滩的潮汐，或许就能听到公主阔阔真的马蹄声，正从泉州的石板路上清脆踏过。”阔阔真名字的蒙古语意思指的是“蓝色”，这是巧合还是天意？恐怕无从考证。这次长达 3 年的船队远航，经历了战争、风暴与瘟疫，死于途中的人员多达 600 人。陪同兼护送公主远嫁的是在中国经商的两位威尼斯兄弟商人，更重要的是还有马可·波罗，兄弟中大哥的儿子。

邱华栋在《马可·波罗的启航》中写到了马可·波罗的父亲和叔叔对少年马可·波罗的影响，及其在中国生活的那段经历。1298年，已经回到威尼斯的马可·波罗在一次战斗中被俘，于热那亚的监牢中讲述自己的中国经历，在狱友协助下整理成书，这就是闻名于世的《马可·波罗游记》。正是这部书中的记载，阔阔真得以留名青史。邱华栋设想了当年的情景，说马可·波罗讲的故事应是这样开头的：那一年的那一天，我离开剌桐港的时候，看到港口上到处都是帆船……“站在马可·波罗启航的港口，我思绪纷飞。我仿佛看见了他所坐的四桅十二帆的大船逐渐远去，他带着对东方中国的纷纭记忆，依依不舍地与我对望。对于探险家来说，对未知世界的探寻是他们的动力。对于作家来说，想象力将使历史、现实和未来打通，并且创造出一个文学的瑰丽世界。”

物的寻访：一个人对一座城市的印象，通常是对城市中部分景点、物件的印象，对所接触到的城市人的印象，窥斑见豹，前提是所见的必须具有代表性。比如，江西老家村头那棵大树被人卖掉了，回乡的游子熊培云痛心疾首，因为在他看来，“那棵树就是故土的象征，如同埃菲尔铁塔之于巴黎，方尖碑之于协和广场”。一处遗迹，在今天或许很不显眼，甚至还被轻视，被随意践踏，但它却是城市成长的印痕胎记。一个城市之所以令人向往，除了人口规模、经济总量、名山胜水带来的综合知名度外，特色建筑、民俗风情、文化名人、历史事件也是吸引旅游者的重要因素。

新加坡著名作家尤今也是个旅行家，足迹遍布世界各地。她来过泉州不止一次，笔者向她约稿时，她拿出的是一组三篇的《蟳埔风情》。泉州文物景点众多，若一一描述，必蜻蜓点水，浮光掠影，她干脆就来个驻足细察，单点放大，深入挖掘，以点见面。笔者老家就在古刺桐港边，与蟳埔仅仅几里之遥，但对这个特色渔村的观察甚至不及尤今。熟悉的地方无风景，对一个从异域远道而来的客人却是无比新鲜的，但多数旅游者只看到蚵壳厝的外观、蟳埔女的服饰、码头上出海归来的木船和海滩上一排排的蚵石，并不会深究其中的关系，或许留在印象中的只有孤零零的几张照片。村里蚵壳厝上的蚵壳明显大于本地产的蚵壳，尤今敏锐的目光注意到了，了解到这是古代出洋通商的泉州船舶在回程中为了抗击风浪加上去的“压舱石”，这些产自异邦的无用的舶来品最终变废为宝，成了海边村庄百姓最好的建房材料。她还观察到，自古善于物尽其用的蟳埔人，还把饱含钙质的海蛎壳碾碎成粉，作为养鸡的重要饲料。海风中，夹杂着炊烟的柴火味，伴随海鲜的腥味，穿越于一座座古厝间，尤今陶醉其中，“痴痴地听着、闻着，恍惚间，不知有汉，何论魏晋……”蟳埔渔村差点倒在地产开发商的怀里，好在最后的结果是维护现状，保住特色，今后若能够适性而为，当能散发出与众不同的生活气质。

文章要打动别人，首先自己必须被感动。马来西亚的朵拉原籍泉州，兼有作家与画家身份，景物描摹是她的长项，但是她的散文《刺桐城访开元寺》提供给读者的并不只是“在中国无与伦比的”两座古塔加一大堆赞美的形容词，她对寺庙围墙外的一排刺桐、大雄宝殿旁的千年古桑和藏经阁前的两株菩提树印象深刻。开元寺的树木与古塔站在一起，经历风霜雷电，阅尽人间沧桑，见证历史，沐浴佛光，它们何尝不是岁月修行的正果？所以朵拉才会写道：“每个人生命中的最可贵之物，收藏在自己心里，唯有自己知道。”

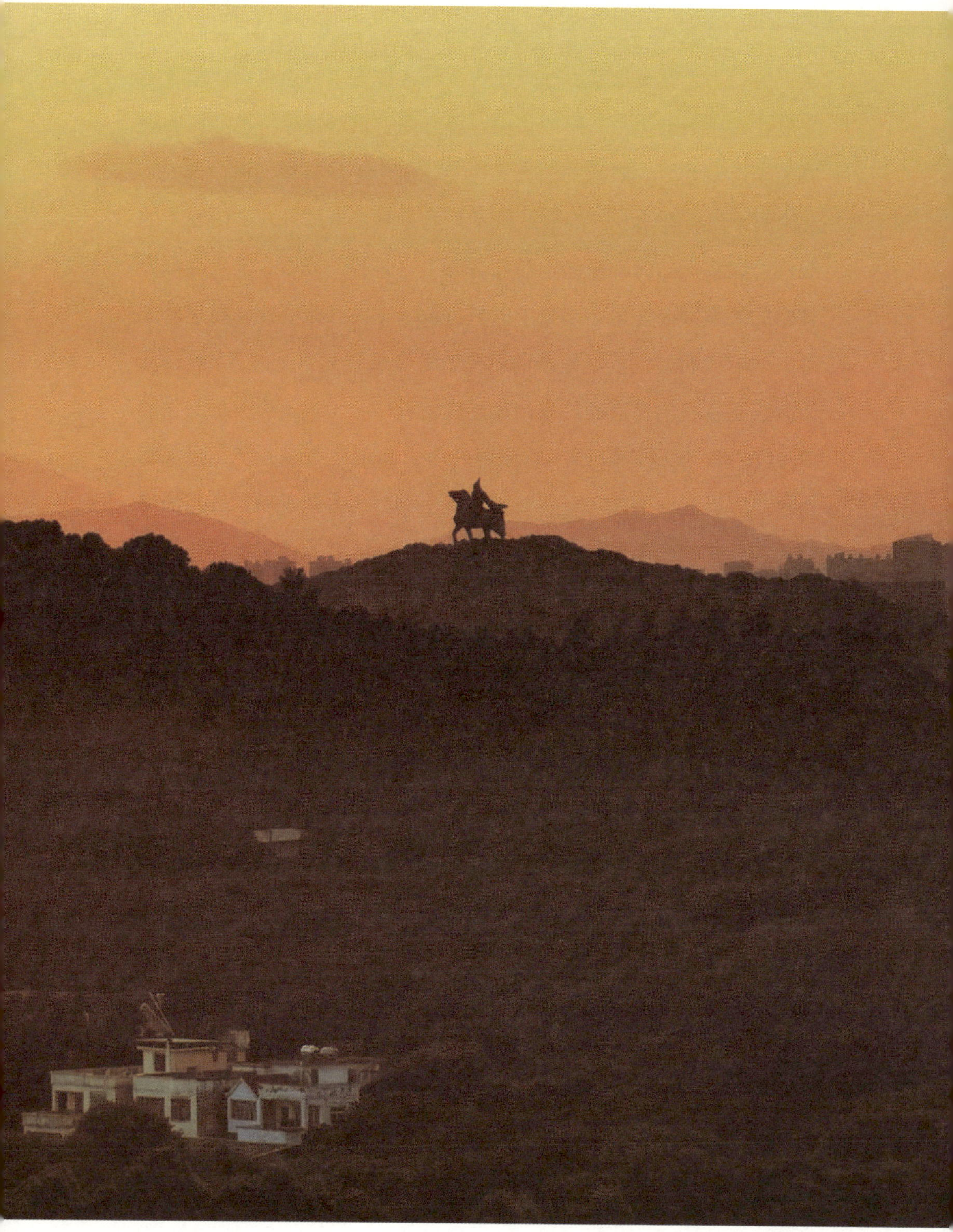

夕阳下大坪山上的郑成功雕像　摄影 / 郭培明

马来西亚是伊斯兰教国家，加上母亲生前信奉伊斯兰教，同样来自马来西亚的女作家戴小华，在泉州的参访中特别关注多元文化遗存。《拥抱多元文化的泉州》一文告诉我们，起初，她不大明白阿拉伯国家为什么出资修建清净寺中的新礼拜堂和海交馆中的伊斯兰文化陈列馆。当她面对刻着阿拉伯文、波斯文的一方方石碑，细读文物解说资料，她“觉得如同读着一个个鲜活的穆斯林侨民的故事，石碑在静默中诉说着背井离乡又难忘故土的心路历程”。离开泉州后，戴小华没有停止这样的思索：为何这么多来自阿拉伯半岛的人选择在泉州安身立命？托体于这里的河山？在文章的后记中她还特别提及郑和，通过查阅大量的相关资料，终于找到了答案：除了具备远航必需的知识、体魄与精神，郑和突破了宗教狭隘的观念束缚，作为一个穆斯林，他也尊儒、奉佛、崇道、供妈祖，拥有博大、友善、宽容与开放的世界观。正是思想境界成就了这个伟大的航海家、外交家，当今的世界冲突不断，郑和的精神值得人们学习与深思。

三

在互联网时代，随着手机摄影技术的成熟、移动终端使用的普及、即时传播的常态化，摄影从一门小众的专业技术发展为大众日常工作、娱乐的重要工具，成为大众文化浪潮中的一份快餐，摄影曾经的庄严、精致为“小确幸”的快感所取代。“开放、平等、效率、互动、多元，这些与数字化时代相关的字眼不仅是对影像传播过程的描述，更是人们日常生活各个侧面的刻画。与此同时，许多因数字化导致的负面因素也浮出水面：浅薄、庸俗、过度娱乐、滥用话语权和责任缺失等，都给人类带来新的烦恼和困惑。”在读图时代，摄影方式、价值判断和生活态度发生了重大转型，最先吸引眼球的首先是照片，然后才是文字。如果说，旅游已经成为现代人的一种生活方式，那么，这种生活方式最不可缺少的部分也许就是手机摄影。

当下时代，人人都是信息的发布者，随时随地在网络上发表文字、图片，易如反掌。打开微信、微博，满目都是风景，美食让你看到流口水。刷存在感也好，与人分享也好，大量的图文如同流水账，却不妨碍人们享受先进技术带来的方便与快乐。但是有一点，在浮光掠影的海量信息中，你的发布有几人看见？有几人留下印象？有几人从中获得了启发？旅游摄影的人文化、主题化，类似于新闻的系列报道、深度报道，一旦选题得当，视角独家，其社会价值不言而喻。人文旅游“是最高品味的休闲，最能体现旅游的审美属性”。笔者以 3 位泉州摄影家为例，说明在手机、相机技术越来越“傻瓜化”的条件下，摄影者如何才能做到智慧拍摄，让作品在风光之外增添更多的人文色彩，在延伸丝路影响、增进人类共识上产生积极的社会意义。

探秘自然之美：《中国国家天文》2017 年第 1 期以罕见的 70 个页码的篇幅（占本期杂志的一半以上篇幅），刊发泉州籍青年摄影家纪昊的摄影专题报道《穿越五大洲的星辰之约》，是什么原因让这家中国科学院主管、国家天文台主办的权威刊物做出如此举动？

纪昊从小喜欢了解天文知识，枕海听涛、观天察象的兴趣一直伴随着他的成长过程。大学毕业在上海工作后，他利用出差、休假时间，以郑和为榜样，周游列国，寻访最具特色的天文奇观，拍摄震撼人心的天空星辰，为更多的人展现自然界壮观瑰丽的大美。不同于一般旅游者的常规行程与线路，纪昊要去的地方多是艰难险恶的天涯海角，活动时间常在三更半夜。在新西兰皇后镇山谷，他沿着巍峨的南阿尔卑斯山爬到了山路的尽头，先用大曝光拍了银河的“全身照”，再用50毫米镜头配合赤道仪跟踪拍摄星空的特写。连续两个晚上，各种尝试，星河瞬间都在变化，仿佛是在跟时间赛跑，“凌晨时独自站在山坡上听着快门的声音，吃吃饼干，打着哆嗦，天就亮了”。非洲加纳利群岛是三毛和荷西最后生活过的地方，也是观星的理想目的地。2016年8月，纪昊利用5天年假来到这里时发现，比不懂西班牙语更麻烦的是，由于当地旅游业的发展，网上搜索过的照片与现实中所见的光污染的环境，相差太大，他决定租车一搏，开上建有天文台的玛帕尔玛岛主峰拍摄，冒险潜伏山上观察地形，并于第二天晚上溜进保安守卫的天文台区域，在最佳的位置拍摄星空。在人们的印象中，夏威夷是“热”的，而有“世界最佳天文观测地”之称的莫纳克亚天文台海拔4200米，终年积雪不化。天寒地冻，他在月光下一次次摁动快门，面对浩渺天空，他完全忘记了自己的存在，“一束光从天文台圆顶射出，清晰地记录在相机的传感器上，只见到它直至天际，如同人类在与宇宙对话”。无限风光在险峰，大美之景，往往在常人不愿到达或无法抵到的地方。无论是郑和、马可·波罗、汪大渊，还是哥伦布、达·伽马、库克，他们远航的旅途总是充满艰难险阻的挑战与危险。星空摄影是一个人的旅程，唯美照片背后通常伴着一个人赶路的孤独。纪昊写道，这一路从没停止过的寻找，也是照片背后最值得回味的记忆。

关注生态环境：由于古代航海传统的影响，泉州人崇尚“爱拼才会赢”，敢闯险滩，敢走夜路，不守陈规，视野开阔。中国改革开放以后，从华侨商人的来料加工起步，到引进设备规模化生产，再到转型升级自创品牌，泉州成为中国民营经济最发达的地区之一，诞生了154个中国驰名商标、102家上市公司。全球闽商100强中，海内外泉州籍企业家占了60个席位。

魏群琪首先是一位成功的泉州商人，偏偏就在事业风生水起之时，他把事务交给他人打理，自己玩起了摄影。起初，买了相机，与朋友出游，只为一路上立此存照。2003年才入道，没想到不但入迷，简直上瘾，一发而不可收。至今他已12次游历西藏，7次到达南极（其中6次进入南极圈），11次进入北极圈和北极点，12次在世界各地深海潜水拍摄，行走于86个国家间，编辑印制摄影集212本，由中国摄影出版社出版《壮美三极》《南极之道》《问天·追梦》等专著。他曾多次在无后援的情况下驾车进入藏北无人区采风，孑然一身，险象环生，差点丢了生命。这位摄影界的徐霞客，走遍了“一带一路”沿线的所有国家，欣赏了世界无数的名山大川后，却一脸愁容，越旅行，越是担忧全球环境的日益恶化。从2013年开始，他持续在五大洲拍鸟。“天空之所以离人类相对遥远而陌生，无外乎人类不能飞翔，因为需要仰视，人类更需要清醒自知。忘记了仰视天空，也就淡化了现代文明对于天空的侵蚀，更是淡然了我们作为地球上最高级生物对于飞禽的伤害而不自知。”魏群琪把大自然中鸟儿最美好的姿态通过摄影的手段呈现给观众，图片让人获得艺术的享受。而实际上，仅仅几年过去，照片中的冰川有的正在快速消失，有的河流面临干涸或者被污染，有些鸟类品种已不复存在。为了拍到一些濒临灭绝的稀有鸟类，他要扛着数十公斤的装备在原始森林中徒步穿行，忍受蚊虫的叮咬和湿热的天气，躲在伪装帐中历经漫长的守候。“50年后，还会有人像我这样拍鸟，可是，能够在世界的哪个角落见到它们的身影呢？如果有一天我们的后代只能在博物馆认知某某鸟类，只能在仿生环境下感知它们的羽翼和啼鸣，这个星球对于人类的审判就为时不远了。”从风光摄影起步到专题反映环境问题，魏群琪完成了艺术人生的一次华丽转身。他的行动带动了一批泉州企业界的摄影人，把更多的精力、最好的角度投向自然生态题材，用镜头唤醒那些沉睡的环保意识。人类只有一个地球，文化与经济互动，在生态环境保护的鼓与呼上，文字与镜头大有用武之地。

讲述丝路故事：2017 年 5 月 16 日，有“铁人”之称的 80 后泉州小伙刘海翔刚刚从台北回到家乡，这是他继从意大利开始的“重走马可·波罗路”单车骑行抵达中国之后进行的环中国骑行活动的终点，这次骑行时间跨度 615 天，行程总量 3 万公里。近年来，自行车运动形成大众化热潮，单车自由行屡见不鲜，刘海翔此举很不一般，中央电视台、《人民日报》、新华社、中新社、中通社、《南方都市报》《羊城晚报》《深圳晚报》《泉州晚报》《台湾导报》、台湾联合报网等数十家媒体争相报道，在旅游界掀起一股“刘旋风”。“海丝元素”无疑是刘海翔广受关注的一大亮点。他的运动服上印有“海丝起点·中国泉州”标志，2015 年 9 月 5 日，他从马可·波罗的故乡威尼斯出发，重走丝绸之路，途经希腊、土耳其、埃及、沙特阿拉伯、阿联酋、印度、斯里兰卡、马来西亚、印尼、越南等 15 个丝路沿线国家后回到中国，又连续在 26 个省市自治区骑行。以超人的意志、强健的体魄、丰富的骑行经验，克服了一路难以想象的困难。他先后毕业于澳门理工大学和泉州华侨大学，会讲流利英语，摄影达到专业水平，文字表达与交际能力强，沿途不

停地通过微信、微博图文并茂地报道他的见闻与感想，异域的人文景观与途中的奇事趣事感人之事，吸引了成千上万的粉丝围观与互动。刘海翔骑行的线路不是常规的旅游线路，一个人的经历充满了神秘感和故事性，借助新媒体技术，近于“直播”的表现形式，让个人的行为成了民众兴趣的热门话题。“丝绸之路自古就是东西方经济文化交流的纽带，我想把中国文化带到国外去，同时也把外国的故事带回与国人分享。外国人对现代中国很好奇，在骑行过程中经常会有人请他到家里，还叫来邻居、朋友一起交流。”一路上，他通过随身携带的手提电脑播放介绍海上丝绸之路起点城市泉州的专题片，向他们讲述中国故事，宣传“一带一路”理念，很受听者欢迎。

“海上丝绸之路”，一条共赢之路。一个城市要打响文化旅游的知名度和美誉度，景区是基础，文化是后盾，而“请进来”和“走出去”，则是城市推介的有效药方。泉州举办的“世界闽南文化节”“亚洲艺术节”“国际南音大会唱”“元宵灯会”“海上丝绸之路国际学术研讨会”等活动，制造了看点，聚集了人气，引发了关注，打响了品牌。另一方面，泉州人重振古港雄风，走向世界各地，扩大经济贸易，加强文化交流，促进和平友好，传播闽南文化和丝路精神。泉州本土人口850万，台湾岛内的汉族人祖籍旧泉州府的占44.8%、约950万，居住在东南亚等地的泉州祖籍的华人华侨多达900万，均超过本土人口总数，他们也是推动21世纪海上丝绸之路建设的重要资源与有生力量。泉州虽然有漫长的海岸线，有“闽中屋脊”戴云山脉，但泉州旅游的优势在于丰富的人文景观、古港遗风，倡导人文旅游，通过“请进来”和“走出去”，营造浓

蟳埔女　摄影 / 郭培明

郁的城市文化氛围，以“海丝”文化打造旅游产业之魂，以“海丝”精神广交四海宾客之心。如果 2017 年申报古泉州（刺桐）史迹为世界文化遗产获得成功，那将是历史给予古代东方第一大港一次再创辉煌的机会。

（原载《泉州文学》2017 年第 7 期，刊发时篇幅有删节）

古城风貌　摄影 / 陈英杰

察言观色

他从硝烟中走来

2000年1月15日，蔡国强的名字继两年前他在台北、台中的轰动性艺术活动后，再次为台湾传媒所乐道。这位泉州籍旅美著名现代艺术家利用台湾“地震局”在“9·21”大地震时测定地震波运动的图纸进行了一次名为《9·21的烙印》的瞬间艺术创作。该幅充满火药味的作品随即在国际著名的佳士得拍卖行以230万新台币的高价售出，蔡国强当场把其捐赠给灾区用于建设。而就在此前，美国一家著名的杂志评选蔡国强为2000年美国社会各界20位最红的明星之一。

龙年春节期间，蔡国强回到故乡泉州。东街中伴着他成长的旧居已经消失得无踪无影，多次强调泉南文化对自己创作有很大影响的蔡国强一改过去的失落感，认为东街的改造风格是比较成功的，因为它身上留下的是传统与时代结合的烙印。

蔡国强看起来不像是个满世界飞来飞去的著名艺术家，他的朴实使人很难与“前卫”“先锋”这样的术语连在一起，清癯的脸庞与满头过早到来的灰白，与其说是一位火药艺术家，不如说是一位开山炸炮的爆破手。

蔡国强点燃的爆炸声最早响于泉州。“小时候，我是个特别害怕爆竹的孩子，没想到长大以后最使我兴奋和迷恋的却是火药。火

作者与蔡国强（左）　摄影 / 陈日升

药既危险又自由的强烈的生命力、冒险精神一直参与并引导着从未知到知的人类活动，而其中最基本的则是它带给人们心理上的紧张和愉悦。”蔡国强毕业于上海戏剧学院舞台美术专业，1980年起参加过上海、北京、福建等地美展并在全国性展览中获过奖，当时在艺术圈已崭露头角的蔡国强为什么一下子收拾行装走上赴日留学之路呢？

蔡国强说：“一方面，我缺乏对政治环境挑战的冲动，也不想在旧有的观念上与传统技法上再下功夫，结果两头不讨好。”蔡国强到过古丝绸之路及青藏高原考察写生，局部地超越了自己当时所处的现实局限。他曾经探索用画布到岩画上去拓，拓完后顺着那些岩痕用火药爆炸，这种爆炸产生的偶然效果，反保守的造型特点，从而也产生“对传统文化的负面压力的突破”。

1985年、1986年正是中国现代艺术获得大发展的时期，由于国家的进一步对外开放，西方现代艺术被大量地迅速地介绍到国内，引发了艺坛的一阵阵喧哗与骚动。著名艺术家劳申伯来北京举办波普艺术展，更掀起了一股仿后现代艺术热潮，行为艺术、观念艺术、环境艺术对国人不再陌生。人们认定，架上绘画不是传达意念的唯一中介，寻找新的语言形式成了艺术家热衷的活动（前卫艺术家徐冰等人花了25天拓印1000多平方米的《金山岭长城》，吕胜中在唐山大地震遗址上的《“小红人”招魂》，其艺术创作的过程与结果都是目的，共同构成了一次艺术行为或者事件，这一新形式带来的震撼是空前的）。但随着1989年在北京举办的中国现代艺术展上唐宋、肖鲁对准自己作品《对话》连开两枪而被拘留事件发生，浮躁的中国现代艺术似乎才理清了发展的思绪。这两声枪响成了高涨的中国新潮美术的谢幕礼。

我们不得不佩服蔡国强的高度敏感性。他急流勇退，孤舟渡海，成为日本国立筑波大学的进修生。日本之旅，蔡国强完成了一次自己艺术的“涅槃”，时为1986年下半年，也即中国现代艺术运动如火如荼的时候。

“我碰上了好机会。”蔡国强说得轻松。好机会从来只青睐心有灵气的人。二战后的日本迅速成为一个经济大国，但它的文化地位始终无法鹤立于国际民族之林。在许多方面，日本人认同中国的传统价值观，同时，由于学习西方科技作为前导，日本社会有了良好的比较东西方文化的环境。20世纪80年代日本国民中出现的一种反省认为，日本国际化的结果是西方化，日本文化因此处于西方文化的边缘。近年，日本建筑、时装界已经出现有世界影响的人物，但现代绘画艺术却没有。蔡国强来得正是时候，他的火药产生的效果构成对时空存在的另一种解释，其中蕴含的东方神秘主义色彩既可与西方当代艺术形式比照，又以强烈的视觉效果取得了彼此对话的制高点。跟随蔡国强之后，一批中国青年前卫艺术家分赴欧美发展，虽然他们中有一些人在国内时的名气比蔡国强大得多，几个年头过去了，我们欣喜看到的却是：泉州人蔡国强独自如日中天。

笔者在采访中提到了旅美著名华人画家陈逸飞和丁绍光。蔡国强说，陈逸飞并没有真正进入西方艺术的主流之中，他的画画得不错，由画廊包装，多次拍卖到高价位，从中国人的角度看有价值，但他用的是西方19世纪的艺术语言，对主流艺术没有新的拓展；丁绍光比陈要好，他善于结合出版社特点推介自己的网丝版画，但还没有与主流艺术相融合。蔡国强的直率犹如他的作品，坦荡荡地展示在人们面前。不过，这让我联想起不久前，陈逸飞在国内接受媒体采访时也说，让一幅好画在市场上取得好效果，这是画家与经纪人配合的结果，艺术品拍卖的价格与艺术品的价值间并不是相等的，它反映的是一定的社会供需关系。陈逸飞目前与世界最权威的玛勃洛画廊签约合作。

蔡国强移居纽约后，艺术足迹遍布全球，赢得了很高的国际声誉，他的代表性作品《文化大混浴》《龙来了，狼来了，成吉思汗的方舟》《草船借箭》《金飞弹》《地球也有黑洞》《万里长城延长一万米》《有蘑菇云的世纪》《马可·波罗遗忘的东西》等成为现代艺术的名作。美国的大学美术教材、日本的高中美术教材关于现代艺术部分都收有蔡国强火药画艺术条目。

让我们再来回味蔡国强近两年间的新作吧。

《不破不立》——经8个月时间筹办，1998年8月21日下午6时，在“台湾省立美术馆”馆内外实施，爆炸时间不到50秒。炸药引线全长2500米，装置600个火药包，30公斤火药。数千名观众到现场观看，多家电视台现场直播这一行动艺术，这也是台湾岛内艺术活动首次向世界直播。美术馆馆长倪再沁事后在《刹那即永恒》一文中写道：“傍晚时分，馆舍的棱线经由火线高高低低、前前后后的奔窜，映照出曲折动人的线条。每个爆炸的刹那间，都是速度、声音、火花、烟雾的交响，如此短暂、魅惑却深具震撼力的演出，竟然是依附省美术馆堂皇的建筑物完成的，唯火药与美术馆，才能合奏出这样灿烂又雄伟的乐章，才能交织出如此逼真又超现实的意象。如此绝美且令人悸动的形式，其实不需要太多的美学注释……蔡国强石破天惊的力量与缓缓漫天的混沌被控制得恰如其分，使人们兴奋莫名和低回不已的情绪不只在刹那间，而是更永恒地潜藏我们的心里。”至于这一活动的意义，蔡国强自己评说：“作为‘台湾省立美术馆’新旧交替的这个计划，以大破美术馆之举，在世界性的超大美术馆建设热潮中，及美术馆系统问题百出时实施，具有特别的意义。”

1998年10月5日，在法国卡地亚艺术中心，一个别开生面的名为“做东西”的时装展令人大为吃惊。这是蜚声国际的日本时装设计师三宅一生与蔡国强的世纪性合作的成果。走进大厅，没有T型台，63件三宅一生设计的时装用线串起，在大厅里摆成一条“龙”形。蔡国强在每件时装上洒上不同色系的火药。当晚9时，蔡国强点燃引信，时装同时点燃，3秒钟后，这些贵重的时装上火痕累累，构成一条条龙纹。事后，三宅一生利用先进的印刷技术把图案转移印制到成批的时装上，然后上市出售。

《龙到维也纳旅游》——1999年11月在奥地利国家美术馆进行。时值美术馆周围另外4幢新大楼在建设之中，工地上巨大的吊车成了作品的重要组成部分，“龙”全长600米，爆炸时间约16秒，时为傍晚时分，观者甚众。

《威尼斯的收租院》——1999年6月至11月展出，荣获威尼斯双年展国际奖。双年展历史已达100多年，是目前国际上最具影响的现代艺术展之一。近年来，许多国家为了争得一席之地，不惜投注巨资，在威尼斯建设自己国家长期的展馆。蔡国强曾在上两届展览中获奖，本次他参加的是国际馆的展出。他介绍创作的动因说，少年的经历至今影响着他的创作，小时候他曾到泉州府文庙观看阶级教育的好教材《收租院》，留下了深刻印象：群众在现场诉苦，雕塑摆设充分利用古建筑的空间特点，泥土的雕塑上穿戴的是真实的礼帽衣服，环境与内容得到和谐结合，这本身就与西方艺术家追求的行为艺术有共通之处。蔡国强专门从国内请去了10位雕塑家到现场制作，其中包括当年《收租院》原创人员之一龙绪理。这一由80多个艺术人物组成的群体雕像作为那个年代的代表性艺术作品与高水平的现实主义作品时空错位易地演出，也是东方泥塑首次在双年展上露面，它表现了中国政治、社会变化之快之激烈，又与90年代国际艺术的多元、混乱局面相吻合，在时空上具有较强的张力，而观众在现场看到的则是动感的制作过程。在这里，蔡国强起的是一个类似电影导演的作用，这在另一种意义上体现了艺术家挑战艺术临界点的扩张能力。蔡国强说："观众一走近这组泥塑作品，首先联想到的可能是中国的兵马俑，接着就看到收租院所带来的痛苦，而现场的制作又拉近了历史与现实的时空，这是多种时间线的结合。"尽管观众在作品的理解上存在较大分歧，但评委充分肯定了蔡国强的尝试，一致通过颁给他国际奖。这是蔡国强的光荣，也是泉州的骄傲。据行家说法，双年奖是检验国际艺术潮流的发展所在，艺术家的参与并获奖对个人艺术生涯起到关键作用。

"五千年的文明筑起的万丈高楼，其中每一块砖瓦都凝聚着丰富的内容，但同时也承受着这一庞然大物无形的重力。回避这一切是不可能的，也是愚昧的。问题在于以什么样的观念和方法，在什么样的层次来把握这份遗产。"蔡国强如是说。

"创作的目的在于唤醒材料本身的生命力，使创作者的行为、心态与材料、环境一体化，使制作过程与结果更具魅力。"把火药与绘画联系在一起的，自蔡国强始。他的火药画是现代绘画观念与古老文化传统碰撞的产物。稚拙、深沉与快速、突发，力与画面、颜料的撞击、汇合，留下许多不可思议的图像。蔡国强选择了具有毁灭、重生等内涵的火药，成功地扩张了当代艺术的视觉形式。尤其是透过摄影与录像后的呈现，爆炸刹那的火花硝烟视觉感染力之强，是一般平面艺术与造型艺术难以相比的。

生活与观念，是艺术家创作心态的双极。在蔡国强心中，观念更重一些，因此他强调的是创新，不断创新。每个时代的艺术都在不断变化，没有变化的是艺术的共同准则——创造性。我们进入了一个理性的同时又是冷漠、焦灼的时代，现代艺术作为人类思维阶段性的记录，拓展了艺术的发展空间。蔡国强承认现代艺术在东方被接受尚待时日，然而如同西方人难以理解东方艺术一样，相互间的冲突与理解的困难并不可怕，重要的是以什么样的文化心态去进行对话与交流。

（原载 2000 年 2 月 12 日《今周刊》）

与蔡国强对话

对于多数读者来说，现代艺术始终是一个一知半解的名词。20世纪80年代后期，在喧哗与骚动的中国现代艺坛上，本省的“厦门达达”曾经是一个响亮的名字。进入90年代后，原籍泉州的旅外现代艺术家蔡国强一次次以威力强大的中国火药震撼了国际艺术殿堂。中央电视台和《文艺报》《艺术世界》《美术报》《今日先锋》《读书》《泉州晚报》等媒体纷纷对蔡国强的艺术成就及其艺术观念进行报道。蔡国强引起大众的广泛注意或许是今年年中的“收租院事件”，四川美院状告蔡氏在威尼斯双年展上获得金奖的作品《威尼斯的收租院》存在侵权行为。在对待这件现代艺术品的态度上，美院显然与蔡氏有着完全不同的解读方式；而四川美院与刘文彩庄园博物馆在《收租院》版权问题上，又发生了严重的分歧。蔡国强面对国内艺术界关于该作品是“抄袭”还是“引用”的争论冷眼静观，保持低调。日前，他在出席上海双年展后回到老家泉州，并应邀在华侨大学举办了一场讲座。笔者在他即将登上赴日本航班前1个小时做了如下专访——

郭培明：据媒体报道，您的作品在刚刚举办的上海双年展上广受关注，有报道用了“火爆”这个词，请您介绍一下有关情况吧。

蔡国强：这次参加上海双年展，因为是国内首次现代艺术双年展，

作者与蔡国强（左）对话　摄影 / 谢庭荣

我个人非常重视，最先的创意作品叫“人民奖”，原设想先请一些从没有接触过现代艺术的市民进美术馆去观看现代艺术作品，然后再让他们给作品评奖。可能是涉及“评奖”问题，没有被有关部门允准。后来我采用“走出来”的办法，在美术馆外设置45个广告栏，展示我近年现代艺术作品创作过程的照片，几乎把展馆外墙都包起来了，结果来看的人特别多，其中还有老大娘老大爷。大家看得非常认真，觉得有趣味，一直想努力去理解。我想，在10多亿人口的中国搞艺术，如不能与大众接触，不能产生对话，而钻进象牙塔里，意义就小了。国内没有国外普遍接受现代艺术教育的环境，多数人很少走进美术馆，国内的一些现代艺术家则制造一个圈子里的故事，有时还寻机会表现一种对抗情绪。现在的体制已经宽松到这么好的地步，文化部主办了本届现代艺术双年展，而你还试图表现出“对抗”，简直是笑话。

郭培明：确实有不少现代艺术家思想上显得幼稚。

蔡国强：“革命”的对象已经改变。对现代艺术家而言，现在的“革命”对象可能是他自己，自己的创造力问题，或者是帮助中国的改革发展问题。

郭培明：这次上海双年展上，观众对您的认识有什么变化？

蔡国强：大家增加了对我的理解，知道《威尼斯的收租院》只不过是我众多作品中的一件作品而已。此前是有许多人以为我是抓准收租院这个题材过一把得奖瘾的。

郭培明：上个月您在日本参展并获奖的新作《龙——当代美术馆》，龙窑创意从何而来？

蔡国强：德国一位知名艺术家说过，20世纪人人都是艺术家。我认为，21世纪什么都是美术馆。“龙窑”是我美术馆系列作品中的一件，至于创意，首件作品我就想从故乡出发，做什么事，从故乡“打牌”是最稳的。我还想买架旧飞机停在某个城市的广场上，改装成美术馆呢。

郭培明：您不是想买旧军舰吗？

蔡国强：但没有实现。“龙窑”请了德化制窑师傅专程去日本建造，从6月17日到7月11日，花了将近一个月才完工。日本国家电视台马上赶来拍摄了专题片《巨龙的发言》。龙窑全长35米，2.5米宽，可以在里面举办诗歌朗诵会、画展、室内剧、音乐会。人类社会正在走向21世纪，纵观各国美术馆，无不依赖于高科技，龙窑就像原始人的洞窟，没有空调、灯光、保险，但是作为美术馆最根本的要素，如建筑体、作品、创作者、策划家、馆长、观众都有。怎么使现代社会附加的东西消失，让艺术家回归到原始创作状态，是我正在思考的问题。

不能把故乡写好的不是好作家

郭培明：我发现您的作品中喜欢用泉州的东西，比如《马可·波罗遗忘的东西》《龙窑》《草船借箭》等都有。这是因为故乡情结还是因为创作上图个方便？

蔡国强：你这个问题问得有趣味。实际上，主要是泉州刚好有这么多这么好的东西，如果换成别的城市，也许没有这种便利。我个人的观点是，一个人如果写小说没能把故乡写好，而说要写全人类的故事，那太可笑了。用自己的真情把故乡的东西自由“用”出来，从一个城市甚至一个小山村的故事写出全人类共鸣的故事是我所向往的。现在人们一讲就是环球意识，其实环球意识是建立在每一个细胞都健康的基础上的，比如环境，所有人都在破坏它，所有人又都没有责任。

郭培明：有人把您与张艺谋相提并论，认为你们的作品都迎合了西方读者的“窥瘾癖”。

蔡国强：张艺谋的东西我看得不多，但他的电影的确拍得好，如《一个都不能少》。他的作品得到东西方观众认可，大家都喜欢。现在张艺谋在为我们国家拍申奥片，大家说他好，而他的作品在国外得奖，就说是讨好西方人，这是认识上的不健康心态，是没有自信的表现。

郭培明：艺术评论家高名潞在一篇文章中说，中国现代艺术家对全球现代化的冲击做出两种反应：一种是玩世不恭的自嘲，反讥社会，并利用它致富，当混世魔王，反而获得自由；另一种是关注自己的国土，关注国民性，有责任感，把自己的艺术活动直接融入大众消费、市场文化中去体验，去反省批判，与大众共呼吸。您属于哪一种呢？

蔡国强： 当然属于后一种。首先我的作品不是考虑经济效益的，如果在拍卖行，我作品的价格是不低的。我的《草船借箭》，在美国受到许多人批评，说是有反西方情绪，但在纽约现代美术馆，它是作为经典作品放在最重要的位置展出的。

郭培明： 美国现代艺术比较发达，美国观众对您的作品也不是一味认同的吗？

蔡国强： 当然。相比之下，国内艺术界一些人往往不是一味赞扬就是一味批评，缺乏一种客观的角度。比如张艺谋的电影创作方式，只是许多种电影手法中的一种，对电影整体而言，无什么坏处，如果要求大家都做张艺谋，认为这是唯一的一条路，就霸道了，就不是好模式了。我在接受中央电视台的采访时，就一再强调不要把我作为一个重要的模式，我只是许多现代艺术家中的一位、一种思路，这样界定后，才能客观地对待和讨论我的作品。

郭培明： 您的作品多是大型制作，地点有在美国、日本、南非、奥地利、荷兰、法国等国家和地区，多是跨越国度行动，还要动用一批人员，很花钱，没有资金投入不能完成，怎么才能不使您的作品创作成为纯商业的行为呢？

蔡国强： 我首先得益于现代社会的文明程度。我的创作有许多机构包括文化基金、大公司、银行、美术馆等提供赞助，一些制作所需的技术材料多由生产厂家支持。

郭培明： 您已经成名了，当然有人主动支持，但对那些有潜力而还没有成名的艺术家呢？

蔡国强： 我先到日本时也没有人认识我，我把在泉州思考的那一套构思，制成草图，请观众参观，慢慢地观众发现了我的作品中的趣味，随后在制作中就有人愿意出钱出力了。我把这一过程概括为：发动群众，制造舆论，以农村包围城市，最后走进城市，挤进主流文化圈。

《威尼斯的收租院》只是一条导火线

郭培明： 对装置艺术创作使用现成品，目前美术界有两种说法：一说是抄袭，一说是引用。如四川美术学院的王乙官教授说您把30年前的《收租院》搬到意大利，加上威尼斯3个字就成了自己的作品，这是一种窃术、幻术和商术。您怎么样看待？

蔡国强： 我认为《威尼斯的收租院》只是一条导火线。中国当代艺术与西方当代艺术之间存在什么样的冲突、联系和接口，值得思考。有的艺术家认为，你是你的，我是我的，沉浸于自己创造的神话中。但是，以前不承认的杜尚作品、后现代艺术现在不都在讨论了吗？国内、国外有两批中国艺术家都在搞现代艺术，他们的艺术位置如何？对中国文化的影响怎样？他们各自的局限是什么？他们有何互补性？“收租院事件”促成了人们去认真思考。

郭培明： 四川美院院长罗中立教授是著名画家，也出过洋，他在5月25日代表四川美院发表声明，说您未征得四川美院和其他作者的同意，私自复制《收租院》参展并获金奖，严重违背了《伯尔尼国际公约》有关知识产权的条款。您对此有什么看法？

蔡国强： 罗中立的目的也许真的是要促进艺术讨论，他本人似乎不应算是艺术的“保守派”。“收租院事件”后，他受到不少同行的批评。

郭培明： 意大利最近有一个时装展，用的是达利的作品做服装图案，是否构成侵权？

蔡国强：以前装置行为艺术采用现成品比如可口可乐作为创作材料时，可口可乐公司很生气，但后来公司发现这是一个不花钱的广告，机会难得。如果我的作品被人模仿，说明我的作品有经典性。《收租院》原在国外很少人知道，西方主流艺术对它更不了解。我这次在《威尼斯的收租院》展出前，就印发了一本小册子进行宣传，目的是弥补中国社会主义艺术作品在西方未被普遍了解的不足，小册子图文并茂地介绍了原作的诞生过程及原作的创作情况，以及几次复制与几个版本的历史，其中还包括参加原创的艺术家照片。我强调了原作者们在“使用现成品”（眼球用玻璃球、劳动工具用实物等），“因地创作”方面与西方现代艺术最新潮流不谋而合的艺术成就。我并不是说原创作品是我的。

郭培明：最近《收租院》成了连环官司，四川美院与刘氏庄园博物馆都声称自己对《收租院》拥有版权。由于《威尼斯的收租院》得了威尼斯双年展金奖，大家好像都更看重了《收租院》。记得您的创作强调的是一个“过程”。

蔡国强：这件作品是群像组成的，当时泥塑的全过程是，后面的制作还没有完成，先期制作的人物已经掉土块了。就泥塑本身而言，根本与原作的精细不可比，原作才是雕塑。

郭培明：当年出国的中国现代艺术家如徐冰、黄永砯等人在国内时都比您出名，现在您在国际上的知名度相当高，可以说大大地超过了他们。

蔡国强：我走的路与他们不同，我先去了日本，他们一去就去欧美。成为国际化、现代化的强国一直是日本的梦想，但80年代日本人反省自己时发现，国际化、现代化的结果是西方化，在政治、文化上处于西方的边缘状态。我这时去了日本，用中国的火药——最能代表东方文明的东西进行火药画创作，使他们看到了文化英雄主义模式和对东方文化的自信。我等于暂时与日本“结盟”，日本出版的《20世纪最伟大的100名艺术家》中还把我列为最后一名。人们所说的国际化不是说各种文化消失，而是说文化是灿烂多彩的，全球化意味着一种责任，我对自己祖国的文化是非常珍惜的。

郭培明：有评论家认为您是文化保守主义。

蔡国强：对，保守主义。高名潞最近在给罗中立的信中说，蔡国强在海外艺术界为中国文化孤军奋战。

想在泉州建一座现代美术馆

郭培明：比利时根特当代美术馆馆长扬·荷特认为您以最学院的艺术形式，将制作过程变成一种行为艺术，在东西方艺术对话之间做了一个非常有趣的桥梁。这个“有趣”是什么意思？

蔡国强：有特点，耐人寻味。

郭培明：看您近期的作品，好像火药用得少了。

蔡国强：是的。该用的时候才用，如同中药砒霜，用得好是良药，用不好是毒药。许多人都希望看我用火药，我喜欢自由，该用时还会用的，要看什么时候用才最有效果。

郭培明：上海（国际现代艺术）双年展开幕了，摩尔的现代雕塑作品也正在北京陶然亭公园展出，国内读者正在逐步接触现代艺术，但多数人认识粗浅，您能用比较通俗易懂的两三句话给现代艺术下个定义吗？

蔡国强：试图给一种艺术下定义，一开始就意味着一败涂地。

我最大的特点就是不给自己下定义。如勉强说出，我认为现代艺术注意切入当代人类的问题点，试图对当代社会根本问题进行把握，并扮演一定的角色。另外，在高科技时代，现代艺术与过去的艺术有较大的区别，过去是有什么武器才打什么仗，现在是打什么仗用什么武器。收租院题材我很早就想做，不是一时心血来潮，罗丹的《地狱之门》我也想做，只是看什么时候做最有意义。

郭培明：您最近有什么计划？

蔡国强：我正在与贝聿铭先生合作，在卢森堡国立美术馆帮他做一些配套工程。此外，也在筹备自己的世纪回顾展览，还有要参加明年的里昂双年展、伊斯坦布尔双年展、横滨双年展、巴塞罗那双年展。还想买个太空站创作太空美术馆。总之，你让自己的思想离开你的重力，心胸就会开阔起来，艺术创造力就丰富起来。

郭培明：您现在怎样安排一天的生活？

蔡国强：每天早上首先是看报纸，我特别关注两大问题，即中美关系与台湾问题。至于具体工作，自己则少动手，我给周围的人员以充分的权力和机会，可以说，我建立一个舞台，又游离于这个舞台。

郭培明：多年前，您曾有个设想，在泉州建立一个现代美术馆，现在还想吗？

蔡国强：我想我最好的作品可能是泉州现代美术馆。这次在第七届威尼斯双年展——国际建筑展参展作品中，中国首次参展的建筑创作作品就是泉州小当代美术馆，这是北京大学建筑学教授张永和创作的。如果这个理想早几年成真，可能我这次参加的不是上海双年展，而是泉州双年展了。

蔡/国/强/简/历

1957 年　生于福建省泉州市

1981—1985 年　就读于上海戏剧学院舞台美术系

1986 年 12 月　前往日本

1989—1991 年　就读于日本国立筑波大学综合造型研究室

1993 年　受法国卡地亚当代美术基金会邀请，在巴黎开展创作活动 3 个月

1995 年　受美国亚洲文化协会邀请，参加纽约 P.S.1 美术馆国际工作室工作

获得日本文化设计奖

获第 46 届威尼斯双年展“超国度文化展”BENESSE 奖（意大利）

1997 年　获得第一届组织奖（日本）

1999 年　获威尼斯双年展金奖

现居纽约

●近年代表性个展

1998 年　“不破不立——引爆台湾省立美术馆”（中国台湾）

1997 年　“文化大混浴——为 20 世纪作的计划”（美国）

“升龙在天”（丹麦）

1996 年　“有蘑菇云的世纪——为 20 世纪作的计划”（美国）

1994 年　“混沌”（日本）

“地平线——为外星作的计划第 14 号”（日本）

1993 年　“悲叹之墙——来自 400 汽车的发动机”（日本）

"万里长城延长一万米——为外星人作的计划第10号"（中国嘉峪关市）

1991年 "原初火球——为计划作的计划"（日本）

●近年代表性展群

2000年 "2000惠特尼双年展"（美国）

"美国90年代艺术展"（美国）

1999年 "亚洲太平洋三年展"，作品：《龙或彩虹蛇——一个受祝福或畏惧的神话》（澳大利亚）

"世界艺术对话"（德国）

"全面开放"（意大利）

"2000年大全景"（荷兰）

"新收藏、90年的艺术"（西班牙）

1998年 "越界展"，作品：《龙来了！狼来了！成吉思汗的方舟》（美国）

"龙来了！从渥太华河来——草图"（加拿大）

"全球视野——90年代的新艺术"，作品：《龙来了！》（希腊）

"别墅、庭园、记忆：1998、1999、2000展"，作品：《犁耕花园》（意大利）

"令人担心的行为艺术展"，作品：《有病治病、无病防身》（美国）

第47届威尼斯双年展主题馆"未来、现在、过去展"，作品：《龙来了！》（意大利）

"第五届伊斯坦丁堡双年展"，作品：《彼岸》（土耳其）

"天地之间——今日的日本美术展"，作品：《成吉思汗

的方舟》（日本）

第23届圣保罗双年展“普遍性展”，作品：《圆盖——为20世纪作的计划》（巴西）

“藏龙卧虎——真正的收藏，为美术品收藏库作的计划”（比利时）

“第1届约翰内斯堡双年展”，作品：《有限制的暴力：彩虹——为外星人作的计划第25号》（南非）

第46届威尼斯双年展“超国度文化展”，作品：《马可·波罗遗忘的东西》（意大利）

“瞑想展”，作品：《东亚》（韩国）

（原载2000年11月20日《东南早报》）

“这是我一生中最值得珍惜的时光”

奥运会终于来到了中国，昨晚的北京成为一片激情与欢乐的海洋。而作为中华民族有史以来最具国际影响的北京奥运盛会，开幕式无疑是一场神奇的视觉盛宴。

这是一个创造历史的时刻，这是一个赢取荣耀的时刻。全球有40亿人通过各种渠道收看现场直播。当充满激情与骄傲的焰火冉冉升起，当饱含科技之光的图案出现在鸟巢内外，在开幕式的看台中，一个两年来夜以继日一直为这场视觉盛宴的筹备奔忙着的泉州人，迎来了他艺术人生的辉煌时刻。他就是蔡国强，泉州籍国际著名艺术家，奥运会开幕式视觉特效艺术总设计。

百年梦想一朝成真，长久的等待让这一盛会承载了国人太多的期待，开放的高速发展的时代又赋予更高的内涵，这是一次中国风采的大展示，这是一次文化创意的大比拼。不但要接受全国人民的检验，而且要接受全世界人民的检验，奥运开幕式主创团队的压力可想而知，作为核心创意小组成员之一，蔡国强迎难而上，他要给自己经历的50载岁月留下绚烂永恒的记忆。

开幕式前夕，我赴北京专访了蔡国强。时间对他来说太宝贵了，

2008 年奥运会开幕前夕，蔡国强（左）在北京接受作者专访　摄影 / 陈世哲

静静守候在他位于后海的四合院家中，采访过程却是在他前往奥运开幕式营运中心参加会议的专车上。

追求更具艺术性国际性现代性

郭培明（以下简称“郭”）：在 2005 年的开闭幕式竞标中，您的方案是如何被相中的？

蔡国强（以下简称“蔡”）：当时我领衔的是一支海外艺术家创意团队，不单有做焰火的专业人员，还包括舞蹈等多个表演方面的优秀艺术家。海外团队不可能担当整个开幕式的所有工作，因为不熟悉与国内相关部门间的沟通，但我想我们可以协助总导演，把

2008 年北京奥运会，蔡国强的烟花作品“大脚印”　供图 / 蔡国强工作室

开幕式做得更具艺术性、国际性、现代性。纵观历届奥运会，视觉艺术特效对开幕式非常重要，而焰火等视觉创意，正是我的长项。我们强调艺术与技术的完美结合，特别是运用了大量的高科技，这应该是被相中的重要因素吧。记得当时在听了我的陈述之后，组委会刘淇主席显得非常激动，过后，他对竞标导演组的候选人员说："不管你们谁当了总导演，都要找蔡国强。"最后，根据奥组委的委托，13 支竞标团队经过筛选整合，组成奥运开幕式工作团队。

郭：您长期身居海外，声名远播，但在国内产生主流影响并不早，大概是从 2001 年上海 APEC 大型景观焰火展示开始的。那次活动的成功对竞标奥运有影响吗？

蔡：当然有影响。参与政府举办的活动，可以对政府和中国的事有更多的了解，也增强了做好事情的信心。同时也让政府和主流人群对现代艺术有了新的认识。

郭：进入奥运团队后，工作就一帆风顺了吗？

蔡：本届奥运会的主题要体现绿色奥运、科技奥运和人文奥运，我的创意正好对三者都有体现。科技部万钢部长说，奥运会要让老百姓看得到高科技的影响力。本届奥运会的科技含量很高，像通信系统、指挥系统、信息发布等的设备现代化程度高，但一般人可能看不出来，而焰火不一样，一眼就感受到了，一下子就激动人心了。我的工作得到了各相关部门的全力支持，科技部门为此还拨了研究专款，航天部研究院也投入了研究力量。两年多的时间中，由于主题理念不协同、创作技术难度等因素影响，经过不断的修改、调整、优化，开幕式表演节目中最初的许多内容早已面目全非了，值得庆幸的是，我们的创意的许多亮点一直被保留下来。

焰火技术是全世界最先进的

郭：听说您最近一段时间天天都是凌晨甚至天亮才回家。这两年多来，您投入几乎全部的心血，头发也比以前更白更稀了。既然创意没有大的改变，为什么还这么累？

蔡：按照方案设想，使用的焰火技术将是全世界最先进的。其中一部分技术我在美国运用过，而另一部分是完全崭新开发的。由此，工作进行得并不顺利。比如空气发射，烟火弹爆炸要靠芯片控制，传统的做法是靠发射的同时点燃导火线，由于空气、压力、干湿度等的影响，误差一般在十分之一秒，肉眼看空中，不能看到同时出现的图形线条；而采用芯片控制，接收信息激活空气同时爆炸时间误差只在千分之一秒，空气压力也可以在电脑中调整。我在美国时采用芯片做过几次活动，空气的没有做过，只有迪斯尼一家拥有这种技术。空气发射弹发射不高，只有 50 米，再说焰火弹空气爆炸离开不了物理学原理，空气发射由中心向外爆炸，爆炸波圈扩大，容易散开，如果打一个圆圈，有可能散成实心圆。要保证让人看得清楚，时间要更短，爆炸可能还没看清楚就已经消失了。另外一个弱点，在城市上空打许多观念性的特效艺术，涉及二次爆炸，给警方带来管理压力。我们的方案还有一个亮点，即沿着北京城市中轴线的 29 个地方燃放焰火，体现历史一步步向奥运会场走来，但这些地点在“鸟巢”之外，途中又涉及众多重要文物，比较敏感，安全难度大，为了配合我的工作，警方出动了大量人员，在警力紧张的情况下，这是相当大的支持，也是在我们的体制下才可能做到的。正当陷入困境时，北京一位研究者陈先生，帮助我开发出一种照明弹，从地面发射后，在 150 米的高空结束，没有二次爆炸，发射方法采用膛压式，利用发射膛的压力进行调节，在速度上改变发射以实现效果。

让整个名城成为开幕式的场景

郭：开幕式的表演延伸到体育场外的市区及居庸关长城，类似做法以前的奥运会开幕式有没有出现过？

蔡：没有，我们的创意是让这座古老的名城成为开幕式的场景，天安门、长城、永定门等都成为作品发表的场所，让城市的市民能参与开幕式，共同享受这一难忘的历史瞬间，体现出全民奥运的特色。

郭：以前您在荷兰做过一个作品，内容是在20世纪的最后一天，把烟筒发给千家万户的市民，晚饭时分让大家在壁炉里烧烟，整个城市上空炊烟阵阵，充满温馨怀旧的感觉。可以说，您的作品发表的地点是整个城市。这一次的创意，是否受过类似经验的启发？

蔡：当然有影响，APEC景观焰火表演也是这样，场地在黄浦江边长长的万国风情建筑物上，而不是具体的一个地点。通过大的场面，达到更多人的共享。我创意上坚持现代艺术的特点，同时又对奥运会特定的内涵进行融合。

奥运历史上最震撼的视觉效果

郭：焰火的主题寓意是什么？

蔡：两三年的筹备，只为20分钟。竞标后，导演组确定焰火表演既要配合整体创意，又要有自己的寓意，即神圣、神奇、辉煌、灿烂，要求有历史上最震撼的效果。我们把历史文化的隐喻和充满创造性的艺术形式结合起来，在长城与“鸟巢”同时燃起一个造型，表现出古今同步、跨越时空的对话。建筑特点、设计理念与表演过程三者相融相汇，达到天人合一的境界。

郭：去年11月，您的APEC景观表演14幅草图在香港佳士得秋季拍卖会上以7000多万港元成交，刷新了当代华人艺术家作品的拍卖纪录。四川大地震发生后，您的作品《天上来的鳄鱼》在北京嘉德拍卖，所得的580万元悉数捐出，支持羌族文化艺术的重建。通过APEC景观焰火和奥运会开幕式的这两次大型艺术活动的参与，您认为对中国现代艺术有何促进？

蔡：能够参与奥运开幕式，是我一生最值得珍惜的时光。我想，首先是国家的开放，才能接受我这样的现代艺术家回来参与工作。奥组委领导、市政府官员、开幕式创作团队上下对我都很关心。改革开放30年，中国取得巨大的成就，国际地位有了很大的提高，除了古典文化符号以外，现代中国需要打造新的文化形象，我们要让世界了解的是一个更全面真实、充满活力的现代中国。当然，中国现代艺术通过类似的活动得到理解与促进是必然的。

（原载2008年8月9日《泉州晚报》）

非常蔡国强

在 7 月 23 日召开的奥运会开幕式新闻发布会上，理着小平头、言语中多少还带点闽南味道的蔡国强一亮相，马上引起在场媒体记者的注意。随即，这位开幕式视觉艺术特效总设计的名字，频频出现于报刊的显眼位置，成为家喻户晓的新闻人物。实际上，在国际当代艺术殿堂中，蔡国强已是当之无愧的华人一哥，其艺术影响力是世界性的。美国现代艺术教科书中出现的两位突出成就的华人名字，一是建筑大师贝聿铭，一是蔡国强。而后者，是在美国生活仅 13 个年头、至今还不能用英语交谈的新移民。8 月 19 日，奥运举办期间，距蔡氏北京寓所不远的中国美术馆，还将迎来一场现代艺术的盛宴——“蔡国强：我想要相信”艺术回顾展的开幕，这必然又一次引起全球艺术界的高度关注。

2001 年，蔡国强在上海完成 APEC 大型景观焰火表演的创作之后，也在上海美术馆举办过“蔡国强艺术展”。如果说那一次回到国内办展，让同胞认识传闻中多少有些神秘的蔡国强；这一次，则是他与整个世界的对话，因为奥运的北京，是世界的大舞台。

几天前，我在蔡国强搬入不久的北京之家——靠近中国美术馆的一幢古老四合院中采访的时候，3 位气质不凡的年轻人也刚刚进门，一问才知道她们都是蔡国强的助手，刚从纽约专程赶来的。原籍台湾的何小姐用闽南话告诉我，过几天还有几位同事会过来的。随即，她们便在国强太太、画家出身的吴红虹指挥下忙开了，原来，她们不是奥运会的看客，而是蔡国强回顾展的专业布展人员。有趣的是，因为工作小组中还有早些时候从日本来的另一位助手，以及从泉州过去帮忙的朋友，红虹一会儿英语，一会儿日文，一会儿又是普通话、闽南话交替使用，小小场面颇具国际化色彩。客厅的一角堆满空运过来尚未开封的蔡的作品。“我们布展的时间只有一周，非常紧张的。”吴红虹身边的地上，摆着一个展览布局模型。

对现代艺术不很熟悉的国人如何看待蔡国强的作品暂且不说，毕竟展览还没有开幕。北京展是蔡国强回顾展全球巡回的第二站，第一站是纽约古根海姆美术馆。古根海姆是世界最著名的主流艺术馆之一，此前没有华人在此办过个展，蔡国强开创了一个时代，而且还创下一个更为骄人的纪录：该馆参观人数历年最多的一次展览。2008 年 2 月，纽约的天气寒气逼人，蔡国强作品展开幕期间，曼哈顿第五大街与第八十九街的交汇处，但见冷风中排着长长的购票队伍，等待入场要耐心等待一个多钟头，据说著名画家陈丹青也在队列中。活动的策展人汤马斯·克伦斯认为：“此展是我们经历过的最有气魄、也最大胆的装置计划之一。”为了此展，美术馆花尽心思，搬移了包括毕加索等大师的作品，几乎腾空了所有的展厅。

对于这股蔡氏旋风，有的人不以为然，认为蔡国强是拿中国元素迎合西方人的口味，其情形，类似以前对张艺谋电影的指责。对此说法，蔡国强不禁大笑：“几年前同样在古根海姆美术馆举办的中国文化五千年展，中国元素最浓的一些展览，包括价值连城的古代文物展，为什么就没有出现这种场面呢？”在回答我的提问时，

泉州中山路新华书店的蔡国强作品展览橱窗　摄影 / 郭培明

他讲述了自己从小接受社会主义艺术教育所带来的积极影响，用一个成语对自己的作品做了肯定式的评价：“雅俗共赏”。

蔡国强出生并成长于文化古城泉州，父亲爱好文史擅长画画，内外环境的熏陶使他对文史哲与艺术、武术产生了浓厚的兴趣。如果一定要追溯本源，成年蔡国强对火药的偏爱与痴迷，就在于童年时对民间节日、婚丧之事燃放爆竹鞭炮风俗的强烈印记。火药瞬间变化产生偶然性的效果，其中的开放与刺激，带给他自由的意识与创新的精神。

今天的驴友闯西北入青藏已是平常事，而20世纪80年代初蔡国强的丝绸之路写生、西藏艺术考察，则称得上相当另类的举动了。

也许正是这样的游历拓宽了视野，启蒙了智慧，蔡国强在积累了深厚的传统文化知识和扎实的艺术功底之后，东渡日本，时间是在中国现代美术思潮达到高峰的1986年。似乎是急流勇退，似乎是另辟蹊径，此时的蔡国强自己的心里并没有底，只是想借开放的春风到国外看看。“我们在日本是吃过不少苦的，但我们一直没有放弃追求。”吴红虹印象最深的是初到日本时，蔡国强在磐城发现了一艘沉船，挖掘整理的难度大，他的坚持终于感动了当地居民，在大家无偿的帮忙下把船拉上了岸，为了展出又花了不少周折。也是在磐城，他发布的《地平线》在燃烧的一分钟内，沿岸居民自觉关灯参与，让作品获得最佳的效果。在试制火药画的过程中，那些生产厂家的老板一个个成了他的好朋友，他们在帮助蔡国强的同时，也享受到火药艺术带来的前所未有的快乐。闻名全球的时装大师三宅一生，还因与他合作服装爆炸而成了莫逆之交。

正当蔡国强的作品成为日本各大美术馆的抢手货时，1995年，他做出人生的又一次重大选择：到纽约去。如果说日本是东方艺术的重要阵地，那么纽约理所当然是世界现代艺术的大本营。蔡国强不会讲英语，却能在西方艺坛纵横驰骋，所到之处，硝烟弥漫，引发轰动，简直不可思议。对于这个谜，蔡国强对我说，自己很幸运，去日本和去美国，时机都非常适宜。“我用火药进行的创作，具有中国天地人的哲学意味，跟日本美学比较接近，火药包含东方文化特质，爆炸产生的速度与张力，吻合了他们一直寻找的文化英雄主义精神，具有国际对话视觉语言。后来到了美国，刚好碰上文化多元时代的到来，西方开始重新思考包括中国文化在内的东方文化，这种价值的重估，等于开启了迎接我进入的大门。”比利时根特当代美术馆馆长扬·荷特评价道：“蔡国强以最学院派的艺术样式，将制作过程变成一种行为艺术，在东西方艺术对话之间做了一个非常有趣的桥梁。”

蔡国强否认以中国元素取悦西方观众，如1999年在维也纳美术馆的个展作品《我是千年虫》，不仅有电脑，还有蘑菇云，是很国际化的符号，其他如汽车爆炸、狼撞墙等材料，根本就没有地域性可言。“我在曼哈顿住久了，也会以它作为题材来使用的，当然，泉州有取之不尽的源泉。”中国元素对其创作的影响却是明显的，其中，又以泉州元素最为突出。《草船借箭》的船骨架、《马可·波罗遗忘的东西》的帆船及所载物品、《龙：当代美术馆》的龙窑、《文化大混浴》的中药等，都来自泉州。泉州是蔡国强艺术之旅的启蒙地和始发站，许多年前，他就有了在泉州建立当代美术馆的念头，如今在泉州政府部门的支持下，这一理想正在一步步变成现实。由于全身心地投入奥运开幕式筹备工作，原定的美术馆工程已经没有可能如期完成，不过，当我提起这个项目，他马上接话说，开幕式工作一结束，就会与英国建筑设计大师诺曼·福斯特会面商谈，具体时间也已确定了。诺曼·福斯特是北京首都国际机场T3航站楼的设计者，邀请国际一流的建筑师设计泉州当代美术馆，可见蔡国强对家乡的一片深情。

（原载2008年8月9日《泉州晚报》）

让视觉盛宴惊艳世界

昨晚8时，奥运会开幕式在北京“鸟巢”隆重举行。奥运会开幕式视觉特效艺术总设计、泉州籍旅美著名现代艺术家蔡国强在全世界40亿双眼睛的注视下，淋漓尽致地展现他的焰火特技创意艺术。

实际上，今天所见的“鸟巢”并不是当初中标时的模样。2004年，安德鲁设计的巴黎戴高乐机场候机厅发生坍塌，给在建中的全球大型建筑工程敲了警钟，“鸟巢”方案也进行了修改及预算经费的调整。最后，设计师赫尔佐格和德梅隆取消了原设计中的顶盖，减少了部分座位，扩大了中空开口面积。如果没有这一变动，一般人很难设想蔡国强的焰火是如何爆炸升空的，那毕竟是一个拥有9万观众的大型场馆，绝不允许有丝毫冒险。然而，这只是杞人忧天，蔡国强终究是位国际级的创意大师，他总是有办法出奇制胜的。他当然也要感谢赫尔佐格和德梅隆，两个老外从冰花纹的中国瓷器中得到创造的灵感，同时也让体育场的设计更加人性化，“鸟巢”的弧型结构更有机会呈现不同的焰火表演，而这一点，正是视觉艺术高手蔡国强非常看重的。

作为一名蜚声全球的现代艺术家，火药是蔡国强最擅长使用的创作材料，说不清曾经多少次他给世界带来了惊喜，然而这一次创作很特殊，它完全不能接受哪怕是一点点的失误。蔡国强也有过失误的例子，几年前的瑞典首都斯德哥尔摩美术馆开馆展，设想在馆外严寒的海水冰面上做出一道“摩西的光”，这作品就叫《分海》，不料当时的冰并没有形成，只好在海水上做了，固体变成液态，加上下雨，由于防水不到位，300 公斤的火药全泡了汤，尽管火药是著名的诺贝尔公司制造的。面对岸上观看的人山人海，他的心情可想而知。几天后，蔡国强又在同一地点引爆火药，作品成功了，但是他还是感到遗憾，因为观众都不在了。

蔡国强是个特别会做梦的奇人，可以说，对常人而言，他的作品都是不可想象的。在参加奥运会开幕式方案竞标之前，他也许从未做过这个美梦，一旦有了梦，他又是一个有能耐让梦想成真的艺术家。上海 APEC 焰火晚会的参与，可以看作蔡国强介入国内主流大型活动的开始。他当时也没有太大的“野心”，只是想能为国家出点力就够了。想不到他的方案得到政府高层的重视，并完全由他主导了那场大戏。当焰火在黄浦江西岸充满万国风情的建筑物上游走，壮观的场面让与会的客人们兴奋不已。因为时间距“9·11”事件不久，原先创意中的天梯没有在江中出现，不然，那将是更为宏大的奇观。蔡国强也相信上海的成功对竞标奥运会开幕式是有利的，值得庆幸的是，两年多时间过去了，他的视觉创意方案的基本内容没有改变，中华百年奥运，国人扬眉吐气，从国家领导人到一般老百姓，全民参与，亿万人关注，承载着政治的、文化的、体育的、时代的内涵，要拿出一个多方认可的方案谈何容易？创意制胜，蔡国强又一次证明了自己非凡的创作实力。

在海外摸爬滚打了 20 多年，蔡国强的艺术进入炉火纯青的黄金时期，他的作品不断地在国际上获奖，成为海外最著名的华人现代艺术家之一。为了全身心地投入奥运会开幕式工作，他婉拒了全球各地众多的邀请，北京成了他的主要目的地。初期，他一直租住在酒店，直到一年前买下一幢四合院，才有了一个像样的北京之家。

经过30年的改革开放，古老的北京变脸为国际大都市，高楼大厦林立，宽广的大街上车流如鲫，举办奥运会，城市迎来新一轮的建设高潮，胡同与四合院的命运又一次被推向舆论的浪尖，保与拆似乎都有理由。较量的结果是，什刹海等老城风貌区得以完整保护。方型分割，中轴线，今天的北京城格局依然，只是那些胡同小院愈显珍贵。紧靠着中国美术馆，因多年前五四运动而留名的北大红楼附近，我拐入一条不起眼的胡同，在一大片四合院中找到蔡国强的家并不容易。因为你想象不出其门面竟是如此陈旧简单，典型的明清样式，黑瓦灰墙，油漆早已退去了昔日的光彩，门窗上的原木纹路斑驳。抬头四顾，天际中没有高楼的任何影子，时间仿佛在这里放慢了脚步，只是埕中的石榴和那小片草地以及厢房前的一大排山竹透露出勃勃生机。蔡国强仍然喜欢吃泉州风味的饭菜，但每天总是凌晨才能回家，为他准备的饭菜总是热了又冷，冷了又热。他太太吴红虹心痛地说："我从美国来了一个月，看见国强每天都是凌晨二三时回家，有时候天色都亮了。"蔡国强年轻时习过武，还参演过武打片，身体的底子硬朗，即使如此，面对巨大的工作压力，他返家后坚持抽时间进健身房。红虹与他交流的时间，往往是利用正在锻炼的时候，而交谈的内容，怎么也绕不过北京奥运会。

奥运会开幕式的视觉特效设计，在蔡国强的艺术生涯中，是最有分量的一次创作，"是一生中最辉煌的时刻"，所以他给自己定了最高的目标。虽然焰火试验了许多次，任何不达到最佳效果的细节都令他牵肠挂肚，辗转反侧。曾经一阶段，当焰火发射研究出现难题时，一位叫陈延文的研究者帮了大忙，说起陈氏的膛压式发射技术，他充满感激地说：“陈先生是个大功臣。”蔡国强不愿透露开幕式焰火表演的细节，但表示一定会奉献给世界一场视觉盛宴。以最先进的科技含量，以高度艺术化的编排，在29个地点发射焰火，让整个城市的市民更多地参与开幕式，体验奥运带来的激情与快乐，他的创意很好地体现了绿色奥运、科技奥运和人文奥运的主题。他反复强调自己只是核心团队的成员，“张艺谋是总导演，我们都是执行者”。历届奥运会开幕式的亮点，视觉效果与点火仪式都是最具悬念与冲击力的，蔡国强发挥的重要作用由此可见，而他不过分突出自己，从一个侧面也印证了“协助总导演，让开幕式更具艺术性、国际化、现代感”的初衷。

（原载2008年8月9日《东南早报》）

| 执着 · 包容 · 乐观

郭培明（以下简称“郭”）：蔡先生2006年在泉州中国闽台缘博物馆创作了《榕树》爆绘画，当时很轰动的。地理上比较靠近的活动是在2004年金门碉堡做的艺术展，能不能谈谈？

吴红虹（以下简称“吴”）：他有许多创作是美术馆邀请的，金门那次是国强主动要去做的，他喜欢做的事，即使没钱也会设法去做。他在泉州长大，小时候两岸对射的炮声给他留下不可磨灭的印象，我们年轻时都画过这样的题材。两岸都是自己的同胞，能够化剑为犁多好。金门的创作设想他在日本时就有了，一直到了近年才真正实施。有的艺术家从创意到实施可能是很短的时间，他的项目多数经过长久的思考，比较成熟，所以作品更加有力量。当然他还有一个特点，就是基本创意不会有大的改变。

郭：大型的行为、装置艺术与室内创作不同，面对大庭广众，有时难免出现意料不到的结果，比如有次活动，火药被海水湿润了，现场没有成功，出现这种情况他会怎么反应？

吴：他很少埋怨自己和指责别人，总是努力地去找出原因，努力地继续做，直到无法改变。

郭：他不会使用英语，在纽约如何能够如鱼得水，应对自如？

吴：纽约不像日本，五湖四海，什么国家来的艺术家都有。他

蔡国强说，泉州是我创作的灵感源泉　摄影 / 林良标

这人包容性极强，因为年纪不轻，事情又多，时间也紧张，再怎么学英语都难以流利，就干脆不学了。交流可以依靠助手，当然，不会英语带来了生活上的不便，因为要别人帮助，所以这几年他更加有包容性，宽以待人，对人对事，各方面都是这样。

郭：这种包容性是否影响到创作？

吴：为人包容，作品并不都是包容的，他注意保持作品中的锐气。

郭：比如《草船借箭》《龙来了，狼来了，成吉思汗的方舟》等等，就隐喻了当今国际政治与文化之间的紧张关系。国外就有评论指责他，他是如何对待批评性的文字的？

吴：他一般不会出现特别强烈的反应，他说有人批评总比没有人批评对自己的进步有好处。

郭：四川大地震发生后，国强先生通过拍卖作品《天上来的鳄鱼》的580万元，用于支持羌族艺术重建。为什么选中这一幅作品？

吴：当时国强从北京打电话到纽约给我，说要拿出一幅自己满意的作品拍卖后捐给灾区，为汶川同胞做点实事，并征求我的意见。我一下子想到一天前有位艺术收藏家很想买下正在展览中的《天上来的鳄鱼》。果然，在嘉德拍卖出去，价格不错，我们悉数捐了出去。

郭：能谈谈在北京购买的四合院吗？

吴：在奥运会开幕式竞标前，他就想过买房子。后来在文化界朋友的协助下找到现在的这处房子。这座四合院以前也有人来谈，主人一听是搞地产开发的，便一口回绝，他舍不得祖先的居所被新主人重新拆建。国强把买房看作历史文化的交接，他对老人说，您就把我当作接班人，我喜欢它现在这个样子，我会保护好它的。购买入住后，我们修旧如旧，连油漆都不刷，主要是补了几扇破损和缺失的窗户，在墙角种上一排长长的竹子。

郭：您这次来北京后看到的国强与以前的国强有何不同？

吴：以前他做展览，再忙碌，回家总是显得很轻松，会与孩子说说笑笑。而这次，常常是出门入门都一副严肃的脸色，我就知道他压力挺大的。这段时间基本上都是深夜以后才能回家，有时甚至是天亮时分。回来后他经常会先到健身房锻炼，我与他的交谈就是利用这个时候。但他是个乐观的人，做事坚持信念，不轻易退缩，不轻易摇摆，他始终相信自己的作品可以让大众接受，可以做到雅俗共赏。

（原载《世界泉州人》2008年9月第4期）

与世界对话应有大手笔

这一个春节，蔡国强是在泉州过的。“自从1986年大哥出国到日本留学以后，我们兄弟姐妹还没有像今年这样团聚过。”蔡国强的弟弟蔡国盛感慨道。

2月10日，浓浓的年味尚未退去，一场关于艺术经济与创意文化的研讨论坛在鲤城召开，中国现代艺术界的多位重要人物参加了活动，蔡国强并没有如许多听众的期待那样出现在讲台上，他早已赶往北京办事去了。昨日，当他的身影又出现在泉州的开元寺、老君岩、闽台缘博物馆和源和1916文创园时，身旁多了一个团队，其中包括国际著名的纽约古根海姆艺术馆前馆长、全球文化资产管理公司董事会主席兼首席执行官托马斯·克伦斯和普利策新闻奖得主中至今唯一的华人摄影师刘香成。

回忆起儿时过元宵，蔡国强露出一脸开心的笑容。作为一位走向世界的艺术家，蔡国强特别看重的是与家乡的感情，他承认自己的爆破创作与当年放鞭炮的影响有关。他的好友、著名艺术家陈丹青曾这样评价，蔡以一种固执的方式至今活得像是一个地地道道的泉州人，不知有哪位中国当代艺术家像他那样真实地维系着与自己的出身和出生地的关系。在世界范围里，泉州的知名度还很有限，蔡国强每次办展，却特别强调来自中国福建泉州，去年上海世博会

蔡国强介绍《农民达芬奇》展出情况　摄影／郭培明

期间开幕的《农民达芬奇》个展自述中，他干脆说："我本来就是农民的儿子，不，我就是一个农民。"

蔡国强最初是以火药创作而闻名的，开始做尝试时，他把画布铺在泉州自家的院子里，然后点燃洒落于布上的火药。奶奶走过来一看，二话没说，拿起一只旧麻袋往火焰上一盖，布上留下了星星点点的焦灼痕迹，奶奶"教训"道，火还没烧完时，就要观察其燃烧情况，把握灭火时机。这无意中给了蔡国强一个启示，火药作品创作最重要的是懂得灭火时机的控制。

在我的印象中，十多年间，蔡国强的外貌变化最大的也许是头发由灰转白，不变的是对艺术的不倦追求，每次回泉州都行迹匆匆，但每次都带来新的信息、新的惊喜。与 2008 年奥运会前夕在北京接受我的采访一样，蔡国强喜欢用闽南话交谈，因为这样显得自然亲切。居住纽约十几年的蔡国强，至今也没有学会英语会话，而听到闽南话时就来了兴致。对此，他解释说，让工作室的助理与外国人直接沟通，等于让自己在与人谈判时多了一道缓冲，多了一点时间去思考，也挺好。话中不乏有他的蔡式幽默，只是他的心思不在学习语言上，才是实话。

我问道，为什么以前你父亲希望你学习国画你却迷上西画，在旅居国外后你却在创作中采用了大量的东方元素？蔡国强笑了："以前是走向世界，现在是回归家乡。在我的眼中，艺术的目的是促进中西文化交流。为此，我一直通过创造性的劳动，努力以国际化语言达到最好的表达效果。"

至于他说的表达效果是否最好呢？我请教了同行的托马斯·克伦斯先生。托马斯说，1996 年与蔡国强见面时，自己是纽约古根海姆艺术馆的馆长，当时馆里以 2.5 万美元买了一件蔡的装置作品《龙来了！狼来了！成吉思汗的方舟》，现在看起来太过便宜了。2008 年，他又精心策划了蔡国强回顾展《我想要相信》，获得巨大的成功，参观人数破了艺术馆纪录。"蔡国强的作品充满历史意蕴、艺术智慧，还有他对创作的痴迷执着，感动了我，也吸引了观众，要知道，产生好的作品，艺术家必须付出很长时间的磨砺。蔡的特别之处，在于能够找到既是本土又是国际的表达方式，让全世界的人们在理解上没有隔阂，这是一个卓越的艺术家的特性。"16 年来，托马斯·克伦斯与蔡国强相识相知，共同完成了多项艺术盛事，他本人来过中国近 70 次，可见两人的交往之深。

刘香成对我说，自己此行的任务是观察。作为全球最具知名度的华人摄影师，观察力其实只不过是他从事职业的基本功。年轻时

普利兹克奖得主弗兰克·盖里设计的蔡国强当代艺术中心（模型图） 供图 / 蔡国强工作室

他曾是美联社、《时代》周刊驻中国的记者，1997 年出任时代华纳驻中国首席代表，2000 年出任新闻集团 (中国) 常务副总裁，他协调组织的上海财富全球论坛至今为人津津乐道，而他最著名的作品是一幅拍摄苏联解体时的照片。“当戈尔巴乔夫对着摄像机宣读辞职书时，我是唯一能够进入现场的摄影记者，但讲话时不准拍照，我目不转睛地观察，终于在他扔下稿纸的一瞬间抓获到最佳的动作表情。”生于香港、长于福州的刘香成对泉州的印象只有一条中山路，那是 30 多年前的一次路过留下的。他在北京的家距蔡国强购置的四合院很近，这次在泉州，他说要好好看看，以便解开心中之谜：泉州是如何孕育出蔡国强这样的艺术家的？他同时透露，欧洲一家著名出版社已约定他拍摄一本蔡国强画册。

从北京奥运会的“大脚印”再出发，蔡国强轻松上路，他没有被喝彩声冲晕头脑，追求的依然是自由、惊讶与美的艺术境界。他最擅长的，依然是小男孩式的幻想题材，如焰火、爆破。他将中国符号、泉州元素进行极度个人化的重组，组出一套超越中国、泉州意义的系统，点燃背后的集体文化记忆，在空间与时间之间炸出一扇通道，可以由不同文化角度解读的记号。当前，国家的文化政策对创意产业给予扶持，曾经在改革开放之初形成闽南画派等现代艺术群体的泉州，也陆续冒出了“六井孔”“T淘园”等文创园区建设项目，蔡国强认为，北京798艺术区模式已被各地城市广为借鉴与仿效，泉州有着丰富而独特的历史文化资源，近年来民营经济发展迅猛，城市规划建设蓝图喜人，不要只停留在简单的模仿上，应该在通过艺术形式与世界对话方面有更大的手笔，更大的作为。

蔡国强说：“我总是在自己的历史中拿东西，几个资源不断地开发，像是泉州的资源，如帆船、中药、龙窑、陶瓷、花岗岩和灯笼等。故乡是我的仓库。”多年来，他一直有一个在家乡建设当代艺术馆的梦想，在这次踏访中，相信他又会在“仓库”里挖掘出更多的艺术珍宝。

（原载2011年2月18日《东南早报》）

用心感悟蔡国强

————评杨世膺《别有用心》

当纽约出版的大学教材把蔡国强列为美国20世纪最重要的十大艺术家的消息传到大洋这头，许多人，包括美术界知名人士不禁拍案惊奇：不可能，肯定是一小撮人的别有用心。

蔡国强从硝烟中走来，过早苍白的短发如同他的作品《草船借箭》：别人的攻击，转化为他的武器。于是，我们看到的永远是精力充沛的蔡国强。“胡思乱想”带给他的是来自30多个国度经久不息的掌声。

蔡国强满世界飞来飞去，享受着名人才有的各种“追踪报道”，他常常在媒体面前强调“泉州”这个马可·波罗不会遗忘的名字。不止一次接受过我的专访的他，坦言创作灵感多来自这个失落了的泉州古港。

当中国艺术在改革开放的初春中醒来之时，早已汇成欧美艺坛主流的现代艺术仍被视为洪水猛兽，而1985—1986年中国美术思潮异军突起，在一片眼花缭乱中隐约可见饿汉入店般的消化不良症。果然，随着1989中国现代艺术展会场上唐宋和肖鲁对着自己的作品开了两枪（他俩创作作品的一部分），狂热的人们又纷纷撤下现代艺术的阵地。那个时候，蔡国强的名气远不如另一位泉州籍现代艺术家、“厦门达达”的代表人物黄永砯。他在日本筑波大学造型研究所潜心修炼，就在国内现代艺术的低潮期，他破茧而出，以古老的火药震惊了国际艺坛。《原初火球》《飞龙在天》《不破不立》《有蘑菇云的世纪》成为经典传播。

也许因为大港地位的失落，泉州才一代代地涌现出著名人类学家，比如林惠祥、李亦园、王铭铭，他们在田野考古中一次次逼近先民的文化脐带；而蔡国强在另一条更为风险的路上踽踽独行，企图在电光火石中沟通东西两极，叙说生命本体，酿造文化药方。

蔡国强是独一无二的，正如他的每一次创作。我无法理解的是，显然已经老化得趋于保守的泉州文化，如何能孕育出他脑中那些奇思异想。茫然间，我在杨世膺的《别有用心》一书中找到阐释。

杨世膺是我的学兄，我们曾先后担任过一份大学生文学刊物的负责人，彼此熟悉。他的多才多艺为同学所称道，他的一些背经离道的言行当时也颇引微词。毕业后，他在省城一家知名媒体做副刊编辑，听说也时常跑神，“移情别恋”，不免为之一叹。直到读到《别有用心》，我方如梦初醒，为世膺的用心击节叫好。

蔡国强不是哲学家，然而他没有放弃对人类生存环境，特别是东方与西方、后殖民时代、网络时代带来的文化困境的思考。蔡国强的奇特不是故弄玄虚，他最满意的是普罗大众喜欢他的作品，那些把自己异化，甚至标榜不与政府合作来体现特立独行的现代艺术家，在他看来是可笑可怜的。

假如没有上海 APEC，没有那场他担纲导演的全球瞩目的焰火晚会，蔡国强可能至今还难被官方接受。我们必须承认，蔡国强与时俱进，不断创新，他在各种随机应变中让世界一次次地惊奇，他用火药和中药为这个疾病严重的星球开出了一帖帖处方，企图治疗社会文化病灶，可谓用心良苦。可惜，由于对现代艺术的生疏、由于文化底蕴的不足，许多对蔡国强及其创作的解读都显得缺乏说服力。

杨世膺来得正是时候。《别有用心》作为国内第一本介绍蔡国强艺术的专著，之所以引人注目，不仅是杨、蔡源自青少年时代的共同爱好和亲密的合作关系，更由于杨世膺深厚的传统文化功底，他以独特的视角把蔡国强的行为艺术纳入八卦方阵中重新演绎，在古老的八卦空间中描述现代艺术内涵，而不屑于只为艺术作品做注脚。所以说，《别有用心》本身就是蔡氏作品的二度创作。尽管这样的创作不一定是蔡国强的原意，却符合现代艺术的精神。

（原载 2003 年 9 月 7 日《东南早报》）

| 凌云健笔意纵横

“没有庸俗的题材，只有庸俗的作品。”1995年2月，采访对象说的这句话给我留下深刻印象，成了我笔下报道文字的题目。

说这话的是钱绍武先生，介绍他的身份只讲中央美术学院教授是远远不够的。职务毕竟是身外物，他担任过北京、深圳等地城市雕塑艺术顾问和中国国家画院雕塑院院长等众多职务，不罗列也罢，但不能不提到他是“著名雕塑家、画家、书法家、美术教育家、艺术理论家”。

我小时候喜欢涂鸦，临摹最多的素描头像便是钱绍武的作品，当时只把他当作画坛的一位大神看待。其实他更大的成就是在雕塑方面，也因为雕塑，他与泉州结下一段良缘。

东海滨城是泉州中心市区首个大型外资房地产综合开发项目，按照开发规划，拟配建一座公共雕塑。当时，城市雕塑作为公共艺术还是稀缺品，泉州还没有真正意义上的城雕。在著名邮票设计家万维生先生的引荐下，钱绍武教授南下泉州。走访了开元寺、老君岩等名胜古迹，站在马可·波罗曾经登船远行的古港岸边，一个念头迅速出现于钱绍武的脑海中：飞天迎宾。他设想12尊飞天，一侧各6尊，分列于海上，经过的船只，只要看到波浪中的飞天，就知道历史上曾经“市井十洲人”的大港、“海上丝绸之路”的起点

钱绍武　摄影 / 王图

城市泉州到了。把一组群雕放置在蔚蓝大海之中，这是何等浪漫、诗意、大气、大胆的艺术构想？后来因城市建设需要，这一充分体现泉州文化开放性、包容性的飞天迎宾主题被调整到市区温陵路环岛城雕的创意上，由于地理位置相对局促、周边矗立环状的高楼群，在一定程度上降低了雕塑作品的气势与张力。1997

年元月，泉州结束了没有大型城雕的历史，不少市民喜形于色、奔走相告，但也有人认为效果还不够理想。对一件艺术品，特别是城市公共雕塑的评论，从来就不可能有一致的看法。说实话，我的内心并没有给它打上最高分，因为有个东海滨城的初始思路做比较。

钱绍武教授第一次来到泉州的消息，给我通风报信的是在东海滨城开发有限公司任职的画家朋友陈如榕，我俩也因此成了他在泉参访、考察的地陪。公共雕塑之难，在于无法完全依照艺术家本人的个人意愿与性格爱好行事。选择由钱绍武主导城雕创作可谓众望所归，但他在接受我的专访时却说："题材确定不容易，有人建议鲤鱼跳龙门，有人建议以刺桐为造型，有人建议用李贽形象，有人更看好郑成功。"众口难调，戏言自己为虚名所累的钱绍武，终于在开元寺大雄宝殿的立体飞天形象中找到了灵感："中国历史文化积淀比泉州更深厚的城市有好几个，但这妙音鸟与南音结合的形象为泉州所独有，是泉州历史文化很有代表性的历史文物。2000多年前，随着马其顿国王亚历山大的东征，妙音鸟的形象传到了印度，之后又随佛教东渐传到中国。泉州作为古代中外文化经济交流的桥头堡，妙音鸟的形象在泉州的应用是一种偶然也是一种必然。我要把这一形象从开元寺里解放出来，寓于它新的含义：表现出泉州作为中西交流的典型和古代著名商港的特征，使名城意蕴得到体现。在改革开放的今天，它既勾起市民对于往日辉煌的美好回忆，又代表着继续开放拓展的潮流趋向。"城雕完成后，我再次专访了他，当时的部分提问有："一件艺术品完成以后，创作者往往会有不满意的地方，您这次看了现场以后，有什么新的感受？""城市艺术雕塑是环境艺术，它的效果很注重周边的环境与之协调，您认为这座雕塑与所处的环境协调吗？”“有人认为，飞天迎宾是城标，您同意这种说法吗？”钱教授逐一耐心回答。他坦言，自己的作品只能算是城市环境中的一座普通雕塑，城标不是刻意可求的，而是经过长时间的考验后市民所形成的共识。好的艺术雕塑是城市的眼睛，希望泉州今后拥有更多更好的城市雕塑，愿大家共同努力。钱绍武后来也成了一名践行者，多次出任惠安国际雕刻艺术节顾问，为泉州民间石雕艺术的推介、提升与发展摇旗呐喊、出谋献策。

飞天迎宾　摄影 / 郭培明

我不止一次专访过钱绍武教授。重读当年的采访文字，我惊讶于当时面对雕塑大师提问的直截了当，尤其是对《飞天迎宾》想要挑刺的连续追问，一副初生牛犊的咄咄口吻。好在他脾气极好，红润的脸庞上始终挂着笑容，几乎是不假思索地接招拆招，而且，对于作品中留下的遗憾一点也不掩饰。真正的大家，不是以居高临下的凌人气势压场，不是以盖棺定论式的自我肯定断言。谦逊与自信，这貌似对立的两个方面，在钱绍武身上无缝对接、完美呈现，前者出于不同凡俗的宽阔胸襟，后者来自广博精深的文化底蕴。

《飞天迎宾》的确只是钱绍武创作的众多城市雕塑中的一件。仅就人物题材雕塑而言，《大路歌》《孔子》《李白》《杜甫》《妈祖》《曹雪芹》《李清照》《神农氏》《炎帝》《孙中山》《冰心》《阿炳》《闻一多》《江丰》《张继》《李大钊》《观音》等等，随便拎出一件，都是中国当代雕塑史上的名作。与钱教授接触过程中，我时常会出现判断紊乱，分不清眼前的他是艺术家、诗人，或者学者？他学贯中西，兼容并蓄，激情四射，出口成章，对他的采访，得到的首先是一堂免费而精彩的文史哲课程。著名媒体人、深圳传媒集团原副总编辑侯军谈到与钱教授交往的体会时说："耳提面命，如沐春风。"有天晚上，我采访钱教授，问到对古希腊雕塑的评价，他一展开，旁征博引，滔滔不绝，时过半夜仍未显倦意，最后还是我主动叫停。有次谈到亨利·摩尔，他来了劲，说最欣赏的现代雕塑大师就是这个人，自己的创作受到其很大的影响。钱绍武先后就读于北平美专和苏联列宾美术学院，长期任教于中央美院，写实功底深厚，后期的代表性作品却有多件莫尔式的"写意"，何因？"写意与写实，我两头都不放弃。在考北平美专时，我的数学是零分，但是素描与作文、历史、外文分数非常高，主考官徐悲鸿先生了解情况后，当即决定破格录取。"记得他从我口中得知徐悲鸿夫人廖静文来泉州参加全国纪念徐悲鸿100周年诞辰艺术大展开幕式时，立即喊了起来："糟了，记错了时间，我本应当去参加的。"第二天，我和如榕专程陪同他和夫人赶到泉州海外交通史博物馆，挤进参观大展的人潮中。留学苏联期间，他自加压力，花了一年多的时间做了他的同学不会做或者不愿做的事：利用晚上时间到图书馆临摹米开朗琪罗的几百幅素描，几乎每一个晚上都不拉下。侯军兄是钱绍武教授的忘年交，我从他的《钱绍武艺术论纲》一文中获知，钱绍武个人的学艺经历和艺术风格的演变，是当代中国雕塑发展历程的一个缩影。如果说，从1948年考入北平美专到1959年留学归来，主要是接受西方的艺术训练和美学观念，那么1979年以后则走上了回归东方艺术本体、探索雕塑民族化的道路。侯军通过比较分析认为，钱绍武从古典哲学的层面对中国雕塑艺术进行概括和探讨，古代文人把雕塑视为工匠之事，也因此雕塑保留了民间艺术的原生状态。不同于欧洲艺术家的“具象”或者“抽象”的极端，中国人的“意象”是雕塑传统的精彩所在。于是，对西方现代艺术的吸纳与扬弃，对民族艺术形式的继承与发展，形成钱绍武雕塑作品的民族气派与现代气息。艺术家比拼到最后，自然不是“勤奋”而是“学问”两个大字。据侯军介绍，他在深圳听钱教授谈过对孔子形貌和身材的考证以及对历代流传的孔子石刻画像的批评，那完全是做学问的研究方式。数年以后，他到曲阜拜见“万世师表”，面对钱教授的旷世杰作，深感心灵震撼。每次为历史文化人物塑像，钱绍武都要经过长时间的不断思考，融汇对人物身世经历、性格命运、时代背景的独特理解和切身感悟，并运用一切技术手段，经过反复比较，找出最符合表现人物形态神韵、精神气质的艺术形式。

豪情壮志，凌云健笔，以神传情，以美铸魂，成就了一代雕塑大师，也让无锡钱氏家族继钱穆、钱基博、钱伟长、钱锺书等之后增添了一位文化大家、艺术骄子。钱绍武教授为当代中国文化长廊留下了丰富多彩的艺术群像，而他长留在我脑海中的形象永远不会改变：慈眉善目，笑容可掬，纵论古今，妙语连珠。

（原载2021年6月14日《海丝文评》）

“有真趣者”万维生

莫言计划十月中旬在北京举办“笔墨生涯”书法展的消息一出，引发网上好一阵热闹，持批评态度的人不少。而书坛泰斗级人物沈鹏先生发声：莫言的毛笔字写得大气有真趣，这就足够了。在第二届“海丝”国际艺术节期间，我受组委会指派陪同莫言在泉州 4 天的行程。参访所到之处，常见主人已备好笔墨，他对题词这样的要求不甚接受，多次委婉拒绝，但为读者签名，倒也乐意。我看他写得一手钢笔行草运笔轻盈，挥洒自如，大气中不乏秀美，没有相当的书法基础是不可能达到的，他欠缺的，或许是系统的专业的书法训练而已。

一个人的精力有限，作为专注于文学创作的著名作家，莫言的字被书坛权威人士认为“有真趣”就是很高的评价了。对于艺术创作而言，“有真趣”与生动、新颖特色有关，“有真趣”就可能被关注、被接受、被喜爱，这是对艺术家极高的褒扬。

我这里想到的一个“有真趣”的艺术家，是著名邮票设计师万维生先生。

一枚“文革”期间发行的《全国山河一片红》，因为特殊的时代背景，发行后随即收回、流入市场极少，而被邮市反复狂炒，价格不断翻番，成为收藏界的一大奇观。但是平心而论，这枚邮票绝

万维生　　摄影 / 郭培明

不是万维生的代表作，我曾与他谈起过，他说那是一个特定时代孕育的“杰作”，却不是他个人的得意之作。

万维生出生于日本神户，从小生活在历史文化名城泉州。父亲早逝，小时候家里贫穷，虽然购买不起美术工具，但爱画画的特质格外顽强，伴随着少年的天性茁壮成长。教室的黑板、厝边的石墙，不知留下过他多少充满稚气的作品痕迹。天马行空的丰富想象与扎扎实实的写生功力，从此一直跟随着他的人生走南闯北，驰骋在艺术的疆场。

万先（老师、先生，闽南语尊称“先”）那个时代的大学生稀罕，毕业后多数没有回到家乡小城工作。与他同批考上大学的好友曾华鹏，后来成为复旦大学的名教授。他上的是鲁迅美术学院，去的是哈尔滨，还是在接到通知单后才知道当时学校的地址竟是在遥远的黑龙江。毕业后分配在邮电部从事邮票设计工作，后来扎根北京结婚生子，与老家的联系越来越少了，直到改革开放之初，家乡人对他还是很陌生的。

我与万先认识，记得是他带着钱绍武教授来到泉州参访时。钱教授是著名书画家、雕塑家，应邀为东海滨城设计城雕，在滨城担任宣传部经理的朋友陈如榕告知新闻线索。我小时候也喜欢画画，临摹过钱绍武的素描名作，当时是冲着钱教授去的。我的一个亲戚在邮电局工作，是个集邮迷，她说万维生可是大名鼎鼎的邮票设计大家，这才引起我的注意。万先看起来比他的实际年龄年轻得多，说话节奏很快，穿着不落潮流，平和、热情、风趣，是我对他的第一印象。我和如榕陪同他俩走访了李贽故居、老君岩等文化史迹，一起参加纪念徐悲鸿百年诞辰作品展，还到他在泉州的临时工作室海阔天空长聊细谈。

也就在这个工作室，1998 年 12 月 11 日，万维生接待了梅花奖、文华奖得主茅威涛。记得万先事后对我谈起时，一脸的兴奋之情仍抑制不住。“我告诉你，我太喜欢她的戏了。”他居京城久了，自己认为讲话还是闽南腔，而我听起来，却是京腔十足，比如“告诉”，他说得快，只听到一个“告”字。时值泉州主办中国旅游交易会，作为配套文化活动，《万维生记事手绘封》一书首发仪式安排在与展馆一墙之隔的泉州文化中心举行。就在他被邮迷团团包围索求签名的时候，茅威涛已经飞抵泉州，第二天晚上，主演了越剧《孔乙己》。万维生得到消息后，竟像追星族一样手舞足蹈。三年前，他刚好也在泉州，闲聊中得知茅威涛在福州演出《西厢记》，立即改变行程安排，二话不说直奔榕城看戏去了。回来时还带着自录的磁带，在家里不时与妻子林珍年老师共同品味。追星的心态一般与年龄有关，万先的“疯”出乎我的意料。茅威涛的演出时间未到，万先就孩子般早早到场恭候，大幕降落后，他迫不及待地快步上前去与偶像见面合影，激动地对茅威涛说：“我是你的崇拜者，你的戏演得太好了。”面对这位重量级的粉丝，茅威涛也是满面春风，称与万老师认识是“来泉州的意外惊喜和收获”。当时已过而立之年的茅威涛，渴望的不再是世俗意义上的掌声与鲜花，自《西厢记》后，她一直在寻找着自我的突破，传统艺术面临的现实困境令她不安。也许艺术心灵是相通的，茅威涛来到万先的工作室，成了邮票设计大家的座上宾。当她翻阅了厚厚的《万维生记事手绘封》，看图，读文，欣赏《天鹅》婀娜飘逸的神情，《水仙》清幽淡雅的芬芳，虽然从事不同行当，两人对艺术的不懈追求却是无异的，她的话也在万先的感染下慢慢多了起来，在外人看来，他们简直就是多年的老朋友。

过了几天，我再次登门拜访，见万先握笔展封，呈沉思状，其认真严肃的神态，像是考场里思考答卷的学生。我不解，问想什么。他一本正经地回答，正在构思画一枚茅威涛演出的记事手绘封。离开时，我见他和我说话心不在焉，心想，这将是这位可爱老人的一个不眠之夜。

万先当时的年龄应该是66岁了，但我知道，他最不喜欢人家说他老了。他平时的穿戴，讲究色彩与款式的配搭，年轻人时兴的格子衬衫，他就有好几款，因为穿着精神，看来足足比实际年龄要年轻10岁。我见过的知名文化人中，黄永玉也是越老越穿得俏的一位，网上有许多发表过的黄老照片可以佐证。金庸也是这样。有一年香港书展期间，金大侠邀请来自北京、山东、泉州、香港4位同龄“文学少年”去他家里做客，带队的香港作家联会会长潘耀明先生特别吩咐：小朋友们，你们见到金庸先生时不要喊“爷爷”，一定要叫“伯伯”。1998年12月，我到北京采访王仁杰创作、曾静萍主演的梨园戏《董生与李氏》晋京会演。时京城大雪纷飞，冒着零下20多摄氏度的严寒，我和陈瑞统、吴天赐老师结伴去劲松小区拜访这位德高望重的老乡。我在万维生画室采访时，两位老师主动帮忙拍照，万先见状挥手喊停，起身加穿了一件新款、白色的无袖羽绒背心，镜头里的形象一下子亮了，多了几分阳光朝气。

懂得生活的人，首先是热爱生活的人，这是不是一个优秀艺术家的必备条件，我不清楚。我只是这样想，没有对生活的热爱，缺乏创造的激情，创作岂不成了无源之水？万先设计的50套150枚邮票，这小小的方寸空间，虽然主题先行，如果没有了独特的艺术创意，吸引眼球的生动构思，一句话，无趣，是不可能脍炙人口、享誉中外的。设计第25届世乒赛纪念邮票，他多次到训练馆观看国手们练球，捕捉稍纵即逝的最生动的动作。设计鲁迅诞辰80周年邮票，他南下上海鲁迅纪念馆和绍兴鲁迅老家收集资料，上门请教了鲁迅研究权威唐弢。设计人民大会堂邮票，他三不五时跑去工地，目睹了大会堂从施工到落成的全过程，这样的积累，他才能有机会在不同时期画7枚与人民大会堂有关的邮票。《中国登山运动》一组5枚，他对这项运动陌生，特地借来全套登山服和登山镐、登山绳等专业器械，请模特穿上后进行写生。1980年冬，北京玉渊潭公园的一只野天鹅遭人射杀，一时舆论哗然。万先特地去了趟现场，听人说与死去的天鹅结对的另一只哀鸣了一夜后怆然飞走了，心情格外沉重，回到单位后提出申请，要求把创作《寿带鸟》任务改为设计《天鹅》邮票。领导一句“那你试试吧”让他全身心投入。当时多数同事并不看好，也有好心人建议用彩色照片做蓝本，他都不接受。因为致力于天鹅邮票创作，从此终生与这一可爱的动物成了好朋友，后来，这“朋友”不但上了他专著的封面，还成了泉州万维生邮票艺术馆的标识。《天鹅》还应邀远赴美国举办首发式，成了中外文化交流的友好使者。万先把一个又一个与天鹅邮票有关的精彩故事写了下来，配上图片，结集出版了《不了情——天鹅邮票的故事》，深受邮票爱好者欢迎。

兴趣是爱好的开始，情趣是创造力的润滑剂。方寸间有大世界，天文地理、飞禽走兽、历史名人、文化史迹、科研成果、建设成就、建筑奇观等等，皆有可能进入邮票设计家的法眼。然而邮票是有价证券，是国家名片，选题策划、出版过程相当严格，对于万先这类思维活跃型的行家，“规范”的确是不小的制约。1984年12月的苏州横塘古驿站之旅，万先随手在实寄封的空白处画了个古亭并配上文字，这一自娱自乐式的举动，成就了“记事手绘封”这一邮坛新词。一枚邮票让人喜欢，一个邮戳帮助人回味，而把相关的情感情节、所思所想用简要的文字同时记录下来，其综合艺术和文化信息的价值便更高了。生活中的“偶得”竟然得到意外的收获，有人归结于万维生姓氏中的“万幸”。我却认为，自《儿童》邮票开始，万先的身上的“童真”就没有消失过，人家思维固化之时，他却“玩”出新花样，一点也不奇怪。几年间多次见面，我发现他的手机常换常新，往往是最新款的，我还不懂用的。学电脑是老年人普遍的畏途，他主动请教洪泓等年轻朋友，很快地学会在电脑上存储资料、输送图稿、修改文件。左边电脑、右边画案，有段时间他竟喜新厌旧，整天围着电脑转，珍年老师戏称他快变成“左”倾主义了。

除了美术，万先最感兴趣的是文学。他在手绘封上写下的文字，属于“念头起，一笔成”的不少，有些句子可以看出思考与动笔的匆促。也许是巧合，这些“微博”式短章，颇适合时下的阅读习惯，句子风趣诙谐，表述轻松自然，议事一目了然，体现了万先语言风格，让人过眼不忘。他的文章，我印象深刻的有两类：一类是表达家乡情结的，如《方寸寓我家乡情》；另一类是写个人创作经历及心态的，如《我有两个美好的童年》。当年为了画《儿童》邮票，他不但到多所幼儿园、小学校园体验生活，看孩子们玩耍，给孩子们写生。还买了一屋子玩具，一边画画，一边玩起来，体会孩子们的心情。有时画着画着，竟不能自拔，感到自己真的回到了童年。可以说《儿童》邮票的创作给他带来了内心深处的欢乐，他坦言，从此喜爱上了儿童。一个喜爱儿童的老人，他的心态永远是年轻的。

我多次采访过万维生，第一篇报道的题目是《走不出乡情的门槛》。少年维生是从小听着东西塔顶传来的风铃声长大的，东西塔在他的心目中是无比神圣的。对于远离家乡的游子，东西塔更是乡愁的象征。与他的接触中，我隐约感觉到，东西塔邮票的设计任务没有落在他的身上，成为他职业生涯的一大遗憾。《中国古塔》邮票中木、铁、砖、石塔各一枚，出镜亮相的分别是应县木塔、开封铁塔、西安大雁塔和泉州人引为骄傲的东西塔。1995 年 8 月，我采访了诺贝尔奖得主杨振宁教授，一路随他来到开元寺。当看到巍峨挺立的宋代石塔时，他仰望了好久，提出要登上东塔感受一番，急得我们几个陪同者好一阵慌张，上下扶护，助其如愿。杨教授说，见过世界上许多古塔，东西塔最让人震憾。万维生的心底何尝不是这般感受？上天恩赐给了他一个补偿的机会：设计《妈祖》纪念邮票。泉州妈祖庙“天后宫”是天下妈祖庙中规制最高的，在东南沿海地区，妈祖是渔民的海上保护神。他接到任务后，不顾身体有恙，立即飞回福建，冒雨向妈祖故乡莆田湄洲岛奔去。上了岛，大雨滂沱，

《妈祖》特种邮票 设计 / 万维生

视线模糊，根本无法拍照，更谈不上写生。意想不到的是，走近妈祖大型雕像时，天边突然亮出一个口子，一束阳光刚好照在塑像上，他迅速地变换角度，啪啪啪拍了一会儿后，大雨再次倾盆而下。他是无神论者，向我讲述这一过程的时候，他的神态如同进入角色的讲古人，沉浸于一种神秘色彩与崇敬之心交织的情景之中。仿佛某种神启，晚年的他，一次一次地回到泉州，自然而然，像是一位放学的孩子回到家里。开放、包容、重情、尚义的故乡，是他最认可的灵魂归宿地。他艺术活动的许多“第一次”是在泉州完成的，邵华泽、钱绍武等名家与泉州文化结缘也得益于万先的穿针引线。

2015 年 5 月底，知名摄影家陈世哲到北京万先家中做客。交谈中提到我，世哲拨通了我的电话。万先接过电话，开口就说，小郭好，许久没见面了，我告诉你，我最近准备回趟泉州，有点新动作，正在筹备中。他给人的印象，总是精神饱满，神采奕奕，似乎有用不完的力量。这次电话交谈聊了很久，以致我觉得握着的手机都有点发烫了。我和他在泉州的朋友们期待着这位可敬又可爱的“邻家大叔”，这位不服老的老头的又一次南下。没想到仅仅一个月，就惊悉他在北京逝世的消息。一个人，生命的长度再长也有限，真正留在人世间的是精神财富。当那 50 多套邮票，那几大册的记事手绘封，那些与邮票共生的美丽故事，玩积木拼图般组合在一起，你一定会发现，活生生的，还是那一位“有真趣”的万维生。

（原载 2019 年 6 月 10 日菲律宾《世界日报》）

直面生命的真

无尽的风沙，广袤的苍穹，人迹罕至，飞鸟断踪，这是内蒙古阿拉善盟境内的瀚海。但是只要你细心，依然能够从照片中发现几丛胡杨树，因为缺水和恶劣的气候，生长得并不健壮，你用不着使用“根深叶茂”“油绿欲滴”作为形容词。在这些小树丛的旁边，更多的是它们死去的父辈，那些曾经把如盖绿荫贡献给大地的老胡杨们，留下棱角分明的巨大残骸，如同战场上牺牲的战士宁死不屈的躯体，向人们印证着胡杨“生 300 年不死，死 300 年不倒，倒 300 年不朽”的神奇传说……

不能不感谢新加坡摄影家张美寅，他用镜头为我们展现了一片几为世人所遗忘的静寂的时空。往昔奔腾的河水早已干涸，草原转变为沙漠，时序如此无常，生命如此脆弱，张先生用近乎残酷的真实，向世人敲响了警钟，制造大自然悲剧的凶手，正是人类自己。

读过张先生照片的每一个人，无可选择地都怀有相当矛盾的心情，一方面为他高超的摄影技巧所折服，一方面又在美的欣赏中感受到隐隐的心痛，失去家园的无奈与愤怒。

1950 年出生于泉州西郊招联村的张美寅，3 岁即随母亲到马来西亚与父亲团聚。一家 7 个兄弟姐妹，只靠做苦力的父亲一份很低的工资过日子，用一贫如洗来形容他小时候的处境一点也不为

大凉山儿童　摄影 / 张美寅

过。俗话说，穷人的孩子早当家，作为家中长子的张美寅于1968年投奔新加坡，希望在东南亚最繁华的都市中找份好工作。好好打拼，才有出头日子，父亲朴素的叮嘱成为他的理想。终于，1974年，头脑灵活的张美寅瞅准一个机会，自己创业办起了海运代理公司。

时来运转。从小喜欢艺术的张美寅从此具有了与艺术亲密接触的条件，而且，这一接触竟是如此难分难舍，他把这一切归结于“缘分”。他从小爱好集邮，如今，他的集邮史研究成果颇丰，竟代表新加坡参加国际性展览。他乐此不疲地参观、组织画展，也因此结交了不少中国著名艺术界人士，先后促成盖茂森、贺友直、王明明、程十发等名家前往新加坡办展。很快地，他成了东南亚艺术圈和收藏界的一位知名人士。

最值得一提的是与国际著名摄影大师郎静山的一面之缘。1994年，郎老通过一位朋友找到张美寅，希望由他协助在新加坡举办个展。而此时的张美寅，连郎老的大名都没有听说过。摄影展获得空前的成功，在现场，面对一幅幅赏心悦目的黑白照片，张美寅禁不住向郎老请教，郎老打趣地说：“你去买个傻瓜机吧。”张美寅从零学起，添置了一架尼康相机，开始跟着影艺社的摄影家们走南闯北四处采风，那时候，是1995年10月。

人是需要悟性的，仅仅两年，张美寅的摄影作品就打入国际沙龙。再后来，便得心应手，不信你看看他的业绩：1998年，出任新加坡影艺研究会荣誉会长，考取英国皇家摄影学会硕学会士，名列美国摄影学会年度世界十大杰出摄影家；1999年考取马来西亚摄影学会博学会士，英国皇家摄影学会博学会士，名列美国摄影学会年度世界摄影十杰排名第一；2000年再次进入美国摄影学会年度世界摄影十杰之列，出版《九寨情缘》影集，在新加坡举办个展；2001年，出版《神奇的蜀山之后》，在槟城举办个展，成为香港沙龙影友协会高级会士；2002年，先后出版《走进额济纳》《断去的胡杨》影集。今年元宵，张美寅《大凉山彝人》影展将在泉州举办。2月15日，应国际创价学会会长，日本著名佛教哲学家、摄影家池田大作先生之邀，张美寅摄影展《逝去的胡杨》又将在吉隆坡创价学会马来西亚分会大厦举办。

张美寅的作品之所以吸引人，在于他对自然之美与生命之真的深层理解，而这一成果的获得，其间的艰辛却是鲜为人知的。

1996年12月，张先生与四川摄影家李杰结伴进入九寨沟，这一著名风景区当时还没有今天的名气。因为寒冷，山上几乎没见人迹，就是在这样的时候，九寨沟独特之美一览无余。这组作品在新加坡展出时引起轰动，并掀起九寨沟旅游热，但旅人们始终见不到张氏镜头下的神韵——旅行团不会在严冬中进山，当然领略不到“无限风光在险峰”的乐趣。

近年来，张美寅成了中国西部贫穷而神秘的山区的常客。除了九寨沟，养在川西人未识的四姑娘山，如同他的情人，吸引他10余次深入其中。四姑娘山的双桥沟、长坪沟、海子沟留下他深深浅浅的脚印，四姑娘山一年四季变换着的景色通过他传递给外界一种至真至美的享受，他俨然成了这座神山的代言人。当我问起一路上的惊险，张美寅笑着说：“还是不讲的好，不然我太太以后不会同意我进山的。”他进大凉山，曾连续驱车一个星期，再骑马3天方到达拍摄地点。大凉山位于四川西南部，生活着160万彝族同胞，这里山势险峻，气候寒冷，消息闭塞，生存环境十分恶劣，百姓过着极端贫困的生活。“我到过中国西部许多地方，这是我见过的最穷的一处，多数人家中没有一件像样的家具，甚至没有一件像样的衣服，我看到二三十个孩子挤在一间暗暗的破屋中读书，我的眼泪禁不住掉下来。东部地区经济发展非常快，比如我的故乡泉州，20年间发生了天翻地覆的巨变。富裕起来的人们，应该来关心西部，关心那些在贫穷中挣扎的同胞。我真希望有一天他们能和中国大多数百姓一样，过上不愁温饱的幸福生活。”张美寅说。他用镜头记录下他们普通的生活场景，用人性中的真诚与善良去直面这个特殊的群体，其真实性令人不寒而栗，面对着一张张淳朴却又有些麻木的脸孔，感慨之外只能引人沉思。6次进入大凉山，张美寅对贫困山区老百姓的生活有了最真切的认识，虽然有获得好照片的喜悦，他的心情更多的是沉重。他希望通过这批具有强烈艺术感染力的作品，去告诉山外的人：共同富裕，需要共同努力。

（原载2008年4月7日《东南早报》）

| 追寻何处是家园

他游刃有余地穿越于当代艺术与实验建筑、美术史论与艺术创作之间，并让跨界成了自己的特色与优势。作为著名策展人，他见证中国当代艺术的发展历程，他和蔡国强、范迪安共同参与了多项国内外重要展览的策划，他最早推出中国的实验建筑引起国际建筑界的关注。他是中国艺术研究院建筑艺术研究所副所长、泉州人王明贤。

王乃钦（书法家）：王明贤是我大学的同班同学，他来自城市，我来自农村，但是他看起来更像农民。

陈家平（电视编导）：小时候跟他学画，他是一个很质朴很善良的好人。

郭宁、彭传芳、黄坚（画家）：只要是泉州美术的事，找他，一定帮忙。

陈世哲（摄影家）：为人低调，不事张扬。

黄文生（策展人）：邀请他回家乡举办个展，他没有提出什么要求，生活方面的要求都很简单。

画展开幕当日，记者在现场看到，作为策划过许多高规格艺术展的一位京城著名艺术家，自己画展的主办单位仅仅是泉州美协。

重写宋代山水系列之一　作者 / 王明贤

他觉得在泉州办展，泉州美协就是最合适的主办单位。

王明贤果然一副工人师傅模样，像是邻家大叔，随和谦逊。致辞一开始，先说出十余位泉州画家的名字，说他们画得很好，比如蔡展龙先生就是中国一流的水墨画家，不亚于陈子庄，这些师友都是自己学习的榜样。

《后建筑史》——画展的名称别出心裁。很明显，王明贤的作品传递的不仅是画面上的技法，更是画面外的观念。

小时候，沉默寡言的王明贤是以“美术神童”的形象出现在公众面前的。3岁时，他的作品入选国际儿童美展，从国外寄来的奖状他一个字也看不懂。因为美术，在泉州通政小学念书阶段已是小名人。1974年他从泉州四中毕业后进入海滨印刷厂文印社，负责蜡版刻字与海报设计。1978年，时为德化插队知青的王明贤考上厦门大学中文系。没有选择美术专业，因为当时美院极其难考，据说即使列宾来考也不一定就能考得上。对他的特长呵护有加的美术前辈佘楷模、黄雅各老师多少有点失望，但文学和艺术一样是他的至爱，所以考上中文系同样也还是圆了文学艺术的梦。“那时读书真正是如饥似渴，砖头厚的《安娜·卡列尼娜》，一个通宵看完，书中文字可以大段大段背下来。”

1982年，王明贤从厦门大学中文系毕业，分配到建设部建筑杂志社工作，当时国内对国际建筑的新观念、西方现代建筑发展的介绍，几乎都是由这本杂志刊发的。他惊喜地发现，大学期间就感兴趣的现代艺术，竟与建筑理论有着千丝万缕的关系。自此，他一头钻进去，乐此不疲。1986年，他参与发起中国当代建筑文化沙龙，从文化与美学的视角看建筑，眼前展现的是一片全新的风景。他多次登门拜访已故建筑大师梁思成的夫人林洙，与许多建筑名家亦师亦友。文学、美术、美学、建筑，在他的身上完成了神奇的组合，直到今天，我问他孰重孰轻？他深思半天，还是难以定夺。

营造别样的城市风景

王明贤是最擅长表现城市风景的艺术家之一，他的作品画面平静怡人，但其背后有着精神史、文化史与艺术史的“纠结”，欣赏他的画不是单纯的“看风景”。他的作品中既用黄公望的《富春山居图》做背景，也有俄罗斯风景画家的影子。同时，他把当代建筑中的代表性元素如鸟巢、国家大剧院、韶山毛泽东故居、中央电视台大楼等切入其中，形成时空倒置，真实而魔幻。这些作品表现了不同年代不同国家文化意识中的互动关系，引发了观众多元的思考。在展品中，有一组《拆哪纪念》非常引人注目。画面是老北京的城墙，只有黑白灰三色，表达对全球化时代中国城市文化急速变迁的复杂表情，充满艺术张力与思辨色彩，让人过目不忘。真正优秀的城市应保留对历史与文化的尊重，他的作品针对的是破败残缺的岁月，用绘画语言重现民族记忆，从中找寻着理想中的城市与家园。

著名艺术评论家高名潞与王明贤等人合作撰写了第一部中国当代艺术史——《中国当代美术史（1985—1986）》，王明贤还参与筹备了具有里程碑意义的“中国现代艺术展”。20 世纪八九十年代是中国城市建筑发展的一个高峰，王明贤热情为实验建筑的创作鼓与呼，整天忙着为青年艺术家办展、写论文、出版文集画册，心里只装着别人，也因此积劳成疾。高名潞曾和周国平、周彦、舒群、王广义等一帮文化界朋友感慨：“明贤是 20 世纪的最后一位君子。”

采访过程中，我得知王明贤从不使用手机，这也许让找他的朋友觉得不方便，而他却多了一份自在，本来就不爱出门吃饭，不挤热闹场面。他用文章、展览等形式关注、扶持过的青年艺术家，当年连吃住都没有着落，今日身价千万的大有人在，说到这，他舒心地笑了：“现在见到他们生活得这么好，真替他们高兴。”但是，旋即他又对此表示担忧：“当年的青年人是带着对中国未来的热爱来做艺术的，而现在衡量价值的标准是某某的作品已拍到几百万几千万元，我就感到有些悲哀了。”

策展是伴随他的“行为艺术”

作为改革开放后最早的艺术策展人之一，参与策划多次产生重大影响的艺术展、建筑展，让王明贤成了中国当代艺术活动一个绕不过去的人物。

1989 年，他以中国现代艺术展筹委会委员的身份，积极参与中国现代艺术展的筹备工作，该展是“85 美术思潮”后中国现代艺术实力的首次整体展示。

1999 年，第 20 届世界建筑师大会在北京举办，那时他是中国建筑艺术展组委会秘书长之一。王明贤抓住难逢之机策划了中国青年建筑师作品展。这是中国最优秀的青年建筑师首次集体亮相，不料原安排在中国美术馆与中国当代建筑艺术展一起开幕的活动，因为老先生们的反对，直到开幕前一天还没有通过审核，不得不移师国际会议中心，展出效果大打折扣。最令王明贤欣慰的是，当时的参展者包括张永和、王澍、刘家琨、董豫赣在内的这几位青年建筑师，今天都成了业界栋梁旗手，甚至享有世界声誉。

有着百年历史的威尼斯双年展被誉为当代艺术的“奥运会”，展览会分“主题馆”与“国家馆”，国家馆由双年展主办机构同意后设立，再由出资国或者地区选择代表性艺术家前往参展。2005 年，经文化部同意，中国首次在威尼斯设立威尼斯双年展中国国家馆，王明贤即是中国馆的策展执行小组成员，担纲总策划的是他的好友范迪安和蔡国强两位闽籍知名艺术家。此前，泉州人蔡国强曾以海外艺术家身份参加过1995、1999、2001年的威尼斯双年展，并夺下最高奖金狮奖，借助“蔡旋风”，古根海姆美术馆威尼斯分馆特地举行中国馆开幕酒会，意大利文化部长及大批媒体记者出席，规模风头颇足。

中国当代艺术自身在与欧美艺术的碰撞中不断调整与迅速成长，由中国艺术家担任策展人，会不会偏离西方观众的期待视野？策展执行小组推荐的是徐震、孙原、彭禹、张永和、刘韡等年轻艺术家，树立了一个年轻、新锐、开放的国家形象，获得舆论一片好评。

紧接着王明贤出任2006年威尼斯建筑双年展中国馆策展人，他和范迪安邀请王澍以《瓦园》为题，在面海背墙的花园里用江南地区收购的万片旧瓦片，筑了一片缓缓上升的屋顶，意图让人省思文化的根源，反映了城市发展中面临的尖锐矛盾，以及中国建筑界如何面对当代的问题。这是第一个威尼斯建筑双年展中国馆，许多西方观众停留于中国馆数个小时，在平静中体验“心灵被击中”的感觉。

助推中国实验建筑师“登顶”

2012年5月25日，人民大会堂。有“建筑诺贝尔奖”之称的世界建筑界最高奖普利兹克奖在此举行颁奖仪式。按规定，得奖者亲友受邀出席名额有限，王澍想到了王明贤，一定要请他参加颁奖仪式。在当天隆重的晚宴上，王澍举着酒杯向王明贤敬酒。王澍说90年代他已基本隐居读书，感谢王明贤邀请他出山，王澍还记得王明贤所说的超越。

两人的友谊应该上溯到1988年，王澍当时还是东南大学建筑系的研究生。“王澍年轻气盛，曾经洋洋洒洒数万言痛陈中国建筑之怪现状。”王明贤认真地读了王的文字，觉得这位狂傲青年才华横溢，便邀请他来到北京参加中国当代建筑沙龙的会议。中国现代建筑向何处去？便是性格迥异的他们共同思考的现实问题。王澍后到同济大学念了博士，在实验建筑方面颇有成绩。20 世纪 90 年代以来的十几年间，王澍的重要论文都是刊发在王明贤编的《建筑师》学术刊物上。2002 年，王明贤主编了一套建筑界丛书，挑选了王澍、张永和、刘家琨、崔恺、汤桦 5 位建筑师出版专集。十年过去了，5 个人都成为顶尖级精英人物，王明贤的眼光可见一斑。

王澍设计的宁波博物馆、苏州大学文正学院图书馆、中国美术学院象山校区等作品，先后获得中国建筑艺术奖、威尼斯建筑双年展特别奖、法国建筑学院金奖等荣誉，并成为与贝聿铭、福斯特、盖里、库哈斯、赫尔佐格和德默隆一样问鼎普利兹克奖的第一位中国籍人士。

很少人知道，几年前的一次全国性评奖，作为评委的王明贤提名王澍的作品，其他评委反应冷淡，最后仅得一票。王明贤激动地说：“王澍是中国建筑的希望，你们现在不投票，以后会后悔的，历史将证明这一点。”

历史真的证明了这一点。我问他：“得知王澍得奖时，你的心情如何？”

“相信他有这样的实力，没想到来得这么快。”王明贤言语中还充满惊喜。

收藏失踪的美术史记忆

画室是画家的另一个脸面。王明贤的画室显得寒碜，那里堆满了各种箱柜。说出来惊人一跳，虽然简陋拥挤，却是中国民间收集“文革”期间美术资料最齐全的地方，全是极其珍贵的美术原作和文献资料。“如果我的房子失火，中国当代美术史必然要少掉好几页。”口吻似戏言，也是大实话。他几乎把所有的积蓄都换成了旧书报旧宣传海报，至今仍住在单位早年分配的老房子里，由于收藏品太多，只好在附近租了套房，说是画室，其实也当收藏间用。

潘家园是他工作之余流连忘返的地方。这个京城最大的藏品交易集市鱼龙混杂，内行看门道，他喜欢这地方，因为在这儿还真淘到了不少宝贝。1967 年，经历“文革”的人们，没有几人能够清楚有几个全国红卫兵美术大展，更不要言及收藏研究。作为当代美术史专家，王明贤明白“物以稀为贵”，这不，当目光扫到两张“大展海报”，他立即呆住了，这不是踏破铁鞋无觅处，得来全不费工夫吗？价格谈到 1 万元，才发觉身上没有多少钱（他不会用银行卡）。明天再来一趟吧，说服自己往回走时，突然一想，万一被人买走呢？越想越着急，最后的结果是，他赶了几十公里的路，取了钱匆匆往回赶。这只是 3 年前王明贤的一件普通的收藏往事。

电影《杜鹃山》的 80 多幅人物造型设计稿得手，王明贤现在想起来心里还偷着乐哪。20 世纪 90 年代初期，当他从地摊一堆旧书报中发现这组难得的手稿时，卖家坚持要整包购买，经过讨价还价，终于以身上仅有的 20 多元买了下来。因为太重，他搬不动，只好把其中的旧书籍送给旁人，别人根本不知道他中意的是那摞“废纸”。

（原载 2012 年 12 月 21 日《泉州晚报》）

| “小红人”回家

近日，正在安溪金谷溪岸造园的陈文令，收到来自意大利佛罗伦萨国立美术学院授予他荣誉院士的勋章和证书。佛罗伦萨国立美术学院创建于1339年，为世界上第一所美术高等院校，是米开朗琪罗等艺术大师的母校，陈文令则是第一位获此殊荣的中国雕塑艺术家。院方认为，陈文令是中国舞台上重要的艺术家之一，“他创作的魔幻现实主义雕塑，对当下的现实进行了深刻的映射，表现了新的现代消费主义和过往生活的矛盾性”。

安溪是铁观音的故乡，以茶闻名于天下，没有产茶的金谷镇金谷村，许多外地人连名字都没听说过。近段时间，这个往常沉寂的小地方突然热闹起来。若是逢上周末，成群结队的大人孩子，从城关和邻近乡镇，甚至从泉州、厦门、福州等地赶来，把三四百米长的溪岸与水道，当作一处全天候开放的乐园，乘兴而来，尽兴而归。这处叫“金谷溪岸”的艺术公园，出自国际著名艺术家陈文令的构想，他也是这个公益项目的出资者。一年来，他和十多个农民工起早摸黑在溪中挖沙、摆石，在岸边砌墙、铺路，清理水道杂物，安置雕塑作品。以中国画的意境造景，融合自然环境因素，构筑亲水休闲空间，忙得不亦乐乎。当带着强烈的陈文令创作符号的“小红人”分别出现在水中、岸边、洞里，与青山、绿水、村落共同构成一幅

作者与陈文令（右）在安溪金谷溪岸　摄影 / 李冠真

立体的美丽乡村图画时，村民们才发觉，这变化实在太大了，无异于一场亦真亦幻的大型魔术表演。金谷村是陈文令的老家，是他出生与成长的摇篮。村里的老人们说他小时候爱玩、爱画画、满脑子充满奇思异想，对照今天赤脚弯腰在溪水里作业着的这个名声在外的艺术家，他们终于相信，离开家乡37年后“归来的少年”，就是点石成金的那位魔法师。

“小红人”是陈文令的成名作。2002年元旦，形态各异的百余个“小红人”一出现在厦门珍珠湾海滩，随即以强烈的视觉冲击力引起轰动。大海作为背景，海岸就是展馆，“小红人”遍布沙滩上、树上、船上、灯塔上，以笑脸迎接着风和浪。对于这一新生事物，不少媒体争相大篇幅报道，我当时所在的《东南早报》设有《厦门新闻》版，就在突出位置进行了报道。陈文令一炮打响，不可否认，市民围观“小红人”，是被作品的新鲜感和展览形式的出乎意料所吸引，自然也有猎奇的成分。但是当代公共雕塑的创作者众多，为什么成功的是“小红人”？陈文令构思这一艺术形象的时候，不管是“小红人”夸张的喜悦还是平和的安静，都是自己内心世界的投射，他的头脑中反复出现的就是老家门口的这条小溪和在溪里玩水的自己。赤身裸体，本色流露，坦诚相见，无限自在，爱笑中含羞涩，顽皮中现天性，这个瘦弱而活泼的少年何尝不是小山村的代言人，何尝不是“最广大”的化身，身份卑微，却心存梦想、不愿认输。社会竞争的日益白热化，城市生活的快节奏与高压力，技术进步带来极其丰富的物质享受，没有能够消除现代消费主义带来的物欲膨胀与精神迷茫。说到科学，人们总是充满敬意，而对艺术的看法，往往存在争议，有的人甚至认为艺术可有可无。实际上，艺术创造超越了时空限制，提升了人的感知与情感能力，从而让人摆脱物性而获取灵性。厦门海滩展获得的巨大反响，超出了陈文令事先的预期，大大增强了他闯荡京城的信心。要知道，此前的他曾经背着“小红人”（当时是白色）上过北京寻求展览机会，结果是没有一家美术馆愿意接单。

“世界那么大，我想去看看”。2004年，崇尚“爱拼才会赢”的陈文令开始了北漂生活。这个时候，他已经下定决心要走出闽南老家，到更广阔的艺术天地去打拼一番。虽然身上没有积蓄，比起1996年与女友在鼓浪屿遇到抢劫，身中数刀、死里逃生、贫病交加的那段不堪回首的日子，岁月静好，就是幸福生活了。偏偏他的性格更像是只顽强的“小强”，命运的起伏与不公，可以在他的身上留下伤痛，却不能让他放弃内心的追求与向往。经历一场大病之后，由满头长发变成“光头强”，他感受到人世间的无常。置之死地而后生，他反而有了更深刻的感悟：自己就是那个“小红人”，不管风和日丽还是风雨交加，都要乐观面对，永不言弃。故乡是他艺术创作动力的充电桩，正是在金谷休养期间，他以在水中嬉戏的孩童形象为原型创造了“小红人”系列，这才有了厦门海滩的那场《红色记忆》。

机会为有准备的人而准备着。漂在北京，他很快发现，此时的中国，当代雕塑完成了一次华丽转身，开始走向公共空间，走向大众生活。离开创作室，艺术家如何以独特的构思与创意赢得大众的目光？陈文令把批判的对象对准消费主义，《幸福生活》《香车美女》《你看到的未必是真实的》《万物皆牛》《共同体》等作品在展出时都引起不小的轰动，同时也引发长长的话题。有一年，他参加韩国釜山国际美术双年展的作品被海关人员扣留，认为作品形象有低俗之嫌。表面上看是“猪小姐”正在给自己的大乳房打针，实际上他要暴露的是全球化的消费主义过度，如同在给这个社会打上畸形发展的催化剂。花枝招展的猪、被屁冲撞到墙上的牛，类似的形象与传统的审美观念迥然不同，的确让观众感到意外，以前的雕塑可不是这样的。有些评论家骂其艳俗，陈文令依然我行我素，把民俗文化与都市文化杂糅，赋予动物拟人化的象征意义，从大俗之中见大雅，甚而把装置运用于雕塑，都是他主动的艺术探索。以世俗的幽默讽刺金钱游戏，蕴含有他对社会、人生的思索，其批判精神使作品的美感获得了升华。至于观众进入展厅时呈现的惊讶与喜悦，正是他想要的创作效果。十年前，陈文令个展《紧急出口》先后在北京 798 和新加坡展出时，现场观众人山人海，中国美术馆馆长范迪安、新加坡美术馆馆长郭建超分别出席了开幕式并给予充分的肯定，由此可见他的作品受到中外艺术界认可与社会各界关注的程度。

在厦门上学时，他念的专业是国画，但最喜欢的却是雕塑。一块黑不溜秋的泥巴，一段冰冷的石头或者不锈钢条，在他久久的凝视中，被赋予了有血有肉的生命意义。在雕塑过程中，他心无挂碍，借此拓展着生存的时空，享受着创造的自由。艺术看起来是无用之物，但高明的艺术家，可以通过艺术作品把观众的思维引向纯洁、简单和高尚，从而实现创作的快乐与作品的价值。从这一意义上说，艺术不是回避生活而是介入生活，尊重世俗，同时给世俗注入推动时代发展的人文精神。21 世纪以来，随着网络技术的突飞猛进，经济全球化浪潮汹涌澎湃，人类登上欲望号机车一路狂奔。特别是

“新冠疫情”暴发之后，社会环境随即产生剧变，消费主义跌下神坛，公共空间乏善可陈，苦恼、抑郁、孤独、失眠，困扰着无数人，我们从哪里来？我们又要到哪里去？这不仅仅是哲学家、政治家思考的宏大课题，也是艺术家必须面对的现实问题。

2021年春节，陈文令返回安溪老家探望母亲。母亲的头发全白了，行动也不如以前敏捷了，他突然感到自己应该放一放手头永远忙不完的事情，好好陪母亲一段时间，即使是天天听听她的唠叨。母亲年轻时每天要到岸对面的山下耕作，现在只能倚门远眺，他看在眼里，便把房子的围墙设计成远山的模样，好让母亲的内心亲近那片脚步已经不便抵达的土地。那段时间，北京疫情形势严峻，按防控规定也进去不了，他干脆安下心来，把老家当作了工作室。记得在那段困守山村的日子里，他曾在微信中对我说：这是37年来他在老家待得最长的一段时间。没有工具，他就把家里或者乡间、地头那些无用的物件信手取来，旧家具、枯树枝、白菜叶、小砖头，甚至抓来家中的老母鸡，往光头上一顶。有时候弄得鸡飞狗跳，搞得一地鸡毛。助手在一边给他抢拍照片和视频，这些作品带给人满满的喜剧感，成为突破自我心理封闭、抵抗低落情绪的一种艺术疗法，在微信朋友圈中被广为转发。“一天一顶”系列是带有行为艺术观念的摄影作品，首尾拍了两三个月、数百张作品，可能是疫情期间全球投入最少、趣味性十足的艺术家个展，而且，展览场地最小——他的光头就是展台。在陈文令的眼中，似乎没有什么东西是真正废弃的无用之物，“创意无限”这个词，在他的头上，展现得一览无余。

乡下空气清新，草木流香，也许是闲情逸致，他天天在溪边散步，观察与思考着，一个大胆的计划重新萌芽：把溪岸开辟成为一个开放式艺术公园，提升山村乡亲的生活质量。这个想法最初萌动于5年前，为村头一棵老榕树缺乏支撑力的分枝量身定制了一只憨态可掬的石龟，既是支点，又有情趣。但这般好事，当时也有几个村民出来阻挡，一向不怕困难的陈文令只好停止了努力，毕竟这是他的故乡，是唯一能够让他投降的地方。看来在山村做艺术，要启蒙，要让村民慢慢理解。2021年2月，他为村里陈氏家庙设计并捐赠了一尊关公骑马铜像，这是他奶奶的一个遗愿。这件作品吸引了许多艺术家远道而来，不是其雕塑工艺有多高明，而是独特的创意。手握大刀与阅读《春秋》，当然是关公雕像的必配，文令在设计时增加了一个倚靠在关公后背的“小红人”，民间的神明与村里的孩子，威武与温情，成为这件雕塑别出心裁的亮点。他解释道，这个“小红人”就是他自己的写照，也可以理解为像他这样的后生家，其寓意象征着年轻人对传统文化的依偎和对忠义精神的坚守。原来，“好玩”中蕴含着严肃的主题，它让我们每一个人思考，文化是积累与传承的结晶，文明又是需要改良与发展的。在他看来，创作的立意可以高大上，但艺术的表现形式必须有趣。雕塑是空间艺术，要实现在空间的表达效果最大化，必须具备走向大众应有的吸引力。

2017年10月，党的十九大提出了乡村振兴战略。2022年中央一号文件要求，全面推进乡村振兴，做好乡村发展、乡村建设、乡村治理重点工作。党的二十大报告强调，要扎实推动乡村产业、人才、文化、生态、组织振兴。实施乡村振兴战略，避免农村空心化，建设农业强国，是今后一段时间内政府工作的重要任务。以艺术的力量助推乡村振兴，不仅可以丰富一个村庄的名字，而且能为全国农村探索出一种可供借鉴的样板。风正帆悬，正当其时。陈文令是个

会看大势的高人，自然要借这股春风自在飞翔。他还认为，民间隐藏着最丰富的文学艺术想象力，有生命力的作品一定是心相的充分表达而非被表象牵着鼻子走。他是带着满满的信心回家的，一场由他带领的叠山造景运动正在轰轰烈烈地开展中。朋友们来看他，一定是在工地中与他碰面的，头顶草帽，一身汗水，黝黑的脸庞，粗

陈文令作品之小红人　供图 / 陈文令

糙的手掌，艺术家身份很快地蜕变为地道的农民形象。没有施工图纸，图纸就在他心中，因材而变，因地制宜，就物造物，就型造型。他特别强调，千万不要学习城市的公园，如果过度模式化，那是对乡村自然景观的一种破坏，在乡间造园，首先要有对大自然、对文脉的敬畏之心。想法随时可以改变，然而不变的是一颗报效家乡的拳拳之心。他告诉我，单是购买石头，总重量就超过7000吨，有几批鹅卵石，还是从贵州等外省运来的。他致敬历史，尊重原生态，鹅卵石的大量使用，便是寻求与旧建筑风格的无缝对接，此外，还保留了20世纪中期铺设的过溪路径——石跳钉，让溪水从琴键般排列的石缝中奔流而下，发出有节奏的声响，为周边的田野和村庄带来了生机与诗意。他还考虑到那些可能出现在水里的小动物，特意为青蛙、小鱼、水蛇留有洞洞，让它们流经此处也有家可住。人与自然的共存共享，于艺术家眼里，小小的一个行动比醒目的标语口号来得重要。偶尔有村民提着菜篮、牵着牛羊从“小红人”雕塑面前走过，红与绿、动与静，传统与现代，朴实与夸张，劳作与快乐，构成了迷人的金谷新景观。

新时代的艺术以人民为中心，公共雕塑更要追求“好玩”，努力成为大众喜闻乐见的“现场”。艺术实验精神与乡村建设理念的高度契合，完全有可能在清水岩山下的金谷溪创造出农村生活新的神话。最值得一提的是，刻在大石上的“金谷溪谷”4个金光闪闪的大字，由谁来写？陈文令灵机一动，让妈妈来写最有意义。妈妈在这片土地上生活了一辈子，对这条母亲河有着最深的感情，但她起初不答应，说自己大字不识几个。文令诱导她：您握笔书写时，就想着用锄头给庄稼培土。果然，妈妈大胆下笔，写下了这几个充满稚趣的大字，许多客人来溪岸参观时，还向文令打听是哪位书家的大作呢。

陈文令的知名度早已跨出国门、走向世界。今年来，因为疫情的原因，虽然无法出境，他的“小红人”却代表他走了出去，接连在欧洲的哈根欧斯特豪斯美术馆、波恩艺术馆和澳大利亚悉尼展出，最近正在参与联展的地点是在南美洲。泉州是座世界遗产之城，历史文化厚重，却没有因循守旧，而是出现了一批前卫的泉州籍当代艺术家，比如蔡国强、黄永砯、陈文令、王明贤、向京、吴达新、苏上舟等，说明开放与守成两者之间并不存在绝对的对立。立足本土，放眼世界，是激活艺术家想象力、创造力、表现力的双重根基。足迹走遍全球的蔡国强先生曾在接受我的专访时说过："不能把故乡写好的作家不是好作家。"以他的作品为例，许多创作灵感就来自泉州。对陈文令而言，厦门是福地，北京是舞台，泉州才是心灵的原乡。远行，是为了更好地回家。在他的构想中，金谷将建成永不落幕的大地艺术展，所以他愿意放弃京城的繁华环境，回到古朴寂静的安溪金谷造园，在故乡的屋檐下、水岸边，品一壶铁观音，听鸟声啁啾，观云聚云散，与乡亲们共建共享"亲绿、亲水、亲众生"的艺术生活。"经历过各种苦难，我们应该以乐观豁达的心态去面对未来、笑傲江湖。即使日子令人沮丧，也要找到一种能让自己起舞的方式。我想在故乡的山水间，留下一支永远的乡愁诗歌。"他这样说。

（原载《海峡姐妹》2023 年第 5 期）

刺桐画卷展新篇

1979 年，著名画家袁运生创作的《泼水节，生命的赞歌》在首都国际机场一上墙，随即酿成一个全国性的文化热点事件。因为当时正逢改革开放之初，艺术观念尚未普及，文化界还就壁画人物塑造形式问题有过一番争论，由此也可窥见机场空港作为城市文化展示窗口的显著性与重要性。陈立德先生为泉州晋江国际机场创作的《刺桐古城——古代海上丝绸之路的起点泉州》大型壁画近日完成，这幅以表达和平友谊、交流贸易、包容开放的当代文明理念为创作主旨的作品，引起市民的广泛关注是必然的。

2021 年，“泉州：宋元中国的世界海洋商贸中心”申遗成功，成为中国第 56 项世界遗产。无论是列入全国首批历史文化名城，被评为首个中国东亚文化之都，还是成为继平遥、丽江之后中国第三个世遗之城，海洋文化都是泉州最彰显城市特质、最值得浓墨重彩的一笔。在欧洲的冒险家开辟大航海时代之前，10—14 世纪的宋元时期，中国人的船队就是货真价实的“海上马车夫”，刺桐港当年的地位，无异于今天的纽约港或者上海港。1271 年，意大利人雅各·德安科纳来到东方的刺桐古城，回国后写下游记《光明之城》。马可·波罗则称刺桐港是东方第一大港，还说“泉州是世界上最繁荣的都市”。在 2019 年的泉州““海丝”伯勒时尚文化周”

陈立德在漆画工作室　摄影 / 郭培明

上，陈立德展出了他的漆画力作《市井十洲人》，主办方还以该画中的元素制作了精美的纪念领带，一时成了美谈。可见他对“海丝”题材一直有着特殊的情感，泉州是他成长、生活的地方，为家乡创作是自己的本分，如果能够赢得社会各界肯定，那更是人生一份值得骄傲的荣誉。

陈立德的作品立足本土且超越地域，既充满闽南地方特色，又具有现代审美情趣。本土的固然是民族的，但是只停留于技法的继承，作品缺乏当代性，必然匠心俗气。可贵的是，这位20世纪“85美术新潮”时期泉州BYY现代画会的会长，虽然没有像他的老乡蔡国强、黄永砯、陈文令走出老家去更加广阔的天地摸爬滚打，却始终把目光放射到全球视野之中，敏感地捕捉时代的启示与艺术的灵光。油画与国画，他左右开弓、驾轻就熟，唯有对被视为小画种的漆画情有独钟，可以说，在向艺术高峰攀登的路上，他选择了难度较大的一条，自加压力，自我挑战。大漆之美，坚牢于质，光彩于文。中国是世界上最早用漆的国家，我省的福州则是中国主要的漆器产地，然而漆画却是现代画坛的新画种。有人误把漆画等同于漆器工艺，传统的大漆师傅是雕梁画栋的能手，却不是真正的漆画家。陈立德先生说，漆画姓漆但它是画，技法要为绘画服务。与许多工艺美术师弱化绘画本体特征、追求表象写实不同，陈立德一方面从容驾驭大漆独有的特性，一方面调动艺术创造性思维，比如作品的基调、色彩的对比、空间的分割、主题的深化。此前，陈立德曾举办过《丹漆问道》《丝路漆彩》《世说新语》等多场作品个展。从 1989 年荣获全国美展首枚漆画金奖的《皓月红烛》到红砖厝系列、欧行札记系列，再到表达思想、自由挥洒的《巨人夸父》《楚汉之争》《搅动星空的大鸟》《初始·天问·哲人》等，都可以感受到他拥有一颗能量饱满、超越自我的求索之心。传统的含蓄写意，西方的热烈奔放，国画的平面线条，油画的三维处理，在他笔下，都不是简单的移植与模仿，而是心、眼、手俱到，是人作与天工的合力，是在借鉴中创新、在传承中突围。

衰年求变，是德高望重、功成名就的陈立德退休以后最值得敬佩之处。漆画创作过程繁复，填漆磨显，如烧建盏，效果常常难以预料，他看重的画面质感、韵味、气氛、情趣，对外人来说，更是难以把控。如果说，他的《西递宏村》画出了年代的历史感，那么，红砖厝系列更是透露出深沉的沧桑感。面对画作，观众除了感受到亲切与厚重，还唤起了怀旧与感伤。艺术的力量不在于“像”与“不像”，而在于内心的唤醒、精神的共鸣。成功的美术作品必然反映所在时代的社会文化特征，或者说作品就是时代的产物。陈立德在创作《刺桐古城》时几易其稿，就是在不断寻找符合当代审美要求的表达形式，以达到最佳的艺术张力与社会效果。作品中的东西塔、老君岩、草庵、帆船和中外人物都是具象的，出现在画中却是经过重构后的全新组合。宋元时期的刺桐城，“涨海声中万国商”，外商云集，百货成市，多元文化，流光溢彩。这是《清明上河图》式的全景才能展现的城市景象，要浓缩于6米 ×3米画卷，必须对诸多元素进行一番提炼筛选。他运用象征性的手法，重点抓住国际贸易这一主体，即丝绸、瓷器、茶叶、药材的贸易，以及迎接外商、文化交流的情景，来安排整体视觉韵律和节奏，呈现“市井十洲人”的国际港城盛况，体现中华海洋文明的感召力和吸引力。

对逝去的辉煌绘声绘色，如果仅是为了炫耀一下祖先的荣光，那不是陈立德的本意。他在画作布局上，采用解构和重构的手法，把泉州多元文化遗存的符号，依照艺术逻辑进行安排，使之在绘画空间成为直观而有说服力的形态，表现出历史上泉州平等相待、包容开放的文化意蕴。文化是一座城市的性格特征，也是一座城市的竞争力所在。今天的泉州成为全国民营经济的发达地区，本质上也是城市千年来形成的文化特质决定的。陈立德采用暖色作为主调，追求简约概括的现代构成风格，在单纯中求丰富、明快中显典雅。暖色的主调通过局部的色相、明度对比，带动绘画空间的视野节奏服务主题，让整个画面洋溢着积极向上、乐观进取、友好相处、互利共赢的大气、和气、朝气氛围，主体性突出，时代感强烈，从而显示了泉州不可取代的地域魅力和重振古港雄风的文化自信。

（原载 2022 年 10 月 9 日《晋江经济报》）

迷人的风景在远方

著名画家郭宁，7年间5次赴欧洲参访、写生，艺术之旅开阔了眼界，引发了思考，一路上也创作了大量风景题材的油画、水彩画，其中《多彩的港口》等作品还在全国性美展中获奖。郭宁精心挑选了一批欧行写生作品，将在近日展出，画展的名称就叫“远方的风景”。

了解画家，最好的方式是去他的画室。画室是画家创作的第一现场，分门别类的画框、色彩斑驳的地板、随意翻阅的书籍，加上油画颜料的味道，一墙永不落幕的展览，画家的喜好与个性一览无余。有的画室，收拾得如同展厅精致，连什么地方摆个花草，什么地方安放一座书橱，都有缜密的艺术思维。而郭宁不是这样，他的画室最大的特色也许是空间的大，足足有200平方米，在大堆大堆的画框之中，几件在市场上不一定值钱的“古董”反而更加显眼。那是他外出写生时在野外、路边捡来的宝贝，有的应是古代大型生物的骨骼化石，重达数百斤；有的则是废弃的老家具构件，长的足有两三米。生活中并不缺少美，对艺术家而言，重要的是拥有一双发现美的慧眼。郭宁也不是时时刻刻蹲在画布前点彩挥毫，他常常坐在窗前，泡一壶铁观音，一个人品尝着，回味着。背后墙上悬挂的是他的欧洲写生作品，他的眼光习惯聚焦于落地窗外的竹丛，或者竹丛外的辽阔天空，任思绪自由飞翔，飞到很远很远的地方。

不是在写生，就是在去写生的路上　供图 / 郭宁

户外写生才是他创作的第一现场

到室外去写生，是美术最重要的基本功之一。早在 19 世纪三四十年代，巴比松画派就力求在作品中表达出画家对自然的真诚感受，以真实的自然风景画创作否定了学院派虚假的历史风景画程式。不过直到今天，许多画家的风景画，仍是在画室中对着照片画出来的。在郭宁心中，户外写生就是他创作的第一现场。“我在户外捕捉大自然景物给我最强烈最有印象的东西，并迅速以写来表达这份情感。我努力培养这种写的感怀与逸兴，即使在创作大幅主题性作品时，也是以一种写生状态进行创作的，力求画面一气呵成，传达出笔随心运的感情，以写把自己的性情、感怀尽可能淋漓尽致地表达。”郭宁说。

郭宁对写生的热爱简直到了成癖的地步，如果找出其因，还要从其12岁那年说起。那时的他，不经意中翻到父亲尘封多年的油画箱，一下子被丰富的色彩迷住了，不管三七二十一，他撕了两张白纸，提着画笔颜料走出家门，对准机电厂的烟囱与附近的龙眼林涂抹起来。画作质量可想而知，但初生牛犊的冲劲，一直保持了下来。念中学时，他就已画遍了泉州旧城的大街小巷。1980年考上了福建师范大学艺术系，母亲陪他搭着长途汽车一路颠簸到了福州，在台江找了家旅社安顿，等候第二天的入学报到。令母亲想不到的是，刚刚办完入住手续，人生地不熟的郭宁放下行李就跑到闽江边写生去了。第一个暑假，班里的同学大多打起铺盖回家了，他却打起小算盘，与三两同学结伴上了平潭岛，写信告诉父母说是有个写生的任务暂时无法回家，结果一去就是整个暑假。写生，渐渐成为他日常生活不可分割的一部分。

20世纪80年代初，国际石油大亨哈默收藏的世界名画在北京展出引起轰动，那时国门开放伊始，西方油画真容难得一见。在拥挤的参观人流中，就有来自福建的大学二年级学生郭宁。梵·高、毕沙罗、莫奈、柯罗、康定斯坦，印象派、表现主义，伦敦港口的迷雾，丹枫白露的树影，高原上成片的向日葵，田野里耕作的农夫。第一次与大师原作面对面，他发觉心跳加剧、眼球发亮，也明白什么叫如饥似渴，什么是不朽的风景。返程的火车票是省不了的，为了省下一张下午再次入场的门票，他忍住饥饿一整天待在展览馆里看画，还自我调侃，说是“秀色可餐”。有一年夏天，他与同班的一位同学到南日岛海边写生，画着画着竟不知潮水上涨，困在岛礁上，衣服也被海水打湿了，索性光着身子晾晒衣服，饿着肚子继续写生，等到晚上十时潮水退却才回到住地。郭宁感慨：只有在天地之间写生，思绪才能无限打开，并且收放自如，放松自己，也找回自己。

用艺术朝圣的心情行走欧洲

“以前看到的所谓名画，都是质量低劣的印刷品，相比之下，终于知道原作真画的震撼力。从此有了个愿望，一定要去一次欧洲，踏寻大师的足迹。”愿望到了2005年才得以实现。北京组织了一次赴欧艺术之旅，他早早地报了名，不过人一多参观点就杂了，卢浮宫只安排了半天。半天下来，郭宁才看完一个馆，在导游一再催促下，他一步一回头，很不情愿地走了出来。“当时眼里真的含着泪花，我在心里喊着，我一定还要来卢浮宫的。”

后来他又与导游力争，坚持要离队去参观奥赛美术馆，那里收藏有印象派最重要的经典之作。犹如神助，当晚，讲不出一句完整法语的他竟然凭着地图的方位出入地铁辗转巴士，摸黑找到远在市郊的酒店住处。

功夫不负有心人。两年后，中国美协首次公开选拔赴法访学交流的中青年画家，名额只有两位，郭宁名列其中。在巴黎的3个月时间内，他一次次进入卢浮宫，反复阅读那些稀世珍品，不断回味大师的构图笔法，时间竟达15天之久，对一个中国画家而言，这无异赴了一次艺术的饕餮之宴。沉甸甸的收获不只停留在卢浮宫，不会外语的他，用许多“碰壁”的故事甚至“出丑”的笑话软化了一路的紧张与艰辛，顺利完成了到欧洲各大博物馆美术馆的艺术朝圣之旅，其中包括西班牙马德里普拉多美术馆、巴塞罗那毕加索博物馆、米罗美术馆、现代艺术馆、比利时皇家美术馆、安特卫普鲁本斯故居美术馆、荷兰梵·高美术馆、德国柏林国家博物馆和当代艺术馆、慕尼黑新美术馆和旧美术馆等著名美术场馆。

几十个展馆分布在不同国家不同城市，路程加上参观，平均每日要行走二三十公里，其间，适逢第52届意大利威尼斯当代艺术双年展与第11届德国卡塞尔艺术文献展开幕，机会难得，也要赶去一饱眼福。最后，发出强烈抗议的是痛得举步维艰的双腿，满脚的水泡，还有那双穿透了底的运动鞋。

“写”是一种心情，更是一种功夫

对于擅长油画与水彩创作的郭宁，欧洲艺术之旅是一次迟来的补课，也让他更加坚定了写生即创作的艺术选择。油画与水彩都是西画，剖析其发展历程可以清楚自身作品的欠缺与努力的方向。经过现实主义创作的顶峰后，西方绘画对点、线、色彩元素的研究更加深入，如梵·高作品饱满的颜色中蕴含着强烈的内心激情，塞尚对绘画形式构成的极度重视，德国表现主义绘画对主观情感与自我感受的强调，都影响着世界美术的走向。借鉴印象派之后、现代主义之前的西画种种探索成果，对于提升现阶段中国美术的本体语言表达能力极富参考价值。立足本土，从中西方艺术的对比中，发现自身优势，找回文化自信，走出民族特色的艺术之路，才是一个中国画家的时代责任，这也是郭宁一次次西游的目的所在。

欧洲绘画大师们对色彩与造型精准的把握能力，可望而不可即，但郭宁一点也不懊丧，他认为色彩表现的深刻在于思想，而意境表达是中国画的强项。中国画讲究布局灵动、主次呼应、意境深远、空间留白、画外有音，特别是宋代以后，写意绘画成了主流，体现出东方审美的区域文化特征。郭宁长年沉潜于中国文化背景之下，写意是其最娴熟的创作手法。“越画到后边，‘写’的感觉就越强，原来塑造的绘画方式跟自己的心性已不合了，这也许是自己特别热爱中国写意艺术的缘故。‘写’是一种心情，一种态度，更是一种功夫。为了找寻自己的绘画语言，我想通过参悟中国书法用笔和水墨气韵的方式来实现提高对油画的写意表现能力。言有尽而意无穷，说中一物即不是。”在水彩画中，他对描绘对象的偶发性与笔墨运用的瞬间性处理尤其出彩。把画室搬到旷野田间，风云过眼而去，创作就在现场，他的作品自然成了一幅幅不可复制的“唯一”。

也许正是这种东西方的融合与区别，他获得了业界与市场的双重认可。2007 年，他在法国国际艺术城举办写生展时，艺术城名誉主席布鲁诺夫人、执行主席西德尼·贝詹勒亲临剪彩并致辞，当地多家媒体均以较大篇幅专题报道了展览情况。2009 年当他再次来到法国举办画展时，观众们饶有兴致地围成一圈观看他的现场写生，不时有自发的掌声响了起来，翻译告诉他，观众说他的画“像中国医术和武术一样神奇”。

他的作品让人看到生命的热情

国际艺术城写生展的 50 幅作品，给一位来自法国马赛的观众留下深刻印象。郭宁回国后不久，这位法国友人利用出差中国的机会找到了他，向他介绍了法国南部的山海胜迹与旖旎景色，盛情邀请他前去写生办展。2009 年，郭宁应普罗旺斯卡西斯市政厅、旅游局的邀请，奔赴法国南部采风，并以嘉宾评委身份出席当地的蓝色主题艺术展。按他的话说，此行意外地“发现”了一个欧洲版的泉州。红砖红瓦，白石墙体，翠绿的树，蔚蓝的海，金色的沙滩，起伏的丘陵，地形与气候，村镇与建筑，和泉州地理元素极为相似，有的地方则与鼓浪屿景观几无二致。大自然的美景，陌生中的亲切，带给他即兴创作的冲动，心随景走，情景交融，瞬间的灵感，妙不可言；意外的效果，妙笔生花。法国观众说他的画“神奇”，他自己也不愿在画室中对着照片创作，答案就在这里。

普罗旺斯是现代绘画之父塞尚的故乡，郭宁的足迹一遍遍印在卡西斯、吉姆劳斯小镇的街头巷尾。带着崇敬之情，他花了 3 天时间，终于找到了大师当年创作艾克斯·圣维克多山风景画的那个位置。他早已设想要在塞尚当年作画的地方，用大师所取的视角也画上一张，留下一份特殊的欧行纪念。想起来很美，不料打开画箱时一下子傻了眼，他发现出门时匆忙，油画笔没有放进去。这个遗憾，直到去年再访法国时才得到补偿。

翻开画室书架上一大沓厚重的画册，郭宁的作品屡屡出现于全国性美术年鉴、选集、得奖作品集中。在 2011 年《第二届（杭州）国际优秀水彩画家提名展》画册中，入选了郭宁《五月的水乡》《乌镇一隅》等 5 幅风景水彩作品；2012 年《中国当代七位著名水彩画家写生作品选》，郭宁的作品达 28 幅之多；而 2013 年《当代最具学术价值与市场潜力的 30 位油画家》中，也收入郭宁的 16 幅风景油画。他用画笔展现的，既有崇武渔港、安溪茶乡、罗溪山村、闽南海岸，也有欧洲小镇、巴黎街景、地中海风情。

风景是人与自然关系的一个表征，优秀的风景画中，尽管画面只有景物，我们却能感觉到人的存在与生活的气息，萌发出对自然的讴歌、对现实的拷问、对未来的向往，这也许就是作品的时代价值。

2009 年第二届中国油画写生作品展，参赛作品超过 5000 件，仅 15 件得奖，其中就有郭宁的《多彩的港口》，这也是福建省唯一获奖的作品。

《多彩的港口》是郭宁 2007 年在马赛的现场写生，画的是古港的游艇，用笔简约，虚实结合，既有欧洲印象派的明快跳跃，又有东方美术的如梦如幻。郭宁回忆说："其实现场景象要复杂得多，我用取舍方式写意手法，突出前景的游艇，虚掉后面的建筑，使画面景物、色彩、线条整合为一体。"

除了《多彩的港口》，郭宁的水彩画《闽海清风》《廊桥之梦》，油画《金色家园》等风景题材作品均入选或得奖于全国性画展。郭宁大学时主修的是油画，而一直坚持画水彩，外出写生总比别人多

郭宁水彩画作品《晴天》　供图 / 郭宁

备了一套画具，他把油画当作“交响乐”，把水彩比作“轻音乐”，融会贯通，优势互补，双栖并举。他的油画与水彩曾于1984年同时入选第六届全国美展，成为当时最年轻的中国美协会员。中国美协副主席、中国美术馆馆长范迪安对郭宁的作品给予这样的评价：“郭宁在油画和水彩两个领域同时专攻，是国内美术界少有的两栖画家，更重要的是他坚持了自己的艺术观念，即通过走向自然、贴近自然、感受自然，到表现自然。他身上有闽南人的豪爽，有对艺术的激情，在油画创作上，特别对于画面构成、色彩表现张力及色调等形式语言进行了深入的探索。他的油画呈现出一种饱满热情，同时也是充分发挥艺术表现力的一种艺术风格——抒情风格。而他的水彩画则一直是以非常突出的个性、非常高的质量，体现了水彩画的当代追求，为水彩画的当代发展做出了特别重要的贡献。这些年来，他坚持自己的艺术观念，走的是从写生到创作的道路，他的作品总是光彩熠熠，让人看到大自然的蓬勃生机和生命的热情。”

采访郭宁时，他正要打点行装出差。这一趟不是出去写生，而是关于中国作品参加2013卢浮宫CARROUSE国际美术展（中国赛区）的选拔活动。10月30日，他将以国际美展亚洲区评委的身份出现在巴黎的开幕式上。

（原载2013年9月27日《泉州晚报》）

| 激情燃烧的诗性笔意

白石红砖、蓝天碧水、风和日丽的泉州，先后走出了苏瑞庭、叶淑华、张厚进、郑起妙、郑克捷等一批著名的水彩画家，让外地同行刮目相看，泉州也因此成为福建水彩画创作的重镇。泉州画家为什么对水彩画情有独钟？“一是固有文化的开放性与包容性；二是地理条件与水彩语言的契合性。”说这话的人是泉州画院院长郭宁，一位刚刚以水彩画作品《帕米尔阳光》入选第十届全国美展的青年画家。

这已经是郭宁的作品第十五次参加全国性展览了。在大学求学时，他学的专业课程最多的是油画，时至今天，油画仍是他的拿手好戏，但论钟情，他还是把票投向水彩。“水彩最合乎心性，最有东西可做。”郭宁就是这样朴质的人，即使表达的是他心中的至爱，也不会用上华丽的词汇。然而，当他提起彩盘来，仅仅几笔，便暴露了其性格的另一面：奔放多情，热力四射。

泉州地处亚热带沿海地区，天气条件、自然风光与欧洲西部南部一些沿海地区有相近之处，尤其是充足的阳光与山海形态，色彩丰富的民居与异域情调的宗教建筑，都给了水彩画极大的表现回旋余地。郭宁是深谙西洋美术个中三昧，从伦勃郎到宾卡斯到列维坦，从巴比松画派到印象派再到德国表现主义画派，他都曾有过认真的比较研究，中国当代美术在经历了精神反叛、价值重估之后，如何以外部世界的视觉艺术激活本土创意，的确是肩负着承前启后任务的郭宁这一代画家必须思考的问题。

郭宁的积累是深厚的，这位被中国美协水彩画艺委会主任黄铁山先生称为“水彩画界最年轻的老画家”，早在30年前就打起了水彩画的主意了。那时郭宁才12岁，用的是父亲用剩的颜料，画的是机电厂的厂房，就是这时候，他的父亲才发觉，自己的孩子在家庭浓郁的艺术氛围中无师自通了。兴趣是最好的老师，连郭宁本人都没有想到，这幅充满稚气的写生稿竟让他走上了艺术之路。从此，泉州古城午后的大街小巷里经常出现一个肩背画板、晒得黝黑的少年，若干年后，当这个少年长成英俊小伙，用自行车载着新婚妻子在城中寻找浪漫情调时，妻子不禁惊讶于他对这座城市的熟悉程度。

梵·高曾说：“那种永远立于不败之地的最稳妥的方法是，毫不疲倦地临摹大自然。”梵·高还说过，他爱一个几乎燃烧着的自然。而把塔希提岛的绚烂自然作为创作背景的高更则更痛骂过画室里的画家们“失去原始的感性与灵魂，甚至可以说失去了幻想力”。现实中依靠照片创作的画家比比皆是，每个艺术家都是一个宇宙，我们不能简单评论谁高谁低，然而有一点，只有面对着大自然，感受出物的生命与表情时，创作的激情才能真正“燃烧”起来。郭宁对写生的痴迷可以说到了无可救药的地步，他并非刻意向大师们看齐，也不可能在很小的年龄时就领悟出大师的话外之音，然而日复一日，年复一年，他深知迈出去的脚步已经无法自拔。

在一般游客看来，旅途常常是浪漫的，对于郭宁，起早摸黑，风餐露宿，干粮充饥，才是途中的必修功课。在黄河采风途中，他与同伴发现一处高原村庄很有代表性，立即跳下长途班车，一阵狂画后，才发现吃住没有着落，好在当地村民热情好客，把他们接进家中，才避免了沦为“流浪者”。另一次在五台山写生，四月天下起了一场罕见的大雪，车轮几近被封山的白雪埋没，郭宁干脆躲在车子里画窗外的雪景，不料水彩颜料早已冻僵，他向老乡要来一碗米汤作为融化剂继续作画，实在冷得受不了时，就跳动几下再下笔涂抹几下，此作画法，被画界友人戏称为“跳画”。前年，他与画院的朋友去新疆、甘肃等地写生，马不停蹄，一跑就是45天，走了8000公里，随身携带一大包的行李，几乎全为水彩画、油画的工具与颜料。

水彩画是个难以把握的画种，除了素描与速写等基本功，还特别强调下手的稳、准、狠，水彩不同于油画，一旦下笔失误，可能前功尽弃，在创作大幅水彩画《周末的问候》时，因为时间长达一个多月，在最后一个人物的处理时，尽管非主要角色，他却觉得举手沉重，久久难以下笔。该作品最后入选1999年全国美展，颇受好评。极具闽南地域风味的大幅水彩画还有2001年获得中国水彩人物画优秀作品的《讨海人》，2002年获得全国水彩粉画优秀作品奖并由中国文联、中国美协选送参加在瑞士举办的“中国当代书画作品展”的《闽海清风》。对这类大制作，郭宁自嘲道：“自讨苦吃。”水彩画不能竖立着画，他必须用矮凳架起过桥，然后趴在木板上作画，时间一长，腰酸手软，只好变换着各种姿势，碰上大热天，汗水也渗进了水彩中，其中甘苦，只有自知。水彩画的留白无法像油画那样用白色颜料完成，而没有留白的画面往往色彩太满，对这一瞬间艺术的整体把握需要画家的敏感与果断，也有时候，他画到一个关键处却冒出了新想法，为了揣摩比较，无论吃饭还是睡觉，床板一般大小的画板“跟”进“跟”出，不离眼前，家里人熟视无睹，要是外人见了，准又是大惑不解了。

近几年中，郭宁的足迹留在了除西藏外的全国各个省份，每一次壮游过程，他都有难以抑制的冲动。他相信风景中也有神，这种神就是生命力，画一样物品，不一定形体最似者最佳，他追求的是用色彩的饱满与丰富，去表达对事件总体把握后的印象，在水彩的通体透明、变化多端中，达到淋漓尽致，自然之妙，心景聚合，情景交融。

作为中国美协会员、福建省水彩画研究会的副会长，郭宁最担忧的是城市缺乏良好的艺术氛围。同样是经济发达的城市，杭州、苏州等地对文化的重视更体现出全民性。在一篇题为《地域性与超越性》的文章中，郭宁写道："观念上的变化在如何画而非画什么，更重要的是如何提高水彩创作的时代精神内涵以打破水彩艺术自我封闭，开始进入画家们的思考。水彩与其他画种的比较，泉州人文背景与画种的比较，本地文化资源与利用等一一获得讨论，从而提出泉州绘画发展战略的问题。如何在创作中融入批判的精神，如何让思辨的力量通过图式得以传达，如何在多样化的追求中保有一贯的心灵关怀的底蕴，将成为泉州的水彩画家们无法回避的课题。"泉州是名副其实的文化名城，而今更响的称号是一座发达的制造业城市，艺术是否会被边缘化，这也许正是郭宁和他的同道们的忧虑。在20世纪80年代末，郭宁曾"下过海"，但他很快地"游上了岸"，说起没有回头的画友，他总是流露出一丝惋惜。他真正放不下的，是那种在旅途写生中才能体会到的幸福与快感，他希望有更多的泉州画家也去寻找、体验那种幸福和快感。

（原载2004年10月1日《东南早报》）

变化中的恒定

与这个时代同步，艺术一直在发展着，不管声响大不大，它存在丰富的无限的各种可能性。

与20多年前相比，今天人们早已不再以“画得像不像”“看懂看不懂”来作为衡量一幅美术作品价值的基本尺度。但是，由于艺术教育缺位，思维惯性使然，加上周边人士的评价影响，观看艺术展览也还没有成为市民的日常生活方式，在经济、科技日新月异的当下，对艺术的了解、理解很大程度上还停留在传统观念阶段。一方面，天天有画展、书法展的消息，看起来文艺园地一片繁荣；另一方面，不少作品缺乏新意，媚俗平庸。第三届“海丝”国际艺术节期间，黄坚的“解构经典”艺术展在海上丝绸之路艺术公园·亚洲园举行，他以自我挑战的姿态等待观众的批评。

读黄坚的画，我每次都有意外和惊喜。且不去过早草率地评价他的作品的艺术水平，它首先带给你的是视觉的冲击与心灵的感应。自20多岁时举办黑白画展开始，黄坚始终没有放弃对现代艺术的关注与探索。现代艺术最大的特点也许是提供了一种开放空间，这种空间的开放性，让艺术的形式、方法不断变换，艺术不再被拴在固定的某种样式上，僵化如神像一般，失去活力、亲和力，让人敬而远之，不忍直面。或许有人会说：艺苑没有神像，如何心安理得？灵魂无所依托，日子岂不充满寂寥？艺术是心灵的镜子，一幅画之所以力透纸背，撼动情感，在于艺术语言的表现方式契合了某种心境。曾经看到一幅画，一只小鸟单脚独立于一支枪管之上，鸟眼若无其事地向远方眺望。鸟语花香与枪林弹雨，落拓不羁与优雅内敛，战争与和平，存在与毁灭，不同的观者可以有不同的感悟，这就是艺术语言的张力。有一些人人看得懂的画面，则显露出平庸肤浅，这与画家意境不高、语言贫乏有直接的关系。即使是素描这一外部造型艺术的基础，现代素描也强调个人的内心感受方式，比传统素描更加注重形式感。与颠覆取代式的技术进步不一样的是，艺术家用的画笔、颜料、纸张可能没有变化，但是艺术形式必须创新，艺术语言应该转化。

重读一个世纪前胡适等人的白话诗，你会感受到其语句的幼稚之气，而在当时，已掀起了文坛的惊涛骇浪。当年从巴黎返回国内从事艺术教育的刘海粟，开设的裸体写生课程，引发的争议，同样也惊世骇俗。我们今天所见的当代艺术，有一天也会走入传统的行列。所以黄坚说，如何定位艺术的当代性精神，首先要有面向未来的全球视野。因之，对传统进行解构与再造，艺术语言的革新，表达方式的尝试，对他来说，一切都显得自然而然。我们不必用“过人胆识”“冲破樊篱”来形容他的探索，因为在他眼中，艺术当与时俱进，如同四季轮回一个道理，自己做的只是一个艺术家应做的活儿。从身份上看，黄坚无疑是彻头彻尾的学院派，福建师大艺术系毕业，进修于中央工艺美院，并在中国艺术研究院做过访问学者，长期在泉州师范学院任教，严格的职业训练和种种规范规矩没有让他成为“套中人”，反而让他见多识广，志存高远。

他曾担任泉州师范学院美术学院副院长、院长达 7 年之久，按

黄坚国画作品

部就班、文山会海的烦琐事务，管理队伍、教书育人的本分职责，没有消磨掉内心深处一亩三分地的“野蛮生长”，这便是一个艺术家之“幸”。不管他承认不承认，我以为黄坚是一个天性好玩的人，一个“见异思迁”的人。他的每次个展，几乎都是一次全新的亮相，从花鸟到山水，从剪纸到摄影，从黑白画到民间雕刻研究，不落俗套，另辟蹊径，玩出新意，正好暗合了他的自由表达与个性追求。

在全球化语境中，中国画走向何方？早在20世纪80年代，李小山的《当代中国画之我见》曾激起艺术界不平静的波澜，“中国画穷途末路”的结论明显过于偏激武断。李小山认为，中国画的历史是一部在技术处理上追求意境所采取的形式化艺术不断完善、在绘画观念经验上不断缩小的历史，当代中国画家的苦恼、惶惑、反省、深思折射了历史演变的特点。范宽和朱耷的作品令人赞不绝口，既表明观者审美观念先入为主，也表明作品的确引起观者审美情调和形式感受上的共鸣。用传统眼光看待中国画，只能承认古人的伟大和自己的渺小，所以当代画家必须从形式框框中突破出来，这一点不无道理。在黄坚的笔下，同样有山水，但不是范宽作品的精致模仿，也不是范宽作品的变形处理，而是对经典的一次解构，他自觉地与传统水墨的空间意识拉开了心理距离。也就是说，他不走别人技术处理的老路，而是在解构过程中与名家大师平等对话。在“致敬”系列中，如对波洛克、草间弥生、蒙特里安，他更把对话放在更广阔的国际语境之中。纵观黄坚的近作，由于时空重构，当代性得到进一步的强调。在现实生活中，时间永远无法返回，可以重返的只有艺术新的经验。山还是那座山，四季照样是春夏秋冬，而我们漫游在黄坚创造的“山水间”，呼吸到的已不再是古人的气息。作为一个现代文人，黄坚颠覆了传统文人的审美情趣，这种变化也有异于他自己以前曾经痴迷的“重返经典”时期的山水营造，呈现出更加私人化的言语表述风格。

一般而言，国画颜色沉静素雅，油画颜色鲜明强烈。黄坚的作品，从作画工具、点面结合、散点透视、留白处理上一眼可以看得出国画痕迹，然在命题立意、谋篇布局、色彩运用、意象营造上突破常规，尤其是山水的着色，大胆使用大红大绿大黄大紫，打破了常态图画的主导色调，也不刻意在图中突出某一座山、某几朵云的核心地位。在似与不似之间，他更想要的是整体氛围的渲染，是不凡气势的营造。他的下笔之处，因为没有具象之物，看起来随意轻松，实则“山”在胸中。颜文梁先生生前论色彩时曾经说过，客观地辨别色彩，也是靠不住的，因为我们的视觉感官也未必靠得住，正确辨别颜色，要经验与理论并用、客观与主观并用。当代画家的创造性，很大程度上体现在对于色彩的主观把握能力上。如果使用色彩全凭客观，艺术家就会一无主张。阴晴寒暑，时空交替，通过色彩流露出的意绪，艺术家传达了山水之间蕴含的天籁和自己对“梦”的解析，而观者也获得了有别于旧文人画的欣赏价值。

泉州在古代即是海上丝绸之路起点，文化底蕴深厚，同时也是中国设区市中最大的侨乡，自古以来便是对外交往的门户。开放与守望，是泉州文化的两大特征。对现当代艺术不倦地探索，是泉州籍艺术家群体显著的文化先锋表现，也因此，出现了蔡国强、黄永砯、王明贤、向京、陈文令、吕三川、苏上舟、吴达新等一批闻名遐迩的知名人物。与他们相比，黄坚迈出的步子没有他们那么大、走得也没有他们那么远，但他求索当代艺术的目光一点也不短浅。而且，他还因为教学与研究的需要，投入更多的理性思考，深度梳理现代与传统、世界性与本土性的相互关系，用心构建属于自己的文化图像。有人问，黄坚善变，且涉足美术的诸多领域，是否会“散而不专，专而不强”？对于这一点我并不担忧。多年前我读过黄坚对蔡国强、黄永砯的专访。蔡国强说：万变中求不变，搞久了，人家就看到你的规则。黄永砯说：所有的发展都能追溯到一种渊源，很难说另起炉灶，艺术家应该不断自我定位，不断移动自己。在喧哗与躁动的当代画坛，无论是所谓的价值重估还是视觉革命，都有过理不清说还乱的话题，黄坚既不故意语出惊人，也不会去蓄意制造艺术事件吸引眼球。他那散淡从容的性格，只要有一间画室、一壶茶、一支烟，就足以让时间消融，让激情勃发。一旦艺术家的心境旷达，画境自然就少了媚尘俗气，不管是千里江山，还是雨后云海；是红砖厝，还是海之岛，我们看到的是灵动而活泼的风景，是模糊而清晰的印象。

100 年间，关于中国画的发展，从刘海粟、林风眠到傅抱石、吴冠中，从谷文达、徐冰到朱新建、一了，创新与争议一直没有停止过。传统水墨面对一个与国际平等交流的当代语境，是笔墨蜕变、脱胎换骨，还是笔墨回归、倡导复古，我们不要急于去下结论。有一点无法回避，那就是在多媒体、多元化、全球化的艺术大观园中，为了让“水墨精神”闪耀新的光芒，需要许多具有当代意识的中国艺术家共同努力。黄坚作品不断追求自我超越，不从题材方面与古代“对话”、不与传统水墨“合作”，其现代性思考和实验性意义，相信会越来越得到应有的重视。

（黄坚著《解构经典》序言，福建美术出版社 2017 年版）

| 情趣的天空最辽阔

北大名教授陈平原说：“学者不是为了学问而活着，而是为了更好地活着而做学问。”话外之意就是，学问不等于人生。陈教授长年累月坚守书斋，皓首穷经，著述丰硕，尚发此感慨，可见，人生的意义和乐趣确实不只体现在学术论文的数量上。做一个有学问且有情趣的“人”，而非做一台学究“机器”，应该是黄坚教授的艺术追求。

说到泉州艺术圈，黄坚是绕不过去的一个人物。1988 年，只有 27 岁的黄坚在福建省立美术馆举办了个人综合展，在当时的艺坛就引发了一阵不小的声响。年轻有为，才华初露，夸奖的掌声与质疑的嘘声一齐涌来，可贵的是他没有被冲昏了头，因为我们又一次次地听到了关于他的新闻：黄坚中国画展，黄坚黑白画展，黄坚剪纸作品展，黄坚水墨画展，以及他参与的现代艺术联展……

几年中，我不断阅读到黄坚论述中国古代绘画、前卫艺术、美术教育的论文、随笔，私自以为，他观察敏锐，善于思考，是块做学问的料儿。特别是他对惠安老家惠东妇女服饰的研究，见解独到，说理深刻，一点不逊于人类学、社会学、民俗学专家的分析水平。曾经为一直在“变”的黄坚不安坐学院冷板凳而惋惜，没想到，他却一次次地把“惊喜”这个词推到我们的眼前。这不，《走向珠峰》摄影展又与观众见面了。

也许，艺术最大的有趣之处在于要改变人们对世界的固定看法。对于艺术家来说，重要的是他的艺术观，至于画笔还是镜头，不过是表达心性的工具而已。与摄影相比，绘画是种非常古老的职业，而摄影进入中国后很长的一段时间，照片的意义不外是档案与文献，即使是器材开发商，视觉表现在技术化的镜头中只等同于精准度。黄坚驾驭的是绘画艺术与摄影技术兼备的马匹，奔驰于城市与山野之间，此前的《生活在路上》，以影像的方式思考都市生活，他的街头观察不是一般意义的看客闲情，而是用一种特殊的眼神打破语言的沟壑，让人在不经意间窥见都市的隐秘，温暖、冷酷或者荒诞。

《走向珠峰》则是黄坚本命年的力作。这年头，去西藏的 10 个人中起码有 7 个半说是追寻精神家园的，好像非得让本来就稀薄的空气更加难以呼吸才算达到目的。我想黄坚抵达珠峰大本营的目的并非文化寻根，而是一次心灵的放牧，说白了，在一个特殊的年份，逃离都市片刻，放纵一下自我，“爽”一下心身而已。如果硬要套上什么寓意，登山本身就是最好的解释。王石说，为什么登山，因为山在那里。尽管任何一种文化姿态，都可能被别人误读，黄坚向往的圣地，必定是艺术的高峰吧。

我在黄坚之前也到过藏地，到过那片梵天净土，面对大昭寺前伏地膜拜的藏民，面对八角街上手持转经筒的信徒，在精神与物质的巨大反差中，那种气静神定的满足令人动容，谁穷谁富，谁更值得同情？一时是说不清的。翻阅黄坚的“西藏印象”，我有了更明确的判断。在黄坚的镜头下，青藏高原最震撼人心的不是蓝天、白云、雪山、阳光，而是有别于纷扰世俗的清净、淡定。黄坚曾经说过：“在黑白两极分化的平面中，存在着不寻常的艺术张力，黑白并置从形式这个角度说，视觉模式所受的冲击是巨大的。”黄坚把西藏的诱惑用黑与白表现，说明他更看中的不是唯美的风景，因为人文的力量，足以化瞬间为永恒。

既然摄影不是黄坚的专业，那么观者自然没有必要带着显微镜去挑剔其中的瑕疵。法国摄影家让鲁夫·西夫说：“我只是为了体会快乐而拍摄。”再说，作品的气韵，或者说意境，功夫必定是在纯粹的摄影技术之外的。今天，我们生活在一个读图时代，我们对世界的认识更多地来自传媒的信息，其中，包含数量可观的摄影作品。现实与真实是两个不同的概念，黄坚走向珠峰途中每次快门闪动所产生的画面张力与意象能量到底有多大，我相信每一位阅读者的目光。

（原载2009年8月31日《泉州晚报》）

画笔陪他德国行

蓝蓝的天空，悠悠的白云，翠绿如洗的草地森林，颜色纷呈的民居建筑，高高的塔尖一定是庄严的教堂，田野葡萄飘香，山顶古堡挺立，偶尔有鸟群飞过头顶，留下一串婉转的曲调，应和着远处唱诗班的歌声。这是德国西部城镇最平常的景象。

这也是著名油画家彭传芳回国后还定格在脑海中的画面。整整两个月，这是经常外出写生的他离家最久的一次。因为语言不通，饮食习惯不同，他踏上德国的土地时曾担心难熬的这段日子，没想到是如此多彩珍贵。一个人的旅行是寂寞的，然而，政府牵线，画笔有缘，他有幸零距离与德国民间进行了一次亲密接触，体验了泉州友城诺伊施塔特市（以下简称“诺市”）尊重艺术的氛围和宾至如归的亲善。

彭传芳这次德国艺术之旅，源于去年10月诺市副市长马克魏格尔的泉州之行。在那次交流中，泉州市政府决定，应邀派出一名画家出席今年7月于诺市举办的第二届国际艺术研讨会活动。泉州与诺市16年前缔结为友好城市，作品曾经作为泉州礼品赠予客人的著名画家彭传芳自然成了首选人。他没有想到的是，与来自11个国家的11位艺术家共同参加了一周的研讨交流后，只有自己被主办方留了下来继续创作活动。

彭传芳在德国街头写生　供图 / 彭传芳

彭传芳的起居被安排在一幢精致幽静的别墅中，那是当地最高档的一个住宅小区，远离尘嚣，鸟语花香。主人住一楼，他住二楼，站在阳台上，可以眺望山下的城市全貌。诺市的华人很少，市府特地请了当地颇有名气的一位华人来当翻译，配备给他一部专用移动电话，一辆休闲山地车，还办了一张除了飞机以外都可乘坐的交通卡。“电话最好用，我不懂外语，翻译不在时，要到饭店吃饭、百货店买日常用品，我就拨通翻译电话，让她与店方说话。”

德国人过惯了安静的生活，加上语言沟通需要中间环节，彭传芳兴趣点又是无须高谈阔论的画画，回想起来，他说一天常常只说一两句话。当然也有例外，有一次，翻译带着他外出写生时，路上碰到熟人，两人悄悄话谈个没完，一个钟头就这样过去了。至于在街头喝咖啡的人们，根本不把时间当回事，一坐下来就是一个下午。

“不过德国的环境的确是一流的，几乎到了难以挑剔的地步，处处入画，移步景迁，有时候，我干脆什么都不想，一个人面对着山坡、小河、乡村、街头发呆，觉得发呆也是一种享受。”也许因为环境好也带来了压力，他每次洗澡后，都要蹲在地上细细检查好久，生怕留下一根头发——德国人太讲究卫生整洁了。

巧得很，当彭传芳抵达德国时，分管文化艺术的诺市副市长马克魏格尔正率团在泉州访问。马克担心彭传芳生活上不习惯，每天都要过问情况，他发动家人，包括未婚妻及其母亲，带着他去欣赏音乐会，游历艺术馆博物馆，参观古堡和葡萄酒酿造厂。诺市是个只有六万人口的小城，却是欧洲著名的葡萄酒原产地。

在市议会开会期间，诺市市长瑞夫勒特地向议员们介绍来自中国的油画家时，全场热烈鼓掌。“那一刻，我感到作为中国人的光荣。” 无论是参加国际艺术研讨会，还是在 8 月 5 日至 12 日举行的个人写生画展上，彭传芳都受到艺术爱好者的追捧，有的家长还带着学画的孩子赶来现场向他请教。

更为感动的是，生日那天，远离家乡的他，想按照泉州的风俗吃份面线鸡蛋，便向翻译提了个小小要求。结果，还在泉州的马克魏格尔副市长得知了这一“重要情报”，立即电告其未婚妻，这位正在 500 公里外的一座城市办事的美丽姑娘，二话没说，携带着一大瓶名牌啤酒开车赶来祝贺，然后又风尘仆仆地回去了。

彭传芳油画作品《西街》

彭传芳回忆当时的情景，眼角再次湿润起来，“真正的礼轻情意重，500 公里，换成我，也不一定能够马上就做得到”。

莱法州福建友好协会会长第特罗夫・冯・勃伊斯伯爵是中德友好使者，多次捐赠中国公益事业。他也是泉州人民的老朋友，还积极推动泉州与莱法州的文化团体和新闻媒体交流。

出生于 1945 年的伯爵看起来比实际年龄要年轻得多，他本身是一位艺术家，任过莱法州艺术家协会会长。2004 年、2008 年先后参加武夷山中德艺术家创作活动、厦门中德艺术家创作活动，担任福建师大、福州大学客座教授。伯爵夫人莫妮卡目前正在写作一部关于中国的书。出于对泉州人民的友谊和对艺术家的敬重，伯爵特意把彭传芳接到家中住了一个星期。

这个星期是彭传芳最难忘的日子。伯爵家是个大庄园，房间众多，花木掩映，环境优美。彭传芳最喜欢的是那间宽大的画室，德国夏季的阳光来得早，清晨的空气中带了点雾，隐隐可以闻到草木的清香，他几乎是处于亢奋状态，总是早早起床，对着院中景色，默默地画了起来。伯爵起床后，自然成了画作的第一观众，两人一天的生活就从谈画开始了。

彭传芳的足迹跟随着伯爵踏遍莱茵河畔，每天更换写生地点，每天挑选不同的中国饭馆吃饭，写生期间，伯爵找了位福州籍的德籍华人当翻译，可见用心。

彭传芳说，当地的画作以抽象为主，但已出现转向的苗头，这是一个曾经大师辈出的国家，创新是必然的，但传统不能隔断。他的色彩明快的写生油画得到德国百姓的好评，也从一个侧面说明传统艺术的价值。

他走访了许多德国家庭。家家户户的大厅、房间和楼梯旁都挂着画作，主人们似乎不大关心艺术品市场价格的高低，墙壁上的画作也非价格高不可攀，他们过的是有艺术有品位的生活，而非开口闭口投资买卖、保值增值。

有人说，欧洲最值得看的艺术只有三个女人与一个男人，即蒙娜丽莎、尼姬、维纳斯和大卫。其实，流淌于百姓眼中的艺术欣赏能力，才是一个社会诗意生存最宝贵的财富。行走德国，感受欧洲，彭传芳这样想着。

（原载 2011 年 10 月 21 日《泉州晚报》）

踏遍青山人未老

1977年初，中国历史刚刚结束了一个疯狂的年代。夹杂在那些重大政治事件之中的一条地理类新闻，曾给生活在风云变幻中诚惶诚恐的人们带来几分欣慰：最新科考结果表明，长江源头源自唐古拉山脉的各拉丹冬雪山，向东汇流入海，全长6300多公里，如此测算，长江的长度比过去5800公里的说法多了500公里，“长”成世界第三大江。

茹遂初　摄影/王图

消息是由长江规划办公室发布、新华社刊发的，权威性不容置疑。而这次科考的发起者却是个摄影记者，他的名字叫茹遂初。

蓄着一头银发，留着满腮白须，而今的茹遂初已是个离休10年的老人。岁月的风霜增加了思想的深度，眼神犀利，话语敏捷，健步如飞，他丝毫不把年龄当回事。前日，当自己的巨幅作品《大江之源》展示在泉州华侨历史博物馆的《名家巨幅风光摄影艺术作品展》现场时，他似乎又找回当年的感觉，凝眸静观，心间风云再起。

1949年初，16岁的茹遂初凭着年轻与热情，加盟新华社西北分社，最早当誊写员，帮编辑抄正新闻稿再交印刷工人刻印，后来转为文字记者。一天，总编辑林朗叫住他说，东北分社送来台旧相机，决定让他去学摄影。这头“初生牛犊”只图新鲜，不知天高地厚地应允下来，没想到竟改变了他一生的选择。因为没有老师，摄影组的几个年轻人轮流把守，无师自通，没有胶卷，就用放大纸代替，慢速成像，拍个轮廓。茹遂初清楚记得，第一次作品见报，拍的是西安一次和平集会的场面，登在《群众日报》上，送稿后一夜难眠，次日读报，见版面上有一处形象绰约的灰暗方块，纳闷间定睛，大吃一惊，原来这就是自己的处女作。当时的印刷技术差，纸质又不好，能配照片已属重大突破，这样一想开心了，又是一夜未眠。茹遂初的照片见报率越来越高，知名度也越来越高，1952年《西北画报》创办，他成了记者组组长，2年后，又奉调到人民画报社工作，直到1993年离休。

因为是同行，茹遂初先生与笔者一见如故。39年的记者生涯弹指一挥间，轻描淡写中，两个最出彩处，应是黄河、长江之源的踏勘拍摄。

茹遂初说：“个人不能超越时代，在一定的空间尽到记者应做的事，便是人生的意义了。”“文革”期间，他为寻找突破苦苦思索，终于，一个大胆的念头出现了：走进黄河源，向外面的世界展示中华文明神秘而壮美的源头风光。因为立意高远，很快得到报社批准并获得黄河水利委员会的积极配合。1972 年秋，一支包括多名水利部门专家和茹遂初等组成的采访小分队一路跋涉到达扎陵湖畔，随后在 7 名当地藏民的带领下跋山涉水，风餐露宿，向黄河源进发。在高山缺氧的情况下，一天要赶 10 余公里崎岖的山路，累个筋疲力尽不说，最苦的还是宿营：水流、干牛粪和马匹吃的草地，是宿营的基本条件，在 4000 多米的高原荒漠，草木难长，人烟稀少，找个适宜过夜的地方还真是不易。

“一路上我向往着黄河的壮美。好像听到河水的滔滔声响，没想到它的源头，不要说没有雪山，连条小河都称不上。”茹遂初不禁大笑道。这就是黄河源头，只见地下涌出的一泓清水，形成一个小池，溢出的池水再向低洼处渗流，渐成一股小流。正是这不起眼的温顺的山泉，汇流东去，凝集成中华民族的母亲河，五千年的文明与其间无数的灾难犹如黄河中下游奔腾的波涛，难以诉清，难以平静。到了黄河源，有点失望，但是和平安详，是人类永远的呼唤，积水成渊，汇流成河，大自然本身也是充满哲理的神祇。

《人民画报》以 6 个彩页刊发了茹遂初的黄河之源组照，自此以《大河上下》为栏目连续报道，引起一阵话说黄河热。历史上多次有人发誓“穷河源”，唯有此次，算是借助现代摄影技术如此逼真地把黄河源呈现于世人面前，给在狂风骤雨中的国民寻回一丝平静与自豪的心境。而此时的茹遂初，却因旅途中被惊马摔到地上，

导致腰伤，“幸好，贵重的相机没有伤着”。在他眼中，摄影早已成了生命存在形式的一部分。

相对于40多天的黄河溯源之旅，长江源头行的条件要好得多了。那时，连个通信工具也没有，茹遂初甚至做了最坏的打算。1976年，他向水利部建议，对长江流域进行实地采访，全程报道，以长江的保护、开发来反映社会主义中国的巨大变化。不久，长江流域规划办公室找上门来，双方一拍即合，并决定由《人民画报》《人民中国》、新闻电影制片厂、长江流域规划办公室等单位联合组成考察小组，兰州军区特令青海省军区作战部指挥此次行动。20多人分乘3部吉普、2部舟桥专用车浩浩荡荡沿青藏公路奔去，时为1976年秋季。

长江源行程多难哪，车队一进入沼泽地带，行动就迟缓了。大家心里明白，表面平坦的草地充满了陷阱，一旦草皮被局部破坏，

茹遂初摄影作品《大江之源》（局部）

轮子便掉下去，而且越陷越深，直到难以逃脱。重重复重重，在大山深处转了几天后，终于向车子道声告别，换上马匹，分头行动，茹遂初是这样描述当时情形的：“我与一位同志上各拉丹冬，走了两天。到了6000多米的雪山地带，见天色昏暗，遂安营扎寨，第二天醒来，才发现帐篷就支在冰块上，联想到中途因高山反应严重送往格尔木的几位同志，特别是胃部大出血的一位同志的处境，不禁倒抽了一口冷气。”

雪山、冰川群、潺潺的水流，找到了。长江之源找到了。茹遂初的眼眶湿润了，想象中的情景与现实一样壮观。不巧，碰上阴天，四野静谧，天籁无声，冷暗色调织出的苍凉感异常强烈，茹遂初眉头紧锁，他把军大衣的领口翻起来，顶着刺骨寒风在附近转转，物色一处拍摄全景的合适地。一个难忘的晚上，时针还未指向清晨，醒着的茹遂初迫不及待地把头伸出帐篷外。“太好了！”他几乎是大喊起来。万里无云，天空像洗过一样，蓝得像刚上了新漆，冰川在阳光下熠熠发光，白得有些刺眼，仅仅一会儿，就感到脸上的灼热。他近于疯狂地抓起相机，走出营地，就是没看到冰雪消融时的辫状水流，没有流水，怎解释江之源。初步判断，下午3时是拍摄最佳时机，他必须提前赶到物色的拍摄地点，意想不到的事情出现了，每走一步，心脏就像要跳出来似的，走走停停，几百米的路走了两三个小时。这段路很短，退却了，就意味着全局的失败。到达预定地点，时间正好是3时多，他迅速地打开瑞典产哈苏相机，啪啪啪一连拍了3张接片，长长舒了一口气后，再一次按下快门，糟了，胶卷没了。当他换上胶卷，刚才还晒得皮肤发痛的阳光不见了，天气灰暗下来，寒风劲吹，脸部像被刮起层皮般难受，他忍着，希望天公作美，太阳终于睡去，等来了黑夜。这一晚，拍到了长江之源并没有使茹遂初心满意足地睡个好觉，相反地，他担心那一组照片的效果，毕竟，历尽千辛万苦，千里迢迢来到这里，就是为了这一神圣时刻。

犹如天助，照片后来在北京冲洗成功，并发表于次年的《人民画报》。长江之源掀去了神秘面纱，展现它迷人神奇的风采。茹遂初的名字，再一次引发群情激奋，好评如潮。一位美国读者在来信中写道，本来已不再续订，看到连载的长江系列介绍，很喜欢，不但改变了主意，还特地增购5本，要送予朋友分享。

静穆的大山，沉寂的谷地，没有森林，难见一两株乔木，连草儿也变得更加娇小柔弱，湛蓝的天空下，冰川白马群般自远方不期而至，定格于茹遂初的镜头中，烈日下那一道小溪流、源于冰川、默默东去……骄傲，来自曾经拥有与神山独家对话的缘分；遗憾，因为刚刚过去的20多年间，长江源冰川已消融了300米。茹遂初感慨："我的作品成了历史的见证，但愿能唤起人性对大自然的热爱，从而树立环境保护意识。"

摄影是一门艺术，数十年融摄影于生命之中的茹遂初，有着高超的摄影技艺，他不会轻易否认摄影的艺术意义，但他坚持认为，无论做什么事都要与时俱进。现代生活对摄影提出新的要求，摄影不仅仅是一门艺术，而且还是传播信息的一种手段，最理想的是观阅者从中获得知识性与欣赏性的双重满足。

近10年来，不服老的茹遂初，足迹遍布大江南北、长城内外，他经营着一个《中国的世界遗产》系列图书计划。目前，这一印刷精美、图文并茂的系列出版物已完成黄山、大足、平遥、丽江、曲阜、长城等遗产内容的拍摄编纂，也许，这就是他所指的，离休以后，有时间做一些有利于社会的事了。

一头长发与美髯诉说着岁月的沧桑故事，茹遂初如同他拍摄的风光照片，激情与冷静，理性与奔放，丰富与独韵，尽情抒发着生命的强音。结束《丝绸之路》项目的拍摄制作工作后，他又在酝酿为武夷山"造像"了。

（原载2003年8月24日《东南早报》）

情随画生风骨在

再过几天，我们将迎来辛亥革命100周年，一幅以百年中国历史巨变为寓意背景的30米长、1米高的国画长卷《百虎图》，也在泉州完成了最后的创作。八旬高龄老画家，8次挥毫绘百虎图。每次动笔，凌晨即起，漏夜挥毫，全幅长卷画下来，都要花去数月甚至数年的心血。第一次，也许图个新鲜，或者想创个纪录，劲头

“虎痴”郑福生　摄影 / 泉晚

自然心中生，但是同一题材画了8次，再强烈的功利感也已不复存在，即使是身富力强的年轻人，没有坚定的毅力恒心，恐怕也是没法做到的。

说起《百虎图》的作者、著名军旅书画家郑福生，《泉州晚报》的老读者应该不会忘记。祖籍泉州、任职南京军区后勤部的他曾于1985年、1993年在家乡举办过作品展，2006年老人又把“创作季”设于老家，当时本报和泉州电视台还做过专题报道。近日，在多位书画家的指点下，我在老市区许厝埕找到那条狭窄逼仄的井亭巷内郑福生的住址。郑老一接电话，连声说：“你等着，我出去带路，你注意一个手握报纸的老头。”先是闽南腔的普通话，后转为地道的闽南话，爽朗随和。

郑福生的老屋虽是翻新的，但旧城寸土寸金，十余平方米的画室，是我见过的名画家中最简陋的，没见到精致的家具设施，倒是一大堆颜料瓶以及台布上色彩斑驳的影子，透露出主人的身份。墨汁未干的新《百虎图》藏在哪儿？我正想发问，一位中年人推门而进，他是郑老的外甥，专程赶来帮忙的。待他从楼上搬来一捆布匹似的东西，我明白这重达20多斤的作品应是《百虎图》了。因为场地限制，观图只能一边铺开一边收起，这也好，此长卷本来就分为沉睡、觉醒、斗争、奋起四大部分，因为立意高远，构思巧妙，四部分既有各自的情节，又有机融合成一个整体，一气呵成，气势磅礴，蔚为壮观。

泉州是港口之城，郑先生的作品多展现深山密林虎踪，何由？“我先后就读佩实（通政）、晦鸣（七中）、培元、建国等学校，在小学、中学时画图就小有名气的。高中的英文老师吴大宏喜欢收藏，有一次，他拿出一张日本画家画的老虎，要我临摹，没想到我一见钟情，而且一发而不可收，与老虎结下数十年的奇缘。”鹤发童颜的他笑了，回忆起当年跟著名画家李硕卿先生学画的往事，喜形于色，一脸舒展。

虎是百兽之王，画虎是中国画的一朵奇葩，画虎的名家单近代以来就有张善子（张大千的二哥）、胡爽庵、刘奎龄、刘继卣、李平野、冯大中等，徐悲鸿、高剑父等大师也都留下存世的虎画力作。虎形象神威，具王者之范，兼仁兽之风，传说抗日战争时期空中斗士“飞虎队”的命名与陈纳德将军看了张善子的虎画有关，事实与否无从考证，但是虎自然是用以象征威武雄壮之师的最好载体。1949 年，郑福生考入华东军政大学，毕业后长期在部队从事宣传文化工作，尽管成长为师级干部，本质上他依然是一名书画家，火热的军营生活铸造了他的绘画风格，以丹青壮军威成了他一生不变的追求。曾经有一次，为配合“人人争当小老虎”活动，他画了两幅虎图，南京军区向守志司令员、付奎清政委非常满意，随即题词并要求印发到基层部队张贴宣传。

被称为“军中虎王”，郑福生反之内心感到一种压力，他觉得还没有画出一幅真正能够体现其创作思想、创作技法、创作成就的得意之作。60 多年来，他画了无数的老虎，从单虎到双虎再到群虎，或威严或凶恶或温顺或顽皮，姿态各异，极具虎趣。他希望天天有体会，年年有提高，每 5 年至 10 年有一次飞跃。机会往往在水到渠成时到来，1997 年是香港回归年，何不用百虎图来反映百年中国的沧桑巨变？但是毕竟是 19.97 米的长卷巨作，从构思到成稿到装裱展出，花去他将近 3 年的宝贵光阴。可喜的是，作品一出炉随即产生轰动，曹刚川、魏金山、郭林祥、周子玉上将等三军高级将领都专程到中国军事博物馆参观，给予高度评价，时任军委副主席、国防部长的迟浩田上将特意来信祝贺。一直关注郑福生艺术发展的南京军区老政委杜平生前为其展览题词：“扬虎志壮军威”。

《百虎图》之所以引发轰动效应，在于主题宏大，寓意深刻，情节生动，环环相扣，动静结合，疏密有度，虚实相生，浓淡相宜。画虎难画骨，前人画虎陷入“千虎一态”者众，百只老虎没有一只的神态、动作是重复的，且要做到前后呼应，谈何容易，郑福生不但做到了，还赋予它们各自拟人化的情感，悲伤、愤怒、疯狂、委屈、失望、同情、高兴，无论是舐犊之情还是残酷厮杀，是一发千钧还是万壑生风，是激流横渡还是群雄出山，说是观虎，其实是回眸重温重大历史事件，是观察时代风云与社会生活。观众直面磅礴画卷，自然浮想联翩，不免心潮澎湃，仿佛耳边生风，如闻啸声雷动，情感难以平静。

一个人功成名就时，若把持不住，过度自我膨胀，等于终结艺术生命。表面上十分风光的郑福生一次次地与自己较起劲来，不断地否定自我，像老虎一样认定目标勇往直前去寻求突破。2011 年是中国共产党建党 90 周年，也是辛亥革命 100 周年，又是一个难逢之年。早在年初，他就匆匆从南京返回泉州，静静地潜伏在小巷深处，开始第八次的《百虎图》创作。“七八个月来，他都是凌晨四点起床作画，除了吃饭，晚上也画，就是年轻画家都难以坚持下来的。”从他夫人的介绍中，听得出心疼与自豪。“也有外出的时候嘛，屋里没有地方铺纸，打整体草稿时，就去了好几趟浮桥，在那里的一处礼堂里画画。”他笑哈哈地纠正说。

对照新旧《百虎图》，不难发现笔法变化的痕迹。郑老早已总结了一套娴熟的技法，如4个“由淡及浓”的创作程序，“以点组线，点线结合”的用笔方法，“以虎为师，以师学法”的艺术思想。“无情则无画”是他经常说的一句话，猛兽不是无情物，没有感情的寄托，画得再像也难令人动容。每一次画百虎，都不是简单的复制，新版《百虎图》的特点在于融合形、笔、色、神、意、势，其中虎斑的画法与此前作品有了明显差异。画虎的斑纹最关键，许多人家厅堂中的虎画太艳俗，败笔在于虎斑。郑老分析说，虎斑最美也最难画，他在传统使用的黄色中加入赭石和绿，经过不断尝试，大胆探索，虎的身躯显得更具厚重而华丽的质感，画面气场效果特别饱满。这，大概是郑氏画虎的绝技了。他认为，创新不是像中彩票一夜成功，不要怕人家说闲话，自己早年画的虎斑曾被人说是斑马纹，反而促使你去思考钻研，重要的是你要有广博学识，能够触类旁通。他会作曲，善书法，爱读书，83岁仍在“好好学习，天天向上”，把自己当作青春少年，让未泯童心映衬美丽夕阳，艺坛少见。

8次画百虎，历经16年，郑福生几乎成了一个虎痴，一天不画虎，饭菜吃不香，至今还经常深入连队为官兵写字作画。“我不是冲着商业价值而来，我是一个60多年军龄的老兵，人民军队培养了我，我必须为时代而歌，奉献出最美的画卷。”这也许是他退而不休，老当益壮的真正原因吧。

（原载2011年9月27日《泉州晚报》）

心手双畅　入妙通灵

未见到朱守道已闻其名，见面时却有点失望。1955年出生的他看起来比实际年龄年轻，说起话来没有艺术家常见的激情动作，更没蓄一头长发或美髯。总之，他看起来是再普通不过的一个中年人。

慢慢地，朱守道露出了文静以外的健谈，说到书法，他便有不尽的话题，那种关爱之情，犹如面对着一生难舍的情人。现实中的守道正是这样，不温不火中显见满腔热情。

作为中国书法家协会最年轻的理事之一，朱守道在京城艺术圈已有相当高的知

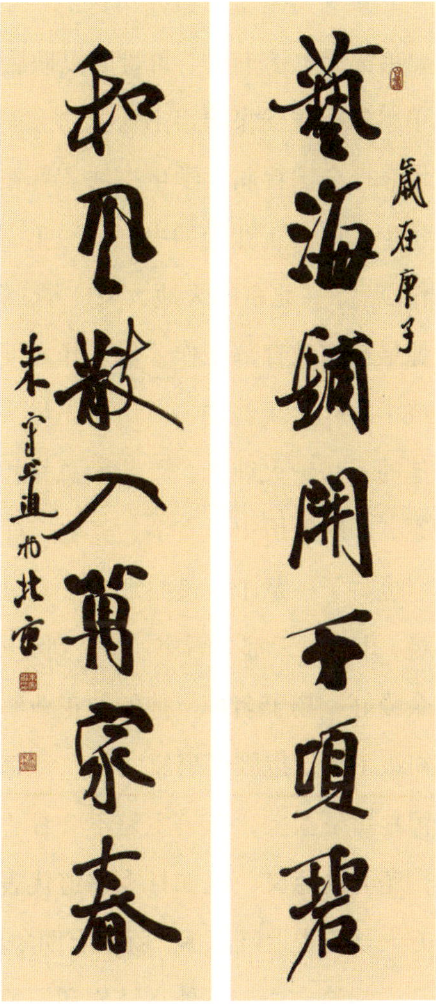

朱守道书法作品

名度。1999 年元旦，中央机关 10 位知名书画家在中国美术馆举办作品联展，中央电视台、中央人民广播电台等媒体都做了专题报道，一时好评如潮，这其中就有朱守道。去年大年初一，在央视《跃马迎春》大型综艺节目中，朱守道现场讲述春节、春联与书法的关系，并当场援笔濡墨，写下“同驰千里马，更上一层楼”的对联，赢得满堂喝彩。据说，当晚他家中的电话快被祝贺的朋友们打爆了。

朱守道出生于泉州市区的一个教师之家，在父亲的影响下，三兄弟都迷上了书法。哥哥朱以撒后来成为福建师大教授、书法名家，弟弟朱祝曾任泉州市书法家协会副秘书长。朱守道成名较早，1981 年夺得全国首届大学生书法竞赛银奖时，他还是厦门大学中文系的学生。但真正让他的书法“更上一层楼”的，是毕业分配到北京工作以后。“北京的天地太宽广了。”朱守道庆幸拥有良好的发展机遇，他最初在教育部工作，借工作之便，与书坛泰斗、北师大教授启功成了忘年交。他说：“启功先生文品与书品一样高尚，他的博学让他的书法炉火纯青。”艺术总是相通的，很难想象一位有成就的书家，却缺乏历史、文学、美学、哲学的修养，启功一辈子都在学习，字也写了一辈子，最终形成了自己鲜明的个性风格。守道以他为楷模，几乎每天都要看书、写字到深夜，穷经究典，细心揣摩，使得“业余爱好”扬了名声。他的“正业”是一位官员，全国人大华侨委的司级干部。也因了书家之名，每每出差，总要笔墨随身，没有在逗留地留下墨宝，东道主是不会甘心的。“不要小看书法，它也有为国争光的意义，比如日本书道代表团来访，中日书家联欢酬唱，双方人马轮番上阵表演，就很有明争暗斗的味道。”守道不无自豪地说。

临池之法，不外在结构和用笔，结构之功在学识，而用笔之妙在性灵，故书之精品必神、气、骨、肉、血俱全，缺一不可。朱守道也不是天生的书道之人，一个字写了几十、几百遍还达不到效果，“一声长叹”也是常有的现象。要提高水平就要耐得寂寞，他把读帖观碑当作与古人的心灵对话。1983 年第一次去洛阳龙门，面对钟爱的魏碑原件，他几乎热泪盈眶，谈到当时的体会，他说如同见到久违的亲人一般。

博采众家之长，让笔与心在点画中自由行走，或云鹄游天，或群鸿戏海，朱守道融合魏碑的雄强气度与宋明文人书法的清丽婉约，形成自己自然清新的特色。他在全国书展中屡获金奖银奖，为海内外艺术馆所收藏，出版了《中国书法史话》《朱守道书法作品集》《朱守道书法艺术》等专著，并荣获全国“德艺双馨”书法家、“中国书法百杰”称号，为福建、为泉州书坛增光添彩。

有一份充实的工作，有一种高雅的业余爱好，对朱守道而言，这就是人生最大的幸福了。采访结束时，守道又补充说，每个人都要根据自身的条件选择业余功课，并不是什么人都适合学书法的。举自己为例，他一沾墨举笔，便会忘掉周围的一切，因为他清楚，只有心手双畅，方可势巧形密，骨丰肉润，入妙通灵。如此专注投入，应该是他成功的原因吧。

（原载 2003 年 2 月 21 日《东南早报》）

| 平常之中见奇崛

泉州书坛藏龙卧虎，陈伟平既不是振臂一呼众人应的盟主，也不是领奖领到手酸的得奖专业户。每与书法界人士聊及伟平及其作品，无论老少，均一致点赞，在文人容易相轻的圈子中，实属不易。

为人处世，生存发展，不乏老于世故、投机钻营者，而谦谦君子陈伟平的温润圆融，在于他的平和心态与谦逊为人，他眼中的书法朋友，无论亲疏，似乎谁都不缺可取之处，遇到，看见，必然有所“得”。艺术世界，山外有山，除了勤奋和技法，心性、眼界、涵养、站位，才是成就一名书家的正门道径。

陈伟平小时对书法的兴趣来自初中时的一位名不见经传的语文老师。时至今天，他说到已经天人永隔的当年老师，仍十分缅怀，也感叹时代与命运的捉摸不定。老师琴棋书画样样精通，板书更是无人可以匹敌。少年伟平的好学与悟性引起了他的注意，经常利用课余悉心指导，从乐器到毛笔，只要伟平感兴趣的，老师都尽力去教。直到成人以后，伟平才明白：老师其实是不用同情可惜的，他虽然没有江湖上的名分与地位，却把艺术生活化了，尽管物质上两袖清风，借助艺术怡情养性，内心丰盈，何尝不是人生的终极目的。

当今，不少书法上稍有成就之人，总喜欢与大师名家攀上点亲，好歹附带个师承关系，给自身贴点金、充些气。而以诚待人的陈伟平是说不了假话的，他坦言自己的“导师”（导入书法的老师）的名气只局限于一所乡镇学校，老师提供的那本卷起边角、破旧不堪的《玄秘塔碑》的黑白页面至今牢牢印在他的脑海中，但这就够了。俗语不是说：师傅带入门，修炼在个人吗？

伟平是公务员，按理说，工作繁重，冗务缠身，是无暇顾及写字谈艺的。而他从县城到省城，一路履职，行李中始终携带着几根毛笔，只是研墨运笔会“二王”，常是夜深人静时。

刘熙载说，笔性墨情皆以人之性情为本。书法艺术创作的最高境界是写心，阅读一幅书法，作品的笔法与格调是关键。人面不同，禀赋各异，书道虽一，各有所便。有人写了一辈子，字依然俗不可耐；有人闻风就变，无一专注，盖因取法没有顺应自身性格。无非都是用笔，平摆、绞转、提按，如何在纸张有限的小空间中，在力与情的作用之下，从心所欲，信手拈来，生成字形，谋篇布局，以此舒展才情，彰显个性。伟平深深感觉到，当代书写早已不是日常生活必备技能，其实用意义必须让位于审美功能，建构宏大体系是绝大部分书家难以企及的，继承前人传统，听从内心呼唤，因应气质个性，才是他拥抱书法艺术的初衷与目的。观察伟平的作品，早期取法王羲之、王献之，追求温润清新，倒与其儒雅气质颇为相称。后来介入北碑的练习，兼受明清书坛因袭与开拓的启发，章法愈加大气，行笔流畅，缓疾虚实，跌宕起落，给人以淋漓通透之感，飘逸中见厚重，变幻中留雄浑。

对于这一变化，伟平更多提及到新疆昌吉援疆 3 年的潜心修炼。初到新疆，缘起昌吉州文联组织的一次书画展，全自治区书法界知名人物悉数到场，伟平的一件草书成了众人围观的对象，从评论作

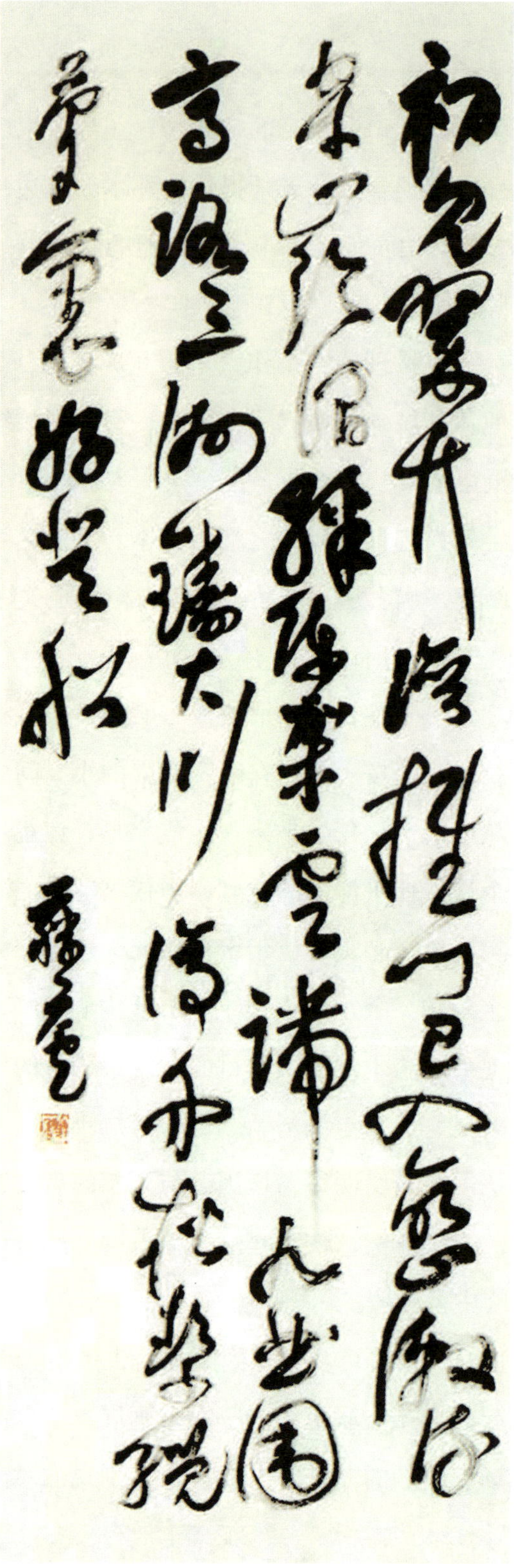

陈伟平书法作品

品得失到追问作者是谁，他怎么也想不到自己竟是展览现场的一个热门话题。仿佛游子找到了组织，自此，那些天寒地冻、白雪皑皑的周末，他与当地同道文友读帖临字、煎酒辩论，数百个孤寂静谧的夜晚，他关在宿舍里碾墨展纸、笔走龙蛇。每每回忆起那段边塞岁月，他总是激情燃烧，浑身酣畅。

陈伟平的工作岗位数度变换。县、市、省直单位绕了一圈，在组织、人事及市政协机关任过职，见多识广，待人接物，讲究原则，处理事务，把握分寸。这些特点，潜移默化地影响了他对书法的观察与思考。他没有门户之见，即使是引发激烈争论的流行书风，他也持有一种宽容有度的态度，认为王镛、石开、沃兴华等人对书艺的探索追求有着不可否认的积极意义，每个时代都应当有自己的时代特色。当然，新的美学原则、审美体系的建构有着天梯般的艰难，大浪淘沙，最终能否留于艺术史尚需要时间的检验。他浸淫于王铎、傅山、祝枝山、张瑞图，草书并追章草名篇，尤其是张旭、怀素、黄庭坚。他特别赞赏泉州古贤张瑞图，张氏作书刚硬劲健，借鉴魏碑却拙中见趣，一反潮流而奇逸独标，横扫当时的柔媚书风，可谓另辟蹊径，对后世的影响直达当下。

不激不厉，内敛平和，是陈伟平性格的最大特点。如同平日与人交谈时的和声细语、耐心倾听，没有盛气凌人、官腔官调，对热爱书艺、快意挥毫的他来说，何尝不是件幸事。伟平年轻时爱好广泛，除了写字，不管是笛子、二胡、摄影还是亮嗓，都是拿手好戏。“残阳一抹透天红，万仞银光入目中。历浸千秋夕重彩，依然傲骨展真容”。这是他援疆时即兴之作《咏博格达峰》。他点画线条下的内容，常常是自己创作的旧体诗词，可见他对学习传统文化是下了一番苦功夫的。

“贵贱高低从不论，刚柔难易自需言。无为无欲仁德厚，举世皆尊道法前。”诗文如其人，从书法作品的内容与形式中，可以窥见主人的禀赋性情。陈伟平的草书注重整体审美追求，单字灵动甚至有所夸张，字距开合善于随机应变，在起伏的节奏中体现主次秩序，在疏密的变化里凸显磅礴之势。可以说，伟平的知识积累垒筑的艺术涵养，才是他的作品在笔力、气势、意境、韵味上体现出书卷气的真正原因。如今，他出任国家级博物馆“中国闽台缘博物馆”馆长，对于文人气质舒张的他来说，无疑是一方更能展示才华、发挥优势的舞台。也因此，我们对他未来书艺的品质与业绩，充满期待。

（原载 2021 年 4 月 18 日《海丝文评》）

| 宁静以致远

一场特殊的画展在福州画院开幕，画作的主人尽管正当盛年，却永远没法出席他唯一热衷参与的这种社会活动了。这是继他留下的山水画集在师友的帮助下正式出版后，泉州、福州美术界和他任教过的高校的又一义举。

他叫张君耀，浙江临安人，生于20世纪60年代初，逝于2005年，生前担任华侨大学建筑学院教师，经历平淡，缺乏艺术家常见的传奇色彩。他生性内敛，不事张扬，在这个充满喧哗与躁动的年代，英年早逝却没有烟消云散必然有其道理，厦门大学艺术学院教授洪惠镇说起这位忘年交的校友时扼腕不已："君耀才40来岁，正是画家臻于成熟之秋，可惜命运之神往往就是这般冷酷无情，留给人间太多的缺憾与悲痛。"

张君耀上大学时正是1985—1986美术新潮风起云涌之际，他很自然地投入那些"主义""概念"之中，从他20世纪90年代前期的作品《云谷》《观涛》中，可以看出糅合传统山水与现代意象的刻意努力，特别是1993年创作的《泼墨山水》系列，气势磅礴，虚实结合，明暗对比，设色大胆，具魔幻奇诡之效果，纵览组画，如入徐克《蜀山传》之场景。君耀的探索没有就此停止，他返回母校进修，颇得吴山明、孔仲起等名师赏识，也因之有了到中南海参与《雁荡山水》创作的良机。这个时期他的突破体现在景物描述的“透叠显影”上，《蜀道难》《净》等是这类作品的代表作。性格上儒雅沉静的张君耀，在历经中国画体式的种种尝试后，最终把目光瞄向了现代文人画。

浏览张君耀的遗作，画界诸多同道对他的“归隐”感到惋惜，但如果了解他的为人处世方式后，对其转型是不难理解的。张君耀曾对妻子说：“我的职业是生病，业余爱好才是画画。”调侃中透出一丝无奈。他出生农村，自幼羸弱，小时候为了购买美术用具，得奔走到百余公里外的杭州。在他的心目中，杭州是可以见世面的大城市。杭州是中国画艺术的重镇，但他毕业后来到华大，他认为，“华大地方偏僻、安静，不像在杭州，有许多事情你不去惹别人，别人也会来惹你，在这里惹不起的还可以躲得起，这里很适合我生活”。由此可见，他是个生活上很容易知足的人。这种知足并非说明画家本人的无所追求，君耀的妻子小蔡永远不能忘记的日常生活场景，就是丈夫泼墨后总得左顾右盼，上仰下俯，有时候爬到凳子上观察，一站便是半个钟头，接着又是连续几天的“折磨”，直到大功告成，精神满足之时，身体也几近虚脱。

记得余光中先生说过：“我们从长安去巴黎，最终目的地仍是中国，我们也许在巴黎学习冶金术，但真正的纯金埋葬在中国的矿里，等我们采炼。”张君耀当年也崇过洋，轰动一时的李小山《当代中国画之我见》对画坛现状的批评并非无理取闹，张与李的不同，在于一是推倒，一是建设。张君耀坚信文人画是中国画的一个主流，在技术本身，历代无数中国画家几乎穷尽了笔墨的可能性，但在技术的运用上，今天的画家仍有冲刺的空间。被同行称为张的秘密武

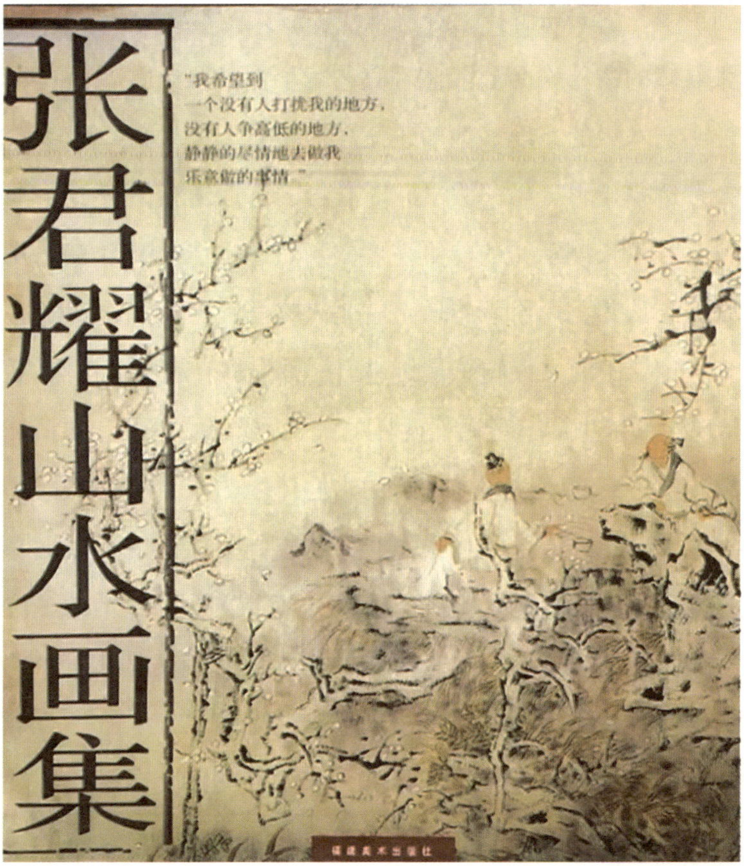

张君耀作品集封面

器的“三度泼墨”，可以看作是君耀对中国画技术运用上的贡献。画家用墨自古有破墨、泼墨、积墨等多种，能够让笔墨与物象浑然一体的都值得称道，常言点墨落笔非易事，临摹传统画法特别是宋元笔法是张君耀的硬功课，当别人夸奖“太像了”时，他却暗自担心，强大的惯性思维长此以往会让自己形成惰性。这一担心来自他的自觉，他选择了云烟作为破局首发，“站在黄山，我完全被云烟迷住了，以至于眼中竟无奇峰松石，云烟变幻莫测，靠笔是画不出来的”。

他想到了墨，泼墨非鲜招，难就难在一般人做不到的“为什么泼”。

张君耀的泼墨作品最能体现其艺术个性，在此次展览中广受好评也说明艺术界的态度，他却急流勇退转向了文人画。洪惠镇教授分析，“透叠显影”与“泼墨”对心身的巨大消耗，对于身怀痼疾的君耀是难以长期承受的，更重要的当然还是传统魅力的吸引。国画大师石鲁认为，山水画本质上就是人物画，人的沉浮，都注入山水画里头了。张的文人画总是传递出一种宁静、超脱、自然的心绪，一种与现代都市生活节奏迥然两样的气息，要酿一份平和的精神中药，是需要作者拥有超越欢乐与痛苦的内心体验的。君耀笔下的云烟得自然之趣，冷而不寒，既是他不媚俗的志向象征，也体现他柔而不弱的抗争意识。但令人遗憾的是，他并没有成为现实生活的一位强者。

“我希望到一个没有人打扰我的地方，没有人争高低的地方，静静地尽情地去做我乐意做的事情。”这是张君耀生前艺术随笔中的一句话。写过《怕死没有理由》，却没有勇气读周国平纪念女儿之死的《一个父亲的札记》，内心矛盾的他让我们看到一个拒绝平庸的艺术家的独处之乐，一个远离时尚的落伍者曾经的幸福。

（原载 2007 年 12 月 5 日《东南早报》）

| 用镜头唤回城市记忆

在短短三四个月间，陈世哲接连有两个个展开幕，前者是《城南旧事》，仿佛时光倒流，复活了二三十年前的一幕幕泉州风情；后者为北京奥运会开幕式焰火摄影作品，火树银花，美不胜收。如果把老照片看作改革开放40年本土社会巨变的集体历史印记，那么涉及奥运的精彩瞬间就是作者见证重大历史活动的个人珍贵记忆。焰火摄影展出这一天，恰是陈世哲的60岁生日，显然，这是他的有意安排。

在朋友的印象中，陈世哲是个与年龄很不相符的人，年轻人的时尚，他一点不会落后。吹拉弹唱，都有一手；书法画画，也像模像样。他会在大雨中开车去海边，面对着起伏的波涛放声高歌。或者，干脆把汽车音响调到最大，闭着眼躺在座位上独享一份别样的快乐。

这种天马行空般游走的特点与家教无关，他的父亲陈奕尚生前是位知名的中学校长、泉州离退休教师协会的领头人，大哥陈世雄则是大学教授、著名的文学评论家，家族中从教的人数最为庞大，但这丝毫没有拘束陈世哲的自由个性。如果一定要找点依据，那么，上山下乡运动对他的磨炼应是形成他性格的重要来源。

1969年，中学毕业的陈世哲打起背包，举着红旗，雄赳赳气昂昂地到德化山村插队去了，满怀青春热血的他，唯一没想到的是

“艺术杂家”陈世哲　供图 / 陈世哲

这一去竟去了十七八年。一些下过乡的老知青谈起自己的经历，常常用了同一个词：不堪回首。而世哲却不，他的回忆中总是饱含感激，他的能耐是在激情燃烧的岁月里主动去迎接阳光与拥抱风雨。正是由于这种积极乐观的心态，他先后被选调进了县文艺队、文化馆，从画布景到拉小提琴再到当编辑，从小喜欢文艺的他无师自通，干一行爱一行，并且与下放山区的厦门歌舞团的一批专业演员结识并成为死党。也许得益于这一“杂家”优势，加上融会贯通，他的艺术细胞成活率惊人地高，他的乡土文艺创作热情也一直处于亢奋状态。1981 年，省里举办一期摄影培训班，德化分到了一个名额，理所当然，他成为合适的人选。

相对于其他艺术门类，摄影对陈世哲而言完全是一片空镜头。这个门外汉带着馆里唯一的“海鸥”和满腹的好奇心奔向榕城，“当时连装胶卷都不懂，论基础，可能是最差的一个了”。今天的业绩可能是同班中最出色的陈世哲回想当年情景，庆幸自己身上具有别人所缺乏的“艺术杂质”。他分析说：“摄影是科技进步的产物，更是综合艺术。对事物的观察，主题的确定，瞬间的捕捉，与摄影者的文字功底、美术基础有很大的关系。再说用光，也与音乐的节奏处理同一道理。”

民俗摄影被认为是泉州摄影群体的强项，其中的几员大将中就有陈世哲。他的民俗题材的摄影作品经常出现在各种展览上，无论是惠女风采、蟳埔风情，还是古厝大院内看家的老人，老街小店铺外玩耍的孩子，都是他的镜头捕捉的对象，如果说与别人的区别，那就是他的构图、用光和色彩运用更加用心。穿着蓑衣耕地的老农，路边租小人书的摊点，杂货店窗台上用粉笔写的电影预告，类似的生活场景早已从我们的眼帘中消失，陈世哲把这些城市文脉上的点滴部件用视觉的形式还原给我们，看似平常，实则珍贵。他当年于某个时候举起相机也许只是一时兴致，而今天我们不能不为一种记忆的被唤醒而心存感激。

两年前的平遥国际摄影节，国际摄影大师罗伯特·弗兰克带着为他赢得世界声誉的《美国人》系列作品来了，当我在破旧仓库改装的展馆里与这些被誉为“纪实史上的分水岭”之称的照片目光相碰时，似乎对摄影时空坐标重要性的认识加深了许多。对当下的关注很明显地存在于弗兰克的创作意图中，他的镜头总是与“现在”不相分离，并把观众的目光引向无法回避的明天，看似随意，实则

修表师傅　摄影 / 陈世哲

晋江帆影　摄影 / 陈世哲

处处隐含摄影者对眼中事物的独特解读。因此，虽说人人都会操纵几下越来越傻瓜的相机，却只有其中的一部分人让摄影变得丰富而且深奥，并从中获得了专业上的学问。陈世哲就是其中的一位。

“如果你拍得不够好，是因为你靠得不够近。”（罗伯特·卡帕）美国著名摄影家玛丽·艾伦·马克说过，自己的照片包含有时间要素：用以观察、聆听、交谈的时间。这位女摄影家每天都要浏览大量的报刊，以寻找合适摄影与发表的故事。陈世哲曾在研究报刊资料的基础上深入缅泰边境金三角进行体验式拍摄，那是一片充满神奇与危险的土地，大毒枭坤沙是实际上的统治者。用生命作为赌注去玩艺术，即使是发烧友，也不是可以轻易做出决定的。时间流逝，我依然记得多年前世哲描述过的那条数百公里长的崎岖山道的模样。因为长时间旅途的颠簸，装在行李袋中的相机零件四散，难以启用，好在另一架机子被他紧紧地抱在身上，才不致虚了此行。可惜由于时间有限，世哲未能进一步跟踪当地人的日常生活，在故事中因小见大，对边缘生存给予深度观察与审视，不然，那将是更具文献价值的视觉艺术记录。

自 1985 年返城以后，陈世哲先是在旅游局从事宣传工作，下乡又一次成了他的生活方式，泉州的每个乡镇都留有他的履痕。后来，率性自由的他干脆下了海，当起了摄影工作室的主人。但任你怎样看他都不像个老板，在全国城市摄影联盟南京会议上宣读论文，到摄影职业学院兼任教职，去北京出任蔡国强在奥运会开幕式相关活动期间的私人摄影师，这种不是正业的活儿，才是他的最爱。单在北京一住就是近一个月，生意的事早已丢到脑后去了，他却感到非常有价值，因为有幸见证并记录了一生最难忘的历史时刻。自

1842年摄影史上第一幅新闻照片《汉堡的大火》出现，照片记录历史进程、关注社会生活的作用一直是强大的。世哲不是新闻记者，而在内心上他把自己当成了记者，30年多来不间断地用镜头与“现在”亲密接触，他的风情与民俗摄影为这座城市留下宝贵的历史真实。

标新立异是现代艺术的一大特点，当年在省城培训时，他曾把一张曝光过量、几近空白的相片命名为《我们的生活充满阳光》而被教师恶批了一个下午。此次在北京与蔡国强相处，发现主张“艺术可以乱搞”的蔡氏其实对民族文化有着独到的认识：民族的才是世界的，但民族的东西如果没有途径介绍出去，世界也不认识其价值。陈世哲感慨地说，游走是对内心自由的考验，摄影不能墨守成规，有时候另类关注更具价值。重大事件的亲历可遇不可求，摄影家要把目光更多地投到普通人身上，像关注自己一样去关注他人的生存状况，从而让人感知一个城市发展的脉搏。回顾过去思考未来，反映在图片上，往往有平凡之处见奇崛的艺术效果。

（原载2008年9月16日《东南早报》）

他点燃了月记窑的梦想

2013 年 5 月 1 日，泉州万维生艺术馆，陶艺家吴金填与摄影家陈世哲的《墨魅》现代水墨双人展低调开幕。他参展的主打作品是一组大写的“风”字，狂野不拘、热烈奔放，像是拖把扫出来的，与他给人的印象并不相符。吴金填永远是一脸笑容，待人和气，语气中，甚至还带有些腼腆。接触久了，你会发现这个闷骚男其实胆子很大，闯江湖，破与立，似乎成为他生活质量的关键元素，像一阵风，“风风火火”的“风”，从泉州吹到上海，又从德国刮到德化。

他说，有了风，窑火才旺。

吴金填并不是德化人。家庭背景与“陶瓷”无关，与“贫困”有关。穷人孩子早当家，出生在泉州近郊浮桥镇的他，12 岁就曾独自坐火车到安徽，为的是讨回亲戚拖欠的数量不大的一笔款项。高二时父亲去世，这个早熟的少年一下子长大了，他执意要去上海做生意。之所以选择上海，是因为姐夫在那里推销建材，多少有点依靠。

十年后，青年吴金填已经拥有两幢别墅，娶了一位漂亮的妻子，生活无忧，爱情圆满，事业有成。

如果不是从事建材生意，他的人生可能与陶瓷艺术交臂而过。

建材要推销出去，懂艺术等于多了机会。承接淮海路的一处装饰工程，他结识了一位大学艺术系的老师。老师欣赏他的悟性，很

月记窑　摄影／郭培明

快，他成了上海大学和上海交大的进修生，专攻陶瓷艺术。1998年，佘山别墅区外墙装潢工程的投标，熟悉欧美等不同风格的吴金填在激烈的竞争中完胜，靠的就是肚子中的墨水。

美轮美奂的佛罗伦萨是他心中的艺术圣地。2000年游历意大利，他内心的小火苗被点燃了。陶瓷是中国的代名词，而现代陶艺并不是以中国为中心展开，想起来心中难免有了一丝遗憾。吴金填与太太商量，决定去欧洲“过”一下西方艺术的炉火。

德国，杜赛尔多夫，一个小城，却是世界著名的展览名城。除了工业、商业展览，杜赛尔多夫的画廊、艺术展也远远多于其他城市。吴金填意外地发现，德国的中国中心设在这个城市，这对语言没有优势的他是一种难得的帮助。

放弃悠闲的小资生活，重新去适应一个完全陌生的社会，并不容易，何况是一个有家室的成功男人。为了节省开支，他们夫妇曾经打算在德国自己建造房子，还打包运去了家具构件，结果硬被当地人当作东方艺术品买走了。卖了也好，德国物价高，花费不菲，坚持不能靠口号撑下去。中国人认为平常得不能再平常的东西，在外国人眼中成了难得一见的宝贝，也由此萌生了日后回国再次创业的决心。

杜赛尔多夫位于莱茵河畔，是北威州的首府，距离波恩、科隆都不远，交通方便，经济发达，文化氛围浓郁，是德国最富裕的城市之一。吴金填不断地出现在艺术讲座、沙龙现场，那种专注与追求，只能用“如饥似渴”来形容了，东西方文化的碰撞，不是谁吃掉谁，而是在接触中提升，在融合中回归。宗白华的美学散步、李贽的童心说，阅读国内带去的种种书籍，不仅仅是为了慰藉乡愁，而是促使他开始了生命意义的重新思考：在生活已经无忧之时，自己应该去做什么？

蔡国强，吴金填的泉州老乡，风风火火奔走世界，那带有几分神秘而且不可预测的爆炸艺术，有着强烈的东方韵味和泉州色彩，让世界当代艺术界对中国刮目相待。就陶瓷艺术而言，台湾艺术家的作品经常在各大洲展出，从传统民族影像脱颖而出的创意赢得一片惊艳。在全球化场景中如何传递中国视觉形象，陶瓷，显然是吴金填想得最多的一个“道具”。

他决定回国。说走就走，又是风风火火。他与太太一起回到了上海，房子依旧是两幢，只是其中的一幢马上被改装为陶艺工作室。那时候，是 2008 年。

陶瓷既然是中国的代名词，开放的日益强大的中国，完全有能力重新获得陶艺世界的话语权与主导权。

他去了瓷都景德镇设立创作基地。毕竟，那里是中国自古以来最有名气的陶瓷产地。这一步迈出去，没想到竟走到了德化，另一个中国著名的瓷都。

当时德化的一位副县长参加景德镇陶瓷展活动，在艺术区偶遇了吴金填。两人交谈甚欢，副县长于是极力推荐吴金填到德化创业。

“起初我看中的是三班镇的大兴堡。这个古堡如果包装为艺术馆，一定可以让外面的世界投来惊喜的目光。”当吴金填带着一班中外陶瓷艺术家来到德化开展创作夏令营时，才发觉大兴堡不可能出让经营。茫然间，失望中，听说附近有一处古窑将要拆掉，立即赶了过去。缘分来了，这处低矮破旧的窑棚早已是农家的牛栏，而旁边的龙窑，即将点燃的正是最后的一炉窑火。

龙窑，蔡国强2000年轰动日本的个展，作品名称即是《龙窑》，那是一条从泉州拆运去的原汁原味的龙窑。

蔡径村民告诉他这窑的名字叫“月记窑”，一辈辈都这样叫的。熊熊窑火，对映山中月色，那种美也许只能意会不可用语言表达。吴金填的眼睛一下子闪出了异光，仿佛这窑火是前世为自己预备似的。

从半坡氏族时期起，火与陶伴随中华民族一路走来，与中华文明一起成长，几乎可以说，陶瓷史就是中国史的缩影。德化陶瓷生产始于唐朝，盛于宋元，《马可·波罗游记》云：“戴云制碗及瓷器，既多且美。”三班自古就是重要的陶瓷基地，徐曼亚之《瓷史》语：“洞上之月记窑，亦为德化负有盛名之瓷窑”，月记窑的青花瓷，代表了清代德化青花艺术的最高水平，堪称德化青花“官窑”。

吴金填与同行的中外陶艺家干脆把营寨扎在窑旁边，没有水电，蚊虫密布，不要紧，因陋就简，快乐创作。“如果不是心中有股激情，没有对陶艺的热爱，肯定受不了的。”回想起来，吴金填感慨良多。德化毕竟是个小地方，陶艺夏令营活动很快传遍了县城，陶瓷学院的师生闻讯赶来观摩，国家级陶瓷艺术大师邱双炯也专程过来交流。后来，他还出面以“不容错过”的理由请来了县委书记。半信半疑的县领导走访后大为惊讶，也看到了另一种促进德化转型升级科学发展的机遇，当即表态尽快修好月记窑通往大道的山路。

渐渐地，吴金填却笑不出声来了。先是他带过来的几个得力助手在当地混熟后，被知名陶瓷企业高薪挖角。后来，蔡径村民以为他的目的是来占地开发房地产的，百般阻挠。

虽有过成功的经商历程，吴金填本质上还是艺术家。随心而动，随遇而安，他其实对赚多钱赚少钱并不特别在意，在意的是这个项目可以带来创造的快乐，思想的解放与文化的交流。

无论如何，艺术在当代的退化与庸俗化是一个不可回避的事实。在利润面前，艺术显得软弱乏力，高贵精神向低卑流俗屈服。信仰沦丧，物欲横流，艺术的生存境况不容乐观。同时，艺术也需要获得大众的认同，陶瓷艺术的功能不是为了收藏，而是给生活带来审美情趣，启迪与丰富国民的精神世界。为了有个稳定的创作环境，吴金填设计了几组实用性的艺术茶具，可以模式化大批量代工生产，而自己得意的生活方式，是忘掉时间，关掉手机，沉思可以彻夜，创作可以通宵。他的佳作，多是在这种“无我”状态下诞生的。

现在好了。在原来那片荒芜杂乱、垃圾遍地的窑边山坡，三四幢造型讲究，颇具山城风格的建筑物矗立着。依势而造，粗砖原木，拒绝奢华，一切都顺其自然。甚至为保住一棵树木，房顶特别“留白”，树与人同居一室，让生命可以餐风吸露，顺其天然，茁壮成长。

在那些设计夸张的椅桌台面上，标新立异的瓷器工艺品让人眼花缭乱。一尊佛像，端坐静修，面目不见，思绪尤现。一组茶具，几只杯子没有一个是同样的，但是整体感极强，好像天生就是一套似的。一反常态，出乎意料，刚看到不能接受，细品味爱不释手。这些都来自于吴金填本人的艺术积淀，奇思妙想，挑战习惯思维，破坏常规期待，用最流行的词汇表达，就是文化创意。

他还有更为大胆的创意：借鉴日韩经验，打造国际陶瓷艺术村，让月记窑成为国际陶瓷艺术交流中心。建立陶瓷创意文化产业的交流平台，形成原创、展览、展示、销售、收藏的产业链，构筑起强有力的产业支撑体系。按照总体规划，陶瓷美术馆已在建设之中，国际青年旅馆、艺术家工作室群落等项目也将陆续进入实施阶段。

2009年10月，来自美国、英国、澳大利亚、爱沙尼亚、立陶宛等10个国家和地区的20多位国际知名陶艺家及30多位国内具有影响力的陶艺家代表齐聚“月记窑”，隆重举行“首届德化月记窑国际当代陶艺家柴烧研讨会”。

2010年4月，国际“非中心点拉坯法”的开拓者，荷兰著名壶艺家蒂娜克来到月记窑，驻地创作了百件高白瓷茶壶作品，形态迥异，曼妙多姿，成为壶艺珍品。

“有德有壶”德化月记窑国际壶艺双年展开幕时，人们惊叹的当然不仅有蒂娜克的作品，更有来自英国、新西兰、印度及国内一批陶艺大师在三班创作的陶瓷精品。

作为文化产业开拓者的月记窑陶瓷创意中心，每年接待大批的国内外著名陶艺家、专家、学者前来交流、创作，成为德化陶瓷一个对外交流窗口、国际陶艺家交流的重要平台，被确定为福建重点文化创意产业园区。

现在还不好去评判园区项目未来的市场得失，但窑火一旦点燃，成功便是唯一的追求。天时，地利，吴金填的中国梦，注定要在月记窑的燃烧中成型绽放。

对话吴金填：项目成功之日　我将归隐山林

郭培明：听说你现在很少回泉州，连只有几里路的德化县城都懒得去，远离热闹的城市与快节奏的生活，是逃避？还是独享？

吴金填：在上海、德国生活了多年，对纸醉金迷、灯红酒绿的生活不陌生，但是物质生活并不是人生的全部，我个人更看重精神享受。

郭培明：德化并不是你的老家，何况当时的条件可以说一无所有，你难道是一见钟情？

吴金填：一见钟情，那一定有。第一眼见到月记窑，别人可以很失望，我觉得是在与先人对话。你想，400 年的老窑薪火还在熊熊燃烧，许多远销全球的陶瓷从这里出发，你站的位置也许就是当时师傅站的位置，他的动作延续到你的身上，这是多么激动人心的事情啊。

郭培明：说实话，曾经有没有想走的时候？

吴金填：有。我带来的几个得意帮手突然被当地企业挖走了，我几乎精神崩溃，我在一个晚上打电话到上海，向我太太说不想干了，最后变成一场痛哭。花了大量心血，花了大几百万元，真想一把火把它烧掉了事。我太太说，别折腾了，回上海吧。可是第二天醒来，又后悔了，我不能当一个败兵撤退吧，我的理想还热着哪。于是又打了电话，我太太想了想说，再支持你 50 万元吧，用完了应坚决回去。我答应了，她放心不下，干脆锁上家门，也搬迁到三班来“落户”了。她比我会理财，我也可以更专心地考虑陶艺的事。

郭培明：看了你的作品，与德化其他企业有很大的不同，人家要么坚守传统，比如生产观音、弥陀佛像；要么机械化流水线，大规模生产碗碟等日用瓷器；或者，接收欧美订单，依样画画葫芦。而你是手工创作型产品为主，产量肯定很有限，市场接受也不可能大众化。

吴金填：的确是这样。这也正是我的价值。论企业赢利、创汇、纳税，我现在都无法与别人相比，但每年都有国际级艺术家光顾月记窑，并在这里亲手创作，留下作品，这本身也是一种贡献，通过交流，德化陶瓷知名度更高了，中国陶瓷被世界更加认识了，不也很好吗？

郭培明：你认为自己完全融入德化了吗？

吴金填：可以这样说。德化的民营陶瓷企业家爱拼敢赢，创造了奇迹，其中有一批大师名家，德艺双馨，很值得我学习。邱双炯先生，与我素昧平生，每次来月记窑，总有说不尽的话题。他平时从不求人，却专程上门去请县领导来现场观摩，介绍月记窑项目的意义，老人家希望我以后的发展能更顺利些。苏清和先生，第一次到德化考察项目时喜欢上他的作品，结识后也是无话不谈，后来我举办一个青花瓷展，向他借几件展品。想不到他竟开放所有藏品任我挑选，甚至不要写借条。他去世时，我又痛哭过一次，火化的时候，我守望在炉边，仿佛守望着瓷魂。现在，项目得到了政府、村民的支持，三方共同开发陶瓷艺术园区，村民也将是未来的利益共同体，因为我不是来开发房地产，我不想从这里带走什么，所以村民也就放心了。

郭培明：从上海来德化创业，一切从头再来，你要达到的目的是什么？

吴金填：两个层面理解。一是古窑陶艺自身的神圣。在400多年来一直存活着的古窑烧制作品，这无疑是人生的大幸，没有什么比真正的古今传承更值得骄傲的了。国际顶级艺术家不远万里来到三班，又为什么？他们看到了一种荣誉，至高无上的荣誉。二是复兴陶艺的责任。现代的陶瓷制造，数量巨大，但精品有限，成为时代杰作的少之又少。生活在高度发达的信息社会，现代人功利心太重，缺乏一种对泥土的尊重与爱，也就缺乏了艺术的真。从现状看，中国陶瓷行业发展最具代表性的是德化，厚重的陶瓷生产史，悠久的制作工艺，如果再在交流基础上吸收国外的先进技术先进理念，一定会出现伟大的作品，出现当代的何朝宗。

在这里生活，常人觉得很单调很寂寞，我却觉得很充实，以朝圣的心态工作着，如果能为提升中国陶瓷艺术的影响力做一些实质上的努力，让我们的东西在国际舞台上唱唱主角，形为新的主流传播平台，那才是我们这一代人的责任，也是我心中的中国梦。在前辈中，台湾的徐以祺、景德镇的李见深都是不可或缺的推动者，他们是我的榜样。至于项目成功之时，我想我会归隐山林，读书品茗，写诗作画，悠然自在过日子。

（原载《泉南文化》杂志 2013 年第 2 期）

一双慧眼看世相

年龄 40 出头，接触漫画 30 多年，从事漫画创作 20 多年，作品屡次参加全国、国际漫画大赛并荣获多项佳绩，这在福建美术界尚未所闻。

漫画家陈学君的出现，称得上是泉州画坛意外的惊喜。

这意外不在于他以漫画成就成为中国美协会员，不在于他率先在省内高校中开设漫画课程，而在于他几乎把漫画的创作与研究当作了自己的第二生命，而且让这一偏门的小画种绽放出绚丽多彩的艺术之花。

也许有人会说，漫画是小儿科，得奖是运气好。我在中小学时期也爱好绘画，也订阅《讽刺与幽默》，也临摹华君武、方成和卜劳恩的作品，也在上课时偷偷画老师的漫画像，个别情景甚至无异于少年学君的经历。不学自通式的兴致，是少年不安分与好奇心的体现，偶尔勾勒得与原作相近的，大人给予一片掌声充分肯定，孩子便飘飘然自以为是小画家了。我当时的心态大概也是如此，直到 10 余年前认识学君并向他约稿，走进他那完全是间小型漫画图书馆的书房时，终于明白“小儿科”里也是有“专家名医”的。

漫画兴盛于 18 世纪的欧洲，与油画、水彩画一样是“外来物种”，但是中华民族的文化血液中，从来不缺少漫画的成分。在宁夏的贺兰山麓旅行时，当我的目光与古代先人留下的动物、人物、太阳神图案的岩画相遇，马上联想到漫画的表现形式，至于创作时的年代、创作者的姓名，连考古专家也无法说清。在民间，世代相传的剪纸、皮影、年画等艺术中，漫画的味道扑面而来。祈福迎祥，讽刺幽默，雅俗共赏，漫画元素如同阳光与空气，充盈于身边，带给生活无限的欢乐。

受父亲影响，陈学君从小喜欢美术。回顾走过的路，他特别感念中学时的恩师尤育培和《中学生》杂志的主编庄之明。他从美术兴趣班中脱颖而出，还与老师共同创办自费印刷的《速写》报，当时在校园间颇有点名气。1986 年，全国发行的《中学生》杂志推出学君的漫画专版，此前素未谋面的庄主编利用参加活动之机，亲自到学君家中赠送相册加以鼓励，对这个艺术少年无疑是一种巨大的精神鼓舞与创作动力。扶持他成长的贵人中，英韬、徐鹏飞、王复羊、夏清泉、徐进等，都是在中国漫画界大名鼎鼎的人物，他们求才若渴呵护人才的眷眷之心，令人感动。念旧与感恩，是陈学君性格与修养的自然流露，而我以为，一个真正的艺术家，尤其是漫画家，直面社会，身怀正气，心抱真情，是创作出引发读者共鸣、广受社会好评、具有深刻现实意义与独特艺术价值作品的思想基础。

《漫画之道》是陈学君漫画创作历程的艺术心得，是沉甸甸的学术结晶，而我更愿意把其视为漫画的科普读物。我这样说没有贬低研究成果含金量的意思，相反地，学术专著不故弄玄虚做深奥状，能够写得生动可读，让阅者不忍释手，读来津津有味，那才是高手之作。幽默是智慧的产物，漫画是创意的艺术，夸张与变形作为漫画的表达方式，不是随意为之，而是必须符合一定的审美法则。关于创作经验，不少漫画家认为只可意会不可言传，但学君不这样认为，他甚至翻晒家底，细说自己也是从临摹与模仿起步的。丰盛的专业积累，讲述娓娓动听，穿插其中的例子多半是中外漫画名作，可以说，《漫画之道》是册难得的漫画教学辅导教材。

“诗以奇趣为宗，反常合道为趣。”苏轼对柳宗元诗作的评点，同样可用之漫画。艺术的魅力在于别出心裁，反常合道，情理之中，又意料之外。陈学君有篇论文的题目就是《漫画意象表现的“反常合道”》，由于对“反常”的临界点和“合道”的扩张力有着清醒的认识与准确的把握，他的研究成果反过来助了自己一臂之力。于是，从追寻中国漫画之根到漫画象征意象的特征分析，从当代水墨漫画的审美意蕴到当前漫画创作意境的缺失与重构，他开始了一系列的艺术探幽。

中国现代漫画史上的巨匠丰子恺是弘一法师（李叔同）在浙江第一师范任教时美术科最得意的学生。弘一法师晚年驻锡泉州寺庙，讲经弘法，后圆寂于不二祠温陵养老院。丰子恺曾于 1948 年专程来闽南参谒大师遗物遗址。老师重视学生的人格修养，影响了丰子恺慈悲、博爱世界观的形成，使其漫画《护生画集》超越了艺术与宗教的力量，至今仍放射出人性的光芒。子恺漫画的题材多来自琐碎生活细节，追求一种弦外之音，一种宁静之美。学君认为，子恺漫画是抒情漫画，透出一股浓浓的禅意，达到中国画意境的高远之境——“禅境”。对照具体画面的恬静、清雅、空灵、诗意，确实易于产生“物我贯通”“宁静致远”的心灵感染。弘一法师留给泉州的文化遗产的价值远远没有被挖掘，对子恺漫画的研究无疑是弘一法师研究的独特视角。

犹如诗歌注重“诗眼”，漫画讲究“漫眼”。好的漫画作品或立意不俗，或平中见奇。“漫眼”的发现在于艺术家的梦眼。我特别佩服学君的慧眼，能够长期不懈猎搜资料，对泉州实业家、诗人、画家黄紫霞（1894—1975）的漫画创作与成就进行了系统的辨识梳理。黄紫霞创办过泉山书社《南光日报》，主持维修过开元寺东塔，但今日的泉州人和当代的中国漫画界，对他的名字已经陌生。1940年，黄氏创办的《一月漫画》，以通俗易懂的漫画形式，同著名诗人田间的鼓点诗一样，唤起国民的抗日意识，受到各阶层人士的欢迎。刊物存在 3 年多，初版印刷 1000 多册，后来增至 10000 多册，行销 10 个省市，在当时的政治文化中心重庆、桂林还设有发行分所，曾被国民政府认定为宣传抗日的重要刊物。感谢学君，正是他执着

武侠小说大师金庸 / 陈学君 / 2004

恒安集团创办人许连捷 / 陈学君 / 2008

陈学君作品

于清洗这一段蒙尘的历史，才让我们记住了一位以漫画作为锐利武器的泉州抗日勇士的英名。

听学君说，他小时候在仁风村里是个调皮出名的孩子，而现在的学君却显得沉稳老成，甚至不谙世故。潜沉于生活，又保持着警醒，也许是他的生存技巧。他购买的房子依然选择东湖附近，距离老宅仅仅几百米，本土始终是他的气场。湖光山色，闹中取静，便于观察，也宜思考。从清华大学进修归来，关于传统与现代、意与象、孤独与温馨、漫画与动漫，以及闽南方言与漫画创作，他又有自己新的想法了。“学习漫画需要耐得住寂寞，心灵才能宁静，才能以一双慧眼透视复杂的生活和用心感悟生活，从中发现其中值得表现的创作题材，并把自己的思考和感悟凝固成画，或许画出的就是一幅佳作。”我欣赏他这样的创作心态。

（原载2012年6月15日《泉州师院报》，陈学君著《漫画之道》序）

历史风貌和文化遗存，是一座城市文化的独特内涵。

而城市文化在空间发展上的层次性、多样性和差异性，

维系着城市文脉的厚重感和生命力。

一座文化古城，不仅仅是看到成片的老建筑。

老建筑是形，曾经居住在这里的人、发生在这里的事，

传承在这里的非物质文化遗产，才是城市的魂之所系。

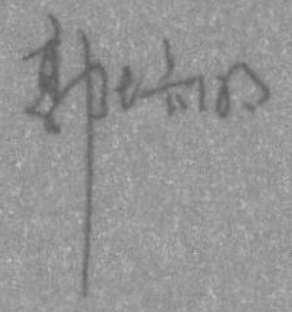

这座城市：

- *1982* 年，国务院公布为首批 24 座历史文化名城之一
- *2002* 年，联合国教科文组织确认为“世界多元文化展示中心”
- *2013* 年，当选中国首个“东亚文化之都”
- *2015* 年，被确定为“21 世纪海上丝绸之路先行区”，成为“海丝”战略支点城市
- *2021* 年，“泉州：宋元中国的世界海洋商贸中心”列入《世界遗产名录》

我想和這座城市明說

郭培明 著

下册

剑汉

九州出版社 JIUZHOUPRESS | 全国百佳图书出版单位

图书在版编目（CIP）数据

我想和这座城市明说 / 郭培明著 . -- 北京 : 九州出版社， 2024. 6. -- ISBN 978-7-5225-3070-3

Ⅰ . I267

中国国家版本馆 CIP 数据核字第 2024Z7D377 号

我想和这座城市明说

作　　者	郭培明
责任编辑	王守兵
出版发行	九州出版社
地　　址	北京市西城区阜外大街甲 35 号 (100037)
发行电话	(010)68992190/2/3/5/6
网　　址	www. jiuzhoupress. com
电子信箱	jiuzhou@jiuzhoupress. com
印　　刷	福建名彩印刷有限公司
开　　本	787 毫米 ×1049 毫米　　16 开
印　　张	43. 75
字　　数	500 千字
版　　次	2024 年 7 月第 1 版
印　　次	2024 年 7 月第 1 次印刷
书　　号	ISBN 978-7-5225-3070-3
定　　价	208. 00 元（全二册）

目录 CONTENTS

下册

文心履痕

附录

洛阳古桥　摄影 / 吴其魁

文心履痕

金庸泉州行：一次文化之旅

泉州，面积1.1万平方公里，海域面积与陆地面积几乎相同，人口850多万，连续十余年，为福建省经济总量最大的城市。“海外关系”是泉州的一大特色。泉州是中国著名侨乡和台胞最大祖籍地，台湾汉族同胞中的44.8%约900万人为泉州籍，东南亚华人中有750万人是泉州籍。但是，放在全国范围而言，泉州不过是一个普普通通的地级市，要想“出人头地”谈何容易。在城市竞争白热化的年代，为了在区域经济中处于有利地位，吸引各种市场要素，一个城市除了发展产业、建设市政的努力外，还须在文化建设与城市营销上做些什么呢？

2004年11月23日至27日，泉州晚报社与华侨大学邀请香港武侠小说大师、一代名报人金庸前来泉州进行文化考察。此次行程对泉州城市文化价值的挖掘与提升，意义非同一般。

一

有中文的地方就有金庸小说的读者，金庸是至今为止著作印发量最大、拥有读者数量最多的华文作家。

金庸作品中涉及福建及泉州的，主要是《笑傲江湖》《倚天屠龙记》《鹿鼎记》《碧血剑》等。

金庸在宋代石雕老君岩前留影　摄影 / 陈英杰

金庸接受作者专访　摄影 / 李冠真

《笑傲江湖》第十三回中写到南少林《葵花宝典》。少林方丈讲到南少林所藏的这部秘籍的种种故事，旧日武林的恩怨情仇，正是近现代小说的好题材。每个人心中都有一个江湖，南少林虽不是正面叙说，也足以引起广大读者的兴致。

《倚天屠龙记》写到了明教，其实就是古波斯的摩尼教。自唐代起，摩尼教传入中国，宋代时鼎盛，后来农民起义常假装明教之名举事。摩尼教因创始人摩尼得名，由于该教对火与光明的崇拜，也叫拜火教、明教。明教在福建一直很活跃，1265 年，南宋天台宗僧人志磐《佛祖统纪》引述洪迈《夷坚志》说："吃菜事魔，三山（即福州）尤炽，称为明教会。"历史上，泉州曾是管领江南诸路明教的所在地。

金庸在书中对明教的描述许多来自个人的推想，后来考古人员在新疆吐鲁番发现了相关文物，一时成为史学界热点。《倚天屠龙记》描述道：元末，武林六大门派围攻明教圣坛驻地光明顶，企图歼灭明教，后来张无忌解除明教危机并当上了教主。小说中认为，朱元璋出身此教，明朝的国号即源于此，后为加强专制统治，消除政权隐患，下令取缔明教。

在《鹿鼎记》第三十四回中，金庸写到了郑成功与施琅的一段家族恩怨。尽管对郑成功是虚写，但也给人印象深刻。郑成功从荷兰人手中收复台湾，成为名留青史的伟大的民族英雄。郑成功是泉州南安人，施琅是泉州晋江人。康熙二十二年（1683 年），施琅率兵东征统一台湾，并劝谏康熙派兵镇守，设府管理。施琅可称为继郑成功之后，为统一中国立下汗马功劳的又一位大英雄。施琅在历史上是个争议很大的人物，《鹿鼎记》就把施琅当汉奸看待。

《碧血剑》第十三回，写到袁承志欲刺杀皇太极时，偷听到皇太极与范文程等大臣在议论洪承畴。皇太极评价：洪承畴本事是有的，可是骨气就说不上了。洪承畴是泉州南安人，崇祯十四年（1641 年）率 13 万大兵与清军会战于松山，兵败被俘降清。以前的史观视清兵入关为异族侵犯，长期以来，人们对洪降清不能释怀，现在学界对洪已有不少肯定成分。

金庸小说中营造的武林世界无异于成人童话，在处处只见工地和各种机器的轰鸣声中，那种美丽的意境早已变成遥远的回忆。当然，也有一点残存的情景，若隐若现在一些历史遗迹之中，泉州，即是这样的抚物怀古之地。

泉州是唐代中国四大港口之一，宋元时跃居四大贸易港口之首，成为与埃及亚历山大港比肩的东方第一大港。泉州海外贸易的发展带来了古代波斯、阿拉伯、印度和东南亚各种文化形态，它们与极具包容性的本土文化交融交汇，形成多元文化和平并存局面，差不多各大宗教都可以在泉州找到它们的影子，包括中国传统的儒、道、佛，伊斯兰教、基督教、婆罗门教、摩尼教、犹太教，以及古希腊的宗教，此现象为泉州赢得“世界宗教博物馆”美誉。台湾“中央研究院”院士李亦园教授认为：“泉州不仅有丰富而宝贵的文化遗迹，而且这些文化遗迹背后还蕴涵着难得的文化特质，可以转化为当前世界的普世价值，它早就应成为联合国教科文组织对世界文化遗产的认可对象”（中国航海学会编《泉州港与海上丝绸之路》，中国社会科学出版社）。

由于金庸年纪已近八旬，加上停留时间只有 4 天，他最终确定的寻访项目主要有：

清净寺：国务院公布的首批全国重点文物保护单位，中国现存最早的伊斯兰教建筑。清净寺建于北宋大中祥符二年（1009 年），伊朗富商纳只卜·穆兹喜鲁丁创建。现存遗址中，礼拜大殿的圆顶在明代一场大地震中坍塌，1609 年穆斯林在寺内另建中式建筑“明善堂”用于祈祷。门楼仿叙利亚马来西亚士革清真寺而造，至今雄伟壮观。奉天坛西墙石刻《古兰经》经文，保存完好，弥足珍贵。

开元寺：全国重点文物保护单位，福建省规模最大的佛教寺庙。建于唐初，开元年间更名。现建筑为明清修建。大雄宝殿由于采用斗拱以梁代柱，百柱殿省下了 14 根柱子，成为古代建筑史的重要贡献。斗拱以飞天形象雕刻，融入印度妙音鸟与基督天使特征，与敦煌壁画飞天共为艺术珍品。甘露戒坛与北京戒台寺、杭州昭庆寺戒坛并称全国佛教三大戒坛。在大雄宝殿的两根石柱上，发现印度教雕塑图案，也为一奇。开元寺最让人惊艳的是东西塔，这是中国古代石塔最典型的代表，始建于唐，初为木塔、砖塔，南宋改建为石塔，两塔高度均近 50 米，仿木结构，精雕细刻，计算精准，施工缜密，历经明代八级大地震仍岿然不动，为世界建筑史上的一个奇迹。

开元寺内建有弘一法师纪念馆。一代高僧弘一法师最后的 13 年，基本上是在开元寺、承天寺、普济寺、净峰寺等泉州各大寺庙里度过的。出家前的他叫李叔同，是著名的音乐家、书法家、画家和戏剧家，是中国近代文化史上具有开拓性的艺术大家。出家后的他精研佛法，潜心戒律，著书说法，实践躬行，终成一代律宗大师。1942 年，弘一法师圆寂于泉州温陵养老院，舍利塔安放于清源山。

少林寺：泉州少林寺俗称南少林，始于唐，兴于两宋，几经兴衰，远播海外。明代时，著有《剑经》、精通南少林武术的泉州人俞大猷曾在嵩山少林寺回赠少林棍法。清乾隆二十八年（1763 年），泉州少林寺因反清复明而被第三次烧毁，武林宗师洪熙官转入广东佛山等地开馆授徒，后融入当地拳术，再由黄飞鸿弟子传至香港等地。目前建筑群为现代重建，武僧团队实力非凡，尤以一指禅、水上漂绝技闻名于武林。

老君岩：全国重点文物保护单位，中国最大的道教石雕老子坐像。雕刻于宋代，据《泉州府志》记载："石像天然，好事者为略施雕琢。"石像高 5.6 米，席地面积 55 平方米，左耳垂肩，脸带笑容，左手依膝，右手靠几，慈祥安乐，似有所思，又像静默养神。老君造像与背后的山体、林木浑然一体，仙风道骨，道法自然，被称为东方雕刻艺术杰作。

草庵：全国重点文物保护单位，中国仅存的摩尼教寺庙，也是世界唯一的摩尼教遗址。摩尼教又称明教，公元 6—7 世纪时传入新疆再转入内地，唐朝以后的摩尼教主要流行于东南沿海，与佛教、道教及民间信仰融为一体，以泉州晋江最为典型。朱元璋建立政权后，担心明教危及未来安全，“摈其徒，毁其宫”。但晋江草庵村民以地方保护神拜之，并有僧尼住持，因此香火不断，得以存留至今。

施琅故居：1662 年，施琅升任水师提督后，除在泉州释雅山建设府衙，还以“春游芳草地，夏赏绿荷池，秋饮黄花酒，冬吟白雪诗”意境，建造了春、夏、秋、冬四大私家花园，其中秋、冬两园遍种菊花，取陶渊明“采菊东篱下”之意，命名东园。光绪年间，园内建立崇正书院，为泉州重要的文教遗迹。施琅故乡在晋江衙口，施氏宗祠至今保留完整。

二

从厦门机场抵达泉州的路上，金庸先生与泉州晚报施能泉总编辑亲切交谈，当聊到泉州特色小吃时，施总编介绍了肉粽、牛肉粳、土笋冻、萝卜糕，金庸笑着说：“我还知道有海蛎煎。”而且，他是用闽南话说“海蛎煎”这个词的。这说明，金庸行前是做过功课的。

金庸博学多才，潘耀明先生这样说：“他是一个知识渊博的文化人，很重感情，对于中国传统的儒学、佛学甚至琴棋书画，都有相当精深的造诣。金庸的成功，除了天分之外，勤奋也是很重要的，你们没有到过金庸的书房，那才是真正的坐拥书城。”（引自《金庸传》，傅国涌著，北京十月文艺出版社）笔者到过金庸书房，看见中英文书籍汗牛充栋，那简直是一个小型图书馆。十几年前，笔者在香港专访梁羽生，问及为何没有能像金庸成为报业大亨，梁先生感慨地说：“我是一介书生，除了写作，从商不是我的专长。”言外之意，金庸绝不仅仅是一个书生。

在泉州晚报社，金庸参观了报业大厦智能化控制室及智能采编系统，不时询问系统的功能及生产的厂家，很明显，虽然早已退出报纸江湖，那种多年相伴的感情还在。他说：“我到过日本、英国，看过一些报社，也不见得在电脑控制方面有这么高的水准，你们在机械化方面已达到了一流的水准了。”泉州晚报大厦是福建省第一幢新闻智能大厦，技术水平达到全国同行的前列。听说《泉州晚报》创办刚好20周年，他欣然题词：“文化名都泉州城，飞珠喷玉出名报。名城名报双辉映，晚报永为泉州光”。在与采编人员的交流中，金庸介绍了自己的办报经验，他认为，报纸最重要的还是内容，一张报纸好不好在于有没有独立精神，水准高不高，记者文字好不好，写错了编辑有没有改掉。报纸是人民的喉舌，要做读者的眼睛和耳朵，报读者没看到的事情，讲读者不敢讲的话。办报要凭良心，不要欺骗读者，要用事实，要讲真话。他鼓励说，我是做报纸的，看你们的报纸，就知道是非常好的报纸。办报人要有理想，希望你们将来办成全国最好的报纸。金庸早年曾是浙江《东南日报》记者，他看到泉州晚报社出版的《东南早报》，感到很亲切。他说，自己从记者到总编辑、社长，什么工作都干过，做报纸达50多年，“我热爱报业，大部分精力都花在办报上。”

泉州被联合国教科文组织认定为世界多元文化中心，有“世界宗教博物馆”之美誉。金庸此行最想了解的是泉州的“海丝”文化与宗教文化，相关文化遗迹自然成了他参观的重点。

在涂门街上的清净寺，金庸抬头仰望仿照叙利来马来西亚士革清真寺建筑风格的门楼，立即询问建造的年代，详细阅读明成祖保护泉州穆斯林的“教谕”，他还主动当起“导游”，对同行者介绍聚礼仪式必须面向麦加，一天要做晨礼、晡礼、晌礼、婚礼、霄礼5次礼拜，他提笔留下墨宝：“朝觐中国第一名寺泉州古清净寺不胜荣幸。”

在西街的开元寺，金庸进入山门后，看到朱熹撰、弘一法师书的一副对联：“此地古称佛国，满街都是圣人。”高兴地说：“到了这里，大家都成了圣人了。”从甘露戒坛到东塔的路上，主办方考虑到金庸连日劳累，为他准备了轮椅，到了设于寺内的弘一法师纪念馆，他坚持要自己走路进去。面对弘一法师的大理石雕像，他伫立良久，仿佛两位大师在进行一场超越时空的交流。金庸家中珍藏有弘一法师的书法作品，在展览厅，他认真地观看每一张图片与每一件实物，包括弘一法师饰演茶花女的剧照，生前用过的文房四宝、金石印章，与泉州士绅、居士、友人的合影，还谈起那首著名的《送别》：“长亭外，古道边，芳草碧连天……”

在少林寺，金庸兴致勃勃地观赏了一场武林大会。泉州地方拳种五祖拳、达尊拳、白鹤拳、少林花拳轮番上阵，大雄宝殿前广场上一时刀光剑影，雄风再起。猛虎下山耙是俞大猷《剑经》中的独门武功，而一指禅更是惊世绝技。当释理亮一指撑地，全身倒立，稳如磐石，全场鸦雀无声，金庸多次带头鼓掌，并对少林寺方丈常定说，自己从前曾在香港见过一次一指禅表演，这次身在少林，才真正体验到古老绝技的神韵。观毕，他挥毫为少林寺留下墨宝：“少林武功，源远流长，传来南方，光大发扬。”

在清源山老君岩，但见老子坐像慈眉善目，银须飘然，手指微敲，

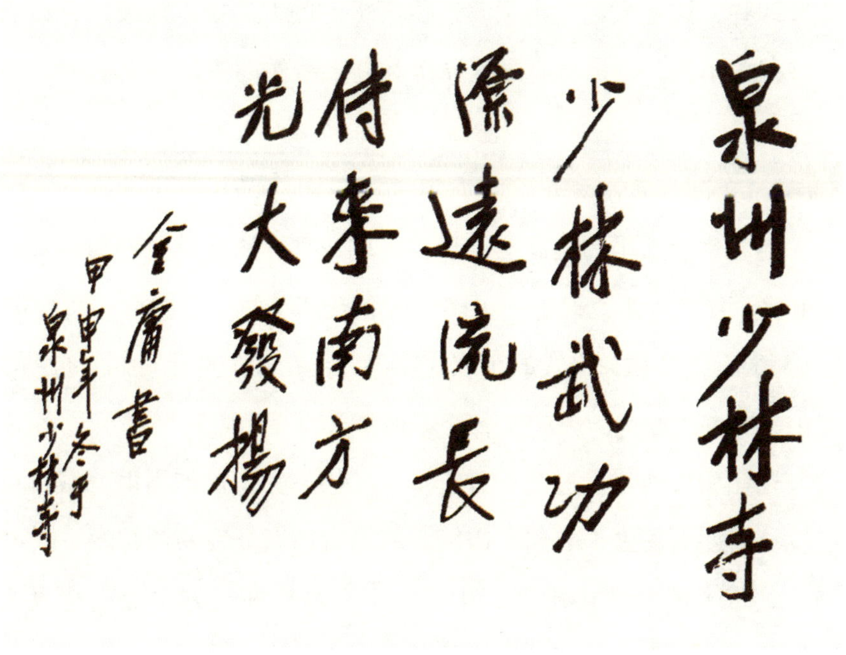
泉州少林寺
少林武功
源遠流長
傳來南方
光大發揚
金庸書
甲申年冬于泉州少林寺

金庸为泉州少林寺题词

略有所思，而四周林木葱葱郁郁，鸟语花香，坐像与环境浑然一体。听说从前坐像旁边是有道观的，有人曾希望重建，金庸的看法是维护现状，更能体现道家不为外物所役思想。

“焚我残躯，熊熊圣火。生亦何欢，死亦何苦？为善除恶，唯光明故。喜乐悲愁，皆归尘土。怜我世人，忧患实多！怜我世人，忧患实多！”这是《倚天屠龙记》中明教的宗旨。在晋江草庵，金庸见证了明教会碗、石壁经文和世界上唯一存留的摩尼光佛石像，可谓心潮澎湃，他激动地说：“草庵证明明教不是我杜撰的。”在晋江衙口海滨施琅将军塑像前，他对同行的著名作家邓友梅说，以后自己改写小说时，要将施琅以国计民生为重，实现国家统一所做出的巨大贡献多体现一些，让世人进一步了解这位历史上的大英雄。他表示，以后修订相关小说，要把草庵摩尼光佛和施琅雕像的照片放入书中。

三

随着生活水平的提高与旅游市场的成熟，文化休闲旅游时代已经到来。浮光掠影，追求一天多景区参观甚至两三个城市一路奔跑，“上车睡觉，下车撒尿”式的粗放式旅游，正在被个性化订制、自助游、文化主题游所取代。

现代城市的建设速度一日千里，三年不见，恍如隔世。城市在广度与高度上失去了节制，市区面积随着新区开发跨江越岭，攻城略地，每个城市都在建设 CBD，数十个城市在规划中提出建设国际性都市的设想。许多县城高楼林立，比肩大中城市。房子是中国人传统思想中的基本财产，衡量一个家庭财富的首先是拥有多少房子，房子的面积多少，房子在城市的什么位置。而房地产开发商以追逐利润为目的，政府官员希望获得社会看得到的政绩，于是，千城一面，成了中国当下城市规划建设最大的痛。

城市的魅力是大楼吗？“灿烂的华夏文明几乎为每一处名山胜景都注了册，打上深深的人文烙印。因之，我们在欣赏风物时，实际上也是在读诗读史，从一个个景点走向历史的沧桑。”（王充闾著《淡写流年》，作家出版社）显然，一座城市的魅力，体量、高度是一个选项，但不是最重要的选项。

余秋雨走进苏州时思考：一切都已经过去了，不提也罢，现在我只困惑，人类最早的城邑之一，会不会，应不应淹没在后生晚辈的竞争之中？（余秋雨《白发苏州》，引自《文化苦旅》，知识出版社）苏州是中国首批历史文化名城，经济发达，文化昌盛，晚清时还是国学的重镇。余秋雨漫步在苏州的小巷子中，沿着一排排的鹅卵石，一级级的台阶，一座座的门庭走去，门多关闭着，让你去猜想它的蕴藏。这些小巷，无数门庭，藏匿着多少厚实的灵魂。正是这些灵魂，千百年来，以积蓄久远的固执，使苏州保存了风韵的核心。

今日的苏州依然是中国经济发展的领头羊之一，在城市 GDP 排名中，苏州的地位仅仅次于四大一线城市，外界对苏州的关注远远超过对江苏省会南京的关注程度。苏州有新区，有中新合作的新加坡工业园，但是苏州的魅力依然在老城区，那些数百年前的文化创造，那些楼台亭阁、小桥流水，那些流淌在精致街巷、幽雅园林中的宁静，那些在吴侬软语中回味的优美与桃花坞里的倩影，才是苏州灵魂的寄存处。你可以批评苏州的弹唱过于缠绵、书法有点流丽、诗歌缺少壮士之声，但你不能不喜欢苏州。走进苏州，能够体会到江南精英文化的精深与独特，从而感悟到文化传统与精神的历史传承与延伸。

随着国民生活水平的迅速提高和旅游基础设施的不断完善，文化休闲正成为一股热潮。观光是走马观花，休闲是坐马赏花，观光是我去过了，休闲是我还要去。21 世纪是注重生活品质的世纪，“休闲作为对抗消费主义的武器，引导人们追求真的本我，发现自身价值的途径，追求物质与精神的高度结合”（傅建祥著《人文旅游研究》，中国旅游出版社）。文化休闲游必然是下一波的旅游热。

四

“一座城市的文化深度，主要取决于它的文化吸引力，而不是文化生产力。一座城市文化吸引力的产生，未必大师云集，学派丛生。如果一时不具备这种条件，万不可拔苗助长，只需认真打理环境，适合文化人居住，又适合文化流通的环境，其实也就是健康、宁静的人文环境。”（《余秋雨人生哲言》，上海人民出版社）

1949年后，国民党当局退踞台湾，解放军攻占金门的战役失利，此后双方维持分隔状态。泉州与金门一水之隔，直线距离仅5.6海里，在大陆版图上，金门属于泉州市管辖。1958年8月23日解放军炮击金门，泉州的围头半岛就是主阵地之一。作为对敌前线，国家层面几乎没有在泉州投资兴建大型的工业企业，投入最多的只是海防的部队。直到改革开放之初，泉州城的面积不外10平方公里左右。在全国性的旧城改造运动中，泉州的古城区曾经受了多次改造方案的考验，最终没有变成地产商的战场。而今，新城区高楼林立，市区面积扩大到180平方公里，其中，近7平方公里的古城得到完整保留，其历史与现实价值也将进一步彰显。

著名文化学者杜仙洲、罗哲文、阮仪三先后介入泉州古城的保护工作，并给予具体的指导。同济大学教授阮仪三曾经出任泉州旧城保护与整治工作顾问，他下结论说：“泉州古城特点鲜明，遗存好，价值高。”金庸先生的泉州之旅之所以成行，既有主办单位的诚意，也有《明报月刊》总编辑潘耀明先生的努力，更有金庸先生对泉州文化的向往与喜欢。由于时间限制，行色匆匆，31处“国保”单位也只去了开元寺、老君岩、清净寺、草庵，但他亲眼见证了少林绝技、明教遗存、建筑奇观，对景仰的施琅将军、弘一法师表达了敬意，欣赏了世界非物质文化遗产——提线木偶和中国第一古琴的演奏，虽蜻蜓点水，却收获多多。在泉州晚报社会见记者和在华侨大学发表演讲，金庸动情地说："泉州人民过去的生活是开放的，兼容性的，这个古老的城市恰好和我对历史的个人观点志同道合，结束泉州之行回到香港之后，我要把这段行程的感受写进研究之中，充实我的历史观。"26 日 17 时，金庸走出与华大师生会面的大厅后，面对数十家媒体的集体采访，谈了上述的话。金庸说，来泉州之前，就对这个城市很有好感。中央电视台邀请他出任中国十佳魅力城市评委时，他还没有来过这里，因为对泉州历史文化心仪已久，这种神往之情让他毫不犹豫地投了泉州一票。许多泉州人直到此时才知道泉州获得十佳，幕后也有大侠的一份贡献。

"泉州人为什么聪明、漂亮、能干？"面对华侨大学 3000 名有幸进入会场聆听演讲的师生，金庸借用生物学的观点解释："泉州人之所以优秀，是因为有很强的包容性和开放性，能够接受多种优秀的基因。泉州开放很早，古代就有许多外国人来此居住，并且落地生根，融入当地的生活，有的人成了富豪，有的人还当了本地的大官。另外，泉州走出去海外各国发展的人数几乎等于本地人数，他们输赢笑笑，适应性很强。世界上许多民族因为信仰不同经常发生战争，血流成河。我这几天走访了佛教、伊斯兰教、摩尼教等宗教的遗迹，看到各种宗教很早就在泉州和平共处，泉州因为包容，所以优秀。开放与包容，使泉州人特别聪明，特别能干。"

金庸的看法是否有出于礼貌的做客心态？数据可以佐证：1978 年以来，既非省会、也非特区的泉州，GDP 从全省的最后几位逐渐上升为全省首位，并连续 16 年名列第一，从一穷二白到建立 5

个产业链完整的超千亿元的产业集群，目前拥有上市公司90多家，中国驰名商标140多个，双双位居全国地级市之首。在闽商全球百强中，泉州籍超过60位；在闽商慈善榜中，泉商方阵更是遥遥领先。王永庆、蔡万霖、蔡衍明、辜振甫、陈永栽、施至诚、黄奕聪、林梧桐等超级富豪，菲律宾国父黎刹、新加坡前总理吴作栋、印尼前总统瓦希德等政治人物都是泉州籍人士。在文化界，梁披云、刘抗、潘受、司马文森、李焕之、余光中、蔡其矫、刘再复、潘耀明、蔡国强、黄永砯、舒婷等都是泉州人的杰出代表，陈映真、董桥、施叔青、李昂等文化名家的祖籍地也是泉州。泉州人是“爱拼才会赢”的践行者，披荆斩棘，闯荡天下，建功立业，却念祖恋家，乐善好施。比如泉州城乡大量的学校、医院、村道、老人会所等文教、公益设施，相当部分为华侨与民营企业家捐建。

尽管如此，泉州今日的知名度依然不大，说明在城市营销、对外推介方面尚存在明显不足。泉州“一县一品”特色突出，但县域经济发达也削弱了中心城市的地位，晋江、石狮等下属县区的名气甚至盖过泉州。文化营销就是用比较少的资金投入，通过文化包装或者推介，达到事半功倍的推介效果。在一个“酒香也怕巷子深”的年代，请外地媒体来开个发布会，把旅游大篷车开到外地，效果都是有限的。从文化角度入手策划项目，突出人文旅游特色活动，不失是当下最有效的营销方式之一。许多城市争相办各种文化节，争名人故里，目的不外是提高城市知名度、美誉度。只是有的城市黔驴技穷，为一个传说中的人物争夺籍贯归属，闹成笑话。

金庸泉州行是一次典型的文化之旅，迅速在古城掀起一阵“金旋风”。国内外媒体争相报道，当地主流媒体则以大篇幅、专题、专版、特刊的形式策划报道，并配合开展“我与金庸”征文、少林武术表演、中国第一古琴演奏等活动，全城俨然过了一个狂欢节，文化的力量，由此可见一斑。泉州一时成为海内外媒体接连报道的热词，相关消息则为海内外泉州人争相转发，名人效应带来的传播效果相当显著。

随着“一带一路”倡议的提出，泉州作为海上丝绸之路的起点城市，又迎来一次历史的难逢之机。以前讲“文化搭台，经济唱戏”，现在则是文化自己搭台，自己唱戏，自己演主角。泉州人从金庸文化之旅中受到了启发，寻到了文化自信：以前认为自己老土古旧，拿不出手的东西，其实才是人家赞羡的真正的宝贝。

泉州有如神助，许多文化界知名人士纷至沓来。如易中天创作了散文《走进清源山》，余光中创作了新诗《洛阳桥》；如美国世界级建筑大师盖里将为泉州设计蔡国强当代艺术馆，国际著名当代艺术家戈勃朗前来举办雕塑绘画展览。2015 年上半年，中国文联组织阿来、关仁山、陈应松、邱华栋、肖克凡、叶梅、张楚、潘向黎等茅盾文学奖、鲁迅文学奖得主来泉州采风，这批著名作家采写泉州的作品陆续发表后，引起广大读者对这个“海丝”起点城市的浓厚兴趣，也带来了许多文化游的客人。泉州继 2013 年获得中、日、韩三国文化部共同评出的首批东亚文化之都（泉州、光州、横滨）荣誉后，又在 2015 年 11 月 8 日迎来亚洲艺术节暨海上丝绸之路艺术节的举办，亚洲各国众多艺术团体参与演出。莫言、余秋雨等文化名人出席活动，泉州又一次引发国内外媒体追捧，600 多位各路记者云集古城，文化营销再一次在城市推介中借力发力。泉州的宝贵资源在于浓厚的多元文化，潘耀明先生建议，金庸对泉州之行十分满意，还主动提出愿意当泉州的荣誉市民，如果把草庵、施琅故

金庸：“朝觐中国第一名寺泉州古清净寺不胜荣幸”　　摄影 / 陈英杰

海内外数十家媒体聚焦金庸泉州文化之旅，图为东南早报记者朱玮杰在提问　　摄影 / 潘登

居等相关史迹进行金庸旅游专线开发，完全可以吸引大批游客来往参观。

余秋雨游走了泉州城南聚宝街、李贽故居、德济门遗址和天后宫后，说：“走在鲤城的古巷中，像是听到历史的回声，余韵袅袅，心旷神怡。”余秋雨建议，泉州有好多宝贝却给人“肉多炖不烂”的感觉，应当对众多的文化景点进行分类排座次，向不同的人群推介不同的“产品”，效果一定更好。泉州当年传出去的不仅仅是货物，不仅仅是船舶，传出去的还要有思维、声音。“泉州是一个艺术码头，又是一个世界精神享受的码头，可以把许多文化输送给世界。”莫言走访的地方比金庸、余秋雨更多，笔者一路陪同，他在接受笔者的采访时说，当下，具有个性化的传统文化、民俗文化正在趋同化，甚至走向消亡。泉州经济实力强，文化味很浓，能够如此完好地保留传统文化与地域特色，非常难得。宗教遗址对一座城市有着不可估量的价值，宗教文化作为泉州文化重要的组成部分，其包容性超于想象。“这座城市最吸引我的是悠久历史的传承，最独特之处在于它的多元文化的融合。”他这样题词：“三教九流，荟萃泉州；文化古城，万古千秋。”

一个国家要强大，除了经济发展，还必须具有文化软实力，一座城市亦然。如何抓住机遇，总结金庸泉州行的经验，借助文化名人效应，以人文旅游为视角，调整激活管理机制，营造本土文化生活方式，展现泉州独特文化魅力，提高“海丝”起点城市的吸引力、影响力，重振东方古港雄风，是当代泉州人的使命担当。

（2015 年 11 月 29 日—12 月 3 日在香港世界华文旅游文学国际研讨会发言）

| 金庸是一个世界

“百年一金庸，金庸说不完。”这是香港作家冷夏完成金庸传记时写上的最后一句话。

从 31 岁到 56 岁，金庸共创作了 15 部武侠小说。这个数量与今天一些当红畅销书作家相比，一点也不稀奇了，只是，金庸写一部火一部，笔底波澜，剑胆琴心，勾动无数读者魂魄，其“杀伤力”无人能出其右。

金庸就这样被尊为“武林盟主”，一个外貌儒雅文弱的书生成了理所当然的“大侠”。

刚刚过去的一个世纪，能举重若轻、快意行走于雅俗文化之间，政治与商业之间，集小说家、企业家、社会活动家和报人于一身，左右逢源，游刃有余的，金庸是唯一的。不信，你见过年届八旬还炙手可热、备受各个年龄层追捧的超级明星吗？

金庸，一个写出来就叫人赏心悦目的名字。

赏心悦目，这恰恰暗合了他创作小说的本意。

下笔前没有太多的教化目的，金庸是报纸编辑，写小说只是吸引读者阅读副刊的重要手段，哪知“无心插柳柳成荫”。后来金庸办报，武侠小说自然是打开市场的撒手锏之一。

“有华人的地方就有金庸小说的读者。”感谢金庸，他用如椽大笔，塑造了郭靖、黄蓉、陈家洛、段誉、杨康、杨过、乔峰、小龙女、洪七公、周伯通、黄药师、任我行、岳不群、欧阳峰、韦小宝等难以磨灭的文学形象，让我们赏心悦目，丰富了我们的精神生活，但他绝不仅仅是武侠小说的代名词。

从20世纪40年代在浙江《东南日报》当记者算起，金庸的“新闻龄”远远长于从事小说创作的时间。香港报界公认金庸为“香江第一健笔”，主持《明报》期间，金庸长年亲自撰写社论，总量达2000多篇。常常是，白天在家创作小说，晚上赶到报馆审阅大样，然后当场写下时评。他的时评以史论政，观点鲜明，见解卓越，独步文林。香港文化界青睐《明报》，与金庸的社论不无干系。难怪《明报》前总编辑董桥这样评价：金庸的社论影响了一代思潮一代文风。今天，当我们屈指列出因《明报》而扬名业界的潘粤生、王世喻、林行止、张健波和泉州籍的董桥、潘耀明等众多香港新闻出版界大将的名字时，不禁要为他的另一种贡献击节叫好。

北京大学著名教授严家炎感叹金庸的武侠小说带来了一场“文学革命”。文坛怪才孔庆东认为不了解金庸就称不上对现代文学有全面的了解。香港女作家林燕妮评价金庸为香港第一才子，认为“无论从哪方面看，他都绝对是个强者”。的确，当年血气方刚的查良镛报考《大公报》记者一职，在300多人中胜出，成绩是第一名。后来的小说家金庸，打通儒释道，驰骋文史哲，星相医卜，琴棋书画，古今中外，博取精华，虽不敢言字字珠玑，却是部部精彩。据称，至今为止华文文学作品发行量以亿册计数的，只有金庸一人。

三年前，笔者专访另一位新派武侠小说大师、金庸供职《大公报》时的同事梁羽生，曾问过他为何没去办报，梁先生坦言：“我只是个文人，比不上金庸。”言外之意，金庸不仅是一个文人，至少，不得不承认金庸创造了文人成功办报的典范。文人的缺陷是不会精打细算，有则故事可以看出金庸的精明：金庸好友倪匡（卫斯理）的妹妹、名作家亦舒在《明报》上开设专栏，颇受好评，便向金庸要求提高稿费。金庸说：“你又不大花钱，加了稿费有什么用？”亦舒便在专栏中借笔骂他。他也不生气，笑着说：“骂可以，稿也照登，稿费还是不加。”在他看来，专栏作家的日子过得比编辑记者好得多，要考虑的首先还是给报社人员加薪。

金庸言辞表达能力一般，对品牌的塑造和市场运作却有独到之处。比如他到马来西亚、新加坡办《新明日报》，专副刊内容与《明报》同步使用，从而节省了采编成本，这就是我们今天才推崇的异地办报模式；他办《明报周刊》，搞差异化竞争，走适合家庭妇女阅读口味之径，开创至今热销市场的香港娱乐周刊先河；至于《明报月刊》，他明确表示不为赚钱，而是强调其学术文化特色，希望办成传承文化命脉的园地，现在这份刊物已成为香港最有影响力的高品位文化类杂志。这样的结果，带给他的是精神层面的满足。金庸经营报业的能力对我们今天的报人启发颇多。

金庸被北京大学、香港大学等名校聘为名誉教授，被浙江大学人文学院聘为院长、被牛津大学圣安东尼学院、剑桥大学鲁宾森学院、新加坡东亚研究所选为荣誉院士，被加拿大哥伦比亚大学和日本创价大学授予名誉博士，有些人不以为然。殊不知，现实中的金庸学贯中西、知识渊博，上而了悟佛理，细至博弈医术，均兼容并蓄、融会贯通。他的研究涉及法律、历史、宗教等领域，所著的《色蕴论》《袁崇焕评论》《全真教考》等受到学界重视。笔者去年夏天有幸涉足位于港岛北角渣华道的金庸书房拜访大侠，但见四壁册卷，顶天立地，无异于置身一家图书馆中，再联想到他与国际创价学会会长池田大作对话中纵横捭阖的大家风范，以及出任香港特别

泉州籍知名人士孙立川（右二，香港天地图书有限公司原总编辑）、蔡友平（右一，贵州董酒股份有限公司董事长）等做客金庸书房。谈及董酒历史与文化积淀，金庸即兴题赠：千载佳酿，绝密配方。贵州董酒，中国名酿　摄影 / 万祥

行政区推委会、筹委会委员期间坚持“主流方案”，与民主派针锋相对的刚毅勇猛，才深深感受到金庸名字的庞大内涵。

金庸老了，然而他最不爱听到人家认为他老。经历过好莱坞文化的冲击，又顶住了网络时代的压力，金庸依然一脸和气，作品依然畅销海内外。江湖险恶，权术？纯情？侠肝义胆？老谋深算？也许他都有，金庸的要强，是天生的性情，这天生的性情加上后天的历练，让他光芒万丈。面对不服老的金庸，我想起台湾远流出版社发行人王荣文的一句话：“金庸是一个世界。”

（原载 2004 年 11 月 22 日《泉州晚报》）

| 他的身份是报人

“在我的一生中，别人都说我是武侠小说家，其实我是一个报人，真正擅长的业务是报纸。”记者节前，金庸，这位具有全球知名度的老报人走完他 94 年的人生路。

如果从 1946 年 11 月 23 日进入杭州《东南日报》担任国际电稿翻译算起，金庸先生是在 72 年前就开始新闻工作的。

2004 年 11 月 24 日，泉州晚报报业大厦，金庸的目光触及一份《东南早报》，脸上露出几分惊喜的神色。两份报纸的名称非常接近，他说早报让他有亲切感。他回想起当年服务过的《东南日报》。“我觉得《东南早报》更符合‘东南’的说法，因为在中国的地理位置上，泉州比杭州更接近东南方位。内容上，《东南日报》是国民党的报纸，《东南早报》是为人民大众服务的，性质大不相同。从销量来说，当年的《东南日报》在江浙、上海一带卖得不错，却比不过《东南早报》有 20 多万份的销量。”

年轻时的金庸当年投考新闻职位，可是百里挑一，以第一名的成绩进入《东南日报》的。他翻译国际时事稿，是通过收听英文电台，限于当时技术条件，往往是只听一遍，就能准确地写下来。后来为了报纸销路试水写武侠小说，也是在采编之余，边写边登，一大帮文学形象的塑造竟能生动立体，栩栩如生。我听明报集团《新明日报》总编辑讲过，金庸出差到新加坡，每天照样要为香港《明报》写社论。傍晚时分，他浏览完采编要目后，会借用总编办公室一个多小时写作，然后把几张纸带出来，交代马上传真到香港。

许多人都认为金庸是一个天赋很高的人，对这一点，《明报月刊》总编辑潘耀明先生并不否认，但他又说，金庸的勤奋一般人不知道。他陪金庸出游，每次在机场候机，都要逛逛书店，尽管年纪大，但常常一站就是大半个钟头。“他精通英文，还谙懂日文、法文，如果碰上一本好书，就像狩猎者碰上猎物，喜上眉梢。”

金庸对编校要求很严格。潘耀明回忆，每次杂志出版送到他书房，他都认真阅读，而且目光很挑剔。有时发现有错别字甚至是一处不当的标点符号，他都不放过，立即写在字条上转到编辑部。所以在终校时编辑心理上会有压力的，每篇文章都要经过五校。这不是金庸过度苛求，他在泉州晚报编辑部分享办报经历时曾说：“在上海《大公报》工作那时，记者一个字写错了，编辑就会提醒，下次不可以这样，我在这样的环境下得到很好的锻炼。”

金庸写过2万多篇时评、杂文，是中国现代新闻评论史不可忽视的人物。早在1956年10月，香港《大公报》的三位青年编辑查良镛（金庸）、梁羽生、陈凡（百剑堂主）突发奇想，在副刊开辟“三剑楼随笔”，每天每人交稿一篇，以展现“三剑客交会时互放的光芒”，20世纪90年代，学林出版社征得当事人同意，曾选编出版《三剑楼随笔》。记得在书店见到这本书时，我就被目录吸引住了，金庸的文章有《相思曲与小说》《看李克玲的画》《围棋杂谈》《费明仪与她的歌》《郭子仪的故事》《看三台京戏》《圆周率的推算》《代宗·沈后·升平公主》《也谈对联》《顾梁汾赋“赎命词”》……

信手拈来，无所不谈，下笔轻松，行文风趣。例如一篇写赫尔曼·麦尔维尔的《无比敌》（内地译为《白鲸》）有什么“好处”的，便是两个学生读者来信中说及《无比敌》没什么了不起，金庸知道他们只看电影没读过原著，帮助他们分析这部小说为什么入列世界十大小说之一，不长的篇幅中还引用《红字》作者、麦尔维尔的朋友霍桑的评价，以及毛姆拿这部小说与莎士比亚剧作的比较，下笔成章，视野宽阔，言之有物，难能可贵。

我武侠小说看得少，不敢妄议金庸小说艺术成就的高低。在我参加的两次相关活动中，一次是第五届世界华文旅游文学国际学术研讨会暨“金庸武侠小说六十年”，一次是“我与金庸”全球华文散文奖颁奖典礼，都是国内外文化界大咖云集，如北大的严家炎教授、陈平原教授，中国电影资料馆的陈墨教授，中国台湾大学的吴宏一教授、李瑞腾教授，韩国的朴宰雨教授，日本的荒井茂夫教授、著名汉学家金介甫教授等，这些学界权威对金庸作品的高度肯定，也是社会认知的重要的参照系。我曾经问过梁羽生先生为什么没有像金庸一样去办报？梁先生说：“我只是一介书生，不像金庸。”两人为同事、好友，又一齐创作武侠小说，都有丰厚的历史文化知识积累。相比之下，金庸的视野更为宽阔，才能更加全面，不但是杰出的报人、作家，还是成功的商人、政论家。

“百年一金庸，金庸说不完。”大侠离去，江湖还在，关于金庸的话题，是非功过，还会流传很久很久。

（原载 2018 年 11 月 1 日《泉州晚报》）

刀光剑影外的梁羽生

“凡有华人的地方，就有金庸、梁羽生的武侠小说迷。梁羽生是香港新派武侠小说的开山鼻祖，与旧派武侠小说中‘侠士们只是在一个与外界隔绝的处于封闭状态的武侠世界里打斗’相比，梁氏作品一大突出特点是重史，即在小说中构筑一个历史背景，不仅是为了增添作品的真实感，更重要的是为了弘扬民族大义。”（引自潘亚暾、汪义生主编《香港文学史》）

随着《笑傲江湖》在央视播出后引发的武侠冲击波，金庸的名字和形象明星般一次次出现在传媒中，而另一位“大侠”梁羽生自1987年移居澳大利亚后，行踪鲜为人知。刀光剑影外的梁羽生到底是怎样的一个人呢？

1月2日，香港还沉浸在欢度新年的气氛中，在九龙尖沙咀港青酒店的咖啡厅里，我与梁羽生先生进行了面对面的交谈。这是梁羽生返港讲学期间首次接受内地媒体的专访。

武是躯壳侠是魂

梁羽生走上“侠客”之道纯属偶然。

1954年1月17日，香港太极拳掌门人吴公仪与白鹤拳掌门人陈克夫在澳门摆擂比武，一时万人空巷，舆论哗然。当时《新晚报》

梁羽生（左）接受作者专访　摄影 / 孙立川

的负责人罗孚敏锐地发觉，打擂只不过几分钟，就以陈克夫鼻血洒胸告终，然街谈巷议却热气腾腾，“笔战”同样激烈，于是动员文思敏捷的梁羽生创作武侠小说，以满足“好斗”的读者。比武后的第三天，《龙虎斗京华》开始连载，“梁羽生”一纸风行。

“我当时根本毫无把握，以前只练过 3 个月太极拳，对技击、剑术一窍不通，写小说也还是破题儿第一遭，由于推辞不掉，只好赶鸭子上架了。”梁羽生说。第一天见报的内容是一段“楔子”，因为他连故事框架都没有构思好呢。梁羽生发挥自己善作诗词之长，以一首《踏莎行》开篇：

“弱水萍飘，莲台叶聚，卅年心事凭谁诉？剑光刀影烛摇红，禅心未许沾泥絮！绛草凝珠，昙花隔雾，江湖儿女缘多悟。前尘回首不胜情，龙争虎斗京华暮。”

武侠多奇趣，料想不到，梁羽生本以为至多是一年半载“凑热闹”之举，竟欲罢不能，一写就是30年，暗合了文中“卅年心事凭谁诉”之意。

梁羽生的作品中，《白发魔女传》《七剑下天山》《江湖三女侠》《大唐游侠传》《侠骨丹心》《云海玉弓缘》《塞外奇侠传》《冰河洗剑录》《萍踪侠影录》《广陵剑》等都为广大读者所熟知。读者难以理解的是，由于“初试啼声”即有巨大反响，香港多家报纸争相邀梁羽生撰稿，于是出现了这样的奇观:《大公报》《新晚报》《香港商报》及《周末报》《正午报》等多家报刊，分别刊登他同时正在创作中的小说。众多的人物形象，错综复杂的故事情节，加上梁氏“重史”，有许多形象都是历史上的真实人物，对其年代、经历的描述必有脉络可循，创造如此浩繁的工程，即使是对武侠小说不屑一顾的评论者，也不得不发出钦佩的感叹。

据说，国学大师陈寅恪是不鄙薄通俗文学的，他曾对清人的弹词小说《再生缘》中的传奇性与艺术性推崇备至。数学家华罗庚、文学评论家冯牧、经济学家于光远都是梁氏作品迷。但是梁羽生却谦逊地对我说：“内地年轻人可能不喜欢我的作品吧？”他的武侠小说固然在场面描写上有拖沓之嫌，但文史功底所体现出的笔力，则是古龙及以后的众多武侠小说家难望其项背的。

我问梁羽生先生：“香港是个高度国际化、商业化的大都市，您学的又是经济，而没有成为财经小说家，这与小时候您外祖父的教导有关系吗？”

梁羽生说：“关系非常大。我外祖父刘瑞球是蒙山名士，下围棋、作对联、吟诗作赋都得益于他的启蒙。记得那一年我才5岁。”“象棋讲霸道，围棋讲王道，相比之下，围棋最富中国传统的精髓之见：我活，也让你活，但我要活得更好。”类似刘老先生讲述的道理，始终影响着梁羽生的人生观。

梁羽生不谙武术、技击，多少让人有“误闯武林”之嘤。对此，梁先生解释说：“要写好武侠，作者的知识面越广越好，我不识兵器。一是从前辈名家作品中‘偷师’；二是自己大胆想象，自己创造，如‘冰魄寒光剑’‘冰魄神弹’等。”

“在您的 35 部武侠小说中，描述到天山的竟有 20 多部，听说您没到过天山，为什么会有这种天山情缘？”

“我很喜欢天山，这名字有诗情画意，我虽然没去过，但读过许多西部游记。中国登山队登上珠峰时，媒体发表的《珠峰日记》我看了，好像身临其境目睹那些冰川、冰峰一般，天山实际上是西部山水美丽、原始、神秘的代表。”

“您怎么理解武侠的含义？”

“唐人传奇对我影响很大，《撒克逊劫后英雄传》我同样喜欢，中外侠客都是见义勇为、锄强扶弱的。西方的‘骑士’必须认定一位主人，要效忠主人，中国的‘侠客’独来独往，笑傲公卿，我觉得中国的侠客要可爱得多。武侠之中，武是躯壳，侠是灵魂，武是手段，侠是目的。侠的内容随时代而改变，比如古代对侠的要求‘言必信，行必果，诺必诚’，到现代，许多人主张侠之大者必是为国为民。侠客必须具有人类的高贵品质，对大多数人有好处，这是我的定义。”

还剑隐居一身轻

定居澳大利亚悉尼后，因为年迈体衰，梁羽生只于1991年、1999年返港探亲访友。本次莅港，系应浸会大学之邀，前来做“早期武侠小说”专题演讲。据当地报刊消息，讲座现场座无虚席，连会堂过道也站满听课的师生。

自1954年创作《龙虎斗京华》始至1983年宣布“封刀”止，梁羽生共创作35部160册1000多万字武侠小说，在数量上多出金庸作品一倍多。金梁并称，一时瑜亮。后来金庸在名气上似乎盖过梁羽生，有人认为金作虽量少而质齐，有人认为大量的影视改编提高了金作的影响力，对金梁作品的比较，不是本文作者力所能逮的。不过，谈新派武侠小说，不提梁羽生，就属数典忘祖了。

有趣的是，金梁有着太多的相似之处。金庸，原名查良镛，出生于浙江海宁一名门望族，大学念外交系，却志趣于文学；梁羽生，原名陈文统，长于广西蒙山一书香门第，大学念的是经济系，心则游于文史。梁羽生生于1924年，只长金庸数月。两人又为香港《大公报》同事，既为文友又是棋友，由此玉成多则文坛佳话。

20世纪60年代中，梁羽生遵报社总编辑旨意，化名写了《金庸梁羽生合论》，对两人作品的分析比较透彻准确，早已成研究者必读之卷。

笔者问：“您在此篇论文中写道，梁羽生是名士气味甚浓的，而金庸则是现代的洋才子，这话怎讲？”

梁羽生答：“这是针对两人的特点而言的，我和金庸都阅读过大量的中外小说，但金庸受西方文学影响较明显些，我对中国传统文化更看重些。我喜欢伏尼契的《牛虻》，《七剑下天山》中的凌末风、易兰珠就分别有类似牛虻的身世，再如《白发魔女传》《云海玉弓缘》就分别从《安娜·卡列尼娜》《约翰·克利斯朵夫》中得到启发。”我们可以比较一下钱锺书先生和陈寅恪先生。两人都学识渊博，中西融会，都记忆力惊人，深谙多国文字，但一旦提到钱锺书，在人们的印象中是个西装革履的学者，而谈及陈寅恪，则出现长衫布靴的形象，这其实是各人的特色所致。

长期以来，武侠小说一直难登大雅文学殿堂，新加坡的大报是在踏入 20 世纪 60 年代才连载梁羽生小说的，中国内地最早连载者为广州的《南风》周刊，于 1981 年刊载《白发魔女传》，真正产生影响的是 1984 年《羊城晚报》连载《七剑下天山》。同年 12 月，梁羽生出席第四届全国作协代表大会，武侠小说的地位才得以确立，也因此刮起了一阵武侠风。由于梁羽生供职的报社为“左派”报社，台湾对其小说的解禁是在 1987 年底的事了。

前些年，梁羽生、金庸的作品被盗印到了猖狂的地步，《文艺报》副总编陈丹晨主动请缨代梁先生与一些出版社交涉。有家边远地区的出版社仅盗印《白发魔女传》就获利数十万元，面对这家出版社的道歉，梁羽生心慈手软起来，结果对方只以 2000 元了结此事。梁先生靠写作为生，却把追回来的多笔稿费悉数捐给中国现代文学馆。我问：“您与金庸成名后，金庸又尝试当过电影厂编导，接着创办了《明报》，终于成为一个成功的出版家和实业家，您当时为何没去办报呢？”梁羽生答：“人各有所长，我是一介书生，除了写作，从商不是我的专长。当时确有人劝我办报，我不听，到现在也不后悔。再说，我对政治不感兴趣。”

笔者：“您是报人出身，怎会对政治不感兴趣？”

梁羽生："我关心政治、关注社会，但我的个性追求自由宽松，喜欢过悠闲的生活。"

真是名士气十足的文人。

对于梁羽生退出"江湖"，不少读者表示不解，他的回答是：写武侠小说需要丰富的想象力，年过五十，就不大适应写武侠事了。到 1983 年，他已年近六十了。至于为什么选择定居悉尼，他认为 3 个子女均在澳大利亚、美国等国求学、就职，悉尼在气候上与香港相近，环境更宜人，住在这里利于治病与养老。

但梁羽生的巨大影响仍留在中国及东南亚。自 1957 年《江湖三女侠》等改编为粤语电影后，《七剑下天山》《白发魔女传》《云海玉弓缘》《侠骨丹心》等都先后被改编为电影或电视剧，李丽丽、林青霞、蔡少芬等知名艺人都出任过主角。近日，香港无线电视台及国内某影业公司正分别筹拍梁羽生的两部武侠作品，就在笔者完成采访的当天，即将出演女主角的香港艺员也拜会了梁先生。

生花妙笔侠影留

有的读者也许不知道，除了武侠小说外，梁羽生还创作了大量的随笔，按他自己的话说，"真正的兴趣在于文史小品，不拘内容，不论格式，挥洒自如，有话则长，无话则短，那才是最符合自己心境的"。

笔者接触过的梁羽生的文字，最难忘的当是《三剑楼随笔》和《笔花六照》。前者系梁羽生、金庸和百剑堂主（陈凡）3 位同事 40 年前在《大公报》上合开的专栏结集，文笔潇洒、隽永，今日读来仍鲜活如初。《笔花六照》则多是"武侠封刀"后的作品，也收录有 50 年代撰写的“棋人棋事”专栏的部分文章。不过，因为武侠小说的巨大影响，梁羽生散文的光彩并没有引起学界足够的重视。

武侠小说通常归为通俗文学，北京大学中文系把其列入选修课就曾招来非议。1995 年，中国武侠小说研究会主办的首届武侠小说评选活动一致同意把“金剑奖”颁给金庸、梁羽生，研究会会长、著名红学家冯其庸特地来到香港颁奖。当时受托代领“金剑”的天地图书有限公司副总编辑孙立川博士介绍说，有影响力的武侠小说家必然是知识广博之士，今天许多武侠作品难以跨越金、梁这两座高峰，在于作者的艺术功底、知识结构有所缺陷。

梁羽生是中国楹联协会顾问和香港象棋协会顾问。单是 1993 年上海古籍出版社出版他的《名联趣谈》，所收联话近千条，达 66 万字。泉州青年对联研究者胡毅雄曾对其中列第 128 条的讽慈禧太后联的作者是章太炎还是林白水提出看法，文章发表于 1991 年的《对联》杂志。梁羽生阅后，虽认为“此说还缺乏铁证，不足以令人信服”，在修订本中，梁先生也把胡氏说法列入后记，足见其名士胸怀。

笔者问：“依您的深厚功力，是否有写中国联史、棋史的计划？”

梁羽生说：“人老了，身体多病，没有精力了。”近年，梁先生先后做过膀胱癌切除和心脏搭桥手术，可谓死里逃生，然“没有精力”并不全是实话。“封刀”以来，他花 10 余年时间逐一对 35 部武侠作品进行修订，又是一大创作工程。

在整个访谈过程中，年过古稀的他，声音洪亮，思维敏捷，记忆力不减当年。当我在提问时误把悉尼华埠牌坊上的一副对联当成他的作品时，他立即纠正，并把正确的内容写在采访本上。

与这种学问上的精明相映成趣的是，无论是居港还是旅澳，梁羽生自理生活的能力却是差得厉害，据说有好几次，他在自家住宅附近迷了路，转来转去了老半天，直到保姆发现后才引领回家。写棋评是梁羽生乂一大专长。50年代梁羽牛经常以《新晚报》记者名义，采访各种重大赛事，他因此与杨官璞、胡荣华等棋坛高手结下久长友谊。至今，梁羽生总要在书桌上摆盘棋，即使自个独处，也要棋子轻敲，细心琢磨，求得心乐。

1999年，梁羽生返港小住，孙立川等天地图书同仁在港岛雅各酒楼宴请他与金庸。老友见面，棋局重开，不料席间金大侠玉体欠安，只好留待“下回分解”。

笔者此次采访，孙博士已事先与梁先生约定时间，当我们分别从九龙土瓜湾和港岛铜锣湾准时赶到港青酒店，却不见梁大侠踪影，这一等竟等了近3个钟头。原来，刚刚出席全国“文代会”归来的金庸，在出访澳洲前夕，又特地与梁羽生会合，过了回棋瘾，弥补了一桩心事。而此时的梁羽生，当是荣辱皆忘，如处“好酒佳人锦瑟旁”了。

（原载2002年1月10日《东南早报》）

永存侠影在人间

《七剑下天山》《云海玉弓缘》《白发魔女传》《萍踪侠影录》(《侠骨丹心》……不管你是否武侠迷，相信对这些书名都不会陌生。当人们还沉浸于农历新年的喜庆之中，从遥远的悉尼传来中国新派武侠小说大师梁羽生先生逝世的消息。人年纪大了，终有一天要驾鹤西去，85 岁的梁羽生走了，主张“武是躯壳侠是魂”的他，带去了一生的传奇，留下了鲜活的侠影。

一提到“侠”，身边风云顿生，仿佛有刀光剑影闪过，武士的高大形象立现眼中，因此当梁羽生出现在我面前的时候，巨大的反差与些许的失落感油然而生。这位胖老头儿一开口，满是广东腔的普通话，听起来吃力得很，不过峰回路转，慢慢地，便不知不觉地进入了他营造的武侠世界，还不时要为他的连珠妙语拍案叫绝。

这样的谈话情景是难忘的，时间是 2002 年 1 月 2 日。那时还是冬天，位于香港尖沙咀的港青酒店咖啡厅里，却荡漾着浓浓的春意。

自 1987 年移居澳大利亚后，由于年事已高，梁羽生很少返回香港探亲访友，这次应浸会大学之邀前来主讲“早期武侠小说”专题，逗留时间也相当有限。我很幸运，毕竟，这是他讲学期间首次接受中国内地媒体的专访。

按照事先的计划，我原想利用在港探亲机会采访金庸的，可是抵港当日，牵线的金庸友人——祖籍泉州的香港作家联会执行会长、《明报月刊》总编辑潘耀明先生告诉我，金大侠去北京参加全国“文代会”还没有回来。看来一切准备都是徒劳的了。就在此时，另一位泉州籍知名人士、香港天地图书有限公司副总编辑孙立川博士打来电话，说梁羽生刚好返回香港，想不想采访。当然想！真是柳暗花明，我与孙博士分别从九龙土瓜湾和港岛铜锣湾赶往尖沙咀会合。采访不是寒暄闲聊，何况面对梁大侠。但我已经没有时间做相关资料的梳理了，最要命的是平时武侠小说读得少，谈论其中的人物情节不是我的强项。“从来不打无准备之战”，这是多年前采访白岩松时他对我说的一句话，既是他当好主持人的体会，也是新闻从业者所必须具备的素质之一。好在我读过金庸、梁羽生和百剑楼主合著的《三剑楼随笔》，也读过梁氏亲自编选的散文集《笔花六记》。前者为号称“香港文坛三剑客”的金、梁与《新晚报》副总编陈凡(笔名百剑楼主，与泉州籍名作家司马文森是文友)于20世纪50年代《大公报》上开设的专栏，每人每日一篇，各自海阔天空，信手拈来，文笔隽永潇洒，风趣可读；后者据梁羽生说是“不拘内容，不论形式，有兴趣有材料就写，比较符合自己的性格”，在他的散文中，涌动着对生活对事业的热爱与追求，洋溢着对恩师对友人的真情与厚爱，闪烁着冷静的深思与深刻的灼见，流动着清新的笔调与俊逸的文采。

在港青酒店等候梁羽生时，我的脑海中回放着自己仅有的有关他作品的点滴记忆，孙立川博士则给我讲述了1995年代表梁先生领取由中国首届武侠小说评奖大会授予的“金剑奖”的情景……

超过约定的时间接近3个小时了。在时间就是金钱的香港，我清楚3个小时的意义，孙博士有点坐立不安。我建议打个电话，他禁不住笑了，说是梁羽生一下飞机，朋友们就特地给他安排了一部手机供联络专用，不料老人家对现代科技成果并不领情，不是忘了数字，就是按错功能，后来干脆关机了事。还有个关于梁先生的趣闻，说他几次单独外出，竟忘记了回家的路，最后还是由保姆把他给找回来的。这么一听，我多少有点担心：大侠老矣，尚能“谈武”否？

但随后的顺利采访，证明了我的顾虑是多余的。与两年后我对金庸的采访比较，梁激情，金沉稳。对话中的梁羽生声音洪亮，不时地配合着有力的手势，我早已忘记面对的是位一生中仅学过三个月太极拳、古兵器知识几乎空白、如今体弱多病的老人，而觉得交谈间，一股豪侠之气从他身上迅速生成。这次专访以《刀光剑影外的梁羽生》为题刊发于《东南早报》，目前搜狐网上纪念梁羽生逝世专题中，就收有当时梁羽生接受我采访的一张照片。

20世纪50年代，梁羽生在《新晚报》副刊当编辑，负责的是《天方夜谭》版，那时的金庸则负责《下午茶》版。在大学里，梁羽生念的是经济学专业，金庸念的是外交系，结果都进了报界，做着他们热爱的文化工作。两人同事又同龄，既是文友亦是棋友，今天的读者论及武侠小说，总喜欢把梁金比较一番。20世纪60年代中期，梁羽生曾奉总编辑之命，化名写了著名的《金庸梁羽生合论》，此文早已成为金、梁研究者必读之卷。

梁羽生原名陈文统，出生于广西蒙山县的一个富裕家庭，自幼学习下围棋、做对子、填词赋，由此养成天天读书阅报的良好习惯。在他的成长道路上，太平天国史专家简又文、作家聂绀弩、女诗人冼玉清、陈寅恪的关门弟子金应熙、岭南大学校长陈序经、国学大师饶宗颐等都是不可忽视的人物，亦师亦友，师友的影响甚至决定了他的人生走向。近朱者赤、近墨者黑，看来是有一定道理的。至于写武侠，梁羽生自言属“赶鸭子上架”，而对总编辑罗孚来说，可谓“独具慧眼”，是一个可以留在新闻史上的成功范例。

1954年初，香港两大武术门派太极掌门人与白鹤掌门人因门派之争相约到澳门打擂，港澳万人空巷，轰动一时，刊载消息的报刊全部脱销。罗孚从读者市场的反响中发现了商机，便苦口婆心说服文史功底深厚的梁羽生动笔撰写武侠小说。谁也没有料到，仓促间出笼的《龙虎斗京城》，竟步步引人入胜，让阅者欲罢不能，其势头之盛，盖过也在同一版面上连载的《金陵春梦》。后者是梁羽生同事、著名作家唐人的作品，当时已是海内外华文读者争睹的热门小说。梁羽生从此一发而不可收，因为不同报刊索稿甚切，他曾三次同时写作三部武侠小说，在不同的报纸上同时连载。这位新派武侠小说的开门鼻祖笔下的刀剑舞动了30年，创作了35部武侠小说，字数达千万字之多。值得一提的是，在梁羽生的推荐下，罗孚邀请同样没有写过小说、对武术技艺一窍不通的金庸再闯武林，1955年年中，《书剑恩仇录》在《新晚报》连载并广受好评，此后17年间，金庸用15部经久畅销的作品垒筑起新派武侠小说的又一座高峰。

《新晚报》是《大公报》的衍生品，创办于1950年，其前身是《大公晚报》。在互联网时代，香港的所有晚报早已在20世纪末全军覆灭，《新晚报》自然不能幸免。但这张报纸开辟了中国新派武侠小说的一片广阔天地，走出梁羽生、金庸等多位影响全球华人圈，创下华文文学作品最大发行量纪录的大家，理所当然在报业史上遗留下浓墨重彩、弥足珍贵的一页。

记得采访时，我问梁先生："金庸后来自己办报，而且很成功，名利双收，你为何没有一试？"

"我是一介书生，从商不是我的专长。当时有人劝过我办报，我不听，到现在也不后悔。我关心政治，关注社会，但我的个性追求自由宽松，喜欢过悠闲的生活。"他的回答倒也爽朗。

"是真名士自风流"，这是孙立川同事、天地图书公司另一位副总编辑颜纯钩（也是泉州籍）一篇评说梁先生文章的题目，用来形容梁羽生的艺术人生，真是再恰当不过了。

孙立川博士分析说，有影响的武侠小说家，都是知识广博之士，后来的许多武侠小说家难以逾越金庸、梁羽生这两座高峰，在于作者的艺术功底、知识结构有所缺陷。五年前我参观过金庸书房，那简直是一座小型图书馆；据说梁羽生在悉尼的寓所里，"书架盈墙而立，满屋书香扑鼻，坐拥书城，其乐融融"。怀念梁羽生，为他没有能够为后人留下中国棋史、联史之类的专著而遗憾，那可是他一生最有兴趣最擅长的研究项目；怀念梁羽生，也不免引发思考：在网络时代信息爆炸的今天，充满机会也布满诱惑，却难容下一张安静的书桌，忙乱中的我们，不知多年以后，还能够存留多少斤两的文化功力？

（原载 2009 年 2 月 11 日《泉州晚报》）

泉州是个奇妙的地方

“我拿了记者证十来年，但真正作为记者去采访比较少，算是个‘冒牌’记者。这是一个充满挑战的职业，也是一个至今令我敬畏的职业。”9月8日，记者节，我国首位诺贝尔文学奖得主、中国作家协会副主席、著名作家莫言抵达泉州，应邀出席第十四届亚洲艺术节暨第三届亚洲文化论坛。交谈中，莫言坦言至今怀念在《检察日报》工作的十年，那是他一生中难以忘记的岁月。“现在谈到《检察日报》，我仍然习惯地说：我们报社。”

“泉州真是个奇妙的地方，她是多种宗教、多元文化的融合之地，又对传统文化实现了完好的保护传承以及创新，展现出一种大的文化气象。她的城市文化是多元的而不是单一的，这就使得她创新的源头、原料非常丰富，这种原料也正是作家的创作所需要的。昨晚我做足了‘功课’，相信在这里能找到创作真正需要的创新的灵感。”

莫言对泉州之行充满期待。“这里吸引我的东西很多，我特别想看看泉州的庙宇。我查到的官方数据显示，泉州鼎盛时期总计有庙宇400多座，现存的也有300多座，而且各大教派在此均能和谐共处，这是一个非常神奇的现象，它们是泉州文化多元性的一个缩影。还有泉州南音、木偶等民间传统艺术，也十分吸引我。”

当听我介绍泉州除了对“海上丝绸之路”等文化遗产进行整理、修缮和整治外，还先后举办了多个大型国际性、群众性文化活动后，

莫言与作者合影　摄影 / 潘登

莫言表示赞赏。他认为，就文化的多样性而言，很多具有地方特色、具有个性化的传统文化、民俗文化正面临着渐趋同化甚至消亡的现象，这个问题随着经济的快速发展，交通和生活的日益便利逐渐趋同而愈来愈严重。第一次到泉州的莫言觉得，泉州不仅有高楼大厦，经济实力强，文化味也很浓，能如此完好地保留与传承传统文化以及地域特色，并在此基础上进行发展与创新。他对此充满了好奇，也一改平时的沉默寡言，谈兴渐渐地浓了起来。

谈阅读。坚持每天看十多种报纸，不用手机上网，不用电脑写作，莫言说这是他至今坚持的习惯。“成年人和年轻人的生活方式、阅读习惯不同，我更习惯传统阅读。我常年订阅十多种报纸，只要在家，我每个下午都坚持看报两三个小时。生活在城市里，我每天都从报纸里接收无数的信息，哪一个信息有文学价值，头脑里马上就会有一根神经兴奋起来，就像电脑里程序的待命状态一样。发现小说素材，马上就会反应。”

谈写作。来到泉州，莫言觉得很亲切，因为泉州籍作家里有不少是他的老朋友，包括著名文学理论家刘再复、香港作家联会会长潘耀明，还有电影《红高粱》编剧、已故作家陈剑雨。一路上，他谈兴颇浓地讲述他与几位泉州作家的交往。莫言关注“闽派批评”，对多位闽派代表作家作品表示赞赏。他觉得泉州是一个文化积淀深厚、地域特色鲜明的地方，泉州作家所处的闽南语系非常独特，如果在写作中进行方言表述的尝试，既能看到独特的方言痕迹，又能让大多数读者看得懂、能接受，这应该是泉州作家尝试个性化写作的一个比较好的方法。

谈交流。莫言认为，弘扬中国的文化、地方的文化，提高文化的竞争力，需要走出去，需要交流。而文化的交流，不能单靠政府，还要依靠民间的力量。一方面要通过政府的力量、政策的支持，进行正式交流；另一方面要通过民间的文化自觉，自发的交流，润物无声地持续下去，个体行为积累起来的力量巨大。

“泉州可圈可点的文化遗产太多了，而其中“海丝”文化是独特的泉州符号，“海丝”文化公园既是昔日泉州“海丝”繁盛景象的缩影，也是以当代艺术形式展示丝路精神的创意结晶，是一件古代文化与现代文明结合、交相辉映的独具创意的艺术品。”结束泉州之行前，莫言走访刚刚建成开园的“海上丝绸之路艺术公园·亚洲园”后，如是赞叹。他认为，一个城市是否富裕，是否先进，不能只看经济总量，还要看它的灵魂有多么丰富，它的艺术有多么灿烂多姿。他坦言，在泉州他感受到了传承、融合和创新的创意和作为。

“没有创新的保存是陈旧的，使用与创新才是最好的传承”“泉州处处都是宝贝啊！泉州对文化遗产的保护，是市民之福，也是中华文化之福！”三四天时间里，莫言还走访了草庵、五店市传统街区、开元寺、弘一法师纪念馆、泉州湾古船陈列馆、清源山老君岩、九日山、源和 1916 创意产业园，还利用晚上时间，观看了提线木偶、掌中木偶、梨园戏、南音演出，文化之旅，感慨良多。“泉州很多珍贵文化遗产保存了下来，像碑刻、雕塑、建筑，它们的意义不仅仅体现在经济价值方面，也让我们对宗教、对文化有了更深的理解。当前，从这些遗存中吸收营养元素，让它们融入生活中并加入创新，是一个紧迫的课题。创新不是复旧，而应有强烈的学习意识。需要用善于观察的眼睛和敏感的艺术神经，去发现生活细节之下包含的文化意义和历史渊源。传承遗产、敞开胸怀、广泛学习、创作精品，是当代人应有的态度。”

莫言说，泉州有这么多珍贵的历史文化遗产，作为后人，要保护好。要对文化遗产有充分的理解、宣讲，让大家认识到它的重要价值和意义，然后把蕴含其中的艺术、文化元素融入现代的生活当中，为我们当下以及今后的创造提供丰富的营养。“保存是第一要义，但如果仅仅有保存，它终究是陈旧的，应该在保存、使用、传承中寻找灵感，汲取营养，与我们当下的生活结合，加以创新。只有在创造、创新之上的保存，才能历久弥新，也才能够产生无愧于子孙、无愧于时代的新的艺术作品。”

泉州迎来入冬后的第一次降温。清冽寒风吹拂，湖面波光粼粼，伫立湖水中央的“帆影”雕像袅娜多姿。在占地千亩的“海上丝绸

莫言说：泉州是个奇妙的地方　摄影 / 潘登

之路艺术公园·亚洲园”，莫言对这个仅用不到100天就建成的大项目颇为惊奇。配置1658只水雾喷头的水镜冷雾广场，独具闽南特色的“红房子”和长满绿色植物的“绿房子”，以及展示泉州风情的“海丝”群雕，无不让他驻足停留观赏，并不时向导览人员提问。来自亚洲不同国家、地区的树木各呈风韵，水边湿地野生的芦苇和水草极具清新自然的诗意……当得知“红房子”用的是闽南乡土建筑工艺——出砖入石，砖瓦来自废弃的老屋旧料，“绿房子”用的是绿植棚盖的几何形钢混结构，通风环保，莫言称赞公园里到处都是创意，各种创意相映成趣，传递了强烈的艺术感染力。“令人也没有想到，丝绸之路这一历史遗产在21世纪的今天，能以这样的形式呈现出崭新的风貌，焕发出蓬勃的生机。”

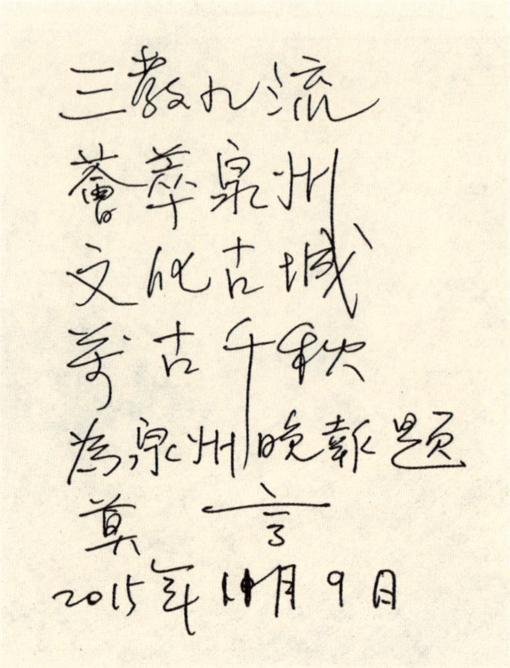

莫言为泉州晚报题词

莫言认为，泉州是海上丝绸之路的起点城市，在这个历史名城，以艺术的形式展示丝路精神，增进丝路各国文化交流，是一种独具慧眼的创意，也是泉州人民在文化的保护和创新上积极作为的一个成果。公园建立在泉州悠久海洋文化、丝路文化的基础之上，集中了本地人民群众、文化工作者的智慧，又请来了亚洲艺术界、文化界的专家、学者，在上下结合、专业和非专业结合、历史和现实结合的基础上，产生了这个园的成品。“我今天看到的‘海丝’公园虽然只初具规模，但已感觉非常大气，展现出具有鲜明时代气息、丰富泉州气息的建筑风貌。将来完全建成后，它必将更加让人叹为观止、流连忘返。它连接历史、现在和未来，必将成为‘一带一路’领域一个永久的文化遗产，具有深远的意义。”

（原载 2015 年 11 月 9 日、11 日《泉州晚报》 合作采访：吴芸）

敢在时间里自焚的人

第三届“海丝”国际艺术节期间，我接待了来自台湾的几位亲戚。其中的六表姑住在高雄，话题言谈中自然避不开余光中——他是大名鼎鼎的台湾诗坛祭酒，一位定居于高雄的泉州人。当已经返回高雄的表姑从广播里听到余光中去世的新闻，感到“非常震惊与惋惜”。表姑说：“余先生以前住在河堤社区时，我在运动或者散步中常与他碰面。他和蔼可亲，是位很平易近人的长者。”何止我的表姑，所有人，只要读过《乡愁》的，对老人的离去，无不表现出震惊与惋惜，尽管90岁已是人生高寿的鲐背之年。

一首《乡愁》，让余光中誉满天下，以至于把他称为“乡愁诗人”。在余光中的经历中，南京崔八巷、常州漕桥镇、四川悦来场都是他青少年的重要生活场景，而永春桃城洋上村，仅仅在6岁那年随父母回来住过几个月的老家，也因摇篮血迹而在他的身上留下深深的人生烙印。余光中返乡，每次都是大新闻，媒体人更是奔走相告，我和我的同事多次采访过余老。2003年9月18日，时为《泉州晚报·海外版》记者的林少川用纸条的形式问余老：“解我乡愁，唯我□□”，余光中先生马上写上：“解我乡愁，幸有此行。”我和知名作家陈瑞统一起到他住宿的宾馆拜访时，老人不顾连日的疲倦，兴致勃勃地回忆起他的办刊经历。我乘机拿出包里的《东南早

作者向余光中（右）介绍《东南早报》版面特色　　摄影 / 陈英杰

报》向他请教，他说副刊是报纸的特色所在，办好可以吸引广大读者。2011 年 4 月 24 日，泉州文学界在府文庙惠风堂举办余光中诗会，记得在现场，《泉州晚报》摄影记者林水坤把一册精心制作的《余光中寻根记》影集赠送给他，余老眼睛一亮，动容地一页页翻阅，仿佛回到首次返乡的情景之中。

余光中兴趣广泛。他喜欢画地图，离开大陆辗转香港去台湾时，他带走了一张残缺的地图，说看着它，就像看着亡母的旧照。6 岁那年，余光中在父母的带领下，“温厚的大手牵着小手，从南岸走

一千零六十步，余光中走过了洛阳桥　摄影 / 陈英杰

向石桥的那头”，76 年后的 2011 年 4 月 22 日，余光中先生花了一个多小时再次走完在地图上阅读了无数遍的洛阳古桥，完成了心头的一桩夙愿。直到台湾海峡两岸和谐文化交流协进会会长陆炳文受托从高雄带来余老的新作《洛阳桥》，我才知道他默默记下在桥上留下的脚步是 1060 个。用心与故乡亲密接触，终于成就了他的第一首叙写泉州的诗篇。余老手书的《洛阳桥》抄写极为工整，一笔一画，刚直清秀，字是心画，《泉州晚报》副刊《刺桐红》特别以一个整版刊发这首诗作。5 月 26 日，我所在的报社还联合市文联、

华光学院在洛阳桥上举行了一场特殊的首发仪式，加印运到现场的报纸一时“洛阳纸贵”。

2015年元月，我和记者吴芸应邀到高雄出席海峡两岸征文比赛颁奖典礼，主办方《旺报》邀请余光中作为颁奖嘉宾。当余老从山下的家中来到佛光山时，本来安静的会场一下子喧哗起来，余老则彬彬有礼地向大家致意。我本来以为，余光中之名因“乡愁”而在大陆炙手可热，在台湾本地可能早已让人熟视无睹了，没想到在场的台湾青年学子一下子把他团团围住，那种景象，一点不亚于当红明星受追捧的场面。一个体高只有1.6米、看起来弱不禁风的瘦小老头，靠的当然不是颜值，而是数十年燃烧不熄的创作激情与作品魅力。

余光中的才华不仅仅限于诗歌，他是散文大家，还是翻译家、文学理论家，“四轮驱动”，博学多才，是艺术上的“多妻主义”者。他冷眼观察，静心写作；放眼世界，也拥抱乡土。与余光中作品交相辉映的，是他的人品。李敖曾多次对余光中恶言相向，面对“大粪浇头”，余老这样回答记者：“他的生活不能没有我，而我的生活可以没有他。”君子绝交，不出恶声，余光中的胸怀气度，更显出他的仁者之风。敢在时间里自焚，必在永恒中结晶，余光中的诗意人生，是一道抹不去的人文风景。

（原载2017年12月18日《泉州晚报》）

田野上的丰碑

一条普普通通的小巷，因为与一个文化名人有缘而变得不普通，西街的“新街”就是这样。几天前我骑着共享单车逛古城，经过这条巷子时，还不忘回头多看一眼97号的门牌，那是李少园教授的家，也是他哥哥李亦园教授每次回到故乡的住所。人的一生，总有告别世界的时候，知道近年来李亦园教授的心脏不大好，视力也日益模糊，突然听到他去世的消息，还是不能接受。因为留在我心中的他，一直是健壮平和、精力充沛的形象。

我第一次采访李亦园教授是在1996年6月，发在《泉州晚报》上的报道标题是《只有经济的现代化是非常危险的》。这是李教授说过的一句话。当时，现代化建设正成为全国性的热潮，老百姓希望改善物质生活条件的心情尤其迫切，他的话也许不大合时宜，现在看来却是一种忠言式的警醒。

2005年4月25日晚上，我值《东南早报》三审夜班，忙碌中跳出一个念头，便给李少园教授打了个电话，希望通过他的联系，安排一位记者电话采访李亦园教授。因为就在前一个晚上，一代社会学、人类学大师，亦园先生的知交费孝通先生与世长辞。不一会儿，少园教授回电说：“我哥哥同意了，不过还是你自己采访好。”我放下手中正在审读的版面，立即拨打通往台北的长途。电话那头，

李亦园：回家的感觉真好　　摄影 / 林水坤

李亦园教授的声音比平时低沉了许多。他深情地回忆起两人的交往过程，特别是费老代他到泉州看望母亲林朝素，以及后来结伴游历山西，共同发起“现代化与中国”国际研讨会的情况。末了，他总结说：“费老不但是学术大师，他的人品更是一座高峰。”今天缅怀李亦园先生，我想我们可以用同样的句子来表达心中的敬意。

人类学是一门冷门学问，而李亦园教授却通过这一冷门学问的研究课题，取得了一项项广泛关注的科研成果。比如 1982 年进行的“山地行政政策的评估”，对台湾高山族群治理政策的出台以及高山族人本身的族群认识产生了很大影响。

成功的花儿，人们总是羡慕它的美丽，而忽略其迎风抗雨的艰难过程。冷门学问，自然需要坐冷板凳。作为国际著名人类学家，李亦园的名字在文化界如雷贯耳，成为继林惠祥教授之后又一位杰出的泉州籍人类学家。而一开始他并非钟情于这一学科。他从小感兴趣的是地理，录取他的台湾大学没有地理系，在历史系就读时选修了李济、凌纯声等教授的考古学、民族学课程后，才茅塞顿开，中途转到人类学系。1951 年，他首次参与在台湾桃园新石器时代文化遗址的发掘，不料次日即发烧病倒，老天似乎要告诫他这碗饭并不好吃。同样是深入一线，与记者追求时效不同，人类学家进行田野工作是慢功细活，其特点是“参与观察”与“深度访谈”，作为研究者，必须能够实现与对象的无拘束的接触，相当程度地参与到他们的生活之中。他真正意义上的第一次田野调查是到花莲阿美人居住区，由于当地人日常习惯于山野行走，接受访谈的长老们很不适应长时间坐在椅子上交流，有位老人竟因久坐病倒，不久后就去世了。当时带队考察的是巴金友人、30 年代曾在泉州黎明高中工作过的卫惠林教授，一帮人得知消息后非常难过。

田野调查的地点多在蛮荒异域、穷乡僻壤，考察时间一年半载属于家常便饭。20世纪60年代，李亦园从哈佛学成回到台湾，主持了南澳泰雅人的田野调查，为了最大限度地接近村民的生活，体会他们的想法，他和同事挺进大山深处，这种下基层的工作条件极为恶劣，受托带信出山的村民忘了把信寄出，害得李先生所在单位民族学研究所差点组织人员上山搜索。在做东南亚华人研究时，有次在马来西亚砂拉越，他坐船进入一个伊班人的村落，抵达时已是一片黑暗，四周不知何故鼓声起伏，一夜辗转反侧，惊惧万分，又饿又倦，噩梦连连，非一般人可以忍受。

李亦园教授著作等身，《文化与行为》《信仰与文化》《文化的图像》《人类的视野》《一个移植的市镇》等著作都已成为人类学研究者的案头书。我缺乏专业背景，对其论著一知半解，觉得读他的散文，听他的演讲，更可以了解、理解一位学术大家的心路历程。一个人在学术道路上能够走多远，除了勤奋努力，其涉世视野、道德境界至关重要。比如他的散文代表作《鹳雀楼上穷千里》立意高远，情景交融，充满思辨色彩，从中可以窥见他深厚的文史功底和浓稠的文化情怀，论文笔一点也不会输给专业作家，堪称是一篇难得的美文。

念旧重情，应该是日常生活中李亦园最大的性格特征。在繁重的课题研究之余，他先后为师友写了60篇序言，这些序言没有空泛的应酬之辞，时有点睛之笔，常见精辟观点。更可贵的是，字里行间洋溢着一股温情，让阅读者如沐春风，感受真诚。陈健夫《近代中华基督教发展史》出版时，李亦园教授在序言中回忆起自己在泉州培元中学念书的情景，说陈先生是他最尊敬的老师，对他启蒙很大。因发掘河南安阳殷文化遗址而闻名国际的李济教授是他的授业老师，散文《过温州街十八巷》写了特地走访恩师故居的感受。后来他到山西南部考察，最主要的目标却是一处旅游者不去的偏僻地方，那是恩师李济青年时代的田野调查成果——西阴遗址。一路折腾得筋疲力尽，抵达时“摸着石碑，心里十分激动，有如见到久别重逢的亲友一样”。为学生王维兰、吴燕和夫妇的专著作序，他提及和两位弟子在一起的工作经历，没有居高临下的口气，反而强调师生间的相扶相持，足以印证他“待学生胜过儿子”（李夫人语）。他在著名人类学家乔健教授《漂泊中的永恒》的序言中写道，人类学家“并非真的是喜欢寂寞生涯，而只是为了一种信念，一种遥远的理想在鞭策着他”。说的是台大的这位学弟，不也倾诉出自己的心声？

据李亦园教授的儿子李子宁先生介绍，他父亲于 1948 年弱冠时从泉州赴台求学，直到 1989 年才重返故乡。“少小离家老大回”的感触在他身上特别深刻，所以在两岸开放往来后，一有机会就返乡探亲，仿佛要补回在泉州失去的岁月。其《“泉州学”的新视野》可谓以学术回馈故乡的代表作。在这篇具有经典意义的论文中，李亦园教授从学科的性质与特点，研究的范围和方法，做了精辟明晰的阐释，为“泉州学”学科研究奠定了理论框架。如果说“潮州学”的发展离不开国学大师饶宗颐的推动，那么“泉州学”一出生就风华正茂，受到国内外学界广泛关注，与李亦园教授的贡献是分不开的。

1998 年 6 月，李亦园教授与费孝通教授曾在北京太平庄就人类学前景进行了一场精彩的对话。时年 88 岁的费老一开口就来一番感慨：过了 85，感觉做事吃力，力不从心了。李亦园先生当即回应：

世界已经成为一个地球村，您主张不但要“各美其美”，而且要“美人之美”，这是人类学家对世界问题做出的积极性、建设性姿态的一个明证。“您离百岁还有十几年，还有机会也有力量进一步思考。”李亦园教授享年86岁，如果上天能够再给他十几年健壮平和、精力充沛的光阴，那对当代人类学的书写该是多么美好的一笔。

（原载2017年4月24日《泉州晚报》）

毋忘桐江风雨时

时代行进的列车风驰电掣，网络空间的变幻更是让人眼花缭乱。跨入新一年的门槛，回望，几乎成了所有人的习惯。审视书架上排列整齐的一排排书籍，目光自觉地停留在长篇小说《风雨桐江》之上。《风雨桐江》初版于1964年，我少年时代阅读过的不知是转了多少手的版本，品相早已不堪入目，但翠绿欲滴的封面、树荫如盖的南国古榕图案一直存留于记忆的河流中，牢牢记下的还有作者的名字——司马文森。

小时候喜欢阅读课外书，尤其喜欢反映中共领导的地下斗争历史的书籍，如《红岩》《野火春风斗古城》《小城春秋》等等。2004年，人民文学出版社策划出版了中国当代长篇小说系列，后来又重磅推出“红色经典”系列，我惊喜地发现，《风雨桐江》均列于其中，可见这部作品在中国当代文学史上的分量。出版方特别说明，这些作品讴歌了我国人民艰苦卓绝的奋斗历程和蓬勃向上的精神风貌，体现了那个时期我国长篇小说创作的最高成就，以特有的魅力，影响了几代读者，经历了时间的淘洗，流传至今。《风雨桐江》讲述的是1935年红军北上抗日后，在极其艰难的形势下，中共刺州（小说中的地名，泉州古称刺桐）特支组织被破坏前后，地下党员不屈不挠开展革命斗争的故事，虽然采用传统的讲述方式，节奏稍嫌缓慢，但种种熟悉的泉州风物、地名、民俗迎面扑来，无异于一幅立体逼真、原汁原味的30年代闽南生活风俗画。书中故事曲折，人物传神，既塑造了大林、黄洛夫、蔡玉华、蔡老六、黄石匠、苦茶等个性鲜明的地下工作者形象，也栩栩如生地刻画出周维国、吴启超、许大头等反面人物自私、残忍、阴暗的脸谱。

《红岩》中关于陈然编印《挺进报》的情节，曾经感动过无数读者，而在《风雨桐江》中，也有类似故事，只是人物换成了老黄、黄洛夫和顺娘，社址换成顺娘家破旧的小阁楼。我办过报，读到这一章节不但觉得亲切，而且深受启发：老黄虽然识字不多，对传播的认识却相当到位。他说，我们的报纸叫《农民报》，我们的对象是农民，农民认识的字少，内容要通俗，字要端正，叫人看得懂。报纸通过顺娘的手发送出去，有人还偷偷贴在菜市场里，吸引来众人的目光和议论，由此扩大了宣传效果。

“大闹法场”是《风雨桐江》精彩的一笔。为处决11名所谓的要犯，以证明地方治理的能力，刺州保安司令朱大同大摆阵势，手枪队在前，然后是号手和刽子手，出了东街衙门，拐进中山街，队伍缓步而行，沿途吹打一路造势。始料未及的是，宋日升、陈天保等“罪犯”大声痛骂国民党反动派的滔天罪行，沿途群众报以同情与敬意。人声鼎沸中，突然从小巷口冲出一群披麻戴孝的妇女儿童，由天保娘带领，号哭着摆起路祭，引发了上千人围观，队伍一时大乱。这时，中山街两侧的楼上飘下红红绿绿的传单，朱大同以为红军进了城，大喊有共产党，一时枪声响成一片，现场狼藉，民心大振。今天的中山街建筑景观依旧，游人如织，而有几人知道几十年前，这里曾经有过腥风血雨、惊心动魄的斗争洗礼。

认识一座文化古城，不仅仅是看到成片的老建筑，老建筑是形，曾经居住在这里的人、发生在这里的事、传承在这里的非物质文化遗产，才是城市的魂之所系。经过一代代人的精心护理，泉州古城的历史风貌、肌理格局基本保留下来。从《风雨桐江》中描述的革命斗争史迹中，依然可以触摸得到历史的温度。也是在读了《风雨桐江》以后，我对泉州古城的一街一巷有了更为深刻的认识。我想，这样的文学作品，就是最好最生动的乡土教材。

司马文森1916年出生于泉州东街的一条小巷里，即现在的唐衙口3号。1931年参加地下进步工作，1933年加入中国共产党，1934年在上海加入左联，从此他以笔为枪，长期活跃在革命文化战线上。抗日战争期间，司马文森在上海参与《救亡日报》创办，在桂林主编《文艺生活》月刊，联系与团结了一大批著名文化人，成为国统区我党领导抗战文艺的核心人物之一，柳亚子、田汉、欧阳予倩、夏衍、舒群、骆宾基、胡风、巴金等都是他的笔友和战友。解放战争时期，他出任香港《文汇报》总主笔兼社长，是中共海外统一战线上一员文韬武略的将才。司马文森女儿、中国晚报新闻摄影协会会长司马小萌主编的《南线》，便是从其父亲创作的大量抗战纪实文学作品中精选出的文集。泉州是中国著名侨乡，少年司马文森（原名何章平）曾经有过几年南洋生活经历，《南洋淘金记》则是他留在华侨文学史上的另一部名著，开创华人社会文学的先河，也因此被称为东南亚华文文学的“点灯人”。

庆祝建党百年之际，我邀请司马小萌女士从北京返回故乡，出席泉州市文艺评论家协会主办的重读红色经典活动，其间陪同她走访了司马文森就学过的黎明高中、《风雨桐江》中描写过的紫帽白楼和鲤城龙岭司马文森纪念室。司马文森在中学时代就参加进步团体活动，1933 年加入中共组织，曾因情报及时在黎明高中逃过一劫。白楼则是著名归侨诗人蔡其矫的家宅，1934 年轻的司马文森就是与蔡其矫结伴奔赴上海，成为左联最年轻的成员，从此开始了长期的革命文艺创作、编辑与组织工作。1988 年，由司马小萌妹妹司马小佳和她的丈夫吴子牛编导的电影《欢乐英雄》《阴阳界》，就是改编自父亲的《风雨桐江》，拍摄团队曾来过泉州取景。影片公映后颇受好评，一举斩获了 1989 年中国电影金鸡奖最佳导演、最佳男演员、最佳女演员奖。据司马小萌介绍，父亲当年写作《风雨桐江》的过程，家里人并不大清楚，因为作为一名共和国外交战线上的前锋，他的日常工作是非常繁重的。在离开泉州 20 年之后，外交家司马文森忙中偷闲，坐在安静的书桌前拿起笔时，他的胸中一定是波澜起伏，故乡的山水人文、往昔的峥嵘岁月，一幕幕浮现出来，不写，难以平息心中块垒。司马文森一生创作不辍，作品总量多达两三千万字，单是抗战纪实文学就有 400 万字。《南洋淘金记》和《风雨桐江》被视为他抒写侨乡的“艺术双璧”，可以说，他把一生最好的作品留在了故乡。

在《风雨桐江》全书的结束处，司马文森借书中人物黄洛夫创作的《赞歌》表达了内心炽热的情感：“我高高地站在峻岭上，遥望桐江上惊涛骇浪，过危崖、过沙洲，汹涌澎湃、势不可挡，不向困难低头，尽把强敌蔑视。你这桐江巨流呀，热浪滔滔！”这哪只是诗句，我读到的分明是一个游子意犹未尽的深情呼唤与盈盈乡愁。

（原载 2022 年 1 月 12 日《泉州晚报》）

爱与恨都不掩饰

仿佛那漩涡深处

有秘密的泉源可以消除伤痛让乡愁上升

让一切忧患埋葬

——蔡其矫《永宁海岬》

晋江是个盛产商人的地方，从来不缺声名远播的富豪。著名诗人蔡其矫的出现，则称得上是一个异数。

蔡其矫一生充满传奇，出生于晋江园坂，幼年随全家移居印尼

蔡其矫（右二）和作者（右三）等在一起　供图 / 陈如榕

泗水。1929年，父亲把他送回泉州培元中学念书。在上海念高中时，他参加了抗日爱国运动。1938年，他毅然离开印尼，经新加坡、缅甸辗转抵达延安，先在“鲁艺”学习，后在“华北联大”任教，还当过随军记者、情报科长。论资历，是货真价实的“革命老前辈”。说他是个异数，因为他从主流走向民间，宁愿放弃名与利，也不放弃对诗歌狂热的爱恋。他从20世纪40年代开始写诗，直到20世纪八九十年代，创作不辍，更重要的是，每一个时期都留下经得起时间考验的作品，这简直是一个诗坛奇迹。孙绍振教授回忆说，蔡其矫的《回声集》《回声续集》《涛声集》伴随他度过20世纪50年代那段青春岁月。“文革”中，蔡其矫被放逐福建永安劳动改造。一大群当地知青跟着他攀山涉水，访文寻古，用诗歌驱走了压在心头的寂寞。“四人帮”下台后，也是他极力向艾青举荐厦门灯泡厂女工舒婷的诗歌，为刚刚复苏的文坛带来了一股清新之风。

作家不是政治家，居庙堂之高，邀月空吟，不如亲近草木，接接地气，吹奏自然清音。蔡其矫命运曲折，却毫不世故，嬉笑怒骂，任人评说。孙立川博士曾经问过他：“放弃从政之路后悔不？”他坦然回答：“一点也不。”论心古今无完人，对于一位生前宽容待人的诗人，我们也应以宽容的心态去看待他、理解他。因为诗歌，他可以舍弃地位与荣誉；因为爱与艺术，他让心变得柔软，让灵魂更加自由。蔡其矫早年翻译过惠特曼的《草叶集》，他太喜欢惠特曼的诗了，惠特曼之于他，“绝不仅仅意味着文学表达方式，也是生活方式和对世界的感知方式”（北岛）。香港泉州籍诗人秦岭雪认为，蔡其矫的诗歌兼有苏东坡“大江东去”的慷慨豪放与柳永“杨柳岸晓风残月”的婉转隽永。

与蔡其矫接触过的人，都会被他的笑声所感染。他是有气场的人，在他周围，很难出现不热闹不乐观的氛围。他散淡随和，让人忘记是与长者交谈，彼此都没有了年龄的概念。家在京城，他的普通话甩不掉浓重的泉州腔，我们听起来亲切，外地人嫌他南腔北调。他似乎一生都行走在寻找风景的路上，有的朋友想赠书给他，不知道要寄往哪里为好。然而，北京、福州和泉州晋江，是这位独行侠一生走不出的“三点一线”。我几次见到他，就是在泉州。讲闽南话，吃家乡小吃，谈诗歌，如果还有美女在场，那自然是他最开心的时刻了。有次与画家陈如榕接待他，记得在座还有一位女士，饭后他提出跳支交谊舞，我和陈先生都不会跳，而老人家随着音乐翩翩起舞，悠然自得，尽管脚步已不再轻盈。十余年前，我在华荣书店主持一次蔡其矫诗歌座谈会。考虑到主桌只容得下两三个座位，便把他的老友、《蔡其矫年谱》编著者曾阅老师请上来，不料他显出不太满意的神色，亲自拉来两位美女分坐左右。他在许多场合公开表明自己欣赏“美食、美文、美人”的观点，爱美之心，人皆有之，而他即使付出沉重代价也无怨无悔。北大名教授谢冕先生是这样评价这位福建老乡的：“他是闲云野鹤，生命之于他，始终是诗意的享受。拥有时，他易于满足；离去时，他也不缠绵。”

2004 年，海峡诗会在福州举办。同为泉州籍著名诗人，余光中一见到蔡其矫就连声赞叹：“老得很漂亮。”蔡其矫年轻时就是个帅哥，尽管年届耄耋，那一头卷发、高挺鼻梁，那带有南洋风味的肤色与风度，依然潇洒如初。他不爱人家叫他“蔡老”，喜欢“蔡老师”的称呼，或者干脆叫他“老蔡”。他有许多年轻朋友，以诗会友，当然是不问年龄与身份的。也许因为缺乏年龄感，他延续了年轻时的习惯，云游四海，一个行囊走天下。我听他讲过 68 岁那年进藏采风的故事。那时没有高速公路、没有移动电话，从林芝到拉萨，他拦搭一部运载砖头的解放牌货车，左边高山右边深谷，一路烈日暴晒，一路险象环生。在福建，他几乎走遍了所有的县区，八闽的山山水水，都留下了他的行吟之作。

“我想再也没有一种植物 / 能像它那样 / 充分表现我故乡的性格。”（《榕树》）“温柔如同兰草 / 却高傲可敌寒霜。”（《水仙花辞》）写的是物，不也是作者自身心灵的写照？据说，老人病重期间还吵着“我要回福建”，浪行天下，需要一个安身立命的最后归宿。他终于魂归故园，可惜的是，这位生于泉州，“每一次看到海，感情都得到更新”的诗人，那个宏大的“海上丝路”系列海洋史诗的写作计划也随风而逝了。我重翻书架上的《醉石》《迎风》《福建集》等诗集，发现扉页上有他在 1995 年 4 月题赠的惠特曼语录：“谁若无情走过人生咫尺，便是披着尸衣走向坟墓。”诗的生命才是诗人的生命，老人已经走了 9 个年头，我们依然可以从诗中读到“爱与恨从不掩饰”的蔡其矫。

（原载 2016 年 3 月 14 日《泉州晚报》）

剧坛再无王仁杰

5月29日，星期五，下午下班之前，得知王仁杰老师病重的消息，才发觉我已经有半年时间没有见到他了。突如其来的疫情改变了人际交往的方式，人们吃喝聚会的机会少了，彼此间的微信联系多了。多年前仁杰老师大病过一场，社会活动明显减少，毛笔字也不大写了，有限的几次见面，看到他的身体一次比一次好起来，从心里替他高

王仁杰　　摄影 / 林良标

兴。出于不打扰的想法，虽然知道他的微信玩得很溜，却没有主动提出加他为好友，不过时常看到友人转发他分享的内容，也是一得。

当我好不容易在泉州市第一医院的停车场找到个停车位置，却没有获得进入病区探望的机会，疫情未过，医院的管理丝毫不敢放松。回到家，夜色已笼罩，刚刚还是晴朗的天空，两声低闷的雷声滚过，一场倾盆大雨说到就到，隐约让人感到有点意外。大约九点多，我刷屏的目光冻结在知名作家雪小禅的微信中，一张她和王仁杰在泉州喝茶的旧照片，两人的手里都叼着一根烟，仁杰回望镜头的目光，多少暴露几分顽童般的调皮。未读文字，雪小禅的一串流泪表情包就告诉我不愿意看到的消息。联系到刚才那场多少有点神秘的大雨，不禁唏嘘。急忙给风雅颂书局老总连真打了个电话求证，她是仁杰女儿的闺蜜。她说王老师还有一口气，正在护送他回家。放下电话，我呆立许久，一时不知所措。每一个生命都是在哭声中降落尘世的，历经磨难，修成正果，怎能说没有说没有了。不一会儿，省文联办公室主任郭平打来电话向我了解情况，她是从秦岭雪先生那儿得到一点风声的。秦岭雪原名李大洲，香港（泉州籍）著名诗人、作家、书法家，与王仁杰相识相知一辈子，年轻时也当过老家剧团的编剧。当天，他传来一篇文章让我学习，我回复之余，顺便告知仁杰老师病危的消息。郭平还了解到，王连茂与林剑仆正冒雨赶往仁杰家中。连茂原是泉州海外交通史博物馆馆长、海交史权威专家，剑仆是著名书画家，曾任市美协、书协副主席，两人都是仁杰的发小。这些年，仁杰因戏出名，加上担任过民进市主委、市政协副主席、全国政协委员，出入各种场合，为优秀传统文化的保护、传承与发展鼓与呼。他阅人无数，但平时与人往来则求志趣相投，一起喝茶海聊的不是剧团同事，就是相对固定的几个老友，王连茂与林剑仆便在其中。去年中秋国庆期间，大洲老师回乡参加一个书画活动，剑仆做东请客，到他的老家浮桥吃土菜，受邀的有周焜民、王仁杰、林坚璋、王连茂、王景贤、曾静萍、陈怀晔、潘庆功等，我有幸忝列末座。席间，仁杰妙语连珠，尤其是与大洲一唱一和，风趣幽默，可惜我只当开心听众，缺乏收集整理意识，抓拍的照片倒是生动，却被误删归零，现在想起来还有点心痛。那次聚会后，我一直没有再见到仁杰老师。春节期间，疫情自武汉向各地蔓延，大家都宅在家中，各种社会活动完全停摆。节后我受单位指派带队参与社区防控工作，一忙就是近 3 个月，因形势严峻，两耳自然少闻疫情以外的事，时至今天，留在脑海中的仁杰形象还是像过去那样可敬又可爱。问起仁杰老师病情，陈怀晔告诉我，今年三四月份仁杰开始恢复出门活动，尽管仅局限于与好友喝喝茶聊聊天，但有时中途提出要先回家，有时答应后却缺席，现在想起来大概是身体疲劳、体力不支所致。仁杰是乐观主义者，也许认为感冒发烧没什么大不了的，就这样挺着拖着，待到被逼上医院检查，一切都已经迟了，癌细胞扩散到全身的淋巴系统了。当晚子时，我把坏消息告诉李大洲老师不久，他即传来自撰的一副挽联："痛悼王仁杰先生：怀抱珠玉，矢志传统，梨园歌哭五十载；情系苍生，妙传幽微，戏苑词曲第一家。"高度概括了王仁杰的艺术人生。

第二天上午，这副挽联由林剑仆书写后挂在灵堂的两侧，白底黑字，格外醒目，吊唁者无不感慨万千。花圈簇拥，留言不断，我在吊唁现场感受到全国各地尤其是戏曲界对王仁杰这位泉州骄子逝世的深切哀思与无限怀念。中国戏曲表演学会的唁电写道：王仁杰先生"展示了中国戏曲艺术不朽魅力，更为当代中国戏曲剧本创作树立了新的标杆，为中国戏曲表演艺术发展提供了新的思考，更为中华戏曲宝库增添了珍贵财富。他的逝世，是中国戏曲界的一大损失。他的名字，将镌刻在中国戏曲史的丰碑上。”以南音三奠酒、梨园戏追思会的形式为逝者送别，在本土文化界可能是最高规格的。现场见到多位操着外地口音的年轻人，一问是从上海等地赶来的梨园戏迷。联想起有一次，我到梨园古典剧院找朋友，无意中敲错了会议室的门，惊讶于满室南腔北调，原来是一大群人正在热烈讨论着刚刚演完的一场戏的得失。朋友告诉我，他们是分别从台湾、江浙、上海等地赶来看王仁杰编剧、曾静萍主演的梨园戏的。没想到，年届八旬的著名昆曲表演艺术家梁谷音也专程来到泉州为王仁杰送行。梁谷音是 1991 年与王仁杰相识的，那时王仁杰编剧的《节妇吟》到上海演出，因当地人没有听说过梨园戏这个剧种，市场反应平平，入场观众寥寥，梁谷音便是这寥寥者之一。“我彻底被震撼了，这是我近年中看到的最好的戏。”从此两人结为艺术知音，算来已经有 30 个年头了。梁谷音希望王仁杰为她写一个戏，有次读到尤凤伟创作的一篇现代题材小说《乌鸦》，觉得很有意思，建议王仁杰改编为昆曲。更有意思的是，王仁杰读后同样被迷住了，不过完成后的作品却是梨园戏《董生与李氏》。作为弥补，王仁杰后来为梁谷音精心创作了封箱之戏《琵琶行》。对艺术家而言，采用什么剧种、什么风格创作，完全听从内心的呼唤，在仁杰的心目中，梨园戏自然是最得心应手的表现方式。果然，精心打磨的《董生与李氏》不负众望，一举夺得首届“曹禺戏曲文学奖”“国家舞台艺术精品工程剧目”“文化部优秀保留剧目大奖”等荣誉，好评如潮，经久不衰，成为当代新编古戏的一部经典之作。

梨园戏被称为南戏活化石，面对新世纪、新观众、新的审美取向，因为历史包袱沉重，越是古代的剧种，往往走得越艰难。原封不动、原汁原味固然是传承，却导致观众流失，死了一个老人就少了一个观众。当一台戏唱足了腔调韵味，而台下无人喝彩，那一定是戏曲最悲壮的时刻。王仁杰之所以能够妙手回春，让老中青都主动走进了剧院，创造梨园戏的当代辉煌，根基在于他极力倡导“返本开新”。800 年历史的梨园戏，整个剧种只靠一个实验剧团支撑，本身就是一步险棋，何况，不但生存下来，而且活出精彩，真是泉州之幸。试想，如果不是这个时代，如果没有王仁杰，梨园戏绝对没有今天的剧坛地位。再说“梨园双璧”，没有王仁杰的好本子，曾静萍的表演必然受到很大限制，人物形象的塑造不可能打动无数戏迷的心。不断切磋形成共识，反复探讨相互补充，惺惺相惜，心领意会，使艺无止境、精益求精的追求在两人身上得到淋漓尽致的体现。曾静萍因主演《节妇吟》《董生与李氏》两度荣获中国戏曲最高奖“梅花奖”，全国戏曲界借演出王仁杰编剧的作品获得梅花奖的演员不下 10 位，且多出自北京、上海、福州等大城市的不同剧种的剧团，说起来真的不可思议。

由此我想，何为文化自信？我们是否可以从王仁杰身上映照出的光圈领悟到什么？从地域看，福建是个小省，缺乏全国影响的中心城市，文化格局上容易被边缘化。倘若换个角度，这样的地理特征也带来了文化的独特性，多种方言、剧种的完整保留并且在海外发扬光大就是明证。作为福建戏曲编剧的佼佼者，王仁杰的意义是不可替代的。著名评论家王评章断言：“王仁杰是福建剧坛最优雅的、又是最激烈的文化卫士。”他的作品“唤起人们的文化记忆，引起人们的文化感动，使人们产生真正的文化意识与追求。他独特的才华使他似乎能尽力挽留住历史，并展示着福建最后一个古典戏曲诗人的全部历史光彩”。1998 年 11 月，我到北京采访南戏晋京会演，那天天气奇冷，我冒着严寒去北京儿童剧院看《董生与李氏》，如果不是任务在身，简直是难以想象的。看着看着，我一个梨园戏的门外汉，竟然也像梁谷音这样的名家一样，深深地陷入王仁杰设计的戏路不能自拔。我采访观看演出的中国戏曲家协会副主席郭汉城、刘厚生等著名戏曲评论家，无一不为这场戏所折服。久居京城的泉州永春籍学者颜振奋感叹：“王仁杰真是语不惊人死不休矣。”纵观王仁杰的戏，无论是《节妇吟》《董生与李氏》，还是《陈仲子》《皂隶与女贼》等，登场人物很少，有的戏仅仅三两人，场次一般为五至七场，时间不长，角色都是小人物，通过小人物身上的名与利、法与欲、仁与义的矛盾冲突，逐步展现对中国传统文化中人格的探寻历程，在平凡中表现不平凡，在不平凡中见震撼。在有限的时空讲出动人故事很难。所谓“功夫在诗外”，要具备删繁就简、点石成金之功力，必配有独具慧眼、珠圆玉润之能量。读他的剧本，可以感受其绣花针功，可谓增一字嫌多，少一字嫌少。大洲老师认为仁杰的“文字吐弃凡近，与未经提炼的大白话告别，别裁伪体，上亲风雅，不论文采派或本色派，都向中国古典诗词靠拢。清词丽句，熠熠生辉，读后满口余香，也就是重新回到中国戏曲诗化的道路。”据剑仆回忆，仁杰小时候，母亲就抱着他去看《苏秦》，但那时的他并不爱看戏，读书才是他的最爱。中学时期看了林任生整理的《朱弁冷山记》，一下子被迷住了，从此成了梨园的忠实粉丝。《朱》剧的唱词，他竟然一字不差地背了下来。我打开案头的《三畏斋剧稿》，第一页就有他十年前的小楷题签。无论是创作剧本，还是给友人写信、与编辑通信，他一律用毛笔书写，王评章所言“文化卫士”

似乎可见一斑。在摧枯拉朽的时代潮流中，他不为裹挟，特立独行，但不抱残守缺；膜拜先人，敬畏传统，却具现代意识。这种平衡能力与处理分寸，没有长期坐冷板凳之忍耐积蓄、没有对古典文学与戏剧理论的深学精研，没有对复杂人性深刻的解剖判断，没有对时代风云的察言观色，是根本做不到的。仁杰的创新不是推倒旧墙另起炉灶，而是企图通过回归表演舞台来营造古典意境，并借助这种唯美清丽的意境，层层抽丝剥茧，让观众看到的是古戏，叩问的是当代社会人生，传达的是撼动心灵的艺术力量，体现的是深入骨髓的人文关怀。

王仁杰注定是一个戏曲艺术的殉道者，他的血液流着南戏的颜色，他的喜怒哀乐的另一头，总关联着剧坛潮流的进退起伏。他说："所谓戏者，大抵其故事人物，既奇特，亦清纯，令人想及作者选材之严、构思之苦、匠心之独具。其遣词造句，俱见功力，不艰涩，不浮华，亦不鄙俗。至于有纯正之曲目可赏心，有精湛之科范可娱目，则尤不可或缺。"我们当然也不必神化仁杰老师。说到他的缺点，他的多位好友也有共识，写戏交稿的时间总是能拖就拖，常常到了冲刺的时刻才赶紧加班加点。其实不是他缺乏时间观念，而是他对自己要求极高，害怕失败。梁谷音说过一件事：《琵琶行》在上海演出时请他来看戏，就是不见其踪影，直到第15天，也就是最后一天，他才偷偷地潜入剧场，坐在最后一排，当看到观众反应热烈，他终于舒心地展开了笑容。曾静萍也曾调侃过他，说王老师把自己不敢干的事写进戏里由我们来演。常人往往难以理解，名家身上无形压力"山大"——诺贝尔文学奖得主莫言也是这样，你别看他在书里大胆着墨用笔，在生活中处处小心翼翼。来泉州出席"海丝"国际艺术节期间，我陪同莫言参访，想从他嘴里多"掏"点关于泉州与文化的观感，而他知道多家媒体记者在场，顾左右而言他，三言两语，谨慎有加。当然，静萍最感激的是仁杰的剧本给演员留下很大的二度创作空间，这与他回归本色、回归表演的创作理念相吻合。古戏与新时代，永远是一对矛盾，是水火不相容，还是彼此间成就，上演一座城市永不落幕的精彩与亮点？答案捏在我们这代人的手中。

我不知剧坛有没有“王仁杰现象”的说法，起码有几点值得关注。一是小地方照样可以出戏剧大家。如果说背景，王仁杰并非出身名门世家，到上海戏曲学院进修也是工作多年以后才获得的一个机会，真正的背景是他生活的这座城市，泉州的文化氛围、历史积淀才是滋养他茁壮成长的肥沃土壤。二是一本书就足以存世。仁杰的剧本简约精练、惜墨如金，他的文字极易让人有回到唐宋之幻觉，无论遣词造句、填词吟曲，还是志趣性情、意境营造，几乎与古代文人之手无异。入古而能化古，文采盎然，更是不易。与许多作家的著作等身比较，一本《王仁杰剧稿》不厚，然而大浪淘沙，有许多热闹一时的出版物将会成为时代的垃圾，但有一点我始终相信，这本书、这几个戏是能够留下来的金子。三是小剧种赢得一座城市的荣誉。如同昆曲之于苏州，梨园戏与泉州一荣俱荣。泉州是历史文化名城，时至今天，我们仍然在大口吃着老祖宗赚下的本钱，只有像仁杰老师那样的返本开新、与时俱进，方可立于时代潮头，引领文化风尚。我敢断言，王仁杰的离去给泉州剧坛留下的空白，将持续很长的一段时间。虚位以待，谁将接过仁杰先生如椽的大笔，续写梨园一路的传奇？

（原载 2020 年 6 月 29 日泉州网）

“西街女孩”龚书绵

1991 年 1 月，我第一次与龚老师见面时，她已是古稀之年了。只是她的笑声清脆，语速极快，让我不敢称呼她老人家。

那是她阔别故乡近 50 年首次返乡。他的弟弟龚书铎、龚书亮分别从北京、香港赶来，久别重逢，堪称龚家姐弟的历史性会晤。

“少小离家老大回，乡音未改鬓毛衰。儿童相见不相识，笑问客从何处来。”时光飞逝，物是人非。但她丝毫没有陌生感，西街、中山路、钟楼、开元寺、东西塔，一回回梦里出现的老家印象，一点没变。街道依旧，旧居逼仄，街面嘈杂，小巷安静，这市井风情，她太熟悉了，也太喜欢了。

龚书绵　图片 / 海都

因为熟悉，因为喜欢，她完全忘记了自己的年龄，开始了每年穿越海峡两岸的自我接力。

2019年元宵节期间，泉州最热闹的西街，人流中再次出现了她的身影，尽管脚步已没有以前那般矫健了。

这一次，她是应中央电视台《记住乡愁》摄制组之邀特从台北回到老家的。

“阿爸阿母，列祖列宗，我来晚了。我20岁就离开家门，去台湾后，生了三男三女，不能常来给你们点香。”走到通政巷口，看到龚家祠堂修葺一新的大门，她的泪水夺眶而出。拍摄下这珍贵的镜头，央视导演激动地说：“龚老师根本不用启发，真实情感的流露，自然而难得。”

龚老师大名龚书绵，退休前为台湾师大教授，她还是知名作家、画家和业余歌唱家。

96岁的她，还是一个人回来，还是住在西街肃清门客栈二楼。客栈是民居改建，没有电梯，出入极不方便。我问过她为什么不换个舒适一点的酒店，她笑了，小时候生活的旧馆驿就在附近，窗外可见街景与东西塔，“住这里才有回家的感觉”。

50年两岸分隔，半辈子生活在他乡，等不到她的父母早已驾鹤而去，她一次又一次回来，为了什么？

只能从她的作品中寻找答案：“这是什么？时光的流水不能将它冲淡，再遥远的距离也不能将它阻隔；如此芬芳，如此绚丽，如此闪光，如此鲜活！在现实，在梦中，能随时拾掇，一缕、一缕……这就是乡情，这就是乡情。乡情万缕，心香万缕，缕缕都是我活在真善美当中的理由。”

未谋面之前，我是从书籍中读到龚书绵书写故乡的散文的。大概是 1990 年，明新华侨中学董事长蒋以河先生赠送我一本散文集《芳草山庄》，说作者龚书绵是他泉州五中就学时的同学，很有才华。离家数十年，她描述的家乡事、家庭事细至点滴，历历在目，而且文笔隽永，用词典雅。西街“翰林龚”源自石狮永宁，祖先因得科名迁入城内。龚家历代人才辈出，单近现代就有一批毕业于西南联大、北大、北师大、厦大等名校的文化名家，龚书绵的弟弟龚书铎教授生前为中国历史学会副会长、北京师范大学历史系主任。著名诗人舒婷则在散文《祖籍在泉州》中，记叙了她带着儿子回到西街旧馆驿寻根的往事。论辈分，龚书绵是舒婷（龚佩瑜）的堂姐。

故乡如同胎记，一生无法摆脱。作家书写故乡并不稀奇，许多名家的名作都与故乡有关。旅居台湾的泉州籍作家中，余光中也写过故乡，我就曾参与策划过其返乡新作《洛阳桥》一诗的发布活动。出生于鹿港的著名作家施叔青，也写过与老家泉州蚶江有关的散文。在香港举行的一次文化研讨会中，我请她妹妹、也是著名作家的李昂为《泉州人家》杂志题词，李昂不假思索就写下：“在泉州听到南音，如同回到鹿港一般亲切。”但是很难找到像龚书绵这般对故乡“大海般的深情”，对泉州的歌颂、行吟、记录或者抒情，从不厌倦，而且乐此不疲，如同孩童时代对着父亲倾诉，或者依偎着母亲亲昵。她说到某一天，他的先生随口吟诗“芦花迎岸白”，她马上联想到秋天晋江两岸白茫茫的芦花，这也导引她写作了《泉州湾的怀念》。作为第一个读者，她先生不禁叹道：“如此美好，将来我们回故乡，先到泉州，再到杭州。”她的先生祖籍杭州，是台湾大名鼎鼎的画家、曾担任蒋经国习画导师的高逸鸿。

海峡两岸梨园戏研讨会在台召开期间，泉州的福建省梨园戏实验剧团应邀入岛献演《节妇吟》《李亚仙》《玉真行》和《陈三五娘》，那几个晚上，龚书绵简直成了追戏的孩子。那时台风过境风雨袭来，她毫不畏惧，场场不漏，看完演出后再让儿女开车来接回家。津津乐道的她表示："梨园戏用泉州方言对白，两岸语言同根同源，听起来十分亲切。"

龚书绵第一次回到泉州探亲时，适逢泉州晚报社和梨园戏剧团联办戏曲展演周，她不顾旅途的疲惫，立即赶往剧场。剧终，她握住施能泉总编辑的手说："你们做了件大好事，故乡的戏曲艺术太美了，一定要发扬光大。"

元宵返乡这一次，我到肃清门客栈看望她。她说："我第一次回来时，你在报道稿件中说我是个爱哭的泉州姑娘。"她的记性比我好多了，我想起来，在我的采访过程中，说到故乡，说到青少年时代，她竟然两次落泪。

"洛阳江，你今天的形象变了，半江落日一江水在呜咽，而我也随着千里归心万里情在徘徊！可是明天，明天又将天涯海角，悠悠此心了。"记得三毛写道："不要问我从哪里来，我的故乡在远方。"对龚书绵，不闻不问其故乡是不可想象的，不要问她的，倒是她的年龄。

"我感觉自己只有23岁，我并不老，我喜欢游山玩水，喜欢唱歌。"这是她的原话实录。话音刚落，笑声响起。"葆童真而见文心，洁情操而高品格。"这是知名文化人吴捷秋先生生前对龚书绵的评价。

说到喜欢唱歌，她多次随台湾文友合唱团来大陆演出，借机，她到了她先生的老家杭州。原来约定来大陆先到泉州再到杭州，先生不在了，她一个人走在西湖的苏堤、白堤上，泪如雨滴。高逸鸿曾经为故乡完成了一幅十余尺长的墨荷通境，起名《万荷图》，此画现藏于美国圣若望大学。龚书绵当然明白，每个人都无法战胜时间，每个人都是地球的过客，她遗憾的只是，不能与高逸鸿同游西湖。

龚书绵记忆中最难忘的是小时候泉州的除夕。按乡土民俗，守夜可为父母增寿。她一心企想父母长寿，每逢守夜，总嗑瓜子提神。有一年，快天亮时，她睡着了，父母叫醒她到房里睡觉。回忆起当年情景，她又一次潸然泪下。

龚书绵教授还有一个愿望，她告诉我，已向泉州华光学院捐赠了一批书籍，还想把台北家中的另一批图书运回老家，捐赠给泉州市图书馆。限于精力，她无法整理图书目录及申报出入境手续。我立即联络朋友协助，友人和义工特地上门帮忙整理了书目。我以为下一次与她见面，一定是在龚书绵图书捐赠仪式上。

世事难料，由于疫情汹涌而至，后继工作暂时搁置。2021 年 8 月 23 日，她给我打电话时，希望我帮助了解老房子办证相关手续，说：“我是泉州女儿，怎能在家乡没有住所”。对她而言，往事并不如烟，“我实际出生时间是 1924 年，即民国十三年的 4 月 7 日，农历三月初四”。她告诉我近来跌倒了 10 多次，好在没有伤及身体要害。乐观的她一再表示，等疫情过后，还想回泉州看看。而今，这位“爱哭”的泉州女孩、慈祥的百岁老人，阅尽世纪风云、体验人间冷暖，再一次踏上旅途，将是魂归故里的时刻。

（原载 2022 年 1 月 23 日《海丝文评》）

幸园存硕果

陈泗东先生文集《幸园笔耕录》今日首发，这是泉州文史界期盼已久的一大幸事。

明清时代的泉州，流传着一句“第一通，陈紫峰”的顺口溜。陈紫峰自幼聪颖好学，闻一知十，被人称为神童。他师从蔡清，研习理学，节操高尚，学识渊博，著述等身，熟通本土文史，连王慎中、何乔远、张岳等名士都自叹弗如。年轻时就景仰陈紫峰品学文章的陈泗东也许没有想到，“泉州通，陈泗东”成为今天泉人口谚。很明显，他在泉州的当代史上树立了又一个德、才、学兼备的知识分子楷模，以口碑声名远播、饮誉市井。遗憾的是，博闻强记、才学过人的陈泗东已经离开我们近十个年头了。

1993 年 9 月，《泉州晚报》重磅推出“泉州英才”专栏，第一个隆重登场的就是陈泗东。记得在当时的选题策划会上，关于哪位文化名家来打头阵，与会者几乎毫无争议地推荐了陈泗东。写作任务落在我的身上，自然是有种无形压力的。我到“幸园”泗东先生的家里采访，他谈及将出版《幸园笔耕录》文集，并出示了泉州籍国际著名人类学家、台湾“中央研究院”院士李亦园教授写的序言。李亦园青少年时代曾听过泗东父亲陈仲瑾先生的课程。先睹为快的我，在稿件中引用了其中一段话：“《幸园笔耕录》所以说是泗东先生一生论著的荟萃，从历史、方言、考古、风俗、史迹、戏剧到东西方交通史、科技史、华侨史、武术史、人物史、艺术史、艺文史，以及他自己的诗词感兴赠答，凡数十万言，真是皇皇巨著，为吾乡艺文史增添新页。”

按照专栏的文体、篇幅要求，我出手还算快，第二天，便把采访稿送给泗东先生审阅。碰巧他外出，没有当面看稿，走出“幸园”时，顿时觉得脚步轻松了许多。不想当天下午两点多，他骑着旧单车，冒着酷热把稿件送到我的办公室里。他说稿件写得不错，他动笔的地方很少。一处是我写到他曾经三次遭受严重伤害竟然没有留下后遗症，他补了一句“可说是吉人天相”。他把“我是七个月的早产儿，需补一辈子的课”中的“课”前增加了“睡眠”两字，并添上一副自撰的春联：“乙、点、圈、批，世事尽皆学问；丑、生、净、旦，人间就是舞台。”考虑到我不一定在办公室，他特意在信封上写了几行留言，大意是说自己经历平凡，不值如此一书，并褒勉了我两句，我至今清楚记得当时受宠若惊的窘态。

1994 年 7 月 7 日，从不服老、尽心尽职地为泉州人、泉州事忙碌着的陈泗东先生溘然辞世，年仅 71 岁。消息传出，全城震惊。出殡那天，只见现场挽诗如密雨，执绋送葬队伍如河流，泗东先生在泉州文史界的地位由此可见一斑。

除了几座庙宇、一片古民居、数条旧街巷外，一座历史文化名城，如果缺少像陈泗东这样的人物，是不完整的，至少是不够丰富生动的。无论是泉州湾宋代古船的挖掘科考，还是南少林史迹阐微；无论是闽南民俗记闻，还是诗词唱和品评，泗东先生都堪称高手行家。泉州籍著名历史学家庄为玑教授称赞他治学严谨，知识渊博，著述观点“多有独到之处”。

记得当时采访时，泗东先生叹道，因为事无巨细，有求必应，他每天忙着，难以专注于研究一二专题，把学问进一步系统化。他这般学识，换成多考虑自己得失的文人，早已是著作等身了。年富力强时期，一句“有幸无幸”的姓名拆字调侃，让他戴了右派高帽而吃尽苦头，眼睁睁失去了收获智慧的黄金季节。陈泗东(当然还有陈允敦、吕文俊、傅金星、陈存广等一批地方文史专家)的去世，给这一座城市带来的损失已为文化界所感知。有人说，只要有饶宗颐，香港就不是文化沙漠。陈泗东为代表的一批文史老人理应受到泉州社会各界更多的关爱，特别是在他们生前。

《幸园笔耕录》自订出目录到正式出版历时近十年，其中有泗东先生当时正在从事的一些研究工作尚未完成，论文有待撰写的原因，也有出版资金方面的筹集问题。今日，近70万字的巨著终于问世，按文史名家、市政府周焜民副市长的话说，“40年前，幸园的主人因着书生意气，吃尽口孽的不幸。但蚌病成珠，仍瘁以成明文之珍，因激以致高远之势，这一大本文集的行世，也是幸园主人之大幸矣！”

适逢闽南文化研讨会召开，海内外名家云集文化古城，设想生前力倡“泉州学”的陈泗东先生如能活至今日，定能为这一盛会增辉添彩，说不定他的妙语高论，又会传诵一时。不过，《幸园笔耕录》应“会”而生，也算得上此次文化活动的一大成果了。

（原载2003年9月15日《东南早报》）

为学问的人生

20世纪30年代，泉州前清拔贡苏大山，进士林骚、吴增联合晋江、惠安、南安等地的一批意气相投的文人成立诗社，冠名“弢社”，蕴韬光隐迹、优游林泉之意。“弢社”成员多为泉州文坛一时耆宿，如汪煌辉、曾振仲、王立峰、吴钟善、李幼岩、宋应祥、苏菱槎、李根香、黄紫霞等。其中年龄最轻的参加者，当属陈祥耀先生。

20世纪40年代初期，陈祥耀与《红兰馆诗集》（苏大山）、《半邨诗集》（林骚）、《番薯杂咏》（吴增）的著作者们一起雅聚唱和、高吟长咏时，不知情者准以为年仅20出头的他是其中哪位老先生的爱孙或书童呢！陈祥耀很早被人称为“泉州才子”，他在“弢社”中的佳句惊座、玉篇悦人，确不愧此称。

半个世纪烟云消长，弹指一挥间。如今陈祥耀教授已年届耄耋。这位长年在古籍海洋中寻珠觅宝、筛沙淘金、著述不薄的知名学者，不是以“弢社”的仅存硕果被人记挂着，而是其道德文章，堪称后学典范。

在数十年的人生历程中，泉州—上海—泉州—福州，居住的城市改变着，不变的是他从没有离开过校园：先是就读泉州昭昧国学讲习所、无锡国学专修学校（上海分校），尔后任教于晋江县中、泉州建国商校和上海市西中学；1948年到1950年担任泉州海疆学

作者请教陈祥耀教授，左为弘一法师嫡孙女李莉娟　摄影 / 连真

校讲师；1954 年从泉州五中调往福建师大中文系任教，当教授后，直至 1992 年退休，仍自己从事研究活动。

1941 年，陈祥耀考入无锡国专，后因太平洋战争爆发回到泉州，受聘于刚创办的晋江县中等校。1946 年，重返上海续完学业。这短短的六七年，却关系到陈祥耀生命轨迹的走向。参加雘社，与长辈文朋诗友结谊，被张琴评点为“翰苑才”，林骚评点为“龙小毕竟是龙”正是其时。而无锡国专名师荟萃，英才云集，当时来校授课的教授有王蘧常、钱仲联、吕思勉、周谷城、夏承焘、周予同、胡曲园等名家，1949 年后在外语教学方面成就卓著的许国璋，当时任唐谋伯教授的助理讲师，授英语课程。自古名师出高徒，这一难逢良机，使他接受了系统的扎实的国学基础训练。他最早的一部著作《清诗评论》就完成于就读无锡国专时。他的稿子模仿勃兰克斯评点欧洲文艺思潮的写法，由周予同先生介绍给上海的开明书店，编辑认为“有新意”，但“文字较繁冗”，书稿没有出版，后来陈先生自己觉得不满意，一直放在家中，直到“文革”中销毁。青年陈祥耀的勤奋好学、学有所思、思有所得，由此可见一斑。国专毕业后，他被推荐到由西洋人创办而后被上海市接办的市西中学任教，校长赵传家是留美硕士、著名民主人士，陈祥耀任教员兼校长室秘书。时抗战已结束，市西中学取得上海市教育局局长顾毓琇的支持，同意校内可不设国民党的党团组织。除“国文”及“中国史地课”外，学校开设的所有课程全用英文，还聘有四五位外国教师来校任教，陈祥耀身处其中，也深得西学的个中况味。

在现代社会，急功近利者几无人愿把对“之乎者也”的探本钩玄认定为毕生的终极追求。陈祥耀教授带着学生，深入散发着霉味的线装书、孤善本中，轻翻，勤记，多思，质疑，然后梳理，提炼，归纳，立论，形成自己的系统研究成果，于是有了《五代诗人评述》《唐宋八大家文说》《中国古典诗歌丛话》《清诗精华》和《鲁迅全集（新编）·古籍序跋集》注释，于是有了他付出巨大劳动的1949年后全国第一部《清诗选》（合编），有了《中国大百科全书·中国文学卷·元明清分支》清代诗文词条目的分撰及修改，《清代文学》《清代诗》《清代文》《清代词》四则总述条目均由他执笔。清代距今时间近，史料存世浩如烟海，未曾涉猎全域并反复比较推敲，岂能轻易界定精华所在？缺乏对中国文化发展整体脉络的准确把握、对中国哲学思想史观变化的深刻理解，怎敢信笔“概而括之”？觉得比照时下充斥书肆，一味追求轰动效应的一些草率之作，更见陈祥耀教授严谨的治学态度、“为伊消得人憔悴”的求真精神的可贵。

据说陈祥耀早在40来岁就被人尊称为“祥老”了，这与他的博雅淹贯有关。林继中先生评价道：“祥老为人豁达大度，触然有仙风道骨，而于学问之道却绝不苟且，水石相搏，形成一种沉着痛快的学风。”例如，《中国古典诗歌丛话》成稿于30年前，但他厚积薄发，两度修补，直到近年才刊行，力求博采之中显出己见，于求实中求新。

因为陈寅恪、吴宓研究热的兴起，因为钱锺书等学界泰斗的移世，在浮躁中喧哗与骚动的文化人开始认真地审视国学的分量了。有些人愕然回首，终于懂得为自己光着腚子害羞犯愁了。国学的地位高了，陈祥耀并不沾沾自喜。他也有得意时，但不是为自己，而是为他的“桃李”，比如中国社科院的陈铁民、南京大学的叶子铭、复旦大学的蒋凡、广东省博物馆的杨式挺、澳门大学的施议对、厦门大学的李如龙、庄钟庆这些泉州籍的文史界英杰。

久居榕城的陈祥耀，一直与泉州文史界保持密切的联系，“泉州学”研究与弘一法师研究都是他极其关注的。说起弘一，陈祥耀总是充满崇敬之情。他是与弘一法师有过交往而至今健在的少数文化人之一。1941年，他曾在广西的刊物上发表《弘一法师在闽南》，1942年在上海的刊物发表《纪念晚晴老人》，两文已成为弘一法师生平研究的重要参考资料。他说：“当年弘一法师讲《佛教的源流及宗派》这一课题时，泉州梅石书院里坐满了听众。弘一法师语速不紧不慢，略带江浙口音的普通话，平和亲切。他对佛教各宗派的评价很客观，讲解很简要，分析很深刻，听众受益匪浅。我担任记录，把整理稿用钢笔抄在方格纸上，送到法师住所。法师看过后，用朱笔详细修改，使文章更简洁，内容更准确。可惜，‘文革’期间，这件珍贵的文稿及我与法师的合影一齐丢失了。”60个春秋过去了，由昔日血气方刚的青年成了今日老翁的陈祥耀对往事记忆犹新，他对我朗诵了龚自珍的诗句：“未济终焉心缥缈，万事都从缺憾好。吟到夕阳山外山，古今谁免余情绕？”他说弘一法师当年在承天寺演讲时，曾以吟唱此诗作为结语，意思是人生最终境界，不可能万事圆满，有缺憾是正常的，可以继续引人再求进步，暗喻着一种积极、开朗的人生哲理。陈祥耀淡泊功名，笔耕不辍，尚发“感先绪如坠丝，恨回澜之无力……实所望于后贤”（陈祥耀手书《古诗词两帖》序）之叹，今之少壮学子，岂可虚度年华，空悲切乎？

（原载1999年5月5日《泉州晚报》）

永远失去请教的机会

去年4月，友人王建强转赠一本在旧书店里淘到的旧书，1980年6月由福建师大中文系印发的《五大诗人评述》，评述对象是陶渊明、李白、杜甫、白居易、陆游，著者陈祥耀教授。

我请祥老在泛黄的扉页上题上名字作为留念，他一边写，一边笑着说，这些文章的写作时间在1959年到1962年间，现在看来我的观点与分析还是站得住脚的。书的前言中有这么几句："这次整理付印，大体如旧。时近二十载，思潮屡变；针对时论，痕迹未泯，复视之下，尚觉可存。"祥老饱学诗书，为人谦逊，是典型的温润君子。青灯黄卷，苦乐皆享，虽学富五车，但从不自我标榜。对自己的作品之所以有"文化自信"，在于他的治学谨严、识见渊博、独立思考、刚直不阿，体现出一个文化学者励学敦行、诲人不倦的追求与品格。泉州被誉为海滨邹鲁，丰厚的历史文化沃土中，朱熹、李贽如同两座高峰，对两者的评价，学界褒贬不一，祥老的《朱熹的学术思想及其对闽南文化的影响》《李贽的进步思想及其批儒批孔问题》等文章，坚持立足于当时朱、李所处的政治生态与时代背景，认为只有把人物放在特定的环境中去解读，才能准确地把握、公正地评价其理论的文化地位与历史价值。

白鸽听经（摄于开元寺）　摄影 / 郭培明

我与祥老是邻居，常在电梯里碰到他下楼去取报纸，他一直保持着对时局和新事物的求知欲，每次与他交谈都收获满满。从为弘一法师记录演讲内容到参加弢社文化活动，从赴上海求学生涯到回省立晋中（今泉州五中）任教经历，你不得不惊叹他的超强记忆能力。几十年前的点滴旧事，时间、地点、人物说起来准确无误，不同时代的古文名篇，更是不假思索全文背诵出来；从古典文论到当代文化产业，从中美关系到台海两岸风云，似乎没有什么话题他是不能谈的，而且，都能融入他的独到见解或者提出探讨的问题，让我难以想象这是一位百岁老人。给他点赞，他却不以为然，说在无锡国学念书时的老师王蘧常教授上课时只带几根粉笔，书本内外的知识，全装在大脑之中。三尺讲台，一意精进，不改初心，读思成瘾，师道传承，兼容并取，大概是祥老“诗文富其气，更复经子史”（黄寿祺教授语）的原因吧。

今年两会期间，来自晋江的泉州市人大代表黄良关于把《泉州赋》刻在西湖公园刺桐阁的建议，得到了多位与会代表的赞同。《泉州赋》堪称展示千年城市发展史的宏文华章，祥老说初稿是在一个晚上一气呵成的。引经据典，凌云健笔，纵横捭阖，左右逢源，其立意、识见、行文，简洁精准，气势雄伟，从中可见其国学底蕴、诗文才情，绝非常人可以比拟。

今年正月初一，我带着儿子、媳妇给祥老拜年。他还没有起床，我本想问声好后就走。他坐了起来，关心地问这问那，还谈到闽南文化与潮汕文化的异同，谈到饶宗颐与潮州学，怕他太累，我主动“叫停”告退。现在想起来有点后悔，我请教他可谓近水楼台，因为担心影响老人家的阅读、写作和休息，一年当中与他畅聊也就两三次。祥老送给我的著作，三大册《喆盦文丛》和《儒家思想论集》《诗词例析》《哲学文化晚思录》等，只是一知半解，没有认真研读。遗憾的是，我永远失去向他请教的机会了。

（原载 2021 年 3 月 22 日《泉州晚报》）

我只是把书桌搬到了温哥华

衡山之南为衡阳，地灵人杰的地方。著名文化人洛夫、王洛宾与琼瑶都是衡阳人，名山名人，交相辉映。

洛夫 18 岁时是衡阳岳云中学高一年级的学生。他的第一首诗《秋风》发表于衡阳《力报》上，随后陆续发表了一二十首。当时的许多同学都知道洛夫的才华，可没有人料想，他日后会长期漂泊他乡，并且成了一代“诗魔”。

因为时局的突变，洛夫于 1949 年 5 月到了台湾。1952 年，他在这个东南海岛上发表了《火焰之歌》，再次点燃久抑的诗情。后来，他与痖弦、张默等创办台湾最具影响的现代诗歌杂志《创世纪》。1982 年，洛夫的作品《血的再版》获得台湾“中国时报文学奖”，这个奖只颁发给一个诗人。同年，以《时间之伤》获得“中山文艺创作奖”。1986 年获得“吴三连文艺奖”，这个奖是首次颁发给诗人的。1988 年，台湾社教馆主办了“因为风的缘故——洛夫诗作新曲吟唱会”，获得巨大成功。可以说，洛夫所获的文化殊荣在台湾诗歌界是空前的。

在华侨大学召开的第十届世界华文文学研讨会期间，我提起抗日战争时期洛夫在衡阳市郊打游击时劫枪的那段传奇，这位目前定居加拿大的老人笑了。他说那时血气方刚，日本兵又住在他家里，论地形他最熟悉，行动实施容易成功。

洛夫　供图 /《衡阳日报》

出门久了，但衡阳老家却一直在他的视线之中。自 1988 年开始，洛夫几乎每年都回到祖国大陆看看。

1988 年 9 月 9 日，洛夫与管管、辛郁、张默等《创世纪》同仁来到杭州，参加西湖诗会。1990 年 9 月，他开始为期 50 天的大陆之行。先到福建的福州、泉州、厦门参观，10 月 5 日到成都，

16日在重庆出席当地举办的“因为风的缘故——洛夫诗歌吟诵会”，与会诗歌爱好者多达千人。

洛夫对大陆诗坛的最初认识，是20世纪80年代初从香港的报刊上读到零星的大陆新诗(朦胧诗)。他窥斑见豹，敏感地意识到中国大陆文坛的春天气息。1984年，他与张默、叶维廉主编《创世纪·大陆朦胧诗特辑》(总第64期)，同时写了《对大陆诗变的探索》的评论。

1987年1月，洛夫在《创世纪》编委会上强调介绍大陆当代诗歌的迫切性，呼吁促进两岸文化交流。是年12月，《创世纪》推出包括艾青在内的大陆22位知名诗人的“大陆诗人专辑”，在台湾文化界引起强烈反响。

一年后，《创世纪》再出新篇《两岸诗论专号》。此外，他与大陆诗评家李元洛合编《大陆当代诗选》，自己还写了一篇很有分量的评论《建立大中国诗观的沉思》。

1991年初，《创世纪》第82、83期刊发了《大陆第三代诗人作品选》，选刊了海子等28位大陆青年诗人的作品。至此，大陆诗坛现状在台湾文坛得以充分展示，两岸诗界得以全面交流。

纵观诗坛，我们不难发现，一大批曾经叱咤风云的大将进入中年、老年以后，诗情减退，作品水平下降，因而“长青树”洛夫被视为一个奇迹，一个诗的奇迹。究其原因，追求变化，而且不断变化，超越自己，是洛夫创作的最大特色，也是洛夫诗歌存在的重要意义。

洛夫最具代表性的作品应算《石室之死亡》。这首诗拆开是64首短诗，合成是一首长诗，被学界称为“天才的创造”。洛夫运用了“读者最陌生的方法”，抒写冥想与宗教情怀。诗中写到了16个问题，如死亡、生存、战争、宗教、欲望、自然、艺术、社会等，并重点写到了“死亡”。只有以死承担的爱，以生命的奉献并且往往得不到回报的爱，才能使人超越时间。洛夫说：“我在作品中对生与死提供了一些与传统反面的观点，但这些观点并非哲理性的，而是透过繁复的意象转化为纯粹的诗。”他的“读者最陌生的方法”即超现实主义艺术。对于评论界把他称为超现实主义诗人，他不赞成也不否定。他说，自己只是借鉴了超现实主义这种新思潮的表现手法，并不是超现实主义者。

自《石室之死亡》发表后，洛夫的诗歌风格有了一定的变化，这就是论者所谓的“明朗化”。洛夫解释：具体地说，是“摆脱过去”。这一变化是从第三部诗集《魔歌》开始的，此期作品更多地与现实接触，但仍然是运用了很多超现实主义手法，可以说这是有意的调整，但不是突变而是逐渐变化的。洛夫早年毕业于湖南大学外文系，是否因为专业使他接受了超现实主义文学的影响？他说，学校里教的是英美古典浪漫主义文学，他的许多西方现代文学知识都是从广泛的课外阅读中得来的。

“有人把写作当作是情感的抒发，我觉得诗是现代人的一面镜子，从这里不仅可以看到面相，而且看到整个命运，写诗是对悲剧命运的一种报复手段。这种表现古代诗人也有，但我表现的是现代人的心态，尤其是对死亡和战争。造就一位文学大师的条件，首先必须具有悲剧精神，并且要把个人的悲剧命运（经验）与民族、集体的悲剧命运（经验）结合，杜甫的诗歌写的是个人的命运，却暗合了民族的命运；其次是具有宇宙情怀，诗歌可以超越时空，诗人的身上存有民族文化的基因，但他关心的必须是整个人类、整个世界。”这是洛夫对诗歌艺术的深层感悟。

如果说，1949 年洛夫去台是出于时局的急变所致，是被动式的，那么 1966 年迁居温哥华是主动的举动吗？“本来，我在台湾可以生活得很好，但我不满‘台独’主义，不愿做‘台独’分子，这样来理解我的二度流放便容易多了。我是文化中国主义者，不管你迁居到哪里，你的中心坐标就是中国，这就是文化中国主义。‘文化中国’在我的内心深处，在我的血液里、灵魂中。比如我到美国，我的中国就在美国；我到温哥华，我的中国就在温哥华。我与新一代留学生不同，我是年老的时候才到加拿大去的，除了生活方式必须当地化外，我基本上与在中国没什么两样，可以形象一点说，我只是把书桌搬到了温哥华。”洛夫如是说。

（原载 1999 年 10 月 16 日《泉州晚报 · 海外版》）

根之恋

於梨华　供图 /《宁波日报》

於梨华对福建有种特殊的感情。小时候，出生于大上海的她曾随父亲来到福建，并且一住就是几年，直到念完小学。她父亲当时是南平一家纸厂的厂长，当我提到这段往事时，於先生惊喜地问道："南平还有纸厂吗？我这次争取去看看。"

於梨华的青少年时代是与搬家史紧连在一起的。从上海到原籍地镇海，从福建到湖南衡阳，从宁波到全家迁往台湾，於梨华的家好像走马灯似地变换着居住地点。也许，她后来之所以用大量的笔墨描述了海外留学生“无根”的寂寞与空虚，可以由此追溯其源。於梨华不是一个“安分”的人，在台湾大学，她先念外文系，后转历史系，并发表了一批文学作品。在赴美进入洛杉矶大学时，念的却是新闻系。留学期间，每到周末，她就有干不尽的杂活，饱尝了生活的艰难与孤寂。这段寄人篱下的日子，对她后来的创作产生了深刻的影响，她的代表作《又见棕榈，又见棕榈》就有其中的影子。

於梨华所走的人生道路是曲折的，对美国的向往，却找不到梦想的天堂，华人被歧视、利益被损害的现实，使她产生了强烈的失落感与漂泊感，并油然而生起长年的“思乡病”。於先生建立了一个美国式的家庭，生活方式早已全盘西化。她此次到泉州出席北美华文作家作品研讨会，住在华侨大学专家招待所，当她看到房间里有只蟑螂时，不禁失色大叫起来，全然不顾我就在现场。但听口气，可知道天气的炎热更是让她难以忍受。不过她仍然说：“我留在美国40多年，而我的心留在了中国。”洋装虽然穿在身，我心依然是中国心。比如，1975年，那时中国大陆尚未改革开放，她就敢为人先，回到祖国探亲访问。而且，创作了反映中国现实的《新中国女性及其他》《三人行》《谁在西双版纳》等作品，使国际人士增进了对当时尚未开放的中国的了解；比如，今年中国遭受百年不遇的洪灾，她说，“急死人了，每天都在看新闻。”

於梨华的创作基本取材于“留学生、留学人、自留生”的生活，她说：“一个作家，最重要的是尽最大的能力，把最熟悉的事物及感受最深的事，好好地写出来。”於梨华写留学生、写旅美华人，实际上自己也是其中的一员，她经历了留学生——学人太太——教师三个阶段，留在美国的留学生是她最熟悉的一个社会群体，描写他们的艰难与困惑、摸索与觉醒，唤起他们的思索与回归，这是於先生对留学生文学的最大贡献。

40多年来，於梨华创作了《梦回青河》《也是秋天》《傅家的儿女们》《小琳达》《考验》《变》《焰》《又见棕榈，又见棕榈》《姐姐的心》等长中短篇小说，塑造了牟天磊、钟乐平、傅如曼、李泰拓等至今为人乐道的艺术形象。相比近年来出现的一批曾经一时轰动的留学生文学（准文学）作品，於梨华说，这些书她多数看不下去，因作者多是几年前才到海外发展的，对美国社会没有真正的认识，急功近利，矫情十足，哗众取宠，可以风行一时，能够传世者少而又少。她自己的作品反映的都是周围的人与生活，如《又见棕榈，又见棕榈》中的男主人公牟天磊，在社会的夹缝中顽强奋斗，虽获得博士学位，却付出了精神与肉体上的巨大代价。这一形象不仅是作者抒写乡愁的替身，更是一个饱尝了漂泊之苦的无根一代的典型，因而能引起读者的共鸣。

於梨华说，目前在美国的年轻一代华人中，有许多人完全拒绝接受来自父母的东方文化背景，铁定地认为自己是十足的美国人，皮肤与五官的东方模样不过是个偶然事件。所幸的是，近年此况有了一定的改变，特别是一大批出色的亚裔大学生，积极探讨打入美国主流社会，参与政界及对付歧视问题，这明显地说明亚裔人士逐渐了解了这样的事实：他们是美国人，但不管他们怎么努力，都无法甩掉头上的亚裔帽子，所以应当在亚裔两个字上，发挥他们的实力，发展他们的潜力。中国大陆的作家在社会开放改革的大背景中，有大量的创作题材，作品可以得到读者的广泛共鸣，这是海外华文作家不可比拟的。但另一个方面，在大批新移民及留学生进入美国之际，中国更需要美国的资讯，需要了解在美华人生活的种种情况，如个人与家庭对新环境的适应、不适应所产生的各种后果。个人事业的发展，妇女在社会中扮演的角色，少数民族在白人社会中如何维持下一代对中国传统文化的接纳及发扬光大，等等。把这些北美华文作家熟悉的题材写成艺术作品，一定会受到中国大陆读者的欢迎。

被文学史家称为“留学生文学鼻祖”的於梨华，至今仍是一位活跃的海外华文作家。她目前主要从事在美华人妇女婚姻、家庭题材小说的创作，她说将继续以自己的作品，架设沟通中美人民增进了解、发展友谊的桥梁。

（原载 1998 年 10 月 14 日《泉州晚报·海外版》）

聚光灯外亦陶然

陶然走了。消息来得有点突然。

“突然接到蔡其矫的小姨子徐竞庄的电话，说蔡其矫凌晨两点在睡梦中过去了！我大吃一惊：怎么会？”这是陶然的一篇怀念蔡其矫先生的文章的开头。而今，换成许多他的文友大吃一惊了。

香港作家联会会长潘耀明先生叹道：“陶然兄走得遽然、悄然，竟连一点迹象也没有。他走的前一天，我还在香港杏花村稻花香酒楼与他喝茶谈天。”潘先生与陶然相交40年，他们曾共同发起成立香港作家联会，陶然去世前，还担任香港作家联会的执行会长。

这世界变化快，两天没看微信，信息就不灵通。报社副刊部负责人来电话，问我有没有写悼念陶然先生的文字？我一时茫然，回了一句：“陶然去世，怎么会？”

我想帮编辑约稿，在微信上问了陶然的好友秦岭雪（李大洲）先生，他心情沉重，说等过些天后再写吧。大洲与陶然私交甚笃，有才子之称，一时爽约，大概与大起大落的心情有关。陶然患的是感冒，因感冒导致细菌侵入，造成急性肺衰竭“抢救无效”，这样的结果，除了遗憾，还是遗憾。

上网浏览海外文学界朋友圈，满满都是泪花的表情包。海内外文学、文化团体纷纷发出唁电，天各一方，四海同心，随手摘录几

陶然（右）与作者合影于晋江五店市　摄影 / 刘志峰

段：“陶然先生一生奉献于中华文学事业，创作成果丰硕，为香港文学的发展做出了杰出的贡献，使香港文学成为世界文学的一条重要纽带和桥梁。”“陶然先生的去世是香港文学乃至世界华文文学的重大损失，我们在大洋彼岸沉痛怀念这位文学导师，且要以先生为榜样，继续弘扬中华文化，让中华文化在海外发扬光大。”

中国作家协会主席铁凝、党组书记钱小芊特致电表达深切怀念之情，则从另一角度看出陶然的不一般。

知道陶然是在20世纪80年代末。那时我在《香港文学》上发表一组散文诗，杂志的总编辑是香江文坛祭酒级人物、《酒徒》作者刘以鬯。这本香港严肃文学最具代表性的刊物，荟萃了两岸暨港澳和世界各地华文作家作品，每期都经精心策划，推出名家名作与新人新作，在一个高度商业化的城市文化环境中，尤其难得。陶然继承刘老衣钵，后来居上，在总编辑任上广交文缘，不但与艾青、王蒙、蔡其矫、舒婷等文坛大家过往甚密，更可贵的是发现、培养了一大批文学新人。可以说，这一正能量的影响波及了全球华人圈。陶然是著名作家，但他首先是一个文学编辑，或者说他的职业是编辑家、出版人。从《中国旅游》到《香港文学》，他都起到杂志的核心作用，而自己却长期甘当人梯，设身处地为作者着想。他凡事不易受人左右，但绝不是有了见识便喜好展现、夸夸其谈的人。在香港作联年会、香港书展、世界华文旅游文学国际研讨会、“我与金庸”全球散文征文颁奖仪式等活动上，我与他见过多次面。印象中，他总是笑脸相迎，握手问候，他的声音不大，话也不多，对于还称不上“老兄弟”级的朋友，他待人接物的分寸恰到好处，然而也因为缺乏个性化语言或者动作，不善主动表现自己，难以在一场活动中给人留下深刻印象。

《世界华文文学》杂志原社长白舒荣老师这样点评陶然：“个性似乎矛盾，热情而含蓄，波涛汹涌而不动张扬，像一座闷着岩浆的火山。”我戏评莫言也用类似说法。获得“诺奖”后的莫言，与人接触相当谨慎，但是读他的小说，犀利大胆的程度，让许多名家难望其项背。

说句实话，虽然陶然著作等身，我读过的只是他的零星文字，对他作品的褒扬评价，多是从别人文章中看到的。我对陶然的敬重，直接的原因是读了他写记叙与蔡其矫交往的几篇散文以后。

《为了一次快乐的亲吻，不惜粉碎我自己》发表于 2007 年《香港文学》中的“诗人蔡其矫纪念特辑”，文中生动地记录了他与蔡老多年至交的许多细节，语言平实，令人过目不忘，可以说相当精彩。例如，有一天晚上，陶然回到居所，有人把烟头扔到他跟前，定睛一看，是蔡其矫。老蔡说："等你好久了。"陶然致歉，老蔡又说："等得到就等，等不到就走，随缘。"又有一次在北京，冯亦代先生请陶然吃饭，陶然自作主张带上蔡其矫。老蔡到场后有所发觉，便把陶然拉到一边说，不应该带上我。尽管蔡与冯也是老友，但老蔡还是觉得不妥。蔡其矫爱骑自行车，陶然不止一次被动员一起骑行。有一天，为了到北京东单买月饼，他们从西城区三里河一直骑到长安街，再拐到东堂胡同老蔡的家，由于衣服穿得太少且过于疲劳，陶然回到北师大宾馆后就发烧感冒了，老蔡知道后，笑骂了一句："没用。"我觉得如果没有陶然的这些"追记"，蔡其矫的文学形象必然会逊色几分。1979 年，全国诗人代表团南下广州采风，带队的是艾青，团员中有邹荻帆、周良沛、胡昭、韦丘、高瑛等。这些名家聊到蔡其矫时，艾青说："海都给他写完了，我们还写什么呢？"廖公弦说："他才是真正的诗人。"周良沛说："他是中国诗坛一个流派的代表。"陶然存录了同行者发自内心的这些评语，至今仍是衡量蔡其矫诗歌价值的重要参考。

舒婷早期诗歌创作的成就，与蔡其矫的呵护、扶持是分不开的。青年陶然走上文学道路，引路人同样也是蔡其矫。1970 年前后，陶然还是北师大中文系的学生时，有机会读到《回声集》《涛声集》等，便狂热地爱上了蔡其矫的诗歌，尽管诗人因与当时的主流文艺不合调而受到批评。蔡其矫从福建写信给他："你是学文学的，为什么不拿起笔来呢？我对现在社会上流行的文学无用论，极为反感，要是问我，即使烧成了灰，我也热爱文学。"陶然回忆说，当时自己只是喜欢阅读文学作品而已，正是老蔡的鼓动，才走上了文学创作的不归路。“当然，我从他那里，学到了许多课堂上学不到的文学与生活知识和人生经验。”

也许因为亦师亦友的缘故，蔡其矫第一本作品集的编者正是陶然，《蔡其矫书信集》的编者也是陶然。陶然多次来过泉州。1982 年，他记得与老蔡从泉州城里一起骑自行车到晋江园坂，那时“济阳别墅”的花园还在建设的初级阶段，周边只有零星几幢民居，一派田园风光。蔡其矫诗歌研究会成立的时候，陶然专程从香港赶来参加活动。2018 年 12 月 11 日是蔡其矫百岁诞辰，晋江开展了多项纪念活动，陶然又一次出现在蔡其矫诗歌馆开馆仪式上。作为活动的重量级嘉宾，他在座谈会上没有发言，尽管与会的专家学者踊跃发表了不少很有价值的观点，当时在场的我觉得这是活动的遗憾。联想到与他相处的多个场合，他始终不是会场里耀眼的主角，习惯倾听，不是没有看法，而是他尊重他人，吸收营养，甚至愉悦心身的一种生活方式。身兼杂志总编辑和“作联”执行会长的身份，能耳听八方、兼容并蓄，能站位高远、凝聚力量，把中心舞台让给别人表演，用心耕耘园地，种好众人的作品，比他自己多写几篇文章更为重要，此种收获的感觉，应该如同他的笔名那般值得欣喜。

听说福建省作协正在编辑一本陶然与蔡其矫研究的集子，可惜，他永远闻不到这本新书的墨香了。“再也不能回来一个灵魂，告诉我这一切详情。”写作散文《五里桥上深思》时，陶然引用过蔡其矫的名篇《沉船》中的这行诗句。多想时光能够倒流，好让陶然再为我们讲更生动、更可爱的那个蔡其矫。

（原载《福建文学》2019 年第 7 期）

文学的真诚可以跨越任何代沟

摘录2014年12月24日《深圳晚报》版面上的一段文字："21日，《泉州晚报》上的一则《名人书信拍卖起风波——潘耀明通过本报发表严正声明》，再次掀起名人信札拍卖风波。香港作家联会会长潘耀明抗议广东崇正拍卖行未经他同意，拍卖巴金、叶圣陶、艾青等多位著名作家、学者与其往来的一批信件。潘耀明要求拍卖行立即停止这次不法的拍卖行径，同时保留一切法律追究的权利。"《泉州晚报》这篇报道的作者是笔者，我当时了解到，这批书信正是潘耀明因工作变动、办公室搬迁时丢失的宝贝。"这些手迹与文字包含着深厚的情感与永恒的记忆，也是珍贵的文学史资料，绝不是金钱可以衡量的。"一向斯文儒雅的潘耀明，面对一意孤行的拍卖行，表现出难以忍受的气愤。

在一个倡导无纸化办公的网络时代，日常书信来往已成奢华之举。生活节奏加快，文字的表达方式与修改、传输途径彻底被改变，依靠书写、收寄书信进行信息、情感交流日渐成为过去式，也因此，这些带着特定历史时代印痕的名家书信愈显珍贵。近年来，名人信札成了收藏新宠，价格一路攀升。与潘耀明交往的这些名家，均是现当代文学史上的重量级人物，书信中提及的事件、携带的观点、表达的情绪，无疑是文学史研究的重要参考资料。何况，这些书信的背后，是潘耀明的人生一笔无法替代的精神财富。

潘耀明在旅途中　　供图 / 潘耀明

在香江文坛，潘耀明已是一个符号式的人物。两岸暨港澳以及海外华文文学的交流，香港作为平台与桥梁的作用无可替代。潘耀明也许是接待过华文作家最多的香港人，有人甚至称他是香江文化码头的宋江，可见其分量非同一般。人与人之间，没有什么比信任更值得自豪的了。因为信任，俞平伯、萧乾等人来香港参访，甚至住到了潘耀明家中。

潘耀明成名很早，这与他从事的职业有关。1957 年，他随母亲离开泉州南安到香港定居。由于家境贫寒，中学毕业后，喜欢读书的他进入《正午报》工作，从事新闻的采访，也从此奠定了他人生的走向。当时，著名作家曹聚仁在该报撰写专栏，有一次与年轻的记者编辑们聊天，说你们既然有兴趣写作，要树立一两个研究方向。潘耀明听进去了。那时香港读者对大陆作家并不了解，特别是经过十年动乱，五四新文化运动以后那些文学名家的生活与创作现状如何呢？他开始收集相关资料。功夫不负有心人，1978 年，他终于找到了机会，以《海洋文艺》编辑的身份来到大陆寻访名家，首篇《关于诗人艾青之谜》发表后引起广泛关注，大大提高了他想做寻访系列的信心。1980 年，潘耀明出版了《当代中国作家风貌》，两年后推出续篇，由于其内容的开创性与丰富性，在港台引起颇大反响，还成为大专院校中文系学生的课程参考书。

潘耀明一直践行“读万卷书，行万里路”，作为职业媒体人，他视野开阔、思路敏捷，从咏唱大好山河的游踪美文，到针砭时弊的杂志刊首语，都能收放自如、张弛有度。与一般的学院派研究者不同，潘耀明的人物专访不是从资料到资料的杂锦拼盘，也不是不假思索照单播放的传声筒，而是直接与访者、传者面对面交往探讨，有了推心置腹的情感与思想交流，从而获得众多独家的“第一手”。随着大师名家的陆续辞世，这些对话专访自然成了一个时代的绝响。

探寻文学名家与深度个人访谈，北京的李辉可谓一个高手。作为《人民日报》高级记者，采访方面自然有着诸多便利，他的《胡风传》《萧乾传》《沧桑看云》等，出版后都曾一纸风行。李辉对潘耀明最早的印象是读到《当代中国作家风貌》，觉得彦火（潘耀明笔名）的作品不像一般的采访报道，作者是个有心人，描写人物中时有评论，报道文字像散文一样优美，他称这种文章为“彦体”。潘耀明要在内地顺利完成采访任务，面临的困难远远超过李辉，可以说，潘耀明的努力无形中也为比他年轻的同行李辉树立了一个榜样。改革开放伊始，香港与内地还彼此陌生，推动交流、增进了解是传媒的时代责任。潘耀明说：“我感到中国大陆作家是一批可敬爱的人，应该将他们可贵的精神告诉给香港读者，为他们立传。”他曾经有个宏大计划，先接触遍访名家，然后选择两三人进行深入研究。但是日常事务繁忙，占去了他大量的时间与精力，至今仍没有看到人物专著出炉。正当我为他感到遗憾之时，篇幅达 36 万字的《这情感仍会在心中流动》问世了，书中涉及的均是现当代中国文学史上一个个响当当的名字，难怪现代文学研究权威、北京大学教授严家炎给予高度评价：“这部丰富而厚重的著作，在现当代上应是独一无二的。”在为这本书所写的序言中，严教授说：“正是这感情，支撑着潘耀明付出了常人难以想象的时间、精力和心血，成就了与老一辈学者作家们难能可贵的隔代情谊。但是能够使这些文坛大师们接纳他并长期保持联系，当然不能仅仅靠情谊。既然是知音，就要有共同语言，就要有令大师们觉得有话可说、有信可写的丰厚的知识与学养。”这样的点评可谓一语中的。

钱锺书是位大学者，灵心慧眼，明辨深思，深居简出，超然物外，不但博览群书，而且无所不精。他是有洁癖的人，一向不接受媒体采访，也极少与外人合影。1981 年 4 月，潘耀明在冯亦代的引荐下进京采访钱锺书，这是钱锺书复出文坛后接受媒体采访的唯一一次。尽管一口闽南腔普通话让钱先生听起来格外吃力，但交流过程格外顺畅。当他把整理稿呈送审阅，钱锺书及时回了信，语气中充满热情与关爱。从本书中潘耀明披露的信件内容，我们可以读到前辈对后学的循循善诱和嘉勉。仅摘一段："弟一病经年，精力衰退。来函所询各节，只能略道梗概……弟去夏得大函后，奉复一信，后港友剪寄报纸，见兄一文已收敝函发表；《宋诗选注》将由此间人民文学出版社第六次印刷，同时由香港天地出版，弟应天地陈松龄先生之请，作一短序，序言则引大著《风貌》中一节，并注明兄大名……窃意大著如由台湾出版，可不妨将去年弟函及今年该序有关处补附，以见兄我交情。"称兄道弟，虽属礼节之词，然一个名冠天下的大学者，对一位初露锋芒的青年记者称兄道弟，不难看出钱锺书对潘耀明的好感和欣赏。这大概就是严家炎教授所指的交往"不能仅仅靠情谊"的原因了。而潘耀明，通过寻访名家大师，得到他们的言传身教，如沐春风，如沾雨露，获益更是远远超越发表的文字报道成果。

俞平伯病重期间，曾念叨着"给写文章的人寄钱"，话里指的收款人就是潘耀明。我曾在潘耀明 1992 年为俞老外孙韦柰《晚年的俞平伯》写的序言中读到："那款款情谊，岂止于一泓的潭水，里面包含着无尽的期待。每当想起这桩事，便激动不已。"俞老当时年届九旬，病卧床榻，举箸不灵，但每逢潘耀明来京探访，都显得特别高兴，坚持不让家人帮扶，拖着颤抖的双腿，从房间步行到客厅接待他。

萧红英年早逝，但她生前与萧军、端木蕻良、骆宾基三人的情感故事，哪真哪假，莫衷一是，至今仍是茶余饭后的谈资。潘耀明与这三个男人都有过交往，尽管三人各有站位，观点不一，而他的忠实记叙，不是简单的褒此贬彼，反而让后人真实地理解那段历史、那份情感。因为与老舍有过一段难舍的情缘，大才女赵清阁在创作的黄金年代，义无反顾地选择了孤身上路。在抗战时期，赵清阁与老舍合作过三个剧本，老舍善写小说，剧本创作却是赵清阁的强项。赵清阁 22 岁就在上海主编《妇女生活》月刊，多才多艺，风姿绰约，曾经迷倒青年时期的老舍。中华人民共和国成立以后，为了不影响“人民艺术家”的光辉形象与社会声誉，她连老舍接连的来信都不愿回。晚年出版的五部回忆性散文集中，笔触始终没有涉及老舍。临终之前，竟把老舍写给她的近百封信件全部销毁。潘耀明曾小心翼翼地问及她的感情生活，赵清阁波澜不惊，淡然回应：“长期孑身一人，与保姆为伴”。从叛逆少女的刚强到外圆内方的内敛，潘耀明让读者看到“让落叶埋葬梦一般的爱情”背后一个高贵的灵魂。

本书中，《恩义情仇——丁玲与沈从文的关系》《苦恋一世的卞之琳》《萧乾的感情之旅》《沈从文爱情的甜与苦》《吴祖光新凤霞主演的现代版牛郎织女》《爱人与爱美人的汪曾祺》《一鸣惊人的张贤亮》等，都写到名家的情感之路。这个题材常常是被访者感到最敏感甚至是极力回避的禁区，潘耀明的确是个高手，他把这些私域秘地写得如行云流水，自然贴切，尤其是褒贬与夺，分寸感处理恰到好处。他能从名家口中掏出独家的细节，实际上是名家被他的真诚所征服。潘耀明的口头表达能力非常一般，却在待人接物、言谈举止中体现出深厚学养和高洁涵养，温润如玉，以诚动人，可以说是一种装也装不出来的本事。

在一个人际交往讲究对等、图谋回报的功利社会中，潘耀明特别看重人与人之间的友情。有一年，由潘耀明促成的中国古代服饰展在泉州博物馆举办时，专程南下出席开幕式的著名学者、沈从文生前的助手王亚蓉教授告诉我，她与潘先生的友谊已有四十年了。在深圳参加的一次华文研讨活动中，我也听俞平伯外孙韦柰说过类似的话。当然，最难得的例子是他与新派武侠小说大师金庸的友情，可举金庸手书赠给潘耀明的一副对联为证："昔日办报共挥汗，今成好友诚难得。"

金庸名气太大，以至晚年行动不便，如果长时间没有露面，坊间便有其去世的传闻。每当风声起时，潘耀明总是各路媒体追逐采访的对象，俨然充当了金庸代言人角色。对此，潘先生自谦"顶多是金庸的小字辈朋友"。他执掌《明报月刊》前后共 27 年，许多人难解他如何能获得大侠长久的信任。他在本书的文字里回忆起旧时情景，先是董桥在电话中告知金庸先生要见他，他到达后寒暄没几句，金庸就当场手写了一份聘书递过来，《明报月刊》潘总编辑兼总经理随即走马上任。《明报》在于品海接手后表现欠佳，铸成金庸的终生遗憾，而《明报月刊》游走于市场与文化之间，特立独行却包容并蓄，路途艰辛却好评不断，可见运筹帷幄的金庸，这一回真的是火眼金睛看准人了。黄昏时段，忙完事务的金庸常约潘耀明到书房聊聊。这个著名的书房我到访过，简直是个小型图书馆，一排排书柜顶天立地，透过落地玻璃窗俯瞰，维多利亚港风光尽收眼底。潘耀明写道：“ 那当儿，我们各握一杯酒，晃荡着杯里金色的液体，酒气氤氲。彼时彼刻，我喜欢拿目光眺望玻璃幕墙外呈半弧形的 180° 海景，只见蔚蓝的海水在一抹斜阳下，浮泛着一条条蛇形的金光，澌澌粼粼地向我们奔来，心中充盈阳光和憧憬。我们在馥郁酒香中不经意地进入话题。在浮一大白后，平时拙于辞令的我们俩，无形中解除了拘牵。他操他的海宁普通话，我讲我的闽南普通话，南腔北调混在一起，彼此竟然沟通无间，一旦话题敞开，逸兴遄飞。”具有电影画面感的优美文字，令人过目不忘。这两位普通话、粤语都讲不准的香港文化名流，却有着共同的特点：博览群书，胸襟开阔，不善言辞，下笔如神。作为后学的潘耀明，一直对金庸怀有知遇感恩之心。作为全书压轴之作的《我与金庸》，最后的一行字是这样的：“其实，金庸不光是我工作的上司、老板、忘年交，也是我从之获益良多的老师！”

在许多人的印象中，香港就是一处典型的文化沙漠，而怀揣文学梦成长的潘耀明，注定是这座经济大都市中的一个异数。如果说，当年跨过罗湖桥北上遍访文学名家，身上携带的是青春的激情和探路的新奇；当经历阅历、职业职位不断变更后，大浪淘沙、人迹渐稀，加上所在行业今非昔比，还能看到潘耀明坚守岗位，垒筑高地，摇旗呐喊，我们完全可以相信，文学早已成了他血液中最有分量的元素。在一个金钱至上的社会，他保持着一种近乎童真的纯净与真诚。与他交往，不分年龄、地位高低，都会有一种难得的安全感、温馨感。2007 年，我借在港探亲之机，逛了一年一度的香港书展。潘先生执掌的出版社也是参展单位之一。他忙中偷闲请我吃饭，一起吃饭的还有铁凝。第二天，铁凝在书展专题讲座中讲到，潘耀明对内地作家非常厚道，充满人情味的那种热情，在内地文坛中有口皆碑。铁凝还回忆起1987年第一次到香港，那时自己年轻，更不是中国作家协会的领导，但潘先生对待她的真诚是看得出来的。多次来过泉州的李辉，把潘耀明视为挚友，“和他在一起时，可以感受到他身上漫溢而出的人文情怀，他给人一种信任感，仿佛找到一个知音”。同乡好友刘再复则说潘耀明“天生有种包容百家的博爱气质，反映在他的文章里，便是笔调温柔敦厚，行文如清澈流水，叙事叙人均充满敬意与爱意”。

永恒流动的情感，还将伴随潘耀明跨越文学的一程程山水。

（原载《泉州文学》2022年第2期）

他拥有一份永远的天真

2019 年 4 月下旬，“潘耀明与世界华文文学”国际研讨会在韩国举行，出任组委会顾问的有王蒙、铁凝、白先勇、余秋雨、聂华苓、严家炎、朴宰雨、王德威、李欧梵、黄春明、陈若曦、葛浩文、罗多弼、王安忆、陈思和、舒婷等名冠海内外华文文坛的重量级“大咖”。9 月 8 日，由亚洲知识管理学院主办的 2019 年度诺贝尔学人系列荣誉资格颁授仪式在香港举行，潘耀明先生被授予年度“亚洲华人领袖奖”，以表彰他在亚洲社会文化方面的杰出贡献。

潘耀明是我的泉州老乡，他的头上有多个“会长”“社长”之类的职务，如香港作家联会会长、世界华文旅游文学联会会长、香港世界华文文艺研究学会会长、中国作协全委会荣誉委员、国务院侨办专家咨询委员和明报出版社、《明报月刊》《国学新视野》《文综》总编辑。他的名字在海内外文学界如雷贯耳，按理说，不同的场合，可以称他不同的职务，而头脑简单的我觉得麻烦，只叫他“潘先”。在闽南话中，“先”是“先生”“老师”的意思。对后辈友人，他总是称呼“某某兄”，不管是见面还是在电话中，显露出谦谦君子的本色。

闽南有句俗语：“离乡不离腔。”潘先生少年时代随母亲离开泉州去了香港谋生，数十个年头过去，他的口音竟然没有被香江水

“洗退”。好几次参加他组织的活动，都会碰上同样的场面：潘先生上台致辞，普通话中混入太多的闽南话、广东话的腔调，风味独特，几乎是每一句话都有笑点。他讲得严肃认真，大家听得一知半解，现场效果好得出奇：开心，提神，引发思考，何尝不是举办活动的目的？

20 世纪 80 年代末，我第一次去香港探亲，除了高楼大厦，最吸引我目光的是街头的报摊。当时我在《香港文学》发表了一组散

作者与潘耀明（右二）、中国作协主席铁凝（右三）、亚洲电视主持人王明青（右一）合影于香港　摄影 / 郭翔宇

文诗，不过报贩是不卖纯文学刊物的。在各种八卦杂志中间，《明报月刊》可谓“小清新”，许多知名作家、学者都是它的撰稿人。香港的刊物，要做到不低俗平庸，又不偏激失当，并非易事。潘先生视野开阔、触觉敏锐，评论港事，盱衡世局，从不人云亦云，总有独到见解。他请黄苗子先生写了一幅字：“独立的精神，自由的思想”，长期挂在办公室里。早在1991年5月，他接任总编辑时就借刊首语表示：“作为华人世界的文化桥梁，与社会同迈进，与时代共呼吸，努力开拓新的局面，不断为读者提供新而美的内容。”

都说文如其人，温文尔雅的潘耀明，在文采飞扬的文字中，常常暴露了另一面：知识分子的时代追问与社会责任。我于是联想到当年延请他加盟《明月》的金庸，据说两人约见面谈那天，金庸就准备好了聘书，可见对潘先生的“考察”是在平时的观察中就完成了。金庸以武侠小说闻名于世，其真正的身份则是报人，金庸的社论可谓香港报坛一绝，对潘先生同一方面的手艺，要求自然不会太低。

潘先生传承了金大侠紧贴时代、为时而著的精神，有时我读到一些针砭时弊的篇章，觉得他太天真，又替他捏了一把汗，生怕他得罪人。然而他越来越受到全中国甚至是全球华人文学圈的重视，可见他的火候掌控已经属于一流水准了。

他不顾我推辞，不止一次在香港挤出宝贵时间请我吃饭。吃饭也好，总能遇到同时来访的文化名家，记得一次是铁凝，一次是张贤亮、李昂，可见其交际有多广。在沟通大陆、台湾和海外华人社会之间，香港具有特殊的地位，而潘先生利用这一舞台长袖善舞，振臂一呼应者众，难怪有人称呼他为香港这个文化码头的“宋江”。但社会团体毕竟是松散型的组织，许多团体一成立即死亡，办活动有了第一届却没有了下一届。潘先生的能耐，是为人着想、善解人意，是调动外力、形成合力，是指点文字、举重若轻。

称不称“宋江”并不重要，据我的了解，潘先生不大热衷参加同乡组织的聚会，他的内心有个大格局，不想被人理解为小圈子中人。然而泉州是潘先生的出生地，无论他走到天涯海角，“摇篮血迹”都是他的脐带。也因此，家乡的事，他都乐意去尽一分力量。2004年11月23日，在他的鼎力协助下，一代武侠小说大师金庸应泉州晚报社和华侨大学之邀，开始了泉州文化之旅。作为活动的组织者之一，我在《东南早报》编辑部筛选了三位金庸迷记者组成特别采访小组，每天以章回小说的体例进行专题报道，特刊命名为《纸醉金迷》，市民四处争购，一时“泉州纸贵”。我们安排金庸上泉州少林寺观看武僧表演、到施琅故里晋江衙口瞻仰英雄雕像、访世界唯一摩尼教寺庙草庵、听李祥庭教授用古琴弹奏《高山流水》、在华侨大学陈嘉庚纪念堂演讲，所到之处，粉丝云集。因为金庸，海内外数十家媒体蜂拥而至，泉州成为新闻聚焦城市。金庸先生对我们的策划与接待非常满意，但潘先生总觉得有所遗憾，他耿耿于怀的是一件事：金庸表示，如果泉州方面邀请，他愿意当荣誉市民，当时在场的一位领导认为此类事不一般，不敢轻易接招。潘先生扼腕不已，至今说起来还感到遗憾，因为老家这座文化古城，错失了一次借力丰富文化形象、提高城市知名度的良机。

不过，潘先生的热心一直持续着。他邀请钢琴大师刘诗昆到泉州举行音乐会，大获成功后，他又带着香港女歌唱家黄丽明夫妇前来演出，这一次，现场效果与刘诗昆的演出有着天壤之别。可能因为上了年纪，体力不支，黄女士在演唱中多次出现“断档”“转调”，观众中途开溜的不少，有的人甚至喝起倒彩。过后，潘先生对黄女士没有一丝责怪，许多朋友说他最会体贴人、体谅人，我相信。

今年元宵期间，在潘先生的策划下，北京著名收藏家王金华的古代服饰展在泉州博物馆举办。沈从文先生的关门弟子、有“中国古代服饰研究第一人”之称的王晓蓉教授专程南下出席开幕式。王老师告诉我，她与潘先生认识至今已有 40 年了。人生苦短，虽未常见面，然 40 年的友谊，在这个人情薄如纸的现代社会里，足以让人羡慕。

天真的背后是真诚。潘先生有本风行海外文学界的著作《当代中国作家风貌》（正编与续编），其中涉及的作家有巴金、叶圣陶、俞平伯、艾青、萧军、姚雪垠、冰心、钱锺书、曹禺、柯灵、骆宾基等等，随便一个都是大名鼎鼎的名家。与这些文坛巨匠们往来的书信，是当代文学史研究重要的参考资料，也是潘先生人生的一份荣耀。2014 年，他偶然发现，广州的一家拍卖行预展的拍品中，出现潘先生多年前遗失的 16 封名家书信。这批珍贵的资料还包括卞之琳、俞平伯、端木蕻良、骆宾基、戈宝权、秦牧、沈从文、柏杨、南怀瑾、张兆和、钱锺书、杨绛、王蒙、张香华、文晓村、顾城等人写给他的信件，潘先生得知拍卖行预展消息后，曾托人前往交涉，要求撤拍及说明来历，对方只表态会研究，不肯透露拍品人情况。从拍卖行的公示可以看出，秋拍活动将于本月 25 日在广州东方宾馆举行。获知消息后，我当即写了则新闻稿发表，香港《明报》同时报道了此事。对于这种无耻行径，潘先生一改平日的温和，借《泉州晚报》和《明报》版面发表《严正声明》，维护自己的法律权利。他说：“这些信件纯属我与作家朋友之间往来的私函。本人对此深感愤慨。除了要求拍卖行立即停止这次不法的拍卖行径，本人将保留一切法律追究的权利。”我想，他痛心的不是那些信件在市场上到底值多少钱，而是其中蕴含着纯真的感情、无私的信任和难忘的记忆，这才是人世间最可贵的一笔财富。

2007 年 5 月，内地一家电视台特地找到潘先生，以他为角色拍摄《回家》纪录片。他的家在哪里？泉州？香港？抑或父亲生活的菲律宾？也许都不是。“我想我初始的家，是母亲的襁褓”。潘先生的老家在泉州南安市的乐峰镇，出生地是泉州洛江区的罗溪镇，这两个地方早年都是偏僻落后之地。他的父亲长期在南洋谋生，20 世纪 50 年代末，内地开放侨眷到香港定居。初来乍到，母子俩过着最底层的简朴生活，相依为命熬过了一段漫长的艰难岁月。母亲的俭朴、善良、惜福、谦卑、不计较、不张扬，潜移默化地影响着他的成长。因为语言、环境的缘故，孝顺的潘先生在泉州市区买了套房子，让老人家居住，可以与老家的亲戚朋友时常欢聚。毕竟，让母亲老有所乐，是他最愿意看到的。我多次去探望过老人家，年届九旬的她仍然十分健谈，时不时自夸的，一定是说潘先生如何如何孝顺。在她眼中，潘先生的成就，何尝不是她的荣耀，她觉得一生中吃了再多的苦也是值得的。老人家喜欢下楼散步，有一天，被正在倒车的一部货车撞倒，从此没有再醒过来。得到不幸消息，我简直不敢相信，立即和报社施能泉总编辑赶了过去，但一切都已无法改变。当潘先生连夜从出差地上海赶回老家时，看到母亲冰冷的容貌，差点晕死过去。多年以后，我在《泉州文学》上看到潘先生《写给天堂的母亲》，“您的遽去与罹祸，在我心头凝结成千年冰川，难以化解。我只好用乏力的笔和苍白的文字，表达我对您的由衷敬意和一点点心迹，稍稍缓解我那千回万褶的心结，以叩祭您走了已有四年的亡魂”。读着读着，我的眼泪禁不住流了下来。

潘先生著作等身，散文是他最拿手的文体，巴桐赞他的文字“简约蕴藉，凝练古雅”，潘亚暾认为“选材别具一格，以小见大”，喻大翔夸他“擅用文字造河山”。铁凝在一篇文章中说过：“文学所需要的永远的天真，恰恰是穿过沉重艰难而又美好的生活，从成熟严峻的思考中所获得的，它乃是人类最优秀的精神之一。作家具备了这种精神，才能在困难和成功面前、在希望和失望中，永远保持对生活的新鲜感；才能唤起读者和他一道，永远热爱生活，喜悦人生。”潘先生用感恩的心，对待母亲，也对待别人。向往自由，胸怀宽容、心存博爱，这一路的历练，让他赢得了无数“四海兄弟”；也因为执着耕耘文化，让他拥有一份永远的天真，一份不经意的浪漫。

（原载 2019 年 10 月 29 日《海丝文评》）

| 观千剑而后识器

庚子春，疫情突袭，多地告急，不出门成了国人最好的防控手段。大年初一早晨，我放下准备去新疆赛里木湖旅行的行囊，静静坐在书桌前不停刷屏，疫情肆虐的消息一再叠加着心头的焦虑。第四天，我在手机上写下一首诗《没有一个冬天过后，不是春暖花开》，点赞白衣战士与志愿者，试着投稿给市广播电视台。主播阅后告知台里没设朗诵节目，并主动联系了七八位都在宅家的同事，通过微信传阅方式，每人选取朗诵段落，各自用手机录了像，再传给一位编辑汇总组合，配上背景音乐、说明文字，很快完成了视频制作过程。一群人彼此足不出户，作品却能在国内多家微信公众号上发布或转发，这是非常时期集体智慧探索出的新传播形式。读了《夜半无人诗语时》，我才知道，那个时候，远在香港的两位同样闭门不出的泉州籍文化名人，也正采用微信对谈的方式纵论精妙的中国古代书法。陈文岩，医学博士，曾任香港大学教授、亚洲器官移植学会秘书长，英国皇家医学院荣誉院士，香港肾科学会前主席，香港诗词学会名誉会长，贵为业界权威。秦岭雪，原名李大洲，毕业于暨南大学，经商四十余载，成色十足的儒商，系中国作家协会会员、中国书法家协会会员和中国书法家协会香港分会副主席、香港福建书画研究会常务副会长。疫情期间，尽管没了周末喝喝早茶、空闲

秦岭雪

陈文岩　供图 / 秦岭雪

时间切磋书艺的可能，毕竟才渊学博、志趣相投，两位年已古稀的好友，又是玩微信的能手，赋闲在家也不闲着，聚焦书坛，一往一来，亦品亦咏，上自王羲之、李白、颜真卿，下至弘一法师、林散之、启功，短短两个月，对谈 42 篇，纵贯千余年，涉及皆名家。难怪著名学者刘登翰教授赞叹：“串连读来，仿如一部由历代书法缀连而成的中国书法史剪影。这是一部非专业书家所做的十分专业的精彩书论。”与秦岭雪有师友之谊的泉州市书法家协会原主席陈怀晔著文评论：“二先生赏鉴既富，持论亦精，无趋同于前人，亦无求异，本乎自得，新意迭出，臧否审慎，不偏不倚……”

读完此书，第一感受是短小精悍，文采飞扬。当今文坛，发表园地众多，出版物汗牛充栋，然泥沙俱下，文字垃圾为数不少。一些貌似高大上的论文论著，或拾人牙慧，或充水堆土，或故弄玄虚，不但学术价值不高，引发阅读兴趣也有限，大部头真的成了大砖头。我们生活在一个信息爆炸的社会，资讯的“多”与“优”是不同的概念，时间无涯，生命有限，三言两语，抓住精要，窥斑见豹，立意高显。随着生活节奏的加快和网络技术的突飞猛进，移动办公日益普遍化，以至于有人感叹人类已经被手机绑架了，而这正是今日的你必须面对的现实语境。文化的发展有别于科技的阶梯式进步，宇航员漫步太空的时代，有些人的文化思维模式可能还停留在老旧的社会阶段。改革开放 40 年，文化国力得到空前的提高，而对一个事件、一条新闻的评论，网络中仍然会出现一些陈腐的论调，甚至鸡同鸭讲，让人有如隔空之感。笔墨当随时代，无视当代人的时代精神与审美情趣，无法引发读者的心理共鸣与价值认同，一定不是好的笔墨。陈文岩、秦岭雪所咏的 42 位人物均是古今书坛巨星名家，历代评论者如过江之鲫，其中不乏穷尽毕生精力埋头古籍旧书的学者专家，假若两人功力欠缺，一不小心，可能吃力不讨好，备受读者诟病。因为微信体的形式限制，既要精准概括出书家的人生亮点、作品特色，又要有所分析、独到判断，实属不易。如《咏孙过庭》，文岩诗："千年墨迹喜存真，使转运锋如有神，用笔为人垂典范，论者不过蔡邕伸！"最后一句认为孙过庭的《书谱》虽洋洋洒洒，不过是蔡邕论书的延伸。秦岭雪则进一步阐述：书法与书论都成经典的，唐以后只有孙过庭一家。卫夫人、王羲之的书论靠不住，而苏轼、黄庭坚的缺乏系统性，包世臣、康有为这两位艺术方舟的操控者，个人的书法水平又难臻上乘。说《书谱》是一篇大论，似乎又言之未尽，《书谱》中段以后尤称精妙，"灵动而不飞扬，美姿容而不摆弄"，他认为，只有"领悟了晦、藏、迟、涩，学《书谱》方称有得"。说是短评，用词精妙，阅读至此，如何看待孙过庭书法，相信你多少理清眉目了。

其次是文体创新，别具一格。凶猛的疫情也为人类留下前行的文字印记，哥伦比亚作家加西亚·马尔克斯写过闻名全球的长篇小说《霍乱时期的爱情》，被疫情催生的还有《十日谈》和加缪的《鼠疫》等名著。面对危难，不安与困惑是人的正常反应，而我更欣赏两位先生“我自岿然不动”的心态。同城不相见，夜半无人时，他们以手机为工具进行无声交流，创造了言简意赅、以书自疗的新模式。“咏”的由头由文岩先生的七绝领起，秦岭雪先生短评跟进，书中同时配以所咏名家代表作品图片。简短篇幅，内容丰富，形式多样，像一堂现场教学，却比课堂来得生动，绝不拖泥带水，又像专题沙龙活动，却比座谈来得安静，阅读者有种独享的快感。举《咏文徵明》为例。文岩先生诗中后两句为：“笑他大字师山谷，终究性情学不来。”他直言，以四句概论一人，极难！文氏书画皆精，难以尽述，故特挑其稍弱处着笔，更能突出其性情。秦岭雪先生则把文徵明比喻为书史上继赵孟頫以后的一位十项全能，“若论单项冠军，则书不如祝枝山，画不如唐伯虎”。观其文氏晚年创作的《杂花诗赋卷》，感到笔致萧疏已去二王遒丽甚远。两人一前一后的文字，完全不是简单的附和，而是各表一枝。读者可以从这种开放、随性的对谈中，对照图片与诗文，比起长篇大论更易理解论者笔下之灵光意趣。

再者是开启思维，拓宽视野。书法在古代是一种文字书写的方式，充其量是一种用于职业谋生与日常交流的实用工具。今天广为传播、作品当作教材的古代书法名家，多数都有过从政、参政的经历，有一定的社会知名度，专职的书法家几无一人。如王羲之任过江州刺史、会稽太守，颜真卿官至吏部尚书、封鲁郡公，蔡襄先后知泉州、福州、开封府事，陆游曾担任转运副使、尚书右丞，黄道周殉难前当过兵部尚书、武英殿大学士。即使是远离政治舞台的朱耷，削发为僧前也是高干子弟、朱氏王朝的嫡系子孙。他们的书法风格，融入了性格、经历、学养、际遇等因素影响，因为功底厚实、个性张扬、公众认可，其书风得以传承，日渐成为民族文化遗产。四十二名家中，人生景况迥异，有的颠沛流离，有的荣华富贵，有的征战沙场，有的离群索居，书画诗文更多的功能是他们的旅途侣伴与精神寄托，与今天书坛某种求名求价心切的状态不可同日而语。我无意去评论当下有些书家作品的价位高低是否合理，但一个不可忽视的事实是，谈论写字者的名气和价钱的多了，探讨书法背后的文化底蕴、书家本身的综合修养以及作品产生的社会意义的少了。文化人尤其是书法家，埋入古书不能自拔者会偏于保守，过分强调创新者又易流于浮躁，如何在传统范式中安身立命？陈文岩、秦岭雪早已把看书、读帖、写字当作日常生活方式，融入生命主体，绝不是只知其书不知其意的临摹者、写字匠。面对历史与古人，他们佩戴的是鉴赏家的眼镜，与收藏市场中故弄玄虚的文化枪手不可同日而语。薄薄一本书，点评了中国书法史最精华的篇章，驰骋古今，视野开阔，笔走龙蛇，用词精当，即使是面对心仪的大家，也不一意奉承。如《咏林散之》，文岩先生说到这位当代草圣的不足时并不客气："林书拖笔太多太长，写长篇不见好处。"秦岭雪在肯定其"信笔挥洒，皆成妙谛""以画作书，首重追求线条的质感，笔画所传达的各种能量"的同时，也提及林氏在通篇章法上不是很刻意经营，收笔不留，终嫌习气。他曾请南京友人影印了一套林散之诗集《江上诗存》，阅后感到林诗不如书法精彩。

简洁是微信体交流的最大特点，如果要说读了《夜半无人诗语时》还有点不满足的话，那就是“点到为止”，多少令被勾起胃口的读者觉得不是很过瘾。不知是无意还是有心，《夜半无人诗语时》牵出了姊妹篇《严雪诗话》。这一次，是秦岭雪先生提议，由书论转移到诗论，专论古典诗词名家。我以为，对这两位业余书法家、诗人而言，诗词评论更是他们的强项。3 个月间，文岩先生创作了 42 首七绝，加上秦岭雪先生的评论文章，计七万言，再度付梓，同样获得读者好评。

若论此书与《夜半无人诗语时》比较有何不同？一是所配图片皆为陈文岩先生的草书作品，行云流水，笔力酣畅，书写的内容即是他创作的诗词。二是秦岭雪先生的评论篇幅均突破了千字文，比起微信体有所展开，评诗论人更加从容丰赡。文岩先生一再强调，诗话纯属他俩兴之所至，“只是爱诗的人闲聊而已”。文学艺术的美妙之处在于性情陶冶与精神享受，是安顿身心的场所。文学之井只有干涸与丰沛之分，没有年龄长幼之别，探寻艺术奥秘的动力来自内心热爱，文字的鲜活新颖则来自厚积薄发。秦岭雪先生早年在羊城求学期间就有校园才子之名，26 岁以一首长调《蓓蕾引》惊动文坛。他一路不急不躁，与横溢的才智相比，出书时已嫌迟，数量也不算多，但路子越走越宽阔，几乎每一本都获得美誉。比如诗集《明月无声》《情纵红尘》，书法集《乱花渐欲迷人眼》《秦岭雪行草司空图廿四诗品》，评论集《石桥品汇》。香港是个高度发达的商业世界，一个人的社会地位多由资本说话，秦岭雪最不在乎的恰恰是“企业家”的帽子，也许他是这一神奇的地方最不像商人的商人。我从来没有听他讲过经营之道。每次见面，他开口三句一定不离文学艺术话题，俨然把副业当主业看待了。据说他上午处理商务，下午伏案读写，雷打不动。他的文友中，既有香港的饶宗颐、施子清、古剑、孙立川、李远荣、林坚璋，也有泉州老家的周焜民、王仁杰、林剑仆、庄长江、王连茂、陈日升、王景贤、李德谦、朱祝、陈进发等，可谓往来皆鸿儒，加上遍读名帖、壮游山水，经年厚积，创作能量自然可观。另者，他没有评职称、进职级的凡俗烦恼，不在意行文符不符合论文标准格式、能不能通过学术刊物编辑法眼，“我手写我心”，文体上我行我素，寻找自身最有感觉的表达形式。某种程度上，他已经活成了无龄化的文坛老顽童。香港名医、泉州老乡陈文岩是秦岭雪广结文缘中的一颗“奇异果”。据艺术鉴赏家、西泠印社顾问胡西林先生介绍，在2017年于福州三坊七巷举办的陈文岩个人书展开幕式上，主办方拿出十余米长卷请文岩先生当场赋诗挥毫，因为宣纸太长无案铺陈，文岩先生遂悬空手书，边吟边写，长诗诵毕，书作同时完成，全场掌声四起，无不啧啧称奇。两位“文曲星”饱读诗书，神契心通，濡笔抒怀，注定要共同书写香江文坛的一段佳话。

《严雪诗话》中的诗为陈文岩绝句，文为秦岭雪随笔。文岩先生主张律严韵宽，去陈腔、僻典，不做无病之吟。说到诗人风格，刘勰的《文心雕龙》从才、气、学、习四方面论述了作家的创作个性，因内而符外，形成“典雅”“精约”“壮丽”“轻靡”等八体。标榜“浮世荣枯总不知，且忧花阵被风欺。侬家自有麒麟阁，第一功名只赏诗”的司空图，在《诗品》中则总结了“雄浑”“豪放”“高古”“纤秾”等24种诗歌风格。文岩先生与时俱进，另辟蹊径，受年度汉字评比启发，提炼出一个字精准点出所评诗人之特色，例如曹操的“沉”、陶渊明的“闲”、谢灵运的“秀”、孟浩然的“淡”、王维的“空”、李白的“畅”、李贺的“诡”、韩愈的“涩”、柳宗元的“洁”、范仲淹的“耿”、柳永的“缠”、苏轼的“豁”……既精当又形象，虽只一字，高明立见。《严雪诗话》从形式上看仍然是品茶悟道之作，不求慎严规范，却有独到见解频出，学术价值似胜于《夜半无人私语时》。举三两例子：王维被后人称为“诗佛”，文岩《咏王维》诗云：“境秀词清出自然，空山鸟语谷中泉。不依群丑歌凝碧，独抱佛心写辋川。”秦岭雪重点解读了王维的佛心禅意：一点青苔、一片月光、一只小鸟、一声人语，还有一点执着。水穷处有山石，鸟飞过有流云，“读王维的禅思是以他有限的执着让读者展现无限的想象，这种想象不是指向尘世的风华，而是指向人生与宇宙的本体——无穷的寻觅与永久的蒙昧”。于是读着读着，当你情与景会，有所感悟，欲说还休或者言难尽意时，也就有了禅。《咏陶渊明》：“五品读来似品茶，郈居淡适别无他。折腰抵得官场累，不若南山种菊花。”秦岭雪在赏析中感叹：陶渊明的“悠然见南山”比李白的“相看两不厌”更有满足感，山水成了人格化的自然，为陶公不随俗俯仰、不屈节事人的独立人格点赞。《咏苏东坡》：“千百年间不二才，未知入世为谁来，诗文书画学能得，难得心胸敞着开。”苏大才子直到今天还是网红人物，相关评论更是山呼海啸，秦岭雪不说众人皆说之言，他从朱彊村本《宋词三百首》没有收录《念奴娇·赤壁怀古》切入，推倒“千古风流人物只提周瑜”，以及韵律不整齐等所谓硬伤，指出苏东坡运用的是“典型化”笔法写人，至于倚音填词，破格是其有意为之，更重要的，他的诗词以诗言志，呈现的是他的人格。君不见即使是在被贬谪途中，他也一路吟咏不绝。秦岭雪此评，大致与王国维《人间词话》中“读东坡、稼轩词，须观之雅量高致”异曲同工。

“观千剑而后识器，操千曲而后晓声。”在这个纷繁复杂、瞬息万变的世界里，大浪淘沙，艺海拾贝，要成为文艺阅读的优秀引航员并不容易。如果能够通过真知灼见的分享，让人少走弯路，学会选择，获得启发，就是一种利他的功德，一种润物无声的文化公益。42首（篇）七绝与评论，用字精警，句式讲究，本身就是好诗美文。不人云亦云，亮自己观点，《严雪诗话》的文学价值更在于具有独家视角。而且，两人对谈符节相契，时有余响逸出，不是同腔出气、一味附和，而是对谈共剪，各自表述，随性而发，互为补充，别开生面，独树一帜。如果更留意点，你还可以读出两位作者不老的写作激情、执着的审美追求、丰厚的学养积累、存同求异的创新探索和独具慧眼的境界情致。也许，在不久的将来，我们还将读到陈文岩、秦岭雪先生更为精彩的文艺对谈录。

（原载2022年2月25日《海丝文评》）

只因梦里有家园

1978 年 2 月的一天，戴小华坐在吉隆坡的一家美容院里等待洗头时，随手拿起一本杂志翻阅，关于弟弟戴华光被捕及审判的报道跳入眼帘，那么刺目，她险些叫出声来，几乎不敢相信这一则新闻会是真的。自从远嫁马来西亚之后，台北家中的事情，她的母亲报喜不报忧也是可以理解的，然而这事情来得如此意外，无异于晴天霹雳。

戴华光是在戴小华的鼓励和资助之下赴美留学深造的。正是在美国，这个品学兼优的台湾青年接触了《红星照耀中国》《中国震动了世界》《毛泽东选集》《大众哲学》等书籍，思想上触动很大，毅然决定休学返回台湾。他联合赖明烈、刘国基等志同道合者，筹备成立人民解放阵线，以推动两岸和平统一。当时的美国虽然已经同台湾“断交”，但企图搞“两个中国”、从中渔翁得利的目的昭然若揭，而经过学生“保钓”集体游行的洗礼，台湾民众反帝的民族意识重新觉醒，当局的“恐共戒严”、肃清运动日益高压，也引发了知识界的强烈不满。“爱国在那个时代是个很痛苦的词，而大弟只是一个走在时代巨轮前的悲剧人物，在这个历史激流急转过程中，不幸扑倒的爱国青年中的一个。”戴小华在《忽如归》一书中写道。

戴小华给人的印象，是美女作家，是大家闺秀，是有钱阔太，

戴小华（左）与作者合影于香港　摄影／刘利祥

是社交名媛，是乐天达人。活跃在国际华人文化舞台上的她，长袖善舞，不管出现在什么场合，总是一道靓丽风景。她大学毕业后当了空姐，就是在飞机上，她的美貌与气质征服了一位祖籍泉州的马来西亚青年商人的心。我听她讲过这位崇尚“爱拼才会赢”的青年才俊百折不挠、“一意孤行”的求婚趣事，觉得命运似乎特别青睐于她，一路走来顺风顺水，忧愁悲伤好像与她一点都不沾边。

《忽如归》从一个侧面让我们认识了一个更加真实的戴小华，这本书的副题是《历史激流中的一个台湾家庭》。家庭是社会的细胞，一个民族的记忆，是由一个个家庭、家族的书写聚沙成塔的。戴小华讲述的是自己家庭的悲欢离合，读者看到的却是一个时代台湾社会的缩影。戴小华曾见证马来西亚的一处蝙蝠洞奇观，给她留下难以磨灭印象的是最先出洞的几只蝙蝠成了雄鹰的猎物。她把在风口浪尖激流勇进的戴华光比喻为最先冲出洞口的那只蝙蝠，甘于舍身喂鹰，“视死忽如归”，以生命的代价，掩护后来者安全飞行。戴华光入狱后被判无期，陈映真、王晓波等著名文化人组成“戴华光后援会”，呼吁当局立即释放政治犯。后来成了北京大学教授的陈鼓应，当时曾以化名在香港《星岛日报》发表文章，指出台湾当局把戴夸大为“共谍”，目的是要禁锢民族主义意识。后来的事实也证明，这是一起典型的政治冤案，起诉书完全是添油加醋编造诬陷的范本。

《忽如归》揭示了在政治险恶的语境里，个人无法掌控自己命运的无力感。在长达38年的“戒严”期间，台湾有14万人死于“白色恐怖”之中。不满现实的“愤青”，满腔热血，针砭时弊，一心想着报效国家，终归也是徒劳，有的人因此流离失所，家破人亡。戴华光被关押到绿岛之后，他的大姐夫担心受到连累，导致与华光大姐的婚姻破裂，他的小弟退伍就业屡因“政审”碰壁，自己的女友最终也离他而去。戴小华的父亲戴克英的兄弟中就有三人在抗日战争中为国捐躯，但在儿子蒙冤时还是悲愤交加而无能为力。

1988年4月，在台湾各界共同努力下，获得减刑释放的戴华光出狱，先前英气逼人的他一脸沧桑、目光无神，面对蜂拥而来的记者表现得异常冷漠、无动于衷。对于新生活的起点，拒领所谓赔偿款的戴华光选择了沧州老家，那是父母生活过的地方，那里自古多慷慨悲歌之士，那只铸造于公元952年的铁狮子，成为沧州精神的标志历经风霜、挺立至今。从志存高远的留学生到写绝食血书的政治犯，再到沧州街头一家蛋糕店的小老板，一切归零，从头再来，这巨大的人生跨度，戴华光坦然接受。回归平静，落叶归根，成家，立业，在父母走后为他们守陵，尽一份做儿子的孝心，他享受着家庭亲情的温暖，享受着平平淡淡的真。

与其说《忽如归》是一个家庭的悲痛经历，不如说是一个时代民族的痛史。在时代大潮面前，有几人能够静观风云、岿然不动？1949 年，戴氏一家随国民党军队从上海登上开往台湾的最后一班航船，初来乍到，人地生疏，也听不懂当地流行的闽南话，一下子变成了被当地人另眼看待的“外省人”。海峡两岸长期对峙，因怕连累到河北老家的亲人，戴小华父亲戴克英甚至把户口本上家人的籍贯、名字、年龄都做了改动。最难以适应环境的是戴小华不识字的母亲回真秀，随着年龄的增大，老人对故乡的思念与日俱增，华光被捕、家庭变故尤其煎熬着她的身心。

戴小华看在眼里，急在心上。1990 年 4 月，她成为马来西亚解除与中国民间自由往来前获官方批准的第一位公开正式访问中国的文化使者。就在这一趟破冰之旅中，她在北京见到了专程从河北老家赶来相认的亲戚，两年后，终于能够陪同母亲踏上返乡的旅途。她永远记得母亲扑倒在先辈墓前的第一句话：“孩子不孝，没尽责任。”戴小华出生于台湾、生活于马来西亚，本来对沧州只有一个父母故乡的平面概念，踏上老家的土地，车过处，第一次看到巨大的铁狮子出现在一片绿浪中，“刹那，竟被震撼得连心都噤住了！”小华曾给我展示收藏于手机中的老照片，几乎每次回到沧州，她都会给铁狮子留影存念，可见故乡在她心中的分量已经重如铁狮子了。先后担任马来西亚华文作家协会主席和马来西亚华人文化协会总负责人的戴小华，这些年来做了大量的推动中马文化交流和服务沧州的善事，为改变家乡的落后面貌尽心尽力，也许，母亲的为人处世、忠孝传家便是她的道德榜样。同是沧州老乡的著名作家王蒙称赞戴小华是一个“非常重乡情的人”，所以她在母亲遗体从台湾运回故乡安葬过程中遇到种种困难时，才会一路得到各界人士的鼎力相助，“简直可以说创造了闻所未闻的奇迹”。

戴小华著述颇丰，相信《忽如归》是她构思最久、下笔最难的一本书。因为涉及历史事件与司法案件，言必有据，而时过境迁，光阴早已洗去血痕，寻找资料的难度可想而知。从《忽如归》中，可以看出她在查阅报刊、搜集档案、梳理史实和走访当事人、知情者等方面做了大量的写作准备。我想这本书的意义不在于倾诉一个家庭曾经的苦难，控诉一段过去的不白之冤，最打动读者的还是时代洪流中小人物的坚持与不屈、关爱与守望。回秀真每次在探访日辗转去绿岛监牢的千辛万苦，戴华光入狱后和家人每周通信中的求知欲望，戴克英逝世前嘱托把存款捐给戴庄子小学的朴实之举，戴小华想方设法让母亲魂归故里的艰难努力，一个个鲜明的人物性格，胜过文学概念上的艺术塑造，处处闪耀着人性的光辉。

家国情怀，梦里家园。一道浅浅的台湾海峡，曾经让两岸同胞分隔了数十年，让回家梦这一心灵的归宿，成为泉州籍台湾作家余光中笔下永恒的乡愁。这是一本让人读罢心情久久难以平静的书，它纪实，却起伏跌宕；它不是小说，却比小说感人。复旦大学教授陈思和这样点评：《忽如归》的意义，不仅仅是戴小华的家族记忆，而是这个家庭成员的各种命运，连接着两岸半个多世纪的复杂关系，展示了不为人知的血泪故事，令人读之心酸。这是继聂华苓《三生三世》、齐邦媛《巨流河》之后又一部现代民族痛史。抚摸疤痕，是为了弥平创伤；不忘初心，是为了憧憬未来。《忽如归》一上市，即名列百道网、《作家文摘》等多家媒体的好书榜，也从另一个侧面，看出戴小华这部心血之作的艺术感染力。

（原载 2017 年 5 月 9 日《泉州晚报》）

我从不打无准备之战

一天时间，跨越厦门、漳州、泉州三个城市。每到一地，签名售书、与读者座谈、接受记者采访，忙得不亦乐乎，白岩松一下子完成了采访者到被采访者的角色转换。经常采访名人的他此时就是名人，其受欢迎的程度，从场面而言，一点也不亚于两年前赵忠祥、倪萍到闽南签名售书的盛况。2000 年 5 月 6 日下午 5 时到 6 时，白岩松在泉州成龙书城为数百名热心读者签名后，抹一抹额头上的汗珠，换了个座位，又陷入记者们的包围圈中。

据随行的华艺出版社发行部主任黎波介绍，白岩松的《痛并快乐着》一书具有故事性、纪实性和文学性之特点，对青年读者颇多启迪，开印几个月来，多次再版，销售总数已超过 30 万册。这在名人出书步入低潮的这个时候，是相当可观的一个数据。白岩松的心里，此刻更多的应是快乐吧。

以下是笔者的部分采访实录——

郭培明：您当过《中国广播电视报》的编辑。在书中，您有这样一句话：对新闻人来说，编辑位置是最重要也是必须经过的。四年编辑生涯对您后来从事电视采编及节目主持有何影响？

白岩松：太有影响了。一个主持人的训练不单是口才的训练，口才的训练不单是对舌头和牙齿的训练，而是对脑子的训练。中国

白岩松（左）在泉州（2000 年 5 月）　供图 / 傅文忠

有句老话叫“出口成章”，“章”偏偏是文章的“章”。这其中大家可以感悟出许多东西。做编辑对我来说只是过去的 4 年，我想以后年龄更大的时候还能做更好的编辑。因为我觉得在新闻的所有行当里，最重要的一环是编辑而不是记者。

郭培明：您说走上电视是“无心”的。因为“无心”，抱的希望不大，失望也就不大，多了自然，少了表演，多了本色，多了模仿。您又说，愿每个人都能出色些，好为自己的青春停留过的地方增光添彩。这又说明您想做好新闻，想做得出色，却是一种“有心”的追求。

白岩松：这是两个不同的概念。我说的是进这个房间的门是无心的，但进这个门后所做的事情都是有心的。有很多的门，比如我进电视的门，也有可能进报纸的门，无论做电视或做报纸，我都会把眼前的工作做好。

郭培明：《焦点访谈》的重要特点之一是使用了“记者主持人”的概念，比如您，就参与所主持节目的制作全过程，包括从策划、采访、编辑、上镜。这样大大拉近了新闻报道与观众的心理距离，增加了新闻的真实性和权威性。但这对节目主持人而言压力也很大。一位省级电台的主持人就对我说过，主持直播一段时间后，会出现空虚感，有需要“充电”的感觉，您有这样的时候吗？

白岩松：我从来不会感觉到这一点。只有不可再生的矿才可能被开采完毕，如果是再生的矿，怎能会被开采完毕？做新闻的人，像一块干燥的海绵，需要充水。补充养分，那有两种可能，一种是被动充水，一种是主动充水。主动充水就是我有更多的时间，让我看更多的相应书籍与资料；被动充水，如果你是特别敬业的记者，能认真对待自己采访的课题，进行大量的准备，越忙，被动吸水的可能性就越大。我做了 7 年《东方时空》的体会是：我得到的大量知识和新的想法，都是在工作中被动吸收进来的。

郭培明：您采访过许多名人，特别是文化界名流，如您所言，每一次采访都是一堂免费的课。除了知识的获得外，您还从中得到什么？比如对您的世界观、学习态度、为人处世是不是有所启发？

白岩松：我觉得，人一辈子的世界观，为人处世的种种想法都会在不断地更迭，30 岁时和 40 岁时的想法肯定不一样。我接触了许多德高望重者，通过对他们的采访，能更多地聆听到他们对人生的一种感悟，浓缩的感悟，所以我现在更多地以人的角度去看待世界。我不认为存在孤独的新闻事件，更多地关注事件中与人有关系的东西，这就是这类采访对我的影响。

郭培明：您的采访自然、稳健，比如对金庸的采访，您先不谈其武侠小说，而从他刚在杭州西子湖畔建造的一幢别墅引出话题，这样双方间就更容易产生一种亲近感。再如在采访柏杨的最后部分，您谈到他每次来大陆都要回老家去看看，年已 80 的柏杨感慨地接着说，再过 10 年，他就不可能来了，而且他死后，也会葬在台湾。这样的结尾处理与一般人意料的"落叶归根"显然是个意外，但却给人留下思考的余地。看来，您非常注意采访的角度选择。

白岩松：我从来不会打无准备之战，采访任何人都要经过大量的准备，我刚才所说的被动吸水恰恰是在大量准备中知道很多。你采访柏杨，你就要在他的作品中流连一番，你知道他的所思所想，你知道他的不鸣处，他的悲伤处，因为只有这样，才能使采访更接近真实，接近深刻。如果打无准备之战，对记者或主持人这行当来说都是很大的损伤。

郭培明：除了人物专访外，您的《淮河水、淮河水》《公共交通能否优先》和《买房：追问一个梦想》等新闻调查专题节目，给我留下很深印象。您把这些不算新闻事件的社会问题做得很可读而且很有深度，能谈一下您挖掘、处理这类题材的经验吗？

白岩松：我觉得重要的就是介入，比如做《公共交通能否优先》专题，开拍之前我的采访策划提纲就写了 6000 多字，以了解其中的方方面面。做关于改革开放 20 年的《流金岁月》，从策划到撰稿都是由我做的，持续时间长达半年。你投入进去，你不一定是专家，但作为一个主持人，就需要借助外脑，你要去大量接触与话题以及与选题有关的人，那慢慢地你头脑中的许多想法就丰富起来了。空对空由几个记者坐在屋内来讨论得不出一个丰满节目的框架，你如果跟主题中相关的人物坐在一起，那么节目一定丰满，他们会提供给你许多的细节、想法等等，一切在于精心的准备。

郭培明：您主持了不少现场直播活动，如香港回归、澳门回归、大江截流、中国复关谈判、国庆50周年庆典、重庆綦江虹桥倒塌案庭审过程等。现场直播报道要求很高，它要求主持人具有良好的现场观察、判断、叙述、提问和应急能力，您显示了这方面的出众能力，这主要得益于基础实，还是悟性高？

白岩松：我首先感谢中央电视台给我的机会，从香港回归到现在，几乎台里所有大型直播都是我参与做的，盛世加上机会，又赶上千年交替，这是一种幸运。我认为做直播从来不是做技术——采访技术或主持技术，而是考验心理，心理过关了直播定能做好。我可能拥有机会比较多，时间长了，心长了茧子，心理状态就比较好。

郭培明：你在主持中时有惊人妙语。比如香港回归那天，正逢大雨阵发，台湾的广播说天气象征了港人喜忧交加的矛盾心情，英国的媒体则说是上苍的一种伤感（大意），而你针锋相对，在直播开场白中这样说：“一场大雨洗刷的是中国百年的屈辱，而风雨过后，是中国晴朗的天空。”在另一场直播结束时则说：“驻港部队的一小步（指跨越管理线）是中华民族的一大步。”再如，在克林顿总统访华记者招待会直播的结语：“面对面总比背对背要好。”克林顿在北大演讲过程中，美方中文翻译结结巴巴造成听众困惑，你点评道：“看来，美国还需要更多了解中国，有时，需要从语言开始。”可以说，您的主持是高水平的。但在春节联欢晚会上，您的表现并不理想，这怎么理解？

白岩松：参与主持春节联欢晚会是我去完成台里安排的任务，所以当我听到对我的批评声的时候，我不认为是件坏事，因为它可能使领导以后不会再让我这样做了。

郭培明：您说过的一句话几乎成了名言："渴望年老。"我想这绝对不是一个单纯的年龄概念，这是否指丰满的人生阅历，广博的知识，厚实的人生底蕴呢？

白岩松：当然不是去改身份证，我指的是一种平和、客观、冷静的心态。

郭培明：顺便问一问，您现在还有想开一个书店或音乐酒吧的念头吗？

白岩松（笑）：慢慢再说吧。

黎波对笔者说，表面上看起来很严肃的白岩松其实很随和，有时还相当幽默。白岩松自己则说，不能让生活、工作两个开关同时处于一种状态。他在工作时，必关好生活的开关，反之亦然。这次偕妻儿来闽签名售书，实际上是利用休假机会出来放松放松。

不知是否与名人出书热受到一些舆论的非议有关，白岩松不认为他写作《痛并快乐着》是名人出书。但他同时又辩护说，去年全国的图书出版达 10 万种，名人出书只占微乎其微的一小部分，既然说名人出的书不怎么样，难道其他图书都是精品吗？记者提到一些对《痛并快乐着》持批评态度的文章，如《中国图书商报・书评周刊》署名阳光的文章中所说的"内幕性东西不多，大段大段的议论似曾相识，故作幽默却不自然"，以及王朔在《痛、病——快乐着》一文中的指摘，白岩松显得并不怎样在意：“我可以不同意人家的观点，但我也要维护人家发表看法的权利。”

《焦点访谈》是让白岩松的名字家喻户晓的一个栏目，也是中央台收视率最高的栏目之一。《焦点访谈》的红火在于1993年以后，栏目中大量的舆论监督报道引起的反响，而在此之前，这种报道是多少新闻人想做而不敢去做的事情。和《焦点访谈》同呼吸共命运的白岩松，其笔下的《关于舆论监督的自问自答》是全书中最精彩的部分。他以风趣轻松的笔触，回答了诸如“黑暗面看得多了是不是会使老百姓对社会丧失信心”“舆论监督力量的增强是不是说明记者是无冕之王”等严肃的问题。他写道：“在中国认为记者是无冕之王的说法和认为顾客是上帝的说法一样可笑……记者应该是社会这艘大船上的领航员，他把航线上的蛛丝马迹及时地通知船长和乘客，以帮助大船行驶在正确的航向上。”“中国的改革有多难，舆论监督之路就有多少坎坷需要征服。”在访谈中，白岩松特别说明，未来《焦点访谈》的影响效力减少是可能的，这或许是一种进步，它将意味着中国司法的进一步公正与制度的逐步完善。

（原载于2000年5月8日《泉州晚报》）

| 于情趣中现灵光

许谋清的文章好读，小说不用说，读他的散文，一直觉得是在现场听他的演说或者与他聊天，一个字：爽。因为新体验小说的名气大，许谋清散文被人忽视了。其实，沉浸在许谋清散文文字营造的氛围中，也是一种精神的享受。

《无缘之缘，不凡之凡》也许是许谋清最新的散文作品。依旧写人，写的却不是一般人，有的如雷贯耳，如冰心、艾青、汪曾祺、沈鹏、洪世清，即使年轻一点点的，如舒婷、刘震云、刘恒，也都是敲山可以震虎的名字。这组文字篇幅短小，几乎都是千字文，在信息过剩的手机阅读时代，很适合闲读，而且，读起来便放不下，每一篇如同电影的精彩片段，镜头感极强。行文还是许氏表达式，但与前期的散文比较，因为短，一气呵成，更加痛快淋漓。

许谋清爱笑、爱讲话。有他在的场合，气氛一定不会沉闷。这组短文，比他平时的话来得精炼简洁，有种被压缩的弹性与力度，寥寥数笔，绘声绘色，墨汁饱满，人物个性特征跃然纸上。更难得的是，不经意间弹出一二金句，呼应细节描述，形成篇章的诗眼，虽然惜墨如金，却是不可或缺的亮点。“一个动作，一句话，却终生难忘，记忆不是完全个人化的，有时是对方用一种特殊的方式立刻呈现在你的脑海中。平凡的极致是不凡，不凡的极致反过来还是平凡。”“人的一生要遇到一位能说心里话的人不容易，诗人，还

许谋清与中国工艺美术大师卢思立（左）　摄影 / 郭培明

是大诗人，更不容易。人生旅程，是什么叫我们一次次地回望？我们不断捡回那些不经意丢失的宝贵的东西。”“林徽因说过，你们现在拆掉的是真文物，再恢复那只是假文物了。我觉得能恢复也好，脚下的土地是真的。”平实的语句，情感与识见贯穿，体现出作家睿智与思想的力度。

因为供职于《中国作家》，许谋清拥有许多人羡慕的职业便利，别人一生难得一见的文坛大咖，于他，不但有书信、电话来往，而且随时可以登门拜访，甚至可能成为日常中的好朋友。一个人的成长，除了书本，影响最大的便是环境，环境中最大的要素是人。近朱者赤，近墨者黑，说的是因接触而受到的影响。现代人的交往中，越来越有股功利的味道弥漫着，曲意迎奉，溜须拍马，因“有用”而想方设法接近，一旦“无用”就人走茶凉，已是生活的常态。不说级别分明的官场、以财富分轻重的商界，即使外人看起来没什么油水可捞的编辑岗位，起码也要赚得“你的稿可是我编发的”之类的人情账，心里才会平衡。偏偏许谋清是个例外。作家刘庆邦有次去刘恒家串门，见刘恒正与一个矮个子吃喝畅谈。那人先撤，临走时提醒刘恒：“我送给你一个老婆，你给我一个中篇还不行。”“那人”正是许谋清。刘庆邦在一边听到，觉得这编辑有意思，从此对当过媒人又能写小说的许谋清印象深刻。后来刘庆邦也成了许谋清的哥们儿，他评价许“为人和善、自然随意”。这种最“平价”的肯定，恰恰是对一个人最真实的认可。

20 世纪 90 年代中期，有一次朋友们结伴去许家喝酒，许谋清在单位住的是筒子楼，分到的房间不连着，喊一声“老许”，谋清夫妇和一对双胞胎儿子许浒、许言分别从不同的房门同时探出头来，场面喜剧感十足。几杯下肚，许谋清居然教育这帮小兄弟要如何待人接物、如何与领导打交道，他讲得一本正经口沫飞溅，几个听众心里暗自发笑，觉得他说的那些内容很幼稚，但又不忍心打断他，因为感受到他对朋友发自内心的真诚。

写活一个人不容易，每一个心灵都是一个宇宙。一般人写与名人交往，往往采用仰视角度，聆听教诲，点滴铭记，行文常偏于严肃，阅之虽有得益却少了几分情趣。许谋清写文坛人物，包括他钦佩的前辈，全是平视的写法，体现在文字中，也全是真情实感。改革开放之初，诗歌特别吃香，写过名诗《大堰河——我的保姆》的艾青、《诗刊》主编张志民、晋江老乡蔡其矫，三位名气如雷贯耳、倍受尊敬的大诗人，在文学青年心中无疑是三座名山，许谋清有过接触他们的良机，但他并没有刻意去套近乎。擦肩而过，是一种遗憾，相信每一次相遇都是人生有意义的安排，至诚至善至真的一两句话，累积下来，潜移默化，沉淀为推动生活感悟和文学创作的正能量，无缘之缘也是“得”。

他与蔡其矫同是晋江人、同居京城，同“混”在文化圈，换成其他人，找人牵线都来不及。许谋清不写诗，更主要的是没有功利方面的考虑，所以来往不多，尽管他在晋江的多个场合都呼吁要重视蔡其矫研究。另一个泰斗级的人物是福建籍的冰心老人，曾经错失几次拜访的机会，但他不遗憾：“我总觉得她离我们很近，离我们很近的是她的作品”。是的，作家要以作品说话。有一天，许谋清突然想读冰心的《说几句爱海的孩气话》，自己的家里找不着，特地去朋友的书柜上翻，总算翻出来了，回到家，一句一句地大声朗读，用心去感受冰心的作品，绝不是用虚荣心。

遗憾当然也是有的，而且还是悔之莫及，例子在《和上帝合作》一文中。洪世清也是安海人，生前为浙江美院（今中国美院）名教授。洪世清是潘天寿高徒，指画熊猫功夫了得，更以大地岩雕闻名中外。浙江大鹿岛、洞头群岛和惠安崇武海滩，都留下他和大自然合作的永恒杰作。在崇武“鱼龙窟”，洪世清不但把刘海粟、钱君匋、朱屺瞻、邓白等艺术大师应邀题写的书法勒石成景，而且还根据海岸岩石的形态，顺其天趣，稍做艺术加工，似是而非，形成形态各异、憨态可掬的乌龟、鱼类，三分之一为自然原貌，三分之一为他的创作，再留下三分之一由时间雕琢。许谋清称这是洪大师与上帝的友好合作，大自然画龙、艺术家点睛。但是没能与洪世清深度接触，让许谋清追悔莫及。表面上观察，是许谋清想要写一篇《与上帝合作》，实际上源于对洪世清艺术观念的高度认同，所谓知音，注重的是心灵的相通共识。想必无论是洪世清还是许谋清，小时候的“天风海涛”并没有因岁月的打磨、世故的变迁而在脑海中消失。

许谋清人物散文的一大特点是不加雕饰，天然成趣。《无缘之缘，不凡之凡》写人，没有一篇是完整描述的，有时甚至只有一小段、几句话，像是人物速写或者简笔画，选择一个生活片段、日常图景，几乎是信手拈来，如同泡茶聊聊天般随性。对比一些满纸锦绣、浮光掠影的散文，许谋清收放自如，因人写意。作家的智慧，来自眼色与判断。许谋清写《富起来需要多少时间》，写《他们在追寻什么》，写柯子江、林土秋、王子标、刘振兴们，都不是全景式的，包括与洪辉煌先生对话，洪辉煌多讲自己的经历与心得，他则多讲别人的故事，草根英雄的故事。一次交谈、几个细节，人物形象立显，许谋清总是有这样的点睛之笔。洪辉煌在《对一段评论的注释》一文中点评：“许谋清写人采用的是碎片化写作，东扯西扯，但他有这本事，组合起来就还原其生存状态、心理状态，突显其个性特征，真实可感，呼之欲出。”许谋清洞察世相，对《无缘之缘，不凡之凡》中的名流，他借速写之功，极简几笔，不用着色，精细加工，吉光片羽，栩栩如生，大人物日常中平凡的另一面，情趣盎然，见人见物又见生活，让我们看到文坛的另一道风景。

今天的小说创作，只靠编造一个好看的故事，已经无法满足受众对叙事艺术的要求了。相比于小说，散文没有情节安排上的起伏悬念，虽然有真情实感，可能自己感动得要死，别人无动于衷。有的散文天马行空，漫无边际；有的散文自言自语，过于琐碎；有的散文居高临下，内容空洞。许谋清说：“散文怕死，硬硬的一块，有什么看头。”据说，《中外散文选萃》把他的一篇小说当作散文编发了，许谋清才发觉“自己居然会写散文，而且一发而不可收”。把散文写得像小说一样吸引人，他保持着对散文“无趣”的警惕。他久居京城，见多识广，具备的大视野让许多写作人望尘莫及。他有书画爱好，来《五店市听墙》，登《紫帽山看雷》，融入通感，富有质感，个性立显。北大历史系的系统训练，让许谋清的社会思考有了常人难以企及的深度。他写安海港的记忆，也多从具体的人物下手，郑芝龙、郑成功、施琅、伍秉鉴，纵横捭阖，全球视角，史料运用，左右逢源。

《无缘之缘，不凡之凡》中有一篇《同刘恒走山，陪舒婷看海》。许谋清有次与刘恒参加在潭柘寺召开的一个笔会，晚饭后散步，围绕小山谷走一圈，没想到越走越暗，伸手不见五指，毕竟有个伴，斗胆往前走，摸了一个多小时才转到原点。读者读到这里不免一笑，怕黑、胆小，两位大作家与常人无异也。在潭柘寺，写了什么稿子，与哪位大咖有了交流，统统不说，只说记住一种叶子与众不同的树，夸它“独特伟岸高贵”，潜意识中，当时的许谋清是不是也想长成文坛一棵与众不同的树？尽管今天的许谋清早已是文苑一棵大树，我还是相信舒婷的判断：“你们别教许谋清赚钱了，教是教不会的。”都说晋江人的身上流淌着追逐财富的血液，都有一个发财的梦想。在北大上学 5 年，外加两年到农村劳动，整整 7 年没回老家，学校给一个家补贴 18 元助学金，没有路费不敢回家探亲。有时家里寄钱来，3 元或者 5 元，领取时邮局营业员脸色都不好看。切身之痛，但他还是没有萌生挣钱的愿望。晋江人吃苦耐劳、敢于拼搏，既有江湖义气，又能精打细算，在海内外成就了一批批大商巨贾，许谋清的身上流淌着晋江人的热血，与商人的不同，当地朋友评价："坦诚与狡黠兼有，聪慧与迂腐皆具"（陈多多《也凭感受生活》），应当是精准的。许谋清回到晋江挂职市长助理，天天听到、看见的全是创富传奇，帮人家算富起来需要多少时间，却始终未能华丽转身。老家可募村洗脚上岸的农民兄弟纷纷变"大猴"了，他乐观其变，一点也不嫉妒，只是忧心忡忡，言别人不敢言，道别人不敢道：皮革业带来的污染必须治理。以他的功力与人脉，帮助晋江企业家立传扬名，一年写一本，足以赚个钵满盆满，过个财富自由的悠游日子，可是除了写热心家乡教育的老华侨郭文梯传记，其他的至今我们一本也没有读到。也许，在老许的心目中，心性自由比财富自由更有价值，更值得拥有。如果老许去做生意，以他拉个广告都会脸红的性格，顶多是个想象狂人、行动矮子。

许谋清以小说"起家"，近年写得最多的却是散文。他的历史文化散文是新体验小说之外许氏创作的另一标签，在叙事模式、言语体系中，努力寻找一种新的表达维度，企图融文学想象、哲人之思、史学本色于一体。泉州是古代中国海上丝绸之路的重要起点，宋元时期曾为东方第一大港，街头南腔北调，市井十洲人，进出口货物堆积如山。历史上的安海，正是泉州对外贸易的重要出海口。一提安海，必说是历史文化名镇，许谋清却不以为然，甚至揭起老底，说朱松在安海不外当了一年"镇监"，朱熹不外路过几次，石井书院是后来才建的，"二朱过化"找不到具体的历史记载。"北京大学历史系，我没有白上。”老许口气中带着自负。读了他写郑芝龙、郑成功、施琅以及伍秉鉴的散文，不得不被他的解读所折服，进而接受他的说法，更深刻地借鉴过去、启示现在、思考未来。文学创作天马横空，历史研究反复考据，感性之人评历史人物，难以摘下先入为主的有色眼镜。许谋清拥有一双历史审视的目光，从不人云亦云，坚持独立思考，史料梳理不走学术论文模式，褒善贬恶理由自有出处。晋江是郑芝龙、郑成功的大本营，也是施琅的老家，情仇恩怨，三人相互间的纠结，绝对不是这般清晰易辨，郑芝龙开辟海商集团敛财之路的枭雄胆识，降清后受困京城的卑劣与无奈，亦正亦邪；郑成功南下勤王的刚毅血性、收复台湾的雄才大略，与施琅分道扬镳的是非功过；施琅降清成了攻打郑军主将，入台后不杀郑氏后人反而到郑成功庙告祭。伴随地理大发现，西风日益东渐，争夺经济利益成了大航海路线图中最耀眼的核心。许谋清在散文有限的篇幅中展示了波澜壮阔的一个大时代，杂而不乱，侃侃而谈，体现出驾驭复杂历史题材的超强能力。“在中国古代，谁最有资格说海。郑成功曾向隆武帝上疏：据险抗扼，拣将进取，航船合攻，通洋裕国。时只有 22 岁。”“郑成功的海洋意识源于郑芝龙的言传身教，也是郑芝龙把施琅的视线牵到台湾。三人恩怨甚深，实际上，却是一脉相承。让人迷惑的是一次次恩断义绝的破裂，令人痛惜的破裂，每一次都付出沉重的代价，都失去至亲至爱的人，而且无可挽回，互相衔接的链环却几乎是不共戴天。都是血肉之躯，让我们看尽英雄泪，如雨滂沱。”“在那个时代，对海洋的认识和实践没有谁能超越郑芝龙、郑成功，对台湾的认识没有谁能超越郑芝龙、郑成功、施琅。他们不能休戚与共，命运却叫他们殊途同归，成为开发台湾最初三个不可或缺的链条。”“我们找不到他们更亲的朋友更恨的敌人，其他的人都成了配角，只是丰富了他们的仇友关系。”许谋清在人物描述过程中适时适量加入诸如此类的议论，于不动声色处叫人唏嘘感慨，历史不能重写，但历史充满启迪。

对多数人来说，伍秉鉴是陌生的。文献说他“多财善贾，总中外贸易事，手握货利枢机者数十年”。伍的祖上是安海茶商，实施海禁后，迁居广州，到伍秉鉴的父亲手中，创办了专营茶叶的怡和行，伍秉鉴更上层楼，当上了十三行的“商总”。在晋江，伍氏是小姓，主要聚居安海，宗祠至今保留完好，知道广州十三行的乡人都不大清楚当时的世界首富伍秉鉴竟是安海人。伍秉鉴本人已听不懂闽南话，平时讲的是广东话，与老外做生意则讲广州式英语。老许坦言自己在写《被忽视的“海丝”八大商人》中，写伍秉鉴最难。因为资料欠缺，如果要说伍氏与家乡的藕断丝连，一是外贸的茶叶多是福建生产，二是经商风格很“晋江”。许谋清笔下的伍秉鉴，把信义看得比生命还重，敢于担当、一诺千金、甘愿吃亏、眼光放远、慷慨大方，确是一个“看到天下，才能做天下生意”的新式商人。在林则徐禁烟时，伍秉鉴为保障国际贸易通道安全，企图两头不得罪的天真想法处处碰壁，终于明白虽然贵为首富，不过是大时代洪流中的一个匆匆过客，战争不可避免，不管谁赢谁输，他的败局已经确定。“茶催生了世界首富，茶改变世界。茶叶很轻，但它在 17、18 世纪的大变革中分量却很重。”通过许谋清对伍氏从商之道的梳理，我们进一步读懂晋江，读懂“一分汗水一分收获”与“爱拼才会赢”中大陆文化与海洋文化的区别，读懂海外华侨与当代泉商拼搏与成功的理由。

写作一旦脱离了时代观照，不再关注当下时世，或者不具备当代审美意识，其价值必然大打折扣。散文散字当头，表面上散无定法，只要愿意，似乎人皆可为。在海量的散文天地里，精品永远只是有限的小部分。犹如闽南建筑，红砖白石，斗拱飞檐，错落有致，遍布城乡，若细细分辨一砖一瓦、一榫一卯，彼此品质差距，自有天壤之别。技艺高超的师傅，看似随意却十分考究，于无声处却匠心独运。许谋清便是这样的散文高手。

（原载 2021 年 10 月 4 日《海丝文评》）

| 友情滋润人生

陈剑雨　资料图片

一年前的东亚文化之都泉州开幕式期间，著名艺术家向京回到老家参加当代艺术展。座谈会空隙中，我谈到她逝去的父亲陈剑雨老师，却一时找不到恰当的表达语气。剑雨老师的老朋友陈日升先生接过话说：“我第一次上北京你们家，你还是个小姑娘，记得我抱过你吗？”向京微笑着点点头。交谈中，我发觉听不懂闽南话的她，显然与剑雨老师的“文化泉州”有了一定距离。

向京看起来瘦弱，她的名字在当代艺术界却如雷贯耳。她和夫婿翟广慈创作的雕塑作品，创下过中国艺术品市场雕塑交易的最高纪录。向京的弟弟向华，也是位颇有成就的动漫影视艺术家。然而在剑雨生前几年的接触中，我从没有听到他夸过孩子，尤其是对大名鼎鼎的向京。以至于我怀疑，父女俩是否存在艺术观的冲突，他不太能接受女儿玩的那些远离传统审美标准的“当代”作品吧？

读了向华、向京的《一个告别》和他们妈妈向前的《老妻的话》，我深深地被感动了。你想象不出剑雨一辈子只有唯一的一次忙里偷闲带着夫人去海南玩了几天，我也才知道他身患重病时嘱咐家人绝对不告诉他的亲朋好友们。从子女的角度，他们更愿意看到一个平凡的父亲，“一个在那个时代被命运卷动的人”。而他们的妈妈理解：他一生播下许多友情的种子，一生都在收获，为友情所滋润，也使这人世间宝贵的情感至今还惠及他的家人。

陈剑雨为人襟怀坦荡，豪放大气，热情如火，好客重义，谭华孚教授认为“泉州文人的主流文化性格在他身上体现得分外突出”。同时，他视野开阔，学养深厚，珍爱人才，淡看权贵。影视界林子不小，什么鸟都有；娱乐圈是个大染缸，独善其身谈何容易。剑雨的不屈刚烈、恃才傲物，让他错失了诸多个人的发展机会，而他的宽容谦和，善解人意，让他获得了一路优质的口碑。梁晓声、残雪、方方、张国立等文艺界名流曾撰文纪念他，怀念与他“不死的友情”。

在中国电影圈内，陈剑雨绝对是一个人物。由于投入，由于痴迷，向前老师“怪”他“爱电影，胜过生命”。从影视评论、剧本创作到生产管理，说他是全才无人否认。即使在圈外，只要提到由他牵头策划并执笔改编的电影《红高粱》，“捧”红了后来名扬全球的莫言、张艺谋、巩俐，恐怕也无人不知吧。他写了许多为他人鼓与呼的影评，然而自己并没有大红大紫过，甚至，市面上没有看到过他的专著，连他的一些好友都难以说清他的成就全貌。今天，六七十万字的沉甸甸的《陈剑雨文集》终于出版，终于让我们可以走进他的精神世界，去感受他的艺术人生。

虽然电影剧本的社会影响大，但我更喜欢阅读剑雨老师的影评艺论。雄辩中见激情，说理论述如叙家常，精心谋篇布局却不露技巧痕迹，估计纯学院派的评论家只能望其项背。他在一二十年前批评过的主题图解政策、人物形象苍白等创作恶习今天仍然大量存在，而“走产业化是中国动画的根本出路”的呼吁已为现实所证明。

剑雨老师一直以作为一个泉州人为骄傲，自大学毕业分配到京城工作以后，除借调福影厂当厂长那3年，都在北方生活。据说他写作时有个习惯，一边喝着铁观音，一边听南音。每年春节前夕，他总要挤出时间回趟老家。每次，陈瑞统、林育毅先生便通风报信，招呼我们几位他熟悉的友人在“古厝”或“悦来”聚餐叙旧。剑雨滴酒不沾，烟不离手，对海蛎煎、炒米粉之类的古早味情有独钟。我爱听他说那一口儿化的京腔，而他的话并不多，喜欢听着大家“讲天捉皇帝”，黝黑的脸庞上始终挂着友善的笑容。

20年间，《泉州晚报》《东南早报》的记者多次采访过陈剑雨老师，每次都有求必应满载而归，乡情成了我们与他之间的牢固纽带。2008年6月5日，当剑雨老师在两天前辞世的消息从北京传来家乡时，《泉州晚报》编辑部立即连线北京，记者吴泽华通过蔡国强先生间接采访了北京奥运会开幕式总导演张艺谋。张导沉默了好一会儿，随后授权《泉州晚报》独家发表悼词，其中这样写道：“陈剑雨先生是我很多年的好朋友，当年《红高粱》的成功，倾注了他大量的心血和无私的帮助。他为人很正派，治学很严谨，对中国电影充满极大热情和关注。”

“感人心者，莫先乎情。”在这个人走容易茶凉、微信取代交谈的时代，陈剑雨老师那份大都市中原始的淳朴，那份写在笑脸上的真诚，那份充满书生意气的乡愁，珍贵而动人。

（原载2015年3月10日《泉州晚报》）

无情不成曲

杨双智　摄影 / 郭培明

我喜欢读李欧梵的文字。作为一位长期生活在美国的著名学者，许多人知道他对中国文化和电影有着独特的研究视角，却难以想象音乐是他的一大嗜好。这位收藏了500张古典唱片的老乐迷曾说，有时候突发奇想，干脆写乐评算了，但转念一想，自己又不会念乐谱，只凭个人的聆听发烧经验是没有资格写乐评的。李氏的父母、妹妹都是音乐家，其父是马思聪的学生，并曾与马友友的父亲共组弦乐四重奏，与他相比之下，还有几个人敢不知天高地厚地妄论音乐与乐人呢？

但是读到作曲家杨双智的音乐作品集，我还是有话要说的。

歌剧《素馨花》《番客婶》，梨园戏《枫林晚》，提线木偶剧《钦差大臣》，这些让泉州当代文化名声远扬的佳作，作曲者居然都是杨双智。

作曲家做的是幕后的工作，杨双智在重要演出场合亮相，印象中是1997年元旦。那时我是《泉州晚报·海外版》的编辑部主任，我们策划了一场新年音乐会，泉州交响乐团激情演出，阵容架势，着装风格，颇有几分维也纳或者北京新年音乐会的样子。乐团指挥就是团长杨双智，一袭黑色燕尾服，风度翩翩，动作规范中见灵动，神态洒脱中见真情，很难与平时性情豪放、哥们义气十足的他联系在一起。

泉州交响乐团实际上是由泉州歌剧团乐队骨干组成的，训练经费与辅导时间都相当有限，与电视上那些可望而不可即的爱乐乐团一样，他们也演奏贝多芬、勃拉姆斯、门德尔松、西贝柳斯、柴可夫斯基的经典名曲，专业发烧友也许可以发现其中的演奏瑕疵，但是现场观众的热情和尊重所营造出的良好氛围，让杨双智的指挥艺术得以淋漓尽致地展示，尝到成功的甜头。我们呢？则趁机移师晋江，策划了该市历史上首场新年音乐会。

泉州艺坛，藏龙卧虎，王仁杰、王再习、王景贤这“三王”当属编剧、作词的重量级人物，尤其是被称为剧坛最后一位古典诗人的王仁杰，对剧本“精敲细打”，追求的是“语不惊人死不休”的艺术境界。加上剧种不同，风格各异，为“三王”的剧本作曲的难度可想而知。比如《素馨花》，定位上要求有意大利歌剧的气势；比如《钦差大臣》，调须传统曲，又要适宜于普通话演唱。《素馨花》原先计划是邀请外省名家配器的，结果要价太高谈不拢，杨双智作为团里的唯一作曲人挺身而出，在不到两个月的时间里完成了任务。380 页的总谱纸，一般情况下是需要半年的配器时间的，但是杨双智没有办法，这是国庆的晋京献礼项目，常常是刚写好一页谱纸就马上送往排练场了。我联想起罗西尼的观点：没有什么力量比“需要”更能激发灵感的了。罗西尼在创作《奥赛罗》的序曲时，是该歌剧开演的前一天，几近发疯的经理人叫来4个工人看守着他，每写完一页，就被迅速传送到乐队手中。为《素馨花》配器的那段日子，杨双智几乎一天十六七个小时强脑力劳动，最终晕倒在作曲的琴台前，被120送往医院急救，谁知苏醒后的第二天，医院里已找不到他的身影了。

说作曲家是情痴，一点不过。地地道道的一个拼命三郎。

剧本与音乐如同建筑中的“地基”与“楼房”，没有好的音乐，戏当然立不起来。《番客婶》的剧情时空跨度达30年，人物情感波折、矛盾交织，音乐的表现难度很大，杨双智仅用7天就确定框架，不到一个月就完成全剧总谱。至于效果，厦门大学方妙英教授评说：突破闽南特色的羽调式思维，形成独树一帜的创作风格。

被专家誉为“吻合闽南侨乡特定的审美心理”的杨双智音乐作品，其成功的根源在于对本土文化、民间音乐、戏曲艺术的深刻理解。9岁那年，晋江发大水，临江而居的一家人恐惧万分，而他的目光聚焦于一支漂流中的笛子，那支笛子成了他的第一件乐器。由于父亲的影响，杨双智在小学四年级时就考入梨园演艺训练班习艺，笛子是他的拿手好戏，即使是下乡德化山区接受贫下中农再教育时期，他照样“曲不离口”。考入上海音乐学院，受业于刘如曾、胡登跳、连波和小提琴协奏曲《梁祝》的作者何占豪等教授，杨双智实现了音乐生命的升华。浓厚的闽南文化功底，对音乐艺术的挚爱，加上学院派技法，使他如鱼得水。讲述元代波斯女奴阿依莎与中国东南水手唐海生悲欢离合故事的《素馨花》，按照剧情要求，必须既有闽南特色，又有异域风情，杨双智巧妙点拨串串音符，以南音特征统领主题，又在具体人物、时空中体现了阿拉伯、意大利音调，中西融合，气势辉煌。尽管创作会演时间已经过去几个年头，《素馨花》的优美旋律始终印在观众的甜蜜回忆中。

我是音乐的门外汉，不敢妄自评说，但我知道配器对于一部歌剧（或其他剧种、协奏曲）的重要性。即使是舒曼、肖邦这般大师，都有过这方面的不成功例子，前者的失误因此被人讥为“平庸的油画”，后者的失误则被柏辽兹斥为“冰冷的毫无作用的伴奏”。《素馨花》得了文化部“文华奖”，朋友们向杨双智道贺，他却说，配器写得不够理想，加上乐队力量单薄，甚为遗憾。也许正是这种可贵的自知之明，才有他今天使不完的创作激情。

他为民间艺术音乐的日渐衰弱深感忧虑，他婉拒好友之邀出任娱乐场所的高薪要职，在一个物欲横流的社会里，在一个商品经济发达的沿海城市，他坚守着音乐创作的一亩三分地，尤为可贵。

音乐可以维系心态平衡，音乐可以升华人类情感，音乐还是一种人生的信仰和生命的组成部分。记得陈钢说过，音乐没有轻重之分，我们应该热爱所有的好音乐。不能要求每个人都具有全息的听觉结构网，事实上也不可能，我们唯一能做到的，就是亲近音乐。让我们从身边做起，从欣赏杨双智的音乐作品开始。

（原载 2006 年 8 月 4 日《东南早报》）

摄影 / 郭培明

南音有雅艺

时常在一些场合听到“抢救南音”的声音，说者忧心忡忡，言辞带着焦虑：因为生活节奏快，等不了南音慢悠悠的步伐；更因为爱唱流行歌曲的年轻人，远离了南音。起初我也会跟着着急，随着时光流逝，看到南音健在，这类话听多了，也就不太在意了。

南音被称为中华民族音乐的活化石、一部活的音乐史。由谱、指、曲组成的泉州南音，源头可上溯到秦汉、晋唐，定型并繁荣于宋元明。三次中原人口的南迁，宋代经济重心的南移，赵宋南外宗正司的设置，皇室遗宦遗民的移居，宫廷文化的影响，让南音在闽南扎下深深的根脉。世代传承，岂能一朝断气？20世纪中期，在特定的历史环境下，南音生长的土壤曾经失去了充足的养分，以至随口哼出几句南曲都得环顾一下四周情形。但是在民间，南音一直顽强地活着，这种草根意志，条件无须优越，栉风沐雨，给点阳光就可以灿烂，非常契合这方土地的精神气质。小时候，我对于南音的好感缘于一位族亲堂伯，他是跑长途海运的船长，常年以舟为马，在乡邻中德高望重。每次航海归来，他家门口的石埕就热闹起来，他吹洞箫，引领一帮弦友弹唱，这阵势大人叫作“玩弦管”。他们自娱自乐，听者也一个个陶醉其中。多少个年头过去了，此情此景在脑海中难以磨灭。另有一年，361° 公司创始人老丁带我参观五里工业园厂区，他开的车上放的音乐全是南音的曲调，他的办公室摆着南音的乐谱，可以一边喝茶一边品曲，墙上还挂着琵琶、嗳仔等乐器。忙里偷闲，据说他常常出现在村子南音社的队伍中，是吹拉弹唱的一名骨干。可见，在泉州城乡，不认年龄身份，南音实际上成为百姓的一种生活方式了。据不完全统计，全市有400个左右的南音社团。今天，我们依然可以在古城金鱼巷口看到南音的免费演出，不同的是，听众中多了不少外来的游客。看来南音就像地瓜，即使土地贫瘠，水分缺乏，它总要生长出来，我们不必对其生存有太大的担忧。

南音的生命力在民间，野蛮生长煅烧了它的顽强意志，而它的品质提升却无法浑然天成，时代的氛围，发展的契机，才是可遇而不可求，难得而宝贵。1984年到2000年，泉州曾经举办过4次全国性的南音学术研讨会，众多专家会聚古城共襄盛事。泉州的南音教学起步较早，1990年市文化和教育部门就出版了成套的南音教材，在中小学音乐课中推行。2009年9月，南音被联合国教科文组织正式列入“人类口头及非物质文化遗产代表作”后，南音研究更是成为有头有脸的显学。南音的形成源自中原古乐，所谓“丝竹更相和，执节者歌”的形式唯独在南音演出中保留，颇有《韩熙载夜宴图》中风范，横抱琵琶的姿态则几乎一样。梨园戏把南音作为唱腔，戏与曲的相连相融，则使南音得以更大程度地传播与继承。说起南音，连赵沨、田青这样的大学者都心存敬畏，我们更没有理由不加以珍爱。专家们也坦言，由于语言的隔阂，他们参与的多是宏观研究，微观研究的重点只能由本地人来做。王今生创建泉州南音乐团，吴珊珊主编《南音集成》，王爱群开辟南音研究先河，吴世忠把工尺谱电脑化处理，洪明良对南音乐理乐论的梳理，苏统谋对指谱大全的整理，郑国权对明刊弦管曲词的点校、陈日升对南音进校园的推动、泉州师院音乐学院《凤求凰》的舞台表演试水、杨双智改编自《梅花操》的南音钢琴曲、蔡凯东用流行音乐的方式致力于南音保护的探索等事例，其中付出的努力都有目共睹。

一路走来，磕磕碰碰也好，顺顺当当也好，古老的南音跟着我们的脚步踏入了新时代。因为接地气，有温度，它并没有显露出踉跄迟钝。土地还是这片土地，然而有一点不可忽视，那就是文化生态的变化，起码，你不能再用你的兴趣爱好来要求这一代年轻人。换句话说，你要给年轻人一个喜欢南音的理由。我学南音，南音能带给我什么？我觉得这个最简单的问题，却没有多少人认真对待。这个问题的分量自然与钱学森之问有天壤之别，却也是一个时代之问。无论是南音，还是其他艺术的发展，靠的都是向上、向善、向美的力量支撑，虽然少了一点物质性的实用功能，而人们在艺术的熏陶中获取精神营养，滋润心灵深处，充实平凡日常，感知幸福快乐。当前社会的主要矛盾，已经转化为人民日益增长的美好生活需要和不平衡不充分的发展之间的矛盾。这一发展阶段跨越了起居温饱、族群繁衍、社会保障的物质要求，更多地体现在心理与精神层面的需求上，比如个性发展、艺术审美、自我实现。承上启下，作为 80 后南音传承人，蔡雅艺来得正是时候。

南音很老，蔡雅艺很年轻，而她说南音老而不朽、风骨犹存。南音是时间的艺术，南音唱词发音用的是闽南话，这种中原古音至今鲜活，让我们可以思接千载，对话古今，感受民族文化脐带的搏动，也理解古人的喜怒哀乐与风花雪月，进而领悟从前车马慢的美好，调节一下风驰电掣的闸门，提升一下日益干枯扁平的美感。雅艺出生于晋江东石的一个南音家庭，是南音艺术的富二代，血液中自带南音深蓝的元素。民国初年，东石这地方曾举办一场南音打擂大赛，陈武定以吹奏洞箫胜出，被誉为“南音状元”而名闻四方。对一个对南音缺乏认识的人，你提到“起、过、收、煞”，他会一脸茫然。你打开南音的建筑“蓝图”工乂谱，他只能视而不见。自古以来，南音采用的是拜师学艺、口传心授，现在的学员学历高，见多识广，但吃苦耐劳能力普遍退化，你想要说服他（她）让其爱上南音这行当并不容易。蔡雅艺怎么能够变成一名魔法师？《南音雅艺三十三堂课》这本书为我们揭示了她的独具匠心。2020 年，疫情来袭，她的培训不得不转到线上，这一年，她选择《山险峻》作为教学曲目，以一周一句的速度，共需要 33 周时间。这本书记录了雅艺授课的精华要点，收集了 33 位学员的学习心得，内容丰富，形式活泼，编排巧妙，是在传统收徒讲授与高校大班上课之外，南音教育的又一种类型，同时也提供了一种开放式南音研究的范例。她曾在小学、中学、大学、民间社团、海外华人社会讲授过南音课程，这种丰富的经历、广泛的阅历很难有研究者可以竞比。我以为，这种模式对于当下南音的推广更具积极意义，更值得关注。

一个人的眼界，往往决定了他（她）能够走多远。我欣赏雅艺的眼界，她应该是把本土南音教育持续推广到福州、武夷山、上海、北京等非闽南语地区的先锋。《三十三堂课》中的学员，来自全国各地，有相当一部分不会用闽南语交流，从文章中可见，当中不乏高校教师、企业管理者、银行白领，有IT男，也有女博士，他们独立思考能力强，不容易被人忽悠误导，对生活品质比较看重。随手摘录他们的学习心得体会如下：

“南音雅艺传递出来的审美观念，我会一直放在心里，如果有一天丢了它就等于丢弃了价值观念，我想我的生命会有缺失。”

“南音是优雅的生活方式，对我而言它不仅是音乐，而是像空气一样包裹着我，给我自给自足的养料，不需要去依赖任何人，让我追求自由完整的自我。”

“到了我这样的年纪，不可能奢望学到最后走上专业的道路。我只希望，昆曲和南音既然都走入我的生命，那就让它们好好陪伴着我，能达到娱乐自己的目的就够了。”

“当南音作为一种乡音，从基因深处被唤醒，我对它的喜爱便一发不可收拾。”

“最难得的是，它是让年轻人了解遥远的汉唐文化的一种渠道，否则我们对汉唐盛世的想象永远只能停留在电视剧里。我还想打破大家对90后的误解，90后也有许多像我一样喜欢经典、热爱传统的年轻人。南音这种不刻意、不迎合、不喧闹的审美特质，也是许多90后的追求吧。”

教学相长，以分享、合作、优雅的态度与学员相处，不能不对他们的老师蔡雅艺的教育理念、教学方式心生敬佩。在七八年前，我与雅艺有过一次交流，听她谈对传承的理解、对艺术的认知、对未来的规划，我觉得这个女孩不走寻常路，也担心她是否能经受住日后环境变局的考验。时间是最好的证明人，时间不但看见她站在英国北威尔斯兰格冷国际音乐节的舞台上，更见证了她在维也纳金色大厅和当地交响乐团的同台合作。我想那一刻蔡雅艺是幸运的，这不仅是她的荣耀，也是泉州南音的骄傲。在这本书中，她写道，这些合作“意味着南音文化的力量”，“都说民族的也是世界的，很少有人用世界的目光看民族，而真正拥有民族的力量，才能走向世界”。

一个弱女子，毅然放弃体制里的饭碗单飞在一条冷僻清寂的航道上，本身就需要内心拥有巨大的勇气，因为大概率下，这将是一条艰难之路。听雅艺在泉州师院南音专业学习时的老师、有“南箫王”之称的王大浩介绍，雅艺在学时不但学业优秀，而且敢于探索，善于逆向思维，时有新奇想法。她在书中提到，2000年在新加坡南音社授课期间，首次尝试南音与流行音乐的结合，当时主导制作《遥望情君》的是张惠妹的音乐总监。回国后，她又与她的先生创作了南音与摇滚混搭的《直入花园》。系统的专业训练，海外的工作经历，是她眼界高远的基石，但是谈及对这一“包浆”的古老音乐的创新，尝试过跨界的她又是小心翼翼，认为在处处讲究创新的大环境下，更要保持一种定力和警惕，才不致为了创新而失去原则。社会上既有人建议南音应当改为快节奏，也有人希望用普通话来演唱，但创新必须出于对传统的尊重，出了边界就面目全非了。南音雅艺的分享场景，一般都是小剧场或者安静的茶馆，氛围布置素雅简洁，灯光亮调柔和，表演者与听众保持较近距离，演出间歇常有交流互动。这与乡村社区常见的热闹非凡的场面、大红大绿的装扮有着明显的区别，已经具备了个性化符号特征，也与青年一代的审美趋向相符。据此我判断，雅艺是个胆大心细的艺术家，她的新锐，是让倡导和谐协调、追求内心快乐的南音更加与新生活同向合拍，成为时尚的生活方式，而非离经叛道，另起炉灶。毕竟世间之美，皆有讲究，与时俱进，美在真善，美在感动，美在共鸣。

传统文化需要时间等待，明智地等待。经典，必定有懂它的人，雅艺就是用心读懂它的人之一。“文化之间的差异，在于人群与人群之间的不同习性。传承文化，不是无尽地纠缠过去，而是把令人感动的那部分，分享给未来。”她说：“不知道的美好，没必要深究或纠结，只需要跟着感觉一步步向前就好了。”人间总有挥不去的烦恼忧愁，如果借助“雅、正、清、和”的南音可以释放，不妨打开胸襟，平和心境，然后用它去对待生活、对待人生，那该是多么美好之事。你看，此时的雅艺，怀抱琵琶，双眼微闭，嘴含笑意，沉浸于南音的旋律之中，就让我们一起静下心来，倾听一曲《山险峻》吧。

（原载2022年12月12日《海丝文评》，2022年12月19日《石狮日报》）

| 恨不重逢西街时

如果把一个城市看作是一件艺术品，一代代的居民都是它的雕琢者、创作者。城市中总有几条街巷，或文化深厚，或历史悠久，或建筑特色，或生活气息，特别赏心悦目，它们成了城市明亮的音符、出彩的景观，令外来游览的客人流连忘返，而邻里百姓茶余饭后谈及，也总有说不完的生动话题。西街之于泉州，便是这样的一条街道。

1300年的历史，够老的了，实际上，再老的建筑，多数不外数百年。城市的发展史，是一部旧城不断改造的历史，保护每一座古厝每一块砖瓦，显然是不现实的。带客人逛西街，面对那些低矮破旧的店铺，那些农村墟场常见的日杂用品，许多次萌生想法，什么旧城风貌区，拆掉重建吧，这样的形象与著名侨乡、民营经济发达地区的泉州身份多不相称。

直到带着冒怀苏先生来西街写生，才改变了我幼稚的观点。

因为知道我喜欢美术，在鲤城宾馆工作的同学小林告知，上海一位画家来泉州写生，特推荐我当导游。我兴冲冲赶过去见面：整洁的蓝布衣，褪色的大挎包，清癯面庞，花白头发，像一位退休教师般亲切，他点了点头，微笑中可感受到涵养与慈祥。我一句“冒老师好”刚刚出口，小林立即打断话头说：“他是个聋哑人。”我呆了一下，“叫别人吧，我不懂哑语。”冒先生好像也看出我的态度，微笑中透着一丝无奈。小林建议说，你们可以用纸和笔交流嘛。

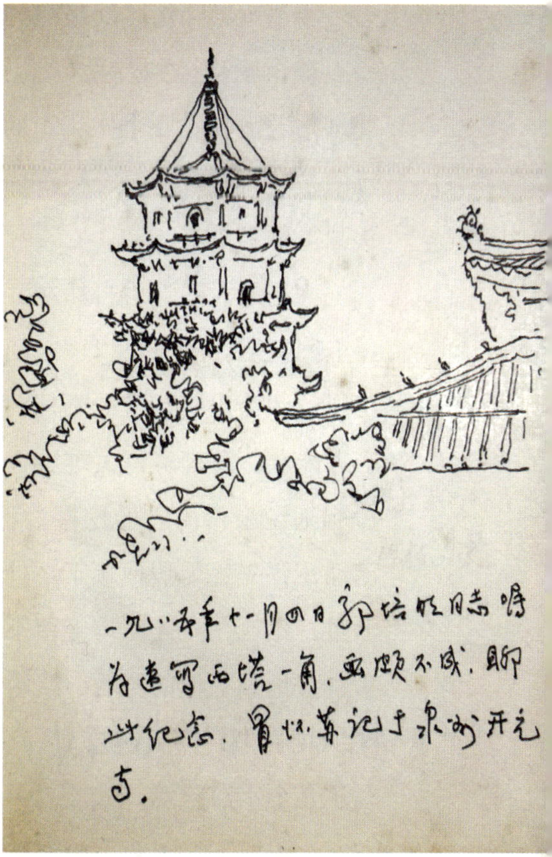

开元寺西塔速写 / 冒怀苏

天碧蓝，午后的秋阳温暖如春，从南俊巷拐进东街，近处乳白色的钟楼与远处古铜色的双塔同时映入眼帘。冒先生大喜，掏出一条白纸迅速地用铅笔写下几个字递过来，我接过一看，是“太美了”三个字。好像传导了暗示，我也认真地打量起眼前的景物来——虽然市声嘈杂，人车混乱，各类粗细电线、晾晒衣物随意“刻”“画”在街道的两侧，加上占地经营的店铺遮阳伞、三轮车后座飘动的医疗广告，街景一点也不雅观，但红砖白石、古街古塔、多元文化、传统民俗共同散发出的充满自然活力的闽南古早味扑面而来。那些专卖碗糕、嫩饼、上元丸、花包的小摊前，总有一堆人围着，有的品尝味道，有的讨价还价，有的显然是熟人，与老板聊个不停。街上的树木稀少，枝头叶子的颜色披上了浓浓的秋意。冒先生从挎包中取出速写本画了起来，不一会儿，现实中的景物以黑白线条的形式一一呈现出来。我贪婪地注视着冒先生运笔的一举一动，如同一位偷师的少年学徒，又惊又喜。尽管我也带着速写本子，但还是没有自信拿出来画画。

西菜市场临街路段最为拥挤，可谓车水马龙，好几次，我们都差点被车辆碰撞到。我写了字条，催促冒先生快走，他总是笑笑，脚却站着没动。几个做买卖的小贩凑过身来，想看我们互递着纸条玩的是什么游戏。一个买菜的中年人则对围观者发表评论：“这老头画得挺不错。”

西街最大的魅力自然在开元寺，那才是泉州旧城这件稀世艺术品上的皇冠。我只好以“时间迟了就进不去”的理由哄冒先生向西挺进。因为以笔代言的不便，我没有介绍黄氏家族捐地建设寺庙的千古传奇，没有解释大雄宝殿为何悬挂“桑莲法界”四个大字，也没有细说泉州湾古船挖掘过程的惊天发现，两座巍峨伟岸的古塔，已经让冒先生无暇他顾了。他的眼睛像是钉上了钉子，久久没有移动过，然后呢，速写本上留下了不止一幅东西塔的倩影。我像书童般静静地站在他的身后，默然无语，听到的只有笔与纸的欢快交响。“古人的智慧，伟大的艺术。”合上速写本，他意犹未尽，在纸条上写了几个字递给我。

夕阳西下，天色由橙红转深灰。离开时，我突然想，让冒先生随便写上几笔留念吧。他爽朗地答应了，昏暗中，眯着眼睛对着西塔，在我的本子上画了起来。末了，他写道：“一九八五年十一月四日郭培明同志嘱为速写西塔一角，画颇不成，聊此纪念。冒怀苏记于泉州开元寺。”从此，定格了一段难忘的记忆。

送冒怀苏先生回宾馆的路上，他用纸条提醒说，泉州是个值得骄傲的历史文化名城，许多东西要懂得珍惜。他还谈到祖父冒鹤亭与叔辈舒煙对他的影响，前者是近代大学问家，后者是现代著名作家。夜幕降临，告别匆匆，从此没有再见过冒先生。他回到上海后，曾经给我寄来自己设计的藏书票，当时我根本不懂藏书票的价值，也记不清把它存放在哪儿了，只是觉得这位长辈和蔼可亲。我真心地希望他有机会再来泉州写生，得到的却是他已经去世的消息，那一年是 1997 年。

人与人相识，往往是偶然的，与冒怀苏先生仅仅有一面之交，当时的多数细节早已模糊，这些年我才从上海为他举办的纪念活动中陆续知道一些信息，心目中关于他的形象渐渐丰满起来。他生于 1927 年，是中国美术家协会会员、中国版画家协会会员，先后在上海人民出版社、上海美术出版社从事美术编辑与装帧设计工作，有著述多种。冒先生祖上为元朝皇族，他的夫人左钟娴为左宗棠后裔。冒家深涉文化领域，与无锡钱家三代世交，因此冒怀苏也为钱锺书、杨绛分别设计了雅致独具的“风雨同舟”“心心相印”藏书票。中国聋哑人协会前会长戴目读了冒怀苏 40 万言的《冒鹤亭先生年谱》，称“如同读一部近代史，冒先生学历仅小学，却身残心健，有如此厚重的大手笔，令人惊叹”。2008 年，上海一位青年参观了冒怀苏遗作展后留言：“恨不相逢在世时。”冒先生永远不可能满足我的邀约再访泉州西街了，而一座城市骄人的历史存留下来的许多文化景观，却不能等到失去之时才知道它的珍贵。

（原载 2014 年 3 月 17 日《泉州晚报》）

万籁俱寂亦是韵

端午前夕，夏雨润夜。

说好晚上 8 时在华荣书店做个专访，不料报社临时有事，9 时匆匆赶到，已是高朋满座。见了简媜，寒暄中，未敢道出迟到原因，只有自己知道，半小时以后还得赶回报社，看稿签样，直至深夜。

以前读简媜散文，记得有段话，说的便是现代人的这种“匆匆”。简媜的态度是几分无奈、一丝质疑。

简媜很礼貌地站起来，握手间，发觉她比我想象的还要文弱。真的，她偏偏在“弱不禁风”中长成台湾文坛的一颗珍贵水杉——成了《台湾文学经典》中最年轻的入选者，成了岛内文坛公认的实力派女作家。

从学生时代的《水问》，到新近出版的《红婴仔》《天涯海角》，简媜的行囊里，十余本专著叠就了她的文坛地位。

简媜的朴素更是出乎我的意料。

因为她的散文婉丽绚美，行云流水，如诗如画，如泣如诉，有评论者惊叹，读简媜散文，“如看一路山水，如闻满街市声，如参一路禅意，还可兼想一路心事”。

每天，她像一条鱼游在台北繁华而嘈杂的街道上，快活或痛苦着。

她不认同台北，她依旧以“我们宜兰……”作为我们谈话的开头。

简媜（左）接受作者专访　摄影 / 泉晚

一、关于宜兰

简媜 1961 年出生于台湾宜兰山区，16 岁始走进都市。许多年以后，简媜还在一篇文章中写道：“一进入台北市区，空气浊了，心也烦了，看不到一张赞叹的脸，我非常惊讶，以前居然能在闹市住那么久。”交谈中，简媜多次提及“我们宜兰”，而从未说过“我们台北……”

台湾的女作家中，施家三姐妹也来自乡下，其中的李昂（原名施淑端）更以小说《杀夫》名噪海峡两岸。

“李昂是你们泉州人。”简媜听到我提及李昂，马上说。一般的文学书上都只写李昂生于台湾鹿港，鹿港人多为泉州移民后裔。

李昂笔下的鹿港，总给人留下繁华已去的颓败景象，充满着死亡、癫狂与神秘。而简媜通过对宜兰风物的记述，与阿妈、阿嬷和死去了的父亲的亲情追忆来筑建只属于自己的精神家园。

“当年开发台湾，你们泉州人多傍水而居。我们祖先来自漳州南靖山区，因此找了宜兰生根落户。靠沿海的容易发达，去山里的长期贫困。大约是1796年，吴沙带着1200名漳泉人进入宜兰，当年宜兰开发的历史也就是台湾开发历史的缩影。历史上，泉漳籍台湾人发生过很多次械斗，最终才融为一体。”简媜兴致甚浓地讲起历史记载过的事件和民间流传的故事，那种对土地和文化的感恩之情，今日已难从年轻的都市知识女性中寻觅到。

二、关于台大

简媜的文学之路起步于台湾大学。20世纪六七十年代，这所著名的学府曾经培养出一批在文学史上声名显赫的人物，如白先勇、王文兴、王祯和、欧阳子、陈若曦、李欧梵等等，他们有些人甚至是同班同学或同一个学生文学刊物的核心者，我把它称为“台大文学现象”。

“的确是这样。你注意到没有，这些作家多数是外文系的，而到我在台大念书时，情况又变化了，我们这一拨更年轻的作家全都是中文系的学生。”

这是个有趣的话题。

白先勇这批人的成名，与著名教授夏济安的扶持有很大关系。而简媜的成名，居然也有类似因素。那就是她在作品序言中提到的叶步荣教授。

“以前中文系的学生不教现代文学，不鼓励用现代文创作。我喜欢文学，从哲学系转入后，正好碰上系主任叶步荣先生主持‘新政’，他开辟了一个局面，即鼓励学生进行现代文创作，并主动走出校门，与《中华日报》的副刊合作出版专版，还请名师点评刊发学生习作。叶先生还在校里举办多种文学活动。我本来就有创作兴趣，这下可如鱼得水了。大二时，我获得第一届台湾学生文学奖大专散文组第一名，叶先生郑重其事，特地安排系里的一位老师带我去领奖。”

一二十年过去了，简媜在泉州的书店里谈起往事，提到叶步荣的远见与对文学的推动，脸上仍写满幸福与感激。

三、关于散文

都说女人是水做成的，女人的作品，自然蕴含千般浓情，比如读琼瑶的小说、读席慕蓉的诗。在台湾的女作家中，也有另类。

简媜称不上另类。

简媜的散文多数称得上美文。

散文非诗，但简媜的散文处处有诗：

“我坐在楼梯上审视这叠手稿，阳光瘦了下来，但还是亮得很大方。”

“雨把山抱湿。夜很轻薄，允许你附在它怀里似的。但是夜有它的洁癖，蹂躏你，如拈掉袖口上一只渴欢的萤火虫。”

“炎炎台北，眼前街道是一截发炎的盲肠，阳光撒下一货柜，冷的小刀。”

千万别将寄情山水等同于风花雪月。

简媜一直保持着特立独行的思考。

她说：“台湾社会富了，但文化抗体却是贫弱的。”

她说，“著作等身”绝非好事，一个作家不管写了多少书，都应在写作生涯末期时自行砍杀，只留下1/3作品。比如写了9本，只应留下3本，另6本“绝子绝孙”。

这些话出自外观文弱、话语不多的简媜之口，多少令人吃惊，吃惊之后，便是敬佩。

至今为止，她已出版了11本集子。而此次同行入闽的另一位台湾著名作家林清玄，已出版118本文集，不知林先生听了此言后有何感悟。

四、关于女权

这也许是所有女作家必须直面的问题。

“过去的社会对待女性是极不公平的，我妈妈、我祖母可以为例。我母亲娘家也可算是当地的望族了，但外祖父请来的私塾先生只教我的那几位舅舅，我母亲曾经不止一次讲过她的经历：她隔墙偷偷听课，几首古诗都能背下来了，我舅舅还是摸不着脑袋，要是换成她来上课该有多好。当时的父母不把女儿当儿看，认为培养女儿等于帮了别人家，不如趁未嫁时让她多做些家务农活，好像这样才算捞回了本似的。在这种观念下，女性没办法念书，没办法取得经济上的独立，没办法对自己的生命负责，备受种种不平等的待遇。”简媜说，作为女性，她当然有话要说，用自己的作品。

“其实，女性能量的发挥是社会之福而非社会之祸，女性解放绝对不只是女性自己的事情，我理解的所谓女性意识，不是对男性造成威胁，而是要寻找如何让女性的能量充分发挥出来的主义与看法。”

在女性的写作上，简媜走的路子是潜入内在去揪出瘀伤与痛楚。因为唯有自疗，女性才能做自己的主人。

五、关于文体

20世纪50年代以来，台湾文坛上活跃着一批女散文家，她们整体文化层次较高，或毕业于名校，或本身就是专家教授，比如林海音、林文月、胡品仙、张秀亚、郑明俐、琦君、罗兰、张晓风、席慕蓉等，作品总体风格，或学者散文，或哲理抒情散文。从1985年至今，简媜散文不断创格变新，如《水问》中的抒情，《只缘身在此山中》的空灵，《下午茶》的自在，《女儿红》《红婴仔》的女性意识，《月娘照眠床》的乡土气息。

简媜在文体的运用上不是一个安分者。

“我是个文体开明主义者。”简媜笑了，似乎对这种“无政府主义式的兼收并蓄”很得意。

简媜近期的散文中常常融入人物形象的塑造，《女儿红》中的一些篇什有不少小说的元素。

写小说她至今没有尝试过，什么时候会写也说不准。记得十年前，她受邀为一个妈妈读书会办创作讲座，席间突发灵感：“为什么没有一位妈妈把怀胎十月、养育孩子的过程写下来，这可是为母亲的可以独享的最肥沃经验。”没想到，这一光荣任务最终交给自己，她在给儿子留下一份最珍贵的成长礼物《红婴仔》的同时，也为散文创作注入了一个新品种——她称之为“纪录片散文”。

运用闽南语创作的探索，一直为台湾作家所关注。如李昂的《杀夫》，如肖丽红的《千江有水千江月》。简媜说：“这是我感兴趣的问题，因为融入了闽南方言，当地人读起来很亲切，我的《月娘照眠床》，宜兰的乡亲阅读后特别喜欢。用闽南语也要有度，否则外地人不知所云，至于程度上的掌握，与创作针对的阅读对象范围有关。《月娘照眠床》一书，不懂闽南语的读者一看便会打瞌睡的。”

在简媜心中，闽南话几乎是精神家园的代名词，每次从宜兰回台北，她总有几天几夜不能眠，脑海中浮现的全是父老乡亲的形象。

台湾有些人，竟提倡不要汉字，只要拼音，而她更欣赏的是另一种：把方言文化融入中文的写作之中，营造别样的特色，但不造成阅读的隔阻。

简媜举了莫言小说中的方言为例，认为其中的方言运用适当，不影响阅读时的理解。

“余秋雨、李锐、王安忆、张承志、张炜、苏童、叶兆言、残雪……”简媜不假思索地念出一大串大陆当红作家的名字。

“余秋雨的作品许多台湾人都看过，我认为《千年一叹》对西方文明的解读还欠火候，而《文化苦旅》流露出的对历史沧桑的悲悯、对民族文化的忧患之情令人起敬。我还喜欢沈从文和鲁迅的作品，他们是完全不同的文化人，一个可以帮人撑伞，一个可能拿刀拼命。一个作家应该对人民、对土地有悲悯情怀，一个国家的文学，既需要沈从文，也需要鲁迅。”

六、关于寻根

本以为简媜会把话题锁定在花草鱼虫、儿女情长上。

曾经，一位评论家认真阅读了简媜的作品后断言，她的性格本质上是刚烈的，果真如此。

听完我讲述台湾著名作家陈映真来泉州安溪寻根的故事后，简媜显得有些激动。

在《私房书》中的一篇札记上，我们可以读到这样的文字：“我想脱掉优渥的台北人的外衣，去踏遍这岛屿的每一寸泥土，做一个寻根人，想写一部长篇，献给抚育我的祖国——中国，哺乳我的宝岛——台湾。”

如今已经开始了的福建寻根之旅，应是上述文字的自然延伸。

“台湾人身上都有个线头，陈映真在泉州找到了接口，席慕蓉在内蒙古找到了接口。我的先祖从福建东渡台湾已有三五百年，在大陆我已找不到至亲的兄弟，也未曾有祭扫祖坟的机会，但我的根永远长存于漳州南靖。”

今年端午，漳州南靖多了一个回老家吃粽子的女儿，她就是简媜。

几年前，李昂的姐姐、台湾著名作家施叔青来过厦门、泉州，“重复父亲年轻时的经历”（施叔青语），曾留下散文名篇《指点天涯又一章》，文中提道：“对鹿港人特别有意义的泉州，才是我们此次寻根的去处。”泉州之行让施女士有梦回鹿港之感。简媜对我说，今天的泉州就如几年前的宜兰，在泉州的感觉挺好。但愿这次福建文化寻根之旅，能结出更华丽的文苑诗篇。

（原载 2002 年 6 月 17 日《东南早报》）

| 青春的背影依然潇洒

我与锡山接触并不多，听到他辞世的消息也迟，心情却难受了好几天。他和我年龄相近，志趣相投，言语上容易沟通。记得每次相遇，他总是远远地喊一声“晓鸽”，那是我以前用过的一个笔名，其实早已江郎才尽，忙于日常编务的我少有文字发表，反而不时从自己的报纸上读到他的佳作。我问候他的也常是一句话：“最近又写什么好文章？”当目光在《五十里乡愁》厚厚的文稿中流连忘返时，我知道，心灵的对话，阴阳也难分隔。小时候阅读的语文课本中，那些成了古人的作家，他们智性的文字，至今还在影响着文明的进程。直到今日，系统阅读了锡山的遗作，我才觉得真正认识了他，不激越慷慨故作高深，不无病呻吟强说愁绪，表面上不拘小节，说起话来风趣幽默的这个家伙，原来满肚子里面竟都是墨水。

与《泉州晚报》结缘20年，这几乎跨越了他人生的一半长度。虽说主流媒体是一方精神家园，老一辈文化工作者中，长期为晚报供稿的不乏其人，但面对商品经济大潮日夜的撞击拍打，年轻人如果没有超常的毅力，是无法坚持一路写下来的。不难看出，生前流连于方志史籍，倾听着宿老故事的锡山，对文字的敬畏，对乡土的热爱，是发自内心的，是与生俱来的。几个年头过去了，这些鲜活如初的字里行间，我仍然能读到跳跃的激情与愉悦的温馨。

自毕业到市“实小”任教开始，锡山就一直用心记录着他对这座城市，这个时代的认识与印象，他的文字即使触及不如意的社会现象，也总能以调侃笔法轻松述说点评，把阳光明媚的生活景观展现于别人面前，似乎与他的职业——无论是当教师还是在团市委领导岗位任职——要求甚为吻合，他手艺的高明，则是始终找不出那种迎合、奉承与虚假的伪装成分。“一个城市，如果没有了文化的风骨，就会像没有骨架的风筝，永远飞不上天，就像没有水源的集镇，最终必将成为胡杨遍地的戈壁滩。”这是锡山获得泉州市庆祝建市20周年征文二等奖的《流域和风骨》中的一段文字，这篇长达万言的散文，以主旋律为基调，却不见八股花腔，纵横捭阖，引古论今，旁征博引，信手拈来，饱含乡情，一气呵成。另一篇得奖散文《标志东南》把崇武独特的风韵描摹得立体可感，叫人读罢“心向往之”，可见笔底功力。他成长于泉港，与此地本无丝毫恋乡情结，“只是对崇武富蕴文化、极具个性的地方特色情有独钟”。

锡山性格开朗豪爽，时常与三五好友雅聚于饭店茶楼海鲜馆路边摊，或品一壶茗，或喝几杯酒，纵论时事，海阔天高，笑谈周曹，桃红柳绿。这种我们每个人习以为常的经历，大概都是为了释放工作压力，联络彼此感情，增添生活情趣，而他居然还有沉甸甸的额外收获：一组回味无穷的《闽南食事》。

单说篇目之名，就足以撩起读者的兴趣：《执子之手》指的是卤鸡爪，《美人揽镜》比喻出碗的土笋冻，《糊里乾坤》赞叹面线糊，《埋伏滋味》介绍的则是非主流的特色食肆，《瓯中春秋》专议茶事。他写仔鱼多刺：“它身体柔韧性较强，弯弓一跃弹过桥闸亦未落下腰肌劳损、椎间盘突出等等工伤后遗症，与其多刺互为因果。”

写素菜宴：“只见虾兵蟹将，飞禽走兽，鸡鸭猪羊纷纷上场。当然他们是乔装打扮的行家，由米面、瓜果、薯芋、菇笋等植物性演员，在油脂色彩的化妆下唱一出以素混荤的视觉大戏，我每下一次筷，每品一口汤，都把口中的素食与曾经领略过的荤菜相比较，结果是伪装者更逼真更纯粹。”写贵妃爱吃荔枝：“究其原因，除却果仁肉感，其外表的疙瘩是否像安禄山的麻脸，让美人忆起了干儿子的种种撒娇。”写小时候下海捞鱼虾：“一只脸盆大的螃蟹咬住我的脚后跟，惊痛之下，我一提离水面，蟹弃脚而逃，大螯还紧夹不放。此役我和螃蟹各丢一分。它失却兵器，我输在见血。”睿智与幽默和风细雨般阵阵扑面而来，“悦读”自然获得极大满足，那感觉，无论你我，都如同光临饕餮之夜。

我在家里厨艺接近空白，请人吃饭则最怕点菜，对蔡澜、沈宏非之流善写食事的本领一向钦佩，也曾私自认为泉州的几味小吃虽有特色，却缺少成文做章的生动情节。读锡山精彩的“食事”系列，算是纠正了自己一次明显的判断失误。

观察力与想象力是一个作家的基本功。所谓写作能力，并不全在数量篇幅，有的写手著作等身，为人称道的不过三两篇。好的文章，首先要让人有阅读的冲动或者兴趣，写作者在制作题目、组织材料、谋篇布局、阐明见解及行文风格等方面必须有独到之处。锡山观察敏锐，联想丰富，而且，善于从日常生活中截取细节，引发读者“共鸣”，让作品不经意间起到“于无声处听惊雷”的效果。他的家乡距泉州城里不外五十里，也谈什么乡愁，起初我多少有点反感，然而阅毕那篇《五十里的乡愁》，心中已被他的淡淡愁绪所充溢。看着年迈的父母，尝尝家乡的风味，走进田野，闻闻稻香，抚摸草木，贴近自然的本真，对于被快节奏运转的日子包裹着的现代人来说，竟然也是一种奢望了。对物欲的完全释放，贪婪地索取，日益成为一种社会常态，在暴殄天物的消费时代，我们更加怀念起童年的那段快乐时光。锡山说：“童年的我们，不仅仅偷吃过油渣，还偷吃过榨油后的花生渣、豆粕，似乎还有猪油拌冰糖治哮喘的偏方，我那时就痛恨自己为何呼吸顺畅，否则便可借机一润枯肠。”他还说：“罚你在外地连吃两个月的日本料理，其间不得假以肉粽、面线糊等，相信两周以后，人尚未动身，怀乡的胃早已启程。”

笔墨生涯自古清苦，以发表一些文章企图换取几分功名，那是可笑的幼稚的想法。锡山青灯黄卷，皓首穷经，执意孤行，在不断点击电脑键盘的时候，也许他自己也说不清楚写作的终极目的，深沉思考，谐趣嘲讽，只是在诉说着心中块垒，忧伤或者快乐，起码让生活变得充实。

汶川大地震发生后，我的两位媒体朋友崔波、骆永红分别主编了《震动中国》和《断裂带上的生存》，以新闻照片的形式再现灾难现场和救援过程。骆永红写道：“当轰轰烈烈的救援不再呈现的时候，我们过着各自的原有生活，又能有几人再掬一把当时的热泪呢？当记忆退去时，翻开它，让牵挂更为绵长。”对锡山的纪念，作品的结集出版无疑是最好的记忆储存方式。

青春不只是人生的一段时期，更应是心灵的一种状态。生命是一次体验的过程，幸福与否不在于生命的长度，在这个私欲横流的世界里，悲观厌世者、行尸走肉者大有人在。英年早逝是人生的大不幸，锡山的幸是他对生活倾注过的爱恋，在短暂的生命中，他体味到的快乐甚至超过我们中的许多人。而今他匆匆告别而去，把生命的指针定格在风华正茂的时刻，把青春的背影留给了人间尘世，当朋友们老了的时候说起他，打开这本书，一定会惊喜地发现，锡山依然英姿潇洒，谈笑风生；依然乡音未改，乡愁不变。

（刘锡山散文集《五十里的乡愁》序）

| 五味人生“爱”为引

“泉州先生”林禾禧老院长又出书了，不过这次是别人写他的。出差南京途中，我浏览《妙手仁心一甲子》书稿，劳顿之状烟消云散，对这位名医的敬佩之情油然而生。

不说他编写《暴痛》，出版《蔡友敬临床经验集》《张志豪论医集》，为《活婴金鉴》作释，就说退休以后的著述《中医养生与健康长寿》，

林禾禧　供图 / 颜瑛瑛

两年间再版 4 次，一时成为畅销书。《林禾禧谈二十四节气养生》竟是在 4 年中再版 15 次，创下了本土作者作品出版的一个记录。

我认识林禾禧先生那时，他已经从泉州市中医院副院长的岗位上退下来了。不过 20 年来，他给人的印象依然是一个大忙人，除了写书，到老年大学授课，入社区举办讲座，上电视谈养生，为报刊撰写专栏，资助贫困学子，应病患之邀出诊……忙得不亦乐乎。当然，更多的时间，是在家中坐诊，因为每天都有不少熟悉或陌生的面孔，敲开位于市区礼让巷的林家院子大门。

这位退而不休的“值班医生”和“健康教练”，腰杆笔挺，衣冠楚楚，思维敏捷，声如洪钟，以至于连朋友们都低估了他的实际年龄。走到耄耋之年，回望来时的路，林禾禧的人生历程本身就是一部传奇。从一名学徒成长为国家级名老中医，林禾禧为什么能?相信这是许多人想知道的一个谜。

在本书作者颜瑛瑛下笔之前，我曾主动为她做过“指导”。直到读到这本书的初稿，我才发觉，自己对林院长的了解过于皮毛了。

惜时如金，不耻下问，勤学苦练，乃至悬梁刺股，若是为了学业进步，为了养家糊口，为了求取功名，皆可理解，也无可非议。而林禾禧主动学习、博闻强记，悬壶济世、救死扶伤的一个重要原因是：他爱病人，视病人如亲人。

他的姑婆林巧稚生前六十年如一日，坚持“病人第一”的职业精神，赢得了“生命天使”的美誉。榜样的力量是无穷的，林巧稚的道德风范在林禾禧身上得到了传承和弘扬。“不理解病人，不同情病人，就不算是好医生。”从《妙手仁心一甲子》中众多生动感人的事例中，我们分明可以读到他在行医路上对待病人的那种特殊的感情，那种不是亲人胜似亲人的大写的爱。

冰心说过：“成功的花儿，人们只惊羡她现时的明艳。然而当初她的芽儿，浸透了奋斗的泪泉，洒遍了牺牲的血雨。”林禾禧的五味人生，无疑是一个励志典范。在医患关系引发思考与重建的当下，更是一次爱的教育。

不忘初心，携爱同行。老树繁花，春华秋实。掩卷之余，奉上祝福：智者乐，仁者寿！

（原载2021年8月17日《人民资讯》，林禾禧著《妙手仁心一甲子》序）

文辞妙处感灯花

认识骆老师已经30多年了。我青少年时代的几个好友在学时是他的得意门生，所以很早就知道张坂中学有位名师叫骆愉。我们叫他“骆先”或者“汉瑜先”，“汉”应是家族辈分，在闽南话中，“先”是“老师、先生”的意思。如果没有记错，那时他常署的名字是“周瑜”的“瑜”，瑜是宝石，也形容玉的光泽，他的为人为师，颇具温润如玉的风范。和颜悦色加上一副黑框眼镜，与他的儒雅气质倒很匹配。有几次随友人去他家拜访，丝毫没有拘束感，相反地，见他平易近人，风趣谈吐，牵山比海，无所不谈，时有金句，引来满堂喝彩。即使众人对谈论的话题存在争议，他也是平等与人理论，绝对不是让人敬而远之的那一类教师。从他家出来，总有种如沐春风的清爽与通透。那时他的收入微薄，支撑的却是整个家庭的开支，日子过得挺紧的，但是他从不在我们面前显露愁眉苦脸的悲观情绪。换成现在的词汇表述，他传达给后学的是满满的正能量。

“师者，传道授业解惑也。”韩愈强调的是知识传授、疑难解答。网络时代的师者，如果还是依靠课堂上单纯的“教”，已不能适应新的时代的要求了。远程教学、音视频网课，学生即使身居偏僻的山村海岛，也能共享到优质教育的资源。但是，当年那种融洽无间的师生关系，那种亦师亦友相处的愉快氛围，那种教书之外又育人的“润物细无声”，却是当下校园文化相对稀缺的元素。

骆愉：唯借诗书伴，逢迎日里悠　　摄影／曾文卓

“愉”是愉快、愉悦的意思。上天赐给你光，你用它照亮自己的同时，也带给别人光明。所谓“赠人玫瑰，手留余香”。愉先退休多年，子女事业有成，物质生活上早已没有后顾之忧，他的华丽转身顺其自然。热心公益，成了晚年的另一份事业，除此之外，利用闲暇时间博览群书、创作诗词，垒筑精神高地，照样忙得不亦乐乎。从这个意义上理解，“愉”更符合他现在的生存状态和内心追求。

常言“厚积薄发”，愉先却是“早积晚发”。早年听愉师说过他在外地高校任教的弟弟，年纪轻轻就出版了专著，他的口气中，既为弟弟骄傲，也有几分羡慕。近几年他的创作处于才思奔涌的井喷时期，可以说是迎来久久期盼的文学创作的春天。我搜索浏览了他的部分作品，尽管是挂一漏万，能够感受到他发自内心的写作冲动和压抑不住的勃勃诗情。

温陵自古属胜地，历代名家辈出，诗人灿若星辰，有着“四海人文第一邦”美誉。近人苏大山先生曾广泛搜罗，经过严加剔抉，收录入集的就达九千余首，可惜付梓之前人已仙逝，书稿后来毁于“文革”。文化贵在传承，尽管时代不同了，旧体诗词日益淡出主流知识阶层的视线，虽然不同年龄段都还有铁杆粉丝的身影，毕竟无法重新拾回往昔的盛况，于是连一些具备功底的中老年诗家也不再耕耘扬长而去。据此，我坚信愉先对旧体诗词的喜欢绝不是赶时髦，而是发自内心的热爱。我惊讶的是，一个整天书写英文字母、连做梦都念 English 的外语教师，玩起自己民族古老的手艺时，竟没任何的陌生感，或者说，因为具有过人的慧根悟性，他在旧体诗词创作上，从起步走向成熟的历练时间特别短暂。可以想象，退休对他来说，不外是换了新的频道，也许因为新，焕发出更大的兴致，吸引他倾注更多的心血。“教坛嗟退下，亦乐亦兼忧。喜是征衣脱，悲是职业休。棋牌无兴趣，家务难参酬。唯借诗书伴，逢迎日里悠。”愉先在《让诗花为生命润色》一文中透露了自己的心迹。“对诗词的爱好，却是对时光最好的挽留。我不想把退休的日子浪费在打牌扯谈中，电脑从头学，临屏击节勤。兴怀多撰试，灯下喜耕耘。”“我写诗大多是有感而发，诗兴来了，不管晨昏午夜，身边的小纸头，或信封报纸的空白处，都是我的诗笺。”你看，这哪里像是一位年已古稀的老人，无论是强烈的求知欲，还是精气神的投入程度，完全不亚于初出茅庐的年轻人，俨然站在时代潮头的 C 位。

王阳明的学生问：“您说心外无物，如此花树，在深山中自生自落，于我心何关？”王阳明答道：“你未看到花时，花与你同归于寂。你看到此花时，花的颜色一时明艳起来，便知道此花不在你心外。”外师造化，中得心源。触景生情只是创作的表象，追究愉先这种近乎痴迷的执着之因，我从他为百年老屋“谅织苑”纪念文集写的序言中找到答案。“谅织苑”是家族合力重新修建、共同供奉先辈的祖厝，是家国情怀、乡愁记忆的寄托之所。愉先认为，家对于每个人都是快乐的源泉，再苦也是温暖的，也因为有了这份感情，家族才能承先启后，发扬光大。在他的眼中，老屋是一部家族之书，封面是老一辈给的，内容是子孙自己写的，厚度是一代接一代添加的，精彩是每个成员共同创造出来的。由于长期受到传统文化的浸染、熏陶，骆家走出不少各行各业的优秀人才，愉先的儿子骆铁、骆钢就是其中的代表。两兄弟从零开始，诚信待人，艰苦创业，创建了颇具实力的企业集团。企业命名为“德润”，本身就折射出传统文化对他的家庭巨大的影响力。他的家庭获得过全国“书香之家”、全省“最美家庭”殊荣，“家风如细雨，德润最清音”。我以为，好的家风胜过浩荡皇恩，孩子是他一生最好的作品，下一代的成功业绩，倒过来也激励他不用扬鞭自奋蹄，老当益壮，老有所乐，老有所为。

我知识积累有限，于旧体诗词方面缺乏研究，平时多少阅读到一些，觉得有两种倾向不可忽视：一是孤芳自赏、愤世嫉俗，诗句文字充斥空虚感、孤独感；二是只重格律、缺乏新意，随行就市唱和四季歌，内容主题则多陈词滥调。贺拉斯在《诗艺》中言：“一首诗仅仅具有美是不够的，还必须有魅力，必须按作者愿望左右读者的心灵。”好的诗词，讲究平仄的间隔、节拍的匀调，但是只有抑扬顿挫、起承转合还不够，还要有开阔的视野、深邃的思想。如愉先的《歌颂母亲》：“深情款款寄诗飞，节日千花献母闱。忆及柴门当日苦，怜轮白发古来稀。因思往事藏萱草，且看今朝舞彩衣。国泰民安圆绮梦，年华别样报家微。”拳拳之心力透纸背。再如他的《自寿诗》中：“舞剑未嫌筋骨老，弹琴却感岁时余。甘霖溢美飞虽秀，老骥扬蹄落却疏。何不观光邀鹤友，品红赏绿笑春渠。”乐观情怀充盈纸上。

承接盛世，文采风流。歌吟新时代，畅抒亲友情。为师时桃李成荫，师德可风；作诗则工古文辞，穷经究史。作为中国诗词学会、中国楹联学会会员，创作诗词已经成为愉先晚年的一种生活方式。难怪他越活越年轻、越老越快乐，浑身有着一股用不完的劲头，如果再减少些应景酬唱，让精力更聚焦一点，精彩大作将会源源不断。最后，我想借用泉州文坛前辈、诗词名家吴捷秋先生的一句诗点赞愉先：“绝唱高明翻古调，文辞妙处感灯花。”

（2022 年 5 月 26 日，骆愉诗集《儒园吟草》序）

天生我材必有用

一百年前的世纪之交，八国联军侵华，清廷丧权辱国。当时在国史馆任职的泉州晋江人吴鲁，“困处都城，闻见之间，有足哀者”。于是，成诗数十首，为《百哀诗》两卷。“强胡十国联军来，阵云黑压黄金台。”“八旗弱旅争逃溃，无复悲笳越石吹。”吴鲁为清代福建最后一位状元，他愤时感事，哀民生之多艰，抒爱国之情怀。

此时，远离政治中心的他的老家，人多地少，连年粮荒。八山一水一分田的泉州，早已没有宋元海上丝绸之路的盛况，寂静的码头上，偶尔有几个讨小海的渔民走过，哼着几句变调的南音。这一天，在九十九溪摸点小鱼虾改善清贫日子的庄材鬓，突然被远处晋江入海口的一片帆影打动了。“下南洋！”他的脑子里蹦出藏了很久的三个字。生活多艰，穷则思变，在他的五店市邻居中，几乎每一个家庭都有亲人冒险去了南洋。听说吕宋、槟榔屿、马六甲、淡马锡、泗水，这些异国他乡的港城，到处充斥着晋江乡音。庄材鬓想，自己已经二十四五岁了，再不拼就没有机会了。何况，在晋江人的眼中，你努力了，即使是输了，一点也不丢脸。把生命交给汪洋中的一条船，如果说这是晋江人的“赌性”，那他们赌的就是美好的未来。

菲律宾群岛，西班牙殖民地，洋场马尼拉。庄材鬓没有多少文化，知识对他关上了一扇机会的大门，而他认定天生我材必有用，偏要用勤劳的双手去打开它，探索其中的奥秘，挖掘其中的宝藏。敢创，敢闯，敢为天下先，是世代晋江人凝结的拼搏血性与精神气质。没日没夜的苦力，并不妨碍他的观察与思考。他习惯安静，也许沉默是金，他特别精于心算，天天搬运的这些货物，扣掉各种成本，老板赚了几分几厘，他都清清楚楚。94 岁的庄材鬓小女儿庄纯仪至今记得，父亲的算盘运算，用今天的词汇表达，那就像是电脑一样精准。做生意，亲兄弟，明白账。庄材鬓坚持一个原则，不该得的，一分不要。正是因为有这样的明白账，他的合作伙伴充分信任他，因为“材鬓”这个名字，等同于“诚信”两字。

庄材鬓卖的都是小商品，起初是菜市小贩用的刀具，逐渐地延及进出口贸易及味精、罐头、色纸等各种生活用品。这些东西经销商多，竞争大，利润微薄。他善于另辟蹊径，比如找到更便宜的制造商，向制造商建议设计更实用、更好看的款式。利润低可以薄利多销，积沙成塔，他看重的是，商人为顾客创造价值，顾客为商人提供机会，市场上商品的畅销程度，反馈到制造商手里，又成了调节产量、提升质量的动力。一个杰出的经销商，往往带动上下游商家，形成产业链和运输链，共同打造更大的消费市场。

在庄材鬓站稳脚跟之后，四个弟弟庄材叠、庄材起、庄材木、庄材楚陆续来到了菲律宾。兄弟同心，其利断金。在他的带领与指教下，五个人创办了“泉发”“泉成”“泉泰”三家商行，大家分工协作，取长补短，各司其职，按绩取酬，遇到意见不一时，由他出面拍板做决断。生意越做越大，在马尼拉，他成了华人商圈的知名人士。就在外人以为他必定落地生根之时，他做出了人生的又一个重大决定：“回国定居”。最后一次走在王彬街头，他把脚步放得很慢，在这里挥洒过无数汗水，也是在这里出人头地，许多老友早把异乡当故乡了，但是他不能忘记那一抹乡愁，随着年龄的增加，回到晋江的愿望也与日俱增。

背井离乡，异域打拼，忍辱负重，冷暖自知。庄材鬓无法忘记早年的一段记忆：他父亲开了家包子店，小本生意难做，有次要向大富人家借五斤红糖，一连走了好几家都没有借到，原来人家担心他还不起。庄材鬓的事业成功后，周围的人夸赞，而他自己清醒，钱如潮水，能涨也能退，必须让钱有个去处，最好的去处是留在生他养他的晋江老家。

他起大厝，选址于青阳山的坡地，占地800平方米，坐东看西，样式是三开间二落带后轩及双面护厝，硬山式顶，飞檐翘角，穿斗式兼梁架式木构架。不走当时流行的番仔楼路线，红砖红瓦渲染主色，白石青石勾勒线条，圆木方木支撑结构，气势恢宏，中规中矩。正面墙壁红砖均刻有图案及文字，烧制过程相当复杂。双塌寿大门两侧有泉州知名文化人曾遒书法作品，大门上的联句是："松柏栋梁欢喜紧固，麟凤堂室福禄光明。""经读南华绵德泽，宾传御墨衍簪缨。"寓意读书耕田，期望道德传家。大厝总共有25间房，建筑设计上，庄材鬓自有他的独特慧眼。他在石埕外围另建一列五间埕头间，分作五个家庭的厨房，既做到兄弟不分大小，待遇一致，又做到做饭时油烟不致影响到起居生活区。主体建筑物上装饰有相当数量的各种雕刻，这些精美超群的工艺作品都是惠安工匠心血的结晶。据说为了达到当地最高水准，庄材鬓让几组师傅同场竞技，胜者嘉奖。不管是石雕、木雕，还是堆灰、瓷塑、彩绘，大小构件精雕细琢、工艺水平精益求精。庄致平、庄火龙、庄志勇、庄铭群等几位庄材鬓兄弟的后人都曾在这幢大厝里生活过，深井、走廊、大埕、巷道，都留下过他们玩耍嬉闹的笑声。他们说小时候看到的雕塑才叫精美绝伦，有些木雕构件年久失修，有的被人偷走了，后来补上的花窗缺少原件的技艺与韵味。1926 年竣工的这幢泉州南门外特别显眼的兄弟大厝，还以立面色泽鲜艳、充满异国情调的四堵西班牙瓷砖闻名，其精湛的工艺，广东、浙江等地的陶瓷大厂至今无法仿制。磁灶陶瓷行业复兴初期，不少老板带着技术人员直接来到现场研讨，可以说，它们对晋江外墙砖产业的快速发展起到了一定的激励与借鉴作用。

20 世纪初，随着闽南人在菲律宾数量的剧增，各种华人公会与慈善、教育、商务组织纷纷成立，善举公所、崇仁医院先后诞生。泉州一些开明人士提出“经世致用”、开办新式教育。华侨带回海外的商业意识和文化科技信息，从经商理念到兴学模式、建宅技艺等全方位体现异质文化在本土的折射，推动了泉州形成新一波开放、包容的文化氛围。在庄材鬓的奔走和组织下，家族书塾华丽转身为新式教育的希信小学。众望所归，他被推举为马尼拉、晋江两地希信学校董事会董事长。说起往事，庄纯仪老人回忆，父亲最疼爱她。51 岁的庄材鬓回到晋江定居那年，庄纯仪才 6 岁，每天送她入学读书成了父亲的分内工作。他去接孩子时总带着点心，让小纯仪吃了才回家。小纯仪怕同学笑她，还发了几次脾气，父亲才改为带瓶茶水。庄材鬓热心公益，最突出的还是利用个人威望，助推邻里和谐相处，三乡五里出现民间纠纷，常请他出面主持公道，事情往往迎刃而解。和为贵，和气生财，他深信晋江商人的成功与这些信条关系很大。乡绅，是他晚年生活最得意的一个虚衔。

庄材鬓生有三个儿子、三个女儿。据庄纯仪介绍，大兄庄杰贝、二兄庄杰富因身体原因均逝于壮年，三兄庄清秀承接父亲生意，事业发扬光大，不但传承进出口贸易，还办有大型味精厂等企业。而更新的一代庄氏后人，则在东南亚、欧美开枝散叶，从事的多是经商以外的工程师、医生等职业。也许是理念上的趋同，庄材鬓和当地另一位乡绅吴钟善成了亲家。吴钟善的父亲就是大名鼎鼎的状元吴鲁。吴钟善“方在襁褓，便与皮鞭丝帆影缔胜缘矣”。随侍父亲，游历四方，满腹经纶，见多识广。吴鲁病故后，吴钟善传播父亲的新学思想，与吴增、黄抟扶等文化人一起，成为推动泉州新式教育的始作俑者。吴钟善的女儿吴毓珩嫁给庄家三公子庄清秀，成了五店市的一段坊间佳话。因是名门闺秀，五店市的厝边都尊称她“小姐”，以致无人能够说出她的真实名字。知书达理的“小姐”，嫁到庄家后一点也不娇气，每逢回钱头村娘家探亲，吴毓珩总要带上小姑子庄纯仪一起坐上轿子。庄纯仪特别感念的是，父亲 63 岁那年病逝，三兄庄清秀一家自菲律宾返乡料理后事，临走前决定让三嫂吴毓珩留下照顾母亲。又过了 6 年，母亲逝世后，嫂子才回到菲律宾与家人团聚。

“恭敬则天地自位，万物自育，气无不和，四灵毕至。”“德性者，言性之可贵，与言性善，其实一也。性之德者，言性之所有也。”曾遒为兄弟大厝所书程朱理学名句，被庄材鬓视为体信达顺之道。在庄纯仪老人的眼中，家族的荣耀如同过眼烟云，父亲生前更看重的是敢为人先、勇于拼搏、重义疏财、忠孝传家。这些精神流淌到当代商人身上，再次熠熠生辉，汇注入世人瞩目的“晋江经验”之中。庄材鬓一生带有传奇色彩的经历，查阅当地文献，竟难见点滴记载。这位侨界低调富豪，把一生最奢华的心血杰作，留给了青阳五店市，写在了故乡的大地上。

（原载 2022 年 8 月 20 日《泉州晚报》）

大智慧有大担当

有人说，泉州在宋元时期的地位就像今天的上海、纽约，这话一点不假。泉州项目申遗之所以成功，得益于当时的泉州就是世界海洋商贸中心，众多的历史遗存足以印证“涨海声中万国商”的昔日辉煌。正因为泉州是中华文明走向世界的重要出发站，是多元文化交流交融的大码头，泉州人才能成为欧洲大航海时代之前的“海上马车夫”，以海为田，以舟为车，驰骋大洋，搏击风浪，创造了一个个人间奇迹。明清海禁以后，刺桐港衰落下去，大批不愿困守“八山一水一分田”的泉州人，横跨黑水沟挺进台湾岛，穿越南海直下东南亚，开荆辟榛，在他乡和异国创造了又一片新天地。“爱拼才会赢”，是泉州人性格的真实写照。数据表明，泉州籍台胞和泉州籍华人华侨均超过900万人，泉州既是台胞在大陆最大的祖籍地，更是无可争议的中国第一侨乡。长期与海外联系密切的港澳地区，还有近百万的泉州人，走在香港北角、九龙红磡和土瓜湾等地，随时可以听到闽南语的亲切声音。泉州籍同胞的心灵深处，存留着一个无法割舍的原乡，同时，把异乡当作故乡，为当地社群服务，为当地发展出力，早已被他们认同为应该做好的分内事。

今天的泉州，拥有三大比较优势，即历史文化丰富、民营经济发达和数量庞大的港台及海外乡亲资源。改革开放伊始，泉州民营经济的发展恰是从港台、海外乡亲的“三来一补”起步的。各种富豪榜上从来不缺少泉州企业家的身影，勤劳智慧、敏于商机，勇于拼搏，不屈不挠，输赢笑笑，垒筑起泉州商人的集体形象与气概气质。单是香港一地，我们就可以列出一连串知名泉商的名字，但是能够站在政坛上发声的却寥寥无几。既是商界领袖又是参政高手的，更是晨星一般罕见，而最亮的那一颗，非黄保欣先生莫属。

黄保欣先生出生于惠安乡下（现在的泉州台商区张坂镇），小学在县城就读，中学念的是泉州培元，大学上的是厦门大学，因逢抗战时期，大学四年是在长汀度过的。这样的经历，并无特别出彩的传奇故事，但是黄保欣在学校养成了求知若渴、勤奋好学的习惯，无论在图书馆、实验室，还是工作过的公路局、炼油厂。即使是在

2019 年，黄保欣先生（右）获知自己力荐选址的泉州高铁东站开建的消息，非常高兴　供图／邱昭阳

日军飞机空袭之后，他都没有放弃学习钻研的机会，反而增加了时时对国际政治风云的关注与分析，真所谓“风声雨声读书声声声入耳，家事国事天下事事事关心”。要理解他后来为什么“热衷参政”，青少年阶段的经历不可忽视。

商海茫茫，险象环生，生意起落皆为常事。黄保欣创办联侨公司，经商虽有波折，却一路向好，究其因，在于最看重的是“诚信为本、同行为友、专业为用”。这三点可谓他成功的秘诀，这几个字写起来容易，要行稳致远谈何容易？他大学念的是化学系，通过到日本、东南亚的考察，加上对全球石油走势的判断，他认为香港是个自由港，且制造业飞速发展，塑料作为新兴产业将会创造出巨大的工商拓展空间，于是捷足先登，与日本三井石油化工株式会社建立稳固的业务关系。据说日企在选择香港的代理公司时要求甚严，黄保欣的专业水平、社会信誉起到了至关重要的作用。一个胸襟宽阔、腹可撑船的商人，必须考虑到上下游链条中合作者们的利益，善于换位思考，方可共同发展。他在调研中发现日本企业的管理技术领先市场，马上把有关资料与香港的制造商分享，甚至带领相关企业的代表出国参访，让他们尽快改进工艺流程，引进先进设备，跟上国际潮流。星光实业因此学会了软塑、压塑等新技术，而对一时无法更新设备的小企业，则设法提升他们的鉴别能力，比如怎样看懂溶解系数，怎样使用新型材料。因为存在竞争关系，同行往往是冤家。黄保欣却不这样认为，没有共同成长，何有塑料行业整体做大做强？第四次中东战争期间，塑料原材料飞涨，黄保欣在石油价格上涨之前已经采购了一大批原料储存起来，本可以高价抛出狠赚一把，却按涨价前价格卖给下游生产商，解了制造企业的燃眉之急，等于替别人分担了市场压力。当港英当局出于稳定原料市场考虑而禁止转口输出时，黄保欣表示完全赞成，有些人不理解，这个生意人到底是怎么想的？因为有利于扶持本地企业，尽管这样的政策对自己的业务经营是不利的。众望所归，他担任香港塑料原料商会会长达 15 年之久，有力推动了当地塑料产业成为香港制造三大支柱产业之一。

商界人士担任议员、咨询委员等职务，参与政治生活，代表某种团体、阶层发声，可以促进政府体察民意，调整政策，推动经济发展和城市建设。从弃文从商，到“以商为辅”，表面上看是“商而优则仕”，可以获得社会知名度与美誉度。但是，黄保欣先生的参政不是一般意义的议议事、开开会、发发言。黄保欣出任的职务均是社会关注度很高，“在刀锋上跳舞”的敏感要职。他是至今为止在香港当代政治生活中最具影响力的泉州籍人士，没有之一。

1979 年 8 月，香港总督麦理浩约见黄保欣先生，提出让他担任立法局议员时，他没有一点思想准备，当时他对香港的政制也不是很了解。立法局非官守议员名额只有十个，华人精英出任该职的极少，黄保欣之所以被看中，在于他拥有良好的社会声誉。可以说，后来的经历证明了麦理浩的眼光，也印证了黄保欣的才华能力。更早时候，麦理浩到中华厂商总会走访时，黄保欣等人当场就建议设立反贪机构，后来廉政公署成立，不能说是这一建议被采纳，但起到一定的推动作用是毋庸置疑的。廉政公署成立不久，黄保欣就被邀为防止贪污咨询委员，也可见受到官方重视的程度。曾经有商界人士议论，如果专心经商，黄保欣完全有可能成为一位超级富豪。对于个人和家族而言，经商是最好的选择，以物质财富的形式支持社会公益事业，也是一种贡献。作为著名侨乡，泉州的许多学校、医院、道路都有港澳、海外同胞的一份心血，黄保欣对惠安老家和就学或任教过的培元中学、惠南中学、厦门大学等学校都有大笔捐助。他对学校有份特殊的感情，一生爱好阅读与思考，源头的活水就是学校。担任议员后，他曾建议香港政府要控制公营部门支出，增加教育经费，创办新的大学。那时的香港只有“港大”和“港中大”两所知名高校，他的心中有大格局，他的着急是有道理的，对这个国际航运中心和金融中心来说，没有什么是比人才更缺的资源了。

也是在担任议员以后，联侨公司的生意基本上交给夫人打理，黄保欣先生全身心地投入为香港服务、为人民服务中去，特别是在香港回归的特定历史时期，他充当了相当重要的角色，发挥了极其出色的作用。1984年，面对港方的小动作，他旗帜鲜明地指出，立法局直选条件尚未成熟，任何对现有制度的修改，都必须以不会动摇根基为前提。《中英联合声明》草签后，他及时发表长篇讲话，认为以一个香港人的角度来看，联合声明体现了两国有约束力的协议，香港人在这两年多提出的希望与要求都充分地在协议之内有了明确规定。回归过渡时期，各种声音混杂，平时在商场上主张以和为贵、广交朋友的黄保欣，在涉及国家民族、大是大非问题上绝不含糊，他多次在立法局会议上舌战群儒，不管是唯恐香港局势不乱的，还是对香港的未来失去信心的，他都能够站稳立场，有理有据，或针锋相对，或耐心说服，展示出在历史大转折中的大智大勇、高瞻远瞩，其才能是多数商界大佬难以望其项背的。由于无暇顾及生意，联侨的日本合作公司曾郑重提醒过他。就在他决定重振家族事务之时，基本法起草委员会在北京成立，他被全国人大常委会任命为基本法起草委员会委员。事关每一位香港人的切身利益，他又一次走向公共舞台。对于这部带有宪制性质的法律，每一个字都有千斤之重。黄保欣经常通宵达旦，倾尽精力，积极反映民意，搭起桥梁作用。当知道有关政府财政收支平衡和低税政策的条文在讨论中未获通过，他据理力争，主张保留，认为香港经济对外依存度高，难以抗击形势剧烈波动，如果没有低税率的吸引，本港资金必然大量流出。后来，这两方面的内容在《基本法》条款中都有所体现。在接受《人民日报》记者的一次专访时，黄保欣先生感慨万千，近五年来，“我是带着一种历史使命感投入起草工作的，这是我一生最难忘的岁月”。香港最后一任港督到任后，标新立异推出新施政报告，企图改变香港发展方向。黄保欣感到事态严重，立即在多家报刊发表《施政报告关于选择委员会建议的商榷》，肯定与维护基本法精神，告诉香港市民，香港前途的法理基础是《中英联合声明》，过渡时期的政制发展必须依照《基本法》规定。这一力挽狂澜的举动，颇有阵中大将风范，对安定民心、防止思想混乱和社会动荡有着正向意义。在回归后过渡期，黄保欣先后被任命为“一国两制”经济研究中心副主任、港事顾问、全国人大常委会香港特别行政区筹备委员会委员和基本法委员会副主任，每一个职务都是沉甸甸的，与他一起出现在顾问、委员名单中的有安子介、梁振英、李国宝、霍英东、李嘉诚、查良镛等，个个都是如雷贯耳的重量级人物。作为泉州人，我们不能不为他这位杰出乡贤感到骄傲与自豪。

香港是中国的香港，香港的历史是全体香港人民创造出来的，恒河沙数，一个人就像一滴水般微不足道，但是总有一些社会精英挺身而出，担起时代重任。咨询，外人看起来只是提问题、提建议，黄保欣出任的偏偏是巨无霸项目的咨委会主席。一是香港新机场，

香港新机场是香港历史上最大的建设项目，黄保欣先后出任咨委会主席、管理局主席　来源 / 汪洛

投资超过 1200 亿港元的香港历史上最大的建设项目，单是让人阅看设计图纸就足以眼花缭乱。如何监管建设过程的财务安排，港英当局心怀鬼胎，中英双方互不相让。如何充当沟通的“滑润剂”，发挥咨询、监督、建议作用，黄保欣真正做到了呕心沥血。二是大亚湾核电站，这是中国第一座商用核电站，投资 40 亿美元。许多人对核电并不了解，闻“核”惊心，因而一开始就注定局面的不平静，出现了百万人参与、香港有史以来最大的签名运动，民众反对在距离香港 45 公里的地方建设核电站。黄保欣临危受命，出任大亚湾核电站安全咨询委员会主席，这是一个烫手山芋，他却握了十余年没有放手，不但率团四处调研，多方论证，刚柔并举，反复沟通，还不耻下问，不断向在美国核电站工作的女儿请教。十多年间，我

们完全可以设想有无数的难题困扰着这位坚强的老人。已是古稀之年，本可以享受天伦之乐，真不知他是怎样度过那些难熬的日日夜夜。

由于对香港社会与民生发展做出了杰出贡献，黄保欣先生获得了太平绅士、大紫荆勋章等众多荣誉。香港多所大学授予他荣誉博士学位，城市理工大学在评价词中这样写道："作为一位成功企业家，黄保欣先生服务于香港社会大众已数十年，自从投身参与公职以来，他经营的企业失去了这段时间里出现的许多机会，在进展上没能达到应有的速度。他多年来致力管理的是比工商业务还要广泛的香港事务，香港人都会为有这样公而忘私的市民而感到荣幸。"唯利是图是商人的本性，黄保欣先生的本色身份正是商人，纵横商海几十年，他当然是利润的精算师，但此时的他，已经把"利"的分享人换成了全体香港市民。他个人的钱袋子轻了，但在广大香港人的心目中，他的分量却变得更重了。公而忘私，居高望远，迎难而上，勇于担当，功在社会、泽被后世，黄保欣先生留给香港和故乡的，是一笔比亿万钱财更为宝贵的精神财富。

（原载《海丝侨声》2023年第1期）

我从不向困难屈服

●谈泉州："家乡变化太大了"

虽然年过七旬，作为著名的量子科学家，中国科学院院士、第三世界科学院院士、中国科技大学教授郭光灿仍然带领着他的科研团队，夜以继日、争分夺秒地奔忙着。此次忙里偷闲回到泉州台商投资区，既有宗亲的热情邀请，更是乡愁的内心驱使。郭光灿先抵郭氏家庙完成了谒祖仪式，在乡亲们的带领下，先后参观了泉州海丝文化艺术展览馆、百崎乡政府办公楼、百崎卫生院、百崎民族中

郭光灿（右）说，家乡的变化太大了　　摄影 / 郭湘瑜

学、百崎中心小学，寻找其成长的痕迹，感受着家乡的新颜。一路上，郭光灿说得最多的一句话便是：“老家变化太大了！”

当百崎乡卫生院负责人介绍，百崎乡卫生院已经与市第一医院中医科建立协作关系时，郭光灿连连称赞这是惠民好举措。走进百崎民族中学，大大的田径场，让郭光灿感叹“站在这里，视野广阔”。百崎中心小学校长带着郭光灿参观了图书馆、实验室、多媒体教室等，介绍了学校的办学理念。“与我当年相比，现在孩子们的学习条件太好了，一点都不输给城市孩子。”“教育优先，人才就是未来。家乡人重视教育，这路子绝对没错。”他曾推辞过多所高校、研究机构授予他的荣誉职务，却一口答应出任家乡小学的名誉董事长、名誉校长。

他儿时游过泳的海湾，如今变戏法似的建起了一座美丽的海上丝绸之路艺术公园。凝望气势非凡的公园主雕塑“帆影”，仿佛看到当年出海的船队安全凯旋。郭光灿仔细聆听着公园工作人员的讲解，为百崎湖畔翻天覆地的巨变不停点赞。

●谈母亲：“受母亲影响，我才有坚韧不拔的性格”

1942 年，郭光灿出生于百崎的一个渔民家庭。3 岁时，父亲被日本人抓去做苦力，结果病死在运货的船上。母亲含辛茹苦独自抚养郭光灿三兄弟长大。

母亲目不识丁，但目光长远，深信读书能够改变命运。这位步履艰难的小脚女子，毅然解开缠足的布条，挑起担子走向田野。“如果母亲让我们三兄弟不要念书，早点出来帮工，她就不会那么辛苦了。”感念于母亲的辛劳付出，加上闽南地区对读书人的尊重，耳濡目染，郭光灿从小就聪明好学。

在这位已过古稀之年的院士看来，母亲当年的坚持，不仅满足了他对知识的渴求，更让他延续了母亲坚韧不拔的性格，得以在日后的困境中不折不挠、顽强作战。曾经好几次，他的研究项目都面临夭折的危险。“受母亲影响，在任何困境中，我都不屈服。”

●谈中学时代：“中学打下的底子，终身受用”

1955 年，郭光灿参加小学升初中考试，成为学校同级学生中唯一考上全省重点中学泉州五中的。年少的他搭着小舢板进城报到，“第一次看到汽车带着 4 个轮子跑”。

在校园里，除了贫困，他觉得一切都是美好的。他吃最便宜的饭菜，一有时间就往图书馆跑。爱好文学的二哥也在泉州上学，时常为报纸投稿，偶尔有稿子被刊用，用稿费带郭光灿看一场电影，这成为郭光灿中学时代最大的享受。

五中的学习氛围良好，他的学习成绩更是出类拔萃。假期时，他从图书馆借了许多书背回家看，看完继续借，几乎读尽图书馆里所有的中国古典小说。看多了文学书籍，郭光灿的作文常常成为语文老师在课堂上点评的范本，他一度立志“要当个作家”。

保送进高中时，恰逢“大跃进”在全国轰轰烈烈展开，当时的教育也要“大跃进”，学校决定考试选拔出成绩较好的一批同学，组成两个理工班，“要求三年的功课两年完成”。郭光灿思忖，早一年毕业能为家里省不少钱，于是选择了理工班，“作家梦”从此搁浅。

回首在泉州五中度过的美好时光，郭光灿感慨于自己的幸运。在他看来，这个阶段，是他从年少无知走向广阔天地的过渡，是他一生中性格磨砺、学习方法培养的关键阶段，“一个人中学打下的底子，终身受用”。

●谈高考：“立志报国，影响到专业选择”

高考前的一段“小插曲”让郭光灿终生难忘。

突然有一天，校长通知郭光灿和其他几位同学去医院体检。“当时校长什么也没跟我们说，我们懵懵懂懂就去了。”

体检时，医生爱说话：“哎哟，你们这几个人怎么这么聪明，要到苏联去留学了。”这下，郭光灿和同学才知道他们被选为“留苏预备生”。

从农村来要送到国外去，要送到苏联“老大哥”那儿去，几个孩子一激动，血压蹭地上去了。结果量了好几次，他的血压一直老高老高，就是下不来。

1960 年，郭光灿参加全国统一高考，第一志愿报考留苏预备班，第二志愿为中国科技大学。后因留苏政策变动，立志科学报国的他，迈入了中科大的校门。

“当时想学半导体，就报考了中科大无线电系。”郭光灿的这一选择可谓阴差阳错，进了校门他才知道，中科大的半导体专业设在物理系，而不是像他所知道的北大半导体物理专业归在无线电系。

1960 年，世界上第一台激光器问世。不久之后，中科大无线电系设立气体激光新专业，郭光灿对此方向产生了兴趣，决心钻研下去。也是由此开始，他与光学结下不解之缘。

●谈中科大："专注做一件事就是好的学习方法"

"我这辈子最幸运的一件事，就是考入了中科大。"郭光灿对自己的大学生活感念至深。严济慈、钱学森等老一代著名科学家都对中科大投入过极大的感情和心血，有幸聆听他们的教诲，让郭光灿受益一生。

郭光灿体会到，这些留洋归来的老科学家经历过旧中国的贫穷落后，非常希望年轻一代能够承担起民族复兴的历史责任。"所以那个时候的中科大，男孩子立志做爱因斯坦，女孩子的目标就是成为居里夫人。"雄心壮志之外，郭光灿还从这些一流科学家身上学到了做学问的思维方法和学术理念。1965 年，郭光灿毕业后留校任物理系助教。

"在中科大求学四年、任职一年的熏陶，让我明白两件事：第一，要有担当，要承担起民族复兴的历史责任；第二，要努力攀登科学高峰。"郭光灿说，这五年里，尽管想念母亲，为了省下路费和多学点东西，他没有回过泉州，每个假期，一边打工，一边看书。"生活很苦，但很开心。我来中科大，就是来求知的，专注做一件事就是好的学习方法。"因为专注，他成为科技部 973 项目"量子通信和量子信息技术"的首席科学家，获得了国家自然科学二等奖、何梁何利奖，当选 2013 年度"CCTV 科技创新人物"；因为专注，他提出的概率量子克隆原理等重要成果，被国际上称为"段－郭概率克隆机""段－郭界限"，是"该领域最激动人心的进展之一"。他提出的"利用光腔制备两原子纠缠"的方案，被法国科学家沙吉·哈罗彻实验证实，后者 2012 年荣获诺贝尔物理学奖。

●谈科研："注重技术进步，才能引领市场"

曾经，他潜心科研、献身科学的愿望被接连而至的政治运动打断。拨乱反正后，郭光灿重拾起气体激光研究。经过一番调查，郭光灿发现氮分子气体激光器是当时国内的一个空白领域。当时科研刚刚恢复，各种条件和设备都还很落后，买器件、焊铁架、搭结构、做实验……每一件小事郭光灿都要亲力亲为。虽然非常艰苦，但没过多久，我国最早的氮分子激光器就研发成功。1978 年，这项成果获评全国科学大会奖。

研发激光器的经历，让郭光灿认识到，国家没有条件进行大量的科技投入，做实验研究将难上加难。他决定转向理论研究，这成为他学术生涯的一个重要转折点。在光学领域有多年积累的郭光灿找了一个"冷门"——量子光学。"比我有名的很多人都说这个方向没有用，因此国内几乎没有人考虑用量子理论解决光学问题。但是我觉得，这里面应该很有趣。"郭光灿坚持要剑走偏锋，就奔着自己的兴趣爱好做下去。

1981 年，郭光灿前往加拿大多伦多大学物理系做访问学者。到了国外他才发现，国内无人关注的量子光学已经与国际前沿有了近 20 年的差距。

回国后，郭光灿马上全身心投入量子光学学科的建设中。1984 年，他依靠学校支持的 2000 元钱，在欧阳修笔下的那个琅琊山醉翁亭，主持召开了全国第一个量子光学学术会议。以此为基础，后来又成立了量子光学专业委员会。就靠着这个学术活动，我国量子光学领域的研究队伍慢慢壮大起来，学科也得以迅速发展。郭光灿还在国内开了第一门量子光学课程。这本国内量子光学的“启蒙教科书”成为经典教材，为学科发展起到奠基作用。很难想象，如果没有郭光灿的执着追求与独特眼光，中国的量子光学、量子信息研究能够拥有今天的成就。

即将离开泉州时，依依不舍的郭光灿显得有些激动。他说，老家发展得很好，泉州的企业家们值得敬佩，他们勤劳智慧，敢闯敢搏，敏于市场，充满活力，创造了令人感叹的经济奇迹。当今世界信息技术可谓一日千里，传统产业不能故步自封，要跟踪潮流趋势，还要重视技术进步，只有这样，才能不断引领市场、超越别人。

（原载 2017 年 7 月 19 日《泉州晚报》　合作作者：许雅玲）

让阅读点亮人生的路灯

11 月 18 日，中国作家协会副主席、著名作家叶辛应邀在石狮市万祥图书馆作“阅读与人的发展”主题分享。此次活动由石狮市委宣传部和万祥文教论坛组委会联合主办。泉州市人大常委会法工委主任、泉州市文艺评论家协会主席郭培明担任本场活动主持人。

从出生地上海到贵州山区插队，在那个激荡的岁月里，在两千万下乡知青的时代洪流中，“知青叶辛”之所以成长为“著名作家叶辛”，与他从小养成的阅读习惯息息相关。带着“阅读与人的发展”这个命题，叶老师与泉州文学爱好者分享了人生旅程中与阅读相关的“小故事”。这些事发生在他身上，可是释放的智慧却影响着现场每位听众。他启迪我们：人生的阻碍一直都有，年轻时候有看不到好书的困扰，如今有手机信息爆炸的干扰，但是在任何时候都不能放弃阅读与思考，因为这将会是人生道路上的一盏“路灯”，带给你生活的情趣，提升你生活的品质。

主题分享会后，数十位年轻人捧着叶辛作品排队等候签名。他最新出版的手稿珍藏本《打开贵州这本书》受到现场读者热捧。

“此前，万祥文教论坛已经举办了 15 期公益讲座。”万祥集团董事长、万祥图书馆创办人蔡友平说，借助图书馆文化空间，他们将持续引入智慧的声音，让更多家乡人在富了口袋之后富脑袋。“我

作者主持叶辛（右）主题讲座　　摄影 / 潘登

们期待更多拥有海洋精神的泉州人，在果敢进取之余，更能多一分睿智与思考”。

郭培明：“万祥文教论坛”第 16 期今天开讲了。因为疫情的影响，这一期的举办时间拖得有点长，但我们在等待中迎来了一位重量级嘉宾：著名作家、中国作家协会副主席叶辛老师。

叶老师成名很早，1977 年发表处女作《高高的苗岭》，他的创作是几乎与粉碎“四人帮”后的改革开放同步进行的，至今已经写了近 50 部作品，真正的著作等身。他先后担任贵州作协副主席、上海作协副主席、中国作协副主席等职务和高校教职。国庆 70 周年大庆时，他是唯一出现在天安门广场彩车方阵中的文学界代表。

也因为成名早，加上叶老师为人谦和、低调，现在的年轻人反而不那么熟悉他。但是一提起电影《火娃》，电视剧《蹉跎岁月》《孽债》，许多人的脸部表情就不一样了。郭旭新、肖雄因《蹉跎岁月》一剧成名，双双荣获当年度的电视金鹰奖最佳男女主角奖，关牧村演唱的主题曲《一支难忘的歌》也一时流行。

更值得一提的是，2016 年 10 月 14 日《人民日报》版面上的一篇文章，习近平总书记谈到自己的文学情缘时提到了叶辛："我和叶辛同志都是上山下乡的知识青年一辈。他讲到的一些体会和心态，像开始见到农村、农民的那种感受，我是很能理解的。他是在贵州插队，我是在陕北黄土高原。……当时我们有这样的经历，也看到有这样的现象，这是活生生的，我觉得写这些东西才是真实的生活。"

习近平总书记的青少年时代读过很多书，他说读书是他的一种生活方式。习总书记在许多重要场合的讲话中，旁征博引，信手拈来，常常引用名家名言、名著名篇。除了中国的古今名著，外国的名著他也读了许多，像克雷洛夫、普希金、车尔尼雪夫斯基、托尔斯泰、肖洛霍夫、伏尔泰、卢梭、萨特、海明威的作品，甚至包括读华盛顿、林肯的传记，文史哲美，广为涉猎。他当年到梁家河下乡时的行李，是一帮知青中最重的，满满一箱子的书籍。有一个故事说，他为了看一本《浮士德》，走了 30 里的路去找外村的知青借书。叶老师与习总书记当年上山下乡的时间点差不多，都是 1969 年，当时习近平同志 16 岁、叶老师 19 岁。现在，我们就来听听叶老师谈他们那一代人的青春岁月，谈知青时代的读书生活，谈自己与贵州的不了情缘，谈读书、写作与人的发展。

第一阶段：从顽皮鬼到小书迷

故事一：妈妈教会我写读书笔记
相关书单：《铁木耳和他的队伍》

叶辛：小说家的演讲就是讲故事，我的读书历史就是从听故事开始的。小时候我也和其他小孩一样在胡同里玩闹、打弹子，除了课本，从不阅读课外书。真正与阅读结缘是小学三年级的暑假。那年暑假，我所在的小学搞了一个“红领巾读书活动”，每个小孩子可以借 10 本书。男生爱读战争，当时借了《平原游击队》《湘西剿匪记》还有一本《铁木耳和他的队伍》。前面几本都是打仗的，看得很开心，可看到《铁木耳和他的队伍》时大失所望，原来根本不是写苏联红军打仗，而是写苏联少先队的故事。当时看的时候觉得书里的人物傻傻的，所以把书往边上一丢。

我母亲是小学教员，看到我把书丢了，就过来跟我交流。她拿起那本书说：你这样读书是不会有收获的，你要读书，就一定要做读书笔记。我一听就很反感，情绪抵触。当时她提出要求：你要么不读，要么就写一篇读书笔记。平常母亲鲜少管我，但一旦有要求还是要听话的。她教会我写读书笔记的规则，我遵守了一辈子。首先是写好书名，然后附上作者名字，再者还要写明是哪个出版社的，最后还要写清是什么时候首印的。后来我一辈子与书打交道，就与这堂启蒙课息息相关。

这堂启蒙课还有下半场，母亲还要求我写清楚开头之后要写感受，什么感觉就直接地表达。当时我感觉书中的主人翁呆呆的，母亲就让我将这句话写下来。只写一句话的难度不高，那个暑假我便坚持下来了。开学还书后，学校的老师就表扬我的读书笔记。那时我就很自豪，在好胜心驱使下，开始对读书产生大兴趣。

故事二：老师的故事被我剧透了

相关书单《我的一家》、革命回忆录

叶辛：如果说母亲教会我读书笔记的规范，那么真正品尝到阅读带来的大喜悦则要感谢我漂亮的小学老师。

当时，我们所在的班是那一届最调皮、最难管的。班主任袁老师虽然年轻但是却很有办法收拾我们。她不与我们讲大道理，而是拿一张报纸来跟我们讲故事。讲 20 世纪 30 年代，共产党地下工作者的故事。每次讲到特务接头被发现的紧张情节时就下课了。她告诉我们，如果我们在上课时认真听讲，那么下周自习课上就继续讲故事。靠着这份悬念，我们班的纪律性逐渐好了起来。第二周讲到地下工作者开会时被包围了，又下课了。袁老师又让我们守纪律。当时我个子小，忍不住好奇往老师的讲台上探看，发现原来她跟我们讲的是报纸上刊发的《我的一家》革命回忆录连载文章。原来老师也不知道接下来的故事怎么发展，我心里藏下了这个秘密。有一天，我去上海电影院看电影，在电影院门口书摊边上一眼看到这本《我的一家》。三毛二分钱，我激动地买下了这本书，赶紧翻看老师讲过的情节及接下来的故事发展。第三星期，袁老师讲到有地下工作者被抓后叛变了，上了老虎凳还有火烙……这时候又下课了。老师走了之后，我得意地向同学们宣布：接下来的情节我知道！一下就收获了满满的崇拜。

所以，我的读书启蒙其实是受虚荣心的驱使。虚荣心并非一定不好，我尝到了好处，因此开始主动找书来阅读。此后我在上海的《儿童时代》杂志上写过《从顽皮鬼到小书迷》的文章纪念我三四年级的读书启蒙生活。

第二阶段：逍遥十年最好的读书光阴

故事三：彻夜翻看“下流”书
相关书单《红与黑》《沉船》……

叶辛：我的第二段读书生活是一个很多人难以回避的非常时期。从 1966 年到 1968 年底，全国闹“文化大革命”，那时我是个初三年级的学生。当时，“造反派、保皇派”，两派互相斗争，到处都很乱。我家离上海南京路很近，南京路可谓是当时的“演出舞台”，两派都派人来找过我，想吸收我成为其中一员，但我都本能地拒绝，自封逍遥派，选择从另一个角度看社会。那会儿，我还第一次见识了啥叫辩论。一群人，两派别，围绕“为什么老子英雄儿好汉，为什么老子混账儿浑蛋”的话题站到台上争吵。

闹哄哄的“革命”在眼中变幻着像播映电影。母亲常说：吃饱饭就去南京路看看新闻，然后回家看小说。那会儿发现，原来在胡同里有不少与我一样的逍遥派。那时到处“破四旧”，可奇怪的是，有些原本看不到的小说却突然流通起来，不少书上印着“上海第六图书馆”，推测应是书籍被损坏时，有人偷偷将其藏了起来。有趣的是，当时不少名著引起我的阅读兴趣是源于那时的“批斗”。比如，当时批斗《红与黑》是宣传资产阶级色情下流的文学代表作。这样一写，反而让我们这些初中生、高中生很好奇：到底下流到什么程度呢？还有《基督山伯爵》，批斗其宣传资产阶级的复仇观念。这些书籍都陪伴我度过那段特别的岁月。

其中，让我最印象深刻的是泰戈尔的《沉船》。当时是一位高中生借给我的，他说只能借 24 小时。那是描写两位印度女孩子，她们从新德里一同跋山涉水嫁到泰戈尔的故乡加尔各答。在恒河上，船翻了，两个女孩子都被错嫁到了对方的夫家。这样的情节对于初中男生来说简直是太好看了，男女内心感觉的描写得特别好。那是我最好的十年读书时光，四大名著等全都借来看。

故事四：书本带来丰富的精神游历
相关书单《飞鸟集》……

叶辛：你读的书就像是播的种一样，会慢慢地带给你各种意想不到的收获。在书中我阅读到苏联、印度等国家的种种风土人情。

从《沉船》开始，我又陆续阅读了泰戈尔一系列的书籍，当我以中国作协副主席身份访问印度时，这些在书中便熟悉的画面开始催促我走近真实的情景当中。通过阅读泰戈尔《我的童年》里的故事，我了解到他家乡的风情。我与当时印度方面接待的人员表达了想到泰戈尔家乡加尔各答走访的愿望，听我绘声绘色，他以为我以前来过。当我踏上他的故乡时，感觉好像什么都没有改变，书上的内容与真实的影像重合了，变化的只是书上描写的汽灯变成了现在的日光灯。

有个细节，加尔各答的位置偏远，在火车上，我看到一个小女生蹲在车厢边，很瘦弱。我就招手想让她来我身边的空位坐下，当时印度方面的接待人员连忙上前制止。因为他们的种姓是分层级的，那个小女生的种姓决定了即使座位全是空的，她也无法有一席安坐。那个时候《沉船》里关于女子错嫁的情节再度回到我的脑海中，泰戈尔描写的并不只是男女间的感情，更多的还有人性视角下的社会实现。阅读，令我得以更深层次地了解到书中所描写的社会现状基础。

第三阶段：阅读是插队生活的最大享受

故事五：知青老乡煮饭我写书
相关书单《红与黑》《黑桃皇后》

叶辛：从小学到初中，课外书读得再多，也无法逆时代洪流而行。1969年，刚20岁的我响应号召，上山下乡插队当知青。想象一下当时，全国有两千万名知识青年上山下乡。从此我开始进入人生阅读的另一个阶段，也是我从读到写转变的关键阶段。随后的十年又七个月我一直在贵州当知青。

贵州的一大特点就是雨多雾又多，一般下午四点就天黑了。我那时会写日记，每天都要写天气：雨、小雨、阴雨……感觉人都要发霉了，那会儿下雨不干活，大伙就打扑克，而我就在一边看书。当时从上海带了一大一小两箱书，全都读完了，后来还用四本精装的《世界文明史》，换了别人一本无了封面、封底的《红与黑》。与我交换的知青还神秘地说：没有封面与封底这样才不会让人知道是啥书。这本书我竟翻了七遍，还有普希金的小说《黑桃皇后》，看了十几遍。

有一天又下雨了，不出工。和我住一起的上海知青小李向我借《红与黑》翻阅。我站在他的床前，不知为何突然冒出一句：写书这件事不是难事。那个年代写书这事可是想象不到的大事，为此他突然站起来大声说：你说什么？然后他就说我是书呆子。我回答说，这本书我已看了七遍，看第三遍时就开始研究小说的结构。这时小李就问我，如果你想写小说要怎么写。我就回答说，我们在什么地方插队呀？他说：砂锅寨呀。我就说那第一章就可以从描写砂锅寨开始。第二章就写村长，大字不识，心好脾气坏。第三章写村长夫人。那时我们生产队长和她生了五个娃娃……听我这般描述一番之后，小李便激动地指着我说：你写，以后我天天给你煮饭！我们原本规定每人轮流做饭，像小李这样的人物做的饭那叫一个香，一只鸡他可以做出六七个菜。有了他的鼓励，我真的拿起了笔开始写小说。那时才发现，母亲的教育给予我的启发之大，因为有读书笔记的思维模式，所以每次阅读时都会想，作者为什么要这样写，作者的表达对我有无用处，如果没有用处，为什么这本书会这么出名。带着思考的阅读，让我在动笔写自己的小说时，更容易找到方向。

由阅读到写作，从吸引到创作，当中渗透着我数段读书时代的影子。原本我第一本小说是一本长篇小说，可是由于那时的政治风气比较严，出版社非要我在作品中加入一些批林批孔、反击右倾翻案风之类的没有经历过的情节，改来改去总写不好，始终没有发表。反倒是后来写的中篇小说《高高的苗岭》很快就发表了，成为我的处女作。

我 70 岁了，1949 年出生，现在还在读小说。高中时借我《沉船》小说的同学如今在纽约当老师。我们现在也经常在网上聊小说、聊作家，读与我同时代德国、美国、英国等国作家的小说。有一年，我们几位作家到南美小国乌拉圭游历，由于行前阅读了一些当地作家写的作品，所以当同行者都陶醉在当地的美景当中，我却读到另一面的异国城市风情。这也无形中引导我应从什么角度去描述中国当代的现实生活。

阅读会带给人很多东西，但是不会立竿见影，就像读过《红楼梦》的人与不读的人的差别，第一眼很难看出来，但是长久之后就会发现，读书会影响你的气质与心情。人在解决温饱之后，是该有自己的一分性情与追求的。阅读可以让人显得优雅、有气质，如果所有人都能如此，那么这个国家的文化水平也就提高了。阅读是种人生享受，一个人只要胸怀梦想，不停止阅读，便能拥有更多的人生可能，磨难也好，幸福也罢，都是好经历。

对话阶段

郭培明：叶老师刚才的精彩演讲，讲得生动、听了感动。“生动”是因为他的亲历，近乎传奇的故事，一个顽皮孩子变成了小书迷，一个正宗的海边人（上海）变成纯粹的山里人（贵州），一个普通知青变成知名作家。“感动”是因为让我们感悟到苦难也是人生的一笔财富，读书才是人生的最大收益。只要心怀梦想，不屈不挠，不言放弃，乐观面对顺境逆境，就能让柔弱的心变得坚强、变得睿智。对于在顺境中成长的在座的许多青年朋友，启发尤其深刻。

我读叶老师的小说是在上中学时，那时从一本大型文学刊物《收获》上看到《蹉跎岁月》，便着魔一样放不下来，好的作家简直就像一个魔法师。第一次见到叶老师是1998年在华侨大学召开的北美华文文学国际研讨会上，我保留了与您、铁凝的一张合影。我还和作家庄东贤带着您和铁凝、舒婷、方方、赵玫、刘醒龙到东街泉岩茶店喝茶、到钟楼吃肉粽。您还记得吗？（叶辛：照片中还有铁凝主席，这张难得，要保存好。）

好作品需要经受时间的考验。叶老师是最早发表知青题材的长篇小说作家之一。我记得当时有个知青女作家叫竹林，写了部长篇小说《生活的路》，现在很少人提到了。记得梁晓声的《今夜有暴风雪》中篇发表于1983年，还有张承志的《黑骏马》，史铁生《我的遥远的清平湾》，以及陈村、孔捷生、阿城、张抗抗、王安忆、老鬼等等，当年评论界出现了“知青文学”这个概念。大浪淘沙，留下来的毕竟只是少数精品，您的《蹉跎岁月》等多部作品成了“知青文学”的代表作。尽管书名是“虚度光阴”，我们从书中获得的却是正能量。虽然有下乡生活的艰苦、个人在社会洪流中的无力感，对血统论的厌恶与批判，在展现伤痕的同时，更多的却是让人看到人性的光辉、年轻人的理想追求、老百姓的质朴善良，恋人之间爱的力量。书的最后，柯碧舟、杜见春登上从上海开往贵州的火车，也让读者感受到他们的未来是光明的。跟部分知青作家反映知青题材的作品中无情揭露、深刻反省、苦中找乐、自我超脱的特点比较，您认为自己作品最宝贵的社会价值是什么？它成为知青文学的经典靠的是什么？

叶辛：《蹉跎岁月》就有23个版本。我记得首发的《收获》第六期好像印了110万册，当时仅上海就有百万大返城的知青，他们都在传阅和议论这部长篇，他们找到自己的影子。他们回到都市之后，政府也给了很多政策，鼓励创业提供岗位等，这与今天的年轻人一样不容易。这本书之所以受到大家欢迎，我觉得最重要的原因应该是有共鸣。这是我的第八本小说，因此下笔时还是比较成熟的，选择的六七位主要人物，几乎覆盖了当时从小集体户、职工家庭背景出来的所有参与上山下乡年轻人的个体代表。他们对于爱情的迷茫，对于前途的迷茫，这些都是共通的。我有意识地将一个时代浓缩在这个六七个人的集体户当中。在“每顿饭都是享受”“每顿饭都是为了填肚子”这些不同观点的碰撞下，无论是在东北还是在海南的知青都有种感觉：在说“我”的感受。写的不是一个人，一群人，而是对一代人从最初的盲目迷信到生活落到实处，严酷的生活现实教育着那一代青年人，他们许多知青无所适从，这时阅读就成为一种重要的排解的方式。

另外，这本书畅销还有一个原因就是有个性，就像唱《一支难忘的歌》的关牧村，凭借自己个性化的女中音在乐坛站住了脚跟。书中透露出比较强烈的创作个性，比如对于爱情的表达，十分具有时代背景特征与人物个性诉求。

郭培明：由于作品的影响，《蹉跎岁月》后来成了知青时代的一个替代词。但这个词汇含有虚度光阴的意思，为什么会选择这个标题呢？

叶辛：《蹉跎岁月》最初的名字是《你爱他什么》。出版社觉得太直露了。1980 年我在鲁迅文学院也就是中国作家文学院培训。当时的中国作家文学院，租的是朝阳区的一处排房，举办的是“文革”后首期文学讲习所。那时，那里还是一个城乡接合部，到处是做鞋的摊子，偶尔有人来找“作协”时，做鞋商贩就说：我们不就是“做鞋”的？这是一个真实的笑话。当年，作家蒋子龙与我同住一屋，我们俩饭后经常一起散步，聊创作。那天聊到这部小说改名字的问题，他告诉我只要一直想总会有答案。那天散步时，我们从作协那里朝外望出去，北京城里已是一片灯火辉煌，与郊区完全不一样。当时我头脑里突然飘出两句唐诗：莫见长安行乐处，空令岁月易蹉跎。第二天我就打电话给杂志社，提出将名字改成《蹉跎岁月》，当时的副总编一接电话就说了一句“我看行！”就同意了。

郭培明：我手头这本是叶老师最新出版的一本书《打开贵州这

本书》，很特别，是叶老师的手稿珍藏版。这么漂亮的钢笔字，简直可以当作字帖。看来要写一手好字，还要多动动笔。散文随笔的字里行间是最能反映作家真实的人生态度的。人世间真情最宝贵。我以前看过您的一篇散文《记在心头的往事》，说的是1972年您22岁时在砂锅寨小学教书的事：冒着严寒，学生每人提着一个火笼来上课，整个烟雾缭绕，大家被火熏得直流眼泪、打咳嗽，您发了脾气踢翻了一个火笼，才发觉骂错了，整个教室没有一片完整的玻璃，学生们赤着脚冻得发抖。山里太穷，当时教“面包”，没有一个学生懂得什么叫面包。几天后您发高烧近40℃，下不了床，学生连续送来4天的豆浆，您说要是没有这些豆浆，说不定命也没了。您还与这些学生有联系吗？这也是促成您在朋友帮助下捐建了一所“叶辛春晖小学”的原因吗？

叶辛：其实这不只是我个人的功劳，当时因为参与作家协会的工作，认识了房地产企业负责人。成为好朋友之后，与他谈到插队的生活。一聊起来，他主动说到既然贵州学校条件这么苦，干脆动员一些相识的知青一起出点钱，以我的名义捐建学校。当时共筹到35万元，正好那时贵州省举行“春晖行动”，教舍还是请上海的建筑设计师设计的。如今，随着教育资源的优化配置，村里的小学暂时闲置了，现在也在想办法要把这个空间继续盘活。

郭培明：在这本书里，还有一个例子让我感动。您有一次与谢飞导演去四大寨，走了几个钟头的山路，感觉筋疲力尽时，问路，还要两个小时左右。一个布依族的小伙主动把你们邀请到他的家里，用待客最高的规格接待你们，他媳妇还去杀了只鸡，走了以后才后悔没有记下小伙的名字。您文章的最后一句话这样写道：“正因为有一股懊悔的情绪，我一辈子记得这件事，记得这个小伙子。很多人问我为啥对贵州有感情，这件事是答案之一。”

在《赤水河畔酒飘香》里写道：“我与贵州有缘有情，贵州是我的第二故乡。20世纪60年代末到90年代初，我在贵州生活了21年。离开贵州20多年了，那里的人和事，那里的山光水色，那里的乡风民俗，还不时地进入我的梦中。”眼中有大美，心中有大爱。所以叶老师自然就成了贵州对外宣传的代言人，不管是酒是茶，是十里杜鹃林还是孔学堂前小小的荷花池，您都希望让外界知道。为了让世界多了解贵州，做了很多穿针引线、牵线搭桥的工作。听说您回到上海居住之后，经常为贵州人、贵州事奔忙，很多事可能是要您帮找工作、联系看病之类的小事，久而久之，您说实话，会不会烦？

叶辛：不会烦。今天正好是贵州省知青联合会成立大会，他们刚刚还跟我联系了。虽然有些知青处于社会的底层，但是我多年来依然与他们保持着联系。我担任过上海大学的院长职务，有些人是想要把孩子送到上海来上大学，虽然不是每件事都办得到，但是只要合规的能帮忙的，我不会推脱。贵州有很多少数民族，他们的个性就是好客且直爽，只要说清楚什么事能办，什么事不能办，他们也都能理解。

郭培明：在网络时代，生活方式重新被定义。移动终端、手机阅读取代了书本，有人担忧，这个世界已经放不下一方平静的书桌了。表面上看，好像知识面很广，实际上都是碎片化阅读、浅阅读，今天在座的听众有许多是中小学、幼儿园教师，同样觉得有所困惑。请您给个建议吧。

叶辛：我刚看到万祥图书馆里有一幅书法作品：世界上第一好

事是读书。这句话应该也算是一个答案。读书可以提高人的品位与气质，这是一件需要长期坚持、持续推进的工作，不要有疑虑，希望大家共同努力，让更多的人爱上读书这件事。

现场提问：

听众：您的回忆录里说的“时间不是空白的，空白的是稿纸”。这句话是什么意思呢？

叶辛：对于我个人而言是希望在有限的时间里尽量做出一点成绩来，感觉到时间不够用。虽然面对5G时代，但我依然面对稿纸，对用笔有所坚持与热爱，这是我的生活习惯。喜欢在稿纸上写字，也就熟能生巧了，并没有刻意地练过书法，如今写出来的字也还算能看。因为有笔，因为有稿纸，经历过的，感受到的人与物，人与景，人与事，通过这种锤炼便能一一显现在稿纸上，拥有了精彩的呈现。

听众：我也是一位贵州人，从小听您的故事看您的书，如今是一名初中语文老师。有一个困惑请教您，现在的孩子大多不爱读书了，虽然也有给他们列书单，但是大多不愿意主动阅读，对此您有什么好建议吗？

叶辛：不用要求孩子们读这么多。我自己的孩子小时候也不爱读书。初二暑假时，放假的时间比较长，他想让我带他出去玩。我说可以，但是要求他读一本书，像我母亲教我那样写一篇读书笔记。读什么书呢，是我早就想好的契诃夫的《草原》，几万字读起来容易，但是却并不容易读懂。长大后，他去学校参加面试，当时我就提醒他，面试教授肯定会问你在读什么书的，当时他在阅读“红学”方面的书籍。在书本上专家观点的帮助下，他面试得了第一名。再后来他成为导演了，平常很忙没时间读书，我会偶尔帮他挑一本与导演相关的好书，推荐他阅读，前提是我自己先看过了，过一阵子再“考”他，与他聊书上的内容。因此读书不在多，重要的是他读前你先读，重要的是在关键节点上推一把。

郭培明：习近平总书记说：读书让人保持思想活力，得到智慧启发，滋养浩然之气。多读书、读好书，即使是生活的磨难，也是一本大书，正是这些书的滋养，让叶老师的信仰更加坚定、勇气更加超凡、知识更加丰富，人生舞台更加绚丽多姿。榜样的力量是无穷的。朋友们，回去以后，少上网聊天，多读一点好书，行动，就从《打开贵州这本书》开始。

（2020 年 11 月 20 日，王宇静记录整理）

他的梦不是金钱梦

8 月 30 日晚上，接到财新传媒集团周智琛副总裁电话：王石先生明天到泉州参访，停留时间短暂，请我帮忙安排一下行程。第二天一见面，我出示两本 2006 年在深圳机场购买的书籍：《新周刊》记者周桦写的《王石这个人》和王石、缪川合著的《道路与梦想——我与万科 20 年》。王石在泛黄的书页上签名的时候，也许也意识到，

王石（右前一）与作者等在泉州走访　摄影 / 潘登

又 15 个年头过去了。时间总是不以人的意志为转移的，尽管他依然喜欢穿牛仔裤配 T 恤，看起来比实际年龄年轻许多，但花白稀疏的头发掩盖不了岁月的痕迹。1999 年，王石辞去万科总经理职务；2017 年，辞去董事长职务。按理说，他早成了万科的“局外人”，无“官”一身轻，如同闲云野鹤般自由自在。实际上，不当“大哥”好多年的王石，江湖上一直有他的传说，或褒或贬，皆成谈资。在新书《我的改变——个人的现代化 40 年》的扉页，王石写下这么一句话：“我的许多人生转变，都是在 57 岁以后发生的。”他分享的是自 2008 年个人声誉至暗时刻以来的生活变化，包括身体塑造、智识提升、个性伸展、社会角色变换以及生死观的改变。

王石原来计划干到 70 岁才退休，因为发生了“万宝事件”，本来就和企业日常运作保持着一段距离的他，决然宣布退出万科管理层，只保留一个名誉董事长的虚职。1988 年公司“股改”，据说有一方案他可持股 40%，发行 4100 万股中职工股 500 万股，除了集体持有外，他个人也可占万分之一点六九，但他都放弃了，他声明厌嫌暴发户的形象。企业讲究利润，他却不爱金钱，外人看来不大可信，王石说他想要的不是奢侈生活，因为只用金钱衡量人生，人生难免单调。没有生存的压力，金钱就不那么重要，在“富”与“贵”中，他选择了后者，也因此，他是企业家中的一个异数。王石个性张扬，张维迎教授说他“是天生的领袖人物，有强烈的征服欲和表现欲”。不当总经理的头一个月，面对突然空旷安静的办公室，他很不习惯。公司在开会，他曾经有几次想冲去推开会议室的大门。渐渐地，登山、滑翔、赛艇，发起或者参与公益活动，到哈佛、剑桥、希伯来大学进修，为财经之外的王石打开了另一扇大门。

在泉州，他谈的最多的是文化。参观完海外交通史博物馆、伊斯兰教圣墓和开元寺，步行穿越西街、中山路、涂门街和五店市，观看提线木偶和南音表演，他惊叹泉州历史文化的深厚与丰富。不但把在现场用手机录下的木偶节目放在微信朋友圈上，还附言：“晚餐后，主人安排悬丝木偶表演。表演者双手操作，木偶活灵活现，惟妙惟肖。虽不懂说唱的闽南语，却引人入胜。”在另一条微信中，他介绍了开元寺西塔第四层的神猴浮雕，说哈图曼神猴是印度家喻户晓的英雄兽神，类似《西游记》中的孙悟空，谈到2005年他发起“玄奘之旅”的同行者、电视剧中孙悟空的扮演者金章来大受印度民众欢迎的旧事，还列举胡适、陈寅恪、鲁迅、季羡林等人对孙悟空原型来源的不同解读。那种认真考究的口吻，更像是学者的分析。在《我的改变》第三章《学习》中，王石写道：“人如果不能保持一种自我更新的勇气和能力，就会迅速被时间淘汰。”60岁后，他到世界顶尖名校访学，便是一次寻求自我更新的过程。

读书是王石的一大业余爱好，他视读书是生活的一部分，可提高个人修养，可提升生活品质，还可与工作相辅相成。创业之初，第一次去香港，回来的行李全是书，配额可购的三大件一件也没有。他的书看得杂，文学、经济、管理、社会、历史、军事、音乐、生物、体育、摄影都看，还长期订阅英文版《经济学人》《国家地理》。从学习西方现代管理学入手，他开始了对西方文明源头的追问，再回过头来重新认识中国文化，进而尝试与国内几所大学合作，创办运动商学院，为中国企业家提供一个机会，让脑力与体力相结合，经受一次现代商业文明的洗礼。

2009年，《南方周末》“中国践行者”活动颁奖典礼，主办方给王石准备的人物标签是企业家、登山家、不行贿，王石选了最后一个。“不行贿”，既是哈佛欢迎他入学的重要理由，也是他到北大光华、香港科大讲授企业伦理课程的重要内容。王石是中国民营企业从人治走向法治的探索者与先行者，早在20世纪80年代参访日本索尼等公司后，他就下决心要在自己的公司建立现代企业制度，确立企业的文化价值观。虽然有不小阻力，但一言既出驷马难追，作为万科创始人，他真正做到没有让一个亲友获得公司的职位。有一次，公司要求万科北京、万科上海两位负责人岗位对调，没想到他俩考虑到环境比较熟悉、家庭需要照顾等因素，都不愿意服从安排。王石坚持以制度管人，宁可让职业经理人流失，也不让制度流于形式，最后导致两人相继离职，他自己也因此事心疼了好些天。

毅力是王石为人做事的一大密码。留学前，他虽然有一定英文基础，但专业课的听讲写能力还是不行，熬夜做功课成了他哈佛生活的常态。他在《我的改变》中举了一个例子：有一天晚上功课做到凌晨4点，听到了扫雪车的铃声，才发觉北美的冬夜非常寒冷，起身去倒杯咖啡，发现电炉上的水壶已经烧坏了，壶盖上的塑料都熔化了。“存在可以没有意义，但人可以在存在中自我造就，活得精彩。”王石敢于与自己的短板较量，并且拿出洪荒之力，挖掘潜意识里的求知欲望。他设计把宗教作为了解西方文明的突破口，在剑桥期间，便选择具有挑战性的《犹太人的东亚迁徙史》作为研究课题。2017年下半年，开始了在以色列希伯来大学两年的深造。

泉州历史上曾是全球各大宗教的汇聚之地，有“世界宗教博物馆”之称。在涂门街两三百米的地段，儒教的文庙、伊斯兰教的清净寺、道教的关岳庙相邻而居了数百年。王石赞赏泉州文化的开放与包容，当了解到泉州人爱喝工夫茶，周末喜欢以茶会友时，他说：“犹太人每周末有一天是开放日，不同身份甚至不同宗教的熟悉、不熟悉的人聚在一起务虚，实际上是一种引发思考的思想交流、观点碰撞。现在一说犹太人，人家就说很会赚钱，其实更重要的是他们会思考。”

相信王石的毅力是超越常人的。在五店市吃饭时，他讲了一个故事：在 2005 年的“玄奘之旅”过程中，他和参与队员约定路上不能喝酒，不过漫长而乏味的旅途中，还是有些人抵挡不住啤酒的诱惑。只有王石说到做到，坚决不喝。当然他也不是石头，也曾有所心动，比如刚回到家，一开冰箱就抓出两瓶啤酒，心里自我安慰，反正也没有人看见，喝吧。内心斗争的结果，是把啤酒放回冰箱，这样的经历发生了两三次后，看到啤酒一点喝的欲望也没有了。就这样，他个人的禁酒令直到今天仍然有效。

“为什么登山，因为山在那里。”登山，几乎成了王石的招牌，两次登上珠峰，登遍全球各大洲最高峰，徒步进入南北极极点，这样的成绩，堪称中国企业界的奇迹，也让他出尽风头。读他的书，才知道这些鲜花和掌声是用生命换来的。在缺氧的雪山深处等候天亮，如果没有这本书上的文字记载，无人知晓他是如何在随时可能滑入悬崖的时刻抓牢一丝生存的希望的。“登山带给我的感受恰恰不是冒险，而是要更珍惜，更加踏实地走每一步，因为危险处处都存在。”山给他深刻的教育不只是感受到个人力量的渺小。登上非洲最高峰时，他无法接受海明威作品展示的《乞力马扎罗山的雪》竟然终年无雪的现实。于是在两年之后，他参与发起阿拉善 SEE 生态协会，同时，在国内首创与环保密切关联的住宅产业化实验。50 岁前，他不爱人家称他是企业家，因为在中国文化发展史上，商人的名声地位极低，而他毕竟也是一个有虚荣心的人。绿色环保行动为企业提供了履行社会责任的用武之地，他开始频繁出现在联合国气候变化大会、中国企业家亚布力年会等场合，代表中国企业家宣讲《中国企业界哥本哈根宣言》，策划主办华沙联合国气候大会“中国企业家日”，以及发起珠峰零废弃垃圾回收行动、出任深圳垃圾分类形象大使等等。他说：“以大量碳排放、污染环境为代价的经济增长模式已无法持续，中国无论从自身利益还是人类命运共同体的角度，都必须承担负责，经济才可持续发展。”时至今日，“碳排放”“碳中和”“碳达峰”已经成了百姓的日常用语，不能不佩服王石的先知先觉，而这种悟性，来自他的广博视野与学习能力。

作为一个公众人物，你很难给王石归类。你可拿“红烧肉”开他玩笑，可他不是娱乐明星，也不仅仅是一个知名企业家。怎么利用公众人物的影响力，以高尚的行为带动他人，为社会提供正向能力，是值得思考的。有财富没有责任，有资本没有道德，不会赢得社会尊重。王石比较了老一辈企业家，说自己喜欢卢作孚，不喜欢胡雪岩。卢作孚在民族危难关头，倾尽企业力量，调动全部船只，把大批战略物资和工厂设备抢运到后方，以实际行动支持全民抗战，这种家国情怀永远值得后人尊敬。来泉州的前一天，王石走访了福州烟台山万科项目，他认为从地产开发的角度看，这是万科一笔不成功的生意，但从近 30 处文物按城市规划的修复，以及历史遗存的保护利用、古今互鉴的社会价值看，无疑又是一个企业服务社会的成功典范。他任总经理期间，在广东、沈阳等地的多个万科旧改项目中，都要求保留旧的工厂烟囱等标志性遗存，保存对历史文化的尊重，留住市民的乡愁记忆。泉州 22 处世界遗产点中包括有 3 处重要的考古项目：德济门遗址、安溪青阳冶铁遗址和市舶司遗址，针对泉州民营企业多、地下文物丰富的现状，他建议设立考古公益基金，并说如果企业有兴趣，他愿意参与发起。一个历史文化名城，一个世界遗产城市，需要建立良好的历史文化保护法规体系，以法治力量守护城市文脉；同时，在各级政府的政策措施之外，没有品牌企业和民间力量参与“护城”，也是不可理解的。王石曾在亚布力企业家年会演讲中说，需要企业公民行为的原因：一是政府法规的约束，比如环保要求；二是社会期盼；三是企业道德；四是成本压力；五是材料稀缺迫使精细化节约化；六是营销形象策略；七是企业公民，单是最后这一点，本身就是商机。他与泉州名企安踏、特步、361°、九牧、七匹狼负责人交流，话题中始终不离社会责任、节能减排和健康产业。

2008年汶川地震发生后，王石的一则关于理性捐款的微博引发过广泛的争议，可谓千夫所指。如果放在平时，也许没有什么不妥，恰恰是在全民同悲、共抗灾难之际发表，显然不合时宜。尽管万科公司上下迅速行动起来，救灾总投入超过1.23亿元，但这则言论对其个人和公司品牌造成的负面影响仍然不可低估。他为此公开道歉，进行自我反思。2016年，当宝能集团老板姚振华以大股东身份把他逐出万科董事会的一刻，他不知是否为“股改”之始高调不要股份而后悔，如果有，依他的性格，也会很快放下，因为拥有巨富真的不是他的人生梦想，他害怕的只是外人掌舵，万科未来的发展方向会被改变。好在，“万宝事件”最终得以妥善解决，而今天的姚老板，因为深陷造车困局，日子并不好过。

社会是个大舞台，每个人都是其中的或大或小的角色。一个人如何看待自己在社会中所扮演的角色，会对他的处事方式产生明显的影响。告别个人英雄主义，王石的改变从脾气的变化可以看出。王石给人的印象是不苟言笑，一脸严肃，可敬不可亲。创业早期，他在公司上班时几乎没有笑脸，经常教训员工，据说有的员工见到他，还未讲话，腿已发抖。起初他把脾气坏归根于家族基因，大家又反映企业越来越大他的脾气也跟着越来越大。他在《我的改变》书中自己揭短，说特地在内部刊物上写了篇《改改坏脾气》，希望员工共同监督。有一年公司办内部春晚，其中有个节目表现节约主题，把“吝啬鬼奖”颁给他。他上台一层层拆开大信封，发现里面只装着一分钱，他的获奖感言挺幽默：太不像话了，为什么浪费了大信封，而不用旧报纸糊一个。话音未落，台下笑倒一大片。

关于道路与梦想，王石写道：“站在整个人生的角度，管理企业与登山不无关系，同样需要坚韧的意志和不懈的精神。而登山，更如人生一样，虽然常不能预知结果，但只要坚持终会成功。登山是人生的浓缩，之前，因为成功而有机会登山，而我仍需要继续攀登一座峰，就是每个人心中的那座峰。”

眼界改变世界，行走改变命运，而梦想，就是中间的那座桥。如果不是因缘际会当了企业家，王石的职业理想一定会是海员，当一个人在天涯的行者，他乐意。牛仔裤，休闲装，走到哪里，他给人的印象都是一副身在野外的感觉。观察他来泉州的前后：在福州登鼓山，在厦门到环岛路跑步，离开福建去青岛后，则在奥帆中心参与四人双桨皮划艇训练。无论海有多宽、峰有多高，永远对生活充满热爱，有一种真诚、真实的投入感、新鲜感，有一份天高云淡的闲暇心态，有一腔关注人与自然和谐发展的人文情怀；即使身处繁忙之中，也随时享受乐趣，坦然面对困难，这就是王石。好了，来看看王石刚刚发在朋友圈的这条微信：99公益日与我一起支持野生东北虎保护！项目将通过增加保护区老虎猎物，助力实现老虎的种群数量增长。感谢支持，虎虎生威！

（原载2021年9月10日《海丝文评》）

附录

有一颗懂得诗的心是幸福的

——郭培明访谈录

□ 泉州文学院院长 张明

张明：培明兄，您说过自己好像是为报业而生的，在中小学时出黑板报，在大学时主编两份文学社刊物，参加工作后利用业余时间编辑过《泉州青少年报》。谈一下您到泉州晚报社后的情况吧。

郭培明：我 1994 年底进入市委机关报社泉州晚报社，马上参与了《经济周刊》的创办；1997 年受命主持《泉州晚报·海外版》的创办，这是中国地市报首份在国内外同步印刷发行的海外版，合作方是菲律宾《商报》；1999 年主持《今周刊》的创办，这份对开大报中的四开“报中报”主打社会新闻，第一期的头条新闻是我采写的开元寺千年古桑身患重病的现状，第二期我又写了高速公路沉洲特大桥桥墩入水部分筋伤骨露的消息，影响都不小，也及时促成了问题的解决；2000 年主持《东南早报》的创办，报道与发行范围延伸到厦门、漳州，发行高峰时曾达 25 万份，成为闽南地区发行量最大的都市类报纸；2011 年主持《泉州商报》的创办，一份以民营经济报道为特色的财经周报，为异地泉商搭建联系家乡的平台。同时负责《香港泉州报》的采编工作，以及《台湾导报》《侨报》《欧洲时报》《华侨新闻报》《大洋日报》泉州专版的供稿任务。分管的还包括《泉州人家》杂志，还担任过《世界泉州人》杂志常务副主编。这么多年来，我的主要精力都花在办报办刊上，虽然爱好文学，但写的东西不多。市场上报纸竞争激烈，且当前的媒体变局明显，报业经营如何才能适应新形势的需要，不同报纸有不同的定位，不同发展阶段有不同的市场策略。比如筹备《东南早报》时，我提出“观念创造价值，团队垒筑高度，品质赢得未来”理念和打造“闽南主流生活报”概念，主张采编、发行、广告、经营“四轮驱动”，以开展大量社会活动迅速推动品牌影响力提升。当前，报业面临的新难题层出不穷，总觉得报人过得越来越累，好在可以在夜深人静时用文学阅读来解除一天的疲劳。

张明：您做了很多开创性的工作。在很早的时候，我在墨柏书店买过您的一本专著《访在世纪边上》，我看到您采访了很多文化名人，觉得很有意思。我也记得有人跟我说过，白岩松在接受过您的采访过后说：“没想到《泉州晚报》记者的提问这么到位。”您在采访文化名人的时候，在设置问题上，是怎么做功课的？

郭培明：文学修养对于新闻采访益处多多，下笔的角度、表述的方式、行文的风格可能会比一般人做得更好一些。名人采访是很具挑战性的工作，我喜欢迎难而上。我接触采访过许多文化名人，如金庸、梁羽生、杨振宁、张楚琨、洪世清、钱绍武、李亦园、刘道玉、杜仙洲、陈映真、梁披云、林健民、蔡金钟、舒乙、周国平、汪慕恒、陈孔立、於梨华、洛夫、余光中、郑愁予、白先勇、潘耀明、秦岭雪、孙立川、舒婷、方方、简媜、赵忠祥、倪萍、陈泗东、吴捷秋、陈祥耀、蔡国强、万维生等等。

任何的采访都是要做功课的。记得20世纪90年代白岩松在接受我采访时说过一句话："我从来不打无准备之仗。"后来我把它当作采访稿的题目。采访他我是做了功课的，比如，我读了他的书，长期关注他在央视主持的栏目及专题。采访的时候，在我之前提问的他报记者提的问题是：你这么忙，怎么还有时间写书？你认为法律重要还是媒体重要？看得出白岩松的回答很应付，后来我问的几个都是针对他个性化的问题，他很惊讶我对他的了解，所以留下的大部分时间是在回答我的问题。有一次我去采访杨振宁，杨先生那套高深的物理理论，我哪里懂得？当时网络还没普及，我赶紧跑到书店，查辞典看看有没有跟杨振宁相关的内容，起码我要知道一些相关的原理，记下他的一些观点和原理以及人生经历，后来到华大听了他一堂课，我还很注意观察他的举动，他在讲到兴趣点时，忘乎所以，进入自由境界，竟将笔当成了话筒。我采访的经验是不要仰望，我认为面对再大的领导、名人，采访时都要平视，平视才有底气。实际上我平视对方时，对方也会尊重我。主要还在于我们对采访对象要有一定的了解，对话题要有引导能力。我在北京奥运会开幕前几天采访蔡国强，他当时压力很大，每天都是深夜一两点才能回家，一般情况下不与外界接触。我因为此前写过《他从硝烟中走来》《与蔡国强对话》，获得了他的信任。独家专访是在接他的专车从住所开往奥运会开幕式策划中心的路上完成的，可以说是抢下来的。

张明：很不容易，您采访名人，问题的设计是灵活多样的。

郭培明：专访当然也会有遗憾，比如李泽厚从美国回国后来过泉州，我抓住一个采访机会，不料他却始终“沉默是金”，只好罢了。有时文章写好后，或因版面限制字数一压再压，或因时间仓促马上上版，不能让你自由发挥，觉得很不过瘾。有些专访机会是可遇不可求的。专访梁羽生，原先是想利用到香港探亲之机采访金庸的，但潘耀明先生说金庸还在北京，孙立川博士跟我说：“梁羽生刚好从澳大利亚回到香港，你要不要采访？”我说：“当然要。”可我只知道他的《七剑下天山》，其他武侠小说都没看过，要跟他谈武侠小说根本不可能，好在我看过他的一些散文随笔、词评、对联，梁先生的对联研究和棋谱研究达到全国顶尖水平。采访时我就从散文集《三剑楼随笔》谈起，早年他跟金庸、陈凡（百剑堂主）在报纸专栏上一人一篇轮着写。所以他很开心，觉得我对他很了解，我们聊了很久。我写的文章，就避开我的弱项（对他的武侠小说不了解），题目就叫《刀光剑影外的梁羽生》。

张明：泉州是中国首批历史文化名城，我发现泉州人都特别热爱家乡文化，您当然不例外，您总是不遗余力地利用各种场合推介泉州，年均提交十份以上政协提案，就红砖厝保护与申遗、泉州旧城区复兴、保护并利用王顺兴信局创办泉州侨批博物馆、加强对台文化交流、引进台湾文创人才、适当使用历史文化名人命名道路广场、扩大泉州港与“海丝”沿线国家城市的经贸文化联系等提出自己的看法。业余时间，您则喜欢安静和阅读。您把阅读作为解除疲劳、放松心情的一种方式，可以说是“食不讲究精细，无书则坐卧不安”，您在《泉州晚报》还开设栏目《开卷明说》，能谈谈自己读书的心得，与大家分享吗？

郭培明：一双眼睛，如果只对物质世界感兴趣，对精神无感觉，那是很大的不幸。不懂得审美，这双眼睛只能算肉眼、俗眼，只有懂得审美，才算慧眼、天眼。这是刘再复先生说的。我想，因为阅读，因为文学，打开了一扇扇看世界的窗户，聆听一个个智者的声音，为自己粗糙的生活营造了清净澄澈的氛围，这就够了。

我的阅读不是学者式的阅读，如把《红楼梦》读了十几遍，而是兴之所至，欢喜就好，常常是不求甚解的。我也不贪心，有的书给我一个事例、一句启发，让我明白某个道理，引发我对某个问题的思考就是“得”了。每个人都有自己的爱好，我喜欢阅读。我把阅读作为生活方式之一，一天不看点东西会觉得很难受，每次出差都要放一两本书在旅行箱中，前两星期在希拉穆仁草原的蒙古包里还在看《上帝之鞭》，写成吉思汗的。我的阅读比较杂，这有好处也有不好的地方。因为我是个报人，报纸是面向大众的，各种各样的兴趣爱好都要有所了解，这个“杂”对我办报有很大的帮助，对我采访别人也有好处，因为我要面对各种各样的人。省委宣传部李书磊部长在许多年前写过一本书，我对书名印象深刻，叫《杂览主义》，我算是一个杂览主义者。不好的地方就是不专，成了“杂家”，功底不深。

张明：如今我们获得信息最主要的渠道是网络，传统的阅读方式已经被越来越多人抛弃。网络阅读不仅具有及时性，还能互动交流，而且在电子设备上阅读也非常便利，碎片化的阅读流行。您如何看待这种现象？

郭培明：我觉得网络阅读是大势所趋，我们不能逆潮流而动。我们也不能要求当代的人跟古人一样。随着技术的变化，新的生活方式自然会出现，这是不以人的意志为转移的。阅读方式也会改变，现在的信息量太大了。但我觉得浅阅读与深阅读要相结合，现在很多孩子是碎片化的浅阅读，开心一下就过了。目前，这两种阅读方式会并存，以后报纸更重要的不是信息量的多少，而是深度与观点。包括《泉州文学》这种传统的阅读载体，征订量也许还会减少，但不会退出历史舞台。分众后，会有人坚持传统的深阅读，包括年轻人中也不是所有人都喜欢网络化的浅阅读，“用户为王”无法完全放弃“内容为王”，社会仍然需要主流媒体，需要主流话语，只是更加强调个性化需求。精神产品也要做到“萝卜青菜，各有所爱”。

张明： 您在写作方面，消息、通信、专访、特写、评论、随笔、散文、诗歌、报告文学，都曾涉足过。跨界的点滴积累，让您在报纸版面的设置，社会活动的开展以及报业经营的营销策划方面，游刃有余。据我了解，您最初的写作是从诗歌开始的，谈谈您的诗观吧？

郭培明： 记得20世纪80年代，浙江诗人董培伦来泉州采风时，给我这样留言：有一颗懂得诗的心，是幸福的。诗歌于我来说也是养生的方法之一，诗的受众是小众，不可能像小说，人人都看得懂故事，但我觉得能看懂诗的人，幸福感会强一些。诗是语言魅力的体现，诗歌比任何文学形式更接近心灵。诗是灵魂的旗帜，是心理情绪的流露。对一首诗的理解，不同于对小说。散文中描写的某个具体场景的理解，一个人的经历、学养不同，对一首诗会有不同的感悟，诗营造的是意境，换个词，诗的效果往往就大打折扣。诗重在意会，有张力的诗，其模糊性能够突破自然现场，具有超越特定时空的艺术价值。写诗不是为了生活，几行字糊不了口，写诗追求的是精神空间的满足感，没有文学涵养与阅读积累，是很难体会诗之味道的。诗歌是不可能像小说那样受到大众喜爱的，“大跃进”

时期的诗歌运动留下大量的可笑之作，也是一个教训。不少旧体诗更是成了过年过节的应景之作，韵律整齐，佳作不多。写诗是需要才气的，写诗更需要思想支撑。

张明： 我记得您跟顾城曾有过一段交往，在钟楼附近还一起喝过酒。能谈谈您印象中的顾城吗？

郭培明： 1986年顾城跟欧阳江河来泉州，住在干部招待所，我的朋友知道我爱好文学，就叫我去跟他们聊聊，顺便给他们介绍泉州。印象中顾城很像个大孩子，长得很清秀，江河则留着一头长发。晚上，我带他们在钟楼附近的地摊上吃扁食、海蛎煎、肉粽等，条件虽差，现场氛围却非常好，海阔天空无所不聊。他们要走时，顾城、江河在我的笔记本上留言："诗，生命。" 字是顾城写的。我相信在他们的生命中，诗与生命密不可分。后来顾城在新西兰激流岛出事后，我写了《滴血的童话》发在《泉州青少年报》上。当时很多人谴责他砍妻，而我早先在《香港文学》上读过他的短篇小说《小名》，这篇小说很少人看过，里面就写到拿斧头砍人的一个情节，联系来看，似乎暗示着一桩谋杀案的发生。我觉得他自我生存能力极差，而且心理也是有问题的，所以写他也是从一种同情的角度来写的。顾城的生命早已结束，但诗还活着。

张明： 在繁忙的工作之余，您还坚持文学创作，我觉得您写的文化散文视野宏阔，很注重深度广度的开掘，表达了您独特的发现。请问您如何看待当前文化散文的写作？

郭培明： 因为报社工作繁忙，杂务也多，文学方面的写作很少，文化散文我写得并不多，自己也不满意，我希望以后在这方面有点收获。泉州从事散文创作的作家最多，从我自己的认识来说，有几个方面可以共同探讨。

首先是深度。写作时不要想得太多，越是冲着大奖而写的可能越缺乏内心的力量。在一个物欲横流的社会里，在一个颠覆崇高的年代里，如何超越“无趣”而获得生活的真实滋味，如何在“无常”的现实中保持平静安详，这是每个写作者必须直面的。文学的价值在于审美与教化，对于写作者，一个时代是从自己的笔下开始的。顺应潮流，又独立思考，不做传声筒，也不被边缘化，让现实走进内心，触发某种思考，产生某种顿悟，写作就有意义。

比如乡愁，在许多人笔下，不外是一段难忘的回忆、一片失落的忧伤，抒情之外，别无己见。而在《乡村里的中国》作者熊培云的眼中，村头晒谷场边的那颗古树，就是游子心中的方尖碑。有一天回乡，发现这棵支撑村子公共空间的大树被卖掉了，他失望之余，又发现村民们都无所谓，说现在都用电扇了，不用到树下乘凉，而祖坟旁的古树没有被卖掉，因为谁敢动一动可能就是一场血斗。熊培云借用社会学知识剖析“我们能读万卷书，却无力护住百年树”。让读者深刻感知“不论漂泊到怎样的天涯海角，终有一方灯火可以眺望，一片土地可以还乡”有多珍贵。梁鸿的《中国在梁庄》，严格地说是她的田野调查笔记。她一次次地回到故乡，原生态地观察记录乡亲们的生活状况，然后用散文的笔调写出来，这本“非虚构作品”竟然打动了广大国人，获得了“人民文学奖”等多个大奖。她的文笔并没有高于泉州本地一些作家，重要的是作品中的思考让人产生共鸣。梁鸿未能指出沦陷中的村庄的出路，但引发广泛性的关注，远远胜于一篇结构严谨的论文的价值，让我们看到文学的力量。深度与修养、阅历和阅读有关。比如阅读，作家通过大量的阅读，在比较中深刻认识社会与人生的复杂性，通过文化现象观察到社会的本质，这显然比个人的感觉经验更为可靠、更加深入。

再举南帆的散文为例，有人说是文化散文，有人说是学者散文，这都不重要，重要的是他的散文的确很有味道。他也在文章中写景抒情，但他的目的是对真相的追问，他的追问又不是政论式的直白，而是通过缜密而深邃、沉静而睿智的文字去表现，能够在理性与感性之间自由转换，在历史与现实中来往穿梭，比如《辛亥年的枪声》《戊戌年的铡刀》《宫巷沈记》等，既有优雅的表达，又有思想的深度。这样的文字，也可用来印证董桥说过的话：“散文单单美丽是没有用的。”

其次是宽度。这是一个跨界、混搭的年代，各种思潮并存，领域界限模糊。以前说前途光明，可以看到坟墓，因为从一而终，何时在何单位退休一清二楚；现代人几天不见，可能已经跳槽到别的地方去了。《皮囊》的作者蔡崇达，几年中先后在《南风窗》《三联生活周刊》《中国新闻周刊》等国内最优秀的期刊从事采编工作，因而见多识广，对一些社会现象观察敏锐，加上有长期报道的历练，为文学创作提供了良好的基石。《皮囊》一书写的是他在老家晋江时的生活，那种逼真到残酷的文字充满张力，那种介于虚构与非虚构之间的表述叫读者欲罢不能，作品中关于灵与肉的思考，让人久久不能平静。

读书不一定能写出好作品，但读书对创作会有很大的帮助。写作者需要广泛地涉猎，不但有文学的，而且有历史的、哲学的、美学的，甚至有政治学、经济学、人类学、社会学、法学等学科的基本常识。朱以撒的散文书卷气浓，史料、古诗文信手拈来，行文挥洒自如，与其从事书法教学、深研古代文论也是分不开的。潘年英大学毕业后分配到社科院从事过人类学研究，他关于故乡的散文、小说，实际上是用来观察中国农村社会、思考传统文化保护与继承的蓝本，他干脆把这种边缘而独特的文学样式冠名为“人类学笔记”。

第三是鲜度。当下的世界令人眼花缭乱，生活碎片化，再重大的新闻、再热闹的话题，几天时间就没人有兴趣了，许多作品一发表，许多书首发后，就没人议论，各领风骚没几天。文坛对韩寒、郭敬明的作品争议颇大，抛开作品的思想性不说，文字风格的新颖，迎合了年轻读者的口味，引领了写作时尚，是很重要的一个原因。我参加在香港召开的国际旅游文学研讨会期间，听余秋雨先生说，在手机普及、随手拍风行的今天，景物描写的价值大大下降了，写景的权重明显低于心声，表达思想才是文章最有价值的部分。如果还是沉溺于运用大量的形容词写景状物，忽视文章带给人的思索，必然产生大量美丽而平庸的文字。我们的一些作品还缺乏胆量，本分写作，少见锋芒，争议也不多。写《穿过大半个中国去睡你》的余秀华，一出现就引起诗坛骚动，并非其诗达到多高的水平，人们惊喜的，在于那种出自乡野的粗糙、淳朴吹来的一股“小清新”。

张明：结合泉州的实际，泉州题材文化散文的写作应怎样努力？

郭培明：就题材来说，泉州是个富矿，先人给我们留下了丰富的历史文化遗产，泉州港曾经是东方第一大港，众多的宗教遗存让城市成为“世界宗教博物馆”，红砖厝与华侨洋楼的建筑特色，加上又是台胞主要祖籍地、著名侨乡、民营经济发达地区，像泉州这样特色鲜明、古今文化交相辉映的城市并不是很多。当然写作是很个人的事，重要的是你真正被打动。熟悉的地方无风景，我们去旅行，一路兴奋得不得了，因为看到什么都新鲜。而回到家乡，一切熟视无睹，生活平淡无奇。不久前一批中国著名作家来泉采风，作品陆续发表了。阿来、邱华栋、叶梅、关仁山、张楚、肖克凡、杨少衡和潘向黎（在上海生活了三十年的泉州人）等人笔下的泉州，视角就与我们大不一样，读起来有非一般的感觉。没有“感觉”，何来精彩？

近日有一个征歌活动，我是评委之一，阅读征稿时，总体印象是好作品很少，赞泉州的词，几乎都是东西塔、洛阳桥、清源山、戴云山、铁观音、南音、文都、“海丝”，不然就是再创辉煌、爱拼敢赢、奋勇前行，太应景了，缺乏生命力感染力。《鼓浪屿之波》《鹿港小镇》《太阳岛上》《小城故事》都不是以宏大主题切入，反而被观众喜爱，传唱不衰。上个月参加温州模式研讨会，听温州市委书记讲《温州一家人》，讲得眉飞色舞，非常得意。这部电视连续剧着眼只是“一家人”，但映照了“温州人”整体形象，收视率很高，还获得“五个一”工程奖，可谓名利双收。电视剧的成功首先是剧本的成功，他们请的是作家高满堂，现在又完成《温州两家人》了。温州的这类故事，泉州太多了，问题还在于我们不懂得讲，或者说讲得不好。再如侨乡题材是泉州的宝贵资源。有位我尊敬的老作家，连续几年，每年都出版一部大部头，精神可嘉但作品略嫌粗糙。他的华侨家族很有传奇色彩，不乏好故事，如果能沉潜下来，慢慢打磨，也许能写出一部真正有分量的《下南洋》。陈忠实的作品并不多，一部《白鹿原》足以让他名载当代文学史。瓦雷尔说，仅仅对作者自己有价值的东西没有价值，这是文学的法则。

同样道理，傅翔的长篇散文《我的乡村生活》，我放了很久没看，觉得年纪轻轻就写自传，不屑一顾，有一天随便翻翻，目光就被粘住了。傅翔展现的是一段最天然的童年生活，它赋予他一生的气质与灵感，获取了安慰与力量。它也让我们观照自己的过去，思考每个人的心灵之根。又如两岸关系，也是我们的强项题材，早些年也读过一点，觉得我们有些作品主题先行，概念化，两岸分隔就是痛哭流涕，思念难眠。看看赖声川的《暗恋·桃花源》，发现人家的确技高一筹，大俗中有大雅，叫好又能叫座，如何把大众文化与精英艺术结合起来，正是我们的作家要学习的。

新闻摄影界有句名言："你拍得不够好，是你靠得不够近。"刘再复先生是七十多岁的老人了，他告诉我说，一个习惯从年轻坚持到现在，天天早起读书。学贯中西，博闻强记，自然下笔如有神了。我最近收到余世存先生的赠书《大时间——重新发现易经》，《易经》是群经之首，因玄学化，一向令人望而生畏。朱大可评说此书"揭示了易作为世界时间模型的卓越意义"，我还没真正读懂，但余世存十余年孤往精进、厚积薄发，且写作时能够与世间生活结合起来，给人无限启发，其做学问的艰辛与功力可见一斑。

我们要鼓励探索，鼓励创新。泉州人有敢于冒险、善于创新的传统。文学相比于经济领域，我们不缺乏人才，但缺乏勇气；我们不缺乏经验，但缺乏创新。从北京返乡的名作家许谋清，用新写实主义的方式来写晋江，《富起来需要多少日子》《世纪预言》，把今天的"泉州"带往全国。蔡芳本是诗人出身，近年来最受读者欢迎的作品却是散文。蔡芳本的散文记述的都是凡人小事，相当世俗，他善于借自嘲、幽默来轻松行文，诸如《我家听电视》《星期天丈夫不外借》《过简单生活》《做一只快乐的猪》，俗气中见洒脱，容易打动当下活得很累的众生之心。可见，转换频道也是种文学的活法，比如舒婷的诗不见了，但由诗及文，散文就写得特别棒。

叶逢平生于海边，天天与大海为伴，他的诗歌视野开阔，地气十足，意象与思绪新意迭出，吟诵之后余韵尚存。至于像谢文哲专注安溪茶文化研究、颜瑛瑛专注泉州民俗文化研究，他们运用了人类学、史学知识，写专著用的却是文学之笔，文采飞扬其间。让文化传播贴近百姓生活，让读者在掌握常识中陶冶情操，也是一种有益的写作尝试。我这是随手举的例子。但作为海上丝绸之路起点城市和著名侨乡，泉州至今没有一部反映“海丝”文化的较有影响力的作品。我们这方面的资源还有很多，像历史名人李贽、郑成功、俞大猷、李光地、施琅、弘一法师等，也还有巨大的挖掘空间。

张明：泉州作家是一支不断发展壮大的创作队伍，近年来在创作上十分活跃，也取得了不菲的成绩。您是市作协副主席，想请您从作协的角度来谈泉州作家创作状况。

郭培明：泉州市作协拥有一支数量可观的作家队伍，不少人创作成绩斐然。文学不是谋生的手段，在一个民营经济发达的地区，能够腾出时间，静下心来写文章，别说质量，过程本身就令人感动。值得一提的是，我们有完整的梯队结构。老一辈的陈志泽、陈瑞统、万国智，在国内散文界有着较高的声望，著作等身，至今老当益壮、笔耕不辍，成为本土一大批写作爱好者的路标与榜样。戴冠青、蔡芳本、李建民、蔡飞跃、李孝琴、刘志峰、黄良、周永强、林筱聆、林轩鹤、陈弘、郑其岳、王南斌、吴谨程、王炜炜、叶逢平、高寒、施伟、陈华发、浪行天下、吴素明、任剑锋、李锦秋、雷智华、孙照宇、李集彬、庄学培、陈功、王忠智、吴晓川、郑剑文、蔡白萍、杨金中、刘君霞、张晴雯、绿萍、姚雅丽、李相华、杜开春、陈伯强、王燕婷、王常婷、杨新榕、陈祥江、万代辉、蔡景典、蔡长兴、寇婉琼等是当下泉州文学创作非常活跃的骨干力量，他们创作力旺盛，佳作迭出，作品经常出现在全国各地的报刊和网站上，有的还被《诗选刊》《散文选刊》《小说选刊》转载。而陈冬梅、吴银兰、吕亦涵、北辰、陈春成、叶燕兰、陈伟泉、曾于里、张家鸿、郑泽鸿、吴淑萍以及更年轻的张端端，也以新锐的姿态出现，并受到读者的好评。泉州是著名侨乡和台胞主要祖籍地，关于泉州文学，我认为不能忘记港澳台与海外泉州作家这个群体。如中国台湾的余光中、陈映真、施叔青、李昂、龚书绵，中国香港的董桥、潘耀明、秦岭雪、孙立川、颜纯钩、李远荣、戴方、黄灿然、秦岛、蔡丽双、舒非、梦如、吴应厦，中国澳门的施议对，菲律宾的蔡沧江、柯清淡、许东晓、王勇、林鼎安、黄一虹，马来西亚的朵拉、戴小华（泉州媳妇），美国的刘再复，加拿大的陈浩泉，澳大利亚的庄伟杰等，这个名单还可以添上许多人。这些作家中的多数与家乡保持着相当密切的联系。加强泉州籍海外作家研究，促进这个群体与家乡的文化交流，也带动泉州文学创作与影响力的提升。

总体而言，泉州文学创作相当活跃，队伍人数多、发表作品多、举办活动多，当然，在全国范围里叫好的还不多，叫好又叫座的更少。

张明：您刚刚提到文学批评，您认为每位写作者对于批评都有所期待，都希望批评能为创作导航。事实上批评总是迟到，总是滞后。一个写作者，他的作品什么时候可以进入批评的视线呢？是在他的萌芽之初，是在他大红大紫的时候还是当他江郎才尽之时？

郭培明：批评对创作的作用是非常重要的。从古代开始就有文论，有引导性，但当下的批评问题不少，许多是互相吹捧，开个首发式或座谈会，大家来说说好话。离开了推动创作、提升水平，文学评论的意义可能就仅是作为职称评定的敲门砖或朋友之间的交情而已。前些年我一直订阅的刊物中，有一份《文学自由谈》，该刊对文坛现象，包括作家、作品，尤其是著名作家、热门作品，敢于发表犀利的批评文章，尽管一两篇评论不能左右作品的价值，但是良药苦口，作者即使多么不爽，至少能起到有则改之、无则加勉的效果。评论必须亮出鲜明的观点，无须太多的“虽然，但是”“尽管，也”，欲言又止，吞吞吐吐，想说的留在最后一段，话到嘴巴只剩下“白璧微瑕”一个词。孙绍振先生炮轰过文坛诸多人，却欣赏余秋雨，这是一种态度。评论界抨击郭敬明，曹文轩教授挺他，说“文笔高贵，没有油腔滑调”，这也是一种态度。

张明：评论家认为我们原先可以被称为文学的作品，现在由于网络的存在丧失了文学的意义。现在很多作家还在写乡村风景、父母对自己的关爱，自己对儿女的爱护……每个人的感情都很真挚、独特，但是这些内容除了在朋友圈有温暖的意义，却不具备传达给陌生人的文学意义，出版也没有多大价值。因此每一个写作者都应该更新观念，不然就要面临着不被欣赏、不被接受的窘境。您认同这样的看法吗？我们常说要回到生活，文学写作如何回到生活本身？

郭培明：文学要更新观念、回到生活。许多人把 20 世纪 80 年代称为文学的黄金时代，刘心武因《班主任》、卢新华因《伤痕》一举成名，产生了巨大的冲击波，放在今天来看这两部作品，不外是小玩意儿，在当时，却是重大的突破，那时的文学，承担了政治任务及意识形态的诸多功能。近年两次见到卢新华，得知他还在努力创作，而且作为拨乱反正、改革开放后首批出国的留学生，他有了更加丰富的生活积累，尤其是常人难以体验的在美国赌场打工的那段经历。他把自己对于财富的观察思考写了下来，其中不乏真知灼见，但是时代感不同了，永远不可能产生当年的轰动效应了。

文学是以形象见长的写作形式，然而仅仅有形象是不够的。刘再复说，文学是诉诸语言的自由情感的审美存在形式，强调的是文学的情感性而非形象性。一切文学类作品均以情感力量打动读者，当然，现实情感必须转化为审美情感，必须切入心灵，才能成为文学情感。文学涉及功利，但追求功利不是文学的目的，文学是心灵的事业。习总书记说，作家艺术家要成为“时代风气的先觉者、先行者、先倡者”，要写出“有筋骨、有道德、有温度”的作品。要做到这一点，除了回到生活，深入生活，不断思考，不断突破，别无他路。

张明：您兼《泉州文学》副主编，一直关心支持《泉州文学》。记得我初到《泉州文学》编辑部，您还亲笔写信给予鼓励，这对我的办刊是莫大的鼓舞。您思路很开阔，对《泉州文学》办刊有什么新的建议？

郭培明：我在学生时代就是《泉州文学》的前身《晋江》文学丛刊的读者，可以说它是我人生路上的良师益友。平时事务繁多，休息时间泡一壶茶，读一篇《泉州文学》上的文字，也是一种享受。你告诉我将调到编辑部工作时，我很高兴，我觉得从事文学事业最重要的是热爱，像361° 广告说的，多一度热爱，你才能耐得住寂寞和清贫，才能用心去思考一份杂志的未来。在全国获得多少个茅盾文学奖、鲁迅文学奖，不是《泉州文学》办刊的目的，培养一大批文学新人，提升一座城市的文化含量，涵养一座城市的文化气质，也许比得到一两个大奖更有价值。我主张刊物要一点时效的元素，有一点“虚”与“实”的内容，不是说像报纸一样追求新闻性，而是说可以开辟贴近性的专栏，如作家访谈这个栏目，非常不错，有些读者就是冲着这个栏目来买杂志的。你的提问针对性很强，让被采访者不掏心都难，通过这样的栏目，读者可以更了解作家，特别是知道他们在想什么。我们还可以不定期举办文学沙龙、茶座，就一个热点文化现象、一部作家新作发表议论，然后整理下来，刊发出去。视野可以放开些，比如古城文化保护与复兴的话题，甚至可以是更小的话题。比如红砖厝及其建筑文化、旅游纪念品文化创意，从文学的视角切入，我们为城市建设提供了某一种可能，一座城市文化的建设，需要这样的努力。再如，访谈可以是跨界的，一边是作家，一边是艺术家、商人、学者都行，关于文学、文化的某一小话题，如何相互影响，共同提升，也很有意义。还有像这次海外泉州籍华文作家作品专号征稿，我觉得很好，因为海外还有个泉州文学群，而且出现了一批著名作家，一批很有分量的作家，如开辟栏目专门刊发海外泉州籍作家的作品，他们与泉州的联系就不会隔断，他们会不断关注泉州，这也是为弘扬泉州文化做贡献。我们还要注意培养年轻文学新苗，可与市文联、市作家协会联合举办写作培训班、文学夏令营等活动，只有新人的不断成长，才有泉州文学的未来。

（摘自张明《泉州作家访谈录》，海峡文艺出版社 2015 年版）

关注文化 珍惜故土 让心回家

□《银川日报》记者 王敏

从宁夏银川，到福建泉州，两座城市隔着千山万水，一个是西北内陆城市，一个是东南沿海城市，各自有着独特的历史文化背景，也有着一座城市自己的气质。有趣的是，在与《泉州晚报》副总编辑郭培明的深谈中，泉州却和银川有了交集，甚至有了共通之处——城市的发展，新旧的交替，在时时刻刻的变化中；不变的，是一座城市的人文情怀，这种情怀让城市与人之间彼此依存，也让城市的文化在这种情怀中，得以延续和升华。泉州如此，银川亦如此。

●敢于去闯又念着家的泉州人

与郭培明深谈的这天，银川预报有雪，在被邀请来银川为银川市新闻传媒集团采编队伍分享如何发挥媒体作用树立城市品牌形象的“泉州经验”后，郭培明没有表现出疲累，反而更加兴奋起来——走出演播厅时，他抬头看着银川阴沉的天，忍不住问周围的人，到底会不会下雪。时间临近下午 5 点，但还是没有雪花飘落，郭培明搓着手说，他身边的朋友听说这次他来银川可以遇到雪，比他还激动。“南方人说起北方的雪，都会很期待。”郭培明边走边笑着说，“从南到北，小到天气，大到文化，很多方面都有着很大的不同。”

话题还是从泉州开始的，这座历史文化名城，别名鲤城、刺桐城，位于福建省东南沿海，北承福州，南接厦门，东望宝岛台湾，辖四区、三市、五县和泉州经济技术开发区、泉州台商投资区，是福建省确定做大做强的三大中心城市之一，是全国首个东亚文化之都，这里也是联合国教科文组织唯一认定的海上丝绸之路起点，是列入国家共建“一带一路”倡议的21世纪海上丝绸之路先行区。当然，泉州也是郭培明的家乡，对于他来说，这里有太多抹不去的记忆。

“我的老家就在海上丝绸之路的起点刺桐古港边上，郑和下西洋时曾经到过那里，如今村口就是美丽的海上丝绸之路艺术公园，与高楼林立的市行政中心仅一桥之隔。”郭培明说，泉州人自古敢于出洋拼搏，但同时，他们又眷念着故乡，守护着家，那种对家乡的依恋之情，是非常强烈的。“以前村里最好的房子一定是华侨捐建的校舍，外出打拼的人赚了钱，也会回到家乡来参与建设。像我祖父母健在那时，都八十多岁了，行动不便，还念叨着要从新加坡回来泉州老家看看。”

● 历史与文化让城市个性鲜明

在郭培明看来，泉州这座城市是具有神奇魅力的，港口、街巷、民俗、建筑、市井……这些背后都蕴藏着丰厚的历史文化，而这正是泉州的灵魂与精神所在。

“失去了历史底蕴和文化内涵的城市，就失去了城市生存和发展的根基，也就失去了城市自己的特色。”郭培明感慨地说。泉州的老城区，也曾面临到底保存历史遗迹，还是拆除老建筑重新建设新城市的选择题，所幸的是，6.41平方公里的老城区最终被保护了下来，如今已成为一座“露天博物馆”，不但是当地爱国主义教育、历史文化传播基地，更是一笔不可再生的国家财富。

“建筑是死的，人文是活的，如何让文化活起来，媒体是有责任的。”郭培明说。就在这几天，有两个大型活动正在泉州热烈开展中，一个是2018第三届泉州“海丝”古城徒步穿越活动，另一个是“古街深巷·刺桐故事”征文大赛颁奖暨作品朗诵会，而这都是基于文化而生的。“拿我们泉州的老街巷来说，作为当地主流媒体，我们已经连续几年围绕老街巷做文章了，但每次只要换一个新的视角，就会让人们看到一个不一样的城市。”

银川也同样有着自己的街巷文化，十几条老街巷，承载的是一座城市共同的记忆：鼓楼大街曾叫四牌楼大街，又称什字大街，它是那个年代全城的黄金地段，百货聚集，还有很多知名的商铺；米粮市街，看名字就知道和粮食有关，那条巷子曾经是专营米麦和五谷杂粮的市集，也就是现在的民生街；羊肉街，这个名字至今还有人在使用，羊肉街口也成了银川具有标志性的地理位置，那里曾经作为活羊只的交易场地被人们熟知，位置就在明庆王废府西边，柳树巷东边的空地上，也就是现在的玉皇阁南街东侧……这些老街巷的历史曾一次次被展示在报纸期刊中，拉近着城市与人的距离，建立起城市与人的情感链接。

对此，郭培明肯定地说：“关注文化，珍惜故土，让心回家，这是文化的力量。当然，如何让这些街巷文化活起来，作为媒体人，还是可以做很多努力的。”郭培明解释道，“除了用文字记录历史文化、市井人情，我们还可以集合社会优质资源，织起一张‘网’来，多方多角度共同深挖城市的文化内涵，让城市可以因文化而变得立体，变得更加有温度。”

● 文化老人是应该珍视的城市宝藏

与泉州不同，银川是一座移民城市，尤其是20世纪五六十年代，大批从祖国四面八方来到宁夏支援建设的有志青年，给从历史中缓步走来的银川，注入了更多的活力，也为银川建设发展输入源源不断的智慧。如今，走在银川的街巷之中，老人们感慨着时代的变迁，追忆着曾经的过往，而年轻人则带着梦想，书写着城市的未来。

值得深思的是，在城市快速发展的今天，如何守护一座城市的“文化老人”，将他们的智慧得以最大化的传承和延续，则显得尤为重要。“这个问题其实是很多城市面临的问题，比如被誉为‘现代泉州文化第一通’的陈泗东先生，他离世时只有70岁。”郭培明介绍说，1924年出生于泉州一书香世家的陈泗东，于暨南大学文学院毕业，长期从事泉州地方文史研究，其撰写的《泉州少林史迹阐微》《郑成功焚青衣处地点无误说》《泉州湾宋船沉没原因及带有文字的出土物考证》《俞大猷墓考证》等论文引起中国史学界注目；主编了《泉州文史》《中国历史文化名城（泉州卷）》《泉州名胜诗词选》《泉州风俗资料汇编》，主持翻印《泉州府志》。“毫不夸张地说，谈及泉州历史文化，就算是钱锺书先生来了，也不及陈泗东先生了解的深。很可惜，老先生1994年离世了，很多不为人知的泉州文化识见，也随着他的离开被带走了。”

这样的例子，举不胜举。2003年《新京报》创刊之初，当时的编辑们曾经访问了周有光、王世襄、高莽、何兆武、李文俊、钟叔河等近百位文化老人，以“个人史”的角度记录他们的人生经历与学术成就。十年之后，新京报曾再次探访那些文化长者，记录他们当下的生活和心境。但令人惋惜的，很多曾访问过的文化老人已悄然离世……“我们要像保护文物一样守护这些文化老人，通过专访、口述史、影像等方式，协助整理他们的智慧成果，并让这些无形的城市财富，流传下去。”郭培明说。

● 讲好故事　心怀崇敬之情

每每说起和泉州有关的故事，郭培明总会很动情，在他看来，故乡是一个人的根，是每个人成长的摇篮，讲述故乡的故事，就是一个人的寻根之旅，能带给人无限的力量。

“为了讲好城市故事，我们做过很多努力。讲述海上丝绸之路的历史故事，讲述泉州古城的市井故事，讲述泉州丰富的民俗故事，还有讲述泉州好家风的故事……这些故事让人们更加了解脚下的土地，也更加爱自己的城市。”郭培明笑着说，“什么是文化自信，首先就得爱自己的家乡，爱自己生活的城市。人们对于城市的情感，是靠点滴累积的，比如你路过一个地方，如果不知道它的历史文化背景，看到的就只是简单的建筑，但如果了解背后的故事，感情上就会不一样，就会有许多链接。这样的情感链接，才是城市发展的力量。”

对此，郭培明讲了一段和巴金先生有关的故事——在位于泉州中山北路的黎大老校区里，屹立着几棵老榕树，不但见证了黎明高级中学到黎明职业大学的曲折历程，也见证了巴金在泉州留下的足迹。20 世纪 30 年代，巴金先生曾三次来到泉州探友、访学、写作，寓所便在黎明高中内。“他曾多次与师生们在那棵古榕树下畅谈人生和理想，这是非常难得的故事，在我以政协委员提案的形式倡议下，学校特别在榕树下立碑纪念。”郭培明说，“现在，只要看到那棵榕树，大家都会想起很多和巴金先生有关的故事来。而像这样的故事还有很多，它们让泉州的文化内涵变得更加生动，更加值得敬畏。”

采访结束出来，银川真的下雪了。郭培明站在雪中，体会着只有在北方才能感受到的天气。从泉州到银川，这一南一北两座城市，相隔千山万水，但却因有着共同的人文情怀而连接在一起，这种情怀让城市与人之间彼此依存，也让城市的文化在这种情怀中，得以延续和升华。“这次来银川，我随身带了本《王朝湮灭》，作者唐荣尧就是宁夏的一名记者，他用自己的脚步踏寻西夏文化的踪迹，非常有意义的文史探秘，也是媒体人自我价值的一种体现。银川有着自己独特的文化历史，有自己的城市气质，很喜欢这里，希望下次再来！”

（原载 2018 年 11 月 21 日《银川日报》）

因为热爱 所以建言

□《泉州政协》记者 王春苗

采访泉州市政协常委郭培明的时候，他的脸上还挂着几分旅途带来的疲态。应邀为银川传媒集团员工开讲《城市形象推介与主流媒体作为》，也可看作一次针对泉州形象的城市营销。他是深夜才回到家的，第二天，按照报社的工作计划，他马上召集相关人员研究泉州经济年会、全国媒体总编泉州（安溪）采风两个大型活动的执行方案。“习惯了我采访别人，却不习惯别人采访我。”他说。

●保护古城 义不容辞

泉州是中国首批历史文化名城，是中国首个东亚文化之都，是联合国认可的海上丝绸之路起点。泉州还是台湾同胞最大的祖籍地，是中国设区市中最大的侨乡，是中国民营经济发达的地区。很少有像泉州这样的城市，把古与今、中与外如此紧密地连接在一起，开拓与守成，开放与包容，重义与求利，爱拼敢赢而恋乡崇祖，成为泉州文化的鲜明特色。“形象一点讲，我认为泉州最重要的地理特征和文旅优势是丨＋〇，一条线是500多公里漫长的蔚蓝海岸线，一个圈是6.41平方公里的活态古城区。相信在未来，这两件宝物将魅力四射，让泉州成为海内外著名的文化、休闲旅游目的地。”郭培明说他近年来特别关注古城的保护与利用，个人的不少提案都与此有关，比如关于西街旅游景观的提升、市舶司遗址和南外正宗司遗址的保护或者遗址公园建设、洛江桥周边环境整治及旅游景观提升、小山丛竹及其周边文化遗址的整体规划建设等等。

泉州是座千年古城，老街巷脉络尚在，文物众多。有一次，郭培明陪同《瞭望》周刊副总编辑、著名文化记者王军逛街，天色昏暗，王军在路边的一处不起眼的铺境香案前停下脚步，蹲着读完石碑上有点模糊的文字，惊叫起来“这是宋代延续至今的香火！”因为不稀罕，容易不珍惜，几十年间，有多少老房子倒了拆了，带走了它的秘密和故事。古城中有几幢大厦，换成今天建设，绝不是追求以高为美，破坏区域整体风貌为代价。1995 年 4 月，郭培明到承天寺采访著名古建筑学家杜仙洲先生，老人对府文庙附近的高层建筑华侨大厦一针见血的批评，让他这个本地人额头冒汗。时代不同了，泉州四十年来的古城保护与利用可圈可点。新门街、涂门街、东街的改造融入了出砖入石、骑楼等闽南建筑特色元素，金鱼巷的微改造创新了老城更新的模式，社区营造让居民主动参与到政府主导的行动之中，《泉州市中山路骑楼建设保护条例》在福建省人大常委会上获得全票通过，“环湾国际自行车赛”和“古城徒步穿越活动”广受好评。泉州的做法与经验得到其他城市的点赞与借鉴，首先得益于市委、市政府保住古城、留住乡愁的决心，也得益于人大代表、政协委员及社会各界人士的广泛参与、建言献策。重视文化不是喊喊口号、表表态度，而是点滴积累、积水成渊，作为政协委员，更应该深入基层、调查研究、主动作为。

郭培明说，历史文化名人是泉州的一笔宝贵财富，我们不要忘记“外地人”弘一法师、巴金、黄永玉贡献的力量，他们与泉州结下一段不解之缘，丰富了这一座城市的文化形象。20世纪30年代初，巴金先生曾三次来到泉州访友，住在黎明高中，他的中篇小说《春天里的秋天》、散文《南国的梦》便是写泉州题材的作品。好几次，郭培明踏入黎明大学搬迁以后的旧校区，感到“巴金”明显被“冷落”了。在提案中，他建议在巴金当年与友人乘凉、纵论古今的大树下立碑纪念，以保住历史“场景”。很快地，提案被黎明大学采纳，汉白玉的碑刻形如一本打开的书，常常引来参观者驻足沉思。三年前，郭培明在《关于小山丛竹书院遗址保护规划的提案》中，提出在市第三医院迁出以后，以弘一法师圆寂的晚晴室保护为重点，恢复建设小山丛竹书院、结合北门片区城隍庙、白狗庙、梅花石等史迹，打造成市民文化休闲的好去处和外来游客参观游览的特色景区，规划部门在答复函中认为“建议很好，建议的实施，将为古城保留一处历史圣地，保护和传承泉州历史文化遗产，彰显泉州历史文化内涵”。艺术大家黄永玉少年时代曾在泉州的安溪求学，其足迹还延伸到泉州市区、德化城关等地，他走上艺术道路，关键的一步是从泉州迈出的。黄永玉记录这段历史的长篇自传体小说《无愁河上的浪荡汉子·八年》出版后，郭培明与黄老传记作者、著名作家李辉共同主持了泉州首发座谈会，邀请北京、湖南、上海、辽宁等地的专家、学者点评和探讨。当他和朋友共同策划的“黄永玉艺术展”在泉州海外交通史博物馆展出期间，年过九旬、很久没出远门的黄老悄悄地光临现场，实现了重返泉州的夙愿。

●“海丝”泉州　值得推介

作为资深媒体人，长期的采编经历与操作经验，以及与外界的广泛接触，郭培明对城市形象传播有着深刻的理解。

1997 年，郭培明主持了全国首份地市报海外版《泉州晚报·海外版》的创办，他确立“传乡音、叙乡情”的办报理念，设立《侨乡风景线》《泉州屋檐下》《百家姓》《方言杂谈》《闽南千家诗》等栏目，一下子接近了侨居地与故土的距离。当时的首发式在马尼拉举行，菲律宾前副总统、议长等政要和众多菲华社团侨领出席，一时轰动华人社会。1999 年，主持创办《泉州晚报·今周刊》，关注社会新闻，以平民视角观察市井百态，这是机关报可读性的一次有益探索。2000 年，主持《东南早报》创办，他借鉴了广州、成都、南京等地都市报的做法，结合泉州实际，提出“打造闽南主流都市报”目标，在追求新闻的时效与独家之外，策划大量的公益活动，吸引市民参与；设立健康、心理、法律顾问团队，服务市民生活；推出《泉州创造》专刊，在全省率先设立民营经济报道板块。早报发行迅速扩大到整个闽南地区，高峰时期发行量超过 25 万份。2012 年主持《泉州商报》及《香港泉州报》的创办，把目标读者锁定从商人士，报道重点对准商会组织、知名企业家和海外华商领袖，突出封面人物，分析财经榜单，注重案例点评，配合中心工作和财经热点策划专题，形成周报特色。泉州晚报社与《台湾导报》《侨报》《欧洲时报》《大洋日报》《华侨新闻报》的合作版面《海上丝绸之路起点——泉州》也由他终审。

从业经历让郭培明清楚，面对不同的受众，必须配备有不同的口味，方可达到传播的目的。同样是那些家常菜色，《舌尖上的中国》为什么特别吸引眼球？在于接地气，厚积于舌根，薄发于舌尖。在一个地方做媒体，不接地气，没有真正地爱自己脚下的这片土地，是不可能做好本职工作的。郭培明举了一个例子：20世纪80年代初，中国海外交通史学会会长陈高华在罗马参加国际会议，说到刺桐港，在场多数专家都不知道在哪里。宋元时期，泉州曾是东方第一大港，“光明之城”有过数百年的辉煌，当年的泉州，如同今天的上海甚至纽约，它既是海上丝绸之路的起点，也是中华文明走向世界的出发站、多元文化的交融地，如何讲好泉州故事，成了当代泉州人沉甸甸的一份责任。“一带一路”倡议、21世纪“海丝”先行区给泉州带来了千载难逢的发展机遇，闽南文化、华侨文化、宗教文化、海洋文化，如此丰富纷繁的内容，线头在哪里？线头应是“海丝”，我们要建设“五个泉州”，每一个都不可或缺，然而在对外宣传上，“海丝泉州”无疑是最具特色、最能打动外面世界的那根弦。

在2018年泉州市“两会”期间，十位委员登台的政协集体发言大会上，郭培明以“加大‘海丝’城市形象对外营销力度”为主题，建议整合全市外宣力量，调动各部门、各阶层积极性，克服各自为政现状，树立外宣一盘棋思想，共同打造“海丝泉州”品牌，做好“请进来”和“走出去”方式，变事倍功半为事半功倍。市委主要领导就此做了批示。泉州这两年成为许多背包客自助游的目的地，自然与泉州频频在各大媒体中出镜有很大关系。“闽南文化节”“海丝国际艺术节”“央视春晚分会场”等，都是营销泉州的绝佳机会。2015年12月，诺贝尔文学奖得主莫言来到泉州出席“海丝”艺术节开幕式，郭培明陪同他在泉州参访的行程。他向莫言“推销”了最有分量的文化景点，利用各种机会触引莫言开口说泉州。莫言说，尽管行前也从网上了解泉州的信息，看了以后觉得大不一样，泉州是个奇妙的地方。“在泉州我看到很多以前没有看过的东西，这些东西构成了泉州的特色，也触动了我的灵感。在泉州我感受到一种大文化的气象，这块土地基于海洋文化的自由、包容的胸怀，让更多元的文化在此落地生根，并以本地文化碰撞融合，实现意想不到的创造、革新和发展。”

“雁过留声。”郭培明用开玩笑的口吻，形容让来到泉州的知名人士留下与这座城市相关的文化痕迹。他采访过众多的名家，如诺贝尔物理学奖得主杨振宁，雕塑大师钱绍武，中国工程院副院长师昌绪，著名教育家刘道玉，著名作家金庸、陈映真、於黎华、洛夫、周国平等，他要的是让他们在泉州留下文化之旅的痕迹。

由泉州市古城办、鲤城区政府和泉州晚报社联合举办的中国著名作家2018泉州元宵笔会，郭培明作为具体组织者之一，陪同客人走街串巷，为作家们的创作提供相关资讯。“我们说到某个城市，因为一首有名的古诗、一篇有名的古文涉及就心生敬畏，就心向往之。今天的这些名家名作，以后就是泉州的文化遗产”。近几年中，他利用到香港出席“我与金庸”全球散文征文颁奖及分享会、到马来西亚出席“一带一路”旅居文化国际研讨会、到韩国光州出席东亚文化之都中日韩媒体论坛之机，在演讲和发言中宣传泉州，借别人搭的台讲泉州的故事。

●出于公心　建言献策

“作为一名政协委员，首先要学好习近平新时代中国特色社会主义思想。习总书记关于做好政协工作、关于传统文化保护与传承、关于‘一带一路’的重要论述，一定要学深读透。要围绕中心工作，勇于担当尽责，宣传党的主张，反映群众意愿，积极献计献策，推动泉州发展。在这个大转型大开放的年代，社会日新月异，网络瞬息万变，新事物层出不穷，只有不断学习，开阔视野，更新知识结构，提高甄别判断能力，才能有的放矢，抓住问题的关键，提出有参考价值的提案、建议。”聊到提案，郭培明谈了体会。

郭培明每年都有五六个至十几个提案，关于闽南红砖厝保护和联合申遗的提案还被评为上一届政协优秀提案。写提案当然不是为了获奖，更不是为了谋取私利，说到体会，他说：出于公心，助推问题解决或者引起重视，而非曝光问题过把瘾，才是政协委员参政议政的出发点。况且，委员调查研究看问题也不一定完全正确，不能巴望什么问题都能很快解决。泉州森林公园建成开放以后，成为市民休闲的好去处，但没有停车场所，每逢周末车满为患，中心市区通往后渚大桥的公路上险象环生。他多次到现场观察，撰写了《关于建设泉州森林公园停车场所的建议》提案。林业部门上门与他沟通情况，并说明将与规划部门协商，确定解决问题的最佳思路。“现在的公路工程采用路面降坡的下沉式穿越方式，非常好，是我当时想象不到的解决办法。”

作为著名侨乡，“侨批”是“海丝泉州”的重要物证。中国的邮政机构始设于 1896 年，而泉州王顺兴信局成立时间是 1898 年，相差仅仅两年，为中国最早从事华侨汇款业务的机构之一。据《晋江县志》记载，王顺兴信局在 1930 年到 1935 年汇信含汇票业务量为大洋 100 万元，即每年收送银汇相当于人民币 1 亿元，可见其当时对泉州的影响。王信兴信局虽然在 2009 年获批省级文物保护单位，但是保护缺乏具体措施，面目破败不堪。郭培明三次专程到王宫社区王宫街 39 号察看旧信局遗址船楼和奇园，发现前者为出租户使用，管理失范，后者庞大的洋房结构依然壮观，配套设施却老化失修严重，部分门窗已被白蚁侵蚀。奇园建于 1928 年，欧式风格，堪称华侨洋房杰作，保存此建筑，对于研究华侨史、邮政史、银行史、建筑史都有极其重要的价值。郭培明曾去漳州天一信局遗址参观，发现人家已是国家级文物保护单位了。他连续于 2014、2015 年在政协提案中呼吁保护王顺兴信局，建议在维护的基础上，建设泉州侨批博物馆。

2011 年，被誉为“女郑和”的武汉女记者范春歌来到泉州踏访郑和遗迹，采访中多数当地人一问三不知，让她好生感慨：“海丝”文化的重要资源，并没有受到应有的重视。郭培明曾经联合两位委员共同建议在台商区百崎古渡附近建造郑和石雕像，因为这是当年郑和上岸与当地回族族长会面的地方，至今还存有“接官亭”古迹。谈“海丝”，郑和是绕不开的大人物，可以给泉州带来满满正能量，他想再次递交相关提案。

南安石井奎霞村是著名的华侨村，比邻泉州芯谷、厦门翔安和金门岛，区位优势独特，村里散布着数十幢建造精美的旧洋房，不少房子因无人居住、年久失修而倒塌。郭培明认为泉州洋楼的价值一点也不输给广东开平碉楼，他建议保护、利用这些洋楼打造海峡艺术创作基地，提案得到了南安市有关部门的重视。有人以为提案人一定是当地人，其实他与奎霞村只有一面之缘。不久前，奎霞华侨洋房建筑群入列福建省第九批文物保护单位。他在想，如果能把奎霞华侨民居与晋江梧林、泉州江南的华侨民居整合为泉州华侨民居建筑群统筹申报，说不定又是泉州文保的一个“国家级”。

（原载《泉州政协》2018 年第四期）

温情、温暖、温馨的古城文化“导览图”

——《我想和这座城市明说》读后

□ 林公翔

郭培明是我认识近 30 年的老朋友，他是泉州晚报社原副总编辑，也是国内资深的媒体人。培明不仅人缘好，结交许多全国各地的文化界的朋友，与他们相识相知，友谊深厚；同时，培明对新闻有极强的嗅觉和特殊的敏感，善于挖掘新闻背后的故事，将这些故事娓娓道来，耐人寻味，可读性强。他在报业任上曾参与策划了许多有影响力的社会活动，例如金庸先生泉州行和一年一度的泉州经济年会等，这些活动不仅活跃了当地的文化氛围，而且拓展了泉州在国内国际的曝光率、知名度和影响力。

培明兄送来一份新书清样的打印本，希望提点建议，嘱我写篇书评，我慨然应允。

《我想和这座城市明说》是关于一座城市的书。这是一部有分量的书，视野开阔，图文并茂，装帧精美，内容丰富，资料翔实。从某种视角而言，一座城市本身就是一部书，有的厚重，有的时尚，有的大气，有的简洁，有的张扬，有的含蓄；对每一座城市，每一个个体都有自己的读法，有的“读出”了正面，有的“读出”了反面，有的“读出”的是中性，“一千个读者，便有一千个哈姆雷特”；但对于生于斯长于斯的城市，我相信任何人都怀有一种特殊的感情，这种感情是天然的，是发自内心的，是一种朴素的“我可以天天骂但不许你说她一句坏话的”无法躲藏的爱。培明的《我想和这座城市明说》就是这样一部让读者能够通过他的生花的妙笔、从容的讲述、新颖的观察读懂古城泉州的新著。

和这座城市明说，说什么，显然这是最重要的，也是最能引起读者兴趣的话题。

众所周知，泉州是一座经济发展十分迅猛的沿海城市，曾连续22年领跑整个福建。甚至有人说，福建的经济，泉州撑起了四分之一江山。国内众多知名品牌，如柒牌、劲霸、七匹狼、利郎、九牧王、安踏、匹克、鸿星尔克、361° 、特步、心相印、安尔乐、九牧、八马以及达利、亲亲、蜡笔小新、盼盼、雅客、喜多多等，都来自泉州这个城市。但在培明的这部书中，却不谈泉州的经济、泉州的 GDP、泉州不可一世的民营企业，而是谈泉州丰富的历史，泉州多元的文化、泉州当地的和生活在外地的泉州籍名人，以及来到泉州的外地知名文化人。

讲故事是这部书的一大特色。一座城市一定要学会讲故事，让她的那些存留在城区的历史建筑、历史街区乃至于一墙一瓦、一石一树、一巷一宅的故事娓娓道来。故事要讲活，要让人“可阅读”。作为资深媒体人，在这方面，培明显然是一位高手。《我想和这座城市明说》共分为3个板块，分别是“听潮看云”“观言察色”和“文心履痕”，在这些板块中，培明以“事物”与“人物”两条线索展开，将泉州具有代表性的知名建筑、街区、马路、山岳、码头、庙宇、渔村以及书店、南音等和蔡国强、万维生、王明贤、陈文令以及余光中、李亦园、蔡其矫、陈祥耀、龚书绵、王仁杰、潘耀明、秦岭雪等泉州籍文化名人做了生动的描绘和阐述。这些篇什旨在以“物与人”为载体，生动诠释物是可阅读的，人是可以对话的，城市始终是有温度的。

在场性是这部书的另一特色。《我想和这座城市明说》不是对泉州历史的深度挖掘，而是以抒情的笔调、新闻的叙述、感性的刻画，回望泉州的历史、泉州的文化。那是一个个属于泉州的镜头，那是一帧帧属于泉州的画面，那是一张张属于泉州的脸谱。他的每一篇文章都让人具有特别的现场感，好像与作者一起参与事件的采访，与作者一起与名人进行对话和交流。

特别是一些人物的访谈，例如《金庸泉州行：一次文化之旅》《刀光剑影外的梁羽生》《与蔡国强对话》《敢在时间里自焚的人》《爱与恨都不掩饰》《西街女孩龚书绵》《为学问的人生》《田野上的丰碑》《万籁俱寂亦是韵》《他拥有一份永远的天真》等篇章，都展现了作者开阔的创作视野、与采访人物交流的广度与深度、与读者之间紧密的互动，从而赋予泉州以细腻的纹理、文化的体温和人文的思考。

最近，城市传记很流行，像邱华栋撰写的《北京传》，叶兆言撰写的《南京传》，叶曙明撰写的《广州传》，何况、李启宇撰写的《厦门传》等陆续问世。这些城市传记从历史的深处打捞城市往昔的记忆，不仅有宏观的叙述，也有细节的刻画，展现了跨时空、跨文明的文化交流和碰撞，充满了深切的人文关怀。而《我想和这座城市明说》则是培明对泉州的个人观察，是个人对一座古老城市有温度的近距离的城市文化、历史际遇、群体的记忆，从宏观和微观亲近读者的讲述性、新闻性相结合的文学创作。

一首歌可以带火一座城市。像赵雷的《成都》，就让一座城市成了无数人心中的诗与远方——“让我掉下眼泪的，不止昨夜的酒；让我依依不舍的，不止你的温柔。余路还要走多久，你攥着我的手；让我感到为难的，是挣扎的自由。分别总是在九月，回忆是思念的愁，深秋嫩绿的垂柳，亲吻着我额头，在那座阴雨的小城里，我从未忘记你，成都带不走的只有你”；像王洛宾的《达坂城的姑娘》便红了遥远的西北一座小城——“达坂城的石路硬又平啦，西瓜大又甜，姑娘一定要嫁给我”，这种歌声只能属于新疆，只要你闭上眼睛，总有一位姑娘会闻歌声而翩翩起舞。王洛宾的《达坂城的姑娘》，不但把达坂城介绍给了世界，也把新疆以及新疆动人的文化介绍给了世界。

一部书同样也可以让人叩开一座城市的门扉，让人爱上一座城市。

希望读者能透过《我想和这座城市明说》，打开泉州这部有意味的书，认识泉州、感受泉州、阅读泉州、体验泉州，并读懂泉州，从而爱上泉州。

这本书可谓一份温情、温暖、温馨的古城文化“导览图”，一部主客交融、文辞优美、人物生动、色彩鲜活的泉州人文大片。在郭培明的笔下，更多地呈现的是泉州这个时代舞台的人和物的故事，而非舞台本身。

林公翔：笔名翔子。福建福州人。中国作家协会会员、中国美术家协会会员、中国文艺评论家协会会员、福建省传记文学学会会长。曾执教于福建师范大学，现为福州工商学院教授。长期担任福建青年杂志社副总编辑兼《青春潮》杂志主编，编审职称。有著述20种，首届中国图书金钥匙奖得主。

书中人物“明说”泉州

（以文中提及的人物先后为序排列）

雅各·德安科纳：13 世纪意大利商人

1998 年 3 月，由泉州海外交通史博物馆馆长王连茂等人整理的中文版《光明之城》在《泉州晚报·海外版》连载，笔者当时是编辑部负责人，可以确认这是国内最早翻译并发表的《光明之城》原书内容。源于学界对雅各手稿的广泛关注，世人对泉州城市形象的认知从此多了一个美丽的称呼——光明之城。

《马可·波罗游记》中夸赞德化瓷器物美价廉，另一个意大利人雅各·德安科纳反映刺桐港的《光明之城》也有类似记录：“像玻璃酒壶一样精致，这是世界上最精美的瓷器。”

马可·波罗：13 世纪意大利商人，探险家，旅行家

“（离开福州）到第五天傍晚，抵达宏伟秀丽的刺桐城。在它沿岸有一个港口，以船舶往来如梭而出名。”“刺桐是世界最大的港口之一，大批商人云集这里，货物堆积如山，的确难以想象。每一个人，必须付自己投资总额百分之十的税收，所以，大汗从这方获得巨额的收入。”

伊本·胡尔达兹比霍：9 世纪阿拉伯地理学家

处于中国东南沿海核心位置的泉州，终于站在了大时代的风口。“云山百越路，市井十洲人。执玉来朝远，还珠入贡频。”（〔唐〕包何）“秋来海有幽都雁，船到城添外国人。”（〔唐〕薛能）当时，阿拉伯地理学家伊本·胡尔达兹比霍在《道里邦国志》中记载：“泉州为中国四大对外贸易港之一。”

茅以升：中国现代桥梁之父

安平桥长达 2255 米，俗称五里桥，是世界中古时代最长的梁式石桥，被著名桥梁专家茅以升誉为“代表人类历史发展的一个重要阶段”。

“洛阳桥是福建桥梁的状元。”“有关洛阳桥修建的碑记二十六座，分布在桥中亭周围及桥南蔡襄祠和桥北昭惠庙等地。一座桥的兴建及修理的石刻碑文，有二十六座之多的，恐怕在国内桥梁中为仅见。”

杜杜 · 迪安：联合国教科文组织丝绸之路综合研究与东西方对话项目原总干事

1991 年，由迪安博士率领的联合国考察船“和平方舟”号抵达泉州后渚古港。1997 年 11 月，在泉州举办了“丝绸之路综合研究十年”庆典，笔者专访了迪安博士，他认为之所以把会议选定在泉州，是因为它是中国对外开放的一个典型，既体现中国传统文化的特点，又反映中国经济发展的未来。“泉州有着丰富的历史文化，这些文化遗产是泉州的也是世界的。联合国的目标是实现不同宗教不同民族的和平共处、共同发展，而在古代的泉州，这一点就已经做到了。”

伊本 · 白图泰：14 世纪摩洛哥旅行家

随后而来的摩洛哥大旅行家伊本 · 白图泰则惊叹：“这是一座巨大的城市，该城的港口是世界大港之一，甚至就是最大的港口。我看到港内停有大船约百艘，小船无数。”

马黎诺里：14 世纪意大利传教士，罗马教皇使者

1342 年，意大利传教士马黎诺里奉教宗之命到中国传教，也在游记中记录了当时的泉州城：“刺桐城，这是一个令人神往的海港，也是一座令人惊奇的城市。方济各会修士在该城有三座非常华丽的教堂，教堂十分富足，有一浴室，一栈房，这是商人储货之处。还有几尊极其精美的钟。”

吴　澄：元代经学家、教育家

元代学者吴澄则在文中赞叹泉州：“（泉，七闽之都会也。）番货远物、异宝珍玩之所渊薮，殊方别域、富商巨贾之所窟宅，号为天下最。”

蒲寿庚：大海商，福建安抚海都制置使、福建广东招抚使兼主市舶

涂门街又叫半蒲街，“蒲”指的是阿拉伯裔大商人蒲寿庚家族，今天的棋盘园、三十二间巷等地名所在，仅为蒲氏昔日私家领地的一小部分。1277年，元军长驱直达，蒲氏献城，使泉州免于兵燹之灾。易帜当年，随即开港，蒲寿庚为新王朝极尽犬马之力。

莫　言：2012年诺贝尔文学奖得主

2015年11月，诺贝尔文学奖得主、著名作家莫言出席在泉州举行的亚洲艺术节暨亚洲文化论坛期间，笔者曾陪同他走访了清净寺、关岳庙、草庵、天后宫和府文庙。他感慨而言：“泉州真是个奇妙的地方，既是多元文化的融合之地，又对传统文化实现较好的保护传承与创新，展现出一种大的文化气象。”

他在接受笔者的采访时说：当下，具有个性化的传统文化、民俗文化正在趋同化，甚至走向消亡。泉州经济实力强，文化味很浓，能够如此完好地保留传统文化与地域特色，非常难得。宗教遗址对一座城市有着不可估量的价值，宗教文化作为泉州文化重要的组成部分，其包容性超于想象。“这座城市最吸引我的是悠久历史的传承，最独特之处在于它的多元文化的融合。”他这样题词：“三教九流，荟萃泉州；文化古城，万古千秋。”

梁思成：中国古建筑学科的开拓者和奠基人

开元寺内的东西塔既是中国石塔的代表，也是泉州古城的标志。东塔名镇国塔，高约48米，西塔名仁寿塔，高约45米，系南宋建筑，形制仿木结构，石材精雕细琢，榫眼对接精准。如此雄伟壮观的宝塔当年是如何建造的，其历史价值如何评价，古建筑权威专家梁思成生前曾撰写过相关介绍文章。

“模仿多层木构之石塔，如灵隐寺双石塔及闸口白塔，模仿至为忠实，但塔身小，实为一种雕刻品，在功用上实同经幢。至如泉州开元寺双塔则为正式建筑，其仿木亦唯肖逼真，但省去平坐，为木构中所少见耳。”——梁思成《中国建筑史》

金　庸：武侠小说作家、报人、社会活动家

金庸先生的泉州之旅之所以成行，既有主办单位的诚意，也有《明报月刊》总编辑潘耀明先生的努力，更有金庸先生对泉州文化的向往与喜欢。由于时间限制，

行色匆匆，31 处“国保”单位也只去了开元寺、老君岩、清净寺、草庵，但他亲眼见证了少林绝技、明教遗存、建筑奇观，对景仰的施琅将军、弘一法师表达了敬意，欣赏了世界非物质文化遗产——提线木偶和中国第一古琴的演奏，虽蜻蜓点水，却收获多多。

在晋江草庵，金庸见证了明教会碗、石壁经文和世界上唯一存留的摩尼光佛石像，他激动地说：“草庵证明，明教不是我杜撰的。”在涂门街清净寺，他提笔留下墨宝：“朝觐中国第一名寺泉州古清净寺，不胜荣幸。”他挥毫，为少林寺留下墨宝：“少林武功，源远流长，传来南方，光大发扬。”在华侨大学，金庸说：“泉州人民过去的生活是开放的，兼容性的，这个古老的城市恰好和我对历史的个人观点志同道合。”

易中天：著名作家，厦门大学教授

泉州有如神助，许多文化界知名人士纷至沓来。如易中天创作了散文《走进清源山》，余光中创作了新诗《洛阳桥》；如美国世界级建筑大师盖里将为泉州设计蔡国强当代艺术馆，国际著名当代艺术家戈勃朗前来举办雕塑绘画展览。2015 年上半年，中国文联组织阿来、关仁山、陈应松、邱华栋、肖克凡、叶梅、张楚、潘向黎等茅盾文学奖、鲁迅文学奖得主来泉州采风，这批著名作家采写泉州的作品陆续发表后，引起广大读者对这个“海丝”起点城市的浓厚兴趣，也带来了许多文化游的客人。

走进清源山，你会和历史文化撞个满怀。如果说，泉州城“此地古称佛国，满街都是圣人”，那么，清源山便“满山都是文化，满山都是历史”。

作为历史文化名城泉州的母亲山，它实在应该称作“历史文化名山”。事实上，名山和名城有着同样的品格，那就是兼容五洲文化，吐纳四海风云。

——易中天《走进清源山》

余光中：永春籍著名诗人、作家、翻译家

6 岁那年，余光中在父母的带领下，“温厚的大手牵着小手，从南岸走向石桥的那头。”76 年后的 2011 年 4 月 22 日，余光中先生花了一个多小时再次走完在地图上阅读了无数遍的洛阳古桥，完成了心头的一桩夙愿。用心与故乡亲密接触，终于成就了他的第一首叙写泉州的诗篇（《洛阳桥》）。

“刺桐花开了多少个春天 / 东西塔对望究竟多少年 / 多少人走过了洛阳桥 / 多少船驶出了泉州湾”

吴文良：泉州宗教石刻抢救收藏和研究专家

20世纪30年代，泉州学者吴文良在被拆除的城墙石料中搜集到22方有着“十字架”图案的宗教石刻。宋元时期传入泉州的基督教派有聂斯托利派和方济各会派，这些远道而来的天使艺术形象，入乡随俗，头戴皇冠、身着僧服、坐着祥云、配有莲花宝座，被打上了鲜明的东方文化色彩。“刺桐十字架”经英国学者福斯特命名，成为全球古基督教研究的一个专用术语。

王铭铭：泉州籍人类学家、北京大学教授

泉州籍人类学家、北京大学教授王铭铭认为：“在传统国家的这一别致的边陲，文化多元曾达到的程度，大大出乎习惯于将传统国家与封闭社会对等看待的学者的意料之外。”开放包容，相互尊重，各美其美，美美与共，是泉州古老的和平精神给予现代社会的深刻启示。是的，涂门短短的一段街区，不同宗教的寺庙可以相邻而居几百年。

杜仙洲：著名古建筑专家

著名文化学者杜仙洲、罗哲文、阮仪三先后介入泉州古城的保护工作，并给予具体的指导。我曾采访来泉考察的著名古建筑学家杜仙洲先生，他认为：泉州有形与无形的文化遗产众多，人文资源丰富，应该保住几片风貌区。

王　军：故宫博物院研究馆员，故宫学研究所所长

我陪同过著名城市文化学者、时任《瞭望》杂志副总编辑的王军夜逛中山路，他左顾右盼，一路惊叹。回京后，给我发来短信：“泉州是个伟大的城市，值得细细品味。”

阮仪三：古城保护专家，同济大学教授

著名文化学者杜仙洲、罗哲文、阮仪三先后介入泉州古城的保护工作，并给予具体的指导。同济大学教授阮仪三曾经出任泉州旧城保护与整治工作顾问，他下结论说：“泉州古城特点鲜明，遗存好，价值高。”

巴　金：中国当代文学巨匠

与中山公园大门隔街相望的黎明职业大学，古榕参天如盖，气根紧握大地，很少有人知道巴金与泉州“黎明”有过一段难以割舍的不了情缘。晚年行动不便的巴金仍牵挂着泉州，欣然应邀出任黎明大学名誉董事长一职，为“黎大”捐书共计 7000 多册，其中有自己的著作签名本百余册。

巴金第一次来到泉州访友是 1930 年夏天，南方茂密的榕树、成片的龙眼树、灿烂的阳光、蔚蓝的海水、质朴的民风，深深地吸引了他。1932 年和 1933 年，巴金又两次来此访友。

董必武：中国共产党创始人之一

20世纪60年代，国家副主席董必武来到泉州视察，即兴赋诗，留下“东西双古塔，南北一条街”的名句，形象地勾勒出泉州城当时的特点。

洪世清：泉州籍艺术家，中国美术学院教授

传奇的崇武增添了新的童话，童话的创造者就是“鱼龙窟”的主创人洪世清。洪教授的功夫，是把最柔软的海水与最坚硬的石头整合成同一部宏伟交响的诗篇。

他兴奋地说，一进惠安，就被惠东女子的独特服饰和传统的石雕工艺所吸引。加上古城风貌、蓝天碧海、鸥声帆影，他的心灵一下子被撼动了。“无论自然环境还是人文环境，这里都是最理想的创造之地。”

尤　今：新加坡作家、旅行家

2017 年年中，赴马来西亚出席“一带一路”旅居文化国际学术研讨会，我和新加坡著名作家尤今的论文都围绕海上丝绸之路起点城市泉州展开。尤今的聚焦点竟然是泉州湾边的一个小渔村蟳埔，她把蟳埔的独特之美当作人生旅途上的一次重大发现。要知道，她还是一位环球旅行家，到过 110 多个国家和地区，什么美景没有见识过？尤今对我说过的一个心愿：她想在蟳埔买下一幢蚵壳厝。她设想：“白天，专心致志地在蚵壳厝里研发各种以海蚵为原料的食谱；晚上，亮一盏灯，看书、写作，把日子过得连神仙也羡慕。”这，大概就是许多人向往的“面朝大海，春暖花开”的理想生活吧。

陈高华：中国社会科学院文史哲部学部委员，曾任中国海外交通史研究会会长

改革开放之初，著名海洋文化学者陈高华教授出国参加一次有关海上丝绸之路考察的国际会议，他在发言中建议考察地点增加“刺桐”（泉州）时，全场的专家脸上都露出茫然的神态。毕竟，一个时代曾经的辉煌，早已消逝在历史的烟云深处。

“元代泉州是当时世界闻名的海港城市。许多外国商人来到这里，经营各种进出口贸易，不少中国商人也由泉州去海外经商。”——陈高华《元代泉州舶商》

林怡种：《金门日报》原总编辑

说到泉州，出生于金门的林怡种在他的著作中写道：“金门不是我的原乡，自己的根在大陆的泉州”。他把两个儿子的名字各取“根”“本”，以示饮水思源之意。

潘维廉：厦门大学教授，著有《我不见外》《魅力泉州》等

在厦门大学拜访潘维廉教授，这位能说一口流利普通话的美国人实话实说，他把厦门当作第二故乡，把泉州当作第三故乡，家中的保姆是安溪人，他甚至学会了闽南话。因为喜欢泉州，他用英文写了《魅力泉州》，为泉州获得“世界花园城市”称号出了大力。他不时把外国朋友介绍到泉州来，甚至还把美国国家地理频道的大牌记者请到泉州。

“跟中国其他城市相比，泉州在经济快速增长的同时，保存并弘扬了她独有的历史、文化和自然遗产，其结果是催生了一座非常现代且又舒适的城市。”

——潘维廉

舒　婷：中国当代女诗人、朦胧诗派代表人物之一

我更愿意借舒婷的诗歌名篇《惠安女子》中的句子点赞：“天生不爱倾诉苦难／并非苦难永远绝迹／当洞箫和琵琶在晚照中／唤醒普遍的忧伤／你把头巾一角轻轻咬在嘴里／这样优美地站在海天之间／令人忽略了：你的裸足／所踩过的碱滩和礁石／于是，在封面和插图中／你成为风景，成为传奇”

弘一法师：中国现代高僧，音乐家、美术教育家、书法家

1935 年，56 岁的弘一法师来到净峰寺挂锡，很快就喜欢上这里的环境。大师告诉友人：我见过许多名山，都不如此山的风景优美，终年不见云雾遮盖，山石玲珑，林木苍郁，境界明晰旷达，使我产生了终老于此之愿。临别净峰寺时，大师题下一首五言绝句：“我到为植种，我行花未开。岂无佳色在，留待后人来。”条幅现收藏于泉州开元寺，而他坚信的佳色留在了惠安，昔日的地瓜县华丽转身为今天的全国百强县。

“净峰山乡风俗淳古，男业木、土、石工，女任耕田，挑担。男四十岁以上多有辫发者。女子装束更古，岂惟清初，或是千数百年来之遗风耳。余居此间，有如世外桃源，深自庆喜。”——1935 年五月初弘一法师致夏丏尊信

“净峰居半岛之中（与陆地连者仅十之一二），山石玲珑重叠，世所罕见。民风古朴，犹存千年来之装饰，有如世外桃源。”——1935 年九月六日弘一法师致高文显（胜进居士）信

叶　飞：泉州籍开国上将，中国人民解放军高级将领

解放军庙规模不大，名气却不小。叶飞上将题写了“为了人民，死得光荣”，刻在庙前的烈士纪念牌上。党与百姓，军与民，这份鱼水情，大海边上的惠安最易解读。血染过的土地，血染过的风采，在惠安老百姓的情感世界中，英雄就是最高层级的神。

潘耀明：香港作家联会会长、中国作协全委会荣誉委员

泉州是潘先生的出生地，无论他走到天涯海角，“摇篮血迹”都是他的脐带。也因此，家乡的事，他都乐意去尽一分力量。2004 年 11 月 23 日，在他的鼎力协助下，一代武侠小说大师金庸应泉州晚报社和华侨大学之邀，开始了泉州文化之旅。

潘先生的老家在泉州南安市的乐峰镇，出生地是泉州洛江区的罗溪镇。“我想我初始的家，是母亲的襁褓。”

孙立川：学者，香港天地图书公司原总编辑

由于谙熟日文与学历背景的优势，国际创价学会会长池田大作与金庸大侠的世纪对话就由孙博士担任翻译，他还是国学大师饶宗颐的忘年交，并与池田大作、饶宗颐合作有鼎谈集《文化艺术之旅》。

秦岭雪：香港福建书画研究会常务副会长

最让我感动的是秦岭雪先生。他原名李大洲，早年从泉州考入暨南大学中文系，学生年代就有才子之称，蔡其矫是他推崇的大诗人，其诗风颇具蔡其矫的味道。作为名诗人兼书法家，他还是香港福建书画研究会的副会长。风度儒雅，经商却极少言商，穿梭闽港文化圈，热心文学艺术活动，资助香港文学刊物出版发行，是他的显著特点。

施子清：中国书法家协会香港分会主席，2023 年获香港特区大紫荆勋章

说到香港福建书画研究会，不能不提到其创会会长、来自晋江的施子清。早年创办香港集美侨校，曾经出任港事顾问、香港特别行政区筹委会与推委会委员，高票当选全国工商联副主席的施先生，在商界、政界、文化界声望颇高。

余秋雨：文化学者，著名作家

余秋雨游走了泉州城南聚宝街、李贽故居、德济门遗址和天后宫后，说：“走在鲤城的古巷中，像是听到历史的回声，余韵袅袅，心旷神怡。”余秋雨建议，泉州有好多宝贝却给人“肉多炖不烂”的感觉，应当对众多的文化景点进行分类排座次，向不同的人群推介不同的“产品”，效果一定更好。泉州当年传出去的不仅仅是货物，不仅仅是船舶，传出去的还要有思维、声音。“泉州是一个艺术码头，又是一个世界精神享受的码头，可以把许多文化输送给世界。”

余秋雨说，人文旅游，“要在历史灰烬中摸到远处的余温”“泉州是一座为海而准备着的城市。”

刘梦溪：中国艺术研究院终身研究员、中国文化研究所所长、中央文史研究馆馆员

笔者参与过金庸、莫言、余秋雨、刘梦溪等文化名流访泉的接待工作与采访策划，他们接受记者的专访大篇幅见诸报刊，不少真知灼见早已化为对泉州文化建设产生积极影响的正能量。2015 年 11 月，刘梦溪先生参加第三届亚洲文化论坛期间，参观李贽故居和开元寺东西塔、弘一法师纪念馆和泉州湾古船陈列馆等。

“我对佛教有一种内心的亲近。到泉州最想看的，就是弘一法师李叔同。他在

泉州 13 年，留下大量文化遗迹、精神财富，他是一个人格的典范，也是一个文化符号。仅此一点，泉州就值得骄傲！”

“李卓吾一生艰辛，不合时宜，却是一个了不起的思想家，我是怀着一种瞻仰之心去的。”

“我们看了古船博物馆，非常震撼。”

廖中莱：马来西亚前交通部长

廖中莱在演讲中提及了泉州。他把中国的泉州和马来西亚的马六甲做了比较，认为两个城市有着共同点，多元文化并存，外来族群融入，给今天的国际社会带来有益的启示。

叶　梅：中国散文学会会长

很喜欢著名作家叶梅的散文《公主海渡》。千年古渡，那一年，那一天，刺桐港口，元世祖忽必烈亲自选定的蒙古卜鲁罕部公主阔阔真，在此登上开往波斯的海船。而护送她远嫁伊尔汗国国王的是马可·波罗。泉州官府为了此行特地赶造了 14 艘福船，候命的船只停泊在码头，“首尾相连，就像一条巨龙。”在叶梅的妙笔之下，泉州古港上演过一幕中外交往史上的华丽篇章，大国气象，大港雄风，隆重盛况，叫人难忘。

多次来过泉州的叶梅坦言，站在泉州古渡口，“那一片沉默的海滩突然令我心旌摇动，久久难以离去。”

邱华栋：中国作家协会副主席、书记处书记

邱华栋设想了当年的情景，说马可·波罗讲的故事应是这样开头的：那一年的那一天，我离开刺桐港的时候，看到港口上到处都是帆船……

“站在马可·波罗启航的港口，我思绪纷飞。我仿佛看见了他所坐的四桅十二帆的大船逐渐远去，他带着对东方中国的纷纭记忆，依依不舍地与我对望。对于探险家来说，对未知世界的探寻是他们的动力。对于作家来说，想象力将使历史、现实和未来打通，并且创造出一个文学的瑰丽世界。”

阿　来：著名作家，茅盾文学奖获得者

在长篇散文《海与风的幅面》中，长期生活于西部高原与四川盆地的阿来，把福建之行看作对海洋的一次亲密接触。从福州到泉州，他自觉地把东南沿海与自己生活的地方做了比较。十多年前他第一次到泉州，还是冲着一个异国风情味道十足的“刺桐”两字来的。再次在泉州市区参观，一路总“觉得会与郑和劈面相逢”。

关仁山：河北省作家协会主席

关仁山感慨道：“每个人的心中都有一条船、一片海，每艘船里都有一个无法言说的故事，哪一艘将是载你远航的船呢？在泉州印证了一条规律，其实船也是文化，文化是民族的根本，失去文化就意味着民族的消失。”

肖克凡：天津市作家协会副主席

为什么海上丝绸之路选择从福建出发呢？无论是在福州马尾船政旧址，还是在泉州清源山老君岩，从现实平台走向历史深处，他感慨：“蔚蓝文化透露出作为当时大都市的泉州，有着“宽广的文化胸怀和包容的文化心理。”

潘向黎：上海市作家协会副主席，鲁迅文学奖得主

对于远离家乡的人来说，家乡就是心中一轮永远的明月。我很喜欢泉州，这个温润、古朴、历史悠久、人情醇厚的地方。

杨少衡：福建省作家协会原主席

杨少衡的《去看一条古船》：“在这条勇者之路上，时时跳动在这些航海人心头的会是什么？可以想见，追求更好的生活，回归家园和亲人的热望，必定始终伴随与支撑他们破浪远航，再返航归来。他们被生活和命运抛向海洋，可谁曾想过也在承担着一份使命，航行在创造历史中？”

王祥夫：鲁迅文学奖获得者

王祥夫的《开元寺·古船》把目光瞄准到宋代古船上。在“南海一号”出水之前，这应该是中国最著名的一条古船了，也是当时中国拥有世界上最先进航海技术的明证，尽管它在当时只是中型船只。王祥夫直言：“对于古船馆里展板文字表格上的东西我向来漠然，也记不清，我只愿静静地待在那里，看着古船上木纹如刻的木板、船舷，还有那舵、那锚，还有那一颗颗的钉，这一切都是活生生的。”“想象当年船员们的生活，一定要比陆地上的丝绸之路更加惊心动魄和更加艰苦。”

王巨才：作家，中国作家协会书记处原书记

《开放与守望》，是老作家王巨才的散文力作。“时至今天，我们在泉州各地，仍能感受到世界几乎所有宗教和谐共处的融洽氛围。那些糅合中西文化符号的寺庙、教堂、塔桥、墓园和其他各式风格的建筑，无不记载着这个城市华洋共处、主客同和的昔日辉煌，彰显着福建人海纳百川、有容乃大的恢宏气度与化育能力。”

“哪怕走到再偏远的乡村，那些保留完好的宗祠建筑，那些供奉在各家厅堂的祖先牌位，那些‘颍川传芳’‘陇西衍派’的门楣以及镌刻于石廊柱上的楹联，都在显示着福建人慎终追远的伦理意识和道德情怀，令人感触良多，油然起敬。”

蔡国强：泉州籍中国当代著名艺术家

2008 年 7 月的最后一天，担任北京奥运会开幕式视觉效果总设计的蔡国强在回答我的提问时坦言：泉州的海洋意识与民俗文化，儿时燃放鞭炮和“八二三”两岸炮战硝烟的记忆，都是他取之不尽的创作源泉。

龙年春节期间，蔡国强回到故乡泉州。东街中伴着他成长的旧居已经消失得无踪无影，多次强调泉南文化对自己创作有很大影响的蔡国强，一改过去的失落感，认为东街的改造风格是比较成功的，因为它身上留下的是传统与时代结合的烙印。

“泉州有取之不尽的源泉。”中国元素对蔡国强创作的影响却是明显的，其中，又以泉州元素最为突出。《草船借箭》的船骨架、《马可·波罗遗忘的东西》的帆船及所载物品、《龙：当代美术馆》的龙窑、《文化大混浴》的中药等，都来自泉州。

回忆起儿时过元宵，蔡国强露出一脸开心的笑容。作为一位走向世界的艺术家，蔡国强特别看重的是与家乡的感情，他承认自己的爆破创作与当年放鞭炮的影响有关。他的好友、著名艺术家陈丹青曾这样评价，蔡以一种固执的方式至今活得像是一个地地道道的泉州人，不知有哪位中国当代艺术家像他那样真实地维系着与自己的出身和出生地的关系。在世界范围里，泉州的知名度还很有限，蔡国强

每次办展，却特别强调来自中国福建泉州。

德国一位知名艺术家说过，20 世纪人人都是艺术家。我认为，21 世纪什么都是美术馆。《龙窑》是我美术馆系列作品中的一件，至于创意，首件作品我就想从故乡出发，做什么事，从故乡“打牌”是最稳的。

我个人的观点是，一个人如果写小说没能把故乡写好，而说要写全人类的故事，那太可笑了。用自己的真情把故乡的东西自由“用”出来，从一个城市甚至一个小山村的故事，写出全人类共鸣的故事，是我所向往的。——蔡国强

刘香成：著名摄影师，1992 年普利策新闻奖得主

国际新闻摄影界最具知名度的华人，也是普利策新闻奖至今唯一的华人得主刘香成，此次也随蔡国强来到泉州。和我闲聊时，他说目的是观察泉州这座城市，为什么会孕育出蔡国强这样的人物。

弗兰克·盖里：当代解构主义建筑大师

泉州的元宵灯会始于唐朝，迄今已有千年历史。“泉州闹元宵”“花灯制作工艺”“李尧宝刻纸”均为国家级非物质遗产项目。2013 年元宵节期间，随同北京奥运会开幕式视觉效果总设计、泉州籍国际现代艺术家蔡国强前来“见识”的国际现代建筑大师盖里看花了眼，连声说“难以想象”。

钱绍武：雕塑家、书画家，曾任中国国家画院雕塑院院长

当时，城市雕塑作为公共艺术还是稀缺品，泉州还没有真正意义上的城雕。在著名邮票设计家万维生先生的引荐下，钱绍武教授南下泉州。走访了开元寺、老君岩等名胜古迹，站在马可·波罗曾经登船远行的古港岸边，一个念头迅速出现于钱绍武的脑海中：飞天迎宾。

“泉州作为古代中外文化经济交流的桥头堡，妙音鸟的形象在泉州的应用是一种偶然也是一种必然。我要把这一形象从开元寺里解放出来，寓于它新的含义：表现出泉州作为中西交流的典型和古代著名商港的特征，使名城意蕴得到体现。在改革开放的今天，它既勾起市民对于往日辉煌的美好回忆，又代表着继续开放拓展的潮流趋向。”

万维生：泉籍邮票艺术家

我多次采访过万维生，第一篇报道的题目是《走不出乡情的门槛》。少年维生是从小听着东西塔顶传来的风铃声长大的，东西塔在他的心目中是无比神圣的。对于远离家乡的游子，东西塔更是乡愁的象征。

晚年的他，一次一次地回到泉州，自然而然，象是一位放学的孩子回到家里。开放、包容、重情、尚义的故乡，是他最认可的灵魂归宿地。他艺术活动的许多“第一次”是在泉州完成的，邵华泽、钱绍武等名家与泉州文化结缘，也得益于万先的穿针引线。

杨振宁：诺贝尔物理奖得主，中国科学院院士

1995 年 8 月，我采访了诺贝尔奖得主杨振宁教授，一路随他来到开元寺。当看到巍峨挺立的宋代石塔时，他仰望了好久，提出要登上东塔感受一番……杨教授说：“见过世界上许多古塔，东西塔最让人震撼。”

张美寅：泉州籍新加坡摄影家

“东部地区经济发展非常快，比如我的故乡泉州，20 年间发生了天翻地覆的巨变。富裕起来的人们，应该来关心西部，关心那些在贫穷中挣扎的同胞。”张美寅说。他用镜头记录下他们普通的生活场景，用人性中的真诚与善良去直面这个特殊的群体。他希望通过这批具有强烈艺术感染力的作品，去告诉山外的人：共同富裕，需要共同努力。

王明贤：建筑批评家、策展人

王明贤致辞一开始，先说出十余位泉州画家的名字，说他们画得很好，比如蔡展龙先生就是中国一流的水墨画家，不亚于陈子庄，这些师友都是自己学习的榜样。2005 年，经文化部同意，中国首次在威尼斯设立威尼斯双年展中国国家馆，王明贤即是中国馆的策展执行小组成员，担纲总策划的是他的好友范迪安和蔡国强两位闽籍知名艺术家。

陈文令：艺术家，意大利佛罗伦萨国立美术学院荣誉院士

对陈文令而言，厦门是福地，北京是舞台，泉州才是心灵的原乡。远行，是为了更好地回家。在他的构想中，金谷将建成永不落幕的大地艺术展，所以他愿意放弃京城的繁华环境，回到古朴寂静的安溪金谷造园，在故乡的屋檐下、水岸边，品一壶铁观音，听鸟声啁啾，观云聚云散，与乡亲们共建共享“亲绿、亲水、亲众生”的艺术生活。“经历过各种苦难，我们应该以乐观豁达的心态去面对未来、笑傲江湖。即使日子令人沮丧，也要找到一种能让自己起舞的方式。我想在故乡的山水间，留下一支永远的乡愁诗歌。”他这样说。

陈立德：漆画家，全国美展首枚漆画金奖得主

从 1989 年荣获全国美展首枚漆画金奖的《皓月红烛》到红砖厝系列、欧行札记系列，再到表达思想、自由挥洒的《巨人夸父》《楚汉之争》《搅动星空的大鸟》《初始·天问·哲人》等，都可以感受到他拥有一颗能量饱满、超越自我的求索之心。他对“海丝”题材一直有着特殊的情感，泉州是他成长、生活的地方，为家乡创作是自己的本分，如果能够赢得社会各界肯定，那更是人生一份值得骄傲的荣誉。

郭　宁：福建省美术家协会副主席、泉州市美术家协会主席

他用画笔展现的，既有崇武渔港、安溪茶乡、罗溪山村、闽南海岸，也有欧洲小镇、巴黎街景、地中海风情。他把油画当作“交响乐”，把水彩比作“轻音乐”，融会贯通，优势互补，双栖并举。他的油画与水彩曾于 1984 年同时入选第六届全国美展，成为当时最年轻的中国美协会员。

白石红砖、蓝天碧水、风和日丽的泉州，先后走出了苏瑞庭、叶淑华、张厚进、郑起妙、郑克捷等一批著名的水彩画家，让外地同行刮目相看，泉州也因此成为福建水彩画创作的重镇。泉州画家为什么对水彩画情有独钟？“一是固有文化的开放性与包容性；二是地理条件与水彩语言的契合性。”说这话的人是泉州画院院长郭宁。

黄　坚：画家，泉州师范学院美术学院原院长

多年前我读过黄坚对蔡国强、黄永砯的专访。黄坚既不故意语出惊人，也不会去蓄意制造艺术事件吸引眼球。他那散淡从容的性格，只要有一间画室、一壶茶、一支烟，就足以让时间消融，让激情勃发。一旦艺术家的心境旷达，画境自然就少了媚尘俗气，不管是千里江山，还是雨后云海；是红砖厝，还是海之岛，我们看到

的是灵动而活泼的风景，是模糊而清晰的印象。私自以为，他观察敏锐，善于思考，是块做学问的料儿。特别是他对惠安老家惠东妇女服饰的研究，见解独到，说理深刻，一点不逊于人类学、社会学、民俗学专家的分析水平。

彭传芳：油画家

彭传芳这次德国艺术之旅，源于去年 10 月泉州友城德国诺伊施塔特市副市长马克魏格尔的泉州之行。在那次交流中，泉州市政府决定，应邀派出一名画家出席今年 7 月于诺市举办的第二届国际艺术研讨会活动。泉州与诺市 16 年前缔结为友好城市，作品曾经作为泉州礼品赠予客人的著名画家彭传芳，自然成了首选人。

郑福生：泉州籍军旅画家

《百虎图》一出炉随即产生轰动，曹刚川、魏金山、郭林祥、周子玉上将等三军高级将领都专程到中国军事博物馆参观，给予高度评价。时任军委副主席、国防部长的迟浩田上将特意来信祝贺。一直关注郑福生艺术发展的南京军区老政委杜平生前为其展览题词：“扬虎志壮军威”。8 次画百虎，历经 16 年，郑福生几乎成了一个虎痴，一天不画虎，饭菜吃不香，至今还经常深入连队为官兵写字作画。“我不是冲着商业价值而来，我是一个 60 多年军龄的老兵，人民军队培养了我，我必须为时代而歌，奉献出最美的画卷。”

朱守道：第四、五届中国书法家协会理事

朱守道融合魏碑的雄强气度与宋明文人书法的清丽婉约，形成自己自然清新的特色。他在全国书展中屡获金奖银奖，为海内外艺术馆所收藏，出版了《中国书法史话》《朱守道书法作品集》《朱守道书法艺术》等专著，并荣获全国“德艺双馨”书法家、“中国书法百杰”称号，为福建、为泉州书坛增光添彩。

陈伟平：泉州市书法家协会主席，中国闽台缘博物馆原馆长

他特别赞赏泉州古贤张瑞图，张氏作书刚硬劲健，借鉴魏碑却拙中见趣，一反潮流而奇逸独标，横扫当时的柔媚书风，可谓另辟蹊径，对后世的影响直达当下。

陈世哲：摄影家

在短短三四个月间，陈世哲接连有两个个展开幕，前者是《城南旧事》，仿佛时光倒流，复活了二三十年前的一幕幕泉州风情；后者为北京奥运会开幕式焰火摄影作品，火树银花，美不胜收。

无论是惠女风采、蟳埔风情，还是古厝大院内看家的老人，老街小店铺外玩耍的孩子，都是他的镜头捕捉的对象。穿着蓑衣耕地的老农，路边租小人书的摊点，杂货店窗台上用粉笔写的电影预告，类似的生活场景早已从我们的眼帘中消失，陈世哲把这些城市文脉上的点滴部件用视觉的形式还原给我们，看似平常，实则珍贵。

吴金填：陶艺家，月记窑国际当代陶艺中心创始人

三班自古就是重要的陶瓷基地，徐曼亚之《瓷史》语："洞上之月记窑，亦为德化负有盛名之瓷窑"，月记窑的青花瓷，代表了清代德化青花艺术的最高水平，堪称德化青花"官窑"。

"论企业赢利、创汇、纳税，我现在都无法与别人相比，但每年都有国际级艺术家光顾月记窑，并在这里亲手创作，留下作品，这本身也是一种贡献，通过交流，德化陶瓷知名度更高了，中国陶瓷被世界更加认识了，不也很好吗？"

"如果能为提升中国陶瓷艺术的影响力做一些实质上的努力，让我们的东西在国际舞台上唱唱主角，形为新的主流传播平台，那才是我们这一代人的责任，也是我心中的中国梦。在前辈中，台湾的徐以祺、景德镇的李见深都是不可或缺的推动者，他们是我的榜样。"

陈学君：漫画家，教授

学君认为，弘一法师留给泉州的文化遗产的价值远远没有被挖掘，对子恺漫画的研究无疑是弘一法师研究的独特视角。我特别佩服学君的慧眼，能够长期不懈猎搜资料，对泉州实业家、诗人、画家黄紫霞（1894—1975）的漫画创作与成就进行了系统的辨识梳理。黄紫霞创办过泉山书社、《南光日报》，主持维修过开元寺东塔，1940 年创办的《一月漫画》行销 10 个省市，曾被国民政府认定为宣传抗日的重要刊物。感谢学君，正是他执着于清洗这一段蒙尘的历史，才让我们记住了一位以漫画作为锐利武器的泉州抗日勇士的英名。

梁羽生：著名武侠小说家

梁羽生是中国楹联协会顾问和香港象棋协会顾问。上海古籍出版社出版他的《名联趣谈》，泉州青年对联研究者胡毅雄，曾对其中列 128 条的讽慈禧太后联的作者是章太炎还是林白水提出看法，梁羽生阅后，虽认为“此说还缺乏铁证，不足以令人信服”，在修订本中，梁先生也把胡氏说法列入后记，足见其名士胸怀。

李亦园：著名人类学家，台湾“中央研究院”院士

如果说“潮州学”的发展离不开国学大师饶宗颐的推动，那么“泉州学”一出生就风华正茂，受到国内外学界广泛关注，与李亦园教授的贡献是分不开的。李亦园教授认为：“泉州不仅有丰富而宝贵的文化遗迹，而且这些文化遗迹背后还蕴涵着难得的文化特质，可以转化为当前世界的普世价值，它早就应成为联合国教科文组织对世界文化遗产的认可对象。”

司马文森：泉籍作家、外交家

在离开泉州 20 年之后，外交家司马文森忙中偷闲，坐在安静的书桌前拿起笔时，他的胸中一定是波澜起伏，故乡的山水人文、往昔的峥嵘岁月，一幕幕浮现出来，不写，难以平息心中块垒。司马文森一生创作不辍，作品总量多达两三千万字，单是抗战纪实文学就有 400 万字。《南洋淘金记》和《风雨桐江》被视为他抒写侨乡的“艺术双璧”，可以说，他把一生最好的作品留在了故乡。

蔡其矫：印尼归侨，泉籍著名诗人

与蔡其矫接触过的人，都会被他的笑声所感染。他是有气场的人，在他周围，很难出现不热闹不乐观的氛围。他散淡随和，让人忘记是与长者交谈，彼此都没有了年龄的概念。家在京城，他的普通话甩不掉浓重的泉州腔，我们听起来亲切，外地人嫌他南腔北调。他似乎一生都行走在寻找风景的路上，有的朋友想赠书给他，不知道要寄往哪里为好。然而，北京、福州和泉州晋江，是这位独行侠一生走不出的“三点一线”。

艾青说：“海都给他写完了，我们还写什么呢？”廖公弦说：“他才是真正的诗人。”周良沛说：“他是中国诗坛一个流派的代表。”

两条丝路的胜地，北有敦煌

南有泉州，我心中的骄傲

海洋之歌已响彻千年

——蔡其矫《海上丝路》（2001）

王仁杰：古典戏剧作家

曾静萍因主演《节妇吟》《董生与李氏》两度荣获中国戏曲最高奖“梅花奖”，全国戏曲界借演出王仁杰编剧的作品获得梅花奖的演员不下 10 位，且多出自北京、上海、福州等大城市的不同剧种的剧团，说起来真的不可思议。中国戏曲表演学会称：王仁杰先生“展示了中国戏曲艺术不朽魅力，更为当代中国戏曲剧本创作树立了新的标杆，为中国戏曲表演艺术发展提供了新的思考，更为中华戏曲宝库增添了珍贵财富。”

如同昆曲之于苏州，梨园戏与泉州一荣俱荣。泉州是历史文化名城，时至今天，我们仍然在大口吃着老祖宗赚下的本钱，只有像仁杰老师那样的返本开新、与时俱进，方可立于时代潮头，引领文化风尚。

龚书绵：台湾师大教授，作家、画家

2019 年元宵节期间，泉州最热闹的西街，人流中再次出现了她的身影，尽管脚步已没有以前那般矫健了。这一次，她是应中央电视台《记住乡愁》摄制组之邀特从台北回到老家的。很难找到像龚书绵这般对故乡“大海般的深情”，对泉州的歌颂、行吟、记录或者抒情，从不厌倦，而且乐此不疲，如同孩童时代对着父亲倾诉，或者依偎着母亲亲昵。

“葆童真而见文心，洁情操而高品格。”这是知名文化人吴捷秋先生生前对龚书绵的评价。

陈泗东：泉州文史专家

除了几座庙宇、一片古民居、数条旧街巷外，一座历史文化名城，如果缺少像陈泗东这样的人物，是不完整的，至少是不够丰富生动的。无论是泉州湾宋代古船的挖掘科考，还是南少林史迹阐微；无论是闽南民俗记闻，还是诗词唱和品评，泗东先生都堪称高手行家。

陈祥耀：福建师大中文系教授

参加弢社，与长辈文朋诗友结谊，被张琴评点为“翰苑才”，林骚评点为“龙小毕竟是龙”正是其时。而无锡国专名师荟萃，英才云集，当时来校授课的教授有王蘧常、钱仲联、吕思勉、周谷城、夏承焘、周予同、胡曲园等名家。1941年，他曾在广西的刊物上发表《弘一法师在闽南》，1942年在上海的刊物发表《纪念晚晴老人》，两文已成为弘一法师生平研究的重要参考资料。

《泉州赋》堪称展示千年城市发展史的宏文华章，祥老说初稿是在一个晚上一气呵成的。引经据典，凌云健笔，纵横捭阖，左右逢源，其立意、识见、行文，简洁精准，气势雄伟，从中可见其国学底蕴、诗文才情，绝非常人可以比拟。

洛　夫：台湾诗人

“我是文化中国主义者，不管你迁居到哪里，你的中心坐标就是中国，这就是文化中国主义。‘文化中国’在我的内心深处，在我的血液里、灵魂中。”在华侨大学召开的第十届世界华文文学研讨会期间，我提起抗日战争时期洛夫在衡阳市郊打游击时劫枪的那段传奇，这位目前定居加拿大的老人笑了。他说那时血气方刚，日本兵又住在他家里，论地形他最熟悉，行动实施容易成功。

於梨华：美籍华裔作家

於梨华对福建有种特殊的感情。小时候，出生于大上海的她曾随父亲来到福建，并且一住就是几年，直到念完小学。她父亲当时是南平一家纸厂的厂长。1975年，那时中国大陆尚未改革开放，她就敢为人先，回到祖国探亲访问。而且，创作了反映中国现实的《新中国女性及其他》《三人行》《谁在西双版纳》等作品，使国际人士增进了对当时尚未开放的中国的了解。

陶　然：《香港文学》原主编

陶然继承刘老衣钵，后来居上，在总编辑任上广交文缘，不但与艾青、王蒙、蔡其矫、舒婷等文坛大家过往甚密，更可贵的是发现、培养了一大批文学新人。可以说，这一正能量的影响波及了全球华人圈。也许因为亦师亦友的缘故，蔡其矫第一本作品集的编者正是陶然，《蔡其矫书信集》的编者也是陶然。陶然多次来过泉州。1982年，他记得与老蔡从泉州城里一起骑自行车到晋江园坂。蔡其矫诗歌研究会成立的时候，陶然专程从香港赶来参加活动。

朵　拉：惠安籍马来西亚作家、画家

朵拉原籍泉州，兼有作家与画家身份，景物描摹是她的长项，但是她的散文《刺桐城访开元寺》提供给读者的并不只是“在中国无与伦比的”两座古塔加一大堆赞美的形容词，她对寺庙围墙外的一排刺桐、大雄宝殿旁的千年古桑和藏经阁前的两株菩提树印象深刻。开元寺的树木与古塔站在一起，经历风霜雷电，阅尽人间沧桑，见证历史，沐浴佛光，它们何尝不是岁月修行的正果？所以朵拉才会写道：“每个人生命中的最可贵之物，收藏在自己心里，唯有自己知道。”

戴小华：世界华文文学联会副会长

来自马来西亚的女作家戴小华，在泉州的参访中特别关注多元文化遗存。当她面对刻着阿拉伯文、波斯文的一方方石碑，细读文物解说资料，她“觉得如同读着一个个鲜活的穆斯林侨民的故事，石碑在静默中诉说着背井离乡又难忘故土的心路历程”。离开泉州后，戴小华没有停止这样的思索：为何这么多来自阿拉伯半岛的人选择在泉州安身立命？托体于这里的河山？

白岩松：著名主持人，记者，作家

西街小西埕老墙上那句“泉州是你一生至少要来一次的城市”，这两年成了网红旅游点，就是在书店老板连真女士协助邀请下，老白前来参加海丝活动，于主题演讲时现场迸出的激情金句。

许谋清：新乡土小说代表性作家

北大历史系的系统训练，让许谋清的社会思考有了常人难以企及的深度。他写安海港的记忆，也多从具体的人物下手，郑芝龙、郑成功、施琅、伍秉鉴，纵横捭阖，全球视角，史料运用，左右逢源。“茶催生了世界首富，茶改变世界。茶叶很轻，但它在 17、18 世纪的大变革中分量却很重。”通过许谋清对伍秉鉴从商之道的梳理，我们进一步读懂晋江，读懂“一分汗水一分收获”与“爱拼才会赢”中大陆文化与海洋文化的区别，读懂海外华侨与当代泉商拼搏与成功的理由。

陈剑雨：泉州籍剧作家，电影评论家

在中国电影圈内，陈剑雨绝对是一个人物。从影视评论、剧本创作到生产管理，说他是全才无人否认。即使在圈外，只要提到由他牵头策划并执笔改编的电影《红高粱》，“捧”红了后来名扬全球的莫言、张艺谋、巩俐，恐怕也无人不知吧。导演张艺谋说：“陈剑雨先生是我很多年的好朋友，当年《红高粱》的成功，倾注了他大量的心血和无私的帮助。他为人很正派，治学很严谨，对中国电影充满极大热情和关注。”

杨双智：泉州籍音乐家

歌剧《素馨花》《番客婶》，梨园戏《枫林晚》，提线木偶剧《钦差大臣》，这些让泉州当代文化名声远扬的佳作，作曲者居然都是杨双智。被专家誉为“吻合闽南侨乡特定的审美心理”的杨双智音乐作品，其成功的根源在于对本土文化、民间音乐、戏曲艺术的深刻理解。

蔡雅艺：泉州南音传承人、传播者

时间是最好的证明人，时间不但看见她站在英国北威尔斯兰格冷国际音乐节的舞台上，更见证了她在维也纳金色大厅和当地交响乐团的同台合作。我想那一刻蔡雅艺是幸运的，这不仅是她的荣耀，也是泉州南音的骄傲。我欣赏雅艺的眼界，她应该是把本土南音教育持续推广到福州、武夷山、上海、北京等非闽南语地区的先锋。《三十三堂课》中的学员，来自全国各地。

冒怀苏：画家，中国美术家协会会员

两座巍峨伟岸的古塔，已经让冒先生无暇他顾了。他的眼睛象是钉上了钉子，久久没有移动过，然后呢，速写本上留下了不止一幅东西塔的倩影……“古人的智慧，伟大的艺术。”合上速写本，他意犹未尽，在纸条上写了几个字递给我。送冒怀苏先生回宾馆的路上，他用纸条提醒说：泉州是个值得骄傲的历史文化名城，许多东西要懂得珍惜。

简　媜：台湾著名作家

“台湾人身上都有个线头，陈映真在泉州找到了接口，席慕容在内蒙古找到了接口。我的先祖从福建东渡台湾已有三五百年，在大陆我已找不到至亲的兄弟，也未曾有祭扫祖坟的机会，但我的根永远长存于漳州南靖。”几年前，台湾著名作家施叔青来过厦门、泉州，留下散文名篇《指点天涯又一章》，文中提到：“对鹿港人特别有意义的泉州，才是我们此次寻根的去处。”简媜对我说：今天的泉州就如几年前的宜兰，在泉州的感觉挺好。

庄材鬟：旅菲侨商

在他的五店市邻居中，几乎每一个家庭都有亲人冒险去了南洋。听说吕宋、槟榔屿、马六甲、淡马锡、泗水，这些异国他乡的港城，到处充斥着晋江乡音。庄材鬟想，自己已经二十四五岁了，再不拼就没有机会了。20 世纪初，华侨带回海外的商业意识和文化科技信息，从经商理念到兴学模式、建宅技艺等全方位体现异质文化在本土的折射，推动了泉州形成新一波开放、包容的文化氛围。在庄材鬟的奔走和组织下，家族书塾华丽转身为新式教育的希信小学。众望所归，他被推举为马尼拉、晋江两地希信学校董事会董事长。

黄保欣：香港大紫荆勋章获得者

1979 年 8 月，香港总督麦理浩约见黄保欣先生，提出让他担任立法局议员时，他没有一点思想准备。作为著名侨乡，泉州的许多学校、医院、道路都有港澳、海外同胞的一份心血，黄保欣对惠安老家和就学或任教过的惠安中学、培元中学、厦门大学等学校都有大笔捐助。他对学校有份特殊的感情，一生爱好阅读与思考，源头的活水就是学校。

郭光灿：中国科学院院士，量子信息科学家

“教育优先，人才就是未来。家乡人重视教育，这路子绝对没错。”他曾推辞过多所高校、研究机构授予他的荣誉职务，却一口答应出任家乡小学的名誉董事长、名誉校长。回首在泉州五中度过的美好时光，郭光灿感慨于自己的幸运。在他看来，这个阶段，是他从年少无知走向广阔天地的过渡，是他一生中性格磨砺、学习方法培养的关键阶段，“一个人中学打下的底子，终身受用”。

叶　辛：作家，中国作家协会副主席

第一次见到叶辛老师是1998年在华侨大学召开的北美华文文学国际研讨会上，我保留了与他、铁凝的一张合影。 我还和作家庄东贤带着他和铁凝、舒婷、方方、赵玫、刘醒龙到东街泉岩茶店喝茶，到钟楼吃肉粽。

蔡友平：万祥图书馆创办人

“此前，万祥文教论坛已经举办了 15 期公益讲座。”万祥集团董事长、万祥图书馆创办人蔡友平说，借助图书馆文化空间，他们将持续引入智慧的声音，让更多家乡人在富了口袋之后富脑袋。“我们期待更多拥有海洋精神的泉州人，在果敢进取之余，更能多一分睿智与思考。”

王　石：万科创始人，多家公益组织主席及理事

在泉州，他（王石）谈的最多的是文化。参观完海外交通史博物馆、伊斯兰教圣墓和开元寺，步行穿越西街、中山路、涂门街和五店市，观看提线木偶和南音表演，他惊叹泉州历史文化的深厚与丰富。不但把在现场用手机录下的木偶节目放在微信朋友圈上，还附言：“晚餐后，主人安排悬丝木偶表演。表演者双手造作，木偶活龙活现，惟妙惟肖。虽不懂说唱的闽南语，却引人入胜。”针对泉州民营企业多、地下文物丰富现状，王石建议设立考古公益基金，并说如果企业有兴趣，他愿意参与发起。

后记

暮秋一过，节令的时针便指向萧瑟寒冷的冬天。好在闽南的秋天很长，气温特别舒适，让你一时没有感觉到入冬的脚步已经踏过。转眼间，生命的年轮不容分说“奔六”而去，这是一个无法轮回的四季。既然没有前程可期盼，不如待在这座城市的某一角落，伴着飘落满地的黄叶，心无旁骛地走着。累了的时候，也可以停下来歇歇脚。回望来时的路，不知何时开始，已成朗润可人的风景，即使道中的野草与两旁的荆棘，也不再像以往那样招人讨厌。放慢脚步，抚摸岁月，自知之明，顺其天成。生于斯长于斯，对这座城市，我可以列出一百种理由数她的不足，更可以列出一百种理由夸她的好，因为，除了爱，还是爱。

把多年来写过的关于城与人的文字结集出版，最初是朋友的建议，却犹豫了好久。我虽然很早就加入了省作协和中国散文学会，因为长年从事媒体采编管理，杂务缠身，采写稿件并非分内主要任务。更由于眼高手低、笔力不逮，缺乏创作灵感和表达技能，成文像样的文章不多。不时有人向我了解以前写过的人和事，希望能够提供相关文字资料。因为以前的报刊没有电子版，我在老同事的帮助下，查阅并筛选一些与这座城市相关的旧文，凑成此集。杂文、时评、刊首语之类的文字不选；有些文章始终不见踪影，也许文字发表以后，与你见不见面也讲缘分，那就让它沉睡好了。

文章合为时而著。泉州历史文化积淀丰富，历代描述、诠释、咏颂城市文化的书籍汗牛充栋。就现当代而言，庄为玑、吴文良、吴藻汀、陈允敦、陈泗东、傅金星、吴捷秋、陈祥耀等前辈留下了丰硕的研究成果，周焜民的《泉州古城踏勘》、王铭铭的《刺桐城——滨海中国的地方与世界》、苏基朗的《刺桐梦华录》、傅宗文的《沧桑刺桐》、王连茂的《刺桐杂识》、陈笃彬和苏黎明的《泉州历史上的人和事》、汤锦台的《闽南海上帝国——闽南人与南海文明的兴起》、李大伟的《宋元泉州与印度洋文明》、吴幼雄的《泉州宗教文化》、林华东的《历史、现实与未来：闽南文化的传承创新研究》、王建设的《泉州方言与文化》、戴泉明的《天下之货仓》、李冀平和陈东方、丁毓玲的《梯航百货万国商》、林勇等的《海上丝绸之路上的闽商》、谢文哲的《香火》、王强的《刺桐芳华录》、陈桂炳的《泉州学散论》、泉州晚报社的《温陵风流》等都是很有参考价值的论著。文学方面，司马文森的《风雨桐江》、黄永玉的《无愁河的浪荡汉子·八年》、许谋清的《世纪预言》、林轩鹤的《泉州传》和陆昭环、陈志泽、陈瑞统等作家守望家乡题材的大量作品，也是了解泉州文化的一个个观察孔。蔡国强先生说，不能把故乡写好的作家不是好作家。那一年他回泉州，我和他谈的是他的艺术，而他的这句话却给我留下深刻印象。作为一个媒体人，作为一个写作爱好者，如何感受时代的脉搏？如何书写自己的城市？

“时空交错，吉光片羽折射出大千世界的丰饶色彩，而历史常常在荣光、悲剧、血光和死里复生的时光隧道里穿行。历史不以人的意志为转移，却以人为本而演进，也许是职业使然，我对于历史肌理里所沉淀的文化蕴积始终有着一种无法排解的情意结，对于人生与社会中的文化意义的阐述也都抱着一份浓浓的兴趣。培明老弟的这部书稿正蕴含了泉州这座历史文化名城中的许多文化的密码，叙说和解读着这座小城里的过客和住民所表达的大中国文化的意象和生态，其中不无快意的潇洒、焦灼的期许和深沉的回望。”这是1999年6月，时任香港天地图书有限公司副总编辑的孙立川博士，为我的《访在世纪边上》所作序言中的一段话。《访在世纪边上》收集了我对杨振宁、梁披云、张楚琨、舒乙、杜仙洲、钱绍武、刘道玉、温玉成、骆中钊、周国平、汪慕恒、王人瑞、王济弱、陈泗东、吴捷秋、王今生、黄奕缺、黄远、蔡友敬、陈奕尚、王仁杰、舒婷、洪世清、朱以撒、陈志泽、陈瑞统等文化名家的访谈或印象记。《我想和这座城市明说》依然延续着这一种“叙说和解读”。

在一个信息爆炸、泥沙俱下的网络时代，面对海量的内容与有限的时间，阅读的随意与跳跃成为常态，选择的权利在受众手中。今天的新闻是明天的历史，新闻有必读性，新闻也是易碎品，时过境迁，往往无人问津。本书中的文字，许多篇章成稿时间仓促，却不是新闻版面的即时报道，而是刊于报纸专刊、副刊和杂志专栏，具有新闻信息，却属于散文范畴，体例有异，长短不一；也因为杂，似乎更适宜茶余饭后随手翻阅。我希望用“新闻视角，散文笔法”来延续报道文字的生命长度，前者可以吸引受众的目光，后者可能让信息更加饱满、内容更加丰富、人物印象更加深刻。以前专访钱绍武、杨振宁、洪世清教授等文化名人，如果以新闻价值考虑，一则短消息可矣，而我写成数千字长文，为的是让读者获知更多的信息，对新闻人物有更为立体的了解。如台湾著名作家简媜来闽采风，我的采访时间只有半个小时，因为马上要回报社主持夜编碰稿会。由于我对她的作品比较熟悉，提问题针对性强，写作时融入对她作品的认识，并从中窥见台湾文坛，见报时用了一个四开整版。当然多数时候，报刊是不允许你长篇大论的，编辑必须顾及版面内容的多样化与丰富性，文字一压再压、忍痛割爱是常有的事。

在香港探亲期间采访梁羽生，纯属偶然。因平时看过的武侠小说很少，临时抱佛脚已不可能，采访时就避开弱项而谈论办报和对联、围棋。我喜欢他和金庸、百剑堂主的专栏《三剑楼随笔》，还知道他是超级棋迷和对联高手，所以文章的题目就叫《刀光剑影外的梁羽生》。

说到金、梁两位大侠，许多人一定还记得金庸泉州文化之旅引发的轰动效应，当时海内外众多媒体的记者跟着金庸的步伐漫游了这座历史文化名城。我第一次见到大侠，是 2003 年作为孩子的监护人到过金庸书房。那一年明报集团明窗出版社出版了郭翔宇等四位文学少年的作品，并邀请他们出席香港书展新书首发分享会。我借机向金庸赠送了《泉州少林史迹阐微》，说泉州历史文化遗存丰富，民间处处少林风，希望他有机会到泉州看看。第二年，在泉州晚报社施能泉总编辑和《明报月刊》潘耀明总编辑的策划下，金庸终于踏上了东南沿海的这片热土。我安排全程跟踪报道的记者都是十足的“金迷”，不但每日开辟报道专版，还推出《纸贵金迷》收藏专刊。

他们的文笔自然胜过于我，至于具体接待项目的精心策划，我在《写在新闻边上》一书中有所涉及。《侠骨柔情》是金庸逝世后，我发表在天津《今晚报》上纪念文章的题目，这四个字也是金庸小说能够打动人心、广受欢迎的主旋律。古城刮起侠骨柔情的“金旋风”，可谓媒体主导了一次成功的城市营销。

文字是时代的印迹，如果记录特定的历史时刻，其意义就不是谋篇布局、修辞文采可以涵盖的。2000 年 2 月，我第一次写蔡国强的文字见报后，有人批评说放点烟火值得这么大篇幅报道吗？2001 年上海 APCE 会议开幕当晚的烟火秀大获成功后，国人尽知蔡先生，他出现在哪里，哪里就有媒体人的身影。2008 年奥运会前夕，我赴京城专访他，在后海他的四合院家中，守候多时难见一面。据蔡国强夫人说，当时他的工作压力很大，每天都是深夜才回到家，我是在接他去开幕式创意核心小组办公室的专车上进行采访的。29 个大脚印，一般人只看到它的亮丽绽放，却不知其背后无数个日夜的艰辛付出。第二届“海丝”国际艺术节暨第三届亚洲文化论坛期间，陪同莫言参观泉州多处文化景点，我发现获得诺奖后的他出言更加谨慎，想要让他“雁过留声”并非易事，只能利用吃饭、喝茶过程中，通过闲聊不时“套”出他谈论泉州的话语来，还借力刘再复、潘耀明两位乡贤打给他的长途电话“暖场”。莫言说虽然来前认真做了功课，实地走访后觉得这里可圈可点的东西太多了，感叹泉州“真是个奇妙的地方”，展现了一种大的文化气象。

早年读过“北大才子”李书磊的散文集《杂览主义》，对书名印象深刻。我觉得在读书方面，自己就是一个杂览主义者，无论文史哲美，喜欢随便翻翻。也许是这种随性所致，缺乏深度钻研精神，至今学无所长、术无所攻，但是也有一样是专注的：那就是对这座城市的热爱。因之，为守护千年古港的名字理性发声，为红砖厝番仔楼的保护撰写政协提案，为助推城市对外影响力提出建议，包括通过文学的形式探寻城市之美，尽的其实只是一个泉州市民的责任。《我想和这座城市明说》的开篇《涨海声中光明城》，即是泉州“申遗”成功消息公布之时，接到北京《百科知识》杂志的邀约而写的，行文风格严格依照编辑部要求，没有景物描写、主观抒情之类的段落，自然也缺少了几分文采。我想，让外人能够“在这里读懂泉州”，就是最大目的。《一条中山路，半部泉州史》是《中国名街》栏目上的文章，考虑到上栏的北京长安街、上海淮海路、哈尔滨中央大街等的显赫名声，也考虑到名街实际上说的是一个街区，泉州中山路街区密布着历史文化的密码，而题目是引起读者兴趣的“药引”，必须认真推敲。编辑对这个题目非常认可，没有想到这句话后来经常被新闻报道、文学作品、影视解说词所引用。

“在今日世界，城市处于严重的文化矛盾与冲突之中。这是一个对经济发展乐观展望和对文化发展悲观期待并行的年代，是一个物质的满足与精神的焦虑并行的时代。”（单霁翔）全球化浪潮与地域文化的碰撞是必然的，而新潮与传统不是不可调和的矛盾。我们敬畏传统，更向往新生活，反对的只是过度消费主义，而不是要走回老旧昏暗的年代。人是城市生活的主角，是城市精神的主要载体，人物专访与名家印象，都是从一个个侧面观照城市的人文风景。几篇境外散记，其中的走马观花与观察思考，下笔的站位还是泉州。一个自古以大海为襟怀的城市，开放与守望是其文化性格的双翼，借鉴他山之石，可以垒筑自身高地。当前城市的发展正从功能城市走向文化城市，泉州拥有世界遗产之城、民营经济乐园和中国最大侨乡三大美誉，但还存在着自然资源与文化资源、经济与文化、文化与旅游有机结合、整合、融合不到位的现实问题。一个有持久魅力的城市，要让人触摸到文化遗产的温度，也要让人看得见美好生活的未来。以文塑旅，以旅彰文。近年来，泉州文旅部门的努力与成效有目共睹，市民参与城市文化建设的自觉性也显著提高。历史文化如何赋能当代文旅，传统文化如何与当代审美体验建立更好的链接，文化资源如何转化为文化资本，泉州故事的讲述怎么才能富有新意、引人入胜，丰富一座城市的名字，本身就是一个大课题，既需要政府部门的高度重视，也需要全体市民的共同努力。到泉州市人大常委会任职以后，我参与《泉州市历史文化名城保护条例》等多部地方法规的制定，见证了泉州从点、线到面已经形成历史文化遗产的法律保护体系。2023 年元旦起，全国首部地方文旅促进法规《泉州市文化旅游发展促进条例》施行，《“泉州：宋元中国的世界海洋贸易中心”世界遗产保护管理条例》也从 2024 年元旦起施行。很明显，保护与发展，两手抓，如果两手都硬，已经成为网红城市的泉州，将会一直长红下去。

本书在编辑出版过程中，得到泉州市优秀传统文化传承发展专项资金的资助，得到泉州市文联和施能泉、秦岭雪、孙立川、戴冠青、骆愉、蔡芳本、孙启平、康细民、王一航、吴素明、金崇德、郭湘瑜等师友及胞弟郭培贤、郭培辉的鼓励与帮助。潘耀明、林公翔、周智琛三位知名媒体人在拔冗阅读书稿后欣然受邀撰写序言与评论。他们三位与我交往均已二三十年，知根知底，亦师亦友，只是雄文中多有褒扬，唯恐承受不起，权且作为一种师友间的真诚的劝勉。蔡国强、侯军、丁时照、朱春阳、石华鹏等名家的点评为拙作添色增彩。中国书法家协会会员、中国美术家协会会员林剑仆题写了书名。周淑琼协助翻查原作刊发报刊，焦海涛协助设计版式，潘登、陈英杰、陈起拓、吴其魁、林良标等提供部分配文照片。九州出版社王守兵副社长、泉州本土资深出版策划人吴越在编辑过程中提出诸多建设性意见，让我受益匪浅。在此谨致谢忱。

2023年冬于泉州晓鸽书巢